이탈리아 기행
1

요한 볼프강 폰 괴테

이탈리아 기행 1

홍성광 옮김

펭귄클래식코리아

이탈리아 기행 1

1판 1쇄 발행 2008년 5월 26일
1판 19쇄 발행 2021년 7월 16일

지은이 | 요한볼프강폰괴테 옮긴이 | 홍성광
발행인 | 이재진 단행본사업본부장 | 신동해 편집장 | 김경림
마케팅 | 이현은 문혜원 홍보 | 최새롬 권영선 최지은
제작 | 정석훈 국제업무 | 김은정

브랜드 펭귄클래식코리아
주소 경기도 파주시 회동길 20 웅진씽크빅 단행본사업본부 펭귄클래식코리아
문의전화 02-3670-1024(영업)
홈페이지 www.wjbooks.co.kr
페이스북 www.facebook.com/wjbook
포스트 post.naver.com/wj_booking
발행처 ㈜웅진씽크빅
출판신고 1980년 3월 29일 제406-2007-000046호

Penguin Classics Korea is the Joint Venture with Penguin Random House Ltd.
Penguin and the associated logo are registered and/or unregistered trademarks of
Penguin Random House Limited. Used with permission.
펭귄클래식코리아는 펭귄랜덤하우스와 제휴한 ㈜웅진씽크빅 단행본사업본부의 브랜드입니다.
펭귄 및 관련 로고는 펭귄랜덤하우스의 등록 상표입니다. 허가를 받아야만 사용할 수 있습니다.

이 책은 저작권법에 따라 보호받는 저작물이므로 무단 전재와 무단 복제를 금지하며,
책 내용의 전부 또는 일부를 이용하려면 저작권자와 ㈜웅진씽크빅의 서면 동의를 받아야 합니다.

한국어판 ©웅진씽크빅, 2008.

ISBN 978-89-01-08211-0 04800
ISBN 978-89-01-08204-2 (세트)

• 잘못된 책은 구입하신 곳에서 바꾸어 드립니다.
• 책값은 뒤표지에 있습니다.

차례

제1부
카를스바트에서 로마까지, 1786년 9월~1787년 2월 · 7

카를스바트에서 브레너까지 · 9
브레너에서 베로나까지 · 29
베로나에서 베네치아까지 · 51
베네치아 · 83
페라라에서 로마까지 · 133
로마 · 168

제2부
나폴리와 시칠리아, 1787년 2월~1787년 6월 · 241

나폴리 · 243
시칠리아 · 306
나폴리 · 429

제1부

카를스바트에서 로마까지

1786년 9월~1787년 2월

카를스바트에서 브레너까지

1786년 9월 3일

나는 새벽 3시에 카를스바트를 몰래 빠져나왔다. 그렇게 하지 않으면 사람들이 나를 놓아주지 않을지도 모르기 때문이었다. 8월 28일인 내 생일을 극진히 축하해 주고 싶어 한 사람들은 아마 이를 핑계 삼아 나를 붙잡아둘 구실을 마련했을지도 모른다. 하지만 더는 여기서 꾸물거릴 수 없었다. 나는 여행 가방과 오소리 가죽 배낭만을 꾸린 채 단신으로 우편 마차에 몸을 실었고, 아침 7시 30분에 자욱하게 안개 낀 아름답고 고요한 츠보다우에 도착했다. 위쪽 구름들은 양털 모양으로 줄무늬를 이루고 있었고, 아래쪽 구름들은 묵직하게 드리워져 있었다. 나는 이를 길조로 생각했다. 나는 견디기 힘들었던 여름을 넘기고 멋지게 가을을 즐길 수 있기를 희망했다. 뜨거운 햇살을 받으며 12시에 에거에 도착했다. 그리고 그제야 이곳이 고향 도시인 프랑크푸르트와 같은 위도에 있음을 상기하고, 맑은 가을날 북위 50도 선상에서 또다시 점심을 먹는 것을 기쁘게 생각했다.

바이에른 지방에 발을 들여놓으면 얼마 안 가서 성직자들의 귀중한 재산인 발트자센 수도원을 만나게 된다. 성직자들은 다른 사람들에 앞서 현명한 생각을 했던 이들이다. 그 수도원은 분지라고는 할 수 없지만, 접시 모양으로 생긴 저지대의 아름다운 초지에 자리 잡고 주위의 비옥하고 완만한 구릉들에 둘러싸여 있다. 그리고 이 수도원은 이 지역 일대에 두루 재산들을 소유하고 있다. 이 지역의 토양은 부스러진 점판암으로 되어 있다. 이런 종류의 암석 지대에서 부스러지지 않은 채 지금도 비바람에 풍화되고 있는 석영(石英)이 밭을 한결 부드럽고 비옥하게 만들어주고 있다. 티르셴로이트 지방까지는 길이 아직 오르막이다. 여기 강들은 에거 강과 엘베 강을 향해 북쪽으로 흘러든다. 그러다가 티르셴로이트부터는 남쪽으로 경사가 지고, 강들은 도나우 강 쪽으로 흘러간다. 나는 아무리 조그만 실개천이라도 그것이 어떤 방향으로 흐르는지, 어느 강의 지류인지 조사해 보면 금방 그 지역에 대해 이해할 수 있다. 그러면 전체를 조망할 수 없는 지점에서도 산과 계곡 들의 윤곽을 머릿속에 그려볼 수 있게 된다. 사전에 염두에 둔 곳에 도착하기 전에 화강암 모래로 덮인 훌륭한 도로가 시작된다. 이보다 더 완벽한 도로는 생각할 수 없을 정도다. 부스러진 화강암은 잔돌과 점토로 이루어져 있어서 지반을 단단하게 다져주는 동시에, 타작마당처럼 길을 반반하게 만들어주는 뛰어난 결합물이 되기 때문이다. 도로 주변은 사정이 한결 나빠 보인다. 역시 화강암 모래로 되어 있지만 지대가 낮은 데다가 늪지라서 잘 닦인 도로가 한결 더 돋보인다. 이제부터는 길도 내리막이어서 보헤미아 지방에서 달팽이처럼 느릿느릿 움직이던 것과는 사뭇 대조적으로 마차가 엄청난 속도로 내달린다. 동봉한 종이쪽지에 내가 지나온 여러 지역들을 적어놓았다. 다음 날 아침 10시에 레겐스부르크에 도착했으니 서른한 시간 만에 이십사오 마일의 거리를 주파한 셈이었다. 날이 밝아올 무렵에 살펴보니 슈바넨도르프와 레겐스타우프 사이였다. 경작지의 토질이 점차 나아지는 것을 알 수 있었다. 이젠 암석이 풍화된 토양이 아니라 땅이 부풀어 올라 여러 가지 토양이 섞인 것이었다. 아주 오래전에 도나우 계곡에서 밀물과 썰물이 레겐 강 상류 쪽의 모든 계곡들에 영향을 미쳐 현재와 같은 지류들이 생겨나게 되었다. 그래서 이와 같은 자연스러운 간척지들이 만들어지고 그곳에 경작지가 형성된 것이다. 이러한 설명은 비교적 크고 작은 모든 강들의 인근 지역에 해당되므로, 이를 실마리 삼아 관찰자는 어느 땅이 경작하기에 적합한지 대번에 알아볼 수 있게 된다.

레겐스부르크는 무척 아름다운 곳에 자리 잡고 있다. 이 지역에 도시가 형성된 것은 당연한 일이었고 성직자들도 판단을 잘했다고 할 만하다. 도시 주변의 밭은 죄다 이들 소유이고 시내에는 교회와 성당이 우뚝 솟아 있다. 도나우 강은 내게 옛날 어릴 적의 마인 강을 생각나게 해준다. 프랑크푸르트의 강과 다리가 더 장관이지만 여기서는 맞은편의 슈타트암호프가 사뭇 우아하게 보인다. 나는 곧장 학생들의 연례 연극 공연이 열리는 예수회 소속 신학교로 가서 오페라의 끝 부분과 비극의 시작 부분을 구경했다. 이들 학생 배우들은 수련 중인 아마추어 극단에 못지않게 꽤 근사했으나 너무 화려하다 싶을 정도로 치장하고 있었다. 이러한 공연으로도 예수회의 현명함에 대해 새삼 재확인하게 되었다. 이들은 효과를 볼 수 있으면 무엇 하나 소홀히 하지 않았고, 이를 애정과 관심을 지니고 다룰 줄 알

왔다. 여기에는 사람들이 추상적으로 생각할 법한 영리함이 아니라 일 자체에 대한 즐거움이 있으며, 생활 습관에서 우러나오는 것과 같은 함께 즐기고 스스로 누린다는 정신이 깃들어 있다. 이러한 대규모 종교 단체에는 오르간 제작자, 조각가, 도금사가 속해 있듯이 연극에 대한 식견과 애착을 지닌 사람들도 몇 명 있는 게 분명하다. 호감을 주는 화려함으로 이들 교회들이 이채를 띠듯이 통찰력 있는 남자들이 여기서 품위 있는 연극을 통해 세속적인 감성을 사로잡는 것이다.

오늘 나는 북위 49도 선상에서 이 글을 쓰고 있다. 일진이 좋아 보인다. 아침에 서늘했는데, 여기 사람들도 눅눅하고 쌀쌀한 여름 날씨에 불평을 늘어놓는다. 하지만 곧 화창하고 온화한 날씨로 바뀌었다. 큰 강에서 불어오는 부드러운 공기는 뭔가 아주 색다른 느낌을 준다. 과일은 이렇다 할 만큼 특별하진 않다. 품질이 좋은 배를 맛보았지만 포도와 무화과 맛이 그리워진다.

예수회 수도사들의 행위와 성향이 줄곧 나의 관찰 대상이다. 성당, 탑, 건물 들에는 구조상으로 무언가 위대하고 완벽한 점이 있어서 뭇사람들의 마음속에 은밀하게 외경심을 불러일으킨다. 금, 은, 금속 및 매끄럽게 다듬은 석재가 화려하고 다채롭게 장식물로 사용되어, 신분을 막론하고 모든 가난한 사람들의 눈을 부시게 할 것임이 분명하다. 간혹 인류가 화합하고 흥미를 보이도록 다소 몰취미한 것도 없지는 않다. 말하자면 가톨릭에서 행해지는 외형적인 미사 형식이 그러하다. 하지만 나는 지금까지 예수회 수도회에서만큼 합리적이고 능숙하며 철저히 실행되는 미사를 본 적이 없다. 이들이 다른 교단의 수도사들처럼 낡고 무미건조한 예배 의식을 계속하지 않고, 시대정신에 부응해 이를 화려하고 호화스럽게 다시 치장했다는 사실을 다방면에서 알 수 있었다.

여기서는 특이한 암석이 작품 재료로 가공되는데, 겉으로 보기에는 일종의 신 적색사암 같지만 실은 좀 더 오래되고 원시적인 반암(斑岩) 종류로 봐야 한다. 그것은 초록빛이 돌고 석영이 섞여 있으며 구멍이 숭숭 뚫려 있다. 그리고 그 속에는 아주 단단한 벽옥(碧玉)의 커다란 반점들이 발견되며 그 반점들 속에는 다시 각력암(角礫岩)의 작고 둥근 반점들이 보인다. 어떤 재료는 연구에 유익할 것 같아 욕심이 났지만 돌멩이가 너무 단단해서 이번 여행에서는 돌멩이들을 끌고 다니지 않기로 마음먹었다.

9월 6일, 뮌헨

9월 5일 낮 12시 반에 나는 레겐스부르크를 떠났다. 아바흐 부근은 도나우 강물이 석회암에 부딪쳐 부서지는 아름다운 지역이 잘(Saal) 근방까지 이어진다. 이곳은 하르츠 지역의 오스테로데 근방처럼 석회가 조밀하지만 대체로 구멍이 많이 뚫려 있다. 아침 6시에 뮌헨에 도착해서 열두 시간 동안 이곳저곳을 둘러본 소감을 몇 가지만 언급하고자 한다. 미술관에서는 낯선 느낌을 받았다. 먼저 눈이 다시 그림에 익숙해져야겠다. 그것들은 뛰어난 작품들이다. 룩셈부르크 화랑의 루벤스 스케치들을 보고 나는 말할 수 없이 기뻤다.

이곳에는 고상한 조형물인 트라야누스* 기념주도 모형으로

---
* 로마 오현제의 한 사람.

서 있다. 토대는 청금석(青金石)이고 조상(彫像)들은 도금되어 있다. 이는 진정 작품이라 일컬을 만한 조형물이어서 사람들이 즐겨 구경한다.

고대 미술관에서는 내 눈이 이러한 작품들에 익숙하지 않다는 사실을 자못 깨달을 수 있었다. 그래서 그곳에서 시간을 허비하고 싶지 않았다. 왜 그런지 딱히 말할 수는 없지만 여러 면에서 도저히 마음에 들지 않았다. 한 개의 드루수스* 상에 관심이 가고 두 개의 안토니우스 상과 또 몇몇 개의 상은 마음에 들었다. 바로 그 작품들을 돋보이게 하려고 했는지는 몰라도 대체로 작품들이 놓인 배치가 좋지 않았다. 그리고 미술관이 조금 더 깨끗하게 관리가 잘 되었더라면 그 홀, 아니 오히려 둥근 아치형 건물이라고 할 수 있는 그곳은 겉모습이 좋아 보였을지도 모른다. 나는 박물 표본실에서 티롤 지방에서 나온 멋진 물건들을 발견했다. 내가 조그만 견본들을 소장하고 있어서 이미 알고 있는 작품들이었다.

무화과를 갖고 있는 아낙네와 마주쳤다. 무화과는 첫물이어서 제법 맛이 좋았다. 하지만 북위 48도에서 나는 과일치고는 특별한 맛은 아니다. 여기 사람들은 날씨가 춥고 눅눅한 것에 이러쿵저러쿵 불평을 늘어놓는다. 오늘 새벽 뮌헨에 당도하기 전 비라고 해도 지나치지 않을 것 같은 안개가 나를 맞이했다. 그리고 티롤의 산자락에서는 하루 종일 차디찬 바람이 불어왔다. 탑 위에 올라가 그쪽을 바라보니 산은 구름에 가려지고 하늘이 온통 구름에 덮여 있었다. 이제 해가 지면서 내 창 앞에

---

* 로마의 정치가로 기원전 122년에 가이우스 그라쿠스와 함께 호민관을 지냈으며, 그라쿠스의 정치·경제 개혁안을 공격하고, 대중에게 보다 호응을 받을 수 있는 개혁안을 제시했다.

있는 고탑(古塔)을 아직 비추고 있다. 내가 바람과 날씨에 너무 주의를 기울여도 용서해 주길 바란다. 뱃사공은 말할 것도 없겠지만 육상 여행자도 두 가지 요소에 좌우되는 법이다. 외지에서 맞는 가을이 고향에서 보낸 여름처럼 날씨가 좋지 않다면 정말 참담한 심정일지도 모른다.

이제 바야흐로 인스브루크를 향해 길을 떠나야겠다. 내 마음속에 너무나 오래 자리 잡고 있던 그 한 가지 생각을 실행에 옮기기 위해서라면 무엇을 망설일 필요가 있겠는가!

9월 7일 저녁, 미텐발트

나의 수호신이 내 기도를 들어주는 모양이다. 이렇게 아름다운 날 이곳으로 인도한 수호신께 감사드린다. 마지막 역마차 마부는 온 여름을 통틀어 최고의 날씨라고 흡족한 목소리로 외쳤다. 이러한 날씨가 계속되도록 조용히 미신에 기대어본다. 다시 공기와 구름에 대해 말하는 것을 친구들이 용서해 줬으면 한다.

새벽 5시에 뮌헨을 떠날 때 하늘은 맑게 개어 있었다. 티롤 산자락에는 엄청난 크기의 구름들이 걸렸다. 띠 모양으로 생긴 아래쪽의 구름들도 꼼짝 않는다. 길은 자갈이 떠 내려와 쌓인 언덕을 넘어, 저 아래 이자르 강이 흐르는 게 보이는 언덕 위로 나 있다. 여기서 우리는 태곳적 바다의 조류 활동을 파악할 수 있게 된다. 나는 몇몇 화강암 표석에서 탐색용 막대 덕택에 내 걸작 수집품들과 남매간이나 친척뻘 되는 것들을 발견할 수 있었다.

강과 초원의 안개가 잠시 버티다가 마침내 걷히고 말았다.

몇 시간은 족히 달려야 할 정도로 자갈 언덕들이 끝없이 이어지는데, 그 언덕들 사이로 레겐 강 계곡에서와 마찬가지로 비할 데 없이 곱고 비옥한 토양이 펼쳐진다. 이제 다시 이자르 강가를 따라 달리게 되었는데, 거기에는 한 백오십 피트쯤 되어 보이는 자갈 언덕의 단면과 경사면이 보인다. 볼프라츠하우젠에 당도했으니 북위 48도 선에 다다른 셈이다. 태양이 뜨겁게 내리쬐지만 아무도 날씨가 좋을 거라고 생각하지 않는다. 사람들은 지난해 날씨가 나빴던 것에 대해 떠들며, 위대한 신이 아무런 채비도 하지 않으려고 한다며 볼멘소리를 한다.

이윽고 새로운 세계가 눈앞에 펼쳐졌다. 나는 점점 제 모습을 드러내는 산맥에 접근해 갔다.

베네딕트보이에른 수도원은 첫눈에도 멋지고 놀랄 만한 곳에 위치하고 있다. 비옥한 평야에 길쭉하고 넓은 흰 건물이 있고, 그 뒤에는 넓고 높은 암벽이 솟아 있다. 이제 코헬 호수까지는 오르막길이고, 산속으로 더 올라가면 발헨 호수에 이른다. 여기서 처음으로 눈 덮인 산봉우리들이 시야에 들어왔다. 설산에 이렇게 가까이 온 것에 놀라워하자, 사람들은 어제 이 지역에 천둥 번개가 치고 산중에는 눈이 내렸다고 일러주었다. 사람들은 이러한 기상 상태를 두고 날씨가 나아질 거라는 희망을 품으려 했고, 첫눈을 보고 대기 변화를 추측했다. 주변의 암벽들은 모두 석회암 층인데, 아직 화석을 함유하지 않은 것 중에서 가장 오래된 층이다. 이러한 석회암 산들은 달마치아 지방에서부터 장크트 고트하르트 산까지 엄청난 규모로 끝없이 계속 이어졌다. 그런데 하케는 이 산맥의 대부분을 답사했던 것이다. 이 산들은 석영과 점토가 풍부한 원생암 층을 토대로 하고 있다.

4시 반에 발헨 호수에 도착했다. 이 지점에서 한 시간쯤 가다가 나는 뜻밖의 모험적인 일을 겪게 되었다. 어느 하프 연주자가 열한 살쯤 되는 딸을 데리고 내 앞으로 오더니 아이를 마차에 태워달라고 간청했다. 그는 악기를 든 채 계속 걸어갔고, 나는 소녀를 내 옆자리에 앉혔다. 소녀는 커다란 새 상자를 조심스럽게 발치에 놓아두었다. 얌전하게 자란 그 아이는 벌써 세상 물정을 꽤 알고 있었다. 그 아이는 어머니와 함께 마리아 아인지델른으로 도보 순례 여행을 한 적이 있었다고 했다. 그런데 둘이 콤포스텔의 성 야고보로 제법 먼 여행길에 막 오르려 할 때 그만 어머니가 세상을 뜨는 바람에 두 사람의 굳은 약속이 이루어지지 않았다고 한다. 성모마리아는 아무리 숭배해도 지나치지 않다고 생각한단다. 한번은 대형 화재가 나서 집이 밑바닥까지 깡그리 불타버린 것을 직접 목격한 적이 있다고 했다. 그런데 그 집 문 위에 있던 유리 액자 속의 성모상은 유리와 그림이 모두 온전했으니, 이야말로 명명백백한 기적이라는 것이다. 소녀는 모든 여행을 걸어서 했고, 마침내 뮌헨의 선제후 앞에서 연주를 하게 되어 무려 스물한 명의 제후들에게 연주를 들려주었다고 했다. 소녀는 나와 이야기를 주고받는 것을 무척 재미있어 했다. 크고 예쁜 갈색 눈을 지닌 소녀의 이마가 종종 위쪽으로 약간 주름이 질 때가 있어서 고집이 세 보였다. 이야기할 때, 특히 소녀답게 큰 소리로 웃을 때면 쾌활하고 천진스러워 보였다. 반면에 말을 안 하고 있을 때는 뭔가를 암시하려고 하는 것 같았고 윗입술이 잔뜩 찌푸려졌다. 나는 소녀와 이런저런 많은 이야기를 나누었다. 소녀는 어딜 가나 모르는 것이 없었고 사물들에 깊은 관심을 보였다. 그래서 한번은 나에게 저게 무슨 나무냐고 물어보았다. 그것은 아름답고 커다란 단풍나무로, 마차 여행 도중 내 눈에 처음으로 들어온 나무였다. 소녀는 차츰 몇 그루가 나타나자 자기도 그 나무를 식별할 수 있다는 사실을 깨닫고 기쁨을 감추지 못했다. 소녀는 큰 장이 서는 볼차노로 간다면서 혹시 나도 그곳으로 가는 게 아닌지 물어보았다. 거기서 자기를 만나면 대목장의 물건을 사달라고 해서 그러겠노라고 약속하기도 했다. 또 뮌헨에서 번 돈으로 구입한 새 모자도 그곳에서 쓰고 싶은데 나에게 미리 보여준다면서 상자를 열었다. 그래서 나는 화려하게 수놓고 예쁜 리본이 달린 모자를 보면서 함께 즐거워하지 않을 수 없었다.

우리는 또 다른 기분 좋은 전망을 하면서 같이 흥겨워했다. 소녀는 확신하기를, 날씨가 좋을 거라고 했다. 자기들은 기압계를 지니고 다니는데 그게 바로 하프라고 했다. 악기가 최고음으로 올라가면 날씨가 좋아진다며 오늘이 바로 그렇다는 것이다. 나는 그런 징조를 가슴에 품고 곧 다시 만날 것을 기약하면서 더없이 기분 좋게 이들과 헤어졌다.

9월 8일 저녁, 브레너

마치 떠밀리듯 오게 되었지만 마침내 쉴 만한 곳에 당도했다. 더할 나위 없이 조용한 장소이다. 오늘은 몇 년 동안 추억에 잠겨 돌이켜볼 수 있을 날이다. 6시에 미텐발트를 떠났는데, 세찬 바람에 하늘이 구름 한 점 없이 맑아졌다. 2월에나 있을 법한 추운 날씨였다. 하지만 이제 떠오르는 태양의 광채를 받으며, 울창하게 가문비나무가 자란 어두컴컴한 전경이 드러나기 시작하고, 그 사이로 회색 석회암들이 모습을 드러내고 있다. 그리고 그 뒤로는 군청색 하늘을 배경으로 눈 덮인 높은 봉우리가 눈에 들어온다. 이는 끝없이 변하는 절묘한 그림들이었다.

이제 나는 샤르니츠 근방에서 티롤 지방으로 들어가게 된다. 그 경계는 계곡을 가로막고 산들을 이어주는 하나의 암벽으로 막혀 있다. 한쪽은 암석이 요새처럼 버티고 있고, 다른 쪽은 깎아지른 듯 수직으로 우뚝 솟은 모습이 절경을 이루고 있다. 제펠트부터는 길이 점점 더 재미있어진다. 베네딕트보이에른 수도원에서 지금까지는 길이 계속 오르막이었고, 모든 지류들이 이자르 유역을 찾아들었다면 이제는 어떤 산등성이 너머로 인탈 계곡이 눈에 들어오고, 인 강이 우리 앞에 펼쳐진다. 중천에 뜬 태양이 따갑게 내리쬐어서 가벼운 옷으로 갈아입어야 했다. 날씨 변화가 심할 때면 나는 자주 옷을 갈아입곤 한다.

치를 부근에서 인탈 계곡 쪽으로는 내리막길이다. 비할 데 없이 경치가 아름답다. 아지랑이가 높이 아른거리는 모습이 계곡을 한층 근사하게 만들어주었다. 역마차는 마치 날개를 단 듯 쏜살같이 달렸다. 아직 한 번도 미사를 드리지 못했다는 마부는, 얼마 안 있으면 성모마리아 축일이라 인스브루크에 가서 한결 경건하게 미사를 올리려 한다고 했다. 마차는 계속 인 강을 따라 내려가, 급경사를 이루고 있는 어마어마하게 생긴 석회 암벽인 마르틴스반트 옆을 지나 덜커덕거리며 내달렸다. 이곳에서 막시밀리안 황제가 길을 잃었다고 하는데, 물론 대단히 무모한 행위겠지만 감히 말하자면, 나 같으면 수호천사 없이도 능히 갔다가 되돌아올 수 있을 것 같다.

인스브루크는 높은 암석과 산들 사이, 넓고 다채로운 계곡이 있는 수려한 곳에 자리 잡고 있다. 처음에는 이곳에 머무를 작정이었지만 편히 쉴 수 없는 상황이었다. 그러나 잠시 여관집

아들과 흥겨운 시간을 가졌다. 그는 죌러*를 꼭 빼다 박은 모습이었다. 이렇게 나는 내 작품 속 인물들을 하나씩 만나게 된다. 마리아 탄생일을 축하하기 위해 모두들 치장을 하고 있다. 건강하고 유복한 모습의 사람들이 무리 지어 예배 장소인 빌텐으로 순례를 갔다. 시내에서 산까지 십오 분 정도 걸리는 곳이다. 2시에 내 마차가 화려하게 치장한 쾌활한 무리 속에 끼어들었을 때는 모두들 흥겨운 마음으로 발걸음을 옮기고 있었다.

인스브루크부터 이어지는 오르막길은 점점 더 절경을 이루는데, 이루 다 필설로 표현할 수 없을 정도이다. 마차는 잘 닦인 길을 따라 인 강으로 계곡물을 내려보내는 협곡을 올라간다. 눈앞에 끝없이 변화무쌍한 절경이 이어진다. 깎아지른 듯 가파른 암벽 가까이에 길이 나 있는데, 암벽을 깨서 만든 길 맞은편에는 쏠쏠하게 농사도 지을 만한 완만한 경사면이 보인다. 높고 넓은 비탈진 평야의 들판과 덤불들 사이에 위치한 마을들, 크고 작은 집과 오두막 들은 전부 하얗게 칠해져 있다. 그러다가 이 모든 것이 곧 다른 모습으로 변한다. 이용 가능한 땅은 목초지로 바뀌는데, 가파른 비탈길이 나오면서 그것도 사라져버린다.

나는 자신의 세계를 창조해 내기 위해 많은 것을 섭렵했지만 아주 새로운 것이나 예기치 못한 것은 얻지 못했다. 또한 내가 오랫동안 이야기해 왔고, 어떻게 하든 구체화시키고 싶으며, 내 마음속을 돌아다니지만 자연 속에서는 재현할 수 없는 모형에 대해 허다하게 꿈꾸어 왔다.

날이 점점 어두워지면서 사물 하나하나가 모습을 잃어버렸

---

* 괴테의 희곡 「공범자」에 나오는 인물.

고 덩어리들이 점차 더 커지고 근사하게 되었다. 그러다가 마침내 모든 것이 그저 심원하고 비밀스러운 영상처럼 눈앞에 어른거리다가 난데없이 눈 덮인 높은 산봉우리가 달빛에 다시 모습을 드러냈다. 이제 남과 북의 경계를 이루고 있는 바위들 틈새에 끼어든 셈이 된 나는 아침이 되어 그것들이 환하게 보이기를 기대한다.

날씨에 대한 소견을 몇 가지 덧붙이고자 한다. 어쩌면 내가 너무 정성 들여 관찰하니까 날씨가 이렇게 좋은지도 모른다. 평지에서는 날씨가 좋든 나쁘든 이미 정해진 그대로 받아들인다. 반면 산중에서는 날씨가 변하는 모습을 매 순간 느낄 수 있다. 여행하거나 산보할 때, 사냥 가서 며칠 밤낮을 산속이나 낭떠러지 사이에서 보낼 때 나는 흔히 이런 일을 겪어보았다. 그럴 때면 다른 그 무엇과도 맞바꾸고 싶지 않은 기발한 생각이 떠오르곤 했다. 그리고 사람들이 그러한 착상을 도저히 떨쳐버리지 못하듯이 나도 그런 생각을 지울 수 없다. 마치 진리라도 되는 양 어딜 가나 떠오른다. 그래서 나는 하는 수 없이 또한 그런 생각을 발설하려고 한다. 그렇지 않아도 친구들의 너그러움을 검증할 일도 자주 생기니까 말이다.

우리가 비교적 가까이서나 멀리서 산들을 바라볼 때, 때로는 산봉우리들이 햇빛으로 반짝거리다가 때로는 안개에 휩싸이고, 쏴쏴 하는 바람 소리와 함께 먹구름이 일며 빗줄기가 쏟아지거나 눈으로 뒤덮이면, 우리는 이 모든 것을 대기의 탓으로 돌린다. 우리가 그 움직임들과 변화를 직접 잘 보고서 파악하기 때문이다. 반면에 산들은 옛날 모습 그대로, 우리의 외부적인 감각으로 볼 때는 꼼짝도 않고 그 자리에 서 있다. 우리는 산들이 딱딱하게 굳어 있기 때문에 죽어 있다고 간주하고, 가만히 있기 때문에 활동하지 않는다고 생각한다. 하지만 나는 이미 비교적 오래전부터 대기 속에서 일어나는 변화들을 조용하고 비밀스러운 내부적인 영향 탓으로 돌리지 않을 수 없다. 즉 나는 지구라는 덩어리, 그리고 특히 그 두드러진 지반이 변함없이 항상 똑같은 중력을 미치는 게 아니라 이러한 중력이 어떤 맥동(脈動) 상태로 나타난다고 생각한다. 그리하여 중력이 필연적인 내적 요인, 어쩌면 우연한 외적 요인으로도 때로는 커지다가 때로는 줄어드는 것이라고 생각한다. 이러한 진동을 서술하려는 온갖 시도들이 너무 제한적이고 조악할지는 모르지만 대기는 진동의 저 조용한 영향에 관해서 우리에게 가르쳐줄 정도로 민감하고 광대하다. 중력이 조금이라도 줄어든다면 즉각 그 줄어든 중력과 공기의 약화된 탄성이 우리에게 이러한 영향을 암시해 준다. 대기는 자체 내에 화학적이고 역학적으로 할당받은 습기를 더는 감당할 수 없게 되어, 구름이 밑으로 가라앉으면서 비가 쏟아지고, 억수 같은 비가 땅을 향해 떨어지게 된다. 하지만 산이 자신의 중력을 늘린다면 곧장 공기의 탄성이 회복되어 두 가지 중요한 현상이 나타나게 된다. 먼저 산들이 엄청난 구름 덩어리들을 주위에 끌어들여 산 위에 두 번째 봉우리처럼 꽉 잡아둔다. 그러면 구름 덩어리들은 전기력이 벌이는 내전을 통해 뇌우, 안개, 비가 되어 아래로 내리게 된다. 그런 다음에 이제 다시 더 많은 물기를 품은, 기화하고 응결할 능력이 생긴 탄력적인 공기가 나머지 것에 영향을 미친다. 나는 그런 구름이 흩어져 사라지는 것을 아주 또렷이 보았다. 구름은 뾰족한 산봉우리 주변에 걸렸고, 저녁노을이 구름을 비추어주고 있었다. 서서히, 서서히 구름의 끄트머리들이 분리되기 시작했고, 몇 개의 구름 부스러기들이 떨어져 나가면서 하늘 높이 날려 올라가더니 사라져버렸다. 이렇게 전체 구름 덩어리가 점점 사라지면서, 보이지 않는 누군가의 손에 의해 실감개처럼 내 눈앞에서 스르륵 감겨버렸던 것이다.

이리저리 돌아다니며 날씨를 관찰하는 사람과 그의 이상야릇한 이론에 대해 친구들이 미소 짓는다면 나는 다른 몇 가지 관찰들을 통해 어쩌면 그들에게 웃을 기회를 제공할지도 모른다. 왜냐하면 애당초 나의 여행은 북위 51도에서 온갖 언짢은 일들에 시달리다가 이를 피해 도망친 것이었으므로, 북위 48도에 도달함으로써 진정한 고센* 땅에 들어서리라는 희망을 품었음을 고백하지 않을 수 없다. 하지만 진작 알아야 할 것을 알지 못한 나는 자신이 잘못 생각했음을 알게 되었다. 위도뿐만 아니라 산맥들도 기후와 기상을 결정하기 때문이다. 동쪽에서 서쪽에 이르기까지 여러 지방들을 가로지르는 산맥들이 특히 그러하다. 이런 지방들에서는 항상 커다란 변화들이 생겨나는데, 북쪽으로 뻗어 있는 지방들이 그러한 변화로 가장 많은 고통을 겪을 수밖에 없게 된다. 그리하여 이번 여름에 걸쳐 북쪽 전역의 기상 상태도, 내가 이 글을 쓰고 있는 거대한 알프스 산맥의 영향을 받은 것 같다. 여기서는 지난 몇 달 동안 계속 비가 내렸고, 그런 다음 남서풍과 남동풍이 비를 깡그리 북쪽으로 몰고 간 것이었다. 이탈리아에서는 날씨가 좋았다고, 그러니까 너무 건조했다고 한다.

이제는 기후, 산의 높이, 습도에 극히 다양하게 제약을 받는 종속적인 식물계에 대해 몇 마디 해야겠다. 이 점에 있어 나는 이렇다 할 변화는 발견하지 못했지만 수확은 있었다. 사과와

---

* 성서에 나오는 이집트의 비옥한 지대.

배는 인스브루크에서부터 계곡에 많이 열려 있지만, 복숭아와 포도는 벨슈란트나 일조량이 많은 티롤 지방에서 들여온다. 인스브루크 부근에서는 블렌데라고 불리는 터키산 호밀과 메밀을 많이 재배한다. 브레너 고개를 올라가는 길에서는 낙엽송이, 쉰베르크 근방에서는 잣나무가 처음으로 보였다. 혹시 그 하프 연주자의 딸이 같이 왔더라면 여기서도 꼬치꼬치 캐묻지 않았을지 모르겠다.

식물에 관해서 나는 아직 아무것도 모르는 학생 신분에 불과하다고 느낀다. 사실 나는 뮌헨에 올 때까지 평범한 식물들만 본 것 같다. 물론 밤낮으로 서둘러 이동하는 나의 여행길이 그러한 섬세한 관찰에는 유리하지 않았다. 지금 린네*의 책을 지니고 다니며 그의 전문 용어를 마음에 잘 새기고 있지만 어떻게 분석할 시간과 여유가 생기겠는가. 내가 자신을 제대로 알고 있다면 어차피 분석은 결코 나의 강점이 될 수 없지 않은가. 이 때문에 나는 보편적인 것에 시선을 집중한다. 그래서 발헨 호숫가에서 처음으로 용담(龍膽)을 보았을 때 떠오른 생각 또한 지금까지 물가에서 처음으로 새로운 식물을 발견했다는 것이었다.

내가 보다 주목한 사실은 산의 높이가 식물들에 영향을 미치는 것 같다는 점이었다. 이때 나는 새로운 식물들뿐만 아니라 익히 아는 식물들의 성장이 변화된 사실도 발견했다. 비교적 낮은 지역에서는 가지와 줄기가 대체로 억세고 무성했으며 눈들이 비교적 가깝게 붙어서 나 있었고 잎들이 넓었던 반면, 산 위로 좀 더 올라갈수록 가지와 줄기가 연약해졌고 눈들이 서로

---

* 칼 폰 린네(1707~1778). 스웨덴의 식물학자로 식물 분류법의 기초를 세움.

떨어져 나 있었다. 그래서 마디와 마디 사이가 더 벌어졌고 잎들은 창 모양을 하고 있었다. 나는 이러한 점을 버드나무와 용담에서 발견하고 이것들의 종이 다르지 않으리라는 것을 확신했다. 발헨 호숫가에서도 나는 저지에서보다 더 길고 가느다란 골풀을 발견했다.

   내가 지금까지 가로질러 온 알프스의 석회암은 회색에다 아름답고 특이하며 고르지 않은 형태를 지니고 있다. 비록 수평층과 물결 모양의 층으로 나누어지기는 하지만 휘어진 층도 나타나고 대체로 일정하지 않은 모습으로 풍화되어 있어서 암벽과 산봉우리들이 기이하게 보인다. 이러한 종류의 암석이 브레너 고개에 넓게 분포되어 있다. 호수의 상부 지역에서도 암석이 이와 같이 변화한 모습을 발견했다. 석영이 촘촘히 박힌 암록색과 암회색의 운모 편암에 희고 조밀한 석회석이 기대어 있었다. 석회석은 그 떨어져 나간 면에 운모가 함유되어 있었고 균열이 무척 심하기는 했지만 커다란 덩어리로 노출되어 있었다. 그 석회석 위에서 나는 다시 운모 편암을 발견했는데, 먼저 것보다는 더 부드러운 듯했다. 훨씬 위쪽에는 특이한 종류의 편마암이, 혹은 오히려 엘보겐 지역에서처럼 편마암으로 변화해 가는 일종의 화강암이 나타난다. 고향과 맞은편인 여기 위쪽의 암석은 운모 편암이다. 산에서 흘러나오는 계곡물들이 이러한 돌덩이와 회색 석회만을 날라다 준다.

   멀지 않은 곳에 모든 것의 기반이 되는 화강암 층이 있는 게 분명하다. 지도를 보니까 우리가 있는 곳은 커다란 브레너 고개 쪽인데, 그곳에서 계곡물들이 주위 사방으로 쏟아져 나온다.

   나는 사람들의 외모를 보고 아주 많은 것을 알아내었다. 이곳 사람들은 씩씩하고 거리낌이 없다. 겉모습이 다들 사뭇 비숫해 보인다. 여자들이 아름다운 갈색 눈과 그림 같은 검은 눈썹을 지닌 반면 남자들의 눈썹은 금색에다 굵은 편이다. 녹색 모자를 쓰고 회색 암석들 사이를 돌아다니는 남자들의 모습이 흥겨워 보인다. 그들은 핀들이 아기자기하게 꽂혀 있고, 술 달린 넓은 태피터 장식 끈이나 리본으로 치장한 모자를 쓰고 있다. 또한 모자 위에는 모두 꽃이나 깃털을 달고 있다. 반면에 여자들은 술이 달린 넓고 흰 무명 모자로 모양을 망치고 있는데, 그 모자는 마치 볼품없는 남성용 나이트캡 같다. 다른 나라에서는 여자들이 무척 잘 어울리는 남성용 녹색 모자를 쓰고 다니는데, 그 때문에 오히려 이곳 여자들은 퍽이나 이국적으로 보인다.

나는 이 기회에 보통 사람들이 공작 깃털을 아주 중요하게 생각한다는 것과, 그 알록달록한 깃털이 대개 칭찬받는다는 사실을 알게 되었다. 이 산악 지방을 여행하려는 사람은 그런 깃털을 달고 다니는 게 좋을 것 같다. 이런 곳에서는 어디서나 환대를 받는 팁보다 그렇게 달고 다니는 깃털 하나가 더 도움이 될지도 모른다.

이제 나는 이 원고 쪽지들을 분류하고 모으고 철하면서, 친구들이 지금까지의 내 여정을 수월하게 그려볼 수 있도록, 그리고 동시에 내가 지금까지 경험하고 생각한 것을 마음속으로 되새길 수 있도록 정리하면서, 한편으로는 종이 뭉치들을 바라보며 전율을 금치 못하고 있다. 나는 짤막하나마 그것들에 대해 기분 좋은 고백을 하지 않을 수 없다. 나의 동반자인 이것들이 나의 앞날에 커다란 영향을 미치지 않겠는가!

나는 드디어 괴셴 출판사에서 내줄 판본을 편찬하기 위해 나의 모든 원고를 들고 카를스바트로 갔다. 나는 비서 포겔이 벌써 오래전부터 인쇄되지 않은 원고들을 능숙한 필치로 베껴 쓴 멋진 필사본을 갖고 있었다. 이 믿음직한 비서는 노련한 솜씨로 나를 도와주기 위해 이번에도 나의 여정에 동행했다. 그 덕분에 나는 헤르더의 변함없는 협조를 얻어 첫 네 권을 출판업자에게 보낼 수 있었고, 나머지 네 권도 막 넘길 참이었다. 이 나머지 네 권은 초안 상태의 원고에 불과한 것으로, 그러니까 미완성 단편(斷片)들로 이루어져 있었다. 이는 내가 많은 일을 시작해 놓은 뒤로 시간이 흐르면서 할 일과 신경 쓸 일이 점점 많아지고 흥미가 떨어짐에 따라 그것들을 방치해 두는 악습 때문에 빚어진 일이었다.

이제 이 원고들을 다 가지고 갔기 때문에 카를스바트 재사(才士)들의 요구에 기꺼이 승복해 지금까지 발표하지 않은 모든 원고를 그들 앞에서 낭독했다. 그럴 때마다 사람들은 좀 더 듣고 싶어 하면서 그 원고들이 완성되지 않은 것을 몹시 안타까워했다.

시작만 하고 소홀히 했던 원고의 제목으로 된 몇 편의 시를 증정받는 것으로 나는 생일 축하를 받았다. 그 축시들은 각기 나름대로 내 작업 방식에 대해 유감을 표명했다. 그중에서 「새들」*이라는 제목의 시가 특출했다. 그 시에서 트로이프로인트**한테 파견된 이 쾌활한 새들의 대표는 이젠 자기들에게 약속한 나라를 건설하고 정비해 달라고 나에게 간절히 부탁했다. 나의 다른 미완성 작품에 대한 발언들도 적지 않게 통찰력이 있고 품위가 있었다. 그러자 갑자기 그 작품들이 생생하게 되

---

* 괴테가 아리스토파레스의 「새들」을 모델로 해서 쓴 작품.
** 「새들」에서 이주자로 나오는 인물로, 괴테가 1780년 바이마르의 에테르스부르크 극장에서 이 역할을 맡음.

살아나서 나는 흡족한 마음으로 내가 품었던 복안과 완전한 계획을 그들에게 들려주었다. 이를 계기로 그 자리에 있던 사람들은 절박한 요구와 소망을 피력하였는데, 그중에서 헤르더의 말이 경청할 만했다. 헤르더는 내가 다시 이 원고들을 가지고 돌아가는 게 낫겠으며, 무엇보다도 『이피게니아』에 더 주의를 기울이는 게 좋겠다고 하면서 이 작품은 그럴 만한 가치가 있다고 나를 설득하려고 했다. 현재 이 작품은 완성작이라기보다는 초고 상태이다. 그것은 때로는 얌부스* 율격으로 빠지다가 다른 운율과 비슷해지기도 하는 시적인 산문 형식으로 씌어졌다. 물론 이런 점 때문에 낭독을 썩 잘하지 않거나 모종의 기교를 써서 결점을 은폐하려고 들면 효과가 반감될 것이다. 헤르더는 나에게 이런 점을 간곡히 명심시켜 주었다. 다른 모든 사람들에게 그랬듯이 그에게도 비교적 장기간의 여행 계획을 알리지 않았기 때문에 그는 내가 다시 그저 산행이나 하는 것으로 생각했다. 그는 광물학이나 지질학에 대해서 늘 비웃는 태도를 보였고 내가 폐석이나 두드리는 대신에 이 작품에 전력을 기울여야 한다고 생각했다. 나는 수많은 충고의 말들을 귀담아들었다. 하지만 여기 올 때까지 나의 관심을 그쪽으로 돌릴 수 없었다. 이제 나는 원고 꾸러미에서 『이피게니아』를 골라내어 그것을 동반자 삼아 아름답고 따뜻한 나라로 가지고 간다. 하루의 날은 길고, 아무것도 생각을 방해하는 것은 없다. 주변의 훌륭한 풍경은 시적 감흥을 내몰기는커녕 오히려 한층 더 신속하게 이를 불러일으킨다.

---

* 약운과 강운이 교차 배열되는 운각.

브레너에서 베로나까지

9월 11일, 아침, 트렌토

꼬박 쉰 시간 동안이나 삶을 부지하며 계속 일에 몰두하다가 어제 저녁 8시에 이곳에 도착해서는 곧장 잠자리에 들었다. 그런 뒤 지금에야 다시 이야기를 할 수 있는 상태가 되었다. 일기장의 1부를 마무리한 9일 저녁에 나는 또 숙소인 브레너의 역사(驛舍)를 스케치하려고 했지만 뜻을 이루지 못했다. 역사의 특성을 포착하는 데 실패하고 다소 언짢은 마음으로 집에 들어왔다. 주인은 달이 밝고 길이 최상이니 당장 떠나는 게 어떻겠느냐고 나에게 물어왔다. 그러면서 두 번째 벤 건초를 운반하기 위해 내일 새벽에 말들이 필요하고, 따라서 말들이 그때까지는 다시 집에 돌아오는 것이 좋은데 혹시 내가 그런 사정을 알고 있는지 물어보았다. 듣고 보니 그의 제안이 이기적이긴 했지만 내 마음속의 욕구와 일치했기 때문에 기꺼이 받아들였다. 해가 다시 모습을 드러냈고, 공기는 그런대로 괜찮았다. 짐을 꾸려 7시에 길을 떠났다. 대기가 구름을 쫓아버려 밤경치가 무척 아름다웠다.

마부는 잠이 들었지만 말들은 익히 잘 아는 길을 따라 전속력으로 산을 내려갔다. 그러다가 어느 지점에 이르자 부쩍 속력이 줄어들었다. 그러자 마부가 잠에서 깨어나 다시 말을 몰았다. 나는 높다란 바위들 사이로 에치 강의 급류를 따라 빠른 속도로 내려갔다. 달이 휘영청 떠올라 엄청난 크기의 사물들을 비추어주었다. 포말을 일으키며 흐르는 계곡물 위, 태곳적 가문비나무들 사이의 몇몇 물레방아들은 완전히 에버딩엔의 그림 그 자체였다.

9시에 슈테르칭에 도착했을 때 사람들은 내가 곧 다시 길을 떠났으면 하는 눈치였다. 정각 12시에 미텐발트에 도착해 보니 마부만 빼놓고 모두 깊은 잠에 곯아떨어져 있었다. 그래서 계속 브레사노네로 향했는데 거기서 흡사 납치당한 것처럼 다시 떠밀려 출발해서는 동틀 무렵에 콜만에 당도했다. 마부들은 정신이 아찔할 만큼 빠른 속도로 말을 몰았다. 그래서 이렇게 경치 좋은 지역을 끔찍한 속도로, 야밤에 날듯이 지나온 것이 못내 마음에 걸렸다. 하지만 뒤에서 훈풍이 불어주어 내 바람대로 달리게 해준 것이 마음속으로 기뻤다. 먼동이 트면서 제일 먼저 포도밭들이 눈에 들어왔다. 나는 배와 복숭아를 가진 아낙네와 마주쳤다. 그리고 이렇게 트리니타를 향해 달리다가 7시에 도착해서는 쉬지 않고 또 길을 재촉했다. 다시 북쪽으로 얼마쯤 달리다가 이제 해가 중천에 떴을 때 이윽고 볼차노가 위치한 계곡이 눈에 들어왔다. 그곳은 상당한 높이까지 개간된 가파른 산들에 둘러싸인 채 남쪽은 트여 있었고 북쪽은 티롤 산맥으로 막혀 있었다. 온화하고 부드러운 공기가 이 지역을 가득 채우고 있었다. 여기에서 에치 강은 다시 남쪽으로 흘러간다. 산기슭의 언덕에는 포도가 재배되고 있다. 기다랗고 나지막한 포도 넝쿨 위로 버팀목들이 꽂혀 있고 덮개에 싸인 푸른 포도들이 우아하게 매달린 채 땅의 열기를 받으며 익어가고 있다. 보통 때는 그저 풀밭에 지나지 않는 계곡의 평지에도 넝쿨들이 촘촘하게 열을 지으며 포도가 자라고 있다. 그 사이사이로 터키산 호밀 줄기가 하늘 높은 줄 모르고 점점 더 높이 솟아 있다. 키가 십 피트나 되는 것도 드물지 않게 눈에 띄었다. 섬유질을 품은 수꽃은 수정을 한 지 한참 되었는데도 아직 잘리지 않고 그대로 있다.

밝은 햇살을 받으며 나는 볼차노에 도착했다. 많은 상인들의 얼굴을 보니 나도 덩달아 기분이 좋아졌다. 의지적이고 안락한 삶이 이들의 표정에 자못 생생하게 드러난다. 광장에는 지름이 사 피트가 넘는 둥글고 납작한 광주리를 앞에 두고 과일 파는 아낙네들이 앉아 있었다. 그 안에는 복숭아들이 서로 부딪히지 않게 나란히 놓여 있었고, 배들도 그렇게 놓여 있었다. 이때 레겐스부르크의 여관 창문에 적혀 있던 글이 불현듯 떠올랐다.

> 복숭아와 멜론은
> 남작의 배를 위한 것이고,
> 채찍과 몽둥이는, 솔로몬의 말처럼
> 바보들을 위한 것이다.

북쪽의 어떤 남작이 이런 글을 쓴 것이 분명한데, 그가 이 지방에 온다면 물론 자신의 생각을 바꿀 것이다.

볼차노의 큰 장에서는 비단 거래가 활발히 이루어진다. 직물들이 모이고 가죽은 산악 지방에서 조달된다. 하지만 몇몇 상인들은 주로 수금하고 주문받고 새로 외상을 주기 위해 그곳에

온다. 한꺼번에 모이는 온갖 물품들을 구경하는 게 대단히 재미있었다. 하지만 충동, 짓누르는 불안이 나를 가만히 쉬게 내버려두지 않으므로 곧장 서둘러 다시 그곳을 떠났다. 통계를 중시하는 우리 시대에 아마도 이 모든 것들이 이미 인쇄되어 있을 것이므로 필요할 때면 책에서 정보를 얻을 수 있다는 사실에 다소 위안이 된다. 지금 나에게 중요한 것은 어떤 책이나 그림에서도 얻을 수 없는 감각적인 인상일 뿐이다. 나는 다시 세상에 관심을 갖고 나의 관찰 정신을 시험하고 심사하고 있다. 나의 학문과 지식이 어느 정도인지, 나의 눈이 빛나고 순수하고 밝은지, 얼마나 많은 것을 신속하게 파악할 수 있는지, 마음속에 파고들어 짓눌렸던 주름들이 다시 지워질 수 있는지를 알아보려는 것이다. 나 자신에게 신경 쓰고, 늘 주의를 기울이며, 항시 의식하고 있어야 한다는 사실이 벌써 요 며칠 동안 전혀 다른 정신의 탄력을 부여해 준다. 평소에는 그저 생각하고 원하고 궁리하고 명령하고 지시만 하다가 이젠 환율에 신경을 쓰고 바꾸고 지불하고 기록하고 써야만 하는 것이다.

볼차노에서 트렌토까지는 점점 더 비옥해지는 계곡이 구 마일이나 이어진다. 비교적 높은 산에서는 생존하는 데 급급해하는 모든 사물들이 여기서는 더 많은 힘과 생명력을 지니고 있다. 태양은 뜨겁게 빛나고, 우리는 다시 한 번 신의 존재를 믿게 된다.

가난해 보이는 한 아낙네가 나를 불러 세우더니 자기 아이를 마차에 좀 태워달라고 부탁했다. 땅이 뜨거워 발이 탈 지경이라고 했다. 나는 엄청난 하늘의 열기에 경의를 표하며 자비를 베풀었다. 아이는 옷차림이 독특했지만 나는 아이에게서 한마디 말도 끌어내지 못했다.

이제 에치 강은 비교적 잔잔히 흐르며 여러 곳에 널따란 모래톱을 만들어놓고 있다. 강가의 땅과 언덕 위에는 나무들이 아주 촘촘히 자라고 있어 서로를 질식시켜 죽이지나 않을까 걱정이 될 정도이다. 포도밭, 옥수수, 뽕나무, 사과, 배, 모과 및 호두나무 들이다. 담장 위로는 넓은 잎의 딱총나무가 가지를 활기차게 드리우고 있다. 담쟁이덩굴은 억센 줄기로 바위들을 타오르고 자라며 바위들 위에 넓게 퍼져 있다. 도마뱀이 갈라진 틈새를 미끄러지듯 넘나들며, 이리저리 바뀌는 온갖 사물도 그지없이 사랑스러운 그림들을 생각나게 해준다. 머리를 땋아올린 아낙네들, 가슴을 드러내고 가벼운 재킷을 걸친 남자들, 그들이 시장에서 집으로 몰고 가는 튼실한 황소들, 짐을 실은 작은 당나귀들 같은 모든 것은 하인리히 로스의 생동감 넘치고 감동적인 그림의 장면을 연출하고 있다. 이윽고 저녁이 되어 부드러운 공기 속에 몇 점 구름이 이동하기보다는 하늘에 머물면서 산에서 쉬고 있을 때, 해가 진 직후 메뚜기들의 울음소리가 크게 들리기 시작할 때면, 숨어 지내거나 유배 중이라는 마음보다는 세상이 제집처럼 느껴진다. 나는 마치 이곳에서 태어나고 교육을 받은 후 그린란드로 고래잡이를 갔다가 막 돌아오기라도 한 것처럼 이런 풍경을 살갑게 받아들인다. 또한 이따금씩 마차 주위에 일어나는 먼지도 오랫동안 경험하지 못한 조국의 먼지라도 되는 양 반갑게 여겨진다. 메뚜기들이 내는 종소리와 방울 소리도 날카롭기는 하나 듣기 싫지 않고 사랑스럽기 그지없다. 개구쟁이 녀석들이 그런 가수들과 경쟁하듯 휘파람을 불 때면 그 소리가 흥겹다. 정말로 이들이 서로 경쟁하고 있다는 생각이 들 정도이다. 밤에도 낮처럼 공기가 더없이 온화하다.

남국에 살거나 남국 출신인 누군가가 나의 이런 황홀해하는 감상을 듣는다면 마치 어린애 같다고 여길지도 모른다. 아, 내가 여기서 표현하고 있는 것은 오랫동안, 음산한 하늘 아래서 견딜 때부터 아주 오랫동안 알고 있던 것이다. 그러므로 우리가 자연의 영원한 필연성으로서 언제나 누려야 할 이러한 기쁨을 내가 지금 예외적인 것으로 느끼고 있는지도 모른다.

9월 11일 저녁, 트렌토

걸어서 시내를 돌아다녔다. 아주 오래된 도시지만 몇몇 거리에는 잘 지어진 신식 건물들도 있다. 성당에는 미사에 참석한 신도들이 예수회 총회장의 설교에 귀 기울이고 있는 그림이 걸려 있다. 그가 설교하는 내용이 무엇인지 자못 궁금하다. 예수회 성당은 정면에 붉은 대리석 기둥이 있어서 밖에서도 금방 알아볼 수 있다. 먼지가 들어오는 것을 막기 위해 묵직한 커튼이 문을 가리고 있다. 나는 커튼을 젖히고 성당의 작은 현관으로 들어갔다. 성당은 쇠창살로 닫혀 있지만 내부를 이리저리 들여다볼 수는 있다. 내부는 조용하고 개미 한 마리 얼씬하지 않았다. 여기서는 더 이상 미사를 거행하지 않기 때문이다. 앞문이 열려 있던 이유는 저녁에는 모든 성당 문이 열려 있어야 하기 때문이다.

그곳에 서서 예수회 파의 다른 성당들과 비슷해 보이는 건축양식을 살펴보고 있는데 한 노인이 들어오더니 곧바로 검은 두건을 벗었다. 검은색이 바랜 낡은 법복으로 보아 영락한 성직자인 모양이었다. 그는 쇠창살 앞에 무릎을 꿇더니 잠시 기도를 드리고 나서 다시 몸을 일으킨다. 몸을 돌리면서 나지막하게 중얼거린다. "그들이 예수회원들을 몰아낸 거야. 성당 짓는 데 들인 돈은 치렀어야 하는데. 난 성당에 들인 비용을 잘 알고 있어. 신학교에도 막대한 돈이 들었고." 그러면서 그는 밖으로 나갔고 등 뒤로 커튼이 닫혔다. 나는 커튼을 약간 들어 올리고 가만히 지켜보았다. 그는 계단 위쪽에 선 채 이렇게 중얼거렸다. "황제가 아니라 교황이 그랬어." 그는 거리 쪽으로 고개를 돌린 채 내가 지켜보는 줄도 모르고 계속 중얼거렸다. "처음엔 스페인 사람들이, 다음엔 우리, 그다음엔 프랑스 사람들이야. 아벨이 흘린 피가 그의 형 카인을 저주하고 있는 셈이야!" 그는 계속 중얼거리며 계단을 내려가 거리 쪽으로 나갔다. 아마 예수회로부터 부양받다가 교단이 몰락하는 바람에 그만 머리가 돌아버린 모양이었다. 그래서 날마다 이렇게 와서는 텅 빈 성당에서 옛 신자들을 찾으며 잠시 기도를 드리고 나서는 적들에게 저주의 말을 퍼붓는 것이다.

한 젊은이에게 도시의 명소들을 물었더니 악마의 집이라 불리는 곳을 알려주었다. 평소에는 파괴를 일삼던 악마가 돌들을 날라 와서 하룻밤 새 그 집을 지었다고 한다. 하지만 그 착한 청년은 그 집의 진면목을 알아차리지 못했다. 즉 그 집은 내가 트렌토에서 본 건물 가운데 유일하게 미적 감각이 훌륭한 것이었다. 비교적 오래전에 뛰어난 이탈리아인이 지은 게 틀림없었다.

저녁 5시에 길을 떠났다. 해가 지자 곧장 메뚜기들이 울기 시작하면서 어젯밤의 연극이 재연되었다. 약 일 마일 정도 담벼락 사이를 달리는데, 담 너머로는 포도밭이 보인다. 그리 높지 않은 담장들은 지나가는 사람들이 포도를 따지 못하도록 돌멩이, 가시나 그 밖의 것으로 위를 막아놓았다. 많은 주인들이 맨 앞줄의 포도들에 석회를 뿌려놓기도 했다. 그렇지만 발효하는 과정에서 석회가 제거되기 때문에 포도주 맛에는 이상이 없다.

9월 11일, 저녁

이제 언어가 바뀌는 지역인 로베레토에 도착했다. 여기까지 오는 동안 북쪽 지역에서는 독일어와 이탈리아어를 계속 왔다 갔다 했다. 이제 처음으로 토박이 이탈리아어를 쓰는 마부를 만나게 되었다. 여관 주인이 독일어를 못하니 드디어 나의 말재주를 시험해 봐야 한다. 지금부터는 좋아하는 언어가 살아나서 사용하는 언어가 되니 얼마나 기쁜 일인가.

9월 12일 식사 후, 토르볼레

내 앞에 펼쳐져 있는 전망을 잠시라도 친구들과 함께 즐길 수 있으면 얼마나 좋을까 하는 생각이 들었다.

오늘 밤 베로나에 도착할 수 있었을지도 모른다. 하지만 길 옆의 풍광이 하도 수려하고, 소중한 광경인 가르다 호수를 놓치고 싶지 않아서 에움길로 왔는데 충분히 그럴 만한 가치가 있었다. 5시가 지난 후 로베레토를 떠나 아직 에치 강으로 물을 흘려보내는 측면 계곡을 따라 올라갔다. 거기를 다 올라가면 엄청나게 큰 바위가 가로막고 있는데, 호수로 내려가려면 그 바위를 넘어가야 한다. 여기에 그림 공부를 하기에 가장 좋은 석회암이 모습을 드러내었다. 아래로 내려가다 보면 호수의 북쪽 끝에 자그마한 마을이 나타난다. 작은 항구라거나 차라리 나루터라고 할 이 마을의 이름은 토르볼레이다. 나는 오르막길을 올라가면서 숱하게 무화과나무들과 마주쳤는데, 원형 경기장 같은 바윗길을 내려가면서 처음으로 열매가 주렁주렁 달린 올리브 나무들을 발견했다. 또한 란티에리 백작 부인이 나에게 주겠다고 약속했던 농염한 과일인 자그맣고 하얀 무화과들도 여기서 처음으로 보았다.

내가 앉아 있는 방에서 뜰 저 아래쪽으로 문이 나 있다. 나는 탁자를 문 앞으로 옮기고 몇 개의 선으로 경치를 스케치했다. 호수는 왼쪽 끝 부분만 제외하고 거의 전체가 시야에 들어온다. 양쪽이 언덕과 산으로 둘러싸인 호반은 빽빽이 들어찬 민가에서 새어나오는 빛을 받아 반짝이고 있다.

자정이 지나자 북쪽에서 남쪽으로 바람이 분다. 그래서 호수로 내려가려고 하는 자는 이 시각에 떠나야 한다. 해뜨기 몇 시간 전에 벌써 방향이 바뀌어 바람이 북쪽으로 불기 때문이다. 오늘 오후에 내 쪽으로 세찬 바람이 불어 뜨거운 햇볕을 아주 상큼하게 식혀준다. 폴크만은 이 호수가 예전에 베나쿠스로 불렸음을 일러주는 동시에, 그 호수 이름을 생각나게 해주는 베르길리우스의 시구를 인용하고 있다.

바다처럼 파도치며 포효하는 그대 베나쿠스여.

라틴어로 된 시의 첫 행이 내 눈앞에 생생하게 살아난다. 바람이 점점 더 세차게 불어 나루터 쪽으로 세찬 파도가 치는 순간 이 시구는 오늘날에도 수백 년 전과 마찬가지로 실제 그대로이다. 많은 것이 변했지만, 호수에 부는 바람은 여전히 사나워 베르길리우스의 시 한 줄은 그 광경을 여전히 고상하게 만들어준다.
　북위 45도 50분 지점에서 이 글을 쓴다.

　서늘한 저녁 바람을 맞으며 산보를 했다. 이젠 정말 새로운 나라, 완전히 이국적인 환경에 와 있음을 느낀다. 사람들은 한가하고 안락하게 살아간다. 첫째, 무엇보다 대문에 자물쇠가 없다. 여관 주인은 내 소지품이 죄다 다이아몬드로 된 물건이라 하더라도 아무 걱정할 필요가 없다고 장담했다. 둘째, 창은 유리 대신 기름종이로 되어 있다. 셋째, 뭐라고 해도 꼭 필요한 화장실이 없어서 여기 사람들은 상당히 자연 상태와 가까운 생활을 하고 있다. 여관 집 하인한테 어디서 용변을 보면 되느냐고 묻자 그는 뜰 아래쪽을 가리켰다. "저기서 보세요!" 내가 "어디서 말이오?" 하고 묻자 "아무 데나 보고 싶은 곳에서요!" 하고 그는 친절히 대답했다. 천하태평인 듯이 보이지만 생기 있고 부산한 모습도 없지 않다. 이웃 아낙네들은 온종일 잡담하고 수다를 떨지만 동시에 모두들 뭔가 할 일이 있다. 하는 일 없이 빈둥거리는 여자는 지금까지 한 명도 보이지 않았다.
　여관 주인은 내게 맛좋은 송어를 대접할 수 있어서 행복하게 생각한다고 이탈리아식으로 과장되게 말하였다. 송어는 산에서 시냇물이 흐르는 토르볼레 근처, 물고기가 상류 쪽으로 올라가는 곳에서 잡힌다. 황제는 이곳에서 물고기를 잡게 해주는 대가로 만 굴덴을 받는다. 그것은 진짜 송어는 아니고, 몸집이 크고 때로는 무게가 오십 파운드나 나가며 머리에 이르기까지 온몸에 반점이 박혀 있는 물고기다. 송어와 연어의 중간 정도로, 연하며 맛은 그저 그만하다.
　하지만 무엇보다도 나는 과일들을 좋아한다. 무화과며 배도 좋아하는데, 레몬이 자라는 곳에서는 배 맛이 정말 일품이다.

9월 13일 저녁

오늘 새벽 3시에 두 명의 노 젓는 사람과 함께 토르볼레를 떠났다. 처음에는 순풍이어서 돛을 달아야 했다. 아침 풍경은 장관이었고 구름이 끼었지만 동이 틀 무렵에는 고요했다. 우리는 리모네를 지나갔다. 레몬 나무가 심긴 계단식의 산기슭 과수원들은 풍요롭고 말끔한 인상을 준다. 과수원 전체는 서로 일정한 간격으로 떨어져 계단식으로 산 위에 줄 지어 서 있는 사각형의 흰 기둥들로 이루어져 있다. 이 기둥들 위로는 튼튼한 막대기들이 놓여 있어서, 겨울이면 그 사이에 심긴 나무들을 덮도록 되어 있다. 배의 속도가 그리 빠르지 않아서 이러한 대상들을 관찰하고 음미하는 혜택을 누릴 수 있었다. 이렇게 우리가 말체시네를 지나갈 때 풍향이 완전히 바뀌어 보통 낮에 그렇듯이 북쪽으로 바람이 불었다. 바람이 하도 강해 노를 저어도 별 소용이 없었다. 그래서 우리는 말체시네 항에 배를 댈 수밖에 없었다. 이곳은 호수의 동쪽 지역에 있는 첫 베네치아 마을이다. 배를 타고 가면 오늘 어디에 닿을지 말할 수 없다. 이곳에 머무는 시간을 되도록 잘 활용해서 특히 호숫가에 위치한 아름다운 성의 모습을 그리려고 한다. 오늘은 배를 타고 지나가면서 스케치했다.

9월 14일

어제 나를 말체시네 항구로 내몬 그 역풍 탓에 아슬아슬한 모험을 겪게 되었다. 나는 그 모험을 기분 좋은 유머로 극복했는데, 돌이켜 생각해 보니 재미있게 여겨진다. 미리 마음먹은 대로 나는 아침 일찍 그 고성으로 들어갔다. 성문도 차단기나 문지기도 없어서 누구나 출입할 수 있게 되어 있다. 나는 성의 뜰 안에 들어가 바위 위와 속에 세워진 탑을 마주하고 앉았다. 여기서 그림 그리기에 안성맞춤인 장소를 발견했던 것이다. 서너 계단 올라간 곳에서 잠긴 문 옆의 문설주에 돌로 장식된 앉을 자리가 있었다. 이런 문은 우리 독일의 옛 건축물들에서도 익히 볼 수 있는 것이다.

거기에 앉은 지 얼마 되지 않아 여러 부류의 사람들이 뜰 안으로 들어와서는 나를 관찰하며 이리저리 왔다 갔다 하였다. 이어 사람들 무리가 더 늘어나더니 걸음을 멈추고서 결국에는 나를 에워싸는 것이었다. 내 그림이 그들의 관심을 끌었음을 눈치 챘지만 아랑곳하지 않고 태연히 계속 그렸다. 이윽고 과히 인상이 좋지 않은 한 사내가 앞으로 나서더니 거기서 무얼 하느냐고 물었다. 나는 말체시네에 와서 본 기억을 간직하기 위해 고탑을 스케치하고 있다고 대답했다. 그러자 그는 허락받은 일이 아니므로 그만두라고 했다. 그가 투박한 베네치아어를 써서 나는 사실 그의 말을 거의 이해할 수 없었다. 그래서 말을 알아듣지 못하겠다고 대답했다. 그러자 그는 그야말로 이탈리아인 특유의 냉정한 태도로 내 도화지를 움켜잡더니 그걸 찢어 버리고는 화판 위에 올려놓았다. 그러자 주위에 둘러선 사람들이 언짢아하는 분위기를 감지할 수 있었다. 특히 나이가 지긋한 부인은 그런 행동은 옳지 않으니 이런 일에 판정을 내릴 수 있는 시장을 불러와야 한다고 말했다. 나는 문에 등을 기댄 채 계단 위에 서서 점점 더 늘어나는 구경꾼들을 바라보았다.

호기심에 차서 응시하는 사람들의 눈길 대부분에는 선량한 표정이 담겨 있었다. 그리고 이것 말고도 이국의 낯선 사람들을 특징짓는 그 무엇이 나에게 재미있는 인상을 주었다. 나는 트로이프로인트 역할을 하며 에테르스부르크 극장 무대에서 자주 놀려먹었던 새들의 합창단을 눈앞에 보고 있는 것처럼 생각되었다. 이런 생각을 하니 무척 기분이 좋아졌다. 그래서 시장이 서기를 데리고 나타났을 때 나는 그에게 가벼운 마음으로 인사했다. 그리고 왜 자기들의 성채를 그리느냐는 그의 질문에 이 폐허가 성채로 생각되지 않는다고 대답했다. 나는 시장과 군중에게 이 탑들과 벽들이 무너져 내린 것에 주의를 환기시키고, 성문도 없으며 한마디로 모든 시설물이 무방비 상태에 있음을 지적했다. 그리고 여기서 보고 그릴 게 폐허밖에 없다고 생각했음을 확실하게 말했다.

사람들은 그게 폐허라면 뭐가 그리 신기해서 스케치하고 싶은 느낌을 자아내겠느냐고 반박했다. 나는 시간을 벌면서 호의적인 감정을 끌어내야 했기 때문에 무척 장황하게 대답했다. 여러분도 알고 있듯 많은 여행객들이 이탈리아로 오는 이유는 오로지 이 폐허를 보기 위해서이며, 세계의 수도인 로마가 야만인들에 의해 황폐화되었지만 수없이 많이 스케치되지 않았느냐고 대답했다. 그리고 고대 유적들이 모두 다 베로나의 원형극장처럼 보존된 게 아니어서 나는 그것도 곧 보러 갈 참이라고 덧붙였다.

몇 계단 아래에서 나를 쳐다보고 있던 시장은 길쭉한 체형이지만 그리 마르지 않은 서른 살가량의 남자였다. 멍청한 얼굴의 흐리멍덩한 표정은 질문할 때의 느릿느릿하고 불분명한 말투와 아주 잘 어울렸다. 작고 민첩한 서기도 새롭고도 이색적인 사건을 어떻게 처리해야 할지 금방 판단이 서지 않는 모양이었다. 나는 아까 했던 것과 유사한 말을 또 늘어놓았다. 사람들은 내 말에 친근하게 귀 기울이는 것 같았다. 그리고 나는 호의적인 표정을 짓는 몇몇 여인들을 바라보면서 찬성과 동의의 감정을 읽어냈다.

하지만 내가 이 지역 사람들이 아레나라는 이름으로 알고 있는 베로나의 원형극장을 언급하자 서기는 그사이에 곰곰 생각해 두었다가, 그것은 세계적으로 유명한 로마 시대의 건축물이라 아마 값어치가 있을지도 모르지만 이곳은 베네치아 지역과 오스트리아 제국 사이의 경계선을 이루므로 정탐해서는 안 된다는 것 말고는 이 탑들에 특별한 점은 없다고 말했다. 나는 그의 말을 받아 그리스, 로마 시대의 유적들뿐만 아니라 중세 시대의 유적들도 주목할 만한 값어치가 있다고 장황하게 설명했다. 내가 어릴 적부터 잘 알고 있는 이 건물에서 그들이 그림 같은 아름다움을 나만큼 발견할 수 없는 것이 물론 그들의 잘못은 아니라고 말했다. 때마침 아침 햇살이 탑, 암석 및 벽에 무척이나 아름답게 비쳐서 나는 그들에게 이 모습을 열광적으로 묘사하기 시작했다. 하지만 군중들은 내가 칭찬하는 대상들을 등진 채 몸을 돌리려 하지 않았기 때문에 내가 그들의 귀에다 대고 찬양한 대상들을 두 눈으로 보려고 개미잡이 새처럼 고개만 홱 돌리곤 했다. 시장 자신도 남들보다 좀 더 위엄을 갖추긴 했지만 내가 묘사한 광경을 보려고 고개를 돌렸다. 이러한 장면이 너무나 우스꽝스러워 나는 기분이 더 좋아졌다. 그래서 수백 년 동안이나 바위와 폐허를 무성하게 장식해 온 담쟁이덩굴에 대해서는 아무런 언급도 하지 않았다.

그러자 시장의 서기는 내 말이 죄다 경청할 만하지만 요제프

황제는 아직도 베네치아 공화국에 대해 확실히 불순한 음모를 꾸미는, 마음이 불안한 군주라고 대꾸했다. 그리고 나는 그의 신하로서 국경을 정탐하기 위해 파견된 자일지도 모른다고 말했다.

"당치도 않는 말이오, 황제의 신하라니!" 나는 소리쳤다. "나도 여러분처럼 공화국의 시민임을 자랑스럽게 생각하고 있소. 사실 힘이나 크기에 있어서는 귀하의 베네치아 공화국에 견줄 바가 못 되지만 그 도시는 자치 조직도 갖추어져 있고 상업 활동, 부(富), 지도자들의 지혜는 독일 어디에도 뒤지지 않습니다. 말하자면 저는 그 이름이나 명성이 여러분에게까지 분명히 알려졌을 마인 강변의 프랑크푸르트 태생입니다."

"마인 강변의 프랑크푸르트 출신이라고요!" 젊고 귀여운 여자가 외쳤다. "그렇다면 시장님, 이 낯선 분이 어떤 사람인지 금방 알 수 있을 거예요. 제가 보기엔 선량한 분 같아요. 오랫동안 그곳에서 살았던 그레고리오를 불러오도록 하세요. 그 사람이 이 일을 가장 잘 판정할 수 있는 적임자일 거예요."

어느새 내 주위에 호의적인 얼굴들이 늘어났고, 처음에 반감을 가졌던 그 남자는 사라져버리고 없었다. 그리고 이제 그레고리오라는 사람이 나타나자 상황은 전적으로 나에게 유리하게 돌아갔다. 대략 오십 대로 보이는 이 남자는 사람들이 일반적으로 알고 있듯 이탈리아적인 갈색 얼굴을 하고 있었다. 그는 낯선 것을 낯설게 생각하지 않는 사람처럼 말하고 행동했다. 그는 곧장 자신이 볼론가로 상사에서 근무했다고 말했다. 그리고 그가 즐겁게 기억에 떠올리는 그 가문과 도시에 관한 근황을 나를 통해 듣게 되어 기쁘다고 말했다. 다행히도 내가 비교적 젊었을 때 그가 프랑크푸르트에 있었기에, 그가 살던 때와 그 이후의 변한 상황을 정확히 말해 줄 수 있어서 나의 처지가 한층 유리하게 되었다. 나는 이탈리아 가문들을 잘 알고 있었기 때문에 모두 이야기해 줄 수 있었다. 몇 가지 세세한 이야기를 들려주자 그는 무척 흐뭇해했다. 예를 들어 알레시나 씨가 1774년에 금혼식을 치르고 만든 기념 메달을 나도 갖고 있다는 식의 이야기였다. 이 부유한 상인 부인의 처녀 때 성이 브렌타노라는 사실도 그는 아주 잘 기억하고 있었다. 나는 이 집안의 자녀와 손자 들이 성장하고 성인이 되어 결혼하고 자손을 늘린 내력에 대해서도 들려줄 수 있었다.

그가 나에게 물은 거의 모든 것에 대해 아주 정확한 정보를 알려주자 그의 얼굴에 밝은 표정과 진지한 표정이 번갈아 나타났다. 그는 기뻐하며 감격스러워 했고, 주위의 사람들은 점점 더 즐거워하면서 지루한 기색 없이 우리 둘의 대화에 귀를 기울였다. 물론 그는 대화의 일부를 먼저 자기네 방언으로 옮겨주어야 했다.

마침내 그는 이렇게 말했다.

"시장님, 저는 이분이 점잖고 재주가 뛰어나며 교육을 잘 받은 사람으로, 견문을 넓히기 위해 각지를 두루 돌아다니는 분임을 확신합니다. 그가 고향에 돌아가 우리의 좋은 점을 이야기해서 그의 고향 사람들이 말체시네를 찾아오게 할 수 있도록 그를 친절히 떠나보내는 게 좋겠습니다. 사실 우리의 아름다운 경치는 외지 사람들이 경탄을 금치 못할 만하니까요."

나는 이 지역, 지형 및 주민들을 칭찬하는 말을 하면서 그의 친절한 말에 힘을 실어주었다. 그리고 사법 당국자들도 현명하고 사려 깊은 사람이라고 치켜세우는 것도 잊지 않았다.

이 모든 게 좋게 받아들여져서 나는 장인(匠人) 그레고리오와 함께 이 지역 곳곳을 마음대로 구경 다녀도 좋다는 허락을 받았다. 내가 여장을 푼 여관 주인도 이제 우리와 어울리면서 말체시네의 장점이 일단 세상에 제대로 알려지면 자기네 여관에도 외지 사람들이 몰려들 거라는 기대에 벌써 넘쳐 있었다. 그는 대단한 호기심을 보이며 내 옷가지들을 관찰하였다. 그런데 특히 그는 편리하게 호주머니에 집어넣을 수 있는 내 소형 권총을 부러워하였다. 그는 그렇게 멋진 무기들을 소지하고 다녀도 되는 사람들은 참 좋겠다며, 자기네는 그러면 가혹한 처벌을 받는다고 말했다. 나는 여관 주인이 다정하게 걸어오는 말을 여러 번 끊으면서 나를 해방시켜 준 그레고리오에게 감사의 뜻을 표했다.

"나에게 고마워할 필요 없어요." 그 착한 남자가 말했다.

"당신은 나한테 은혜를 입은 게 없어요. 만일 시장이 자신의 본분에 충실한 사람이었다면, 그리고 서기가 누구보다 사리사욕이 강한 사람이 아니었다면 당신은 이런 곤경에서 벗어나지 못했을지도 모릅니다. 시장은 당신보다 더 어쩔 줄 몰라 했고, 서기는 당신을 체포하고 보고하고 베로나로 보내봤자 자기에게 조금도 이로울 게 없다는 것을 알았습니다. 그는 이 점을 재빨리 간파했지요. 그래서 우리의 대화가 미처 끝나기도 전에 자유의 몸이 된 것입니다."

저녁때 그 선량한 남자는 나를 자기 포도원으로 데리고 갔다. 포도원은 호수를 굽어보는 아주 좋은 자리에 있었다. 우리를 따라온 열다섯 살짜리 그의 아들은 나무에 올라가서 나를 위해 가장 좋은 과일을 따주었고, 그동안 아버지는 잘 익은 포도를 고르고 있었다.

세상 한구석에서 세상을 등지고 외롭고 고적하게 살아가는 마음 좋은 이 두 사람과 같이 있으면서 낮에 있었던 모험을 곰곰 생각해 보니, 다른 이들과 사이좋게 더불어 살면서 안전하고 편안하게 인생을 즐길 수 있을 텐데 세상과 세상의 내막을 독특한 방식으로 자기 것으로 만들려는 엉뚱한 생각을 한 것만으로 때로는 자신을 불편하고 위험하게 만드는 인간이란 얼마나 불가사의한 존재인가를 더할 나위 없이 생생하게 느끼게 되었다.

자정 무렵에 여관 주인은 그레고리오가 나에게 선물한 조그만 과일 바구니를 들고 작은 배가 있는 곳에 나를 데려다주었다. 나는 이렇게 순풍을 타고 나를 성가시게 했을지도 모르는 호숫가를 떠나왔다.

이제 나의 항해에 대해 이야기해 보겠다! 호수의 수면과 그에 인접한 브레시아 호숫가의 수려함이 내 마음에 제법 생기를 불어 넣어준 후에 배 여행이 행복하게 끝났다. 서쪽으로 험준한 산세가 끝나고 호수 쪽으로 지형이 점차 평탄해지는 곳에서 약 한 시간 반쯤 걸리는 거리에 걸쳐 가르냐노, 볼리아코, 체치나, 토스콜라노, 마데르노, 베르돔, 살로 등의 마을이 열을 지어 이어져 있는데, 이 마을들 모두가 대체로 길게 뻗어 있다. 주민들이 옹기종기 모여 사는 이 지역의 아름다움을 필설로 이루 다 표현할 수가 없다. 아침 10시에 바르돌리노에 도착해서 짐을 노새의 등에 얹고 다른 노새의 등에 올라탔다. 이제 길은 에치 강 계곡과 움푹 들어간 호수를 갈라놓은 산등성이 위로 나 있었다. 마치 태곳적의 물이 여기 양쪽에서 엄청난 흐름으로 서로에게 영향을 미쳐 이런 거대한 자갈 제방을 형성해 놓은 것 같았다. 좀 더 평온한 시기엔 비옥한 토양이 그 위로 떠

내려왔다. 하지만 농부들은 계속해서 떠 내려오는 자갈들 때문에 늘 시달림을 받아왔다. 그래서 그들은 되도록 자갈들을 치우려 했고 줄줄이, 겹겹이 그것들을 쌓아올려 길가에 아주 두꺼운 성벽 같은 모양이 생겼다. 이렇게 높은 곳에는 습기가 부족하므로 뽕나무들의 생김새는 그리 좋지 않다. 샘이 있을 거라고는 생각할 수 없다. 이따금 빗물이 흘러서 고인 웅덩이를 만나는데 노새나 마부 들도 여기서 갈증을 달랜다. 아래쪽 강가에는 좀 더 낮은 곳의 조림지에 마음대로 물을 댈 수 있도록 양수차들이 설치되어 있다.

아래로 내려가면서 보이는 새로운 지역의 수려한 장관은 이루 말로 형언할 수 없을 정도이다. 높다란 산과 가파른 바위로 둘러싸인 산기슭에 아주 깔끔하게 정리된 평평한 정원이 몇 마일씩이나 길고도 넓게 펼쳐져 있다. 나는 9월 14일 1시경에 여기 베로나에 도착해 먼저 두 번째 일기장을 마무리 짓는 이 글을 쓰고 있다. 그리고 이것을 철한 다음 저녁 무렵에는 즐거운 마음으로 원형극장을 보러 가려고 한다.

요 며칠 동안의 날씨에 대해서는 다음과 같이 보고한다. 9일에서 10일로 넘어가는 밤에는 맑았다 흐렸다 했고, 달 주위에는 계속 달무리가 보였다. 새벽 5시경에는 온 하늘이 엷은 잿빛 구름으로 덮였지만 날이 밝으면서 점차 사라져갔다. 아래쪽으로 내려갈수록 날씨가 좋아졌다. 볼차노에서는 산맥의 커다란 주 봉우리가 어둠 속에 잠겨 있었는데, 대기가 이제 완전히 다른 상태를 보였다. 말하자면 다소간 푸른색으로 아름답게 구분되는 다양한 풍경으로 봐서 대기가 자신이 품을 수 있는 균일하게 분포된 증기로 가득 차 있음을 알 수 있었다. 따라서 증기는 이슬이나 비가 되어 떨어지지 않았고, 구름으로 모이지도 않았다. 계속 아래로 내려감에 따라 볼차노 계곡에서 나오는 모든 증기와 좀 더 밝은 산에서 올라오는 온갖 구름 띠들이 점차 높고 어두컴컴한 지역으로 이동하는 것을 알아차릴 수 있었다. 하지만 그 지역을 뒤덮지는 않고 일종의 안개처럼 감싸고 있었다. 산 너머 아득히 먼 곳에서 나는 이른바 부분 무지개 현상을 목격할 수 있었다. 볼차노 남쪽으로는 여름 내내 그지없이 좋은 날씨가 계속되었다. 가끔 가다 보슬비(그들 말로는 '아쿠아'라고 한다.)가 약간 내리다가 곧장 다시 햇살이 비쳤다. 어제도 이따금 빗줄기가 몇 방울 떨어졌는데 그럼에도 계속 해가 비쳤다. 몇 년 동안 올해처럼 날씨가 좋은 해는 없었다. 모든 일이 순조롭게 진행된다. 이들은 나쁜 것을 우리 독일로 보내버린 모양이다.

산맥과 암석의 종류에 대해서는 간단히 언급해야겠다. 이와 관련된 여정에 관해서는 페르버의 『이탈리아 기행』과 하케의 『알프스 횡단』이 충분히 알려주기 때문이다. 브레너 고개에서 십오 분 정도 가다 보면 동틀 무렵에 내가 지나간 대리석 채석장이 나타난다. 이 채석장은 반대편의 채석장과 마찬가지로 편암 위에 만들어져 있을 텐데, 아마 분명히 그럴 것이다. 날이 밝아왔을 때 나는 콜만 근방에서 이것을 발견했다. 계속 더 내려가니 반암이 나타날 조짐이 보였다. 암석은 이처럼 장관을 이루었고 도로변의 돌 더미는 알맞은 크기로 부서져 있어, 포이크트의 소형 광물 진열실을 만들면 그 돌들로 꾸려 넣을 수 있을 것 같았다. 또한 내 눈과 호기심이 보다 적은 양에 익숙해진다면 종류마다 일정량을 가져가는 수고를 덜고 한 개만 가져가면 될 것이다. 콜만 아래쪽에서 균일한 크기의 석판으로 쪼개지는 반암을 하나 발견했다. 브론촐로와 에그나 사이에서도 유사한 것을 발견했는데, 하지만 그 석판은 다시 기둥 모양으로 갈라졌다. 페르버는 그 석판을 화산활동의 산물로 간주했지만 그 화산이 맹위를 떨친 것은 십사 년 전의 일이었다. 하케만 해도 이러한 가설에 대해 웃음거리로 삼고 있다.

  사람들에 관해서는 아는 것이 조금밖에 없고 재미있는 이야깃거리도 별로 없다. 브레너 고개를 내려오면서 날이 밝아지자 나는 사람들의 외모가 판이하게 달라진 것을 발견했다. 특히나 여인네들의 핏기 없는 갈색 계열의 피부색이 마음에 들지 않았다. 그들의 용모는 곤궁함을 암시해 주었고 아이들 역시 가련한 모습을 하고 있었다. 남자들은 좀 나아 보였는데, 기본 체격이 모두 한결같고 훌륭했다. 그들이 병약한 이유가 터키산 옥수수와 메밀을 즐겨 먹는 탓이라고 생각한다. 그들은 누런 블렌데라고도 불리는 옥수수와, 검은 블렌데라고도 불리는 메밀을 빻은 뒤 그 가루에 물을 타고 끓여서 걸쭉한 죽으로 만들어 먹는다. 알프스 저 너머에 사는 독일인들은 그 가루 반죽을 다시 조금씩 떼어낸 뒤 버터를 발라 구워 먹는다. 반면에 티롤 지방의 이탈리아 사람들은 그 반죽을 그대로 먹거나, 때로는 그 위에 치즈를 발라 먹기도 하는데 일 년 내내 고기는 먹지 않는다. 이렇게 식사를 하면 불가피하게 내장들이 끈끈해지고 막히게 된다. 특히 부녀자들의 경우에 그러하다. 그들의 안색이 창백한 것은 이런 식으로 몸을 망쳤기 때문일 것이다. 게다가 이들은 과일과 푹 삶은 녹색 콩을 마늘과 기름에 곁들여 먹기도 한다. 부유한 농부들도 있지 않은지 나는 물어보았다. "그야 물론이지요." "그들은 마음대로 즐기면서 살지 않나요? 좀 더 잘 먹지 않나요?" "아닙니다, 그들은 그렇게 습관이 들어 있어서요." "대체 돈을 가지고 뭘 하나요? 그들은 보통 뭐 하는 데 돈을 쓰나요?" "아, 그들의 돈을 다시 앗아가는 주인들이 있지요." 이것들이 볼차노에서 내가 여관 주인 딸과 나눈 대략적인 내용이었다.

더구나 나는 그녀에게서 가장 부유한 것 같지만 사실은 가장 비참한 상태에 있다는 포도 경작자들에 관한 이야기도 들었다. 왜냐하면 그들이 도시 상인들의 수중에 있기 때문이다. 상인들은 흉년이 들면 포도 경작자들에게 생활비를 대주다가 풍년이 들면 헐값에 포도를 사들인다는 것이다. 하지만 이런 사정은 어디서나 매한가지이다.

도시 여자들이 조금 더 건강해 보이는 것이 음식물과 관련한 나의 견해를 입증해 준다. 귀엽고 통통한 얼굴의 소녀들, 단단함이나 머리의 크기에 비해서 체격은 좀 작지만 가끔씩 꽤 친절한 표정으로 다가오는 소녀들을 볼 수 있었다. 우리는 떠돌아다니는 티롤 사람들을 통해 이 지방 남자들을 잘 알고 있다. 고향에서 그들은 여자들보다 덜 기운차 보인다. 그 이유는 분명히 여자들이 육체적인 일을 더 많이 하고 몸을 더 많이 움직이는 데 비해 남자들은 소매상인이나 수공업자로 앉아서 일하기 때문이다. 가르다 호숫가에서는 사람들 피부가 갈색이고 뺨에는 불그스레한 빛이 조금도 없지만 병약해 보이지 않고 아주 팔팔하면서도 편안해 보였다. 이는 분명 그들이 암석의 발치에서 받게 되는 뜨거운 여름 햇살 때문으로 보인다.

베로나에서 베네치아까지

9월 16일, 베로나

원형극장은 내가 처음으로 본 고대의 중요한 기념물이며 보존도 아주 잘 되어 있었다! 극장 안으로 들어갔을 때, 그리고 위쪽 가장자리를 돌아다녔을 때도 나는 무언가 위대한 것을 보고 있으면서도 사실은 아무것도 보고 있지 않는 듯 이상야릇한 느낌이 들었다. 그래서 원형극장은 텅 비어 있을 때가 아니라 최근에 요제프 2세와 피우스 6세에게 경의를 표하는 행사를 개최했을 때처럼 사람들이 가득 차 있을 때 보아야 한다. 눈앞에서 군중을 보는 데 익숙한 황제도 그 광경에 놀라워했다고 한다. 하지만 원형극장이 전적으로 그 효력을 발휘한 것은 고대 시절뿐이었다. 그때의 민중은 지금의 민중 이상의 개념이었고, 사실 원형극장은 민중 스스로에게 커다란 감명을 주고, 민중 자신을 최고로 여기게끔 만들어졌기 때문이었다.

땅이 평평한 곳에 무언가 볼거리가 생겨서 모두들 그쪽으로 달려가게 되면 맨 뒤쪽 사람들은 온갖 방법을 동원하여 제일 앞쪽 사람들보다 키를 높이려고 한다. 사람들은 벤치 위에 올라서고 통들을 굴려 오고 마차를 타고 오고 널빤지들을 이리저리 놓아보고 근처의 언덕에 올라간다. 그래서 그곳은 순식간에 분화구 같은 모양을 이룬다.

같은 장소에서 비교적 자주 구경거리가 벌어지면 돈을 낼 수 있는 사람들을 위해 간편한 구조물이 설치된다. 나머지 사람들은 자기들 나름대로 임시 강구책을 마련한다. 여기서 이런 일반적인 욕구를 충족시키는 것이 건축가의 과제이다. 건축가는 민중 자신이 원형극장의 장식물이 되도록 가급적 단순하게 인위적으로 그러한 분화구를 만든다. 그렇게 사람들이 운집해 있는 광경을 보게 되면 군중은 그들 스스로에 대해 놀라워하지 않을 수 없다. 왜냐하면 평소에 군중은 서로 뒤섞여 돌아다니는, 질서도 없고 이렇다 할 규율도 없는 혼란스러운 자신의 모습을 보는 데 익숙해져 있기 때문이다. 머리가 여럿이고 온갖 생각을 하며 동요하고 이리저리 헤매던 그 짐승은 자신이 하나의 고상한 육체로 통합되고, 하나의 통일체로 규정되고, 하나의 덩어리로 결합해 고정되고, '하나'의 정신으로 살아 움직이는 '하나'의 형체로 존재하는 것을 보게 된다. 타원형의 단순성은 모든 사람의 눈에 아주 편안하게 느껴지며, 그들의 머리는 전체 규모가 얼마나 어마어마한가를 보여주는 척도로 쓰인다. 그러므로 원형극장이 비었을 때는 판단 기준이 없으므로 큰지 작은지 알 수 없는 것이다.

이러한 건축물을 보존해 왔다는 점에서 베로나 사람들은 칭찬 받아 마땅하다. 그것은 풍화 작용을 받는 불그스름한 대리석으로 지어져 있는데, 그 때문에 사람들은 부식된 돌계단을 차례차례 계속 복원하고 있다. 그래서 거의 모든 돌계단들이 아주 새것처럼 보인다. 비문 하나가 히에로니무스 마우리게누스와 그가 이 기념물에 쏟은 믿기지 않은 열정을 추모하고 있다. 외벽은 일부만 남아 있다. 그래서 과연 벽이 완공이 되었는지 의심스럽다. 일 브라라고 불리는 넓은 광장과 맞닿아 있는 아래쪽 지하실은 수공업자들에게 임대되고 있다. 이러한 굴 속에서도 사람들이 사는 모습을 보는 것은 참으로 재미있는 일이다.

9월 16일, 베로나

베로나에서 가장 멋지지만 항상 닫혀 있는 성문은 포르타 스투파 또는 델 팔리오라고 불린다. 겨우 알아볼 수 있을 먼 거리에서 보면 성문으로서 잘 지어졌다고 생각이 들지 않는다. 가까이 가보아야 이 건축물의 공로를 인식할 수 있기 때문이다.

왜 이 성문이 닫혀 있는가에 대해서 그들은 온갖 이유를 댄다. 하지만 내 추측은 이러하다. 그 예술가는 이 성문을 통해 코르소 거리의 새로운 설계 효과를 거두려고 의도했음이 분명하다. 왜냐하면 성문이 지금의 도로와는 전혀 맞지 않는 곳에서 있기 때문이다. 성문 왼쪽에는 막사들밖에 없고, 성문 중앙의 수직선은 허물어야 했을지 모르는 수녀원을 향하고 있다. 사람들은 이런 사실을 아마 알고 있었을 것이다. 또한 귀족과 부자 들은 멀리 떨어진 곳에서 살고 싶지 않았을 것이다. 어쩌면 그 예술가가 중간에 세상을 떠났을지도 모른다. 그래서 사람들은 성문을 닫아버렸고, 이로써 이 일에 느닷없이 종지부가 찍혀버렸을지도 모른다.

9월 16일, 베로나

여섯 개의 커다란 이오니아식 기둥이 있는 극장 건물의 정면이 무척 우아해 보인다. 큰 가발을 쓰고 있는 마르케제 마페이*의 실물 크기 흉상은 두 개의 코린트식 기둥이 떠받치고 있는 채색된 벽감(壁龕) 앞의 문 위에 있어서 그만큼 작아 보인다. 그 장소는 명예로운 곳이지만, 기둥의 크기와 유용성에 어느 정도 맞서기 위해서는 흉상이 거대했어야 할 것이다. 이제 그 흉상은 전체 모습과 조화를 이루지 못하고 작은 버팀돌 위에 초라하게 서 있다.

앞마당을 둘러싸고 있는 화랑도 초라하고, 홈이 새겨진 도리스식 난쟁이는 매끄러운 이오니아식 거인 옆에서 초라하게 보인다. 하지만 이러한 열주(列柱) 현관 아래 멋진 박물관이 있는 것을 고려하면 그런 것은 관대히 봐주기로 하자. 여기에는 대체로 베로나와 그 주변에서 발굴된 유물들이 전시되어 있다. 심지어 어떤 것은 원형극장 안에서 발견되었다고 한다. 아주 오랜 옛날로 거슬러 올라가 에트루리아, 그리스, 로마의 유물들과 함께 최근의 유물들도 있다. 벽에 얕은 부조(浮彫)가 새겨져 있고, 거기에는 마페이가 그의 작품 「베로나 일루스트라타」에서 그것을 묘사했을 때 부여한 번호가 매겨져 있다. 제단들, 기둥 조각들 및 그와 유사한 유물들이 있다. 흰 대리석으로 만든 아주 일품인 삼발이도 있다. 그 위의 천재들은 신들의 속성을 표현하는 데 몰두하고 있다. 라파엘로는 파르네시아의 두 아치 사이에 있는 삼각형 벽면에 이를 모방해 변용시켰다.

옛날 무덤에서 불어오는 바람은 장미 언덕을 지나온 것처럼

---

* 이탈리아의 극작가, 고고학자, 고전학자(1675~1755).

향기를 담고 있다. 묘석들은 정감이 있고 감동적이며 언제나 일상적인 삶을 재현하고 있다. 한 남자가 아내 옆에서 창밖을 내다보듯 벽감 바깥쪽을 보고 있다. 아버지와 어머니가 아들을 가운데에 두고 아주 자연스러운 모습으로 서로를 바라보고 있다. 어떤 부부가 서로에게 손을 내뻗고 있다. 또한 한 아버지가 소파에 앉아 휴식을 취하면서 가족과 담소를 나누고 있는 것 같다. 나는 이러한 묘석들의 생생한 현실감에 말할 수 없이 감동을 받았다. 이것들은 비교적 후기의 예술 작품이지만 단순하고 자연스러우며, 모든 게 다 매력적이다. 여기에는 즐거운 부활을 기대하며 무릎을 꿇은 갑옷 입은 남자는 없다. 조각가는 약간의 솜씨를 발휘하여 인간들의 단순한 현재만을 보여주었고, 그럼으로써 그들의 실존을 지속시키며 영속적으로 만들었다. 이들은 두 손을 포개거나 하늘을 쳐다보지 않고, 과거나 현재 모습 그대로 현세적이다. 이들은 옆에 나란히 서서 서로에게 관심을 보이고 사랑한다. 묘석에 새겨진 이들 예술 작품은 손 기술은 약간 떨어지지만 아주 사랑스럽게 표현되어 있다. 무척 화려하게 장식된 대리석 기둥 하나가 나에게 새로운 생각거리를 만들어주기도 했다.

이처럼 박물관은 칭찬할 만하지만 설립 당시의 고귀한 보존 정신은 더 이상 존속하지 않음을 알아차릴 수 있다. 귀중한 삼발이는 야외에 서 있어서 왼쪽이 풍화 작용을 받기 때문에 얼마 못 가 무너질 것이다. 목재로 된 덮개를 씌운다면 이 보물을 보존하기가 쉬울지도 모른다.

짓다가 만 프로베디토레 궁이 완공되었더라면 아주 멋진 건축 예술품이 되었을지 모른다. 그 밖에도 귀족들이 아직 많은 건물을 짓지만 각기 그들의 옛 거주지가 있는 장소에, 그러므로 흔히 좁은 골목길에 세운다. 지금도 시내에서 멀리 떨어진 교외의 좁은 골목길에 한 신학교의 정면이 화려하게 지어지고 있다.

우연히 동반하게 된 사람과 어떤 놀라운 건물의 웅장한 성문 앞을 지나갈 때 그가 잠깐 뜰 안으로 들어갈 의향이 없느냐고 친절히 물었다. 그것은 사법부의 궁이었다. 건물이 너무 높아서 뜰은 마치 거대한 우물처럼 느껴졌다. "여기엔 각종 범죄자와 용의자 들이 구금되어 있습니다." 그가 설명했다. 나는 주위를 둘러보았다. 각 층마다 수많은 문들 사이에 툭 트인, 철제 난간이 설치된 복도가 나 있었다. 심문을 받기 위해 감방에서 나오는 죄수는 자유로운 공기를 마실 수 있겠지만 뭇사람들의 시선을 받게 되기도 한다. 몇몇 방은 심문실이라서 각 층마다 때로는 이쪽 복도에서 때로는 저쪽 복도에서 쇠사슬 소리가 철그렁거렸다. 저주받은 광경이었다. 성가신 녀석들을 물리쳐서 좋아진 기분이 여기서 다소 무거워졌음을 부인하지 않겠다.

해 질 무렵에 도시와 인근 지역의 그지없이 아름다운 전경을 즐기면서 분화구 모양인 원형극장의 가장자리를 돌아다녔다. 내 주위에는 아무도 없었다. 아래쪽으로 일 브라의 넓은 석판 위로 수많은 사람들, 즉 모든 계층의 남자들과 중간 계층의 여자들이 산책하고 있었다. 이 위에서 내려다보니 검은색 상의를 입은 여자들이 마치 미라처럼 보였다.

베스테는 첸달레와 다른 어떤 옷보다 이 계층 여자들이 즐겨 입는다. 청결함에 별로 신경을 쓰지 않지만 늘 남에게 모습을 드러내려는 사람, 때로는 성당에 가거나 때로는 산책길에 나서려는 사람에게는 딱 맞는 의복이다. 베스테는 다른 치마 위에 입는 검은 호박단 안감을 댄 치마이다. 깨끗한 흰 치마를 속에 입고 있는 숙녀라면 검은 치마를 한쪽으로 들어 올리는 법을 알고 있다. 베스테에는 벨트가 달려 있어 허리를 조여주고 여러 가지 색깔의 코르셋 단을 덮어준다. 첸달레는 기다란 술이 달린 커다란 두건이다. 두건은 철사 뼈대로 머리 위에 높이 얹혀 있지만 술은 장식 띠처럼 몸통 주위에 매어 그 끝을 등 뒤로 내려뜨린다.

9월 16일, 베로나

오늘 다시 원형경기장을 떠난 후 수천 걸음을 걸어 현대적이고 대중적인 볼거리가 있는 곳으로 왔다. 고상한 베로나인 네 명이 비첸차인 네 명에 맞서 공을 치고 있었다. 이들은 보통 일년 내내, 가령 밤이 되기 두 시간 전에 이런 경기를 한다. 이번에는 상대편이 외지인이라서 엄청나게 많은 사람들이 몰려왔는데, 최소한 사오천 명은 되었다. 계층을 막론하고 여자는 보이지 않았다.

앞에서 사람들이 많이 모여 있을 때 발생하는 군중심리에 대해 언급하면서, 나는 사람들이 자연스럽고 우연하게 원형극장의 형태를 이룬다는 것을 이미 지적한 바 있다. 벌써 멀리서부터 손뼉 치는 소리가 멋지게 공격이 성공할 때마다 함께 들려왔다. 경기는 이렇게 진행된다. 서로 적당한 거리를 두고 평평한 두 개의 널빤지가 완만한 경사를 이루도록 설치되어 있다. 공을 쳐내는 자는 오른손에 나무로 만든, 가시 모양의 넓은 고리를 들고 가장 높은 위치에 서 있다. 같은 편의 나머지 사람이 그에게 공을 던져주면 그는 공의 반대 방향인 아래쪽으로 내달린다. 이로써 그가 공을 맞힐 때의 치는 힘이 커지게 된다. 상대편은 공을 맞받아치려고 한다. 결국 공이 벌판에 가만히 멈춰 설 때까지 경기가 진행된다. 이때 대리석으로 복제해 둘 만한 지극히 멋진 자세들이 나타난다. 이들이 다들 잘 자란 건장한 젊은이들이고, 몸에 꼭 끼는 짧은 흰옷을 입고 있기 때문에 색상이 다른 배지로만 서로 상대편을 구별한다. 경사면을 내달리면서 공을 맞히려고 손을 들어 쳐내는 자세가 특히 멋지다. 이는 보르게세 가문의 검투사 자세와 흡사하다.

관중이 불편하기 짝이 없는 도시 성벽에서 이런 경기를 하는 것이 이상하게 생각되었다. 왜 이들은 좋은 장소인 원형극장을 마다하는지!

9월 17일, 베로나

내가 어떤 그림들을 보았는지 단지 간단히 언급하고 관찰한 것을 몇 가지 덧붙이겠다. 내가 이런 놀랄 만한 여행을 하는 목적은 나 자신을 속이려는 것이 아니라 여러 대상들을 접함으로써 스스로를 알리는 것이다. 나는 예술, 화가의 손 기술에 대해서는 별로 아는 것이 없음을 솔직히 고백하겠다. 나의 관심과 관찰은 일반적으로 실제적인 부분, 대상과 그것을 다루는 방법에 국한되어 있을지도 모른다.

산 조르조 교회는 훌륭한 그림들을 소장한 화랑 같다. 모두가 제단의 장식화들인데 가치는 다 같지 않다 해도 전부 아주 색다른 그림들이다. 하지만 그 불운한 예술가들은 무엇을 그려야 했으며, 누구를 위해 그려야 했던가! 대략 삼십 피트 너비와 이십 피트 높이의 화폭에 비처럼 쏟아지는 만나*라니! 이것과 한 쌍을 이루는 작품인 다섯 덩이 빵의 기적이라니! 그것으로 무엇이 그려질 수 있었을까? 조그만 낟알들에 달려드는 굶주린 사람들, 빵을 제공받는 수많은 다른 사람들. 예술가들은 이런 애처로운 장면에 의미를 부여하기 위해 고뇌했다. 하지만 이러한 필요성에 자극받아 천재적인 화가는 멋진 작품들을 남겼다. 1만 1천 명의 처녀들과 같이 있는 성 우르술라를 표현해야 했던 어느 예술가는 대단히 합리적으로 이 문제를 해결했다. 성 우르술라는 그 지역을 정복하여 손아귀에 넣고 있는 듯한 모습으로 전경에 서 있다. 그녀는 매우 고상하지만 아마존 처녀처럼 매력적이지 않게 그려져 있다. 모든 것이 멀리 작게 그려진 곳에서 그녀의 부대가 배에서 내려 행렬을 이루어 다가오는 모습이 보인다. 티치아노가 그린 대성당의 「마리아 승천」은 매우 거무스름하게 되어 있는데, 미래에 여신이 되는 그녀가 하늘 쪽이 아니라 친구들이 있는 아래쪽을 바라보게 한 화가의 착상은 가히 칭찬받을 만하다.

  나는 게라르디니 화랑에서 오르베토의 아주 멋진 작품들을 발견했고 평가할 가치가 있는 예술가를 우연히 알게 되었다. 멀리 떨어져 있으면 몇몇 일급 예술가들밖에 모르게 되어 가끔은 이들의 이름만으로 만족해한다. 하지만 별들이 총총한 하늘에 좀 더 다가가면 2등급이나 3등급 별들도 깜박거리기 시작하고, 모든 별이 전체 별자리에 속한 것으로 드러나 세계는 넓어지고 예술은 풍요로워진다. 나는 여기서 두 사람의 반신상을 그린 어떤 그림에 담긴 생각을 칭찬하지 않을 수 없다. 삼손은

---

* 사막에서 방황하는 이스라엘 민족에게 신이 내려준 음식, 출애굽기 16장.

데릴라의 무릎을 베고 막 잠이 들었고, 그녀는 램프 옆 탁자 위에 놓여 있는 가위를 집기 위해 삼손의 몸 위로 조용히 손을 내뻗는다. 그 솜씨가 무척 수수하다. 카노사 궁에서는 다나에를 그린 그림이 나의 주목을 끌었다.

베빌라차 궁은 몹시 소중한 작품들을 소장하고 있다. 틴토레토의 소위 「낙원」이라는 그림은 성모마리아가 천국의 여왕으로 대관식을 치르는 작품이다. 이 자리에는 모든 대주교, 선지자, 사도, 성자, 천사 들이 참석하고 있다. 이 기회에 행복하기 짝이 없는 천재 화가는 자신의 다양한 모든 재능을 유감없이 발휘하고 있다. 붓을 다루는 날렵한 솜씨, 정신, 표현의 다양성 같은 모든 것에 경탄하고 즐기기 위해서는 작품을 소장하여 평생 눈앞에 두고 봐야 할지도 모른다. 노고의 흔적이 무궁무진하다. 맨 뒤쪽에서 후광을 받으며 사라져가는 천사의 머리도 특색을 띠고 있다. 가장 큰 인물은 높이가 일 피트쯤 될지도 모른다. 마리아와, 그녀의 머리에 왕관을 얹어주는 예수는 약 사 인치밖에 안 되는 것 같다. 하지만 그림에서 가장 아름다운 여자인 이브는 태곳적부터 그래 왔듯이 여전히 약간 관능적으로 보인다.

파올로 베로네세의 초상화 몇 점은 이 예술가에 대한 나의 존경심을 한층 높여주었다. 고대 미술품 진열실은 훌륭하고 쓰러져 드러누워 있는 니오베의 아들은 탁월하다. 시민 관(冠)을 쓰고 있는 아우구스투스, 칼리굴라 및 다른 인물들의 상반신은 코를 복원했음에도 대체로 매우 흥미롭다. 위대한 것과 아름다운 것을 기꺼이 즐거운 마음으로 숭배하는 것이 나의 천성이다. 이렇게 훌륭한 작품들을 보면서 매일, 매시간 이러한 기질을 갈고 닦는 것은 행복하기 그지없다.

낮을 즐기고 특히 저녁을 향유하는 나라에서는 밤이 찾아온 다는 사실이 아주 의미심장하다. 밤이 되면 사람들은 일을 끝내고, 산책하던 사람은 집으로 돌아온다. 아버지는 딸이 집에 돌아오기를 바란다. 낮이 끝난 것이다. 하지만 우리 킴메르족*은 낮이 무엇인지 거의 모른다. 영원한 안개와 흐린 날씨 속에 사는 우리에게는 낮이든 밤이든 매한가지이다. 우리는 얼마 동안이나 자유로운 하늘 아래를 돌아다니며 즐길 수 있단 말인가? 여기서는 밤이 찾아오면 저녁과 아침으로 이루어진 낮은 확연히 지나가 버린다. 스물네 시간이 지나간 것이 되어 새로운 계산이 시작된다. 종소리가 울리고 로사리오 기도가 올려진다. 하녀는 불 켜진 램프를 들고 방으로 들어와 "좋은 밤 보내세요!"라고 인사한다. 이 시각은 계절에 따라 약간씩 달라진다. 그런데 여기서 활기 있게 살아가는 사람은 혼동을 일으키지 않는다. 각자 자신의 현재 삶을 즐기는 행위는 시간이 아니라 낮 시각에 관계되기 때문이다. 이곳 국민에게 독일식의 시곗바늘 같은 생활을 강요한다면 이들은 황당해할 것이다. 이들의 시곗바늘은 이들의 자연과 극히 밀접하게 결부되어 있기 때문이다. 밤이 되기 한 시간이나 한 시간 반 전에 귀족은 마차를 타고 밖으로 나가기 시작한다. 브라 광장으로 향하는 마차는 누오바 문으로 나 있는 길고 넓은 길을 지나 성문을 통과해서 도시의 성벽을 따라간다. 밤을 알리는 종소리가 울리자마자 모든 것이 뒤바뀐다. 일부는 '아베 마리아 델라 세라' 기도를 올리려고 성당으로 가고, 일부는 브라 광장에 마차를 세운다. 멋진 신사들은 마차에 다가와 숙녀들과 환담을 나눈다. 이런 정경은 한

---

* 호메로스의 『오디세이아』에서, 세계의 서쪽 끝에 끝없는 암흑 속에 산다고 하는 민족.

동안 지속된다. 나는 이것이 끝나기를 기다린 적은 없지만 보행자들은 한밤중까지 남아 있다. 오늘은 마침 먼지를 없애줄 정도로 많은 비가 내려서 정말로 활기차고 유쾌했다.

나는 이 나라 사람들의 중요한 습관에 나를 맞추기 위해 이들의 시간 계산을 좀 더 쉽게 내 것으로 만들어주는 보조 수단을 생각해 냈다. 다음 그림을 보면 이를 쉽게 이해할 수 있겠다. 제일 안쪽의 원은 자정에서 자정까지 우리 독일의 스물네 시간을 의미한다. 이는 우리가 헤아리고, 우리의 시계가 가리키는 것처럼 두 개의 열두 시간으로 나누어져 있다. 중간의 원은 지금 계절에 이곳에서 종이 어떻게 울리는가를 나타낸다. 즉 이곳에서도 12시까지 종이 두 번 쳐야 스물네 시간이 되는 것이다. 하지만 독일에서는 8시를 칠 때 여기서는 1시를 치며 12시까지 이런 식으로 계속된다. 우리의 시곗바늘로는 아침 8시를 칠 때 여기서는 다시 1시를 친다. 이제 마지막으로 제일 바깥쪽 원은 일상생활에서 24시까지 어떻게 헤아리는가를 보여준다. 예를 들어 밤에 7시를 알리는 종소리가 들리면 자정이 여기서는 5시니까 7에서 5를 빼서 새벽 2시임을 알게 된다. 낮에 7시를 알리는 종소리가 들리면 정오도 5시이므로 마찬가지 방식으로 셈을 하여 오후 2시임을 알게 된다. 하지만 이곳 방식대로 시간을 말하려면 정오가 17시임을 알아야 한다. 그래서 여기에 2를 더해 19시라고 말해야 한다. 이런 방식을 처음 듣고 곰곰이 생각해 보면 복잡하기 짝이 없고 계산하기 어려워 보인다. 하지만 사람들은 이 방식에 금방 익숙해지고 재미있다고 생각한다. 마치 아이들이 어려운 숙제를 쉽게 해결하고 기뻐하듯이 이리저리 끊임없이 궁리해서 계산해 내고 흥겨워하는 것이다. 그렇지 않아도 이들은 허공에 손가락을 꼽으며 죄다 머릿속으로 계산하고 숫자에 몰두하는 것을 좋아한다. 더욱이 이런 일은 이들에게는 한결 더 수월하다. 이 나라에 온 외국인처럼 두 시곗바늘을 비교하지 않고, 자정이나 정오에 신경을 쓰지 않기 때문이다. 이들은 저녁부터만 종소리가 울리는 것으로 시간을 헤아리며, 낮에는 자신들이 잘 알고 있는 교대로 변하는 정오 숫자에 그 숫자를 더하면 된다. 더 이상의 것은 도표에 첨가된 주석으로 자세한 설명이 될 것이다.

9월 후반의 이탈리아 시간과 독일 시간 및 이탈리아 시침 비교도

정오

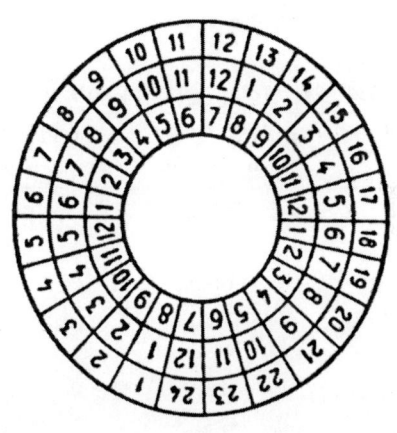

자정

이탈리아 기행 63

8월부터 11월까지 밤의 길이는 보름마다 30분씩 길어진다.

월	일	독일 시계로 일몰 시간	이탈리아에서 자정
8	1	8:30	3:30
8	15	8:00	4:00
9	1	7:30	4:30
9	15	7:00	5:00
10	1	6:30	5:30
10	15	6:00	6:00
11	1	5:30	6:30
11	15	5:00	7:00

12월과 1월은 시간이 변하지 않는다.

12		5:00	7:00
1			

● ● ● ● ●

2월부터 5월까지 밤의 길이는 보름마다 30분씩 길어진다.

월	일	독일 시계로 일몰 시간	이탈리아에서 자정
2	1	5:30	6:30
2	15	6:00	6:00
3	1	6:30	5:30
3	15	7:00	5:00
4	1	7:30	4:30
4	15	8:00	4:00
5	1	8:30	3:30
5	15	9:00	3:00

6월과 7월은 시간이 변하지 않는다.

6		9:00	3:00
7			

9월 17일, 베로나

　이곳 사람들은 무척 활기차게 뒤섞여 움직인다. 특히 상점과 수공예품 노점이 다닥다닥 붙어 있는 몇몇 거리는 꽤 붐비는 것 같다. 여기는 가게나 작업실 앞에 문이 없다. 집의 전면이 완전히 개방되어 있어서 내부까지, 안에서 벌어지는 일이 죄다 들여다보인다. 재단사가 바느질을 하고 있고, 구두장이는 늘여서 펴고 망치로 두드린다. 모두 반쯤은 골목에 나와 있다. 그러니까 작업장들이 거리의 일부를 이루고 있다. 불빛이 반짝이는 저녁이 되면 꽤 생동감이 넘쳐 보인다. 장날이면 광장에 야채와 과일들이 산더미처럼 가득하고, 마늘과 양파들이 아무렇게나 쌓여 있다. 게다가 사람들은 하루 종일 소리 지르고 노닥거리고 노래 부르다가, 뭔가 던지고 서로 맞잡고 싸우고 환호성 지르고 끊임없이 웃어댄다. 공기가 온화하고 음식물 값이 싸서 살아가기가 수월하다. 누릴 수 있는 모든 것이 자유로운 하늘 아래 있다.
　밤이 되면 노랫소리와 소음이 더욱 커진다. 거리마다 말보러 노랫가락이 들려오고, 그런 다음에는 덜시머와 바이올린 소리가 울려온다. 이들은 휘파람을 불며 온갖 새소리를 흉내 내려고 연습한다. 사방에서 기기묘묘한 소리들이 터져 나온다. 이렇게 감정으로 충만한 삶은 가난에도 부드러운 분위기를 부여해 준다. 이 민족의 이런 모습은 그 자체로 더욱 존경할 만한 것 같다.
　집이 깨끗하지 않고 불편한 것이 금방 우리 눈에 띄는 것도 이런 까닭이다. 이들은 늘 바깥에 나와 있으며 무사태평하고 아무것도 생각하지 않는다. 이 민족이 볼 때는 모든 것이 다 괜찮고 좋다. 중간 계층의 사람도 하루하루 되는대로 살아간다.

부자와 귀족은 문을 걸어 잠그고 살지만 이들의 집도 사실 북쪽 나라의 집처럼 생활이 그리 편하지는 않다. 이들은 공공 집회 장소에서 교제를 한다. 안뜰과 주랑도 온통 오물로 더럽혀져 있는데, 이것도 아주 자연스러운 현상이다. 사람들은 항상 자기 위주로 생각한다. 부자는 돈이 많아 궁을 지을 수 있고, 귀족은 통치해도 된다. 하지만 귀족이 안뜰을 조성하고 주랑을 지으면 사람들은 이를 자신의 생리 현상을 해결하기 위해 이용한다. 이들에게 가장 절실한 것은 가급적 자주 자기 것으로 삼은 것에서 되도록 빨리 벗어나는 일이다. 이를 견디지 못하는 자는 신사 노릇을 해서는 안 된다. 즉 그자는 자기 집의 일부가 공공의 소유라도 되는 듯이 행동해서는 안 된다. 그가 자기 문을 닫아버리면 그것도 좋다. 그런데 사람들은 공공건물에서는 자기 권리를 절대 빼앗기지 않는다. 이 점에 대해 외국인은 이탈리아 전역에서 불평을 호소하고 있다.

오늘은 시내 여러 군데를 돌아다니며 특히 자주 눈에 띄고 바쁜 모습을 보이는 중간 계층민의 의상과 행동 양식을 관찰했다. 이들은 모두 양팔을 흔들며 걷는다. 기회 있을 때마다 칼을 차고 다니는 상류 계층의 사람들은 왼팔은 가만히 두는 습관이 있어서 오른팔만 흔들고 다닌다.

사람들은 아주 느긋하게 볼일을 보고 필요한 일을 하다가도 낯선 것이 나타나면 눈을 반짝이며 주시한다. 그래서 처음 며칠 동안 나는 모든 사람들이 내 장화를 주시한다는 사실을 알 수 있었다. 여기서는 겨울에도 그런 비싼 장화를 신지 않기 때문이다. 단화와 양말을 신고 있는 지금은 아무도 나를 지켜보지 않는다. 하지만 그들 모두가 꽃, 야채, 마늘 및 다른 많은 시장 물품을 가지고 왔다 갔다 하는 오늘 아침, 내가 실측백나무

가지를 들고 다니자 다들 나를 이상한 눈으로 쳐다보았다. 그 가지에는 솔방울이 몇 개 달려 있었다. 그 밖에 나는 꽃봉오리가 열리는 풍조목 가지도 들고 있었다. 어른이며 아이 할 것 없이 내 손가락을 바라보며 별나다고 생각하는 것 같았다.

나는 지대가 아주 좋아서 어마어마한 실측백나무가 자라는 지우스티 공원에서 이 가지들을 꺾었다. 거기에는 실측백나무가 하늘을 찌를 듯이 치솟아 있다. 북쪽에서 주목(朱木)의 끝을 뾰족하게 다듬는 원예술은 이런 훌륭한 자연의 산물을 모방한 것이 분명하다. 아래에서 위까지, 가장 오래된 것이나 최신의 것이나 가지가 하늘을 향해 뻗어 있는, 수령이 삼백 년쯤 되어 보이는 어느 나무는 존경심을 불러일으킬 만했다. 공원이 조성된 시기로 볼 때 이 나무도 벌써 그 정도 나이를 먹었을 것이다.

9월 19일, 비첸차

베로나에서 이곳으로 오는 길은 무척 편안하다. 북동쪽으로 산맥을 따라 달리다 보면 계속 왼쪽으로 모래, 석회석, 점토 및 이회암(泥灰巖)으로 이루어진 산들이 이어진다. 이러한 토양으로 이루어진 언덕 위에는 마을, 성, 집 들이 있다. 광활한 평야가 펼쳐져 있는 오른쪽으로 마차가 다닌다. 비옥한 벌판을 가로질러 반듯하고 잘 관리된, 넓은 길이 나 있다. 높이 솟은 나무들의 열이 눈에 들어오고, 그 옆으로 포도덩굴이 높이 뻗어 오르다가 마치 가벼운 가지처럼 밑으로 내려뜨려져 있다. 꽃줄 장식에 대한 아이디어가 여기서 나온지도 모르겠다! 잘 익은 포도송이들이 흔들리며 길게 드리워진 덩굴들을 무겁게 한다. 길에는 온갖 일을 하는 사람들로 가득하다. 특히 네 마리 황소가 접시 모양의 나지막한 바퀴가 달린 수레에 커다란 통을 싣고 이리저리 끌고 가는 모습이 재미있다. 그 통 속에는 밭에서 싣고 온 포도송이들이 차곡차곡 쌓여 있다. 통이 비어 있을 때는 수레의 인부가 그 속에 들어가 있는데, 그 모습이 바쿠스 축제 때의 개선 행렬과 아주 흡사해 보였다. 포도나무의 열 사이에 있는 땅에는 각종 곡물이 자라고 있는데, 특히 터키산 옥수수와 기장이 눈에 띈다.

비첸차 근방에 오면 북쪽에서 남쪽 방향으로 다시 언덕들이 나타나 오르막길이 되면서 평야가 끝난다. 사람들은 이 언덕들이 화산활동으로 생긴 것이라고 말한다. 비첸차는 이 언덕의 발치에, 말하자면 언덕이 만든 품속에 자리 잡고 있다.

9월 19일, 비첸차

몇 시간 전에 이곳에 도착하여 벌써 시내를 돌아다니며 팔라디오*의 올림피코 극장과 그 밖의 건축물들을 구경했다. 외국인의 편의를 위해 동판으로 된, 예술에 대한 전문 지식이 담긴 아주 귀여운 소책자가 발행되어 있었다. 이 건축물들은 현장에 와서 직접 보아야 비로소 그것의 커다란 가치를 깨닫게 된다. 실제적인 크기와 구체적인 모습으로 눈을 가득 채워야 하기 때문이다. 추상적인 윤곽으로 파악할 뿐만 아니라 원근법적으로 앞으로 다가가거나 뒤로 물러서거나 하면서 건축물이 지닌 여러 차원의 아름다운 조화를 통하여 정신을 만족시켜야 한다. 나는 팔라디오가 내적으로나 외적으로 상당히 위대한 인물이

---

* 안드레아 팔라디오(1508~1580). 비첸차 출신의 이탈리아 건축가.

었다고 말하고 싶다. 최근의 모든 건축가들처럼 이 남자가 극복해야 한 가장 큰 어려움은 시민 건축술에서 원주 배열 체계를 적절하게 적용하는 것이었다. 원주와 벽을 결합하는 일은 늘 모순되기 때문이다. 하지만 그는 이들을 서로 연결시켜 놓았고, 건축물의 현실감을 통해 감명을 주고 있으며, 그가 설득하고 있다는 사실도 우리가 잊게 만들지 않는가! 그의 재능에는 정말 무언가 신과 같은 면이 있다. 이는 진실과 거짓의 세계를 가지고 그것의 인위적인 현존재가 우리를 매혹시키는 제3의 세계를 만드는 위대한 시인의 힘과 똑같은 것이다.

올림피코 극장은 고대의 극장을 소규모로 재현한 것으로 비할 데 없이 아름답다. 하지만 고귀하지도 부유하지도 않고, 교육을 잘 받지도 않았으며, 자신의 수단으로 영향을 미칠 수 있음을 잘 알고 있는 현명한 처세가 같은 독일의 극장과 반대로 이것은 고귀하고 부유하며 교육을 잘 받은 아이 같다는 생각이 든다.

이제 여기 현장에서 팔라디오가 세운 훌륭한 건축물을 관찰하면서 인간들의 옹색하고 불순한 욕구로 인해 그것이 얼마나 왜곡되었는지를 보게 된다. 그리고 설계가 대체로 기획자의 능력을 넘어섰으며, 이런 고귀한 인간 정신의 기념물이 일반인들의 삶에 얼마나 맞지 않는가를 보게 된다. 그래서 다른 모든 면에서도 이와 마찬가지라는 생각이 떠오른다. 우리가 사람들의 내적인 욕구를 고양시키려고 한다면 그들로부터 고맙다는 말을 듣지 못하는 법이다. 그리고 그들 자신이 지닌 위대한 이념을 부여하려고 하고, 진실하고 고귀한 현존재의 훌륭한 점을 그들의 감정에 불어넣으려고 할 때도 마찬가지일 것이다. 하지만 '새들'*을 속이고, 동화를 들려주며, 매일 그들을 도와주며 그들의 상황을 악화시키는 사람은 그들과 한편이 된다. 이 때문에 최근 들어 그렇게 많은 저급한 취향이 만연하고 있는 것이다. 나는 내 친구들을 깎아내리기 위해 이런 말을 하는 것이 아니다. 다만 그들이 그렇다는 것이고, 세상일이 다 그렇다면 별로 놀랄 일이 아님을 말하려는 것뿐이다.

다른 모양의 창들이 달린, 성채처럼 생긴 오래된 건물 옆에 팔라디오가 건축한 바실리카 교회가 서 있는 모습은 도저히 어울리지 않는다. 확신하건대 건축가는 탑과 함께 그 건물이 없었으면 하고 생각했을 것이다. 그런데 나는 벌써 놀라운 방식으로 생각을 간추려야 한다. 왜냐하면 여기, 유감스럽지만 바로 여기에서도 내가 피하는 것과 찾는 것이 나란히 있는 것을 발견하기 때문이다.

9월 20일

어제는 오페라 공연이 있었다. 자정이 넘어서까지 공연이 계속되어 나는 쉬고 싶은 생각이 간절했다.「세 명의 술탄 부인들」과「후궁에서의 유괴」는 누더기 같은 작품으로 아무렇게나 짜깁기한 것이다. 음악은 듣기에는 편안하지만 분명 아마추어의 작품인 듯 하다. 나를 감동시킬 만한 새로운 생각은 보이지 않는다. 반면에 발레는 아주 사랑스럽다. 한 쌍의 주연 무용수가 알레망드를 추었는데 이보다 더 우아한 춤은 없을 것 같았다.

극장은 새 건물이고 사랑스럽고 아름다우며 적당히 화려하

---

* 고대 그리스의 희극 작가 아리스토파네스의 작품인「새들」은 주인공들이 고향을 등지고 평화의 땅을 찾아가 새로운 이상국가를 건설하지만 그것도 그들이 도망쳐 나온 국가와 같은 것으로 밝혀진다는 내용이다.

고 지방 도시가 다 그렇듯이 모든 것이 획일적이다. 칸막이 좌석에 깔린 양탄자 색깔도 다 똑같고 귀빈석 좌석에 조금 더 긴 양탄자가 깔려 있는 게 다를 뿐이다.

프리마돈나는 모두에게 대단히 인기가 있어서 나올 때마다 박수갈채가 대단하다. 그녀가 노래를 꽤 잘한다 싶으면 새 같은 관객은 기쁨에 겨워서 완전히 통제 불능이 되는 것이다. 이런 일이 종종 일어난다. 그녀는 자연스러운 모습, 귀여운 자태, 아름다운 목소리, 호감이 가는 얼굴, 꽤 단정한 태도를 지니고 있다. 팔 동작이 좀 더 우아하면 좋을 것 같다. 그렇지만 나는 한 마리 새가 된 느낌이 들어 다시는 이곳에 오지 않겠다.

9월 21일

오늘 투라 박사를 찾아갔다. 그는 약 오 년 동안 열정적으로 식물학 연구에 매진했다. 그는 이탈리아의 식물 표본을 수집하고, 전임 주교의 후원을 받아 식물원을 조성했다. 하지만 다 지나간 일이다. 그가 병원을 개업하면서 박물학 연구를 그만둔 것이다. 식물 표본은 벌레들의 양식이 되었고 주교는 사망하고 없다. 식물원에는 다시 진부하게 배추나 마늘이 심어져 있다.

투라 박사는 아주 섬세하고 좋은 사람이다. 그는 솔직하고 순수하고 겸손하게 자신의 이야기를 들려주었다. 그의 말투는 아주 단호하고 호감이 갔지만, 자신의 진열장을 공개할 의사는 없었다. 어쩌면 내보일 상태가 아니었을지도 모른다. 그래서 곧 대화가 끊어졌다.

9월 21일, 저녁

나는 팔라디오의 건축물에 관한 책을 펴낸 노(老) 건축가 스카모치를 찾아갔다. 그는 성실하고 정열적인 예술가이다. 그는 나의 관심에 흡족해하며 몇 가지 사실을 알려 주었다. 내가 늘 특별한 애착을 느꼈던 팔라디오의 건축물들 중 하나가 바로 그의 집이었다고 한다. 실제로 그것을 가까이서 보면 그림에서 보는 것 이상으로 훨씬 낫다. 나는 그것을 스케치하고 건축물의 재료와 햇수를 나타내주는 색깔로 칠해 보고 싶다. 하지만 그 건축가가 궁궐 같은 집을 지었다고 생각하면 안 된다. 그것은 창문이 두 개밖에 없는, 세상에서 가장 수수한 집이다. 두 창문은 서로 떨어져 있어서 그 사이에 창문 하나가 더 족히 들어갈 공간이 있다. 이웃집들도 함께 나오게 그림으로 그린다면 이웃집들 사이에 그 집이 끼어 있는 모습을 보는 것도 재미있을 것이다. 카날레토라면 이런 그림을 그려야 했을 텐데.

오늘은 시내에서 삼십 분 걸리는 거리에 위치한 로톤다라고 불리는 호화 저택을 보러 갔다. 그 집은 완만한 언덕 위에 지어져 있다. 위에서 빛이 들어오는 둥근 홀이 있는 사각형 건물이다. 네 면에 모두 널따란 계단이 나 있어서, 그 계단을 따라가면 매번 여섯 개의 코린트식 원주가 서 있는 주랑 현관에 이르게 된다. 아마 어떤 건축술도 결코 이보다 더한 호사를 부릴 수는 없을 것이다. 계단과 주랑 현관이 차지하는 공간이 집 자체의 공간보다 훨씬 넓다. 각각의 벽면에 신전의 모습을 그릴 수 있을지도 모르겠다. 그 안에서 사람이 살 수는 있겠지만 살 만하다고 할 수는 없겠다. 홀과 방들은 더할 나위 없이 아름답게 균형 잡혀 있다. 하지만 귀족의 여름 별장용으로는 충분치 않아 보인다. 반면 어느 지점, 어떤 방향에서 바라보아도 비할 데 없이 훌륭해 보인다. 주위를 둘러보는 사람들의 눈앞에 건물의 본체와 튀어나온 기둥들이 다양한 효과를 내고 있다. 막대한 유산과 아울러 자기 재산의 구체적인 기념물을 남기려 한 주인의 의도가 완벽하게 실현되어 있다. 이 건물은 어느 지점에서 바라보아도 훌륭하듯 이곳에서 밖을 바라보는 전망도 수려하기 그지없다. 베로나에서 브렌타 쪽으로 배들을 이끌어 가는 바키글리오네 강이 흐르는 것이 보인다. 이와 동시에 마르케제 카프라가 분할하지 않고 가문으로부터 물려받으려고 했던 넓은 소유지가 굽어보인다. 네 개의 합각머리 측면에 새겨져 있으며 모두 다 합쳐야 완전한 전체를 이루는 각명(刻銘)은 기록해 둘 만하다.

> 가브리엘의 아들 마르쿠스 카프라는
> 대로 안쪽에서 나오는
> 모든 수익 재산과 전답,
> 계곡과 언덕을 포함하여 이 건물을
> 장자 상속권자에게 최우선적으로 위임하며
> 그가 스스로 인내하고 절제하며
> 이 사실을 영원히
> 기억하도록 명하노라.

특히 끝 부분이 아주 이상하다. 그렇게 막대한 재산을 소유하고 자기 마음대로 명령할 수 있는 남자가 아직 인내하고 절제해야 한다고 느끼고 있다. 이러한 내용은 비용을 더 적게 들이고도 배울 수 있겠다.

이탈리아 기행

9월 22일

오늘 저녁에는 올림피아 학술원이 개최한 집회에 참석했다. 이런 모임은 사람들의 삶에 활기를 불어넣기 때문에 그리 진지하지는 않다 해도 나쁘지는 않은 것이다. 팔라디오 극장 옆의 커다란 홀은 알맞게 불 밝혀져 있다. 지역 유지와 일부 귀족이 참석했고, 나머지는 대개 교양 있는 계층의 청중이었다. 성직자들도 많았는데 다 합쳐 약 오백 명 정도는 되어 보였다.

오늘의 회의를 위해 의장이 제기한 주제는 발명이나 모방 중 어떤 것이 더 미술에 이득이 되었는가 하는 점이었다. 질문에서 하나를 양자택일하려면 족히 백 년은 왈가왈부할 수 있겠기에 무척 기발한 질문이었다. 학술회원들도 잽싸게 이 기회를 이용하여 산문과 운문으로 여러 가지를 내놓았다. 그중에 훌륭한 것이 많이 있었다.

그러나 역시 청중이 가장 활발하게 움직인다. 청중은 브라보를 외치고 박수치며 웃음을 터뜨렸다. 자신의 대중 앞에 그렇게 서서 그들을 몸소 흥겹게 해준다면 얼마나 좋겠는가! 우리는 자신이 지닌 최고의 생각을 종이에 적어 내놓는다. 그래서 모두 그것을 가지고 구석에 웅크리고 앉아 안간힘을 쓰며 잘근잘근 씹어댄다.

발명이나 모방이 화제에 오르는 경우에는 물론 언제나 팔라디오의 이름이 오르내렸다. 토론의 끝에 익살맞은 농담이 요구되는 경우에는 늘 누군가가 위트 있게 말하기를, 다른 사람들이 그에게서 팔라디오를 앗아갔으니 자신은 대규모 비단 제조업자인 프란체스키니를 칭찬할 생각이라는 것이다. 그런 다음 그자는 리용과 플로렌스의 직물을 모방한 행위가 이 유능한 기업가에게, 그리고 그를 통해 비첸차 시에 이득을 가져다주었음을 보여주기 시작했다. 이로써 발명에 비해 모방이 훨씬 고상하다는 결론이 내려진다고 했다. 이러한 일은 익살스럽게 일어나서 폭소가 끊이지 않았다. 어쨌든 모방에 찬성하는 자들이 더 많은 박수를 받았다. 이들은 순전히 대중이 생각하고 생각할 수 있는 일들을 말했기 때문이었다. 한번은 청중이 큰 소리로 손뼉을 치면서 꽤 조악한 궤변에 진심으로 박수갈채를 보내는 것이었다. 발명에 대해 청중이 좋은 점을, 그러니까 우수한 점을 많이 느끼지 못했기 때문이었다. 이런 것도 체험했다는 사실이 나는 무척 재미있다. 죽은 지 그토록 오랜 세월이 흘렀는데도 동시대 시민들이 여전히 팔라디오를 북극성이자 모범으로 숭배하는 것을 보니 무척 기분이 흐뭇하다.

9월 22일

오늘 아침에 티에네에 갔다. 마을 북쪽으로 산맥이 있고 옛 설계도에 따라 새 건물이 지어지고 있다. 이에 대해서는 별로 기억에 떠올릴 만한 게 없다. 이처럼 이곳 사람들은 좋았던 옛것을 존중하며 물려받은 도면에 따라 새 건물을 지을 만한 감각을 지니고 있다. 넓은 평원에 위치한 성의 모습이 몹시 훌륭하다. 뒤편에는 석회 지층의 알프스 산맥이 있는데 그 중간에는 산이 보이지 않는다. 건물 쪽에서부터 일직선으로 뻗은 도로 양편에 물이 콸콸 흐르며 광활한 논에 물을 대준다.

이제까지 나는 이탈리아 도시를 두 곳밖에 보지 못했고 많은 사람들과 대화도 나누지 못했지만 이미 이탈리아인들을 잘 알고 있다. 이들은 자신이 세계의 일등 국민이라고 생각하는 궁정 사람들 같다. 이들에게는 우리가 부인할 수 없는 이런저런 장점들도 있어서 응당 자부심을 가질 수도 있겠다. 내가 볼 때 이탈리아 사람들은 꽤 선량한 민족 같다. 내가 항상 접하게 되고 또 늘 그렇게 하기 때문에, 지금 보고 있고 볼 수 있는 것처럼 나는 아이들과 보통 사람들을 바라보기만 하면 된다. 이들의 몸매와 얼굴은 정말로 아름답다!

나는 대도시의 특전을 누릴 수 있게 해준 비첸차 사람들을 특히 칭찬하지 않을 수 없다. 이들은 남을 쳐다보지 않으므로 거기서는 누구든지 자기 마음대로 행동할 수 있다. 하지만 말을 걸면 이들은 이야기하기를 좋아하며 기품이 있다. 특히 여성들이 무척 호의적으로 대한다. 그렇다고 해서 베로나 여자들을 흠잡으려는 것은 아니다. 그녀들은 교양 수준이 높고 이목구비가 뚜렷하지만 대체로 얼굴이 창백하다. 아름다운 의상 아래에서도 무언가 매력적인 것을 찾기 마련이니 첸달레가 그녀들에게 해를 끼치는 셈이다. 그런데 여기서는 아주 귀여운 여자들이 눈에 띈다. 특히 검은 곱슬머리의 여자들이 나의 각별한 관심을 불러일으킨다. 금발도 있지만 그런 여자는 내 마음에 들지 않는다.

9월 26일 저녁, 파도바

짐을 다 꾸려서 세디올라라고 불리는 일인승 경마차를 타고 비첸차에서 이곳으로 오는 데 장장 네 시간이나 걸렸다. 평소에는 세 시간 반이면 충분하지만, 자유로운 하늘 아래에서 소중한 낮 시간을 만끽하고 싶었기 때문에, 마부가 그의 책무를 다하지 못한 것에 아무런 불만이 없다. 울타리와 나무들 사이로 무척 비옥한 평야를 가로질러 계속 남동쪽 방향으로 달린다. 이윽고 북쪽에서 남쪽으로 뻗어 있는 산맥이 오른쪽에 나타날 때까지 이런 경관이 변하지 않는다. 담벼락과 울타리 위로, 그리고 나무들 아래에 식물과 과일이 잔뜩 매달려 있는 모습은 글로 다 표현할 수가 없다. 호박들이 지붕을 무겁게 내리누르고 이상야릇하게 생긴 오이들이 막대기와 격자 울타리에 걸려 있다.

전망대에서 도시의 근사한 지형을 한눈에 조망할 수 있었다. 북쪽으로는 티롤 산맥이 눈에 덮인 채 구름에 반쯤 가려져 있고, 북서쪽으로는 비첸차의 산들이 산맥과 이어져 있다. 마지막으로 서쪽으로는 에스테 산맥이 좀 더 가까이에 있어서 그 형태와 굴곡진 모양을 또렷이 볼 수 있다. 남동쪽으로는 구릉이 하나도 없이 식물들이 마치 푸른 바다처럼 펼쳐져 있다. 푸른 초원에 나무와 나무, 덤불과 덤불, 농장과 농장, 수많은 하얀 집들과 별장, 성당들이 나타난다. 지평선에는 베네치아의 산 마르코 탑과 그 밖에 이름 없는 탑들이 아주 또렷이 보였다.

9월 27일, 파도바

마침내 팔라디오의 작품들을 입수했다. 사실은 비첸차에서 보았던 목판에 조각된 원본은 아니고 정밀한 복사본이다. 그러니까 예전 베네치아 주재 영국 영사였던 스미스라는 솜씨 좋은 남자가 만든 동판 복사본이다. 영국인들이 예로부터 좋은 것을 평가할 줄 알고 이를 퍼뜨리는 훌륭한 소질이 있다는 점은 인정해야겠다.

이 작품을 구입하는 기회에 이탈리아에서 아주 독보적인 명성을 얻고 있는 한 서점에 들어갔다. 모든 책들이 다 철해진 채 빙 둘러서 진열되어 있다. 여기서는 하루 종일 훌륭한 손님들을 만날 수 있다. 교구 사제, 귀족, 예술가들 가운데 어느 정도 문학과 친근한 사람들이 들락날락한다. 사람들은 책을 주문하고 찾아보고 읽고 아무 데서나 담소를 나눈다. 내가 팔라디오의 작품에 대해 묻자 여섯 명가량의 남자들이 모두 나에게 관심을 보였다. 그들은 서점 주인이 책을 찾는 동안 그 작품을 칭찬하며 원본과 복사본에 대한 정보를 알려주었다. 이들은 그 작품 자체와 저자의 공로에 대해 속속들이 잘 알고 있었다. 이들은 나를 건축가로 알았는지 다른 누구보다도 이 대가를 연구하는 것을 칭송했다. 이들은 팔라디오가 옛것과 고대 유물을 철저히 연구함으로써 우리의 필요를 충족시키려 했기 때문에 심지어 비트루비우스보다 더 많이 이용되고 적용된다고 말했다. 나는 이 친절한 남자들과 오랫동안 담소를 나누고 도시의 기억할 만한 것에 대해 몇 가지를 알아낸 다음 이들과 작별을 했다.

성인들을 위해 성당이 지어졌기 때문에 그 안에 현자의 기념비를 세울 수 있는 장소가 발견되기도 한다. 벰보 추기경의 흉상이 이오니아식 원주들 사이에 서 있다. 굳이 말하자면, 무리하게 점잔을 뺀 듯한 아름다운 얼굴에 무성한 수염을 달고 있다.

비문에는 다음의 내용이 쓰여 있다.

추기경 피에트로의 상을 이누메누스의 아들 헤로니무스 게리누스가 세우도록 힘썼다. 그의 정신의 기념비가 영원한 것처럼 그의 모습도 후손들에게 전해지도록 하기 위해서이다.

대학 건물의 위풍당당한 모습에 나는 깜짝 놀랐다. 거기서 공부하지 않아도 된다는 사실이 천만다행이다. 독일의 대학생도 의자에 앉아 이런저런 어려운 상황을 견뎌내야 하는지는 모르지만, 학교 내부가 얼마나 협소한지 도저히 상상하기 어려울 정도이다. 특히 해부학적 구조의 극장 건물은 어떻게 학생들을 쑤셔넣어야 하는지에 대한 본보기이다. 뾰족하고 높다란 깔때기 속에 청중들이 차곡차곡 쌓여 있다. 그들은 책상이 서 있는 급경사의 좁은 바닥을 내려다본다. 바닥에는 빛이 들어오지 않아 선생님은 램프 불을 밝히며 시위해야 한다. 식물원은 한층 더 아늑하고 밝다. 이 나라에서 많은 식물들은 담벼락 옆에 있거나 거기서 멀리 떨어져 있지 않으면 겨울도 날 수 있다. 그래서 10월 말에 전체 건물을 증축하여 몇 달 동안 난방을 한다. 우리가 잘 모르는 낯선 식물들 사이를 돌아다니니 즐겁고 배우는 게 많다. 진작부터 알고 있는 대상들이 그렇듯이 익숙한 식물을 보고도 우린 끝내 아무것도 생각하지 않는다. 아무 생각 없이 관찰하는 게 무슨 소용이 있겠는가? 여기서 처음 접하는 다양한 식물들을 보니 어쩌면 하나의 형태에서 갖가지 다른 형태로 발전해 갔을지도 모르겠다는 생각이 점점 더 든다. 이를 통해 종(種)과 속(屬)을 정확하게 규정하는 일이 가능할지도 모르겠다. 지금까지는 이런 생각이 그저 내 마음대로 일어났었다. 나의 식물 철학은 이런 점에서 진전이 없었다. 아직은 내가 어떻게 매듭을 풀어야 할지 알지 못한다. 이 작업의 깊이와 폭은 내가 보기에 완전히 똑같아 보인다.

　프라토 델라 발레라고 불리는 커다란 광장은 6월에 큰 시장이 열리는 무척 넓은 공간이다. 그 가운데에 목조 노점은 물론 그리 보기 좋은 풍경은 아니다. 하지만 주민들은 여기서도 곧 베로나에 있는 것 같은 석조 피에라*를 볼 수 있을 거라고 확신하고 있다. 게다가 무척 아름답고 의미심장한 볼거리를 제공하고 있는 광장 주변은 이미 근거 있는 희망을 주고 있다.

거대한 타원형 주위에 여기서 가르치거나 배운 유명한 남자들을 소개하는 조상(彫像)들이 자리 잡고 있다. 누군가 공로가 있거나 파도바에서 대학 공부를 했다는 사실이 증명되면 그의 동향인이나 친척의 입상을 특정한 크기로 이곳에 세우는 것이 모든 토착인이나 이방인에게 허용되어 있다.

타원형 주위에 해자(垓字)가 설치되어 있다. 그 위에 걸린 네 개의 다리 위에는 교황과 총독들이 거대한 크기로 서 있다. 좀 더 작은 크기로 만들어진 여타의 입상들은 조합원, 연금 생활자 및 이방인 들이다. 스웨덴의 왕은 구스타프 아돌프의 상을 세우게 했다. 그가 언젠가 파도바에서 강의를 받았다는 이야기를 들었기 때문이었다. 조상들은 현대적 방식으로 무난하게 만들어져 있다. 몇 개는 지나치게 틀에 박힌 기법이지만 어떤 것은 꽤 자연스럽다. 모두 다 당시의 품위 있는 의상을 하고 있다. 각명도 칭찬할 만하다. 거기에는 저급한 취향이나 좀스러운 점이 발견되지 않는다.

어떤 대학에서도 이것을 적절한 착상이라고 생각했겠지만, 어디서도 이 대학만큼 성공적이지 못했다. 완전한 과거를 다시 되살려 보는 것이 즐거운 일이기 때문이다. 목조 피에라를 치우고 원래 계획에 따라 석조 피에라를 세운다면 꽤 멋진 광장이 될 수 있겠다.

---

* 상설 시장.

성 안토니우스에게 바쳐진 교단의 집회 장소에 옛날 독일인들을 생각나게 해주는 비교적 오래된 그림들이 있다. 이들과 함께 티치아노의 그림들도 몇 점 있다. 여기에는 알프스 너머에서는 아직 아무도 행하지 못한 커다란 진보가 눈에 띈다. 바로 그다음에 최신 그림도 몇 점 보았다. 이 예술가들은 더는 고상한 진지함에 도달할 수 없었기에 유머러스한 것을 무척 행복하게 포착했다. 피아체타의 「요한의 참수」는 그 대가의 방식을 인정한다면 이런 의미에서 꽤 솔직한 그림이다. 요한은 두 손을 맞잡은 채 바위 위에 오른쪽 무릎을 꿇고 있다. 그의 시선은 하늘을 향해 있다. 묶여 있는 그를 뒤에서 붙잡고 있는 병사는 몸을 굽히고 그의 얼굴을 들여다본다. 병사는 요한의 태연한 모습에 놀라는 것 같다. 높은 곳에는 목을 치는 다른 병사가 서 있는데, 그는 칼 없이 미리 그런 행위를 시도해 보려는 듯 두 손으로 몸짓을 하고 있다. 아래에서는 세 번째 병사가 칼집에서 칼을 꺼내고 있다. 이러한 생각이 대단한 것은 아니더라도 만족스러우며 구성은 최고의 놀라운 효과를 내고 있다.

　에레미트 파의 성당에서 조금 오래전 화가인 만테냐의 그림들을 보고 깜짝 놀랐다. 이 그림들에는 생생하고 확실한 현실감이 표현되어 있는 것이 아닌가! 내가 티치아노의 그림들에서 깨달았듯이, 다음에 배출되는 예술가들은 가령 거짓되거나 거짓 효과를 내면서 단지 상상력에 호소하는 현실감이 아니라, 강렬하고 순수하고 밝고 상세하며 양심적이고 부드럽고 달리 표현된, 진정으로 진실한 현실감으로부터 출발했다. 동시에 이러한 현실감에는 무언가 엄격하고 부지런하고 힘든 것이 담겨 있었다. 이제 천재의 생동감, 자연의 에너지가 이들 선배들의 정신으로 불 밝혀지고 이들의 힘으로 계발되어 점차 고조될 수 있었고 지상으로부터 올라가 천상의 진실한 형태를 내보일 수 있었다. 이리하여 야만 시대가 끝나고 예술이 발전하게 된 것이다.

'살롱'이라는 첨가어로 불릴 만한 시청 접견실은 아주 정교하게 빚어진 용기(容器)와 같은 공간이다. 이는 상상하기도 힘들고, 기억 속에서조차 금방 되살릴 수 없을 정도이다. 삼백 피트 길이에 백 피트의 너비, 세로로 홀을 덮는 원형 궁륭까지도 백 피트의 높이에 달한다. 건축가들이 시장 광장에 둥근 천장을 씌워야 한다고 생각했을 정도로 이 사람들은 야외 생활에 익숙해져 있다. 둥근 천장이 씌워진 어마어마한 공간이 특별한 느낌을 준다는 것은 의심의 여지가 없다. 이것은 별이 총총한 밤하늘보다 인간에게 더 친근한 완결된 무한대이다. 하늘은 우리 자신의 바깥으로 우리를 잡아당기고, 저 공간은 아주 부드러운 방식으로 우리를 자신 속으로 되밀어 넣는다.

이리하여 나는 성 유스티나 성당에도 즐거운 마음으로 머무른다. 이것은 길이가 458피트이고 비교적 높고 넓으며 크고 단순하게 지어져 있다. 오늘 저녁 나는 구석에 가 앉아서 조용히 관찰했다. 문득 무척 외롭다는 느낌이 들었다. 지금 세상 어디선가 내 생각을 하는 사람이 있다 하더라도 이곳에서는 아무도 나를 찾지 않을 것이기 때문이다.

여기서도 일단 짐을 꾸리고 내일 아침은 배를 타고 브렌타로 향할 것이다. 오늘 비가 왔지만 지금은 다시 날이 갰다. 멋진 낮 시간에 석호(潟湖)며 바다와 결혼한 여왕을 보기를, 그녀의 품속에서 빠져 나와 내 친구들을 맞이하기를 기대해 본다.

베네치아

운명의 책 속 나의 페이지에는 내가 1786년 9월 28일 저녁, 독일 시각으로는 5시에 브렌타에서 배를 타고 석호로 들어오면서 처음으로 베네치아를 보고, 이어서 곧 경이로운 섬 도시인 이 비버 공화국에 발을 들여놓고 방문하게 된다고 씌어져 있었다. 다행히 실제로도 그렇게 되었다. 이제 나에게 베네치아는 더는 단순한 단어에 불과하지 않으며 그토록 자주 공허한 소리만 울리는 단어를 원수처럼 싫어하는 나를 불안하게 하는 공허한 이름이 아니다.

내가 탄 배가 있는 곳으로 첫 번째 곤돌라가 다가왔을 때(급한 승객을 보다 신속하게 베네치아로 실어가기 위해 그렇다.), 어쩌면 이십 년 동안 잊고 있었을지도 모르는 어린 시절의 장난감이 기억에 떠올랐다. 나의 아버님은 이탈리아로 여행을 가서 사 온 멋진 곤돌라 모형을 갖고 계셨다. 아버님은 그것을 무척 소중히 여기셨다. 언젠가 갖고 놀아도 된다는 허락을 받았을 때부터 나는 그것을 애지중지 아꼈다. 번쩍이는 얇은 철판으로 된 앞쪽의 뱃머리, 곤돌라의 검은색 선체, 이 모든 것이 오래전부터 잘 아는 사이처럼 나를 대해 주었다. 나는 오랫동안 잊고 지냈던 어린 시절의 정겨운 인상을 새삼 즐겼다.

나는 산 마르코 광장에서 멀지 않은 곳에 있는 '영국 여왕'이라는 안락한 숙소에 묵었다. 거리가 가깝다는 게 이 숙소의 최고 장점이다. 내 방의 창들은 높은 건물들 사이의 좁은 운하를 향해 나 있다. 창문 바로 밑에는 활 모양의 다리가 있고 맞은편에는 사람들이 붐비는 좁은 골목이 있다. 내가 투숙하고 있는 숙소가 이런 곳에 있다. 독일에 보낼 소포 준비가 끝날 때까지, 그리고 이 도시를 충분히 구경할 때까지 한동안 이곳에 머물 것이다. 내가 종종 그토록 탄식하며 그리워해 온 고독을 이제야 제대로 누릴 수 있게 되었다. 인간은 자기를 아는 사람이 아무도 없는 곳에서 군중 속을 헤집고 나아갈 때 가장 고독을 느끼기 때문이다. 베네치아에서 나를 아는 사람은 어쩌면 단 한 사람밖에 없을지도 모른다. 그리고 그 사람과도 당장은 만나지 않을 것이다.

1786년 9월 28일, 베네치아

파도바에서 이곳으로 온 이야기는 몇 마디밖에 하지 않았다. 예의 바른 손님들과 같이한 브렌타에서의 배 여행은 품위 있고 유쾌했다. 이탈리아 사람들은 서로 조심스럽게 행동하기 때문이다. 호숫가는 정원과 별장으로 꾸며져 있고 조그만 마을들은 물가와 맞닿아 있다. 때로는 사람들로 붐비는 국도가 물가에 나 있기도 하다. 갑문식으로 강을 내려가기 때문에 조금씩 자주 쉬었다 간다. 그래서 나는 이 지역을 둘러보면서 여러 가지 과일들을 잔뜩 맛볼 수 있는 기회를 만끽할 수 있다. 이제 다시 배에 올라타서 풍요로움과 삶으로 가득 찬 파란만장한 세계를 통과하여 움직여간다.

변화무쌍한 풍경과 형태 들에 또 하나의 현상이 덧붙여졌다. 원래 독일 출신이지만 이곳이 제격인 두 명의 순례자들이다. 이들을 가까이서 본 적이 있었다. 순례자들은 일반 대중 틈에 끼어 공짜로 배를 탈 권리를 갖고 있다. 하지만 다른 손님들이 곁에 앉는 것을 꺼리기 때문에 이들은 천장이 있는 공간이 아니라 뒤쪽 조타수 옆에 앉는다. 순례자들은 현재와 같은 세상에 진기한 현상으로 치부되어 놀라움의 대상이 되었다. 예전에는 일부 불량배들이 이들처럼 차려입고 떠돌아다녔기 때문에 그리 존경받지는 못했다. 순례자들이 독일인으로 다른 나라 말을 할 줄 모른다는 이야기를 듣고 나는 함께 어울렸다. 그래서 이들이 파더보른 출신임을 알게 되었다. 둘 다 이미 쉰을 훌쩍 넘은 사내들이었다. 순례자들은 어두운 모습이었지만 선량한 인상이었다. 이들은 가장 먼저 쾰른에 있는 성삼왕(聖三王) 무덤을 방문한 다음 독일 전역을 돌아다녔고, 이제 함께 로마까지 갔다가 다시 북부 이탈리아 지방으로 되돌아간다고 한다. 그리고 한 사람은 베스트팔렌으로 가고, 다른 사람은 콤포스텔의 성 야고보를 경배할 생각이라고 한다.

이들의 의복은 익히 잘 아는 것이었지만, 옷의 단을 접어 올렸기 때문에 독일의 가장(假裝) 무도회 때 호박단 옷을 입은 순례자들을 흉내 내는 것보다는 훨씬 양호해 보였다. 커다란 옷깃, 둥근 모자, 지팡이와 때 묻지 않은 순결한 술잔으로 쓰이는 조개, 이 모든 것이 나름대로의 의미와 직접적인 쓸모를 갖고 있었다. 양철 상자에는 이들의 통행증이 들어 있었다. 하지만 보다 색다른 것은 모로코 가죽으로 만든 자그맣고 빨간 그들의 지갑이었다. 이 안에는 온갖 자질구레한 도구들이 들어 있었다. 이런저런 사소한 문제가 생길 때 도움을 줄 수 있는 물건들이었다. 옷에 기울 곳을 발견하면 이들은 바로 이 도구들을 꺼냈다.

통역사가 있다는 사실에 무척 흡족해진 조타수는 이들에게 몇 가지 물어봐 달라고 나에게 부탁했다. 이를 통해 나는 이들의 몇몇 견해들, 특히 이들의 여정에 관해 알게 되었다. 이들은 자기들 신앙의 형제들, 그러니까 성당이나 교단에 소속되지 않은 사제와 수도사 들에 대해 불평을 쏟아내었다. 이들은 경건함이란 아주 희귀한 것이 되어버렸다고 말했다. 어디에서도 사람들은 이들의 경건함을 신뢰하려 들지 않고, 이들이 자신들에게 지정된 성직자 순례 여정과 주교의 통행증을 내보여도 가톨릭 지역에서는 마치 부랑자처럼 대우한다고 했다. 반면에 신교도들에게서는 좋은 대우를 받았다고 감동적으로 말했다. 특히 슈바벤의 한 지방 성직자에게, 실은 주로 그의 부인에게서 좋은 대접을 받았다. 부인은 다소 내키지 않아 하는 남편을 타일러 이들에게 무엇보다 절실한 먹고 마실 것을 푸짐하게 제공해주었다. 헤어질 때 그녀는 이들에게 1753년 비엔나 협정으로 제조된 주화 하나를 선물하기도 했다. 이것은 가톨릭 지역에 다시 발을 들여놓자마자 무척 요긴하게 쓰였다. 이야기 끝에 한 사람이 목청껏 소리 높여 이렇게 말했다.

"하지만 우린 매일 그 부인을 위해 기도하고, 주님이 우리를 위해 그녀의 마음을 열어주셨듯이 그녀의 눈을 뜨게 해달라고 주님께 간청드립니다. 비록 늦기는 했지만 홀로 축복을 내릴 수 있는 성당의 품속에 그녀를 받아들여 달라고 주님께 빕니다. 그리고 우리는 언젠가 천국에서 그녀를 만나기를 진심으로 바란답니다."

그의 말을 듣고 나는 상갑판으로 연결되는 작은 사닥다리 위에 앉아 조타수와 선실에서 좁은 공간으로 몰려든 몇몇 승객들에게 이러한 모든 이야기 중에서 무엇이 필요하고 유익했는지 설명해주었다. 순례자들에게는 그저 보잘것없는 몇몇 음료수가 건네졌다. 왜냐하면 이탈리아인은 주는 것을 좋아하지 않기 때문이다. 이제 이들은 봉헌된 조그만 쪽지들을 끄집어낸 후 라틴식 기도를 하면서 자신들이 경배하는 성삼왕의 그림을 보는 것이었다. 이 착한 순례자들은 한자리에 모인 몇 안 되는 승객들에게 이것을 선물하고, 그들이 이 쪽지들의 높은 가치를 알아볼 수 있게 해달라고 나에게 부탁했다. 나는 이 일도 아주 훌륭하게 수행했다. 두 남자가 넓은 베네치아에서 순례자들을 받아들이게 규정된 수도원을 어떻게 찾아낼지 어쩔 줄 몰라 하자, 감동을 받은 조타수가 뭍에 당도하면 즉각 그 근처에 있는 어떤 아이에게 서푼 정도 주고 멀리 떨어진 수도원으로 이들을 데려가게 해주겠다고 약속했다. 그러나 사실 이들이 거기서 별 위안을 얻지는 못할 거라고 그는 친밀하게 덧붙여 말했다. 그 시설은 순례자들을 얼마나 수용할 수 있는지 그가 짐작할 수 없을 정도로 크게 지어졌지만 현재는 상당히 줄어들었고, 수입도 사실은 다른 데 쓰인다는 것이다.

이런 대화를 나누며 몇몇 훌륭한 공원이며 궁을 뒤로한 채 강가의 부유하고 생기 넘치는 마을을 흘낏흘낏 구경하면서 우리는 아름다운 브렌타 강을 내려왔다. 우리가 석호로 접어들자 몇몇 곤돌라가 즉시 배 주위에 몰려들었다. 베네치아에서 잘 알려진 한 전당업자가 재빨리 곤돌라를 타고 와서는 쓸데없는 흥정의 고통을 면하려면 자기를 따라오라고 권했다. 그는 우리를 성가시게 하려는 몇 사람에게 적당히 팁을 주고 따돌리는 법을 알고 있었다. 이리하여 우리는 흥겨운 마음으로 석양이 지는 가운데 목적지를 향해 신속히 나아갈 수 있었다.

9월 29일, 성 미카엘 축일

베네치아에 관해서는 이미 많이 이야기되었고 책도 여러 권 나왔기 때문에 장황하게 서술하는 대신 그 도시가 어떻게 나를 맞이했는지만 이야기하겠다. 하지만 다른 그 무엇보다 나의 관심을 끄는 것은 민중, 불가결하고 무의식적인 존재인 대중이다.

이들 일가가 재미삼아 이 섬으로 달아난 것은 아니었다. 뒤따라온 사람들이 이들과 합류하게 된 것도 자유의지 때문만은 아니었다. 이들은 역경을 헤치며 얻은 교훈에 의해 여건이 불리한 지역을 가장 안전하다고 생각한 것이었다. 나중에는 이런 지형이 이들에게 유리하게 작용했고, 북쪽 지역 전체가 아직 어둠에 잠겨 있을 때 그 지형이 이들을 현명하게 만들었다. 그 결과 주민들은 수가 늘어나고 부유하게 되었다. 이제 집들이 점점 더 빽빽하게 들어찼고 모래와 습지는 암석으로 대체되었다. 건물들은 조밀하게 심긴 나무들처럼 폭이 좁아지는 대신 보다 높이 하늘로 솟구쳐야 했다. 이들은 한 뼘의 땅이라도 탐을 냈고 처음부터 좁은 공간에서 살았기에 양쪽에 줄지어 선 집들을 분리시켜 간신히 사람들이 지나다닐 수 있는 이상으로 골목길을 넓힐 수 없었다. 게다가 물이 그들에게 거리, 광장 및 산책로를 대신했다. 베네치아가 다른 곳과 비교할 수 없는 독특한 유형의 도시인 것처럼 베네치아인도 새로운 유형의 인간이 되어야 했다. 뱀처럼 구불거리는 대운하는 세계 어느 도로에 비해 뒤떨어지지 않고, 산 마르코 광장 앞의 공간도 그 어떤 광장과도 견줄 수 없다. 이 공간이란 원래의 베네치아에 의해 바다 쪽으로 반달 모양으로 둘러싸여 있는 넓은 수면을 말한다. 그 수면 위에는 왼쪽으로 성 조르조 마조레 섬이 보이고, 약간 먼 오른쪽에는 주데카 섬과 그 운하가 보인다. 좀 더 멀리 오른쪽에 세관과 대운하로 들어가는 입구가 보인다. 바로 거기에 거대한 대리석 신전 몇 채가 우리를 향해 빛을 발하고 있다. 산 마르코 광장의 두 기둥 사이를 빠져나올 때 우리 눈에 들어오는 특징적인 몇 개의 주된 대상들은 이런 것들이다. 전체적인 전망과 광경이 무수히 동판화로 찍혀 나왔기 때문에 친구들은 그 구체적인 모습을 아주 수월하게 머리에 그릴 수 있을 것이다.

식사를 마치고 나는 먼저 도시 전체의 인상을 확실히 하기 위해 서둘러 숙소를 나왔다. 그리고 동반자도 없이 혼자 동서남북의 방위만 신경 쓰면서 도시의 미로 속으로 몸을 내던졌다. 도시에는 온통 크고 작은 운하들이 교차하고 다시 크고 작은 다리들로 서로 연결되어 있다. 직접 보지 않고는 전체가 얼마나 협소하고 혼잡한지 상상할 수 없을 것이다. 보통 두 팔을 벌리면 완전히 또는 거의 골목의 폭을 잴 수 있다. 아주 좁은 골목길에서 두 손을 옆구리에 대고 있으면 팔꿈치가 닿을 정도이다. 어쩌다 조금 더 넓은 골목도 있고 군데군데 작은 광장도 있긴 하지만, 모든 것이 이처럼 형편없이 좁다고 할 수 있다.

나는 대운하와 주교각인 리알토 다리를 쉽게 찾을 수 있었다. 흰 대리석으로 만들어진 활 모양의 다리다. 다리 위에서 내려다보면 그야말로 장관이다. 운하에는 모든 생필품을 본토에서 싣고 와서 주로 여기에 정박해 짐을 내려놓는 배들로 가득하고, 그 사이로 곤돌라들이 북적대고 있다. 특히나 성 미카엘 축일인 오늘은 너무나 멋지고 활기찬 광경이다. 하지만 이것을 잘 이해할 수 있게 서술하기 위해서는 이전 일부터 좀 소상히 이야기해야겠다.

대운하에 의해 나누어진 베네치아의 두 부분은 오직 리알토 다리로 연결된다. 하지만 몇몇 특정한 나루터들에서는 작은 나룻배로 오갈 수 있게 배려되어 있다. 오늘은 축제가 벌어지는 대천사장 성당으로 가기 위해 잘 차려입었지만 검은 베일로 얼굴을 가린 수많은 여인들이 물을 건너는 모습이 무척 좋아 보였다. 나는 배에서 내리는 여인들을 자세히 보기 위해 다리를 떠나 나루터로 갔다. 이들 가운데는 빼어나게 아름다운 얼굴과 자태를 지닌 여인들도 있었다.

어느덧 몸이 피곤해진 나는 골목들을 떠나 곤돌라에 올라탔다. 그리고 맞은편에서 벌어지는 구경거리를 보기 위해 대운하의 북단을 지나고 산타 키아라 섬을 돌아 석호로 접어들었다. 그리고 주데카 운하로 들어가서 산 마르코 광장 쪽으로 갔다. 베네치아 사람이 곤돌라를 타고 몸을 눕혔을 때 누구나 느끼듯이 나 또한 아드리아 해를 공동으로 지배하는 자가 된 듯한 기분이 들었다. 그때 이런 이야기를 들려주기를 좋아하시던 존경하는 아버님 생각이 났다. 나도 나중에 그렇게 되지 않겠는가? 나를 둘러싸고 있는 대상은 무엇 할 것 없이 죄다 소중하다. 이는 인간의 힘을 결집시켜 만들어낸 위대하고 존경할 만한 작품이고, 지배자가 아닌 민중의 훌륭한 기념물이다. 석호가 점점 메워지고 습지 위를 떠도는 공기가 혼탁해지고 무역이 쇠퇴하고 세력이 약해진다 하더라도 공화국의 모든 시설과 본질이 관찰자의 존경을 받지 못하는 일은 한시도 없을 것이다. 베네치아도 다른 모든 사물의 현상처럼 시간의 흐름을 거스르지는 못할 것이다.

9월 30일

저녁 무렵에 또 안내자 없이 도시에서 가장 멀리 떨어진 구역으로 가보았다. 이곳의 다리에는 곤돌라는 물론 좀 더 큰 배들도 편리하게 아치형 다리 밑을 오갈 수 있도록 죄다 계단이 설치되어 있다. 이번에도 동서남북의 방위에만 의존한 채 누구에게도 물어보지 않고 이 미로 속을 들락날락하며 길을 찾으려고 노력했다. 결국 미로에서 빠져나오기야 하겠지만 가히 믿기 어려울 정도로 뒤엉킨 길들이다. 거의 감각적으로 길에 관해 확신을 품는 내 방식이 최선이었다. 또한 나는 사람들이 사는 가장 외곽까지 가서 주민들의 행동거지, 생활 방식, 풍속 및 특성을 살펴보았다. 그 결과 각 구역마다 특색이 서로 다름을 알 수 있다. 아니 이런! 인간이란 얼마나 가련하고 선량한 동물이란 말인가!

바로 운하들 속에 무수히 많은 작은 집들이 빽빽이 들어서 있다. 하지만 여기저기 멋지게 포장된 석조 제방이 있어서 그 위로 물, 교회 및 궁 사이를 아주 기분 좋게 거닐 수 있다. 북쪽에 나 있는 기다란 석조 제방이 산책하기에 쾌적하다. 거기에서 여러 섬들, 특히 베네치아의 축소판이라고 할 수 있는 무라노 섬이 바라보인다. 그 사이의 석호는 수많은 곤돌라로 활기를 띠고 있다.

9월 30일 저녁

오늘 나는 베네치아 지도를 구입해 다시 한 번 이 도시에 대한 이해의 폭을 한결 넓혔다. 어느 정도 지도를 연구한 후에 세상에 다시없는 장관이 펼쳐지는 산 마르코 탑에 올랐다. 정오 무렵이고 태양이 환히 비치고 있어서 망원경 없이도 가까운 곳과 먼 곳의 사물을 정확히 식별할 수 있었다. 석호는 밀물 상태였다. 그리고 리도 쪽으로 시선을 돌리자(이곳은 석호를 에워싸는 띠 모양의 좁은 육지이다.), 처음으로 바다가 보였다. 바다에는 몇 척의 돛단배가 떠 있었다. 석호 안에는 갤리선과 프리깃함*이 떠 있었다. 이 배들은 알제리아인과 전쟁을 치른 에모 제독과 합류해야 했지만 역풍으로 여기에 묶여 오도 가도 못하고 있다. 파도바와 비첸차의 산들과 티롤 산맥은 저녁과 자정 사이에 더할 수 없이 아름답게 그림을 완성해 주고 있었다.

10월 1일

나는 밖으로 나가 여러 관점에서 도시를 살펴보았다. 마침 일요일이라 거리가 지저분하기 짝이 없는 것이 먼저 눈에 띄었다. 이런 것은 눈에 띄지 않을 수가 없다. 어쩌면 이런 일은 경찰의 몫일지도 모른다. 사람들은 쓰레기를 구석에 밀쳐놓는다. 나는 여러 곳에 가만히 서서 쓰레기를 싣고 다니는 커다란 배가 이리저리 다니는 모습과 거름을 필요로 하는 섬 사람들을 보았다. 하지만 이러한 준비를 하면서 그 어떤 결과도 엄격함도 없다. 베네치아가 원래 네덜란드의 도시들처럼 무척 깨끗하

---

* 갑판에 대포를 장착한 중세의 목조 쾌속 범선.

게 건설되었기 때문에 이 도시가 지저분한 것을 나는 더욱 용서할 수 없다.

모든 도로에는 석판이 깔려 있다. 가장 멀리 떨어진 구역의 가장자리에도 최소한 벽돌이 깔려 있다. 가운데는 약간 볼록하고 양옆은 움푹 들어가 있는데, 이러한 구조는 물을 담아서 복개된 운하로 흘러가게 하는 데 필요한 것이다. 처음부터 잘 구상하고 설계된 이런 건축학적인 시설물은 매우 색다른 도시인 베네치아를 아주 깨끗한 곳으로 만들려는 건축가들의 의도를 잘 보여주고 있다. 그래서 나는 산책을 하면서 예비 단속을 하는 일과, 청결을 중요하게 여겨야 할 경찰 총장에게 마음속으로 시범을 보이는 일을 중단할 수 없었다. 남의 집 문 앞을 쓸고 싶은 마음과 충동을 느끼는 것이다.

1786년 10월 2일

무엇보다 먼저 카리타로 서둘러 갔다. 팔라디오의 작품들을 보고 나는 그가 이곳에 수도원 건물을 세웠음을 알고 있었다. 그는 그곳에 부유하고 손님을 환대하는 고대인의 사택을 재현할 생각을 했다. 전체와 개별 부분이 모두 탁월하게 스케치된 설계도는 나를 무한히 즐겁게 해주었다. 그래서 굉장한 작품을 볼 수 있을 거라고 기대했다. 그런데 아, 이게 웬일인가! 건물이 10분의 1 정도만이 완성되어 있는 것이 아닌가! 하지만 이만큼으로도 그의 천재적인 면모를 여실히 보여주었다. 이러한 설계의 완벽성, 솜씨의 정확성을 나는 아직 알지 못했다. 이런 작품은 몇 년 동안이나 관찰을 해야 할 것 같다. 이보다 더 고상하고 완벽한 것을 보지 못했다는 생각이 든다. 내가 잘못 판단한 것은 아닐 것이다. 사람들은 훌륭한 예술가라 하면 위대함과 매력을 끌어내는 데에 내적 감각을 타고났다고 여긴다. 하지만 그런 예술가는 믿기지 않을 정도로 부단히 노력해서 고대인을 본받아 양성되고, 그 후 자신을 통해 고대인을 원상 복구해 가는 법이다. 이런 예술가는 자기가 좋아하는 생각을 실행에 옮길 기회를 발견한다. 그래서 그렇게 많은 수도사들이 거주하고 수많은 이방인들이 숙박하는 그 수도원은 고대의 사택 형식에 따라 건립되었다.

성당은 이미 완성되어 있다. 거기에서 코린트식 열주로 둘러싸인 안마당으로 들어가게 된다. 그 모습에 넋을 잃고 종교적인 분위기를 까마득히 잊어버리게 된다. 한쪽에는 성구실(聖具室)이, 다른 쪽에는 회의실이 있다. 그 옆에는 세상에서 가장 아름다운 나선형 계단이 있다. 그 계단의 중심 기둥은 넓고 개방되어 있으며 돌계단이 벽에 설치되어 있다. 서로 층층으로 되어 있어 하나가 다른 하나를 떠받치고 있는 형국이다. 그리고 계단을 오르내리는 데 피곤하지 않게 만들어져 있다. 계단이 얼마나 아름답게 되어 있는지 아마 팔라디오 자신도 아주 잘되었다고 자부했을 것이다. 앞뜰에서 나오면 안쪽의 커다란 뜰로 연결된다. 뜰을 둘러싸는 건물은 유감스럽게도 왼쪽 면만 세워져 있다. 세 개의 원주는 서로 포개지게 배치되어 있다. 지상에는 홀이 있고, 2층에는 작은 방들 앞에 아치형 현관이 있으며, 그 위층에는 창이 난 벽이 놓였다.

기둥의 머리와 발 부분과 아치의 홍예머리만 돌을 깎아서 만들었고 나머지는 모두 벽돌이 아닌 구운 점토로 되어 있다. 이는 지금까지 내가 전혀 알지 못하던 종류의 것이다. 띠 장식과 S자 모양의 장식도 구운 점토로 만든 것이고, 아치의 장식 부분들도 마찬가지다. 모든 것이 부분적으로 구워져 있어 결국 건물은 얼마 안 되는 석회로 조립되어 있다. 그래서 마치 한 번에 주조된 건물 같다. 건물 전체가 완공되어 깨끗이 마무리되고 색이 칠해진 모습을 본다면 정말 멋질 텐데 하는 생각이다.

하지만 최근에 지은 일부 건물들이 그렇듯이 이것 역시 너무 크다. 예술가는 지금의 수도원을 허무는 것뿐만 아니라 옆 건물들을 구매할 것을 전제로 했다. 그러다 돈도 떨어지고 열정도 사라졌을지 모른다. 사랑하는 운명의 신이여, 그대는 그렇게나 많은 우둔한 일을 장려하고 영원히 남기면서 어째서 이런 건축물은 완공시키지 않는단 말인가!

10월 3일

팔라디오의 아름답고 위대한 건축물인 일 레덴토레 성당의 정면은 산 조르조 성당의 그것보다 더 칭찬을 받을 만하다. 수차례 동판화로 새겨진 이 건축물을 두고 언급된 것을 구체적으로 느끼기 위해서는 두 눈으로 직접 봐야 할 것 같다. 여기서는 몇 마디 말로 간단히 줄이겠다.

팔라디오는 고대인의 생활에 흠뻑 빠져 있어서 당대의 편협함과 옹졸함을 뼈저리게 느끼고 있었다. 그는 위대한 인물답게 이런 경향에 순응하지 않고 자신의 고귀한 개념에 따라 여러 가지 것을 어떻게든 고치려고 했다. 그의 책에서 드러나는 신중한 어법으로 미루어 보면 그는 성당을 건축할 때 고대 바실리카 양식을 계속 따르는 것이 불만이었다. 이 때문에 그는 자신의 신성한 건축물을 고대 신전 양식과 비슷하게 만들려고 했다. 그 결과 어떤 때는 다소 어울리지 않는 경우가 발생하기도

했다. 내가 보기에 일 레덴토레 성당은 그런대로 괜찮지만 산 조르조 성당의 경우는 조화롭지 못한 모습이 너무 두드러진다. 폴크만이 이 점에 대해 뭐라고 말은 하지만 정곡을 찌르지는 못하고 있다.

일 레덴토레 성당은 내부도 역시 훌륭하다. 제단의 그림들을 포함해서 모든 것이 팔라디오의 작품이다. 유감스럽게도 입상으로 채워져야 할 감실에는 조각하여 채색한 평범한 목조 인물상이 눈에 확 들어온다.

10월 3일

성 프란체스코를 기려 카푸친 교단 소속 신부들이 보조 제단을 정성껏 손질해 놓았다. 코린트식 기둥머리 외에는 돌로 된 게 아무것도 보이지 않았다. 다른 것은 모두 아라베스크 양식에 따라 세련된 취향의 화려한 자수품으로 깔려 있는 듯했다. 그런데 그게 너무 우아해서 어딘가 또 보고 싶은 생각이 들 정도였다. 특히 금실로 수놓아진 덩굴과 잎사귀 모양의 장식이 의아하게 여겨졌다. 좀 더 가까이 다가가 보니 꽤 귀여운 속임수임이 드러났다. 금이라고 생각한 게 모두 눌러서 납작하게 된 짚이었고, 아름답게 색이 칠해져 종이 위에 부착되어 있었다. 바탕은 선명한 색으로 칠해져 있었다. 아주 다양하고 세련된 것으로 보아 수도원 안에서 별 쓸모없는 재료를 사용해 장난처럼 만든 게 분명하다. 진짜 금을 사용했다면 아마 수천 탈러는 들었을 것 같다. 기회가 있으면 이를 모방해도 좋을 것 같다.

한 미천한 신분의 사나이가 제방 위에서 베네치아 사투리로 청중들에게 이야기를 들려주는 모습은 이미 여러 번 목격한 터다. 때에 따라 사람 수가 많다가 적다가 했다. 유감스럽게도 무슨 이야기를 하는지는 알아들을 수 없었다. 하지만 아무도 웃는 사람이 없고 아주 낮은 신분의 청중은 가끔씩만 미소를 지을 따름이다. 그 사내의 이야기 방식에는 눈에 확 띄는 것도 우스꽝스러운 요소도 없다. 그의 거동은 너무 차분하고 동시에 찬탄을 끌어낼 정도로 다양하고 정확해서, 그의 기량이 대단하다는 것과 그가 사려 깊은 사람임을 알 수 있다.

10월 3일

나는 시가 지도를 손에 들고 불가사의한 미로를 통과해서 멘디칸티 성당이 있는 데까지 찾아갔다. 여기 이 성당에는 현재 가장 각광을 받는 음악학교가 있다. 여자들은 격자 뒤에서 성담곡을 부르고 있었고 성당 안은 청중들로 가득 찼다. 음악은 무척 아름다웠고 목소리도 훌륭했다. 한 알토 가수가 시(詩)의 주인공인 사울 왕의 노래를 불렀다. 나는 이러한 목소리에 대해서 전혀 아는 바가 없었다. 곡의 몇몇 부분들은 아주 아름다웠지만, 가사가 모두 이탈리아식 라틴어로 되어 있어서 어떤 대목에서는 웃지 않을 수 없었다. 이곳의 음악은 무척 음역이 넓은 것이 특징이다.

하지만 그 형편없는 악장이 마치 자기가 방금 가르친 학생들을 대하듯 얼토당토않게 두루마리 악보로 박자를 맞추지 않았다면 더 좋았을지도 모른다. 이따금 소녀들이 노래를 따라 했는데, 역시나 그는 손뼉을 치면서 박자를 맞출 필요가 전혀 없었다. 아름다운 조상(彫像)을 이해시키기 위해 그 관절에 진홍색 누더기 조각을 붙이는 사람과 다를 바 없이 모든 인상을 망쳐버렸다. 낯선 음향이 모든 조화를 깨뜨려 버렸다. 음악가라는 자가 결국 이런 짓을 하고 있다. 그는 음악을 듣지 않으며, 더구나 부조화를 통해 그가 존재하고 있다는 사실을 사람들이 느끼기를 원한다. 공연의 완벽성으로 자신의 가치를 짐작하게 하는 것이 더 낫다고 생각하기 때문인 듯하다. 프랑스 사람들에겐 나름대로 방식이 있다고 알고 있지만 이탈리아 사람들의 방식은 신뢰할 수가 없겠다. 그런데 청중은 이런 데 익숙해져 있는 모양이다. 즐거움을 망쳐버리는 게 바로 즐거움이라고 생각하게 만드는 때가 한두 번이 아니다.

10월 3일

어제 저녁 성 모세(이곳의 극장들은 가장 가까운 곳에 있는 성당 이름을 따서 지어진다.)에서 공연된 오페라 구경을 갔으나 그리 유쾌하지 않았다! 무대의 전경(前景), 음악, 가수에게 공연을 최고 수준까지 끌어올릴 수 있는 내적인 에너지가 결여되어 있다. 어느 부분이 좋지 않다고 딱히 말할 수는 없지만, 두 명의 여가수는 맡은 역할을 잘 연기하는 것보다 눈에 띄는 행동으로 자신을 과시하는 데 관심을 가졌다. 어차피 이런 것이 늘 중요한 일이 아니던가. 그래도 두 여가수는 용모가 아름답고 목소리도 좋으며 우아하고 명랑하고 배역에 어울리는 인물들이다. 반면에 남자 가수들 가운데는 무언가 관객의 공감을 살 만한 내적인 힘과 의욕뿐만 아니라 출중한 목소리를 가진 사람이 없었다.

독창성이 부족한 발레는 전반적으로 야유를 받았지만, 그래도 몇몇 뛰어난 남녀 무용수들은 커다란 박수갈채를 받았다. 여자 무용수들은 저마다 몸의 아름다운 부분을 관객에게 알리는 것을 자신들의 본분으로 삼고 있었다.

10월 3일

반면에 오늘은 나를 무척 즐겁게 해준 색다른 코미디를 보았다. 공작의 궁에서 공개적으로 소송이 벌어진 것을 방청했던 것이다. 이것은 중요한 소송이라서 법정이 휴정하는 중에도 다행히 재판이 열렸다. 변호사는 과장된 몸짓을 하는 광대극의 가수를 방불케 했다. 뚱뚱하고 작달막한 체격이었지만 몸동작이 유연하고 옆에서 보면 복부가 불룩하게 튀어나와 있었다. 마음속 깊은 곳에서 우러나온 진심이라도 말하는 듯 금속성 목소리가 격렬했다. 공식 변론이 행해질 때는 이미 모든 결정이 나 있는 게 분명하므로 나는 이것을 코미디로 부른다. 판사들은 자기들이 무슨 말을 해야 하는지 알고 있다. 당사자도 재판의 결과를 알고 있다. 그래도 나에게는 이런 종류의 재판이 밀폐되고 관료적인 우리 독일의 재판 절차보다 훨씬 마음에 든다. 호사스러운 겉치레 없이 엄숙하고 자연스럽게 모든 일이 진행되어 가는 상황에 나는 의미를 두고자 한다.

궁에 마련된 널찍한 홀의 한쪽 반원형의 자리에 판사들이 앉아 있었다. 그들의 맞은편으로 서너 명을 수용할 수 있는 단 위에 양측 변호사들이 있었고, 바로 그들 앞 의자에 원고와 피고가 앉아 있었다. 오늘의 법정 심리는 반론의 여지가 없었기 때문에 원고 측 변호인은 단에서 내려와 있었다. 변론문과 반박문이 이미 전부 인쇄되어 있음에도 불구하고 낭독될 예정이었다.

초라한 검은색 상의를 입은 비쩍 마른 서기는 두툼한 서류철을 손에 들고 낭독자로서의 의무를 이행할 준비를 하고 있었다. 게다가 홀은 구경꾼과 방청객으로 빽빽이 들어차 있었다. 소송 문제 자체나 재판 당사자들이 베네치아 사람들에게 아주 중요한 것임이 분명했다.

이 나라에서는 신탁 유증(遺贈)이 결정적인 효력을 인정받는다. 이런 성격을 한번 부여받은 재산은 영원히 그 소유권을 유지한다. 이런저런 계기나 정황으로 그 재산이 수백 년 전에 남의 손에 넘어가 여러 사람의 손을 거쳤을지라도 이 일이 도마에 오르면 결국 첫 번째 가족의 후손이 소유권을 인정받게 된다. 그래서 재산을 그 후손에게 넘겨줘야만 한다.

이번 분쟁 사건은 매우 중요한 의미를 지니고 있었다. 소송이 총독 또는 그 부인과 관련되었기 때문이었다. 부인은 첸달레를 쓴 채 원고와 약간 떨어진 작은 의자에 앉아 있었다. 제법 나이가 지긋하고 우아한 몸매에 교양이 있어 보이는 부인이었다. 그녀의 얼굴은 심각하다고 할까, 어찌 보면 좀 언짢은 표정으로도 비칠 수 있었다. 베네치아 사람들은 총독 부인이 자신의 궁 안에 있는 법정에 나와 자기들에게 모습을 드러낼 수밖에 없는 사실에 커다란 자부심을 느끼고 있었다.

이윽고 서기가 판결문을 낭독하기 시작했다. 변호인의 단에서 그리 멀지 않은 곳, 판사가 임석한 중앙의 작은 탁자 뒤 나지막한 걸상에 자그만 남자가 앉아 있었다. 그가 앞에 놓인 모래시계를 유심히 지켜보는 이유가 비로소 분명해졌다. 즉 서기가 낭독하는 동안은 시간이 흘러가지 않는 것이다. 하지만 변호인이 발언할 때는 대략 얼마간의 시간이 주어진다. 서기는 낭독하고, 시계가 놓여 있고, 작은 사내는 시계에 손을 갖다 대고 있다. 변호인이 입을 열면 시계도 높이 올려졌다가, 그가 발언을 끝내면 즉각 밑으로 내려진다. 쉴 새 없이 낭독하는 가운데 끼어들어 슬쩍 몇 마디하며 주의를 환기시키고 촉구하는 것이 이제 보니 대단한 기술이다. 이제 그 자그만 사투르누스*같이 생긴 사내는 몹시 당황하고 있다. 그는 한시도 쉬지 않고 모래시계를 세웠다 뉘었다 해야 한다. 그는 제멋대로 장난치는 어릿광대가 '베를리케! 베를로케!' 하면서 계속 말을 바꾸는 바람에 가야 할지 와야 할지 어쩔 줄 몰라 하는, 인형극에 나오는 악령 같은 상태에 놓이게 된다.

법정의 재판 장면을 본 사람이라면 이렇게 빠르고 단조로우면서도 한 자 한 자 분명하고 또렷하게 낭독하는 모습을 상상할 수 있을 것이다. 재치 있는 변호인은 농담을 곁들여 지루함을 덜어주는 법을 터득하고 있다. 그러면 방청객은 그의 농담에 와자하게 폭소를 터뜨리며 흥겨워한다. 그 의미를 알아들은 농담들 가운데 가장 기억에 남는 하나는 이것이다. 낭독자는 불법으로 재산을 차지한 자가 문제가 되는 재산을 처분한 과정을 담은 서류를 막 낭송했다. 변호인은 그에게 더 천천히 읽으라고 했다. 그가 "나는 선사하고, 나는 유증한다!"라고 또렷이 말하자 변호인은 격분해서 서기한테 소리쳐 말했다. "무얼 선사한다는 거야? 무엇을 유증하겠다는 거야? 굶주림에 지친 불쌍한 악마 녀석 같으니라고! 이 세상에 자네 거라곤 아무것도 없잖아, 젠장." 그는 곰곰 생각하는 표정을 지으면서 계속 말을 이어갔다. "저 주인 양반이 관련된 사건이야. 그가 자네 것도

---

* 고대 로마 신화의 농업의 신.

자기 것도 아닌 것을 선사하고 유증하려고 한 거야." 이 말에 폭소가 끊이질 않았으나 즉시 모래시계는 다시 수평 상태로 돌아갔다. 낭독자는 계속 뭐라고 웅얼거리며 변호인에게 뚱한 표정을 지었다. 하지만 이 모든 것이 미리 약속된 장난이다.

10월 4일

 어제는 성 누가 극장에서 무척 재미있는 코미디 한 편을 보았다. 풍부한 소질과 열정 및 탁월한 기량으로 무대에 올려진 즉흥 가면극이었다. 물론 배우들이 모두 같지는 않다. 판탈로네는 무척 훌륭했고, 튼튼하고 체격이 좋은 어떤 여자는 뛰어난 배우는 아니었지만 대사 전달 능력이 훌륭하고 무대 동작을 알고 있었다. 우리 독일에서「골방」이란 제목으로 다뤄진 것과 비슷하게 그 주제가 기발하다. 걷잡을 수 없이 상황이 계속 바뀌면서 연극은 세 시간 이상이나 지속되었다. 하지만 여기서도 모든 것이 근거하고 있는 토대는 역시 민중이다. 관객도 연극에 같이 참가하며, 군중이 연극과 어우러져 하나의 전체가 된다. 낮에는 광장과 해변, 곤돌라와 궁에서 구매자와 판매자, 거지, 뱃사공, 이웃 여자, 변호인과 그의 상대편 이 모두가 살고 행동하고 관심을 가지고 말하고 맹세하며 외치고 물건을 내놓으며 노래하고 놀고 욕설을 퍼부으며 소란을 피운다. 그러다가 저녁이 되면 극장에 가서 자신들이 낮 동안에 살아가는 모습을 보고 듣는다. 이는 인위적으로 구성되고 좀 더 우아하게 꾸며지며 동화로 엮어지고 가면으로 현실에서 벗어나며 풍속으로 현실과 가까워진 모습을 하고 있다. 이런 연극을 구경하면서 이들은 어린애처럼 기뻐하고 다시 고함을 지르고 박수를 치며 소란을 피운다. 낮에서 밤까지, 그러니까 한밤중에서 한밤중까지 늘 이런 일이 똑같이 벌어진다.

하지만 나는 저 가면들보다 더 자연스럽게 연기하는 배우를 본 적이 없다. 이처럼 인물의 성격을 탁월하게 그려내는 데 성공한 것은 장기간 연습한 결과로 볼 수 있다.

이 글을 쓰고 있는 지금 내 방의 창문 아래 운하에서 왁자한 소음이 들려온다. 자정이 넘은 시각이다. 이들은 좋든 나쁘든 늘 모든 일에 함께 참가한다.

10월 4일

대중을 상대로 하는 연사들의 연설을 들어보았다. 광장과 석조 제방에서 행한 세 녀석들은 각기 자신의 방식대로 이야기를 들려주었고, 그러고 나서 두 명의 변호인, 두 명의 설교자, 연극배우들이 말하는 것을 들었다. 나는 배우들 중에서 판탈로네 역을 맡은 남자를 칭찬하지 않을 수 없다. 이들은 한 민족의 일원일 뿐만 아니라 서로가 서로를 모방해야 한다는 점에서 모두 어떤 공통점이 있다. 이들은 늘 공인으로 살아가면서 항상 열정적으로 말하는 일에 종사하고 있다. 여기에 자신들의 의도, 성향 및 감정의 표현을 아울러 보여주는 단호한 몸짓 언어가 첨가된다.

성 프란체스코 축일인 오늘 그를 기리어 지은 알레 비녜 성당에 다녀왔다. 성당 앞에서는 카푸친 교단 수도사의 우렁찬 목소리와 상인의 고함 소리가 좌우 성가대가 교대로 부르는 합창처럼 번갈아 들려왔다. 나는 양쪽의 가운데인 성당 문에 서 있었는데, 막상 들어보니 정말 희한하다고 할 수 있는 소리였다.

10월 5일

오늘 아침에 병기창에 다녀왔다. 아직 해운(海運)에 대해 아는 게 없는 차에 기초적인 사실들을 배웠기 때문에 자못 흥미로웠다. 그것은 위세를 떨치던 전성기가 지났음에도 아직 활약하고 있는 유서 깊은 가문처럼 보였다. 그러고 나서 수공업자들의 일터에도 찾아가서 몇몇 색다른 것을 보았고, 84문의 대포가 장착되고 뼈대가 완성되어 있는 배에 올라가 보았다.

여섯 달 전에 리바 데 스키아보니에서 똑같은 배에 불이 나서 흘수선(吃水線)까지 타버린 일이 있었다. 화약고에 화약이 별로 없었기 때문에 배가 폭발했어도 피해는 그다지 크지 않았다. 고작해야 인근에 있는 집들의 유리창이 조금 깨진 정도였다.

무척이나 아름다운 이스트리아산 떡갈나무 목재를 가공하는 모습을 바라보면서 이 값진 나무의 성장에 대해 곰곰 생각해보았다. 인간이 유용한 재료로 쓰는 자연의 산물에 대해 내가 힘들여 얻은 지식이 어디에서나 예술가와 수공업자들의 처리 방식을 설명하는 데 도움이 된다는 것을 거듭 말하지 않을 수 없다. 그러므로 나에게는 산과 거기서 나온 암석에 대한 지식도 예술을 이해하는 데 커다란 이점이 된다.

10월 5일

부첸타우르*가 무엇인지 단 한마디로 말하라면 나는 호화 갤리선이라고 부르겠다. 지금도 사본으로 남아 있는 비교적 오래

---
* 베네치아 공화국에서 행해지는 엄숙한 국가 행사, 특히 매년 거행되는 승천대축일의 '바다의 결혼' 의식에서 총독이 사용하던 갤리선.

된 부첸타우르는, 우리를 눈부시게 하는 현재의 것보다 그 화려한 유래로 더욱 이런 명칭을 들을 만하다.

  나는 늘 나의 지론으로 되돌아간다. 자신에게 어떤 참다운 대상이 주어지면 예술가는 무언가 참다운 일을 행할 수 있다. 이곳에서 그 예술가는, 이들이 물려받은 해상 통치를 축하하기 위해 축제가 절정에 달한 날에 공화국의 지도자들을 수송하기에 알맞은 갤리선을 건조하라는 부탁을 받았다. 이 과제는 아주 훌륭히 수행되었다. 그 배는 전체가 장식품이기 때문에, 장식이 너무 지나치다고 말해서는 안 된다. 목제 조각품에는 온통 금박이 입혀져 있다. 이는 민중에게 자신의 지도자들을 근사하게 보이도록 성체 현시대(顯示臺)로 쓰일 뿐 평소에는 사용되지 않는다. 하지만 알다시피 자기 모자를 장식하기 좋아하는 민중은 자신의 지도자들도 화려하게 치장한 모습을 보고 싶어 한다. 정말이지 이러한 호화선은 진정한 재산목록에 포함되는 작품이다. 이 배를 통해 베네치아인들이 어떠했으며 그들 자신을 어떻게 생각했는지 알 수 있다.

10월 5일 밤

  비극을 보고 왔는데 아직 웃음이 그치지 않으니 이런 익살스러운 내용을 즉각 종이에 적어두어야겠다. 작품은 과히 나쁘지 않았고, 작가는 비극의 주인공을 모두 한데 꿰어놓았다. 배우들의 연기는 볼만했다. 대부분의 상황은 잘 아는 내용이었고, 몇 장면은 참신하고 아주 성공적이었다. 서로 미워하는 두 아버지, 사이가 벌어진 이런 가정의 아들과 딸이 만나 열렬히 사랑에 빠진다. 그래서 그 한 쌍은 몰래 결혼하게 된다. 줄거리는 조야하고 잔인하게 진행되어, 결국 젊은이들을 행복하게 해주기 위해 두 아버지가 서로를 찔러 죽이는 수밖에 없었다. 이런 장면을 마지막으로 열렬한 박수갈채와 함께 막이 내렸다. 하지만 박수 소리가 더 거세지자 이윽고 '푸오라!*' 하고 외치는 소리가 들렸다. 그러자 두 주역 배우가 무대 뒤에서 마지못해 어슬렁거리며 나와 허리를 굽혀 인사하고는 다른 쪽으로 다시 사라질 때까지 이런 광경이 오랫동안 계속되었다.

관객은 아직도 성에 차지 않았던지 계속 박수를 치며 '이 모르티!**' 하고 외쳤다. 그러자 죽은 두 사람도 나타나 허리를 굽힐 때까지 또 이런 모습이 오랫동안 지속되었다. 이때 몇몇 사람들이 '브라비 이 모르티!***' 하고 소리쳤다. 결국 이들도 역시 퇴장하라는 허락을 받을 때까지 오랫동안 박수 소리에 붙잡혀 있었다. 이러한 익살을 보고 들은 증인들, 즉 나처럼 이탈리아 사람들이 늘 입에 올리는 '브라보! 브라비!'란 말을 듣다가, 느닷없이 죽은 이들에게도 이런 찬사를 보내는 소리를 들은 증인들이 무수히 많다.

북쪽의 우리 독일 사람들은 어두운 밤에 헤어질 때마다 '구테 나흐트!****' 하고 인사하는데, 이탈리아 사람들은 낮과 밤이 서로 갈릴 때 등불을 방으로 가지고 오면서 '펠리치시마 노테!' 하고 딱 한 번만 인사를 할 뿐이다. 그러므로 인사말이 완전히 서로 다른 의미를 갖고 있는 셈이다. 이처럼 모든 언어의 특성은 번역이 불가능하다. 왜냐하면 그것이 성격이나 성향 또

---

* '나와라.'라는 뜻.
** '죽은 사람도 나와라!'라는 뜻.
*** '장하다, 죽은 이들이여!'라는 뜻.
**** '안녕히 주무세요!'라는 뜻의 독일 밤 인사.

는 상태이든 간에, 가장 고상한 단어부터 가장 저급한 단어에 이르기까지 모든 것은 민족의 특성과 관련되어 있기 때문이다.

10월 6일

비극은 나에게 많은 것을 가르쳐주었다. 처음으로 나는 이탈리아 사람들이 11음절의 얌부스를 어떻게 다루고 낭송하는지 들어보았다. 그런 다음 고치*가 얼마나 현명하게 가면을 비극의 인물과 연결시켰는가를 깨닫게 되었다. 민중은 격정적으로 감동받기를 원하기 때문에 이것이 그들의 구미에 맞는 연극이다. 민중은 불행한 일을 보고도 마음속으로 애정을 갖거나 동정심을 보이지 않는다. 이들은 대사를 중시하기 때문에 주인공이 대사를 잘 읊으면 그저 기뻐할 뿐이다. 그러고는 웃으려고 하거나 또는 무언가 어리석은 일을 벌이려고 한다.

연극에 대한 이들의 관심은 현실적인 것에 대한 관심의 반영일 뿐이다. 폭군이 아들에게 칼을 건네주면서 마주 서 있는 그의 아내를 찔러 죽이라고 요구하자 관객들은 이 부당한 요구에 불만을 표시하며 큰 소리로 떠들기 시작했다. 그래서 하마터면 공연이 중단될 뻔했다. 이들은 노왕이 칼을 거두어야 한다고 요구했다. 그렇게 되면 다음에 이어지는 장면들은 물론 없어질지도 모른다. 결국 곤경에 처한 아들이 각오를 단단히 하고 무대 앞으로 걸어 나와, 조금만 참으면 전적으로 그들의 바람대로 일이 진행될 거라고 공손히 부탁의 말을 했다. 하지만 예술적 측면에서 보면 이런 상황은 여러 사정으로 보아 어리석고

---

* 카를로 고치(1720~1806). 베네치아 출신의 희극 작가.

부자연스러운 것이었다. 이런 까닭에 나는 자기 감정에 충실한 민중을 칭찬하지 않을 수 없었다.

이제 나는 그리스 비극의 긴 대사와 장황한 논변을 더 잘 이해하게 된다. 아테네 사람들은 이탈리아 사람들보다 연설 듣는 것을 더 좋아했고 더 잘 이해했다. 이들은 종일토록 법정에서 시간을 보내며 진작 무언가를 배웠던 것이다.

10월 6일

나는 팔라디오의 완성된 건축물, 특히 성당 건축물에서 훌륭한 점 이외에 일부 흠잡을 만한 점을 발견했다. 내가 그 비범한 인간에 대해 어느 정도 정당한지 또는 부당한지를 곰곰 생각해 보고 있자니 그가 옆에 서서 이렇게 말하는 것 같았다. "이런저런 것은 마지못해서 한 거야. 하지만 주어진 여건 아래서는 이런 식이라야 최상의 내 이념에 가장 근접할 수 있어서 그랬던 거야."

내가 이런 생각을 하는 만큼 그도 이미 존재하는 성당, 조금 오래된 건물의 높이와 폭을 관찰하면서 무엇 때문에 정면을 건립해야 하는지를 숙고했을 거라고 생각된다.

"어떻게 하면 이 공간에 가장 위대한 형식을 부여할까? 개별적으로는 여러 가지 필요가 생겨서 다소 위치를 바꾸거나 대충대충 하지 않을 수 없다. 조화롭지 않은 곳이 군데군데 생기겠지만 전체의 품격이 높아질지도 모르고, 그러면 기쁜 마음으로 일을 할 것이다."

이처럼 그는 가슴에 품은 위대한 생각을, 그것이 전혀 어울리지 않았던 곳, 개별적으로는 그것을 망가뜨리고 훼손하지 않을 수 없는 곳으로 끌고 왔던 것이다.

반면 카리타의 측면 건축물은 그 예술가에게 행동의 자유가 주어졌고 무조건 자신의 정신을 따를 수 있었기 때문에 우리에게 커다란 가치가 있음이 분명하다. 이 수도원이 완공되었더라면 어쩌면 전 세계에서 가장 완벽한 건축물이 되었을지도 모른다.

그가 무슨 생각을 했고 어떻게 작업했는지가 점점 더 분명해진다. 그의 작품을 더 많이 읽고 건축물을 더 많이 관찰함에 따라 그가 어떻게 고대를 다루는지도 뚜렷해진다. 그가 말은 별로 하지 않더라도 그것들 모두 중요하기 때문이다. 고대 신전을 서술한 네 번째 책은 분별력을 갖고 고대 유물을 살펴보게 해주는 진정한 입문서이다.

10월 6일

어제 저녁에는 성 크리소스토모 극장에서 크레비용의 「엘렉트라」를 보았다. 그것은 번역극이었는데 얼마나 조잡하고 끔찍하게 지루했는가는 말로 표현할 수가 없다.

그래도 배우들은 괜찮았고 몇몇 장면들로 관객들을 흥이 나게 할 줄 알았다. 오레스트는 '하나의' 장면에서 세 가지 서로 다른 이야기를 혼자서 시적으로 꾸몄다. 귀여운 여자인 엘렉트라는 중간 키로 힘이 있어 보였다. 그녀는 거의 프랑스인처럼 생각될 정도로 활기차고 몸가짐이 단정했으며 멋지게 시를 읊었다. 다만 유감스럽게도 배역이 요구하는 대로 시종일관 정신 나간 듯이 행동했다. 그런데도 나는 여기서 이탈리아식 11음절 얌부스는 마지막 음절이 무척 짧고 낭송자의 의사와 달리 고음으로 올라가기 때문에 낭송하기에 대단히 불편하다는 점을 다시 배웠다.

10월 6일

오늘 아침에는 성 유스티나 성당에서 거행된 대미사에 참석했다. 터키에 대한 전승 기념일인 이날은 총독도 매년 참석해야 한다. 영주들과 일부 귀족을 실은 금칠한 나룻배들이 작은 광장에 도착하고, 이상한 옷을 입은 뱃사공들은 빨갛게 칠한 노를 부지런히 젓는다. 해변에는 성직자와 교단 사람들이 막대기와 휴대용 은촛대에 불을 켠 초를 꽂은 채 이리저리 밀고 밀리며 기다리고 서 있다. 이제 융단이 깔린 다리가 배에서 뭍으로 펼쳐진다. 맨 먼저 긴 보랏빛 옷을 입은 장관들이, 다음으로 기다란 붉은 옷을 입은 참의원들이 포장도로에 죽 늘어선다. 마지막에 황금색 프리기아 모자를 쓰고 긴 황금색 수도복에 족제비 털 외투를 걸친 늙은 총독이 배에서 내린다. 세 명의 시종이 땅에 끌리는 옷자락을 받쳐 들고 있다. 어떤 성당의 정문 앞 작은 광장에서 이 모든 일이 벌어진다. 성당 문 앞에는 터키 깃발들이 내걸려 있다. 그래서 불현듯 오래된 느낌이 드는 벽지를 보는 것 같은 생각이 든다. 그러나 제법 도안이 잘 그려져 있고 색칠도 훌륭하다. 이러한 의식은 북쪽에서 도망쳐온 나를 무척 즐겁게 해주었다. 축제가 거행될 때마다 짧은 옷을 입고, 생각해 낼 수 있는 최고의 의식이 고작 어깨총 자세로 행해지는 우리 독일에서는 이런 모습이 그리 어울리지 않을지도 모른다. 하지만 이곳에서는 이런 끌리는 옷자락, 이렇게 평화롭게 거행되는 의식이 무척 잘 어울린다.

총독은 아주 멋진 체격의 잘생긴 남자이다. 그는 어딘가 아픈 표정을 짓고 있지만 무거운 의복을 걸치고도 위엄을 부리느라 반듯한 자세를 취하고 있다. 그 외에 그는 만인의 할아버지처럼 무척 자애롭고 다정해 보인다. 의복은 썩 잘 어울리고 모자 밑의 작은 두건도 눈에 거슬리지 않는다. 아주 세련되고 속이 비치는 두건이 하얗게 센 깨끗한 머리카락 위에 얹혀 있다.

　긴 옷자락이 끌리는 진홍색 옷을 입은 약 쉰 명의 귀족들이 총독과 함께 있었다. 대체로 멋진 남자들이었고 못생긴 사람은 하나도 없었다. 몇몇은 키가 컸고 머리도 컸다. 이런 머리들엔 금발의 곱슬머리 가발이 잘 어울렸다. 얼굴들은 이목구비가 뚜렷하고 부드럽고 하얀 피부는 푸석푸석하거나 눈에 거슬리지 않는다. 오히려 현명하고 느긋하고 차분하고 자신감이 있어 보이니, 살아가는 게 편안하고 무척 즐거운 듯하다.

　모든 사람들이 성당 안에서 자리를 잡고 대미사가 시작되자 교단 사람들은 짝을 지어 성수(聖水)를 받아 들고 대제단, 총독, 귀족을 향해 허리를 굽힌 후에 현관 출입문으로 들어갔다가 오른쪽 옆문으로 다시 나갔다.

10월 6일

　타소와 아리오스토의 시구를 독특한 선율로 노래하는 유명한 뱃사공의 노래를 저녁에 듣기로 예약해 두었다. 이 노래를 들으려면 정말로 예약을 해두어야 한다. 이런 일은 흔히 있는 게 아니고, 차라리 반쯤 울림이 멎은 먼 옛날의 전설에 속한다. 달빛이 은은하게 비치는 가운데 나는 곤돌라에 올랐다. 두 명의 가수는 배의 앞쪽과 뒤쪽에 각각 앉았다. 이들은 노래를 시작했고, 번갈아 가며 한 소절씩 불렀다. 우리가 루소를 통해 알고 있는 그 선율은 합창과 서창(敍唱) 사이의 중간쯤 되는 것이다. 이 선율은 박자도 없이 항상 똑같은 방식을 유지한다. 조바꿈도 늘 똑같고, 다만 시의 내용에 따라 낭송의 음조와 음정을 바꾸어갈 뿐이다. 하지만 그 정신, 거기서 나온 생명력은 다음과 같이 이해될 수 있다.

나는 이 선율이 어떤 경로로 만들어졌는지를 조사하려는 것은 아니다. 이것은 무언가를 미리 조바꿈하고, 외울 수 있는 시를 그런 노래로 바꿔 부르려는 한가한 사람에게는 아주 잘 맞는다.

폐부를 뚫고 들어가는 목소리로——이 나라 민중은 무엇보다도 목청이 얼마나 큰가를 높이 평가한다.——그는 섬이나 운하의 물가에 대놓은 나룻배에 앉아 목청껏 소리가 울려나가게 한다. 그러면 노랫소리는 잔잔한 수면 위를 퍼져 나간다. 그 선율을 알고 가사를 이해하는 어떤 사람이 멀리서 노래를 듣고 이어지는 시구로 응답한다. 여기에 다시 먼젓번 사람이 응답한다. 이렇게 한 사람은 늘 다른 사람의 메아리로 기능한다. 노래는 며칠 밤이고 계속되고, 이들은 지치지도 않고 응답을 거듭한다. 그러므로 이들이 서로 멀리 떨어져 있을수록 노래는 한층 매력적으로 들릴 수 있다. 그래서 노래를 듣는 사람이 양자의 중간에 자리한다면 그는 제대로 장소를 잡은 셈이다.

이 노래를 나에게 들려주기 위해 이들은 주데카 섬 기슭에 내려서는 운하를 따라 서로 헤어졌다. 나는 계속 두 사람 사이를 왔다 갔다 하면서 노래를 시작하려는 사람으로부터 멀어졌다가, 노래를 끝마친 사람 쪽으로 다시 다가갔다. 그러자 비로소 그 노래의 의미가 이해되었다. 멀리서 밀려오는 그 목소리는 슬픔이 없는 탄식처럼 아주 이상야릇하게 들린다. 그 속에는 눈물이 나게 감동적인 것까지 무언가 믿을 수 없는 요소가 담겨 있다. 나는 기분 탓으로 돌렸지만 늙은 하인도 이렇게 말하는 것이었다. "저 노랫소리가 이상하게도 사람 마음을 뒤흔드네요. 들으면 들을수록 더욱 감동적인데요." 그는 내가 리도의 여인들, 특히 말라모코와 펠레스트리나 출신 여인들의 노래도 들어보기를 바랐다. 이들도 타소의 시를 똑같거나 비슷한 선율로 부른다고 한다. 게다가 그는 이렇게 덧붙였다.

"그 여인들은 남편들이 바다로 고기잡이를 나가면 바닷가에 앉아 폐부를 찌르는 목소리로 이 노래가 울려 퍼지게 하곤 합니다. 그러면 남편들도 멀리서 아내들의 목소리를 듣고 그런 식으로 서로 대화를 나눈다고 합니다."

그야말로 눈물이 나도록 아름다운 이야기가 아닌가? 가까이서 노래를 듣는 사람은 파도 소리가 섞여 들리는 탓에 별 즐거움을 얻지 못할 거라고 생각할 수도 있겠다. 하지만 이 노래에 담긴 의미는 너무나 인간적이고 진실해서, 평소엔 생명이 없는 문자로 우리네 골머리를 썩이던 선율이 새삼 생기를 얻게 된다. 이것은 어느 고독한 자가 자신과 같은 기분을 느끼는 다른 사람이 듣고 응답하도록 저 멀리 드넓은 세상으로 보내는 노래인 것이다.

10월 8일

파올로 베로네세의 귀중한 그림을 보러 피사니 모레타 궁을 방문했다. 다리우스 가의 여성들이 알렉산더와 헤파이스토스 앞에 무릎을 꿇고 있다. 앞에서 무릎을 꿇고 있는 어머니는 헤파이스토스를 왕으로 생각하지만, 그는 이를 부인하고 오른쪽 사람을 가리키고 있다. 베로네세가 이 궁에서 융숭한 접대를 받으며 비교적 오랫동안 칙사처럼 묵었다는 옛이야기가 전해져 온다. 대신에 그는 몰래 그림을 그리고 둘둘 말아서 침대 밑에 선물로 넣어두었다고 한다. 대가 베로네세의 전반적인 가치가 충분히 엿보이기 때문에 이 그림에는 물론 특별한 유래가 있을 법하다. 전체 작품에 스며들었을지도 모르는 어떤 획일적인 색조가 없이, 교묘하게 안배된 음영과 또한 그렇게 교차하는 대상의 고유색을 통해 소중한 조화를 이루려는 그의 위대한 기법이 아주 돋보인다. 그림의 보존 상태가 완벽해서 마치 어제 그린 것처럼 선명하게 우리 눈앞에 놓여 있다. 이런 종류의 작품은 손상을 입자마자 그 이유가 무엇인지 알지도 못한 채 우리의 즐거움도 즉시 반감될 것이다.

이 예술가에게 의상에 대해서 시비를 하려는 사람은 16세기의 이야기가 그려져야 했다는 사실을 고려해야 할 것이다. 그러면 모든 문제가 해결된다. 어머니부터 아내와 딸들에 이르기까지 음영을 나타낸 것이 지극히 진실하고 잘 표현되어 있다. 제일 뒤에서 무릎을 꿇고 있는 막내 공주는 귀여운 아가씨이다. 그녀는 아주 사랑스러우면서도 고집스럽고 불만스러운 얼굴을 하고 있다. 아마 자기 자리가 썩 마음에 들지 않는 모양이다.

10월 8일

내가 감명받은 그림을 그린 바로 그 화가의 눈으로 세상을 보는 나의 오래된 재능은 독창적인 사고를 하도록 해주었다.

우리의 눈은 어릴 때부터 보아온 대상들에 따라 형성되는 것이 분명하다. 그러므로 베네치아의 그 화가는 다른 사람들보다 삼라만상을 더 맑고 명랑하게 보는 것이 틀림없다. 때로는 오물로 뒤덮이고 먼지투성이에다 우중충하며 반사되는 빛마저 음울하게 만드는 땅에서, 어쩌면 심지어 좁디좁은 방에서 살아가는 우리 북쪽 사람들이 자발적으로 그런 명랑한 시각을 발전시킬 수는 없을 것이다.

눈부신 햇살을 받고 석호를 통과해 가면서 나는 곤돌라 뱃전에서 뱃사공들이 울긋불긋한 옷을 입고 경쾌한 몸놀림으로 노를 저어 가는 모습을 바라보았다. 푸른 하늘 아래서 연녹색 수면 위를 스쳐가는 모습이 이채를 띠었다. 마치 베네치아 유파가 가장 최근에 그린 최고의 작품을 보는 듯했다. 햇살은 대상의 고유색을 현란하게 부각시켰고, 그늘진 부분도 너무 환해서 어느 정도 다시 빛으로 쓸 수 있을 것 같았다. 담록색 수면에 반사되는 빛에 대해서도 마찬가지로 말할 수 있었다. 모든 것이 밝은 배경에 환하게 그려져 있었다. 그래서 화룡점정을 위해서는 거품이 이는 물결과 번개가 필요할 정도였다.

티치아노와 베로네세는 이런 분명한 사실을 가장 확연히 드러내 보여주었다. 만약 이들 작품에서 이런 점이 발견되지 않는다면 그림이 손상되었거나 덧칠된 탓이리라.

측면 벽을 포함해 산 마르코 성당의 둥근 지붕과 반구(半球) 천장 같은 모든 것에 그림이 가득하고, 모든 화려한 상들이 황금색을 바탕으로 한 모자이크 작품들이다. 밑그림을 그리는 장인들이 있었느냐의 여부에 따라 어떤 것은 제법 괜찮고 다른 것은 별로이다.

하지만 모든 것은 처음의 구상이 중요하며, 여기에 올바른 기준과 진정한 정신이 깃들어 있다는 사실이 가슴에 와 닿았다. 네모진 유리 조각을 가지고 아주 깔끔하게는 아니더라도 좋은 것과 나쁜 것을 모사할 수 있기 때문이다. 고대인에게 바닥을 마련해 주고 기독교인에게 천장을 둥글게 해주었던 이 기술이 지금 와서는 통이나 팔찌 따위에 쓰이게 되었다. 이 시대는 우리가 생각하는 것 이상으로 열악하다.

10월 8일

파르세티 박물관에는 최상의 고대 조각품을 본떠서 주조한 귀중한 수집물이 있다. 만하임이나 그 밖의 장소에서 이미 접해 본 작품에 대해서는 말하지 않고 최근에 알게 된 작품들만 언급하겠다. 독사에 팔이 감긴 채 죽음의 잠에 빠져 쉬고 있는 거대한 형상의 클레오파트라, 아폴로의 화살을 막으려고 외투로 막내딸을 감싸고 있는 어머니 니오베, 그리고 몇 명의 검투사들, 휴식을 취하고 있는 날개 달린 수호신, 앉거나 서 있는 철학자의 형상이 그것들이다.

이것들은 사상을 통해 예술가의 가치를 고갈시키지 않은 채 수천 년 동안이나 세계가 즐거워하고 교양을 얻을 수 있는 작품들이다.

많은 중요한 흉상들은 영광스러운 고대 시절로 나를 데려다 준다. 고대에 대한 나의 지식이 일천한 것이 유감스러울 뿐이다. 그래도 최소한 그곳으로 가는 길은 알고 있으니 사정이 점차 나아질 것이다. 팔라디오가 그곳으로 가는 길과 모든 예술과 삶에 이르는 길도 열어주었다. 이런 말이 좀 이상하게 들릴지 모르지만 야코프 뵈메가 놋그릇을 바라보다가 주피터의 벼락을 맞고 우주에 대한 깨달음을 얻었다는 이야기에 비해서는 그리 역설적이지 않을 것이다. 소장품 중에는 로마의 안토니우스와 파우스티나 신전의 들보 조각도 있다. 이 훌륭한 건축물의 모습이 너무 현대적이라서 만하임에 있는 판테온 신전의 기둥머리가 떠올랐다. 물론 고딕 양식으로 장식되어 있는 우리 독일의 성인들과는 다른 모습이다. 이 성인들은 소용돌이 모양의 까치발 위에 겹겹이 쌓인 채 웅크리고 있다. 그리고 담배 파이프 모양으로 생긴 우리의 기둥들이나 끝이 뾰족한 작은 탑, 톱니 모양의 꽃잎과도 다르다. 이제 이런 것들로부터 다행스럽게도 영원히 벗어나게 되었구나!

요 며칠 동안 본 조각품 몇 점을 또 언급하고자 한다. 그저 지나가면서 훑어본 작품들이었지만 그래도 놀라움과 외경심을 가지고 대했던 작품들이었다. 병기창 성문 앞에는 흰 대리석으로 만든 거대한 사자 두 마리가 있다. 한 마리는 곧추 앉아 앞발을 쳐들었고 다른 한 마리는 드러누워 있다. 마치 펄펄 살아 있는 듯 다양성을 보이고 짝을 이루는 훌륭한 상들이다. 이들은 워낙 커서 주위에 있는 모든 것들이 작아 보이고, 이처럼 고상한 대상물이 높여주지 않는다면 우리 자신은 아무것도 아닌 존재처럼 여겨질 정도이다. 사자들은 그리스 문화가 절정기였을 때의 작품인데, 베네치아 공화국의 황금기에 피레우스가 이곳으로 옮겨왔다고 한다.

터키 정복자인 성 유스티나 신전 벽에 새겨진 몇 점의 얕은 부조(浮彫)도 마찬가지로 아테네에서 유래한 것일지 모른다. 하지만 유감스럽게도 교회 의자들 때문에 흐릿하게 보인다. 성당 관리인이 나에게 그 작품을 잘 보라고 일러주었다. 전설에 의하면 티치아노가 이 작품을 그의 그림 「순교자 성 베드로의 죽음」에 나오는 극히 아름다운 천사들의 모델로 삼았다고 한다. 이들은 신의 속성을 지닌 수호신들인데, 물론 너무 아름다워서 무슨 말로도 형언할 수 없다.

그다음 나는 어느 궁전의 안뜰에 있는 마르쿠스 아그리파의 거대한 나신상(裸身像)을 관찰하면서 아주 독특한 느낌을 받았다. 그의 옆에서 뱀처럼 구불거리는 돌고래 한 마리는 그가 바다의 영웅임을 암시해 준다. 하지만 인간을 이렇게 영웅처럼 그리면 한낱 인간을 신과 비슷하게 만드는 것이 아닌가!

산 마르코 성당에 있는 말(馬)들을 가까이서 살펴보았다. 아래에서 위쪽으로 살펴보니 얼룩이 져 있음을 금방 알 수 있다. 어떤 곳은 아름다운 노란색 금속 광택이 있고, 또 어떤 곳은 녹청색으로 변해 있다. 가까이서 보면 말들의 전신이 도금되어 있었음을 알 수 있다. 그런데 지금은 온통 줄무늬로 덮여 있다. 야만인들이 금을 줄로 긁어내기보다는 정으로 깎아내려고 했기 때문이었다. 그래도 형상만은 남아 있으니 그나마 다행이다 싶다.

정말 수려하게 생긴 말이다! 권위 있는 전문가가 보면 어떻게 이야기할지 듣고 싶다. 이상한 점은 가까이서 보면 말이 육중해 보이지만 아래쪽에서는 사슴처럼 날렵해 보인다는 사실이다.

10월 8일

오늘 아침에 곤돌라를 타고 나의 수행원과 함께 리도 섬으로 갔다. 리도는 석호를 막아서 바다로부터 격리시킨 지협(地峽)이다. 우리는 배에서 내려 지협을 가로질러 갔다. 엄청난 소리가 들려오고 곧 바다가 나타났다. 바닷물이 빠져나가면서 해변에 높이 치솟으며 부딪쳤다. 시간은 정오 무렵으로 썰물 때였다. 그래서 두 눈으로 직접 바다를 볼 수 있었다. 물이 빠져나가면서 남긴 다져진 모랫바닥을 걸으며 나는 바다를 향해 걸어나갔다. 사방에 조개가 널려 있어서 아이들과 함께 왔더라면 좋았겠다는 생각이 들었다. 나는 아이처럼 조개껍질을 잔뜩 주워 모았다. 어디 쓸 데가 있어서였다. 이곳에서 그렇게 자주 휩쓸려 내려가는 오징어의 먹물을 좀 건조시켜 보려는 생각에서이다.

바다에서 그리 멀지 않은 리도에 영국인들 무덤이 있고, 좀 더 가면 유태인들 무덤이 나온다. 이들은 모두 봉헌된 땅에 묻힐 수 없는 자들이었다. 나는 고결한 스미스 영사와 그의 첫째 부인의 무덤을 발견했다. 내가 팔라디오의 저작을 구할 수 있던 것은 그 사람 덕택이다. 봉헌되지 않은 무덤에 묻힌 그에게 감사의 뜻을 표했다.

이 무덤은 봉헌되지 않았을 뿐만 아니라 반쯤은 모래에 파묻혀 있다. 리도는 늘 모래 언덕처럼 보일 뿐이다. 모래가 그쪽으로 흘러가서 바람에 이리저리 흩날리며 쌓인 채 사방에 몰려 있다. 얼마 안 있으면 꽤 높아진 이 기념물이 다시는 사람의 눈에 거의 띄지 않을 것이다.

하지만 바다란 얼마나 웅대한 장관인가! 나는 고기잡이배를 타고 멀리 나가보려고 한다. 곤돌라는 감히 먼 바다로 나가려 하지 않기 때문이다.

10월 8일

해변에서 다양한 종류의 식물들도 발견했다. 그 식물들의 유사한 성질 때문에 나는 그 특성을 더 자세히 알게 되었다. 식물들이 죄다 통통하고 억세고 물기로 촉촉하고 질기다. 모래땅 속의 오래된 염분과, 더욱이 공기 중의 염분으로 이런 특성을 띠게 된 것이 분명하다. 식물들은 수생식물처럼 수액이 넘쳐흐르고 산지 식물처럼 질기고 억세다. 잎사귀 끝 부분은 엉겅퀴 잎처럼 가시로 변하고 싶은지 무척 날카롭고 단단하다. 그런 잎사귀들을 한 다발 발견했다. 그것은 해를 끼치지 않는 우리 독일의 머위 같았지만 여기서는 날카로운 무기로 무장하고 있었다. 잎은 가죽 같았고, 포자낭(胞子囊), 줄기 등 모든 것이 통통하고 기름졌다. 씨를 발라내고 잎사귀(에린기움 마리티뭄)는 상자에 넣어 잘 간수해서 가져가야겠다.

어시장과 아주 풍성한 해산물을 보고 퍽이나 즐거웠다. 나는 틈만 나면 어시장을 돌아다니며 불운하게 그물에 걸려 잡힌 물고기들을 관찰한다.

10월 9일

아침부터 밤까지 소중한 날이었다! 오늘은 키오자 맞은편에 있는 펠레스트리나까지 건너갔다. 베네치아 공화국은 '이 무라치'라 불리는, 바다와 맞서는 거대한 방벽을 축조 중이다. 주변에서 캐낸 돌들로 쌓고 있는 이 방벽은 사실 석호를 바다로부터 격리시키는, 리도라고 불리는 길쭉한 지협을 포효하는 거친 바다로부터 보호해 주기 위한 것이다.

석호는 자연의 오랜 작용으로 생긴 것이다. 먼저 썰물과 밀물 그리고 땅의 상호작용에 이어서 태곳적 바다가 점차 가라앉은 결과 아드리아 해의 북쪽 끝에 대대적으로 늪지대가 형성된 것이다. 그 늪은 밀물 때는 바닷물에 잠기지만 썰물 때는 부분적으로 드러난다. 인간의 기술로 늪의 가장 높은 부분이 인간의 수중에 들어왔다. 이리하여 수백 개의 섬으로 이루어지고 수백 개의 섬으로 둘러싸인 베네치아가 생겨난 것이다. 이와 동시에 사람들이 믿기 어려운 엄청난 노력과 경비를 들여, 썰물 때에도 주요 지점들에 전함을 댈 수 있도록 늪에다 깊은 운하를 팠던 것이다.

그 옛날 인간의 지혜와 노력으로 생각해 내고 실행한 것을 이제 보존해야 한다. 띠 모양의 기다란 땅인 리도는 석호를 바다와 갈라놓고 있다. 바닷물이 안으로 들어올 수 있는 통로는 카스텔로 부근과 맞은편 끝인 키오자 부근 두 곳뿐이다. 밀물은 보통 하루에 두 번 들어오고, 썰물은 바닷물을 두 번 내보낸다. 항상 똑같은 통로와 방향으로 들어왔다 나가는 것이다. 밀물 때는 안쪽의 늪지가 물에 잠기는데, 좀 더 높은 지역은 말라 있지는 않지만 그래도 눈에는 보인다.

바다가 새로운 통로를 찾아 지협을 공격해서 마음대로 물이 드나든다면 상황은 완전히 달라질 것이다. 리도, 펠레스트리나, 산 피에트로 등지의 작은 마을들이 물에 잠길 것임은 말할 것도 없이 교통로인 운하들도 수몰될지 모른다. 바닷물이 모든 것을 집어삼키면서 리도는 섬으로 변할 것이고, 지금 그 뒤쪽에 있는 섬들은 지협으로 변할 것이다. 이런 사태를 미연에 방지하기 위해 베네치아 사람들은 리도를 보호하는 데 온갖 노력을 기울이지 않을 수 없다. 즉 바다가 마음대로 리도를 공격해, 인간이 점유해서 이미 특정한 목적으로 형태와 방향을 정한 것을 무자비하게 휩쓸어가 버리지 않도록 해야겠다.

바닷물이 과도하게 넘쳐나는 이례적인 경우를 생각하면 두 곳으로만 바닷물이 들어오고 다른 곳은 막혀 있다는 사실이 특히 다행스럽다. 그러므로 아무리 막강한 힘으로 들이닥쳐도 넘어올 수 없다. 그리고 몇 시간 지나면 썰물의 법칙에 따라 맹위를 누그러뜨릴 수밖에 없는 것이다.

어쨌거나 베네치아는 아무것도 걱정할 게 없다. 바닷물이 천천히 빠져나감으로써 도시는 천 년 동안이나 유지되고 있는 것이다. 그리고 이들은 운하를 현명하게 관리하면서 자신들의 재산을 지키려고 할 것이다.

다만 이들이 도시를 좀 더 깨끗이 유지했으면 하는 아쉬움이 있다. 그런 일은 쉽기도 하지만 꼭 필요하기도 한데, 사실 수백 년을 거쳐 오면서 성과가 없는 것은 아니다. 지금은 운하에 오수를 흘려보내거나 쓰레기를 버리는 행위는 엄중하게 처벌받는다. 하지만 급작스럽게 쏟아지는 폭우에 거리 구석구석에 밀어놓은 모든 쓰레기가 떠올라 운하로 몽땅 휩쓸려 가는 일은 막을 수 없다. 더욱 우려되는 점은 물만 흘러가도록 되어 있는 배수구가 떠내려간 쓰레기로 막히는 일이다. 그러면 주요 광장들이 물에 잠기는 위험에 처하게 될지도 모른다. 나는 무척 지혜롭게 가설되어 있는 대광장 배수로뿐만 아니라 산 마르코 소광장의 몇몇 배수로조차 막혀서 물이 넘치는 장면을 본 적이 있었다.

비라도 오는 날이면 모든 게 참을 수 없을 만치 엉망진창이 된다. 모두들 투덜거리며 욕설을 퍼붓는다. 다리를 오르내릴 때마다 일 년 내내 사시사철 입고 다니는 타바로*와 코트에 흙탕물이 튀긴다. 그리고 모두들 양말에 신발을 신고 돌아다니기 때문에 거기에 물이 튀기면 욕지거리를 내뱉는다. 보통의 흙탕물이 아니라 지독한 악취가 나는 오물로 더럽혀지기 때문이다. 그러다가 다시 날씨가 좋아지면 아무도 청결에 신경 쓰지 않는다. 대중은 당국으로부터 형편없는 대우를 받는다고 늘 불평하면서도 정작 더 잘 대접받으려면 어떻게 해야 하는지 모른다는 말은 정말 사실인 것이다. 여기서는 주권자가 하려고 한다면 모든 것이 금방 해결될 수 있을 텐데 말이다.

10월 9일

오늘 저녁에는 산 마르코 탑에 올라가 보았다. 지난번에는 밀물 때 석호의 장관을 위에서 내려다보았으므로 이번에는 썰물 때의 수수한 모습을 보고 싶었다. 석호를 제대로 파악하려면 이 두 그림을 결합시키는 것이 필요하다. 지난번에는 수면만 보이던 곳이 이제는 사방이 온통 땅이니까 색다르게 보인다. 섬들은 더 이상 섬들이 아니고 멋진 운하들이 가로지르는 광활한 녹회색 습지에서 약간 솟아오른 자그마한 땅일 뿐이다. 습지는 수생식물로 뒤덮여 있다. 밀물과 썰물이 계속 쥐어뜯고 파헤쳐서 잠시도 편할 날이 없음에도 수생식물 때문에 습지가 서서히 높아지고 있다.

다시 바다 이야기로 돌아가겠다. 오늘은 바다달팽이, 삿갓조개와 꽃게 들이 살아가는 모습을 보고 흐뭇한 마음을 금할 수 없었다. 살아 있다는 게 얼마나 소중하고 근사한 일인가! 이것들은 환경에 얼마나 잘 적응하고 진실하고 생명력이 강한가!

---

* 소매 없는 긴 외투.

조금이나마 자연을 연구한 것이 나에게 얼마나 유익한지, 이를 계속한다는 사실이 얼마나 기쁜지 모르겠다! 하지만 이는 말로 전해야 할 성격의 이야기니까 단순히 감탄만으로 친구들을 자극하지 않으련다.

바다에 맞서 축조된 방벽은 먼저 가파른 계단이 몇 개 나오고 완만하게 높아지는 경사면이 이어진다. 그러다가 다시 계단이 한 개 나타나는데 이번에도 경사면이 완만하다. 그다음에는 위쪽에 바위가 튀어나온 가파른 암벽이 나온다. 밀려드는 바닷물이 이 계단과 경사면에 부딪치는데, 이례적인 경우에는 위쪽 암벽과 그 돌출 부분에까지 부딪쳐 산산조각 나기도 한다.

조그만 식용 달팽이, 홑 껍질의 삿갓조개, 그 외에 움직일 수 있는 바다 생물, 특히 꽃게가 바닷물을 따라온다. 하지만 이것들이 매끄러운 암벽에 채 자리를 잡기도 전에 바닷물은 솟구쳐 올랐다가 다시 빠져나가 버린다. 처음에 이것들은 무슨 영문인지 모르고 바닷물이 다시 돌아오기를 바란다. 하지만 바닷물은 돌아오지 않고 이글거리는 태양에 방벽은 금방 말라버린다. 그러면 이들은 퇴각하기 시작한다. 이 기회를 틈타 꽃게들이 먹이 사냥에 나선다. 둥근 몸통과 두 개의 긴 집게발로 움직이는 이 생물체를 구경하는 것보다 더 신기하고 재미있는 일은 없으리라. 그 밖의 가는 다리들은 눈에 띄지 않는다. 꽃게들은 마치 거들먹거리는 듯한 동작으로 돌아다닌다. 삿갓조개가 조가비 아래에서 조금이라도 움직인다 싶으면 꽃게들이 달려들어 껍질과 바다 사이의 좁은 공간으로 집게를 집어넣으려고 야단이다. 삿갓조개를 뒤집어엎어 연한 살을 맛보기 위해서다.

삿갓조개는 조심스럽게 몸을 움직이다가 적을 발견하자마자 돌멩이에 착 달라붙어 버린다. 그러면 꽃게는 어리둥절해서 그 주위를 이리저리 맴도는데 그 귀여운 모습이 마치 원숭이를 보는 듯하다. 하지만 게에게는 연약한 조개의 강력한 근육을 압도할 힘이 부족하다. 게는 이 먹잇감을 포기하고, 어슬렁거리며 돌아다니는 다른 조개에게 달려간다. 그러면 조금 전의 그 조개는 조심스럽게 다시 제 갈 길을 간다. 내가 이 생물체들이 두 경사면과 그 사이에 있는 계단을 기어 내려가면서 퇴각하는 모습을 몇 시간 동안이나 지켜보았지만 사냥에 성공하는 꽃게는 한 마리도 보지 못했다.

10월 10일

내가 코미디를 한 편 보았다는 사실을 이제야 말할 수 있겠다! 오늘 성 누가 극장에서 「레 바루페 키오조테」 공연이 있었다. 이를 우리말로 옮기면 '키오자의 싸움질과 고함질' 정도가 되겠다. 등장인물은 키오자에 사는 선원과 그 아내, 여자 형제 및 딸 들이다. 기분 좋을 때와 나쁠 때 이들이 지르는 고함, 이들의 상거래, 과격한 말투, 선량함, 상투어, 기지, 유머, 꾸미지 않은 태도, 이 모든 것이 있는 그대로 모방되어 있다. 이 희극은 골도니*의 작품이다. 어제서야 비로소 그 지역에 가보았는데, 선원과 부두 인부들의 목소리와 몸짓이 아직 눈에 선하고 귀에 쟁쟁하기 때문에 나는 기쁨을 감출 수 없었다. 비록 이해가 잘 안 되는 곳이 몇 군데 있긴 했지만 그래도 전체 내용을 제법 따라갈 수 있었다. 작품의 줄거리는 다음과 같다.

키오자의 아낙네들은 자기네 집 앞 정박장에 앉아서 여느 때

---

* 카를로 골도니(1707~1793). 베네치아 출신의 변호사이자 희극 작가.

처럼 실을 잣고 수를 놓고 바느질을 하며 시간을 보내고 있다. 어떤 젊은이가 지나가면서 여자들 중 한 여자에 유난히 다정하게 인사한다. 그러자 즉각 여자들이 수군대기 시작하고, 그것이 정도를 넘어 심해져서 비웃음으로 번졌다가 비난으로 이어진다. 한 여자가 극히 무례한 행동을 하자 곁에 있던 다른 성미 급한 여자는 갑자기 진실을 말하기 시작한다. 그러자 질책, 욕설, 고함이 봇물 터지듯 쏟아져 나왔다. 결코 해서는 안 될 결정적으로 모욕적인 말이 나오자 법원 직원이 개입할 수밖에 없게 된다.

2막은 법정에서 벌어진다. 귀족의 신분으로 극장에 모습을 드러내서는 안 되는 시장 대신에 법원 서기가 참석한다. 그 서기는 여자들을 하나하나 소환한다. 그런데 그 서기는 자신이 첫 번째 여자한테 반해 있다는 게 걱정이다. 그는 그녀를 심문하는 대신 이야기를 나누다 운 좋게도 그녀에게 사랑을 고백한다. 그러다 그 서기한테 반한 다른 여자가 질투심에 불타서 들이닥친다. 다른 사람들이 따라 들어오고 또다시 비난의 말들이 쏟아진다. 이제 법정은 아까 항구 광장에서처럼 아수라장이 되어버린다.

3막에서는 해학이 고조되며 극 전체가 임시변통으로 서둘러 해결되며 끝난다. 그렇지만 아주 행복한 생각이 다음과 같이 그려지는 한 인물에 표현되어 있다.

손발, 특히 어릴 때부터 계속된 가혹한 생활로 음성 기관에 장애가 있는 어느 늙은 선원이 흥분 잘하고 말 많고 소리 잘 지르는 사람들과 대비되는 인물로 등장한다. 그는 늘 입술을 움직이고 손과 팔의 도움으로 미리 준비 동작을 한 후 자기가 생각한 것을 겨우 입 밖에 토해 낸다. 하지만 짧은 문장밖에 말하지 못하므로 그에게는 과묵하고 진지한 습관이 생겼다. 그래서 그가 하는 말은 죄다 속담이나 격언처럼 간결하게 들린다. 이로써 다른 사람들의 거칠고 열정적인 행동과 아주 멋지게 대비를 이루게 된다.

하지만 나는 사람들이 시끄러운 틈바구니에서 자신과 식구들을 그토록 자연스럽게 소개하는 것을 보는 재미를 지금껏 느껴본 적이 없었다. 처음부터 끝까지 폭소와 환호성이 그치지 않았다. 배우들의 연기가 탁월했다는 점도 덧붙여야겠다. 이들은 성격 유형에 따라 사람들한테서 흔히 나타나는 여러 목소리들로 나누어졌다. 첫 번째 여배우는 누구보다도 사랑스러웠고 주인공의 의상이나 열정에 있어서 최근에 본 어느 누구보다 훨씬 나았다. 대체로 여자들이, 특히 그녀가 민중의 목소리, 거동 및 특성을 극히 우아하게 모방했다. 별것도 아닌 내용을 가지고 아주 유쾌하게 시간을 보낼 수 있게 해준 작가는 상찬을 받을 만하다. 하지만 삶을 즐기는 자기 나라의 민중과 친밀한 관계에 있는 사람만이 이런 일을 할 수 있을 것이다. 이 작품은 무척 숙련된 사람에 의해 씌어진 것이 분명하다.

고치가 한때 희곡을 썼지만 지금은 해산한 사키의 극단에서 스메랄디나를 보았다. 작고 뚱뚱한 그녀는 생명력 넘치고 명민하며 유머가 있다. 그녀와 함께 브리겔라를 보았다. 그는 말랐지만 체격이 좋고, 특히 표정 연기나 손동작이 탁월한 배우이다. 살아 있는 느낌도 주지 않고 무미건조해서 우리가 거의 미라라고만 알고 있는 이 가면은 이러한 풍경의 소산으로 이곳에서는 아주 잘 어울린다. 눈에 확 띄는 연령, 성격 및 신분이 이상한 옷으로 표현되어 있다. 그리고 이들이 대부분의 시간을 직접 가면을 쓰고 돌아다니기 때문에 무대 위에 검은 얼굴도 나타날 수 있다는 사실을 아주 자연스럽게 받아들인다.

10월 11일

　이렇게 많은 사람들 사이에서 고독을 지키는 것은 결국 불가능하기에 나는 어느 프랑스 노인과 알고 지내게 되었다. 그는 이탈리아어를 할 줄 몰라 배신당하고 버림받은 것처럼 느끼고 있다. 그리고 온갖 추천장을 갖고 있으면서도 무얼 어떻게 해야 할지 제대로 알지 못했다. 그는 어느 정도 신분이 있고 생활도 훌륭하지만 자기 자신에서 빠져나오지 못하고 있다. 나이는 오십 대쯤으로 보이고 집에 일곱 살짜리 아들이 있다고 한다. 그 아이에게서 소식이 오기를 노심초사 기다리고 있다. 나는 노인에게 몇 번 호의를 베풀어주었다. 그는 이탈리아를 편안하게 여행하고 있다. 하지만 한번 구경했다는 식으로 서둘러 둘러보고 있다. 그래도 여기저기 들르면서 되도록 많은 지식을 얻고자 한다. 나는 그에게 이런저런 정보를 제공한다. 그에게 베네치아에 관한 이야기를 하자 나보고 여기에 얼마나 오래 있었느냐고 물어왔다. 그래서 불과 2주일 있었고 이번이 처음이라니까 그는 이렇게 덧붙였다. "댁은 시간을 허비하지 않은 것 같군요." 이게 내가 훌륭하게 처신했다고 내보일 수 있는 최초의 증명서이다. 그는 여기 온 지 여드레 됐는데 내일이면 떠난다고 한다. 베르사유 토박이를 타국에서 만난 것은 소중한 경험이었다. 그도 이제 여행을 떠난다니! 자기 말고는 아는 게 없이 어떻게 여행할 수 있는지 놀라울 따름이다. 그래도 나름대로는 제법 교양이 있고 야무지고 단정한 남자이다.

10월 12일

어제는 성 누가 극장에서 「이탈리아의 영국인」이라는 새로운 연극 공연이 있었다. 이탈리아에는 많은 사람들이 살고 있어서 그들의 풍속이 관심의 대상이 되는 것은 자연스러운 일이다. 그리고 나는 이 연극에서 이탈리아 사람들이, 부유하고 자기들에게 환영받는 이 손님들을 어떻게 보는지 알 수 있을 걸로 생각했다. 하지만 그 작품은 너무나도 형편없었다. 언제나 그렇듯이 몇몇 익살스러운 장면이 성공을 거두나 다른 장면들은 너무 무겁고 심각한 내용을 담고 있다. 그렇지만 영국인의 성향에 대해서는 일언반구도 없었다. 이탈리아 풍속의 통상적인 일상어가 들어 있었지만 그것도 단지 아주 저속한 것을 지향하고 있을 뿐이었다.

마음에 들지도 않고 야유를 받기에 알맞은 작품이었다. 배우들도 키오자 광장 장면에서처럼 절로 흥이 생겨 연기할 기분이 아니었다. 이 연극이 내가 베네치아에서 보는 마지막 작품이므로 민중의 실생활을 재현해 놓은 지난번 작품에 대한 나의 열광이 이러한 들러리 작품으로 더욱 고양되어야 할 것 같다.

마지막으로 일기장을 훑어보고 조그만 메모를 군데군데 끼워 넣은 후 이 기록물을 정리하여 친구들에게 보내 평가를 받아야 한다. 지금 봐도 좀 더 자세히 규정하고 부연 설명하고 개선할 수 있는 부분이 벌써 여러 군데 있음을 발견한다. 첫 인상이 기념물로 씌어져 있을지도 모른다. 항상 옳은 것은 아니라 하더라도 첫 인상은 소중하며 값진 것이다. 친구들에게 이곳 사람들이 보다 편하게 살아가는 모습을 조금이라도 실어 보낼 수 있다면 얼마나 좋겠는가! 이탈리아 사람들이 교황 전권 국가에 대해 아무것도 모른다는 사실은 그야말로 참말이다. 이제 나에게도 알프스 산맥 저 너머가 어렴풋하게 생각된다. 그렇지만 친구들의 모습이 언제나 안개 속에서 손짓하며 나를 부른다. 저쪽보다 이 지역을 선호하도록 나를 매혹하는 것은 기후뿐일지도 모른다. 태생과 습관은 어찌할 수 없는 강력한 족쇄이기 때문이다. 할 일이 없는 곳에서는 어디나 그렇듯이 이곳에서 살고 싶지는 않다. 지금은 새로운 것이 나를 계속해서 분주하게 만들어준다. 건축술이 마치 옛날의 유령처럼 무덤에서 솟아 나와 이젠 쓰이지 않는 언어 규칙이라도 되는 양 그 가르침을 공부하도록 시킨다. 이는 건축술로 건물을 짓거나 그것을 생생하게 즐기기 위해서가 아니라, 이젠 영원히 사라져버린 지난 시대의 존경할 만한 실존을 차분한 마음으로 숭배하기 위해서다. 팔라디오가 모든 것을 비트루비우스*와 관련시키기 때문에 나는 갈리아니 판본도 구입했다. 하지만 이 2절판의 대형 서적은 공부할 때 내 머리를 짓눌렀던 것처럼 내 짐을 무겁게 하고 있다. 팔라디오는 자신의 글과 작품으로, 자신의 사고나 창작의 방식으로, 이미 어느 이탈리아어 번역본이 할 수 있는 것 이상으로 비트루비우스를 나에게 자세히 설명하고 통역해주었다. 비트루비우스의 책은 쉽게 읽히지 않는다. 그 책은 이미 자체적으로 모호하게 씌어졌고, 비판적으로 연구하기를 요구한다. 그럼에도 나는 대충 죽 읽어나간다. 그래서 그러한 독서 방식에 상응하는 인상이 일부나마 남아 있다. 좀 더 자세히 말하자면 나는 가르침을 받는다는 느낌보다는 예배하는 기분으로, 성무(聖務) 일과서처럼 읽은 것이다. 벌써 날이 금방 저물어서 읽고 쓸 시간이 많아진다.

---

*마르쿠스 비트루비우스 폴리오. 기원전 1세기에 활동한 로마의 건축가.

다행스럽게도 어릴 때부터 나에게 소중했던 것이 모두 다시 사랑스럽게 느껴진다. 감히 옛날 저술가들에게 다시 가까이 접근하게 된 것이 얼마나 행복한지 모르겠다! 이제야 말하지만 내 병이자 우행(愚行)을 고백해도 되겠기 때문이다. 벌써 몇 년 전부터 나는 라틴 작가의 작품을 볼 수 없었고, 이탈리아의 어떤 그림이 나에게 새롭게 되살려주는 것은 그 무엇도 바라볼 수 없었다. 어쩌다가도 그런 일이 일어나면 나는 아주 끔찍한 고통을 겪어야 했다. 헤르더는 내가 라틴어를 모두 스피노자에게서 배운다고 종종 놀리곤 했다. 그가 본 바로는 이것이 내가 읽은 유일한 라틴어 책이기 때문이었다. 하지만 그는 고대로부터 자신을 지키기 위해 내가 얼마나 고심해야 했는지는 알지 못했다. 그리고 저 난해한 보편성으로 도피하면서 내가 얼마나 불안해했는지도 알지 못했다. 최근에도 빌란트가 「풍자시」를 번역해서 내가 얼마나 불행해했는지 모르겠다. 나는 거의 두 편도 못 읽고 벌써 미쳐버릴 지경이었다.

   내가 지금 실행하고 있는 결정을 내리지 못했더라면 완전히 파멸해 버렸을지도 모른다. 내 마음속에서는 이러한 대상들을 직접 두 눈으로 보고 싶다는 욕망이 커지다가 지금처럼 무르익은 것이다. 역사 지식은 나에게 도움이 되지 못했다. 사물들은 엎어지면 코 닿을 곳에 있었지만 눈에 보이지 않는 장벽으로 가로막혀 있던 것이다. 지금도 사실 유물들을 처음 보는 것이 아니라 다시 보고 있는 것처럼 느껴진다. 베네치아에 잠깐 머물다 가지만 이곳 사람들이 살아가는 모습을 충분히 내 것으로 만들었다. 그리고 완전하지는 않지만 그래도 아주 분명하고 진실한 개념을 가지고 이곳을 떠난다.

10월 14일 새벽 2시, 베네치아

  이곳에서 마지막으로 보내는 순간이다. 얼마 안 있으면 특급 선박을 타고 페라라로 떠나기 때문이다. 나는 즐거운 마음으로 베네치아를 떠난다. 유익한 시간을 가지며 이곳에 더 머무르기 위해서는 내 계획과는 다른 발걸음을 내디뎌야 할지 모르기 때문이다. 또한 요즘엔 누구나 이 도시를 떠나 본토에서 정원과 소유지를 구하고 있다. 이곳에 있는 동안 나는 많은 것을 얻었고, 풍부하고 색다르며 유일무이한 상(像)을 가슴에 간직한 채 이곳을 떠난다.

페라라에서 로마까지

10월 16일 아침, 배 위에서

나와 같이 여행하고 있는 남자와 여자 들은 그런대로 괜찮고 꾸밈없는 사람들이다. 이들은 아직 선실에서 잠을 자고 있다. 하지만 나는 외투로 몸을 감싼 채 갑판에서 이틀 밤을 보냈다. 새벽 무렵에만 서늘해졌다. 이제 북위 45도 선상을 넘어선 나는 옛날부터 해오던 말을 되풀이한다. 내가 디도*처럼 이곳 기후를 우리 집을 둘러쌀 만큼 가죽 끈으로 싸 갈 수 있다면 이 지방 사람들이 해달라는 대로 다 해줄 텐데. 어쨌든 여기 기후는 우리 독일과는 다르다. 화창한 날씨에 배 여행을 하니 무척 유쾌했고, 멀리 보이는 전망과 경치는 단순했지만 매력적이었다. 잔잔한 포 강이 광활한 평원을 통과해 지나간다. 이곳에선 덤불과 숲이 우거진 강변이 보일 뿐 먼 곳은 시선이 닿지 않는다. 여기서 에치 강가에서 보았던 것처럼 형편없는 제방들을 보았다. 이는 잘레 강변의 제방들처럼 유치하고 해가 될 수 있

---

* 그리스 신화에 나오는 카르타고를 건설한 여왕.

는 것들이다.

10월 16일 밤, 페라라

독일 시각으로 아침 7시에 이곳에 당도했다. 내일 다시 떠날 작정이다. 평탄한 지역에 자리 잡은 이 크고 아름답고 한적한 도시에서 처음으로 언짢은 기분에 사로잡힌다. 옛날에는 화려한 궁이 있어서 거리가 활기를 띠었다고 한다. 아리오스토는 이곳에서 불만족스럽게, 타소는 불행하게 살았다. 그래서 우리가 이 장소를 방문하면 감동을 받는다고 생각된다. 아리오스토의 묘지에는 대리석이 많이 있는데, 배치가 잘못되어 있다. 타소가 수감된 감옥 대신에 이들은 헛간과 석탄 창고를 보여준다. 그가 여기에 수감되었던 것이 아님이 분명하다. 이 건물의 어느 누구도 사람들이 무얼 원하는지 제대로 알지 못한다. 이들이 무슨 일을 해야 하는지를 깨닫는 것도 결국 팁을 받을 목적에서였다. 내게는 건물 관리인이 가끔 가다 새로 덧칠하는 루터 박사의 잉크 얼룩처럼 생각된다. 하지만 여행객들에게는 다소 직공 같은 성향이 있어서 그런 상징물을 찾아다니는 것을 좋아한다. 나는 몹시 기분이 상해서, 페라라 출신의 어떤 추기경이 기금을 마련해 확충한 멋진 아카데미 회관에도 별로 관심이 가지 않았다. 그래도 궁정 안의 옛 유물 몇 점은 내 기분을 되살려주었다.

그러고 나서 헤로데와 헤로디아 앞에 선 세례 요한을 그린 어떤 화가의 기발한 착상이 흥미를 돋우어주었다. 사막에서 흔한 옷을 입은 그 선지자는 격한 표정으로 왕비를 가리키고 있다. 왕비는 아무렇지도 않다는 듯 옆에 앉은 왕을 바라보고 있고, 왕은 차분하고 현명하게 그 열광적인 남자를 응시하고 있다. 왕 앞에는 중간 크기의 흰 개가 서 있고, 헤로디아의 치마 속에서는 조그만 볼로냐산 개가 나오고 있다. 두 마리 개는 선지자를 보고 짖어대고 있다. 꽤 괜찮은 착상이라는 생각이 든다.

17일 저녁, 첸토

어제보다는 좀 더 나은 기분으로 게르치노*의 고향에서 이 글을 쓴다. 그런데 또한 완전히 다른 상태이기도 하다. 광활한 평원에 세워진 첸토는 약 오천 명의 주민이 사는 정겹고 잘 건설된 소도시이다. 주민들은 영양 상태가 양호하고 활기차고 말끔한 모습들이다. 나는 습관대로 곧장 탑 위에 올라가 보았다. 수많은 포플러나무들의 뾰족한 끝 사이로 가까이에 조그만 농가가 보인다. 농가마다 자기네 전답으로 둘러싸여 있다. 땅은 비옥하고 기후는 온화하다. 우리 독일에서는 여름날에도 흔히 보기 어려운 어느 가을날 저녁이었다. 종일 구름으로 뒤덮여 있던 하늘이 활짝 갰다. 구름들은 남북 방향으로 산맥을 향해 이동하고 있었다. 내일은 날씨가 좋았으면 한다.

내가 향해 가고 있는 아펜니노 산맥이 처음으로 눈에 들어왔다. 이곳에서는 12월과 1월만 겨울이고, 4월에는 비가 잦으며, 나머지 달들은 계절의 특성에 따라 날씨가 좋다. 계속 비가 내리는 일은 없다. 그래도 금년 9월은 8월보다 날씨가 더 좋고 따뜻하다. 남쪽으로 아펜니노 산맥이 보이자 나는 반갑게 맞이했

---

* 본명 조반니 프란체스코 바르비에리(1591~1666). 이탈리아 첸토 출신 화가.

다. 평야는 실컷 봐서 싫증이 났기 때문이다. 내일이면 저 산기슭에서 글을 쓰게 되겠지.

이탈리아 사람들이 보통 가슴 깊이 애향심을 품고 가꾸듯이 게르치노는 자신의 고향을 사랑했다. 이런 아름다운 감정에서 그토록 소중한 시설물들, 그러니까 지방의 수많은 신성한 기관들이 생겨난 것이다. 이제 거장 게르치노의 지도로 미술학교가 생겨났다. 그는 몇 점의 그림을 남겼다. 이곳 시민들은 아직도 이 그림들을 보고 즐기는데, 진정 그럴 만한 가치가 있기도 하다.

게르치노라는 이름은 어른이나 아이에게나 할 것 없이 성스러운 이름이다.

부활한 예수가 어머니 마리아 앞에 나타나는 장면을 그린 그림이 무척 마음에 들었다. 아들 앞에 무릎을 꿇고 어머니는 그지없이 사랑스러운 눈길로 아들을 바라보고 있다. 어머니의 왼손은 바로 불행히 상처를 입은 아들의 몸을 만지고 있다. 그런데 전체 그림을 망쳐버리는 게 바로 이 상처다. 아들은 왼손을 어머니의 목에 대고, 어머니를 좀 더 편안한 자세로 바라보기 위해 몸을 약간 뒤로 젖히고 있다. 이런 점이 부자연스럽다고 말하기는 좀 뭣하지만 그래도 어쩐지 낯선 느낌이다. 그럼에도 이 인물은 한없이 호감을 준다. 모자가 당한 고통의 기억이 부활을 통해 금세 아물지 않고 고귀한 영혼 앞에 떠도는 듯, 아들이 어머니를 바라보는 잔잔한 슬픔이 어린 눈길은 이 세상에서 보기 힘든 것이다.

스트랑게가 이 그림을 동판으로 찍어놓았다. 친구들이 적어도 이 복사본이나마 보기를 바라 마지않는다.

그다음에 성모마리아를 그린 그림에 애착이 갔다. 아이는 젖을 달라 조르고, 어머니는 가슴을 드러내는 게 수줍은 듯 머뭇거리고 있다. 자연스럽고 고귀하며 소중하고 아름다운 모습이다.

또 한 점의 그림에서는 마리아가, 자기 앞에 서서 얼굴을 관객 쪽으로 향하고 있는 아이의 팔을 잡고 아이가 손가락을 치켜들고 성호를 긋게 하고 있다. 가톨릭 신화학의 견지에서 볼 때 무척 성공적이고 자주 반복되는 착상이다.

게르치노는 마음이 착하고 거칠지 않은 남성적 건강미가 있는 화가이다. 그의 작품들은 섬세하고 도덕적인 우아함과 은근한 자유와 위대함을 지니고 있다. 그러면서 무언가 독특한 점이 있어서 일단 거기에 눈높이가 맞추어지면 그의 작품을 잘못 이해하는 경우는 발생하지 않는다. 날렵하고 순수하고 완벽한 그의 필치는 우리를 놀라움에 사로잡히게 한다. 특히 인물의 의복에 적갈색의 혼합색을 사용하는 기법은 더욱 멋지다. 이러한 색은 그가 즐겨 사용하는 푸른색과도 아주 조화를 잘 이루고 있다.

그 밖의 그림들의 대상은 다소 불만족스럽다. 이 훌륭한 예술가는 스스로에게 정신적 고통을 주었고 독창성과 필치, 정신과 손 기술을 낭비하고 잃어버렸던 것이다. 주마간산 격으로 훑어봐서 별다른 즐거움이나 가르침은 받지 못했을지라도 이런 영역의 멋진 예술품을 본 것이 기쁘고 소중하기 그지없다.

10월 18일 밤, 볼로냐

새벽 동이 트기 전에 첸토를 출발해서 금방 이곳에 당도했다. 민첩하고 훈련을 잘 받은 임시 안내원은 내가 오랫동안 머물 의사가 없음을 알자 곧 온갖 거리와 수많은 궁들과 교회로 마구 끌고 다녔다. 그래서 내가 들른 곳을 여행 안내서에 표시해 놓을 여유조차 없었다. 나중에 이 표시를 보고 모든 일들을 기억할지 모르겠다. 하지만 지금은 내가 보고서 진정으로 안도감을 느낀 몇 점의 뛰어난 작품에 대해 언급하도록 하겠다.

그러니까 맨 먼저 라파엘로의 「성녀 체칠리아」이야기를 하겠다! 전부터 알고 있는 작품이었지만 이번에 직접 눈으로 보았다. 다른 사람들은 하려고 마음만 먹는 것을 그는 항상 실제로 해냈다. 지금은 이게 라파엘로의 작품이라는 사실 말고는 아무것도 말하고 싶지 않다. 우리 모두와는 아무런 관련이 없는 다섯 명의 성인들, 하지만 이들의 실존이 너무나 완벽하게 그려져 있어서 그림이 영원히 보존되었으면 하는 생각이 절로 든다. 그러면 당장 죽는다 해도 여한이 없을 것 같다. 하지만 그를 제대로 이해하고 올바로 평가하며, 마치 아버지, 어머니도 없이 이 세상에 출현한 멜키세덱*처럼 그를 또다시 신으로 찬양하지 않기 위해서는 그의 선배와 스승 들을 살펴보아야만 한다. 이들이 진리의 확고한 기반 위에 토대를 마련해 주었던 것이다. 이들은 부지런히, 그러니까 노심초사하며 넓은 토대를 닦아주었고, 서로 경쟁하며 피라미드를 단계적으로 높이 쌓아 올렸던 것이다. 그래서 이 모든 장점들로부터 지원받고 하늘의 수호신에 의해 크게 깨달음을 얻은 라파엘로가 마침내 그 위와 옆에 어떤 돌멩이도 들어설 수 없도록 꼭대기에 마지막 돌멩이를 얹었던 것이다.

옛날 대가들의 작품을 보면 특히 역사에 대한 관심이 고취된

---

* '정의의 왕'이라는 뜻으로 살렘(예루살렘)의 왕으로 일컬어짐.

다. 프란체스코 프란치아는 아주 존경할 만한 예술가이고, 피에트로 페루지노는 진실한 독일인이라고 부르고 싶을 정도로 아주 선량한 사람이다. 하지만 알브레히트 뒤러가 이탈리아 남부 지방에 가보았다면 얼마나 좋았을까! 나는 뮌헨에서 정말로 위대한 그의 작품 몇 점을 보았다. 그 불쌍한 남자는 베네치아에서 판단 착오로 목사들과 협정을 맺고 몇 주 몇 달 동안이나 허송세월을 하지 않았던가! 네덜란드 여행을 하면서 행운을 가져다줄 것으로 믿고 자기의 훌륭한 예술품들을 앵무새와 맞바꾸지 않았던가! 그리고 팁을 아끼기 위해 과일 한 접시를 가져다준 하인들에게 초상화를 그려주지 않았던가! 그런데 이런 바보 같은 불쌍한 예술가가 무한한 감동을 준다. 사실상 내 운명도 이와 다를 바 없기 때문이다. 다른 점이라곤 내가 그보다 자기 단속을 조금 더 잘한다는 것뿐이다.

저녁 무렵에 마침내 나는 이 고색창연하고 존경스러운 학구적인 도시로부터, 사람들의 무리로부터 빠져나왔다. 이들은 거의 모든 거리마다 보이는 둥근 현관에서 햇볕과 비바람을 피하며, 이리저리 돌아다니고, 멍하니 바라보고, 물건을 사면서 일들을 볼 수 있다. 나는 탑 위에 올라가 자유로운 공기를 들이마시며 즐거움을 맛보았다. 전망은 더없이 훌륭하다! 북쪽으로는 파도바의 산들이 보이고, 그 뒤에는 스위스와 티롤의 산들, 프리울리의 알프스가 펼쳐져 있다. 이러한 북쪽의 모든 산맥이 지금은 안개에 싸여 있다. 서쪽으로는 끝없이 지평선이 펼쳐져 있는 가운데 모데나의 탑들만 불쑥 솟아 있다. 동쪽으로는 해가 뜰 때 눈에 들어오는 아드리아 해안까지 역시 평원이 펼쳐져 있다. 남쪽으로는 아펜니노의 작은 구릉들이 있는데, 비첸차에서처럼 그 정상에 이르기까지 식물이 심어져 있고 초목이 자라고 있으며, 성당과 호화 저택 및 원두막들이 들어차 있다. 하늘은 맑디맑았고 구름 한 점 없었으며 지평선에만 안개 같은 것이 끼어 있었다. 탑의 파수꾼은 육 년 동안 이런 안개가 저 멀리서 이쪽으로 다가오지 않는다고 일러주었다. 예전에는 망원경으로 비첸차의 산이며 집과 성당 들을 잘 관찰할 수 있었지만, 지금은 아주 밝은 날에나 드물게 볼 수 있다고 한다. 그리고 이 안개는 주로 북쪽 산맥에 깔려 있어서, 이런 사실이 우리의 사랑하는 조국을 진짜 킴메르 족의 나라로 만든다고 한다. 그 남자는 또한 도시의 좋은 입지 조건과 깨끗한 공기 때문에 지붕들이 마치 새것처럼 보이고, 습기로 벽돌이 부스러지지 않고 이끼도 끼지 않는다고 일러주었다. 지붕들이 다 깨끗하고 아름다운 점은 인정하지 않을 수 없지만, 벽돌의 품질도 어느 정도 그것에 기여하고 있을지도 모른다. 적어도 옛날에는 이 지역에서 품질 좋은 벽돌을 구웠다고 한다.

비스듬한 탑은 보기에 끔찍스럽지만, 일부러 그렇게 지었을 가능성이 아주 농후하다. 나는 이처럼 어리석게 탑을 지은 것을 다음같이 설명하겠다. 도시가 혼란스럽던 시절에는 커다란 건물은 다 요새로 사용되었고, 힘 있는 가문은 모두 요새에다 탑을 세웠다. 이렇게 하는 것이 점차적으로 기호와 명예가 관련된 일로 되어갔다. 또한 모두들 탑이 있다는 사실을 뽐내고 싶어졌다. 반듯한 탑이 너무 진부해지자 결국 비스듬한 탑을 세우게 되었던 것이다. 이로써 건축가와 건물 주인도 자신들의 목적을 달성한 셈이었다. 사람들은 반듯하게 쭉 뻗은 수많은 탑들은 외면하고 구부정한 것만 찾았기 때문이다. 나는 나중에 사탑에 올라가 보았다. 벽돌로 쌓은 층들이 수평으로 놓여 있다. 좋은 회반죽과 철제 꺾쇠만 있으면 기상천외한 건물도 지을 수 있겠다.

10월 19일 저녁

나는 보고 또 보는 데 일정을 최대한 활용했다. 하지만 예술이나 인생이나 같은 것이다. 예술이란 깊이 들어가면 갈수록 더 넓어지는 법이다. 이 예술의 하늘에 새로운 별들이 계속 출현하지만 이것들을 평가할 수가 없어서 나는 혼란에 빠진다. 즉 카라치, 구이도, 도메니키노 같은 예술가들이 좀 더 행복한 후기 예술시대에 등장한다. 하지만 이들의 작품을 진정으로 향유하기 위해서는 나에게 부족한 지식, 판단력이 필요하다. 이런 것들은 서서히 얻을 수 있을 뿐이다. 그 작품들을 순수하게 감상하고 직접적인 통찰을 하는 데 커다란 장애물은 그림 속 터무니없는 대상들이다. 그래서 그림들을 존중하고 사랑하고 싶지만 이 대상들 때문에 미칠 지경이 된다.

신의 자식들이 인간의 딸들과 결혼해서 생긴 여러 종류의 괴물들이 그것이다. 하늘이 내린 구이도의 감각, 가장 완벽해 보일 수 있는 것만 그려야 했을 그의 화필이 그대의 마음을 사로잡으면 그대는 혐오스러울 만치 미련한 대상들, 세상의 어떤 욕설로도 충분히 욕보일 수 없는 대상들로부터 즉시 눈길을 돌리고 싶어진다. 모든 게 다 이런 식이다. 해부학 교실, 형장, 박피장(剝皮場)에서는 언제나 영웅들이 고통을 겪고 있다. 이는 줄거리도 없고 현재에 대한 관심도 없으며 항상 무언가 환상 속에서 외부로부터 기대되는 그 무엇이다. 화가가 자신을 구원하기 위해 벌거벗은 남자나 아름다운 여자 구경꾼을 질질 끌고 오는 곳에 악한 아니면 넋 나간 자, 범죄자 아니면 바보가 등장한다. 어쨌든 그는 자신의 종교적 영웅들을 인체 모형으로 격하시키고 이들에게 꽤 멋진 주름 외투를 걸쳐준다. 여기에 어떤 인간적인 개념을 주는 것은 눈곱만큼도 없다! 열 개의 주제 중에서 그릴 만한 게 하나도 없었고, 예술가가 적당한 각도에서 그릴 수 없는 것뿐이었다.

멘디칸티 성당에 있는 구이도의 위대한 그림은 사람들이 그릴 수 있는 모든 것이지만, 또한 사람들이 터무니없는 것을 주문해서 예술가에게 부당한 요구를 할 수 있는 모든 것이기도 하다. 그것은 하나의 봉납화(奉納畵)인 셈이다. 시 참사회 전체가 이를 칭찬하고 또 꾸며내기도 했다고 생각된다. 불행한 프시케를 위로할 법한 두 천사는 여기서 이런 일을 행해야만 한다.

성 프로클루스는 멋진 인물이지만 다른 주교들이나 신부들은 어떠했던가! 아래쪽에서는 천국의 아이들이 상징물을 가지고 놀고 있다. 목구멍에 칼이 걸려 있던 화가는 어떻게 해서든 자신을 구하려고 했다. 그는 자신이 야만인이 아니란 사실을 보여주기 위해서만 애를 썼다. 구이도의 벌거벗은 두 인물인 사막의 요한과 아주 훌륭하게 그려진 세바스티안, 이들은 무슨 말을 하는가? 한 사람은 입을 쩍 벌리고 다른 사람은 몸을 구부리고 있다.

나는 언짢은 기분으로 이 이야기를 생각하면서, 신앙이 예술을 다시 끌어올린 반면 미신은 예술의 지배자가 되어 이를 다시 한 번 파멸시켰다고 말하고 싶다.

아침보다는 좀 더 부드러워지고 겸손한 기분이 된 나는 식사를 하고 나서 메모장에 다음과 같은 말을 기록했다. 타나리 궁에는 실물보다 크게 그려진, 젖을 물리는 마리아를 나타내는 구이도의 유명한 그림이 있다. 그 얼굴은 마치 신이 그리기라도 한 것 같다. 어머니가 젖을 빠는 아이를 내려다보는 표정은 글로 표현할 수가 없다. 어머니가 사랑과 기쁨을 그녀의 아이가 아니라, 마치 자기 아이와 맞바꾸어진 천국의 아이에게 주면서 젖을 물리는 것 같은 모습으로 잔잔하게 깊은 인내심을 발휘하는 것 같다. 일단 아이 모습이 다르지 않기 때문이고, 지극히 경건한 표정의 어머니는 일이 왜 이렇게 되었는지 전혀 영문을 모르는 듯하기 때문이다. 나머지 공간은 전문가들이 극찬하는 굉장한 의상으로 메워져 있다. 그걸로 무엇을 해야 할지 나는 제대로 알 수 없었다. 색깔들도 좀 더 짙어졌다. 방 안과 낮이 아주 밝지는 않았다.

어리둥절한 상태에 있음에도 불구하고 연습, 면식 및 애착이 이러한 미궁에서 벌써 나에게 도움이 됨을 느낀다. 내가 이미 알고 좋아하는 게르치노의 그림 「할례(割禮)」가 강력하게 말을 걸어왔다. 나는 참을 수 없는 대상을 용서했고, 그림이 완성된 것에 즐거워했다. 사람들이 생각할 수 있는 것이 그려졌고, 마치 칠보 자기라도 되는 듯 이 모든 것이 존경할 만하고 완벽하다.

그래서 내 처지가 마치, 저주할 생각으로 축복을 내린 혼란스러운 선지자 발람*처럼 되어간다. 더 오래 이곳에 머무르다 간 나도 자주 이런 상황에 빠지겠다.

다시 한 번 라파엘로의 작품을 접하거나 적어도 그의 작품일 개연성이 농후한 작품을 만난다면 금방 몸이 다 나아 기쁘겠다. 그리하여 성스러운 아가타를 발견했다. 아주 보존이 잘된

---

* 메소포타미아의 선지자, 민수기 23장 참조.

것은 아니지만 소중한 그림이다. 화가는 그 여자 성인에게 건강하고 확실한 처녀성을 부여했지만 차갑거나 미숙해 보이지는 않는다. 이 성녀의 형상을 잘 눈여겨보아 두었다가 마음속으로 그녀에게 나의 『이피게니아』를 낭독해 줄 것이다. 그리고 이 성녀가 발설하고 싶어 하지 않는 것은 내 여주인공도 말하지 않게 할 것이다.

이제 또다시 내가 여행 중에 안고 다니는 이런 달콤한 부담이 생각나서, 이를 통해 철저히 연구하고 다듬어야 하는 위대한 예술과 자연 대상물에 나를 불안케 하는 시적 형상물의 기이한 결과가 일관되게 나타나는 것을 숨길 수 없다. 첸토에서 이곳으로 오면서 나의 『이피게니아』 작업을 계속하려고 했지만, 무슨 일이 일어났었던가? 정신은 내 영혼에다 『델피의 이피게니아』에 대한 근거를 대라고 해서, 나는 그것을 마련하지 않을 수 없었다. 그래서 되도록 짧게 이를 기록하고자 한다.

오레스트가 타우리스의 다이아나 여신상을 델피로 가져가려는 희망을 품은 가운데, 엘렉트라는 아폴로 신전에 나타나 수많은 화를 펠로프스의 집에 불러일으킨 끔찍한 도끼를 마지막 속죄의 제물로 신께 바친다. 유감스럽게도 어떤 그리스인이 그녀에게 다가와, 그가 오레스트와 필라데스를 타우리스로 데리고 갔다가 두 친구가 죽음을 맞는 것을 보고 자신은 다행히 목숨을 구했다고 말한다. 열정적인 엘렉트라는 제정신을 잃고 신들이나 인간들에게 어떻게 분노를 터뜨려야 할지 알지 못한다.

그사이 이피게니아, 오레스트 및 필라데스는 마찬가지로 델피에 당도했다. 두 사람이 서로를 알지 못한 채 만났을 때 이피게니아의 성스러운 차분함은 엘렉트라의 세속적인 열정과 묘한 대조를 이룬다. 도망쳐 왔던 그 그리스인은 이피게니아를 보고 친구들을 제물로 바친 여사제임을 알고는 엘렉트라에게 이런 사실을 알려준다. 엘렉트라가 제단에서 빼앗아온 똑같은 손도끼를 들고 이피게니아를 살해 하려는 순간 다행스럽게 상황이 반전되어 남매가 마지막의 이런 끔찍한 화를 모면하게 된다. 이 장면이 성공했다면 극장에서 이보다 더 위대하고 감동적인 장면을 쉽게 볼 수 없었을 것이다. 하지만 정신이 기꺼이 승낙한다 해도 손과 시간은 어디서 조달한단 말인가!

이제 나는 이처럼 선하고 바람직한 것으로 가득 채워야 한다는 압박에 불안감을 느끼면서 친구들에게 어떤 꿈 하나를 상기시켜줘야겠다. 일 년쯤 되었지만 너무나 중요하게 여겼던 꿈이었다. 그 내용은 이러했다. 나는 꽤 큰 배를 타고 초목이 우거진 어느 섬에 상륙했다. 나는 섬에서 아주 아름다운 꿩을 잡을 수 있다는 것을 알고 있었다. 또한 나는 섬 주민들과 잡아온 그 새를 두고 곧잘 흥정을 벌였다. 하지만 모든 것이 꿈에서는 변화된 모습으로 나타나듯이 꿩들의 모양이 달라 보였다. 공작이나 진기한 극락조의 꼬리처럼 꼬리가 길고 화려했다. 사람들은 이 꿩들을 무더기로 내가 있는 배 안으로 가져와서, 머리가 안쪽으로 향하게 놓았다. 바깥쪽을 향해 귀엽게 차곡차곡 쌓인 길고 알록달록한 깃털 꼬리들이 햇살을 받아 사람들이 상상할 수 있는 가장 훌륭한 낟가리 모양을 이루었다. 꿩들이 배에 잔뜩 쌓여서 앞쪽과 뒤쪽의 조타수와 노 젓는 사공이 앉을 자리가 거의 없었다. 이렇게 우리는 잔잔한 물결을 헤치고 나아갔다. 그동안에 나는 이 화려한 보물을 자랑하고 싶어서 친구들을 불렀다. 드디어 커다란 항구에 도착한 후 내 조그만 거룻배에 안전한 상륙 지점을 찾아주려고 갑판에서 갑판으로 옮겨 탄 나는 거대한 돛을 단 배들 사이에서 길을 잃어버렸다.

이러한 환영(幻影)이 우리들 스스로에게서 비롯하고, 분명 우리네 여타의 삶이나 운명과 유사성이 있기 때문에 이런 것들에 흥겨워하는 법이다.

이제 나는 기관이나 연구소라 불리는 유명한 학문적 시설에도 갔다 왔다. 비록 최상의 건축술로 지어진 것은 아닐지라도 커다란 건물, 특히 안뜰이 자못 위엄이 있어 보인다. 계단과 복도에는 석고 장식과 프레스코 장식이 많이 있다. 모든 것들이 마음에 들고 품위가 있다. 그래서 이곳에 모아둔 다양하고 멋진, 알아둘 만한 가치가 있는 물건을 보고 사람들이 놀라는 것은 지당하다. 그렇지만 좀 더 자유로운 연구 방식에 익숙해진 독일인에게는 그리 좋은 기분이 들지는 않는다.

문제의 핵심에 대한 규정이 계속 변화되기는 하지만, 모든 것을 변화시키는 시간의 흐름 속에서 최초에 정해진 사항으로부터 인간이 벗어나기가 무척 힘들다고 예전에 했던 말이 여기서 다시 생각났다. 어쩌면 신전 형태가 예배에 더 유리할 것 같은데도 기독교 성당은 여전히 바실리카 형식을 고수하고 있다. 학문적 시설물은 아직 수도원 같은 외관을 지니고 있다. 그런 경건한 구역에서 맨 먼저 연구 공간이 확보되었고 안정된 탐구가 가능했기 때문이다. 이탈리아 사람들의 법정은 지역단체의 넉넉한 재정에 따라 넓고 높게 지어지며 따라서 자유로운 하늘 아래 광장에 있는 것 같다. 예전엔 이런 곳에서 재판이 열렸다. 혹시 우리는 나무판자들을 가지고 임시로 최초의 큰 시장 노점을 짓듯이, 한 지붕 아래 온갖 부대설비를 갖춘 대형 극장을 여전히 짓지는 않는가? 종교개혁 시기에 엄청나게 지식욕이 커짐으로써 학생들이 민가로 내몰렸지만, 우리가 고아원을 열고 가난한 아이들에게 꼭 필요한 이런 세상 교육을 시켜줄 때까지 이런 게 얼마나 오랫동안 지속되었던가!

20일 저녁, 볼로냐

오늘 자유로운 하늘 아래에서 맑고 멋진 날을 보냈다. 산에 가까워지자마자 또다시 암석에 이끌린다. 어머니인 대지에 힘차게 발을 내디딜 때마다 새 힘이 솟구침을 느끼는 안티우스가 된 기분이다.

볼로냐 중정석(重晶石)이 발견된다는 파데르노로 말을 타고 갔다. 그것은 빛에 노출되면 석회화되어 어둠에서 반짝이는데 조그만 케이크를 만드는 데 쓰인다고 한다. 이곳에서는 간단히 포스포리라고 부른다.

모래가 많은 어느 점토 산을 지나온 후 나는 도중의 모든 암석에 백운모가 노출되어 있는 것을 발견했다. 한 벽돌 공장 근처에 나 있는 배수로에서는 더 작은 것들이 대량으로 쏟아져 나온다. 첫눈에는 빗물에 쓸려 내려와 융기한 점토 언덕처럼 보이지만 더 자세히 관찰한 끝에 많은 것을 알아낼 수 있었다. 산의 일부를 이루는 단단한 암석은 박편(薄片) 모양의 이판암(泥板岩)인데, 이것이 석고와 교대로 나타난다. 박편 모양의 암석은 안에 황철광이 섞여 있어서 공기나 습기와 닿으면 완전히 변질된다. 암석이 부풀어 올라 지형이 제 모습을 잃으며 일종의 찰흙이 생겨 석탄처럼 반짝거리면서 조가비 모양으로 잘게 부서져 있다. 몇 개를 깨뜨려보니 두 형상이 또렷이 감지되는 큰 조각에서만 형태가 바뀌는 것을 확인할 수 있었다. 동시에 조가비 모양의 표면에 흰 점이 박혀 있는 것이 보이는데 때로는 그 속에 노란 점들도 있다. 이렇게 전체 표면이 서서히 붕괴해서 언덕은 전반적으로 풍화된 황철광처럼 보인다. 지형들 중에는 붉거나 푸른 것, 좀 더 단단한 것도 발견된다. 황철광이 들어 있는 암석도 자주 눈에 띄었다.

지난번 폭우에 휩쓸려 내려가 지금은 부서져 없어진 골짜기로 올라가니 반갑게도 황철광이 많이 있었다. 대체로 불완전한 달걀 모양으로, 막 무너져 내린 산 여기저기에 드러나 보인다. 꽤 깨끗한 것도 있고, 황철광이 박힌 점토로 둘러싸인 것도 있다. 그게 표석(漂石)이 아님을 한눈에 알아볼 수 있다. 이판암 지대와 동시에 생겼는지, 아니면 그것이 부풀어 올랐다가 붕괴될 때 생겼는지 알아내려면 더 자세한 연구가 필요하겠다. 내가 발견한 조각들은 크든 작든 불완전한 달걀 모양에 가깝다. 아주 작은 조각들은 뚜렷하지 않은 수정 모양으로 바뀔지도 모른다. 가장 무거운 조각은 무게가 십칠 로트* 정도 나간다. 같은 점토에서 느슨하고 완전한 석고 수정도 발견했다. 내가 가져온 조각들을 보면 전문가들은 더 정확한 규정을 내릴 수 있을 것이다. 다시 돌멩이에 짓눌릴지도 모르겠다! 나는 이 황철광 8분의 1첸트너**를 짐에 꾸려 넣었다.

10월 20일 밤

이 멋진 날에 머릿속을 훑고 지나간 것을 낱낱이 고백하려면 아마 너무나 많은 것을 이야기해야 할 것이다. 하지만 나의 욕구는 생각보다 훨씬 크다. 억제할 수 없을 만치 앞으로 나아간

---

* 옛날 반 온스의 중량 단위로 1/32 또는 1/30파운드에 해당함.
** 100파운드, 50킬로그램에 해당하는 중량 단위.

느낌이 들어, 현재적인 것에서 간신히 나 자신을 추스린다. 하늘이 내 청을 들어주는 모양이다. 어느 마부가 바로 로마로 갈 수 있다고 알려온다. 지체하지 않고 모레는 출발할 것이다. 아마 오늘과 내일은 볼일을 보고 몇 가지 물건을 구입하고 작업을 끝마칠 것이다.

10월 21일 저녁, 아펜니노 산맥에 있는 로야노

오늘 볼로냐에서 스스로 빠져나온 것인지 쫓겨난 것인지 알 수 없을 지경이다. 더 이상 참을 수가 없어서 서둘러 좀 더 빨리 출발할 빌미를 잡았다. 지금 나는 페루자로 귀향하는 어느 교황청 소속 장교와 함께 형편없는 한 여관에 묵고 있다. 그가 타고 있는 이륜 마차에 앉으면서 무슨 말이라도 하려다 보니, 나는 군인과 사귀는 데 익숙한 독일인이라 교황청 소속 장교와 함께 여행하는 게 무척 즐겁다고 칭찬의 인사를 했다. 그러자 그가 이렇게 대꾸했다.

"제 말을 나쁘게 받아들이지 마십시오. 여러분은 아마 군인 신분에 애착을 갖고 계신지도 모르겠습니다. 독일에서는 죄다 군인이란 말을 들었기 때문입니다. 하지만 저로 말하자면, 근무가 그리 힘들지 않고 위수 근무지인 볼로냐에서 아주 편한 생활을 할 수 있지만 이 군복을 벗어 던지고 아버지의 조그마한 농지나 관리했으면 합니다. 하지만 제가 장남이 아니라서 이 직업을 감수해야만 합니다."

22일 저녁

역시 아펜니노 산맥에 위치한 조그만 마을 지레도에서는 내가 소망하는 곳을 향해 여행하고 있다는 생각에 꽤 기분이 좋았다. 오늘 말을 탄 한 신사와 숙녀가 우리와 어울렸다. 말하자면 여동생과 여행하는 영국인이었다. 말은 멋지지만 데리고 다니는 하인은 없다. 신사는 마부와 시종의 역할을 겸하고 있는 것 같다. 이들은 가는 데마다 불평거리를 찾는데, 아르헨홀츠의 몇 페이지에서 나온 것 같다.

아펜니노는 나에게 색다른 세계이다. 포 강 지역의 대평원을 지나니 두 바다 사이에서 남쪽으로 육지를 끝내려는 듯 저지에서 산맥이 불쑥 솟아 있다. 산맥이 너무 가파르거나 해수면보다 너무 높지 않다면, 오래전에 밀물과 썰물이 더 많이 그리고 오랫동안 영향을 미쳐서 더 큰 평지를 이루고 이를 말끔히 씻어 내릴 수 있게 산맥이 이상하게 얽히지 않았더라면, 이곳은 다른 땅보다 융기하여 아주 좋은 기후에 지극히 아름다운 지역 중 하나가 되었을지도 모른다. 하지만 이처럼 산등성이들이 이상하게 얽혀 있어서 물이 어느 쪽으로 흘러갈지 종종 분간이 안 되는 경우가 있다. 계곡이 더 잘 메워지고 평야가 매끄럽게 가다듬어진다면 이 땅을 보헤미아와 비교할 수 있을 것이다. 다만 산들이 나름대로의 특성을 지닌 것만 다를 뿐이다. 하지만 그저 황량한 산이 아니라 산악 지형이라도 대체로 경작지로 활용되는 땅을 떠올려보시라. 여기 밤은 무척 품질이 좋고 밀은 우수하며 씨앗은 벌써 녹색을 띠고 있다. 길가에는 잎사귀가 작은 상록수인 떡갈나무들이, 성당과 예배당 주위에는 쭉 뻗은 측백나무들이 서 있다.

어제 저녁에는 날씨가 서늘했지만 오늘은 다시 밝고 좋다.

25일 저녁, 페루자

이틀 저녁 동안 글을 쓰지 못했다. 내가 묵은 여관들이 너무 형편없어서 일기장을 펼칠 생각도 할 수 없었다. 마음이 약간 심란해지기도 한다. 베네치아를 출발한 이후로 여행이란 실타래가 더 이상 멋지게 술술 풀리지 않고 있기 때문이다.

23일 새벽, 독일 시간으로 10시에 아펜니노에서 벗어나 넓은 골짜기에 피렌체가 펼쳐져 있는 것을 보았다. 믿기지 않을 정도로 경작지가 조밀하고 별장과 집들도 끝없이 촘촘히 들어차 있다.

서둘러 도시를 돌아다니며 성당이며 침례교회를 보았다. 여기에 다시 미지의 새로운 세계가 펼쳐져 있지만 머물고 싶지는 않다. 보볼리 공원은 아기자기한 곳에 자리 잡고 있다. 나는 안으로 들어갈 때만큼이나 재빨리 그곳을 빠져나왔다.

도시를 보면 이곳을 건설한 사람들이 잘살았으며, 계속 훌륭한 정부가 있었고 행복을 누렸음을 알 수 있다. 토스카나에서는 공공 건축물, 도로, 교량 들의 멋지고 웅대한 모습이 한눈에 드러난다. 여기에서는 모든 것이 유용한 동시에 깔끔하다. 우아함과 더불어 관습과 효용이 중시되어 만사가 주도면밀하게 관리되고 있음을 곳곳에서 발견할 수 있다. 반면에 교황의 국가는 땅이 집어삼키려고 하지 않기 때문에 그나마 유지되는 것 같다.

내가 얼마 전에 아펜니노의 생성에 대해 쓴 설명이 여기 토스카나에도 적용된다. 토스카나는 훨씬 낮은 곳에 위치했기 때문에 태곳적 바다가 자신의 책무를 다해서 점토질 토양을 깊이 쌓아놓았다. 토양은 담황색으로 가공하기가 용이하다. 이들은 땅을 깊이 파헤치지만 아직 재래식 농법을 사용한다. 이들의 쟁기에는 바퀴가 없으며 쟁기 날도 움직일 수 없게 되어 있다. 그래서 농부는 황소 뒤에서 몸을 굽힌 채 땅에 날을 박고 흙을 파헤친다. 일 년에 다섯 번까지 경작이 가능하며 적은 양의 아주 가벼운 거름을 손으로 뿌린다. 마지막 밀을 파종하고 나면 좁은 이랑을 쌓아 그 사이에 깊은 고랑이 생기게 만든다. 빗물이 흘러가게 하기 위한 것이다. 밀이 이랑에서 높이 자라면 농부들은 이리저리 고랑 사이를 돌아다니면서 잡초를 뽑는다. 습기가 우려되는 곳에서는 이런 농법이 이해가 되지만 이렇게 기름진 들판에서 왜 그러는지 알 수가 없다. 비옥한 평원이 펼쳐져 있는 아레초 부근에서도 이런 방식을 목격했다. 이보다 더 깔끔한 들판은 어디에도 없을 것이고, 체로 친 것처럼 깨끗한 이런 흙덩이도 찾아볼 수 없을 것이다. 밀은 아주 잘 자라는데, 생장에 최적의 자연조건이 갖추어진 모양이다. 여기에서는 귀리가 나지 않기 때문에 그 대신 2년에 한 번 말에게 먹일 콩을 재배한다. 루핀*도 파종이 되어 지금 벌써 푸르게 자라고 있는데 3월이면 열매를 맺을 것이다. 벌써 싹이 돋았으니 겨울을 넘기고 나면 서리로 인해 더욱 강인해지게 된다.

올리브 나무는 이상한 식물이다. 이 나무는 버드나무와 흡사한데, 씨앗을 날리며 나무껍질이 갈라진다. 그럼에도 버드나무보다 더 단단해 보인다. 올리브 나무는 서서히 자라며 나뭇결이 정말로 곱다. 잎은 버드나무와 비슷하지만 가지에 달린 것은 적다. 피렌체 주변의 산에는 온통 올리브 나무와 포도나무가 자라고 있으며 그 사이의 땅은 곡식을 재배하는 데 이용된다. 아레초 근방과 그 일대는 빈 땅으로 놓아두고 있다. 올리브

---

*콩과에 속하는 다년생 작물.

나무와 다른 나무에 해가 되는 담쟁이덩굴을 제대로 방지하지 않는 것 같다. 솎아주는 것이 그렇게 어려운 일은 아닐 텐데 말이다. 목초지는 가도 가도 보이지 않는다. 터키산 옥수수는 지력을 소진시킨다고 한다. 그것을 들여온 이후로 다른 농사는 안 된다고 한다. 내 생각에는 거름을 적게 써서 그런 게 아닌가 싶다.

오늘 저녁 돌아가는 길에 볼로냐에서 그 장교를 찾아가겠다는 다짐과 약속을 하고 그와 작별했다. 그는 자신의 동포를 진정으로 대변할 만한 인물이었다. 여기서 특별히 그의 인물 됨됨이를 말해 주는 몇 가지 일화를 소개하겠다. 내가 가끔 조용히 생각에 잠겨 있을 때 한번은 그가 이렇게 말했다.

"케 펜사! 논 데베 마이 펜사르 루오모 펜산도 신베키아.(Che pensa! Non deve mai pensar l'uomo, pensando s'invecchia.)"

이것을 우리말로 옮기면 이런 뜻이다.

"무슨 생각을 그리 많이 하십니까! 인간은 생각해선 안 됩니다. 생각하면 늙을 뿐입니다."

또 어떤 대화를 나누다가 이렇게 말한 적도 있다.

"논 데베 페르마르시 루오모 인 우나 솔라 코사, 페르케 알로라 디비엔 마토. 비소냐 아베르 밀레 코세, 우나 콘푸시오네 넬라 테스타.(Non deve fermarsi l'uomo in una sola cosa, perchè allora divien matto: bisogna aver mille cose, una confusione nella testa.)"

이 말은 이런 뜻이다.

"인간은 한 가지 사물에만 집착하면 안 됩니다. 그러다간 미쳐버리기 때문이지요. 천 가지 사물을 가지되 머릿속에는 한

가지 혼란스러운 감정만 있어야 합니다."

물론 그 선량한 남자는 내가 오래된 대상과 새로운 대상에 관한 하나의 혼란스러운 감정에 머리가 혼란스러워져서 조용히 생각에 잠겨 있었음을 알 리가 없었다. 그런 이탈리아인의 교양은 다음 사실에서 더욱 명확하게 인식할 수 있을 것이다. 그는 내가 신교도인 것을 알고 어떤 질문을 해도 되느냐고 에둘러 물었다. 그는 우리 신교도에 대해 이상한 이야기를 많이 들었는데 언젠가는 한번 확실한 사실을 알고 싶었다고 한다.

그는 이렇게 질문했다.

"여러분은 결혼하지 않고 예쁜 소녀와 사이좋게 같이 살아도 되는 겁니까?"

나는 이에 대해 이렇게 대꾸했다.

"우리나라 목사들은 현명한 사람들이라 그런 사소한 일에는 신경 쓰지 않습니다. 물론 우리가 그렇게 묻는다면 그들은 허락하지 않을 겁니다."

"여러분은 그런 질문을 할 필요가 없다는 겁니까?" 그가 소리쳤다. "오, 세상에! 여러분이 그들에게 고백하지 않기 때문에 그들은 진상을 알지 못하는 것입니다." 이렇게 말하고서 그는 자기 나라 사제들을 욕하고 비난하며 우리의 축복받은 자유를 칭송했다. 그는 계속 말했다. "하지만 우리의 고해로 말할 것 같으면, 우리의 사정은 어떠합니까? 모든 사람들은, 비록 기독교 신자가 아니더라도 고해를 해야 한다고 우리에게 말합니다. 하지만 완고한 그들의 사고방식으로는 올바른 답을 얻을 수 없으므로 우리는 오래된 나무에게 고해합니다. 이는 물론 우스꽝스러운 일이고 신을 부인하는 행위지만, 그래도 고해 행위가 꼭 필요하다는 것을 인정하는 증거가 됩니다." 이 말을 듣고 나는 우리가 고해를 무엇이라고 이해하며 어떻게 고해가 진행되는지 설명해 주었다. 이 말을 듣고 그는 무척 마음이 편안해진 듯이 보였지만, 나무에게 고해하는 거나 거의 진배없다고 대꾸했다. 약간 망설인 후에 그는 또 다른 문제에 대해 자기에게 솔직한 정보를 달라고 매우 진지하게 부탁했다. 그가 아주 진실한 남자인 자신의 사제한테서 직접 들었다면서, 독일에서는 우리가 여자 형제와 결혼해도 된다고 하던데, 그래도 이건 너무 심하지 않냐고 한다. 내가 그 이야기를 부인하고 우리의 가르침에 대해 몇 가지 인간적인 개념을 일러주려고 하자 그는 별로 들으려고 하지 않았다. 그에게는 너무 일상적인 것으로 여겨졌기 때문이었다. 그리고 새로운 질문을 끄집어내는 것이었다.

"몸소 신자들과 싸워 수많은 승리를 이끌어내고 세상을 자신의 명예로 가득 채운 프리드리히 대제가, 누구나 이단이라고 생각하지만 실제로는 가톨릭 신자인데, 교황으로부터 이런 사실을 비밀에 부쳐도 된다는 허락을 받았다고 사람들은 확언하고 있습니다. 사람들이 알고 있듯이, 그가 교회에 나오지는 않지만 신성한 종교를 공식적으로 인정하지 않는 것을 뉘우치는 마음으로 지하 예배당에서 예배를 본다고 합니다. 물론 그가 이런 일을 한다면 금수 같은 민족이자 광포한 이단인 프로이센 사람들이 당장에 그를 때려죽일 것이기 때문입니다. 하지만 그래 가지고는 문제가 해결되지 않을 것입니다. 이 때문에 교황이 그에게 허락을 해주셨고, 그 대가로 그는 유일한 구원의 종교인 가톨릭을 되도록 몰래 퍼뜨리고 장려하는 것입니다."

나는 그의 모든 말이 그럴듯하다고 인정하면서 다만 이렇게 덧붙였다. 그것이 커다란 비밀이기 때문에 물론 아무도 그에 대해 증언할 수 없을지도 모른다. 계속된 우리의 대화는 대략 이와 같은 식이었다. 그래서 나는 이들에게 이어져 내려온 가르침의 어두운 범주를 깨뜨리거나 혼란스럽게 할 수 있는 것이라면 무엇이든 부인하고 왜곡하려는 그 현명한 종교성에 대해 이상하게 생각하지 않을 수 없었다.

10월 26일 저녁, 폴리뇨

화창한 아침에 페루자를 떠나 다시 혼자가 되는 더없는 기쁨을 누렸다. 페루자의 지형은 아름답고 호수의 경관은 한없는 즐거움을 안겨준다. 그 모습들이 내 마음속에 잘 아로새겨졌다. 처음에 내리막길이 나오다가 멀리 양쪽이 언덕으로 둘러싸인 골짜기를 즐거운 마음으로 지나가니 이윽고 아시시가 눈에 들어왔다.

나는 아우구스트 시대에 건설된 미네르바 신전이 아직 완전하게 보존되어 있음을 팔라디오와 폴크만의 책을 읽고 알고 있었다. 나는 마돈나 델리 안젤리 성당 부근에서 폴리뇨 방향으로 가는 마부와 헤어지고 세찬 바람을 맞으며 아시시를 향해 올라갔다. 이처럼 고립무원의 세상에서 혼자 걸어서 올라가고 싶었기 때문이었다. 성 프란체스코가 영면에 든 성당, 바빌로니아식으로 탑들을 쌓아올린 성당의 엄청난 하부구조를 왼쪽에 두고 나는 혐오스러운 감정을 느꼈다. 그 안에 지난번 만난 장교 같은 머리들이 낙인 찍혀 있지 않을까 우려되어서였다. 그런 다음 귀엽게 생긴 어떤 소년에게 마리아 델라 미네르바로 가는 길을 물어보았다. 소년은 어느 산자락에 자리 잡은 그 도시로 나를 안내해 주었다. 마침내 우리는 진정한 의미의 고도

(古都)에 도착했다. 보라, 내 눈앞에 감탄을 금할 수 없는 건축물, 내가 본 최초의 완벽한 고대 기념물이 서 있지 않은가! 이렇게 작은 도시에 걸맞게 아담한 신전이지만 어디에 내놓아도 손색 없이 완벽하고 아름답다고 생각했다. 먼저 입지 조건에 대해 이야기하겠다! 나는 어떻게 도시를 건설하고 신전과 공공건물을 지어야 하는가에 대해 비트루비우스와 팔라디오의 책에서 읽은 이후로 그러한 문제들을 대단히 존중하게 되었다. 이런 면에서도 고대인들은 천부적으로 위대했다. 거기 두 언덕이 만나는 아름다운 산 중턱에 신전이 자리하고 있다. 그것은 지금도 광장이라고 불린다. 광장은 약간 경사져 있고, 네 개의 길이 여기서 마치 짓눌린 X형 십자가* 형태로 교차된다. 두 개의 길은 아래에서 위로 올라오고 다른 두 개의 길은 위에서 아래로 내려간다. 오늘날 신전 맞은편에 지어져 시야를 가로막는 집들이 필경 고대에는 없었을 것이다. 만약 이 집들이 없다면 남쪽 방향으로 무척 비옥한 지역이 내려다보일 것이며, 이와 동시에 사방에서 미네르바 성전이 보일 것이다. 산의 형태와 경사도로 보아 이 길들은 옛날에 닦였을지 모른다. 신전은 광장 한가운데 서 있는 것은 아니지만 로마에서 이 위로 올라오는 사람에게는 한눈에 들어오는 방향에 자리하고 있다. 스케치할 때는 건물만이 아니라 좋은 위치도 함께 그리는 게 좋겠다.

예술가가 이곳을 얼마나 천재적으로 철저하게 다루었는지 정면을 아무리 바라보아도 질리지 않는다. 기둥 배열은 코린트식이고 기둥 사이의 공간은 약 2모델**을 넘는다. 주각(柱脚)과 아래쪽 석판은 대석(臺石) 위에 서 있는 것 같지만 다만 그렇게

---
* 성 안드레아가 이런 모양의 십자가에 못 박혀 순교했다는 전설에서 유래함.
** 건물 기둥 등의 비례도 측정 단위.

보일 뿐이다. 대좌(臺座)가 다섯 군데나 절단되어 있고 그런 곳마다 기둥 사이에 다섯 개의 계단이 위로 나 있기 때문이다. 실제로 기둥이 서 있는 단(壇)에 이렇게 다다르고, 이곳에서 신전으로 들어가게 된다. 대좌를 절단하는 모험은 적절한 것이었다. 신전이 산기슭에 있어서 신전으로 올라가는 계단이 무척 넓어야 했을 것이기에 이들은 부득이 광장을 비좁게 만들 수밖에 없었을 것이다. 아래에 얼마나 많은 계단이 있었는지 지금은 확실하지 않다. 몇 개를 제외하고는 모두 땅속에 파묻혔고 그 위에 도로가 생겼기 때문이었다. 못내 아쉬운 심정으로 이곳에서 눈길을 돌리며, 정확한 설계도가 우리 수중에 들어올 수 있도록 모든 건축가들이 이 건축물을 주목하게 만들어야겠다고 마음먹었다. 전승된 것이 얼마나 안 좋은 것인지를 나는 이번에 다시 목격해야만 했다. 내가 전적으로 신뢰하는 팔라디오가 이 신전을 설계했지만 직접 보았을 리가 만무하다. 대석을 단 위에 위치시킨 탓에 기둥들이 지나치게 높아졌다. 눈과 오성을 만족시킬 수 있는 잔잔하고 사랑스러운 광경이 우리를 즐겁게 해주는 대신에 팔미라* 같은 흉물이 생겨난 것이다. 이런 건축물을 바라보면서 내 마음속에 일어난 감정은 이루 말로 표현할 수 없지만 언젠가 영원한 열매를 맺을 것이다. 그지없이 아름다운 저녁에 나는 아주 안정된 마음으로 로마 가를 따라 내려가고 있었다. 그때 서로 말다툼하는 거칠고 격한 목소리가 등 뒤에서 들려왔다. 시내에서 본 적이 있는 경찰들일 거라고 추측했다. 나는 태연하게 길을 가면서 뒤쪽에 귀를 기울였다. 이들이 나를 두고 말다툼하고 있음을 금방 알 수 있었다.

---

*솔로몬이 건설했다고 전해지는 시리아 사막 북부의 폐허 도시.

엽총으로 무장한 두 명을 포함해서 네 사람이 불쾌한 표정으로 투덜거리며 내 옆을 지나 몇 걸음 가는가 싶더니 뒤돌아서서 나를 에워쌌다. 그들은 내가 누구이며 여기서 무엇을 하느냐고 물었다. 나는 아시시를 거쳐 도보로 여행하는 외국인이며, 마부는 폴리뇨로 가고 있다고 대답했다. 마차 삯을 지불하고도 걸어서 가는 것이 이상해 보인 모양이었다. 그들은 나에게 그란 콘벤토에 가본 적이 있는지 물었다. 나는 가보지는 않았지만 옛날부터 보존되어 온 건물은 알고 있다고 자신 있게 말했다. 나는 건축가이며 이번에 당신들도 알다시피 훌륭한 건물인 마리아 델라 미네르바를 답사했다고 말했다. 이들은 내 말을 부정하지 않으면서도, 내가 성인을 알현하지 않았다고 매우 언짢아하면서 밀수꾼일지도 모른다며 의심의 눈길을 보냈다. 나는 배낭도 없이 텅 빈 주머니로 혼자서 길을 가는 사람을 밀수꾼으로 생각하다니 말도 안 된다고 했다. 그리고 같이 시내로 되돌아가 시장한테 가서 내 서류를 내보이겠다고 자청하고 나섰다. 그러면 나를 존경할 만한 외국인임을 인정할 거라고 했다. 그들은 내 말에 투덜거리며 그럴 필요가 없다고 말했다. 내가 계속 진지하게 단호한 태도를 보이자 이들은 결국 나에게서 멀어져 다시 시내 쪽으로 사라졌다. 나는 그 뒷모습을 지켜보았다. 앞쪽으로는 이 거친 녀석들이 걸어가고 있었고, 뒤쪽으로는 사랑스러운 미네르바가 다정하게 위로하는 듯이 다시 한 번 나를 바라보았다. 그런 뒤에 나는 왼쪽에 있는 성 프란체스코의 쓸쓸한 성당을 바라보며 다시 발걸음을 뗐다. 그때 무장하지 않은 한 명이 무리에서 떨어져 나와 아주 다정한 모습으로 다가왔다. 그는 인사하더니 곧장 이렇게 말했다.

"외국인 양반, 나에게 최소한 팁은 줘야 하지 않겠소. 나는 댁이 선량한 분임을 금방 알아보고 큰 소리로 동료들한테 설명했으니까요. 저 녀석들은 성미가 급해서 금방 흥분하는, 세상 물정을 모르는 사람들이라오. 댁도 보셨다시피 내가 맨 처음 당신 말에 맞장구를 치고 무게를 실어줬지 않았소."

그래서 나는 그를 칭찬하면서 종교적 또는 예술적 이유로 아시시로 오는 고결한 외국인들을 보호해 달라고 부탁했다. 특히 이제부터는 도시의 명예를 위해서라도 아직 제대로 된 그림이나 동판화가 없는 미네르바 신전을 측량하거나 스케치하러 오는 건축가들을 지켜달라고 말이다. 그러면 그들이 분명 사의를 표할 것이므로 도와주고 싶지 않겠느냐고 했다. 이런 말을 하면서 나는 그의 손에 은화 몇 닢을 쥐어주었다. 그는 예상보다 많은 돈을 받자 기뻐했다. 그는 다시 오라고 청하면서, 특히 성인 축제는 놓쳐서는 안 된다고 말했다. 내가 그 축제에서 분명 감동과 즐거움을 얻을 거라고 했다. 그는 당연한 일이겠지만 나처럼 멋진 남자가 예쁜 여자를 만나고 싶다면 그의 추천으로 전 아시시에서 가장 아름답고 고상한 여자가 기쁘게 나를 맞이할 거라고 자신 있게 말했다. 그리고 나서 그는 오늘 저녁 성인의 묘소를 찾아가 나를 생각하며 앞으로의 여정을 위해 기도해주겠노라고 다짐하면서 헤어졌다. 이렇게 우리는 작별했다. 다시 자연과 나 자신만 남게 되어 무척 기분이 좋아졌다. 폴리뇨로 가는 길은 내가 지금까지 걸어온 산책로 중에서 가장 아름답고 매력적이었다. 오른편에 나무가 우거진 계곡이 펼쳐져 있는, 네 시간은 족히 걸리는 산길이었다.

마부와 함께하는 여행은 썩 내키지 않는다. 그래도 마차에서 내려 마음 편히 걸어서 따라갈 수 있는 것이 좋은 점이다. 페라라에서 이곳까지 오는 동안 계속 그런 식으로 이동해 왔다. 이탈리아는 자연의 혜택은 가장 많이 받은 나라지만, 좀 더 편리하고 새로운 생활을 가능케 해주는 기계나 기술 면에서는 다른 모든 나라에 훨씬 뒤처져 있다. 안락의자라는 뜻의 '세디아'로 불리는 마부의 마차는 옛날의 가마에서 생긴 것이 분명하다. 노새가 끌던 이 가마에는 여성이나 나이가 지긋한 사람과 귀족들이 타고 다녔다. 수레의 끌채 사이에서 마구를 매던 뒤쪽의 노새 대신에 지금은 두 개의 바퀴가 떠받치고 있다. 이것 말고는 개량된 점이 아무것도 없다. 수백 년 전이나 지금이나 마차는 여전히 흔들거린다. 집이나 그 밖의 모든 것도 다 옛날 그대로다.

사람들이 대체로 야외에서 살다가 가끔 부득이한 경우에 동굴로 들어가던 최초의 목가적인 이상이 아직도 남아 있는 모습을 보려거든 여기 집들, 특히 그 특성과 취향 면에서 전적으로 동굴의 성격을 띠고 있는 시골집에 들어가 보아야 한다. 이들은 그야말로 무사태평인데, 이는 생각을 많이 해서 늙는 것을 방지하기 위해서이다. 들어보지 못한 경박한 성향으로 이들은 밤이 길고 긴 겨울 준비하는 것에 소홀하다. 그래서 일 년 중 상당 기간은 개처럼 고생하며 지낸다. 이곳 폴리뇨는 완전히 호메로스식의 가족적 분위기가 넘쳐난다. 모두가 땅 위에 피워놓은 불 주위에 둘러 모여 소리치고 시끄럽게 떠들며, 마치 가나의 결혼식 그림에서 보듯이 기다란 탁자에서 식사를 한다. 그런데 이런 상황에서 뜻하지 않게 누가 잉크병을 가져와서 이 글을 쓰는 기회를 얻는다. 그런데 이 종이를 보면 이곳 날씨가 춥고 글을 쓰는 탁자가 불편하다는 것을 알 수 있을 것이다.

나는 홀몸으로 아무런 준비 없이 이 나라를 돌아다니는 것이 얼마나 무모한 일인가를 이제야 뼈저리게 느낀다. 서로 다른 화폐며 마부, 물가, 열악한 숙소 때문에 날마다 어려운 일을 겪는다. 나처럼 처음으로 혼자 여행하며 끊임없는 즐거움을 기대하고 추구하는 사람이라면 크나큰 불행을 느끼지 않을 수 없을 것이다. 하지만 나의 유일한 소망은 어떤 대가를 치르더라도 이 나라를 한번 둘러보는 것이었다. 그래서 익시온*처럼 바퀴에 묶여 로마로 끌려간다 하더라도 아무런 불평도 하지 않으련다.

10월 27일 저녁, 테르니

일 년 전에 지진으로 손상된 어떤 동굴 안에 다시 앉아 있다. 이 조그만 도시는 멋진 지역에 자리하고 있다. 나는 도시를 한 바퀴 돌면서 즐거운 마음으로 구경했다. 아직은 전부 석회질로 된 산들 사이에서 아름다운 평원이 시작된다. 저쪽의 볼로냐처럼 이쪽의 테르니는 산기슭에 자리 잡고 있다.

교황청 장교와 헤어진 후에 어떤 사제와 길동무가 되었다. 자신의 상황이 꽤 만족스러운 것 같은 이 남자는 벌써 나를 이단으로 여기는지 내가 의식(儀式)이나 다른 관련된 사항을 묻자 자세히 알려준다. 나는 나라 전체의 생생한 실상이 어떤지 알기 위해서는 민중과 어울리고 그들의 말을 들어보아야 한다고 생각하며 매번 새로운 사람들과 어울림으로써 그 의도를 완전하게 달성한다. 이들은 놀라울 만큼 모두 서로 경쟁하고, 이상하게도 지방색이나 도시색을 갖고 있으며, 서로를 죄다 못마땅하게 생각한다. 신분 간에 끊임없는 알력이 있으며 언제나

---

*그리스 신화에 나오는 인물로 헤라를 범하려다 제우스의 노여움을 사서 불 수레에 묶이는 형벌을 받았다고 함.

생기가 넘치고 현세에 열정을 가진 이들은 매일 코미디를 공연하고 자신들을 웃음거리로 만든다. 또한 외국인이 자신들의 행동거지에서 익숙해질 수 없는 것을 금세 파악하기도 한다.

나는 스폴레토에 올라가 한쪽 산에서 다른 쪽 산으로 이어지는 교량이기도 한 수도 시설 위에 도착했다. 계곡 위로 열 개의 벽돌이 있는 아치형 다리가 수백 년 동안 그렇게 가만히 서 있다. 스폴레토는 여전히 도처에서 물이 솟아 나온다. 이것이 내가 본 세 번째 고대 건축물이며 여전히 그 의의가 크다. 시민의 목적을 위해 나타난 제2의 자연, 이것이 이들의 건축술이며 원형극장, 신전 및 고가(高架) 수도가 이렇게 해서 서 있는 것이다. 이제야 비로소 모든 자의성(恣意性)이 증오를 받는 게 당연하다는 느낌이 든다. 예를 들어 바이센슈타인 위에 있는 '겨울의 집'*, 무(無)를 둘러싼 무, 흉측한 과자 장식품, 이런 말도 안 되는 수많은 사물들은 미움을 받아 마땅하다. 이 모든 것들이 이제 죽은 채 태어나 망연히 서 있다. 진정한 내적 존재를 갖지 않은 것은 생명력이 없고 위대할 수 없으며 위대해질 수도 없기 때문이다.

지난 여덟 주 동안 나는 많은 즐거움을 맛보았고 보다 큰 통찰력을 갖게 되었다. 하지만 고생도 할 만큼 했다. 나는 항상 두 눈을 열어두고 대상들을 마음속에 잘 각인시킨다. 되도록 판단은 하지 않으련다.

나는 길가에 있는 이상한 예배당인 산 크로체피소를 원래 그 자리에 있던 신전의 나머지가 아니라 사람들이 기둥, 대들보, 돌림띠를 찾아서 대충 짜 맞춘 것이라고 생각하지만, 엉터리

---

*카셀 부근 빌헬름스회에 성에 있는 팔각형 건물.

같지가 않고 기발하다. 그 모습은 뭐라 말할 수 없는데 어쩌면 어디에선가 동판화로 새겨졌을지도 모른다.

고대에 대한 개념을 얻으려고 애쓰는 우리에게 덩그러니 잔해만 남아 있다는 사실이 놀라울 따름이다. 우리는 그 잔해로써 사람들이 아직 그 개념을 이해하지 못하는 건축물을 형편없이 재건해야 할지도 모른다.

그런데 모범이 되는 토대라고 불리는 것과는 다른 사정이 있다. 여기서 환상적으로 처리하지 않고 있는 그대로의 지형을 사실적으로 받아들인다면 그 지역은 언제나 가장 위대한 행위들을 불러 일으키는 결정적인 무대가 된다. 그래서 나는 상상력과 감흥을 억제하고 각 지역을 자유롭고 정확하게 관찰하기 위해 지금까지 늘 지질학적 시각과 경치를 관찰하는 방법을 사용했다. 그러면 신기하게도 역사가 면면히 이어지는 것이다. 그런데 사람들은 자기에게 무슨 일이 일어나는지 파악하지 못한다. 그래서 나는 로마에서 타키투스를 읽고 싶은 크나큰 바람을 느낀다.

또한 날씨를 무시해서는 안 되었다. 내가 볼로냐로부터 아펜니노 고개를 올라왔기 때문에 구름이 여전히 북쪽으로 이동하다가, 나중에 방향을 바꾸어 트라시메노 호수 쪽으로 흘러갔다. 거기서 멈추어 있다가 남쪽으로 움직이기도 했다. 그러므로 포 강의 대평원이 여름 동안은 구름을 온통 티롤 산맥 쪽으로 보내는 대신에 일부를 아펜니노 산맥 쪽으로 몰아가기 때문에 우기가 올지도 모른다.

이제 사람들이 올리브를 따기 시작한다. 여기서는 손으로 따지만 다른 지역에서는 막대기를 사용한다. 때 이르게 겨울이 오면서 남은 올리브는 봄까지 달려 있게 된다. 돌투성이 땅에서 아주 크고 오래된 나무를 발견했다.

　우리가 늘 제때에 초월적인 힘이나 문예의 여신의 은총을 입는 것은 아니다. 오늘 나는 생각지도 않게 수련을 쌓고 흥분하게 되었다. 가톨릭의 총 본산에 가까워지면서 나는 가톨릭 신도들에게 둘러싸였고 한 사제와 함께 흥분에 빠지게 되었다. 나는 극히 순수한 마음으로 진정한 자연, 고귀한 예술을 관찰하며 파악하려고 노력하는 가운데, 기독교 본래의 정신을 나타내주는 모든 흔적이 사라져버렸다는 느낌이 생생하게 떠올랐다. 그렇다. 사도행전에서 보듯이 그 정신의 순수성을 마음속에 떠올리면 저 아득한 초기에 기형적이고 바로크적인 이교가 짓누르고 있음을 깨닫고 나는 몸서리치지 않을 수 없었다. 이때 이런 모든 기이한 발전과 해결의 증인인 『영원한 유태인』*이 다시 뇌리에 떠올랐다. 예수는 자기 가르침의 열매를 둘러보기 위해 돌아올 때 위험에 빠져 처음으로 십자가에 못 박히는 이상한 상태를 체험하게 되었다. 나는 "십자가를 지기 위해 다시 왔노라."라는 예의 전설을 이러한 파국이 생길 때 작품 소재로 삼아야겠다.

　이와 같은 꿈들이 뇌리에 맴돈다. 왜냐하면 나는 계속 꿈을 꾸고 싶은 마음에 참지 못하고 옷을 입은 채 잠을 청하고는 동이 트기도 전에 급히 마차에 올라 비몽사몽간에 하루를 보내며, 처음에 떠오른 가장 환상적인 그림들을 마음대로 가공하는 것보다 더 아기자기한 일을 알지 못하기 때문이다.

---

* 1774년에 괴테가 쓴 단편.

10월 28일, 치타 카스텔라나

나는 마지막 밤을 놓치고 싶지 않다. 아직 8시가 안 되었는데도 벌써 모두 잠자리에 들었다. 그래서 마침내 과거를 떠올리며 다가올 미래를 손꼽아 기다릴 수 있다. 오늘은 아주 밝고 화창한 날이었다. 아침에는 무척 추웠고 낮에는 맑고 따뜻하다가 저녁에는 바람이 좀 불었지만, 아주 멋진 하루였다.

우리는 꼭두새벽에 테르니를 출발했다. 날이 밝기 전에 나르니로 올라갔기 때문에 그 유명한 다리는 보지 못했다. 골짜기와 평지, 가까이에서, 멀리서 멋진 지역들이 펼쳐진다. 모든 것이 석회질 암석으로 되어 있고 다른 암석은 전혀 보이지 않는다.

오트리콜리는 옛날 옛적에 조류에 휩쓸려온 자갈 언덕 한 곳에 자리 잡고 있으며, 강 저편에서 흘러 내려온 용암으로 형성되었다.

사람들은 다리를 건너자마자 용암 지대에 와 있음을 알게 된다. 그게 실제 용암인지, 아니면 그 이전의 암석인지는 몰라도 불에 그을리고 용해되어 다른 모양으로 변해 있다. 사람들은 회색 용암이라고 부름 직한 어떤 산을 올라간다. 용암에는 석류 모양의 흰색 수정이 다량으로 함유되어 있다. 언덕에서 치타 카스텔라나로 뚫려 있는 큰길은 바로 이런 돌로 되어 있어 마차가 무척 매끄럽게 달린다. 도시가 화산활동으로 생긴 응회암(凝灰巖) 위에 건설되었으므로 화산재, 경석(輕石), 용암 조각을 발견할 수 있으리라 생각했다. 성에서 내려다보는 전망이 무척 아름답다. 소라크테 산이 그림처럼 멋지게 우뚝 서 있다. 아펜니노 산맥에 속하는 석회암 산이 분명하다. 화산활동의 영향을 받은 구간은 아펜니노 산맥보다 훨씬 낮은 곳이다. 그림처럼 아름다운 대상들, 툭 튀어나온 낭떠러지나 그 밖의 경치가 이렇게 우연히 만들어졌고 그 뒤에 물이 휩쓸고 지나가는 바람에 산과 바위가 형성된 것이다.

내일 저녁이면 나는 로마에 있을 것이다. 아직도 실감이 나지 않는다. 이런 소원이 이루어진다면 그다음엔 무슨 소망이 있겠는가. 꿩 사냥한 배를 타고 무사히 집에 돌아가 건강한 모습으로 친구들과 기쁘고 반갑게 만나는 것 말고 나에게 더 이상 무슨 바람이 있겠는가.

로마

1786년 11월 1일, 로마

드디어 나는 입을 열어 친구들에게 기쁜 심정으로 인사할 수 있다. 마치 지하 세계로 여행 떠나듯 비밀리에 이곳으로 온 것에 친구들의 용서를 빈다. 내가 어디로 갈지 스스로도 감히 말할 수 없었고 여행 도중에도 우려하고 있었다. 그러다가 포르타 델 포폴로* 밑을 지날 때에야 로마에 왔음을 확신할 수 있었다. 혼자서 보리라곤 꿈에도 생각지 못했던 대상들을 가까이서 접하니 수천 번, 아니 줄곧 친구들 생각이 나는 것도 이제 말해야겠다. 북쪽에서는 누구든 몸과 마음이 붙잡혀 있어서 이 지역을 방문하고 싶은 기분이 사라지는 것을 보았기 때문에 길고 고독한 길을 떠나 어쩔 수 없는 욕구가 이끌고 가는 중심지를 찾아가기로 결심할 수 있었다. 정말이지 나는 지난 몇 년 동안 이곳을 직접 보고 현장에 와야 나을 수 있는 병에 걸린 것 같았다. 이제 와서 고백하건대 급기야는 라틴어 책은 더 이상 읽을

---

* 로마의 북문으로, 외국인이 통과함.

수 없었고 이탈리아 지역을 그린 어떤 그림도 볼 수 없을 지경이었다. 이 나라를 보고 싶은 욕망이 너무나 강렬했던 것이다. 그런데 그 욕구가 충족되니 비로소 친구들과 조국이 다시 사무치게 그리워지고 돌아가고 싶은 생각이 간절해진다. 게다가 이렇게 많은 보물들을 가져간다. 나만의 소유물로 삼거나 개인적으로 사용하기 위해서가 아니라 다른 사람들에게도 평생에 걸쳐 지도와 촉진의 계기로 쓰일 것을 확신하기 때문에 그만큼 더 돌아가고 싶은 생각이 간절해지는 것이다.

1786년 11월 1일, 로마

정말이지, 드디어 이 세계의 수도에 당도했다! 내가 좋은 길벗과 함께 제법 분별력이 있는 사람의 안내를 받으며 십오 년 전에 이 도시를 보았더라면 행복하다고 말할 수 있었을 것이다. 하지만 이 도시를 혼자서, 자신의 눈으로 보고 찾아갈 수밖에 없는 운명이라면 오히려 이런 기쁨이 이렇게 늦게 주어진 것이 잘된 일이다.

티롤 산맥은 마치 날아서 넘은 것 같았다. 베로나, 비첸차, 파도바, 베네치아는 충분히 잘 보았고, 페라라, 첸토, 볼로냐는 대충 보았으며, 피렌체는 거의 보지 못했다. 로마에 오고 싶은 욕구가 너무 컸고, 매 순간 자꾸 더 커져서 더는 지체할 수 없는 형편이 되었기 때문에, 피렌체에는 세 시간밖에 머물지 못했다. 이제 이곳에 오니 마음이 안정되어 평생 동안 마음의 평온을 얻을 것 같다. 부분적으로는 속속들이 알고 있었지만 모든 것을 직접 두 눈으로 보니 새로운 삶이 시작되었다고 해도 될 것 같기 때문이다. 이제 젊은 날의 모든 꿈들이 생생하게 되살아난다. 내 기억에 떠오르는 최초의 동판화(아버님은 로마 전경도(全景圖)를 현관에 걸어놓으셨다.)들을 이제 실제로 보게 된다. 그리고 그림과 스케치, 동판화와 목판화, 석고상과 코르크 세공품으로 익히 알고 있던 모든 것이 지금 내 눈앞에 펼쳐져 있다. 나는 어디를 가나 새로운 세상에서 친숙한 것을 발견한다. 내가 기대했던 것처럼 모든 것이 새롭다. 나의 관찰이나 이념에 대해서도 똑같은 말을 할 수 있겠다. 여기서 완전히 새로운 생각을 갖게 된 것은 아니고 어떤 것도 낯설게 느껴지지는 않았지만, 옛날의 상념들이 너무나 명확해지고 생생해지고 서로 밀접하게 관련을 맺게 되었기 때문에 그것을 새롭다고 말할 수도 있겠다.

피그말리온이 자신의 소망에 따라 만들어 예술가가 할 수 있는 최상의 진실성과 현실감을 부여한 엘리제가 드디어 그에게 다가와 "저예요." 하고 말했을 때 살아 있는 실물과 이전의 석상과는 얼마나 큰 차이가 있었을까.

더없이 감각적인 이런 로마 사람들과 함께 생활하는 것이 나에게는 도덕적으로 무척 유익한 일이기도 하다. 로마인에 대해서는 말도 많고 글도 많지만, 모든 외국인은 각기 자신이 지닌 척도에 따라 이들을 평가한다. 나는 로마인을 비난하고 욕하는 이들을 관대히 보아주련다. 로마인은 우리에게서 너무 멀리 떨어져 있어서, 외국인이 이들과 교제하기가 대단히 번거롭고 비용이 많이 들기 때문이다.

11월 3일, 로마

내가 서둘러 로마로 가기 위해 그럴듯하게 내세운 주된 이유들 중의 하나는 11월 1일의 만성절(萬聖節) 대축일을 보는 것이었다. 한 분 한 분의 성인에게도 그토록 존경을 표하는데, 모든 성인들에게는 어떠할까 생각했기 때문이었다. 하지만 얼마나 커다란 착각이었던가! 로마의 성당들은 이렇다 할 만큼 눈에 띄는 대대적인 축제를 벌이지 않았다. 각 교단은 특히 자신들이 섬기는 수호성인을 기념하여 조용히 식을 올렸다. 왜냐하면 뭐라 해도 모든 성인이 가장 영광스럽게 나타나는 날은 성명 축일과 자신에게 바쳐진 기념일이기 때문이다.

하지만 어제의 만성절은 나에게 좀 더 성공적이었다. 이날을 기려 교황이 퀴리날레 언덕*의 부속 성당에서 미사를 올리기 때문이다. 누구나 그곳에 자유롭게 참석할 수 있다. 나는 티슈바인**과 함께 서둘러 몬테 카발로로 올라갔다. 궁전 앞 광장은 아주 개성이 독특하고 웅장하고 사랑스러운 모습이 부조화스러워 보인다. 거대한 두 입상(立像)을 이제 보게 되다니! 이를 파악하기 위해서는 눈이나 정신으로는 불충분하다. 우리는 사람들 무리에 섞여 호사스러울 만치 널찍한 뜰을 지나 더없이 넓은 계단을 급히 올라갔다. 부속 성당 맞은편으로 일련의 방들이 보이는 이 현관에 들어서니 예수의 대리자와 '한 지붕' 아래에 있다는 생각에 이상야릇한 기분이 든다.

예식이 이미 시작되어 교황과 추기경들이 벌써 성당에 와 있었다. 교황은 무척 잘생기고 품위가 있어 보였고 추기경들은 연령대가 다양하고 생김새도 제각각이었다.

---

* 로마의 7언덕 중의 하나로 중세 때는 버려져 있었으나, 16세기에 와서 가장 각광받는 곳이 되었음.
** 빌헬름 티슈바인(1751~1829). 로마에서 괴테와 친해져 함께 캄파니아 등지를 여행하며 고대 미술을 연구했음.

나는 성당의 수장인 교황이 황금의 입을 열어 지극히 황홀한 어조로 성인들의 영혼을 축복해 주고, 우리들을 황홀경에 빠지게 해주었으면 하는 묘한 욕구에 사로잡혔다. 하지만 그가 제단 앞에서 이리저리 움직이고 가끔씩 이쪽저쪽으로 몸을 돌리며 그저 평범한 사제처럼 거동하고 뭐라고 중얼거리는 모습을 보니 신교도로서의 원죄 의식이 발동하여 익숙하고 관습적인 이곳의 미사 성제(聖祭)가 전혀 마음에 들지 않으려는 참이었다. 하지만 예수는 소년 시절에 이미 성서를 입으로 설파하셨고, 청년 시절에 침묵으로 가르치고 감화를 끼치지 않으셨던 게 확실하다. 우리가 복음서에서 알고 있듯이 그분은 말씀하시기를 좋아하셨고, 그 말씀은 재기 넘치고 훌륭했기 때문이다. 그분이 이 안에 들어와서, 지상에서의 자신의 대리자가 뭐라고 웅얼거리며 이리저리 왔다 갔다 하는 장면을 본다면 뭐라고 그러실까? 하는 생각이 들었다. 이때 "다시 십자가를 지기 위해 왔노라!"라는 말이 떠올랐다. 나는 길벗의 소매를 잡아끌고 야외로 나와 천장이 둥글고 그림이 그려진 방으로 들어갔다.

한 무리의 사람들이 귀중한 그림들을 꼼꼼하게 관람하고 있었다. 이 만성절 축일은 로마에 있는 모든 예술가들의 축일이기도 하다. 성당과 마찬가지로 궁전 전체와 모든 방들이 일반인에게 개방되어 몇 시간이고 무료로 출입할 수 있다. 팁을 줄 필요도 없으며 수위한테 떠밀려 나지도 않는다.

벽화들을 구경하면서 거의 이름도 들어보지 못한 훌륭한 화가들을 알게 되고 평가하고 사랑하게 되었다. 예를 들면 쾌활한 카를로 마라티 같은 화가였다.

하지만 나에게 주로 환영받은 것들은 이미 그 화풍에 감명을 받은 예술가들의 걸작품들이었다. 나는 게르치노의 「성녀 페트로닐라」를 보고 감탄을 금치 못했다. 이것은 전에 성 베드로 성당에 있던 그림인데, 여기에는 원화 대신에 모자이크 복제품이 걸려 있다. 이것은 성녀의 시신이 무덤에서 꺼내지고 되살아난 성녀가 천국에서 거룩한 젊은이에게 영접을 받는 그림이다. 이러한 이중의 줄거리에 못마땅해하는 사람이 있을지 모르지만 뭐라 평가할 수 없을 만치 대단히 귀중한 작품이다.

티치아노의 그림 앞에서는 더욱 경탄을 금치 못했다. 지금까지 보았던 모든 것을 능가하는 그림이었다. 나의 안목이 높아졌는지, 아니면 이 그림이 정말 훌륭한 작품인지 실로 분간할 수 없을 지경이다. 금박 자수(刺繡)로 양각 세공이 된 무척 큰 미사복이 위풍당당한 주교의 몸을 감싸고 있다. 그는 왼손에 묵직한 주교 권장(權杖)을, 오른손에는 책을 든 채 황홀한 표정으로 하늘을 우러러보고 있다. 마치 그 책에서 방금 신의 계시라도 받은 모습이다. 그의 뒤에는 아리따운 처녀가 종려나무 잎을 손에 들고 사랑스러운 눈길로 펼쳐진 책을 들여다보고 있다. 반면에 오른쪽에는 책 바로 옆에 근엄한 표정의 노인이 있는데, 책에는 신경 쓰지 않는 모습이다. 열쇠를 손에 쥔 그는 아마 스스로의 힘으로 비밀을 캐낼 수 있다고 생각하는 모양이다. 이 사람들 맞은편에는 화살에 맞아 상처를 입은 체격이 좋은 젊은이가 벌거벗긴 채 묶여 있다. 멍하니 앞을 응시하는 모습이 순순히 체념한 듯한 표정이다. 이들 사이에는 두 명의 수도사가 십자가와 백합을 들고 경건한 모습으로 하늘을 우러러보고 있다. 왜냐하면 이들 모두를 에워싸고 있는 반원형의 벽이 위로 트여 있기 때문이다. 거기서는 찬란한 후광을 받으며 성모가 아래쪽을 바라보며 움직이고 있다. 그녀의 무릎에는 생기 넘치는 아기가 쾌활한 동작으로 화환을 이쪽으로 건네고 있는데, 마치 아래로 던질 것 같은 태세이다. 양쪽에는 천사들이 나머지 화환을 들고 공중에 두둥실 떠 있다. 이들 모두의 머리 위, 삼중의 후광 위에는 천사의 비둘기가 중심점이자 핵심이라도 되는 듯 떠돌고 있다.

우리는 이렇게 서로 어울리지 않는 다양한 인물들을 교묘하고 의미심장하게 나란히 세워놓을 수 있었던 것은 신성하고도 오랜 전통적 요소가 그 토대를 이루고 있기 때문이라고 자답한다. 우리는 그런 방법과 이유에 대해서는 묻지 않고 있는 그대로의 모습을 바라보면서 소중하기 그지없는 예술 작품에 경탄을 금치 못할 뿐이다.

성당에 있는 구이도의 벽화는 이해가 더 잘 되지만, 그래도 신비스럽기 그지없다. 아이처럼 무척 귀엽고 경건한 처녀가 가만히 혼자 앉아 바느질하고 있고, 옆에는 두 천사가 어떤 몸짓 하나라도 따라서 시중들기 위해 기다리고 있다. 이 사랑스러운 그림은 젊은이가 순진무구하고 부지런하면 천사의 보호 아래 존중받는다는 점을 말해 주고 있다. 이것에 대해서는 어떤 전설이나 설명도 필요 없다고 하겠다.

이제 예술적인 진지한 분위기를 부드럽게 하기 위해 재미있는 모험담 하나를 이야기하겠다. 나는 티슈바인과 아는 사이인 독일 예술가 몇 명이 나를 유심히 살피며 오락가락하는 것을 알아차렸다. 나를 잠깐 떠나 있었던 티슈바인이 돌아와서 이렇게 말했다.

"정말 재미있는 일이 생겼어요! 당신이 여기 와 계신다는 소문이 벌써 쫙 퍼졌어요. 그래서 예술가들이 누군지 모르는 유일한 외국인을 주목하게 되었어요. 그런데 우리들 가운데 진작부터 당신과 알고 지낸다고 주장하던 사람이 한 명 있었지요.

그자는 당신과 친분이 두텁다고 했지만 우리는 그의 말을 곧이 들으려 하지 않았어요. 그래서 사람들이 그에게 당신을 살펴보고, 진짜인지 아닌지 판별해 달라고 요구했어요. 요점만 말하자면 그 작자는 당신이 괴테가 아니며, 체격이나 외모가 전혀 닮지 않았다고 장담한 겁니다. 그래서 적어도 당분간은 신분을 숨기며 여행해도 상관없겠지만, 결국에는 재미있는 이야깃거리가 되겠어요."

그래서 나는 보다 대담하게 예술가 무리에 끼어들어, 아직 나에게 그 표현 방식이 생소한 다양한 그림들을 그린 거장들에 대해 물어보았다. 마침내 용을 물리치고 처녀를 구한 성 게오르크를 나타내는 어떤 그림이 특히 내 눈길을 끌었다. 이때 작고 겸손하며 지금까지 말이 없던 한 남자가 앞으로 나서더니, 베네치아인 화가 포르데노네의 그림이라고 나에게 일러주었다. 그의 최고 걸작들 중 하나인데, 이것으로 그의 모든 성취를 알 수 있다고도 했다. 그제야 나는 이 그림에 무척 애착이 가는 이유를 제대로 설명할 수 있었다. 나는 이미 베네치아 파를 자세히 알고 있고 이들 대가들의 덕목을 잘 평가할 수 있기 때문에 이 그림에 더욱 호감이 간다고 말했다.

나에게 가르침을 준 예술가는 하인리히 마이어라는 스위스 사람이다. 그는 퀼라라는 이름의 친구와 함께 몇 년 전부터 이곳에서 연구하고 있는데, 세피아에 있는 고대 흉상을 훌륭하게 베껴 그렸고 예술사에도 아주 조예가 깊은 사람이다.

11월 7일, 로마

이곳에 온 지 일주일이 되니 서서히 마음속에 이 도시에 대한 일반적인 개념이 생겨나게 되었다. 우리는 부지런히 여기저기를 돌아다닌다. 나는 구 로마와 신 로마의 구도를 알게 되었고 폐허와 건물 들을 관찰하며 이런저런 별장들을 방문하는 중이다. 가장 위대한 유물들은 뜸을 들이며 천천히 살펴볼 작정이다. 나는 그저 눈을 크게 뜨고 왔다 갔다 할 뿐이다. 로마에 와서야 비로소 로마를 볼 준비를 할 수 있기 때문이다.

그렇지만 신 로마에서 구 로마를 골라내는 것은 힘들고도 우울한 일임을 고백해야겠다. 그래도 누군가 해야 하며, 결국은 커다란 만족감을 얻을 것임에 분명하다. 여기서 우리의 개념을 초월하는 영광의 자취와 파괴의 흔적을 동시에 만나게 된다. 야만인들이 그대로 둔 것을 신 로마의 건축가들이 황폐화시킨 것이다.

여기서 이천 년 또는 그 이상이 된 존재물을 목격할 수 있다. 시대의 변천에 따라 다양하게 그리고 근본적으로 변화를 겪으면서도 땅과 산은 옛날 그대로이고 이따금 기둥과 벽도 변함 없다. 사람들한테서도 옛날과 같은 성격의 흔적이 엿보인다. 이러한 존재물을 보노라면 사람들은 운명을 주관하는 위대한 신적 의지의 동반자가 된다. 관찰자의 입장에서는 처음에 로마에서 로마로 어떻게 발전하는가를 파악하는 게 힘들어진다. 어떻게 신 로마가 구 로마에 이어지는가 하는 것뿐만 아니라, 구 로마와 신 로마의 다양한 시대가 어떻게 변천하는지 이해하기 어렵다. 나는 우선 반쯤 가려진 점들을 직접 감지해 내려고 한다. 그런 다음에야 비로소 멋지게 준비 작업을 한 것을 완전히 이용할 수 있겠다. 15세기부터 오늘날에 이르기까지 훌륭한 예술가와 학자 들이 평생에 걸쳐 이러한 대상들을 연구하는 데 몰두해 왔기 때문이다.

그런데 우리가 최고의 대상을 접하기 위해 로마를 이리저리 분주하게 돌아다니다 보면 이런 어마어마한 것이 우리 마음을 지극히 안정시켜 주는 작용을 한다. 다른 지역에서는 유물을 찾아다녀야 하지만 여기 로마에서는 그런 것들이 발길에 채일 정도로 넘쳐난다. 발걸음을 옮기든 가만히 서 있든 간에 각양각색의 그림 같은 경치가 펼쳐진다. 궁전과 폐허들, 정원과 황야, 먼 곳과 좁은 곳, 가옥과 외양간, 개선문과 기둥들, 때때로 이 모든 것이 너무 가까이 있어서 한 장의 종이 위에 그려 넣을 수 있을 정도이다. 이런 것을 일일이 다 기술하려면 천 개의 석필은 필요할 텐데 여기 한 자루의 펜으로 무얼 하겠다는 말인가! (너무) 많은 것을 보고 감탄한 나머지 저녁이 되니까 피곤하고 기진맥진해진다.

1786년 11월 7일

앞으로는 내가 글쓰기를 등한히 하더라도 벗들은 너그러이 용서해 주길 바란다. 여행 중에는 누구나 힘이 닿는 대로 잡아채려고 한다. 날마다 무언가 새로운 것이 등장하는데, 사람들은 이에 대해 서둘러 생각하고 판단하기도 한다. 하지만 여기 로마에 오니 하루에 너무나 많은 것을 접해서 감히 뭐라 말해서는 안 될 정도로 큰 학교에 온 것 같다. 그렇다. 여기에 몇 년 동안 머문다 해도 피타고라스식의 침묵을 지키는 것이 현명한 판단일 것 같다.

같은 날

제법 기분이 좋다. 날씨는 로마 사람들이 말하듯이 '브루토'*이다. 매일 약간의 비를 몰고 오는 남풍인 시로코가 분다. 하지만 이런 날씨가 싫지는 않다. 독일의 비 오는 궂은 여름날과는 달리 따뜻하기 때문이다.

11월 7일

이제 나는 티슈바인의 의도, 예술가로서의 사고뿐만 아니라 재능을 점차 더 많이 알게 되고 평가하게 된다. 그가 보여준 데생과 스케치는 훌륭한 것이 아주 많고 유망했다. 보드머의 집에 머무를 때 그는 인류가 지구에 정착해서 세상의 주인이 되기 위한 과제를 해결해야 했던 인류 태초의 시점에 관심을 보였다.

그는 작품 전체에 대한 재기 발랄한 입문 단계로서 태초의 시점을 감각적으로 묘사하려고 애썼다. 아름다운 숲으로 뒤덮인 산, 급류로 파헤쳐진 골짜기, 활동을 멈추고 조용히 연기만 피어오르고 있는 화산이 그려졌다. 전경으로는 오래된 참나무의 거대한 그루터기가 보이고, 반쯤 드러난 뿌리 옆에서 사슴 한 마리가 제 뿔의 강도를 시험해 보고 있다. 구상이 훌륭하고 완성된 그림도 사랑스럽다.

또한 그는 아주 색다른 종이에 사람을 말 조련사로 그리면서, 인간이 땅, 하늘, 바다에 사는 다른 모든 동물보다 나은 것은 힘이 아니라 지혜임을 나타내고 있다. 구성이 탁월하게 좋

---

* '나쁘다' 라는 뜻의 이탈리아 말.

아서 유화로 그리면 효과가 클 것 같다. 이 그림의 데생 한 장을 바이마르에 갖다두는 게 필요할 것 같다. 다음으로 그는 시련을 겪은 현명한 노인들의 회합 장면을 생각하고 있다. 거기서 그는 실물을 그릴 기회를 얻을 것이다. 하지만 그가 지금 열정을 기울여 스케치하고 있는 그림은 양편의 기병대원들이 사력을 다해 싸우고 있는 전투 장면이다. 그 현장은 거대한 바위산 협곡이 이들을 갈라놓는 어떤 지점이다. 말이 이 협곡을 뛰어넘으려면 마지막 힘까지 내야 할 것 같다. 여기서 방어란 생각할 수 없다. 승리냐 나락으로의 추락이냐의 기로에서 과감히 결의를 다지고 대담하게 공격하는 수밖에 없다. 이 그림은 말의 골격과 동작에 관한 그의 지식을 아주 인상적으로 펼쳐 보일 기회를 제공할 것이다.

그는 이 그림들과 다음에 이어지는 일련의 후속 그림들을 몇 편의 시와 연결시키기를 바라고 있다. 그럼으로써 시는 그림을 설명해 주는 데 도움이 되고, 역으로 특정한 형상을 통해 시에 구체성과 매력을 부여한다는 것이다.

생각은 좋지만 그런 작품을 완성하기 위해서는 당연히 몇 년 동안을 같이 있어야 할 것 같다.

11월 7일

라파엘로의 전시실과 '아테네 파'의 대작을 이제야 보았다. 이때의 기분이란 부분적으로 지워지고 손상된 호메로스의 필사본을 알아내야 할 때와 같다. 첫인상은 별로 흡족하지 않지만 모든 것을 천천히 제대로 살펴보고 연구한 다음에라야 완전한 즐거움을 누릴 수 있겠다. 성서 이야기를 재현한 전시실의 천장화는 마치 어제 그린 것처럼 생생한 게 보존 상태가 아주 양호하다. 라파엘로가 손수 그린 것은 거의 없었지만 그의 스케치에 따라 그의 감독하에 제작된 이 그림들은 지극히 우수했다.

11월 7일

나는 예전에 때때로 교육을 잘 받은, 예술과 역사에 정통한 영국 남자의 손에 이끌려 이탈리아에 가봤으면 하고 엉뚱한 열망을 품은 적이 있었다. 그런데 이제 모든 것이 내가 꿈꿨던 것보다 훨씬 잘 성취되었다. 티슈바인이 진정한 친구로서 이렇게 오랫동안 이곳에서, 나에게 로마를 보여주겠다는 소망으로 살아왔다. 오래도록 서신 교환을 한 우리는 이제 처음으로 대면하게 되었다. 그보다 더 소중한 안내자가 이 세상 어디에 있겠는가? 시간이 한정되어 있다고 하더라도 되도록 많은 것을 즐기고 배울 것이다.

그런데 이 모든 정황에도 불구하고 이곳을 떠날 때가 되면 빨리 고향에 도착하기를 바랄 것 같다.

11월 8일

조금은 이상하고 엉뚱한 착상이긴 하지만 신분을 감추고 여행한 결과 나는 생각지도 않은 이점을 얻게 된다. 누구나 내 정체를 모른 척하고 아무도 나에 관해 이야기해서도 안 되기 때문에 사람들은 자신의 이야기나 자신들이 관심 있는 대상에 관해 말할 수밖에 없게 된다. 그래서 나는 그들이 무엇에 관심이 있고 어떤 주목할 만한 일이 일어나고 진행되는지를 상세히 알게 된다. 궁중 고문관 라이펜슈타인도 나의 이런 생각에 협조해 주었지만 무슨 특별한 이유가 있는지 그는 내가 쓰는 가명을 견디지 못하고 곧장 나를 남작이라고 불렀다. 그래서 요즘 나는 론다니니 건너편 남작*이라고 불린다. 이탈리아인은 이따금 사람들을 이름이나 별명으로만 부르니 이로써 나는 적절한 호칭으로 불리게 된 셈이다. 어쨌거나 나는 내 뜻을 관철시켰고, 나 자신이나 나의 작품에 대해 번거롭게 일일이 해명하지 않아도 된 셈이다.

11월 9일

이따금 나는 걸음을 멈추고 지금까지 본 것 중에서 최고는 무엇인지 생각해 보곤 한다. 그럴 때면 주피터의 머리에서 생겨난 팔라스처럼 바다의 품에서 생겨난 위대한 도시 베네치아를 즐겨 떠올린다. 이곳 로마에서는 로톤도가 내부적으로나 외부적으로 존경심이 우러나올 만치 위대하여 나를 감동시켰다. 성 베드로 성당에서는 자연과 마찬가지로 예술도 어떤 잣대로 비교할 수 없음을 이해하게 되었다. 그래서 벨베데레의 아폴로 상은 나를 현실 세계에서 벗어나게 해주었다. 아무리 잘된 스케치라 하더라도 건물에 대해 아무런 개념을 줄 수 없듯이, 내가 익히 알고 있던 아름다운 석고 모형과 실제적인 대리석 상의 관계도 이와 마찬가지이다.

---

* 괴테가 묵고 있던 숙소 맞은편에 론다니니 궁전이 있었다고 함.

11월 10일

나는 오랫동안 느껴보지 못했던 밝고 안정된 마음으로 생활하고 있다. 모든 사물을 있는 그대로 보고 읽어내려는 노력, 눈을 밝게 유지하려는 성실함, 주제넘은 모든 생각을 완전히 떨쳐버리려는 자세, 이런 것들이 다시 나에게 상당한 도움이 되어 남몰래 한없이 행복하게 만든다. 매일 새롭고도 색다른 대상들을 보고 날마다 생생하고 위대하고 진기한 그림들을 접하면서 오랫동안 생각하고 꿈꾸어온 모든 것이 상상력으로는 결코 달성될 수 없는 것이었음을 깨닫게 된다.

오늘은 체스티우스의 피라미드를 둘러보았고 저녁에 팔라티노 언덕에 올라 암벽처럼 서 있는 황궁의 폐허를 구경했다. 이에 관해서 무어라 말할 수 있겠는가! 정말이지, 여기에는 자잘한 것은 아무것도 없다. 어쩌면 가끔 책망할 만하고 취향이 저속한 것이 있을지는 모르지만 그러한 것에도 보편적인 위대함이 담겨 있다.

누구나 기회가 있을 때마다 그러하듯이 이제 나 자신을 되돌아보며 이루 말할 수 없는 무한한 기쁨을 느낀다. 이곳에서는 진지하게 자신을 살피고 안목을 갖춘 사람은 견실해지지 않을 수 없으며 견실함이라는 개념을 지금까지와는 달리 생생하게 파악하게 된다.

정신은 유능함을 인정받고 건조하지 않은 진지함에 도달하며, 즐거움과 함께 마음의 평정을 얻게 된다. 적어도 나에게는 이 세상의 사물들을 이곳에서만큼 제대로 평가한 적이 없는 것 같다. 이러한 축복스러운 결과가 평생에 걸쳐 영향을 미치기를 흐뭇한 마음으로 지켜보겠다.

그러니 힘을 내서 앞으로 닥쳐올 일에 대처하면 질서가 잡힐 것이다. 이곳에 온 목적은 내 방식대로 즐기기 위해서가 아니다. 마흔이 되기 전에 위대한 대상들을 열심히 연구하고 배우고 나 자신을 도야해야겠다.

11월 11일

오늘은 샘의 요정 에게리아 궁을 찾아간 다음 이어서 카라칼라의 경주로, 비아 아피아 가를 따라 있는 황폐한 묘역들, 견고한 성벽의 진면목을 보여주는 메텔라 묘지를 찾아갔다. 이곳 사람들은 영원히 지속될 건축물을 지었다. 모든 것을 고려하고 설계했지만 피해야 했을 파괴자들의 망나니 같은 짓에는 어쩔 수 없었다. 나는 이곳을 보기를 간절히 바랐다. 대수로의 잔해는 정말 볼만하다. 이렇게 거대한 시설물로 주민들에게 물을 공급하려는 생각은 얼마나 아름답고 위대한가! 날이 어둑어둑해져서 콜로세움에 도착했다. 이것을 보고 나면 다른 사물은 모두 작아 보이고, 그 거대한 모습을 마음에 담아둘 수 없을 정도이다. 머릿속으로 떠올리면 작게 생각될 뿐이지만 그러다가 되돌아가 보면 새로이 더 커 보인다.

11월 15일, 프라스카티

일행은 이미 잠자리에 들었는데 나는 아직 글을 쓰고 있다. 며칠 동안 날씨가 좋았고 비 한 방울 내리지 않았다. 햇살이 따뜻하고 화사해서 여름이 그립지 않다. 무척 쾌적한 이 지역은 언덕 위, 산기슭이라 할 만한 곳에 자리 잡고 있다. 발걸음을 옮길 때마다 경치가 비할 데 없이 훌륭하다. 툭 트인 전망으로 로마 시가가 펼쳐져 있고 멀리는 바다가, 오른쪽으로는 티볼리 산맥 등이 보인다. 이 지역의 별장은 즐거움을 누리도록 지어졌다. 고대 로마인들이 여기에 별장을 가졌듯이, 백여 년 전의 부유하고 교만한 로마인들도 이 아름다운 지역에 별장을 지었다. 이곳을 돌아다닌 지 벌써 이틀이 된다. 가는 데마다 늘 무언가 새롭고 매력적인 것이 있다.

하지만 저녁 시간이 낮 시간보다 더 만족스러운지는 뭐라 말할 수 없다. 당당한 체구의 여주인이 팔이 셋 달린 놋쇠 등불을 크고 둥근 탁자에 내려놓으면서 "펠리치시마 노테!"*라고 말하자마자 모두들 주위에 모여들어 낮 동안에 그리고 스케치한 종이들을 펼친다. 그리고 대상들을 더 유리하게 포착해야 했는지, 성격은 적절한지, 그리고 처음 구상을 할 때 설명할 수 있는 첫 번째 일반적인 요구는 무엇인지 토론한다. 궁정 고문관 라이펜슈타인은 통찰력과 권위로 이러한 회합을 정리하고 주재할 줄 안다. 하지만 이 칭찬할 만한 방식은 실제적인 전망을 극히 품위 있게 스케치하고 완성할 줄 알았던 필립 하케르트가 처음 시작한 것이다. 그는 예술가와 애호가, 남자와 여자, 노인과 젊은이를 가만히 두지 않았다. 그는 자신의 재능과 능력을 발휘하여 누구나 즐겁게 해주었고 모범을 보이며 행동했다. 라이펜슈타인은 일동을 모이게 하고 즐겁게 해주는 이러한 방식을 친구인 하케르트가 떠나간 후에도 성실하게 계속했다. 각자 적극적으로 참여하도록 일깨우는 그의 행동을 칭찬할 만하다고 생각한다. 그 덕분에 다양한 구성원의 본성과 특성이 우아하게 드러난다. 예를 들어 역사 화가인 티슈바인은 풍경 화가

---

* 밤 인사.

와 전혀 다르게 경치를 본다. 그는 다른 사람은 아무것도 알아채지 못하는 곳에서 중요한 집단과 많은 말을 하는 우아한 다른 대상들을 발견한다. 그래서 그는 어린이, 농부, 거지 같은 다른 자연인이나 동물에게서도 인간적인 소박한 특성을 재빨리 포착해 낸다. 그는 몇 개의 선으로 아주 훌륭하게 동물을 그릴 줄 알며 이로써 항상 대화에 새롭고 유쾌한 소재를 제공한다.

대화가 끝날 때가 되면 하케르트가 남긴 뜻에 따라 줄처의 『이론』을 읽는다. 보다 높은 기준에서 볼 때 이 저서에 만족할 수 없다 하더라도 중간치의 교양을 지닌 사람들에게 좋은 영향을 미치는 것을 보면 흡족한 생각이 든다.

11월 17일, 로마
우리는 다시 로마로 돌아왔다! 오늘 밤 천둥과 번개를 동반하여 엄청난 비가 쏟아졌다. 계속 비가 오는데도 날씨는 항상 따뜻하다.

몇 마디의 말로 오늘의 행운을 적을 수밖에 없다. 안드레아 델라 발레에서 도미니키노의 프레스코화를 보았고, 카라치의 파르네세 화랑도 둘러보았다. 물론 몇 달 동안 보아도 너무 많다 할 지경인데 하물며 하루 만에 어떻게 제대로 감상하겠는가.

11월 18일
다시 날씨가 좋아졌다. 밝고 정겹고 따사로운 날이다.

나는 프시케 이야기를 그린 그림을 파르네시나에서 보았는데, 그 모조품이 내 방을 환히 밝혀주고 있다. 그러고 나서 몬토리오에 있는 성 베드로 성당에서 라파엘로의 「변용」을 보았다. 이 모든 것은 멀리서 편지를 주고받다가 이제 대면하는 친구처럼 익히 아는 것들이다. 하지만 사는 방식이 너무 달라서 진정한 관계와 부조화가 금방 드러나 버린다.

동판화나 모조품으로 세간에 널리 퍼져 있지 않으며 별로 언급도 되지 않는 훌륭한 물건들이 사방에서 발견된다. 이것들 가운데 젊고 훌륭한 예술가들의 그림을 몇 점 가져와야겠다.

11월 18일

내가 티슈바인과 이미 오랫동안 편지 교환을 하면서 최상의 관계에 있다는 것, 이탈리아로 오겠다는 계획을 제외하고 그에게 여러 가지 소망을 알렸다는 사실이 우리의 만남을 즉각 생산적이고 즐겁게 만들었다. 그는 늘 나를 생각해 주었고 배려를 마다하지 않았다. 오래된 건축물과 새로운 건축물의 석재에 관해서도 그는 일가견이 있다. 그가 이런 것을 비교적 철저히 연구함으로써 감각적인 사물에 대한 예술가적 안목과 욕구에 커다란 도움이 되고 있다. 그가 나를 위해 정선하여 얼마 전에 바이마르로 보낸 작품 선집이 나중에 돌아가면 나를 반갑게 맞이할 것이다. 그러는 동안에 추가할 중요한 작품이 발견되었다. 지금 프랑스에 체류하면서 고대의 석재 종류에 대한 책을 낼 생각을 하는 어떤 성직자가 포교 성성(布敎聖省)*의 호의로

---

* 1622년 우르반 8세가 창립한 전도평의위원회.

파로스 섬으로부터 훌륭한 대리석 조각을 얻었다. 이것들이 여기서 걸작 조각품이 되었고, 열두 개의 상이한 조각들도 나를 위해 남겨져 있었다. 가장 미세한 입자에서부터 가장 거친 입자에 이르기까지, 조각에 쓰이는 가장 순수한 것과 건축에 쓰이는 운모가 약간 섞인 것까지 다양했다. 재료에 대한 지식이 예술품을 평가하는 데 얼마나 도움이 되는지가 충분히 눈에 들어온다.

이와 같은 것을 가지고 갈 기회는 충분하다. 우리는 네로 궁의 폐허에서 새로 쌓아올린 흙더미 위를 돌아다니며 화강암, 반암, 대리석판으로 주머니를 가득 채우지 않을 수 없었다. 여기에 지천으로 널려 있는 암석들은 이런 것들로 만들어진 벽들의 옛 영화(榮華)를 말해 주는 무수히 많은 증인인 셈이다.

11월 18일

이제 문제가 되고 있는 어떤 놀라운 그림에 대해 이야기해야겠다. 저 우수한 작품들 사이에서도 훌륭해 보이는 그림이다.

예술 애호가이자 수집가로 알려진 어떤 프랑스인이 여러 해 전에 여기에 묵은 적이 있다. 그는 백색 도료가 칠해진 어떤 '고대' 그림을 차지하게 된다. 아무도 그 그림이 어디에서 나왔는지 모른다. 그는 멩스에게 그 그림을 복원하게 하고, 그의 수집품 중에서 이 그림의 가치를 높이 평가한다. 어딘가에서 빙켈만이 이 그림에 대해 입에 침이 마르도록 칭찬하고 있다. 이 그림은 주피터에게 와인 한 잔을 건네주며 답례로 키스를 받는 가니메데스를 표현하고 있다. 그 프랑스인이 그림을 고대 미술품이라며 부인에게 남긴다. 한데 멩스가 죽으면서 임종을 맞는 침상에서 "그건 고대 작품이 아니라 내가 그렸다."고 말했다. 그러자 모두가 격론을 벌인다. 어떤 사람은 멩스가 그저 장난으로 그렸다고 주장하고, 어떤 사람은 그가 결코 그런 것을 그릴 수 없다며 라파엘로를 방불케 하는 너무나 아름다운 작품이라고 말한다. 나도 어제 그 그림을 보았는데 가니메데스의 몸매, 머리 등이 그보다 더 아름다운 것은 보지 못했음을 고백해야겠다. 그런데 나머지 다른 부분은 지나치게 수정 복원되어 있어서 그림의 가치가 훼손되고 있다. 아무도 그 불쌍한 부인을 그 보물로부터 구하려고 들지 않는다.

1786년 11월 20일

어떤 종류의 시라도 데생이나 동판화의 소재로 쓰이기를 바라고, 화가도 아주 묘사가 잘된 자신의 그림을 시인에게 바치기 원한다는 것은 우리의 경험으로 충분히 알 수 있다. 그러므로 근원부터 통일하기 위해서는 시인과 예술가가 함께 작업을 해야 한다는 티슈바인의 생각은 칭찬받을 만하다. 물론 금방 읽을 수 있고 쉽게 이해할 수 있는 짧은 시라면 여러 면에서 어려움이 줄어들 것이다.

티슈바인은 이런 점에서도 유쾌하고 목가적인 생각을 갖고 있다. 그가 이런 방식으로 다루길 원하는 대상들은 시문학도 조형 예술도 아닌, 각기 자체적으로 묘사하기에 충분한 종류의 것이라는 점이 특이하다. 그는 나의 동의를 기대하면서 같이 산보할 때 나를 즐겁게 해주려고 이 말을 했다. 그는 우리의 공동 작업을 위해 이미 동판화의 밑그림을 그려놓았다. 내가 새로운 일에 착수하기를 두려워하지 않는다면 어쩌면 그 유혹에 빠질지도 모르겠다.

1786년 11월 22일, 체칠리아 축일, 로마

몇 줄의 글을 남겨 오늘같이 행복했던 날의 기억을 생생하게 보존하고, 적어도 내가 누렸던 것을 사실대로 전달해야겠다. 그지없이 아름답고 조용한 날씨였고, 하늘은 구름 한 점 없이 맑았으며, 햇살은 따사로웠다. 나는 티슈바인과 함께 성 베드로 광장으로 가서 우선 이리저리 거닐었다. 그러다 너무 더워지면 둘이 들어가기에 충분히 커다란 오벨리스크의 그늘 속으로 피했다. 이렇게 거리를 거닐면서 우리는 부근에서 산 포도를 나눠 먹었다. 그런 다음 우리는 시스티나 성당*으로 들어갔다. 그곳도 밝고 쾌청했으며 그림도 빛을 잘 받고 있었다. 미켈란젤로의 「최후의 심판」과 다양한 종류의 천장화들에 우리 둘은 감탄을 금치 못했다. 나는 그저 바라보고 놀랄 뿐이었다. 그 거장의 내적인 자신감과 남성다움 및 위대함은 어떤 표현으로도 충분치 않을 것이다. 우리는 이 모든 것을 몇 번이고 되풀이해서 본 후에 이 성전을 떠나 성 베드로 성당으로 갔다. 이곳은 쾌청한 하늘로부터 무척 아름다운 빛을 받아 모든 부분이 밝고 선명하게 나타났다. 우리는 이번에는 너무 까다로운 취향으로 흥미를 잃지 않고 위대함과 화려함을 누리는 사람으로서 즐겼으며, 보다 날카로운 판단은 일절 삼갔다. 우리는 즐길 만한 대상을 즐겼다.

이윽고 성당 지붕으로 올라가 보니 잘 건설된 도시의 모습이

---

* 바티칸에 위치한 대성당으로 건립자인 식스투스 4세에게서 유래함.

한눈에 들어온다. 집과 창고들, 분수, (외관상으로) 성당들과 커다란 어떤 신전, 모든 것들이 공중에서 내려다보이고 그 사이에 아름다운 산책로가 보인다. 우리는 돔형 지붕에 올라가 아펜니노 산맥의 밝은 지역, 소라크테 산, 티볼리 방면의 화산 언덕, 프라스카티, 카스텔 간돌포와 평원 및 멀리로는 바다를 바라보았다. 바로 눈앞에는 언덕 위의 궁전과 돔형 지붕 등 로마 시 전체가 두루 보인다. 바람 한 점 불지 않아 구리로 만들어진 둥근 지붕 내부는 마치 온실처럼 더웠다. 이 모든 것을 충분히 감상하고 나서 우리는 아래로 내려와 돔형 지붕의 추녀 돌림띠, 원통형 기둥, 성당 본전으로 통하는 문들을 열어달라고 했다. 이런 것들 주위를 돌아다니며 그 부분들과 성당을 내려다볼 수 있다. 우리가 돔형 지붕의 추녀 돌림띠에 서 있을 때 저 아래서는 교황이 오후 기도를 드리러 지나가고 있었다. 이것으로 성 베드로 성당에서는 모든 것을 빠짐없이 본 셈이었다. 우리는 다시 맨 아래로 내려가서 바로 옆 음식점에서 즐거운 마음으로 간단한 식사를 한 다음 성 체칠리아 성당을 향해 발걸음을 옮겼다.

  사람으로 가득 찬 성당의 장식을 묘사하기 위해서는 많은 말이 필요하다. 건축에 쓰인 석재는 더 이상 보이지 않았다. 기둥들은 붉은 벨벳을 씌워놓았고 금색 장식 끈으로 휘감겨 있었다. 보통의 기둥머리형인 기둥머리는 수놓은 벨벳으로 감싸여 있었다. 이처럼 모든 추녀 돌림띠와 기둥들이 씌워져 있고 덮여 있었다. 벽과 벽 사이의 공간에는 화려한 그림이 그려져 있어서 성당 전체가 모자이크로 덮인 것 같았다. 본 제단 주위와 옆에는 무려 이백 개가 넘는 양초가 있었고, 한 벽면 전체에 촛불을 켜놓아 성당 내부는 완전히 환하게 밝혀져 있었다. 측면

통로와 제단도 마찬가지로 장식되어 불이 켜져 있었다. 대 제단 맞은편의 파이프오르간 아래에는 역시 벨벳으로 덮인 두 개의 연단이 있었는데, 한쪽에는 가수들이 서 있었고 다른 쪽에는 끊임없이 연주를 하는 악기들이 놓여 있었다. 성당은 사람들로 넘쳐났다.

여기서 멋진 방식의 음악 연주를 들었다. 바이올린 연주회나 그 밖의 연주회가 있듯이 여기서는 목소리를 가지고 연주회를 연다. 하나의 목소리, 예를 들어 소프라노가 독창을 하고 이따금 합창이 끼어들어 어우러진다. 이때마다 전 오케스트라가 합세하여 훌륭한 효과를 낸다. 이제 하루 일과를 마치듯이 글을 끝내야겠다. 저녁에는 「리티간티」가 상연되고 있던 오페라하우스 근처까지 갔지만 좋은 것을 너무 많이 즐겼기 때문에 그냥 지나쳤다.

11월 23일

나는 신분을 감추고 여행하고 있지만, 마치 머리를 모래에 처박고는 몸을 숨겼다고 생각하는 타조처럼 되지 않기 위해 나의 기존 입장을 줄곧 유지하면서도 정도껏 타협하는 자세를 보였다. 나는 경애하는 하라흐 백작 부인의 남자 형제인 리히텐슈타인 후작을 기꺼이 맞이했고 그의 집에서 몇 번 식사를 했다. 그러면서 어느 정도 내 자신을 드러내는 타협적인 자세 때문에 여파가 생기리라고 생각했고 실제로도 그렇게 되었다. 사람들은 나에게 아바테 몬티, 그리고 머잖아 상연될 그의 비극 「아리스토뎀」에 관해 미리 운을 떼었다. 그 작가가 내게 그 작품을 낭독하고 의견을 듣기를 원한다는 것이다. 나는 이런 청을 거절하지 않고 들어주었다. 나는 그 작가와 그의 친구 한 명을 후작 집에서 만났고, 거기서 그 작품이 낭독되었다.

다 알다시피 주인공은 양심의 가책을 견디지 못해 자살하는 스파르타의 왕이다. 사람들은 『젊은 베르테르의 슬픔』의 작가가 자신의 탁월한 작품에 나오는 몇 구절이 이 작품에 인용된 것을 알게 되더라도 그리 언짢게 생각하지 말라며 정중한 언질을 주었다. 그런데 나 자신도 스파르타의 성벽에서 불행한 젊은이의 분노한 혼령으로부터 벗어날 수 없었다.

작품은 줄거리가 간단하고 잔잔하며, 언어뿐만 아니라 정서도 대상에 따라 힘차기도 하고 유약하기도 하다. 작가의 뛰어난 재능을 보여주는 작품이다.

나는 물론 이탈리아 방식이 아닌 내 방식대로 작품의 좋은 점과 칭찬할 만한 점을 모두 놓치지 않고 끄집어내었다. 이에 대해 사람들은 그럭저럭 만족해하기는 했지만 그래도 남쪽 사람들의 조급한 성미에 따라 좀 더 많은 것을 요구했다. 특히 나는 관객에게 미칠 작품의 효과가 어떨지 미리 말해야 했다. 하지만 나는 이 나라의 사정, 사고방식, 취향을 잘 모르는 것에 양해를 구하고, 3막으로 완성된 희극, 막간극으로서 2막으로 완성된 오페라나 아주 이국적인 발레가 삽입된 대형 오페라를 보는 데 길들여진 로마인들이 중단 없이 계속되는 비극의 고상하고 잔잔한 줄거리에 흥겨워할 수 있을지 모르겠다고 솔직한 속내를 밝혔다. 그리고 자살이라는 소재도 이탈리아적인 개념의 범주와 맞지 않는 것 같았다. 남을 때려죽이는 것이야 거의 날마다 듣고 있겠지만, 자신의 귀한 목숨을 스스로 빼앗거나 이를 가능하다고 간주하는 것에 대해서는 아직 아무런 생각이 들지 않는다고 했다.

나는 이의가 있으면 뭐든 말해 보라고 했고, 그럴듯한 주장을 하면 흔쾌히 귀를 기울였다. 또한 작품이 상연되는 것을 관람하고 친구들의 합창으로 솔직하고도 우레와 같은 박수갈채를 받는 모습을 보는 것 말고는 다른 바람이 없다고 확실히 밝혔다. 이런 설명은 아주 우호적으로 받아들여졌다. 무엇보다 리히텐슈타인 후작 자신이 호의 그 자체이고, 몇몇 예술품을 같이 보는 기회를 나에게 제공했으니 이번에는 내가 타협에 만족해하는 게 당연했다. 그러기 위해서는 예술품 주인의 특별한 허락이 있어야 하는데, 그러므로 보다 지체가 높은 분의 도움이 필요했다.
  하지만 그 왕위 요구자의 따님이 '낯선 마멋'을 보게 해달라고 요구했을 때는 좋았던 기분이 달아났다. 나는 이를 거절하고 아주 단호히 다시 신분을 감추었다.
  이것도 썩 바람직한 방식은 아니다. 지금까지 살면서 깨달았던 것을 이곳에서 아주 생생하게 느낄 수 있다. 즉 선을 원하는 자는 이기적인 자, 옹졸한 자, 악한과 마찬가지로 다른 사람들에 대해 부지런하고 활발하게 행동해야 하는 것이다. 깨닫기는 쉽지만 이런 의미에서 실행하는 것은 어렵다.

11월 24일
이탈리아 민족에 대해서는 이들이 자연인이라는 것 말고는 달리 말할 게 없을지도 모르겠다. 이들은 종교나 예술의 화려함과 기품을 지니고 있으면서도 동굴이나 숲 속에 사는 것과 별로 다르지 않다. 모든 외국인에게 금방 눈에 띄고 오늘 다시 온 시내에서 화제에 올랐다 해도 단지 일상사에 지나지 않는 것은 흔히 일어나는 살인 사건들이다. 우리 구역에서도 삼 주 동안에 벌써 네 명이 살해당했다. 오늘은 슈벤디만이라는 선량한 예술가가 빙켈만과 완전히 똑같은 방식으로 습격당했다. 스위스 출신의 기념패 제작자인 그는 헤틀링어의 마지막 제자였다. 그와 시비가 붙은 살인자는 그를 스무 군데나 찔렀다. 그 악당은 경비원이 오자 자기 몸을 찔러 자살하고 말았다. 여기서는 보기 드문 사건이다. 사람을 죽이고도 성당으로 피신하면 그만이기 때문이다.

나의 그림에 음영도 넣기 위해 범죄와 재난, 지진과 홍수에 관해 몇 마디 전해야겠다. 최근 베수비오 화산이 폭발하는 바람에 대부분의 외국인들이 동요하고 있다. 이런 분위기에 휩쓸리지 않으려면 정신을 바짝 차려야만 한다. 사실 이런 자연현상은 방울뱀과 같은 성격을 띠고 있어서 사람들은 억제할 수 없는 매력에 이끌린다. 로마의 모든 보물들이 망가지게 될지도 모르는 순간이다. 외국인들은 모두 관광을 그만두고 서둘러 나폴리로 떠나버린다. 하지만 나는 그 산이 나를 위해 무언가를 남겨줄 거라는 희망으로 참고 견딜 작정이다.

12월 1일

『안톤 라이저』와 『영국 여행기』로 우리의 주목을 끈 모리츠가 이곳에 와 있다. 순수하고 훌륭한 남자를 만나게 되어 우리는 무척 즐겁다.

12월 1일

수많은 외국인 모두가 고상한 예술 때문에 이 세계의 수도를 방문하는 것은 아니며 색다른 즐거움을 얻으려는 이들도 있기 때문에 이곳에는 모든 종류의 것이 준비되어 있다. 숙련된 솜씨와 손 기술로 흥미를 끄는 예술 비슷한 것들도 있다. 이곳에서는 이런 종류가 아주 발달되어 있어서 외국인들은 곧잘 관심을 갖게 된다.

기초 작업과 준비 과정을 거쳐 마지막에 불로 지져서 그리는 낙화법(烙畫法)을 통해 수채화용 물감을 제법 다루어본 사람이면 누구나 기계적으로 작업할 수 있는 납화(蠟畫)가 이에 속한다. 그 밖에 별 볼일 없다고 치부되던 것에 새로운 방식을 시도해서 예술적 가치를 높이기도 한다. 이런 것을 가르쳐주면서, 지도한다는 구실로 중요한 과정에 직접 손을 대서 최상의 것을 만들어내는 솜씨 좋은 예술가들이 가끔 있다. 그래서 결국 밀랍으로 가치가 높여지고 광채를 발하는 그림이 황금 액자 속에서 모습을 드러내면, 아름다운 여제자는 자신의 무의식적인 재능에 놀라 물끄러미 바라만 볼 뿐이다.

또 다른 매력적인 일은 움푹하게 깎은 돌에 섬세한 색조를 입히는 것이다. 기념패를 가지고도 이런 일을 하며, 두 가지가 동시에 모사되어 만들어지기도 한다.

마지막으로 모조 보석용 유리의 용괴(溶塊)를 제작하는 데는 더 많은 솜씨와 주의력 및 노력이 요구된다. 궁정 고문관 라이펜슈타인은 자신의 집이나 적어도 집 주변에 이런 모든 일을 하는 데 필요한 도구들이나 시설을 가지고 있다.

12월 2일

우연히 아르헨홀츠의 『이탈리아』를 발견했다. 책을 불더미에 던져 넣으면 서서히 갈색과 검은색으로 변하다가 종이들이 오그라들면서 연기가 되어 사라지는 것과 마찬가지로, 현지에서 보면 그런 졸작은 빛을 잃게 된다. 물론 저자가 사물들을 보기는 했지만 거만하고 경멸적인 태도를 견지하기에는 아는 게 너무 없으며 칭찬하거나 비난할 때도 핵심을 비켜가고 있다.

1786년 12월 2일, 로마

가끔 가다 비 오는 날이 있긴 하지만 날씨가 좋고 따뜻하며 온화해서 때가 11월 말인 걸 감안하면 나에게 아주 색다른 경험이다. 날씨가 좋을 때는 야외에서, 나쁠 때는 실내에서 시간을 보내는데 어딜 가나 즐기고 배우며 할 일이 있다.

11월 28일에 우리는 시스티나 성당에 되돌아와 천장을 더 자세히 볼 수 있도록 회랑(回廊)의 문을 열어달라고 했다. 회랑이 너무 좁아서 힘들게 철제 난간을 지나면서 다소 위험을 무릅쓰며 밀치고 나아간다. 그래서 현기증이 나는 사람들은 뒤에 처지기도 한다. 하지만 위대한 걸작품을 대하고 나면 이 모든 어려움은 충분히 보상받는다. 나는 그 순간 미켈란젤로에게 너무나 매혹당한 나머지 자연도 그에게는 비기지 못할 것 같다는 생각이 들었다. 나는 아무래도 그 거장처럼 위대한 눈으로 자연을 볼 수 없기 때문이다. 이런 그림들을 마음속에 단단히 붙들어 매어둘 수 있는 방법이 있다면 얼마나 좋겠는가! 이 작품의 동판화나 데생이라도 있으면 가져가야겠다.

우리는 그곳에서 나와 라파엘로 전시실로 올라갔다. 그런데 이것은 보지 말았어야 했다는 생각이 든다. 미켈란젤로 작품의 저 위대한 형식과 모든 부분들의 빼어난 완성도에 의해 내 눈이 뜨이고 까다로워져서 아라베스크의 재기 발랄한 유희들을 차마 볼 수 없다. 성서 이야기를 재현한 그림들도 아름답기는 했지만 미켈란젤로의 작품에는 도저히 비길 수가 없다. 두 사람의 작품들을 더 자주 감상하고, 여유를 갖고 선입견 없이 비교해 본다면 커다란 즐거움을 누릴 것 같다. 첫인상은 아무래도 일방적이기 쉽기 때문이다.

우리는 그곳을 빠져 나와 더울 정도로 따뜻한 햇살을 받으며 정원들이 무척 아름다운 팜필리 별장*으로 느릿느릿 올라가서 저녁때까지 머물렀다. 상록 떡갈나무와 키 큰 소나무로 둘러싸인 넓고 평평한 초지는 데이지 꽃으로 온통 뒤덮여 있었다. 이 꽃들의 조그만 머리들은 모두 태양을 향해 있었다. 이것으로 나의 식물학적 사색에 발동이 걸리게 되었다. 그래서 다음 날 몬테 마리오, 멜리니 별장 및 마다마 별장을 둘러보러 가는 길에도 이런 생각을 떨치지 못했다. 활기차게 계속 자라며 혹독한 추위에도 생장을 멈추지 않는 식물을 바라보는 것은 무척 흥미로운 일이다. 여기에는 꽃봉오리가 없다. 그래서 꽃봉오리란 무엇인가부터 비로소 생각하게 된다. 철쭉(아르부투스 우네도)은 마지막 열매가 익으면서 다시 꽃을 피운다. 오렌지 나무도 열매가 반쯤 익거나 완전히 익었을 때 꽃이 핀다.(하지만 오렌지 나무는 건물들 사이에 있는 게 아니라면 덮어놓아야 한다.) 가장 존경할 만한 나무인 실측백나무는 오래되고 잘 자랐을 때 생각할 거리가 많다. 되도록 빨리 식물원을 방문해서 많은 것

---

* 17세기 중반 교황 이노센트 10세와 그의 가족을 위해 지어진 거대한 저택.

을 알아낼 작정이다. 생각이 깊은 사람이 새로운 나라를 관찰할 때 주어지는 새로운 삶은 그 무엇과도 비길 수 없다. 나는 여전히 같은 사람이지만 자신도 모르게 골수 깊은 곳까지 변화되었다고 느낀다.

오늘은 이것으로 끝마치고, 다음번에는 재난, 살인, 지진 및 불행이 가득 담긴 글을 써서 나의 그림에 음영을 넣도록 해야겠다.

12월 3일

지금까지 대체로 엿새 간격으로 날씨가 변했다. 하루는 아주 화창하고, 하루는 흐리고, 이삼 일은 비가 내린다. 그런 다음 다시 날씨가 좋아진다. 나는 날씨가 어떻든 나름대로 최상으로 이용하고자 한다.

이 지역의 훌륭한 유적들은 언제나 새로 알게 되는 것 같다. 우리는 이 유물들과 함께 살아온 것도, 그것들의 고유한 특성을 찾아낸 것도 아니다. 어떤 것들은 우리 마음을 강렬하게 사로잡아서 한동안 다른 대상에 대해 무관심하거나 불공평하게 만들기도 한다. 예를 들어 판테온 신전, 벨베데레의 아폴로 상, 몇 개의 거대한 두상들, 그리고 최근에는 시스티나 성당에 온통 마음이 뺏긴 나머지 다른 것은 거의 눈에 들어오지 않는다. 하지만 원래 작은 데다 작은 것에 익숙해져 있는 사람들이 이런 고상한 것, 어마어마한 것, 세련된 것과 동렬에 서려고 하는 게 말이 되는 일인가? 어느 정도 정돈했다 싶으면 금세 사방에서 엄청난 양이 다시 밀어닥쳐서 발걸음을 옮길 때마다 맞닥뜨리게 된다. 그러면서 각기 자신에게 관심을 가져달라고 요구한다. 어떻게 여기서 벗어날 수 있겠는가? 이를 참을성 있게 받아들이고, 커가도록 하면서 다른 사람들이 우리를 위해 작업해 놓은 것을 부지런히 머리에 집어넣는 수밖에 달리 도리가 없다.

페아가 번역한 빙켈만의 『예술사』 최신판은 무척 유용한 책이다. 나는 이 책을 곧바로 구입했다. 여기 현지에서 해설해 주고 가르쳐주는 좋은 친구들이 있으니 더없이 유익하다는 생각이 든다.

로마의 고대 유물도 즐거움을 주기 시작했다. 전에는 알고 싶지 않던 역사, 비문(碑文), 동전에도 관심이 쏠린다. 자연사에서 나에게 일어났던 일이 여기서도 똑같이 반복된다. 왜냐하면 세계의 모든 역사가 로마와 관련되어 있기 때문이다. 그래서 내가 로마에 첫발을 내디딘 날을 제2의 생일로, 진정한 모습으로 다시 태어난 날로 삼아야겠다.

12월 5일

여기 온 지 몇 주밖에 안 되었는데 벌써 많은 외국인들이 왔다가 돌아가는 것을 보았다. 그들이 이 많은 소중한 대상들을 경솔히 다루는 것을 보고 놀라지 않을 수 없다. 다행히 앞으로는 이들 철새들이 나에게 어떤 영향도 주지 못할 것이다. 이들이 북쪽에 가서 로마에 관해 무슨 말을 한다 해도 내 마음을 더 이상 움직이지 못할 것이다. 적어도 나 역시 이런 것을 보았고, 이미 내가 어느 수준인지 알기 때문이다.

12월 8일

가끔 날씨가 무척 좋은 날들이 있다. 이따금 내리는 비는 풀과 정원의 채소를 푸르게 해준다. 이곳에도 상록수들이 여기저기 서 있어서 다른 나뭇잎들이 떨어져도 별로 아쉽지가 않다. 정원에는 맨땅에서 자라며 무엇에 덮여 있지 않은, 열매가 가득한 등자나무가 서 있다.

우리가 무척 유쾌한 기분으로 마차를 타고 바닷가에 가서 물고기를 잡은 이야기를 길게 할 생각이었는데, 저녁때 말을 타고 돌아오는 도중에 선량한 모리츠가 미끄러운 로마의 포장도로에서 말이 넘어지는 바람에 팔을 부러뜨리고 말았다. 그래서 완전히 흥이 깨어져버리고, 몇 안 되는 우리 일행에 한바탕 소동이 일어나게 되었다.

12월 13일, 로마

내가 바라던 대로 감쪽같이 잠적한 사실을 그대들이 너그러이 받아들여 주니 진심으로 얼마나 기쁜지 모르겠다. 이제 그 일 때문에 언짢았던 사람들에게 일일이 용서를 빌고 싶다. 나는 누구의 감정도 상하게 하려는 뜻은 없었으며, 지금도 자신을 정당화하고 싶은 마음은 추호도 없다. 이런 결정을 내리는 데 전제가 된 일로 어떤 친구의 마음을 슬프게 하려는 의도는 정말 없었다.

이곳에서 나는 위험천만한 '공중제비'를 하는 심정에서 서서히 회복되는 중이며, 즐기는 것 이상으로 연구에 매진하고 있다. 로마는 하나의 세계이다. 로마를 속속들이 제대로 알기 위해서는 몇 년은 걸릴 것이다. 구경만 하고 그냥 가버리는 여행객들은 얼마나 행운아들인가.

오늘 아침에 빙켈만이 로마에서 쓴 서한집이 수중에 들어왔다. 얼마나 감격해서 그 편지들을 읽기 시작했던가! 삼십일 년 전, 지금과 같은 계절에 그는 나보다 더 가련하게 아무것도 모른 채 이곳에 도착했다. 그도 독일인다운 진지한 자세로 고대 유적과 예술을 철저하고 확실하게 연구했다. 그는 자신의 일을 얼마나 성실하고 훌륭하게 해냈던가! 그리고 바로 이 장소에서 이 남자를 기억한다는 사실이 또한 나에게 얼마나 뜻 깊은 일인가!

모든 분야에서 진실하고 시종일관하는 자연의 대상들 이외에 합리적이고 선량한 인간의 흔적만큼, 자연과 같이 모순이 없는 진정한 예술만큼 우리의 마음을 사로잡는 것은 없다. 멋대로 저질러지는 수많은 전횡이 맹위를 떨치고, 권력과 재력으로 터무니없는 일들이 끝없이 저질러진 이곳 로마에서는 이 점을 절실히 느낄 수 있다.

빙켈만이 프랑켄에게 보낸 편지 한 구절이 특히 나를 기쁘게 했다. "로마에서는 모든 사물을 어느 정도 무덤덤하게 대해야 합니다. 그러지 않으면 프랑스인으로 간주됩니다. 로마는 전 세계를 위한 최고의 학교라고 생각됩니다. 저도 이곳에서 정화되고 검증 받고 있습니다."

이 말은 이곳에서 내가 사물들을 추구하는 방식에 잘 들어맞는다. 정말이지 와보지 않고는 이곳에서 어떤 식으로 수련을 쌓는지 알 도리가 없다. 말하자면 여기에 와서 다시 태어나는 것이 분명하다. 이전에 갖고 있던 개념들을 돌이켜 생각해 보면 어릴 때 신던 신발 같다는 생각이 든다. 아무리 평범한 사람이라도 이곳에 오면 제법 대단한 사람이 되며, 비록 그것이 그의 본질이 될 수는 없다 하더라도 적어도 특별한 개념을 얻게 된다.

이 편지는 새해에 여러분에게 도착할 것이다. 새해에는 모든 것이 잘되기를 빈다. 연말이 지나기 전에 우리는 다시 보게 될 터인데 그러면 적잖이 기쁠 것이다. 지난 일 년은 나의 인생에서 가장 중요한 한 해였다. 이제 저세상으로 가거나 얼마 못 산다 해도 여한이 없을 것이다. 이제 아이들을 위해 몇 마디를 해야겠다.

아이들에게는 다음 이야기를 읽어주든지 들려주면 좋겠다. 때는 겨울이지만 실감이 나지 않는다. 정원에는 상록수들이 심어져 있고 태양은 밝게 빛나며 따스하다. 눈은 아주 멀리 떨어진 북쪽 산에서만 보인다. 정원의 벽을 따라 심은 레몬나무는 이제 서서히 갈대 거적으로 덮이지만 등자나무에는 아무것도 씌워지지 않는다. 등자나무에는 수백 개의 멋진 열매들이 달려 있지만 우리 독일에서처럼 가지치기를 하거나 대형 화분 속에 갇혀 있지 않고 자유롭고 즐거운 모습으로 나무들끼리 열을 지어 땅에 서 있다. 이런 광경보다 더 재미있는 것은 생각할 수 없다. 팁 몇 푼이면 원하는 만큼 먹을 수 있다. 벌써 지금도 꽤 맛이 좋은데 3월이 되면 훨씬 더할 것이다.

우리는 최근에 바닷가에 가서 고기잡이를 했다. 물고기와 게, 그 밖에 기형의 바다 생물 등 참 이상야릇하게 생긴 것들이 잡혔다. 그중에는 만지면 전기 충격을 주는 물고기도 있었다.

12월 20일

하지만 이 모든 일은 즐거움보다는 고생과 걱정거리를 더 많이 안겨준다. 나를 내부로부터 개조하는 재탄생 작업이 늘 계속된다. 이곳에서 뭔가 제대로 된 것을 배우리라 생각은 했지만 이렇게 학창 시절로까지 되돌아가 그 많은 것을 버리고 모조리 새로 공부해야 할 줄은 미처 예상하지 못했다. 지금은 확신을 갖고 완전히 배우는 일에 전념하고 있다. 그래서 나 자신을 부정하지 않으면 안 될수록 더욱 즐겁다. 나는 탑을 세우면서 기초공사를 부실하게 한 건축가와 같다. 그래도 그는 늦지 않게 알아채고 이미 쌓은 것을 허물어버린다. 그는 평면도를 넓히고 개선해서 토대를 더욱 확고하게 다지려고 한다. 앞으로 완공될 건축물이 견고해질 것을 생각하며 미리 기뻐한다. 돌아가면 넓은 세계에서 삶이 가져다준 도덕적 결과도 나에게서 느껴질 수 있었으면 좋겠다. 정말이지, 예술에 대한 이해뿐만 아니라 윤리 의식도 커다란 혁신을 겪고 있는 것이다.

뮌터 박사가 시칠리아 섬을 여행하고 돌아왔다. 정열적이고 격정적인 그의 목적이 무엇인지 나는 알지 못한다. 그는 5월이면 여러분한테 돌아가서 여러 가지 이야기를 들려줄 수 있을 것이다. 그는 이탈리아에서 2년간 여행했지만 여기 사람들에게 불만을 품고 있다. 여러 문서 보관소나 비밀 문고를 열람할 수 있게 받아온 중요한 추천서들이 별로 효력을 발휘하지 못해서 애초의 계획을 완전히 달성하지는 못했던 것이다.

그는 멋진 동전을 수집하는 중이며, 한 편의 원고를 입수했다고 말했다. 그 원고에 따르면 화폐학이란 마치 린네의 식물 분류법처럼 뚜렷한 특징에 따라 화폐를 분류하는 것이라고 한다. 헤르더라면 아마 더 자세히 물어볼 텐데 어쩌면 베끼는 것도 허용될지 모른다. 이처럼 화폐학을 정립하는 것은 가능한 일이다. 그렇게 되면 좋겠고, 우리도 조만간 이러한 분야에도 더 진지하게 관심을 보여야 하겠다.

12월 25일

이제 나는 최상의 작품들을 벌써 두 번째 보기 시작한다. 처음에 느꼈던 놀라운 감정은 함께 살면서 작품의 가치에 대한 보다 순수한 느낌으로 변하게 된다. 인간이 만들어낸 것의 개념을 최고 수준으로 받아들이기 위해서는 영혼이 먼저 완전히 자유로운 상태에 도달해야 한다.

대리석이라는 것은 참 희한한 재료이다. 그 때문에 벨베데레의 아폴로 상은 진품을 보면 무한한 기쁨을 얻게 된다. 그것이 아무리 대단하다 해도 석고 모형에서는 생기발랄하고 젊은이답게 자유롭고 영원한 청년의 분위기가 느껴지지 않기 때문이다.

우리 숙소 맞은편의 론다니니 궁에는 메두사의 가면이 있다. 그 가면에는 실물보다 큰 고상하고 아름다운 얼굴 형태에 불안하게 죽음을 응시하는 표정이 이루 말할 수 없이 기막히게 표현되어 있다. 나는 좋은 주상(鑄像)을 가지고 있지만 대리석이 지닌 마력은 남아 있지 않다. 살색에 가까워진 누르스름한 돌의 반투명하고 고상한 빛깔은 사라져버렸다. 반면에 석고는 언제나 분필처럼 생명이 없어 보인다.

그래도 석고 세공사한테 가서 상의 근사한 팔다리들이 주형에서 하나하나 나오는 것을 보며 완전히 새로운 모습의 형상들을 접하는 것이 얼마나 즐거운지 모르겠다. 그런 다음에 로마 여기저기에 흩어져 있는 형상들을 한곳에서 나란히 구경하면서 비교해 보는 일은 대단히 큰 도움이 된다. 나는 주피터의 거대한 두상을 구입하지 않을 수 없었다. 그것은 빛이 잘 들어오는 내 침대 맞은편에 놓여 있다. 아침에 잠이 깨자마자 그 두상을 향해 아침 기도를 올리기 위해서이다. 이 두상은 위대함과 존엄함에도 불구하고 우리에게 아주 재미있는 이야기의 소재가 되었다.

  늙은 여관 여주인이 침구를 정리하러 내 방에 들어올 때면 보통 그녀의 고양이도 살금살금 따라온다. 나는 큰 홀에 앉아서 그녀가 안에서 일하는 소리를 들었다. 여느 때와 달리 그녀가 무척 다급하게 문을 열어젖히더니 빨리 와서 기적 같은 모습을 보라고 나에게 소리친다. 무슨 일이냐고 물으니 고양이가 신께 기도를 드리고 있다는 것이다. 그녀는 이 고양이한테 기독교 신자와 같은 오성(悟性)이 있음은 진작부터 눈치 채고 있었지만 그래도 이런 일은 대단한 기적이라고 했다. 내 눈으로 확인하려고 급히 가보니 정말 놀라운 일이라고 하기에 충분했다. 그 흉상은 높은 받침대 위에 놓여 있는데, 몸통이 가슴 훨씬 아래 부분에서 잘려 있으며 머리가 위로 높이 솟아 있다. 그런데 고양이가 탁자 위로 뛰어 올라가 앞발을 신의 가슴에 대고 가능한 한 사지를 쭉 뻗어서 주둥이를 바로 신성한 수염에 갖다 대고 아주 사랑스럽게 핥고 있었다. 여주인이 감탄사를 연발하고 내가 중간에 끼어들어도 고양이는 아랑곳도 않고 하던 짓을 계속했다. 놀라워하는 착한 여주인에게는 아무 말도 안 했지만 고양이의 기도는 이런 이유 때문으로 보였다. 후각이 아주 예민한 이 고양이는 아마 주형에서 수염 달린 깊은 구멍 속으로 흘러 들어가 굳어 있던 지방 냄새를 맡고 그랬을 것이다.

1786년 12월 29일

티슈바인에 대해서는 여전히 할 이야기가 많다. 그가 진짜 순종 독일인으로 교육받고 자란 것을 칭찬하지 않을 수 없다. 또한 내가 로마에 두 번째 체류하는 동안 최고 거장들 작품의 모조품을 만들게 하면서 너무나 따뜻하게 배려해 준 것에 감사의 뜻을 전하지 않을 수 없다. 어떤 것은 검은 백묵으로, 다른 것은 갑오징어 먹물로 만든 물감인 세피아와 수채화로 그리게 했다. 이런 것들은 원본이 있는 곳에서 멀리 떨어진 독일에서야 비로소 내게 최상의 작품을 떠올리게 하는 가치를 발할 것이다.

처음에 초상 화가가 될 생각이던 티슈바인은 자신의 화가 경력 중 특히 취리히에서 중요한 사람들과 만나게 되었고, 이들을 통해 자신의 감정을 강화하고 통찰력을 확장했다.

내가 이곳으로 가져온 『흩어진 기록들』 제2부는 곱절로 환영받았다. 거듭 읽어도 이 책이 얼마나 감명을 주는지, 헤르더에게 그 보답으로 사정을 꽤 소상히 알려주어야 할지도 모르겠다. 티슈바인은 이탈리아에 와보지도 않고 어떻게 그런 것을 쓸 수 있었는지 전혀 이해가 되지 않는다고 했다.

12월 29일

예술가로서의 삶은 사방이 거울로 된 방에서 사는 것과 마찬가지다. 이런 방에서 살다 보면 어쩔 수 없이 자기 자신이나 다른 사람이 거울에 비친 모습을 보게 된다. 나는 티슈바인이 자주 주의 깊게 나를 관찰하고 있음을 눈치 챘다. 내 초상화를 그릴 생각이었던 모양이다. 구상은 끝났고 캔버스도 이미 준비되어 있다. 나는 흰 외투를 걸친 여행객의 모습으로 실제 크기에 따라 그려지게 된다. 나는 무너져 내린 오벨리스크에 앉아 저 멀리 배경으로 로마의 캄파니아 지역의 폐허를 굽어보게 된다. 아름다운 그림이 되겠지만 우리 북쪽의 거실에 걸기에는 너무 클 것 같다. 언젠가 그곳으로 돌아가더라도 초상화는 제자리를 찾지 못할 것이다.

12월 29일

이곳에서 내 신분을 들춰내려는 시도가 여러 번 있었다. 시인들이 자기 작품을 내 앞에서 낭독하거나 낭독을 부탁했고, 이럴 때 어떤 역할을 수행할지는 내 의사에 달려 있었다. 그래도 나는 혼란스럽지 않고 즐겁기만 하다. 로마에서 어떻게 처신해야 할지 이미 파악했기 때문이다. 왜냐하면 세계의 여왕 발밑에 있는 많은 조그만 모임들은 가끔 소도시와 같은 면모를 보이기 때문이다.

사실 여기도 다른 어느 곳과 다를 게 없다. 나와 함께, 나로 인해 생길 수 있는 일은 그것이 일어나기도 전에 벌써 나를 따분하게 만든다. 누구나 어떤 집단에 가담해서 그들의 열정과 간계를 옹호해 주고, 예술가와 예술 애호가 들을 칭찬해 주고, 경쟁자들을 흠잡고, 권세가와 부자 들의 비위를 맞춰주어야 한다. 이런 한심한 장광설을 여기서 늘어놓아야 하다니 이 세상에서 달아나 버리고 싶다. 아무런 목적도 없이 어떻게 이런 일을 할 수 있겠는가?

아니다, 나는 깊이 개입하지 않고 그저 대충 사정만 알아볼 작정이다. 그러면 집에 돌아가서도 이쪽에 대해 만족스럽게 생각할 것이고, 나를 비롯한 다른 사람들이 사랑스러운 이 넓은 세계로 여행하고 싶은 생각을 앗아가 버리지 않도록 해야겠다. 나는 영속하는 로마를 보고 싶은 거지, 십 년마다 모습을 바꾸는 일시적인 로마를 보고 싶은 게 아니다. 여유가 있다면 이를 더 잘 활용할 텐데. 특히 이곳에서부터 시작하는 역사는 세계 어느 곳의 역사와도 전혀 다르게 읽힌다. 다른 곳에서는 바깥에서 안으로 읽는데, 여기서는 안에서 바깥으로 읽는다고 생각한다. 모든 것이 우리 주위에 모여 있다가 우리로부터 밖으로 나간다. 이는 로마사뿐만 아니라 세계사에도 해당되는 말이다. 나는 이곳에서부터 정복자를 따라 베저 강이나 유프라테스 강까지 갈 수 있다. 그저 구경꾼 역할만 하려거든 신성 가도에서 귀환하는 개선장군들을 기다릴 수도 있다. 그러는 사이에 나는 곡물을 받거나 기부금으로 생계를 꾸리며 이런 영광스러운 행사에 느긋한 마음으로 참가하는 것이다.

1787년 1월 2일

글이나 말로 전해지는 내용을 아무리 신뢰한다 할지라도 그것이 만족스러운 경우는 아주 드물다. 이런 식으로는 어떤 존재의 본래적인 성격을 전달할 수 없기 때문이며, 정신적인 사항에서도 마찬가지이다. 그러나 일단 어떤 대상을 확실하게 봐 두면 책을 읽든지 말로 듣든지 간에 즐거운 일이 될지 모른다. 생생한 인상과 연결되기 때문이다. 그런 뒤에는 생각도 하고 판단도 내릴 수 있게 된다.

내가 돌, 식물이나 동물에 비상한 애착을 보이며 엄격한 관점에 따라 관찰할 때면 여러분은 종종 비웃으면서 그만두라고 했다. 하지만 이제 나는 건축가, 조각가 및 화가에 관심을 쏟고 있으며 여기에서도 스스로를 발견하는 법을 배울 것이다.

1월 6일

방금 모리츠를 만나고 돌아오는 길이다. 그는 부러진 팔이 다 나아서 오늘 붕대를 풀었다. 상태도 좋고 상처도 빨리 아물었다. 지난 사십 일 동안 이 고뇌하는 자 곁에서 간호인이자 고해 신부이며 절친한 친구로서, 재무 장관이자 개인 비서로서 경험하고 배운 것이 앞으로 우리에게 도움이 될지도 모른다. 이 기간 내내 심한 고통과 더없이 고상한 즐거움이 우리에게 찾아들었다.

어제 주노의 거대한 두상을 주조한 작품을 내 방에 세워놓아 기쁘기 그지없다. 그 원작은 루도비시 별장에 있다. 내가 로마에서 처음으로 마음을 빼앗긴 작품이었는데, 이제 그것을 소유하게 되었다. 그 매력을 어떤 말로도 설명할 수 없다. 마치 호메로스의 시와 같다고나 할까.

그리고 나는 앞으로 좋은 모임에서 환대를 받을 수 있을 것 같다. 드디어 『이피게니아』 원고를 탈고했음을 알릴 수 있기 때문이다. 똑같은 내용으로 두 부를 만들어 책상 위에 놓아두었다. 그중 한 부를 머지않아 여러분에게 보낼 것이니 호의적으로 받아주길 바란다. 물론 내가 써야 했던 것이 다 담겨 있지는 않더라도, 쓰려고 했던 것이 무엇인지 미루어 짐작할 수 있을 것이다.

여러분은 그토록 훌륭한 자연 속에서도 압박에 시달리고 있음을 암시하는 어두운 구석이 내 편지에 보인다고 이미 몇 번이고 불평했다. 그렇게 된 데는 나의 길벗인 그리스 여인, 즉 이피게니아가 단단히 한몫을 했다. 그녀는 내가 구경을 해야 하는데도 작품을 쓸 것을 재촉했다.

나는 어쩌면 탐험이라고도 부를 수 있는 장기 여행을 떠날 준비를 하던 어느 똘똘한 친구가 생각났다. 그는 몇 년간 궁리하고 돈을 절약하던 중에 결국 어떤 명망가 집안의 딸을 꾀어내는 수를 떠올렸다. 그러면 단번에 문제가 풀릴 거라고 생각했기 때문이었다.

나 역시 오만불손하게도 『이피게니아』를 카를스바트로 데려가기로 결정했다. 특히 어떤 장소에서 그녀와 즐거운 시간을 보냈는지 간단히 적어보기로 하겠다.

브레너 고개를 떠날 때 가장 큰 보따리에서 그녀를 꺼내 내 품속에 집어넣었다. 세찬 남풍에 거세게 파도가 일던 가르다 호숫가에서 개작하며 처음으로 몇 줄을 적었다. 거기서 나는 타우리스 해안의 그 여주인공만큼이나 적잖이 쓸쓸한 기분이었다. 그러고 나서 베로나, 비첸차, 파도바에서 계속 작품을 썼지만, 가장 열심히 한 곳은 베네치아였다. 그러다가 정체 상태에 빠져들어 『델피의 이피게니아』를 써볼까 하는 새로운 구상도 했다. 만약 기분전환이 되지 않고 작업 중인 옛 작품에 대한 의무감이 가로막지 않았더라면 즉각 실천에 옮겼을지도 모를 일이다.

로마에서는 꽤 순조롭게 진행되었다. 밤에 잠자리에 들기 전에 다음 날의 과제를 마련해 두었다가 잠에서 깨어나면 즉각 실행에 옮겼던 것이다. 이때 나의 작업 방식은 무척 간단한 것이었다. 작품을 차분히 써 내려간 다음, 한 줄 한 줄, 한 단락 한 단락 규칙적으로 읽어 소리가 울리게 했다. 이렇게 해서 생겨난 작품을 여러분의 판단에 맡긴다. 이때 나는 작품을 썼다기보다는 많은 것을 배웠다고 할 수 있다. 이 작품 자체에 대해서도 다시 언급할 것이다.

1월 6일

또다시 성당에 관한 이야기를 해야겠다. 우리는 성탄절 전야에 주위를 돌아다니다가 의식이 행해지고 있는 성당을 찾아갔었다. 어느 성당에 유난히 사람들이 많았다. 그곳의 오르간과 음악은 목가 음악으로서 무엇 하나 부족함이 없을 정도로 시설이 잘 되어 있어서, 목동의 피리 소리, 새가 지저귀는 소리, 양의 울음소리도 낼 수 있었다.

성탄절 첫날에 나는 성 베드로 성당에서 교황과 온갖 성직자들을 보았다. 교황은 때로는 성좌 앞에서, 때로는 성좌에서 대미사를 집전했다. 이런 종류로는 유일무이한 광경으로 화려하고 자못 위엄이 넘친다. 하지만 나는 너무나 오랫동안 신교적인 디오게네스 주의에 젖어 있었기에 이런 장엄한 의식이 나에게 무엇을 준다기보다는 오히려 앗아간다고 할 수 있다. 나의 경건한 선조인 디오게네스가 그랬던 것처럼 나도 이런 종교적인 세계 정복자에게 이렇게 말해 주고 싶다. "좀 더 고상한 예술과 순수한 인간성의 태양을 제발 가리지 마시오."

오늘은 공현절*이라서 미사가 그리스적인 의식에 따라 치러지는 것을 보고 들었다. 그리스 의식은 내가 보기에 라틴 의식보다 더 위풍당당하고 엄격하고 명상적이면서도 더 대중적

---

* 성탄절, 부활절과 함께 가톨릭의 3대 축일의 하나로 예수가 서른 살에 세례를 받고 공증을 받은 기념일.

이다.

　여기서도 이 모든 것을 받아들이기에 내가 너무 고루하다는 느낌이 들었지만 진실한 것에 대해서는 그렇지 않았다. 이들의 의식과 오페라, 행렬과 발레 같은 것은 방수포로 만든 비옷에서 빗물이 흘러내리듯 나에게서 흘러내린다. 반면에 마다마 별장에서 바라본 일몰 같은 자연의 영향이나 내가 그토록 숭배해 온 주노의 신상과 같은 예술 작품은 심원하고도 지속적인 인상을 준다.

　이제 연극 볼 것을 생각하니 벌써 전율이 느껴진다. 다음 주에 일곱 개의 무대에서 연극 공연이 있다. 안포시가 직접 이곳에 와서 「인도의 알렉산더」를 공연하고, 「키로스 왕」*도 무대에 올려지고, 「트로이의 정복」은 발레로 공연된다. 이것은 어린이들을 위한 공연일지도 모른다.

1월 10일

　그럼 이번에는 나의 두통거리인 아이 이야기를 하겠다. 『이피게니아』는 여러 가지 의미에서 이러한 별칭을 들을 만하다. 이 작품을 예술가들 앞에서 낭독할 기회가 있어서 여러 군데에 밑줄을 그어놓았다. 그중에 몇 개는 나의 확신으로 고쳤지만 다른 것은 헤르더가 몇 줄 손봐 줄지도 모르기 때문에 그대로 두었다. 내가 아주 흐리멍덩한 상태에서 그 부분을 썼던 것이다.

　내가 몇 년 전부터 글을 쓸 때 산문을 선호한 이유는 사실 우

---

*기원전 529년에 사망한 페르시아의 왕.

리의 운율론이 대단히 불안정한 상태에 있기 때문이다. 같이 작업하는 통찰력 있고 박식한 친구들마저도 여러 문제의 결정을 감정이나 취향에 맡겨버리는 실정이라서 아무런 기준이 없기 때문이었다. 모리츠의 운율론에서 지침을 얻지 못했더라면 『이피게니아』를 약강격의 얌부스 운율로 바꿀 생각을 감히 하지 못했을 것이다. 특히 병상에 누워 있는 그와 교제함으로써 나는 더욱 많은 것을 깨우칠 수 있었다. 이 점에 대해 호의적으로 생각해 달라고 친구들에게 정중히 부탁하는 바이다.

우리 독일어에서 두드러지게 눈에 띄는 것은 결정적으로 짧거나 긴 음절을 별로 찾아볼 없다는 것이다. 우리는 보통 음절을 취향에 따라 마음대로 처리하고 있다. 그런데 모리츠는 음절에 어떤 서열이 있음을 밝혀냈다. 의미상 더 중요한 음절이 덜 중요한 음절에 비해 길며 후자를 짧게 만드는 반면, 긴 음절도 더 중요한 의미를 지니는 다른 음절 옆에서는 다시 짧아질 수 있다는 것이다. 이 이론에는 나름대로의 근거가 있다. 이것으로 모든 문제가 해결되지는 않더라도 우리가 따라갈 하나의 길잡이는 갖게 된 셈이다. 나는 왕왕 이러한 원칙을 참조해 글을 쓰면서 그것이 나의 느낌과 일치하게 했다.

이전에 친구들 앞에서 낭송했다는 이야기가 나왔으니 그 일이 어떻게 진행되었는지 간략하게나마 언급해야겠다. 예전의 격하고 긴박한 작품에 익숙해 있던 젊은 친구들은 베를리힝겐 같은 작품을 기대해서인지 차분한 진행에 쉽사리 적응하지 못했다. 그래도 고상하고 순수한 대목들은 효과가 없지 않았다. 작품에서 열정이 거의 사라진 것에 대해 역시나 좀처럼 수긍하려 들지 않던 티슈바인은 운치 있는 비유 혹은 상징을 들어 이야기했다. 그는 이것을 어떤 희생 제물에 비유했다. 연기가 부드러운 기압에 눌리면 낮게 퍼져가는 반면에 불꽃은 공중으로 훨훨 타오른다는 것이다. 그는 이 대목을 아주 귀엽고도 의미심장하게 묘사했다. 이 소품을 동봉해 보내도록 하겠다.

이런 이유로 해서 금방 끝날 것으로 생각한 이 작품이 꼬박 석 달이나 나를 붙들어 매고 이리저리 시간을 축내는 바람에 괴로움이 이만저만 아니었다. 이 일 때문에 더 중요한 일을 뒷전으로 미뤄야 했던 때가 한두 번이 아니다. 그렇지만 이제 더 이상 이 문제에 대해 왈가왈부하지 않으련다.

쇠파리 한 마리가 어린 사자 코앞에서 붕붕거리며 날고 있는 모습을 조각한 귀여운 돌멩이를 함께 보낸다. 고대인들은 이런 대상을 좋아해서 자주 조각하곤 했다. 앞으로 이것으로 여러분의 편지를 봉인하기 바란다. 이런 조그만 행위를 통해 여러분이 돌려보내는 일종의 예술의 메아리가 내가 있는 곳까지 울려 퍼지도록 말이다.

1787년 1월 13일

날마다 해야 할 이야기가 엄청난데 힘들기도 하고 기분이 심란해서 현명한 말을 종이에 옮기지 못하고 있다. 게다가 어딜 가든지 방 안에 있는 것보다는 더 좋은 상쾌한 날이 계속되고 있다. 화로나 벽난로도 없이 방 안에 있어보았자 잠을 자거나 언짢은 기분만 들 뿐이다. 그렇지만 지난주에 있었던 몇 가지 사건들을 언급하지 않고 넘어갈 수는 없다.

주스티니아니 궁에는 내가 숭배해 마지않는 미네르바 석상이 서 있다. 빙켈만은 좀처럼 이 석상에 대해 언급하지 않으며, 최소한 필요하다 싶은 대목에서도 그렇게 하지 않았다. 이것에 대해 무어라 할 만큼 나 자신이 대단하다고 느끼지 않기 때문이다. 우리가 석상을 바라보면서 오랫동안 그 곁을 떠나지 않자 궁전 관리인 부인이 나타나서 예전에는 석상이 성스러운 것이었다고 일러주었다. 같은 종파에 속한 영국인들은 한 손에 입맞춤을 하면서 아직 석상을 숭배한다고 한다. 손을 제외한 석상의 다른 부분들은 갈색을 띠고 있어서 그 손이 정말 하얗게 보였다. 얼마 전에도 이 종파에 속한 어떤 부인이 와서 무릎을 꿇고 석상에 기도를 올렸다고 그녀가 덧붙여 말했다. 그녀는 기독교 신자인지라 그런 기이한 행동을 보고 웃음을 참다 못해 홀 쪽으로 달려갔다고 했다. 나도 석상을 떠나려 하지 않자 그녀는 이것과 닮은 아리따운 여자라도 있어서 그토록 마음이 끌리는 것이냐며 물었다. 그 착한 여자가 알고 있는 것은 기도와 사랑뿐이었고, 훌륭한 작품에 대한 순수한 경탄이나 인간 정신에 대한 형제애적인 숭배에 관해서는 아무것도 몰랐다. 우리는 그 영국 부인에 대한 재미있는 이야기를 듣고 나서 다시 돌아올 것을 기약하며 떠났다. 분명히 곧 다시 가볼 것이다. 더 자세한 이야기를 듣고 싶다면 빙켈만이 그리스인들의 '고귀한' 양식에 대해 무슨 말을 하는지 읽어보길 바란다. 그러나 유감스럽게도 그 부분에서 미네르바 석상에 대해서는 아무런 언급도 없다. 하지만 내가 잘못 알고 있는 게 아니라면 그 대리석상은 아름다운 양식으로 넘어가기 이전의 저 고귀하고 엄격한 양식의 꽃봉오리인 셈이다. 미네르바 석상의 성격은 이러한 과도기에 너무 잘 맞는 셈이다!

   이젠 다른 종류의 구경거리에 대해 이야기하겠다. 이교도에게 축복을 전한 축일인 공현절에 우리는 포교 성당에 다녀왔다. 세 명의 추기경과 수많은 청중이 참석한 가운데 마리아가 어디에서 동방의 세 박사를 영접했는지에 대한 강론이 먼저 있었다. 영접한 장소가 마구간인가 아니면 그 밖의 다른 곳인가 하는 내용이었다. 그러고 나서 비슷한 주제의 라틴어 시를 몇 편 읽고 나서 서른 명가량의 신학도들이 한 명씩 차례대로 나와 각자 모국어로 짤막한 시를 낭독했다. 말라바리아어, 알바니아어, 터키어, 루마니아어, 불가리아어, 페르시아어, 코카시아어, 히브리어, 아랍어, 시리아어, 코프트어, 사라센어, 아르메니아어, 이베리아어, 마다가스카르어, 아이슬란드어, 보헤미아어, 이집트어, 그리스어, 이사우리아어, 에디오피아어 등과 그 밖에 내가 알아들을 수 없는 몇 개의 언어로 낭독했다. 이 짤막한 시들은 대체로 그 나라의 민족적 음율에 따라 씌어지고 민족적 낭독법에 따라 낭송되는 것 같았다. 왜냐하면 어법에 어긋나는 운율과 음조도 있었기 때문이다. 그리스어는 밤하늘에 별이 나타나는 것처럼 들렸다. 청중은 낯선 말소리에 마구 웃어댔다. 그래서 이러한 공연도 익살극으로 변하고 말았다.

짤막한 이야기를 하나 더 해야겠다. 신성한 로마에서 신성한 것을 얼마나 경솔하게 다루는가에 대해서다. 방금 위에서 다룬 축일 집회에 지금은 고인이 된 알바니 추기경이 참석했을 때의 일화다. 신학생 중 한 명이 낯선 방언으로 낭송을 시작하면서 추기경들을 향해 "그나야 그나야!"* 하고 말했는데, 이 소리가 마치 "카날리아! 카날리아!"** 라고 하는 것처럼 들렸다. 그러자 알바니 추기경은 동료 추기경들에게 몸을 돌려 "저 학생이 우리를 잘 아는 모양이지!" 하고 말했다는 것이다.

---

* '악당'이라는 뜻.
** '경배'라는 뜻.

1월 13일

 빙켈만이 하지 않은 일이 얼마나 많으며, 얼마나 많은 일들을 우리에게 남겨두었는가! 그는 자기 것으로 만든 재료를 가지고 신속하게 건축물을 지어 안전하게 지붕을 올렸다. 그가 아직 살아서 몸이 정정하고 건강하다면 누구보다도 먼저 자기 작품들을 고쳐서 우리에게 건넬지도 모른다. 다른 사람들이 그의 원칙에 따라 실행하고 관찰한 것들 중에서 무엇이 수정되고 이용되며, 최근에 무엇이 발굴되고 발견되었는지 그가 놓칠 리 없기 때문이다. 그러면 빙켈만이 그를 위해서 많은 것을 썼고, 또 어쩌면 많은 것을 숨겼을지도 모르는 알바니 추기경은 생명력을 잃어버릴지도 모른다.

1787년 1월 15일

 마침내 「아리스토뎀」이 무대에 올려져 아주 성공적으로 갈채를 받으며 공연되었다. 아바테 몬티가 교황의 가까운 일가친척에 속하고 상류 계층에서도 대단한 평가를 받고 있기 때문에 좋은 일을 기대할 만했다. 특별석에서도 박수를 아끼지 않았다. 시인의 멋진 문체와 배우의 뛰어난 낭송으로 1층 관람석은 진작부터 연극에 사로잡혔다. 그들은 기회를 놓치지 않고 만족감을 드러냈다. 독일의 예술가석은 이런 점에서 적잖이 두드러졌다. 그런데 이번에는 관람석이 약간 주제넘은 모습을 보이는 것이 더없이 제격이었다.

 작가는 작품의 성공 여부에 노심초사하면서 집에 머물러 있었다. 한 막 한 막이 끝날 때마다 낭보가 전해지자 점차 걱정이 말할 수 없는 기쁨으로 바뀌어갔다. 이제 반복 공연도 드물지 않으니 모든 게 최상의 상태이다. 그래서 각자 내세울 성취만 있으면 정반대되는 작품을 가지고도 대중뿐만 아니라 전문가의 갈채도 얻어낼 수 있게 된다.

공연이 몹시 칭찬할 만하기도 했다. 작품 전체에 두루 등장하는 남자 주인공은 대사도 연기도 훌륭했다. 옛날 황제들 중의 한 명이 등장했다고 착각할 정도였다. 우리가 입상들을 보고 더없이 감동했던 의상들이 화려한 연극 무대로 제법 잘 옮겨졌다. 그래서 우리는 배우가 고대를 철저히 연구했음을 알 수 있었다.

1월 16일

로마는 예술품을 잃을 커다란 위기에 직면해 있다. 나폴리의 왕이 파르네세 궁의 헤라클레스 상을 자기 궁으로 옮기려고 한다. 예술가들은 다들 애석해하지만 우리들은 선조들이 보지 못한 것을 이 기회에 보게 될 것이다.

그 조각상은 머리에서 무릎까지의 부분과, 그리고 받침대와 두 발이 파르네세 궁의 소유지에서 발견되었지만, 무릎에서 복사뼈까지는 없어져서 빌헬름 포르타에 의해 모조품으로 대체되었다. 그 뒤에 복구된 다리로 오늘날까지 서 있는 것이다. 그러다가 보르게세의 소유지에서 원래 다리가 발견되자 보르게세 별장에 안치되게 되었다.

그런데 이제 보르게세 공작이 용단을 내려 이 소중한 유물을 나폴리의 왕에게 헌사하기로 했다. 그래서 포르타가 만들어 넣은 부분은 제거되고 진짜 다리로 대체된다. 사람들은 지금까지 모조품 다리로도 아주 만족해했지만 앞으로는 새롭고 더욱 조화로운 조각상을 보고 즐길 수 있을 것으로 기대된다.

1월 18일

성 안토니우스 아바스의 축일인 어제 우리는 즐거운 하루를 보냈다. 세상에서 가장 아름다운 날씨였다. 밤에는 얼음이 얼지만 낮에는 맑고 따뜻했다.

모든 종교는 의례를 전파하든 사유를 전파하든 간에 궁극적으로는 동물들도 은총을 받을 수 있도록 해야 할 것이다. 대 수도원장이자 주교이던 성 안토니우스는 네발짐승의 보호자여서, 그의 축일은 평소 무거운 짐을 지고 다니는 짐승이나 이들을 몰고 다니는 사람들에게 공히 즐거운 축제일이다. 이날은 귀족 나리들도 집에 머물러 있거나 걸어 다녀야 한다. 이날에 자신의 마부에게 말을 몰게 한 불경스러운 귀족이 큰 사고를 당해 벌을 받았다는 미심쩍은 이야기도 전해진다.

성당은 대단히 넓은 광장에 자리 잡고 있어서 거의 황량한 느낌이 들 정도이다. 그런데 오늘은 대단히 흥겹고 활기를 띠고 있다. 갈기와 꼬리를 리본으로 땋은 것처럼 아름답고 화려하게 장식한 말과 노새 들이 본당과 약간 떨어져 있는 작은 성당으로 끌려간다. 그곳에는 커다란 성수(聖水)채를 손에 든 사제가 크고 작은 통 안에 든 성수를 생기발랄한 짐승들에게 마구 뿌려주고 있다. 때로는 이들을 자극하기 위해 장난스럽게 행동하기도 한다. 소중하고 유용한 짐승들이 일 년 내내 사고 없이 안전하게 해달라고 신앙심이 깊은 마부들은 크고 작은 초들을 가져오고 귀족들은 희사품과 선물을 보낸다. 주인들이 유용하고 가치 있게 생각하는 나귀와 뿔 달린 짐승도 마찬가지로 이날은 웅분의 축복을 받는다.

그런 후에 우리는 이토록 행복한 하늘 아래 좀 멀리까지 산보를 즐겼다. 주변에 무척 흥미로운 대상들이 많았지만 이번에는 별로 관심을 기울이지 않고 기분 좋게 농담을 마음껏 즐겼다.

1월 19일

세상에 명성을 떨치고 그 업적이 가톨릭의 낙원에 비견될 만한 위대한 프리드리히 대왕도 명부(冥府)에서 같은 반열의 영웅들과 담소하기 위해 마침내 세상을 하직하고 말았다. 그런 인물을 이 세상에서 떠나보냈다는 사실에 절로 숙연해진다.

우리는 즐거운 하루를 보냈다. 지금까지 보는 데 소홀히 한 카피톨리노의 일부를 구경한 다음 테베레 강을 건너가 금방 도착한 배 위에서 스페인산 포도주를 마셨다. 이 지역에서 로물루스와 레무스가 있었다고 한다. 성령 강림제 때 이중 삼중으로 즐기듯이 성스러운 예술 정신, 아주 부드러운 분위기, 아련한 옛 추억과 달콤한 포도주에 취할 수 있었다.

1월 20일

철저한 지식 없이는 진정한 즐거움을 누릴 수 없다는 것을 알게 되면 처음에 피상적으로 받아들였을 때 즐거움을 주던 것이 차츰 성가시게 생각된다.

나는 해부학에 대해 제법 알고 있다. 사람 몸에 관한 어느 정도의 지식도 꽤 힘들여 얻었다. 이곳에서는 입상을 계속 관찰함으로써 더 고상한 방식으로 지식이 끊임없이 주입된다. 우리 독일의 의학적, 외과적 해부학에서는 어느 한 부분을 아는 것이 중요하다. 그래서 보잘것없는 근육 하나도 유용할지 모른다. 하지만 로마에서는 부분들이 하나의 고상하고 아름다운 형태를 드러내지 않으면 아무 쓸모가 없는 것으로 치부된다.

산 스피리토 병원에서는 예술가들을 위해 무척 아름다운 인체 근육을 준비하는데 놀라울 따름이다. 그것은 정말로 껍질이 벗겨진 하나의 반신(半神), 하나의 마르시아스*로 여겨질지도 모른다.

그래서 사람들은 고대인의 가르침에 따라 해골을 인위적으로 잇대어 붙인 뼈 덩어리뿐만 아니라 인대를 함께 가지고 연구하곤 한다. 이를 통해 연구는 생명과 활력을 얻는다.

저녁에는 원근법도 공부한다는 것도 추가하겠다. 그러니 저녁이라 해서 한가한 것은 아니다. 하지만 언제나 실제로 행하는 일보다 더 많은 일을 하기를 희망하기 마련이다.

1월 22일

독일인의 예술에 대한 이해, 예술적인 삶에 대해 어쩌면 이렇게 말할 수 있겠다. 울리는 소리는 들리지만 함께 울리지는 않는다. 주위에 훌륭한 것들이 많지만 우리가 이용하는 것은 별로 없다는 것을 생각하면 절망적인 심정이다. 내가 그저 장님 코끼리 만지는 식으로 보고 돌아다니며 걸작을 알아보는 눈이 생긴다면 다시 돌아가는 날을 손꼽아 기다릴 수 있겠다.

---

* 그리스 신화에 나오는 플루트의 거장.

하지만 로마에서도 전체를 진지하게 천착하는 자에 대한 배려가 많이 부족하다. 수두룩하게 널린 무한히 많은 잔해를 가지고 끼워 맞춰야 한다. 물론 몇몇 외국인은 순수한 마음으로 진지하게 제대로 된 것을 보고 배우려고 한다. 하지만 다수는 자신들의 상념과 자부심을 좇는다는 것을, 외국인과 관계가 있는 모든 사람들은 아마 유념할 것이다. 안내자라면 누구나 모모한 무역업자를 추천하거나 어떤 예술가를 우대하려는 자신의 계획이 있다. 왜 그렇지 않겠는가? 경험이 부족한 자는 지극히 훌륭한 것을 제공받아도 이를 물리치기 때문이 아닌가?

어떤 고대 작품이 수출될 때 사전에 허가를 내줘야 하는 정부가 매번 주상(鑄像)을 제작하도록 정했더라면 관찰하는 일에 아주 큰 이점이 생겼을 것이고, 그리하여 독자적인 박물관도 생겼을지 모른다. 하지만 교황이 이런 생각을 했더라도 모든 일이 모순에 빠졌을지 모른다. 개별적인 경우에 몰래 갖가지 수단을 동원하고 허가를 받아 수출된 작품들의 가치와 품위에 대해 몇 년이 지나면 사람들은 놀라움을 금치 못했을 것이기 때문이다.

1월 22일

벌써 오래전에, 특히 「아리스토뎀」을 공연할 때부터 우리 독일 예술가들은 애국심에 눈을 떴다. 이들은 나의 『이피게니아』의 좋은 점을 말해 주었고, 몇 군데는 낭독해 달라고 요청했다. 결국 나는 작품 전체를 다시 낭독해야 했다. 그러면서 어떤 대목은 종이에 적혀 있을 때보다 더 입에서 술술 나오는 것을 발견하기도 했다. 물론 시문학이 눈으로 보도록 만들어진 것은 아니지만 말이다.

이런 자자한 명성이 라이펜슈타인과 앙겔리카에게까지 퍼졌다. 그래서 나는 작품을 다시 한 번 낭독하기를 부탁받았다. 나는 약간의 기한을 유예받았지만 즉각 작품의 줄거리와 진행에 대해서 제법 상세하게 알려줄 수 있었다. 이런 묘사를 할 때 내가 생각한 이상으로 염두에 둔 사람들로부터 호의를 받았고, 전혀 기대하지 않았던 주키 씨도 꽤 홀가분하고 진심 어린 관심을 보였다. 이러한 이유는 그 작품이 그리스어, 이탈리아어, 프랑스어에서 사람들이 진작부터 익숙해져 있는 형식과 가깝기 때문인 것으로 보인다. 이러한 형식은 영국적인 대담성에 아직 익숙해지지 않은 사람에게는 여전히 최고로 평가받고 있다.

1787년 1월 25일, 로마

이제 로마 체류에 대해 설명하기가 점점 더 힘들어진다. 먼바다로 나갈수록 점점 수심이 깊어지는 것을 알게 되는 법이다. 나에게는 이 도시를 관찰하는 일이 그렇다.

과거의 것을 모르고는 현재의 것을 인식할 수 없으며, 양자를 비교하는 데는 더 많은 시간과 차분한 마음이 필요하다. 세계의 수도인 이 도시의 지형만 해도 벌써 우리를 감화시키기에 충분하다. 이곳은 훌륭한 지도자를 모시고 유랑하는 대 부족이 정착한 것이 아니고, 신중하게 제국의 중심지로 건설된 것도 아님을 우리는 곧 알게 된다. 어떤 강력한 군주가 적당한 장소를 물색해서 이주민의 거주지로 삼았던 것도 아니다. 그와 반대로 유목민과 천민 들이 먼저 터를 잡고 건장한 몇몇 청년들이 '그' 언덕에 세계의 주인이 살 궁의 토대를 쌓았던 것이다.

그 언덕에 살던 자들은 집권자의 횡포로 습지와 갈대밭 사이에 내몰리게 되었다. 그래서 로마의 일곱 언덕은 뒤에 있는 땅에 비해 그리 높다고 할 수 없고, 테베레 강과 나중에 캄푸스 마르티우스가 된 테베레 강의 태곳적 하상(河床)에 비해서만 높다고 할 수 있다. 올봄에 답사 여행을 좀 더 할 수 있는 여유가 주어진다면 불운한 지형에 대해 보다 상세하게 묘사할 것이다. 자기네 도시가 파괴되는 모습을 보고, 현명한 지도자가 선택한 그 아름다운 광장을 떠나야 했던 알바*의 아낙네들이 고통스럽게 절규하는 모습이 지금 내 가슴에 절절히 아로새겨진다. 이들은 테베레 강의 안개에 휩싸인 채 비참한 코엘리우스 언덕에 자리 잡고서 예전에 떠나온 낙원을 뒤돌아보았을 것이다. 이 지역에 대해 아직은 별로 아는 것이 없지만 나는 고대 민족이 정착한 땅 중에서 로마만큼 지형이 열악한 곳은 없다고 확신한다. 그러다가 마침내 로마인들이 모든 토지를 다 써버리자 이들은 살기 위해, 또 삶을 즐기기 위해 파괴된 도시의 광장에다 자신의 별장을 옮기지 않을 수 없게 되었다.

1월 25일

이곳에서 많은 사람들이 조용히 살아가면서 각자 무언가에 몰두하는 까닭을 느긋한 마음으로 관찰할 필요가 있겠다. 타고난 재능이 대단하지 않으면서도 예술에 헌신하는 어떤 성직자의 집에서 훌륭한 그림의 아주 흥미로운 축소 모조품을 보았다. 그중에 제일 탁월한 작품은 밀라노에서 레오나르도 다 빈치가

---

* 로마보다 삼백 년 앞서 건설되었지만 기원전 8세기에 툴스 호스티리우스에 의해 파괴되었음.

그린 「최후의 만찬」이었다. 예수가 만족스럽고 우호적인 분위기로 제자들과 식탁에 앉아 이렇게 말하고 설명하는 순간을 담고 있는 그림이다. "너희 가운데 한 사람이 나를 배신하리라."

사람들은 이 모조품이나 관심이 가는 다른 것들을 동판화로 만들 것을 희망하고 있다. 많은 관객에게 충실한 모조품은 가장 큰 선물이 될 것이다. 며칠 전에 트리니타 데 몬티의 프란체스코 수도사인 자키에 신부를 찾아갔다. 프랑스 태생인 그는 수학 저서로 잘 알려진 사람이다. 고령이지만 유쾌하고 분별력이 있다. 그는 잘 나가던 시절에 최고의 남자들과 교류했고, 볼테르 집에서 몇 달 머물면서 그의 총애를 받기도 했다.

이곳에서 나는 훌륭하고 견실한 사람들을 더욱 많이 알게 되었다. 성직자에 대한 불신을 희석시켜 주는 이 같은 사람들이 무수히 많다. 하지만 책 거래는 연결이 되지 않고, 새로 나온 문학작품들도 뛰어난 것이 드물다.

그래서 고독한 자는 은둔자를 찾아가는 것이 제격이다. 우리가 상연에 실로 커다란 도움을 준 「아리스토뎀」이 성공한 이후로 나는 다시 유혹에 직면했다. 그러나 그 일이 나와 하등 관련이 없음이 백일하에 드러나게 되었다. 자기 편 세력을 강화하기 위해 나를 도구로 이용하려던 것이었다. 만약에 사람들 앞에 나아가 나 자신의 입장을 설명하려고 했다면 허깨비가 되어 약간의 역할을 수행했을지 모른다. 하지만 이제 이들도 나와는 아무것도 시작할 수 없음을 알기 때문에 그냥 놓아주었다. 그래서 안전하게 계속 발걸음을 옮길 수 있었다.

그렇다. 나의 존재는 적당한 무게를 실어주는 바닥짐을 얻게 되었다. 이제 나를 그토록 자주 우롱했던 유령들이 더는 두렵지 않다. 모두 안녕히 계시길 바란다. 그러면 나도 새로 힘이

나서 여러분 곁으로 돌아가게 될 것이다.

1787년 1월 28일

모든 것을 관통하며 매 순간 전념하도록 촉구하는 두 가지 관찰 방식이 나에게 명백해졌기 때문에 이를 기록하고자 한다.

무엇보다도 먼저 잔해 상태이긴 하지만 도처에 널려 있는 도시의 유물들, 모든 예술품들이 생겨난 시대에 대해 묻지 않을 수 없다. 우리에게 시대 구분을 촉구하고, 여러 민족들이 사용하는 다양한 양식, 세월이 지남에 따라 점점 형성되었다가 결국에는 소멸해 버린 그 양식을 인식하도록 간절히 요구한 사람은 바로 빙켈만이었다. 진정한 예술 애호가라면 누구나 이 점에 대해 확신을 품었다. 우리 모두 그런 요구가 올바르고 중요하다는 것을 잘 인식하고 있다.

그렇다면 어떻게 이러한 통찰력을 얻을 수 있을까? 준비 작업이 제대로 되어 있지 않고, 개념은 올바르고 훌륭하게 설정되었지만 개개의 것은 막연하고 모호한 상태이다. 다년간 결심하고 안목을 키울 필요가 있으며 묻기 위해서는 먼저 공부해야 한다. 망설이고 주저해 봤자 아무 도움이 되지 않는다. 일단 이러한 문제에 대한 관심이 커지고 그 중요성을 알게 되면, 진지한 사람은 다들 다른 분야와 마찬가지로 이 분야에서도 역사적 지식이 없으면 어떠한 판단도 불가능함을 이해하게 될 것이다.

두 번째 관찰 방식은 특히 그리스인의 예술과 관계되는 것이다. 이는 인간의 몸에서 신적 형상물을 만들어내기 위해 저 비할 데 없이 탁월한 예술가들이 어떤 방식으로 작업했는가를 탐구하는 것이다. 그러한 작품은 완벽하게 완결되어 있고, 거기에는 이행 과정이나 조정 과정뿐만 아니라 주된 성격 역시 잘 드러나 있다. 나는 이 작품들이 자연의 법칙 같은 것에 따라 처리되지 않았나 추측하고 있으며, 그 실마리를 잡고 있다. 단지 내가 말로 표현할 수 없는 그 무엇이 관련되어 있을 뿐이다.

1787년 2월 2일

달빛을 한 몸에 받으며 로마를 돌아다니는 게 얼마나 멋진 일인지 직접 겪어보지 않고서는 상상할 수 없을 것이다. 빛과 그림자의 커다란 덩어리가 모든 개별적인 사물을 집어삼켜 버려서 가장 크고 보편적인 형상들만 눈에 들어온다. 사흘 전부터 우리는 그지없이 밝고 근사한 밤을 만끽해 왔다. 밤에 보는 콜로세움의 모습은 정말 뛰어나게 아름답다. 밤에는 문이 닫혀 있지만 그 안에는 작은 성당 옆에 어떤 은둔자가 살고 있고, 무너져 내린 원형 천장 아래에는 걸인들이 둥지를 틀고 있다. 그들이 평평한 바닥에 불을 지펴놓아 연기가 잔잔한 바람에 투기장 위로 날아가 폐허의 아래쪽을 덮고 있었고, 그 위로 거대한 벽이 어슴푸레 우뚝 솟아 있다. 우리는 격자 울타리 옆에 서서 이런 광경을 지켜보았다. 달이 두둥실 높이 떠서 온 누리를 밝게 비추고 있었다. 벽, 틈새 및 구멍을 통해 점점 더 많이 새어나온 연기가 달빛에 어려 마치 안개처럼 반짝거렸다. 보기 드문 광경이었다. 판테온 신전, 카피톨리노, 성 베드로 성당의 앞뜰 및 다른 대로와 큰 광장들도 달빛에 비칠 것임이 분명하다. 이처럼 해와 달도 인간 정신과 마찬가지로 다른 곳과는 판이한 모습을 보이는 것이다. 이곳에서는 형태를 가진 거대한 덩어리들이 햇빛과 달빛에 반사되어 빛나기 때문이다.

2월 13일

사소한 일이기는 하지만 한 가지 행운에 대해 이야기해야겠다. 크든 작든 모든 행운은 '한 가지' 속성을 지닌다. 항상 기쁨을 주는 것이다. 트리니타 데 몬티에서는 새로운 오벨리스크를 세우기 위해 지반이 파헤쳐져서, 나중에 황제의 소유가 된 루쿨루스 정원의 폐허에서 나온 흙더미가 그 위에 잔뜩 쌓이게 되었다. 나의 가발사가 아침 일찍 그곳을 지나다가 몇 개의 무늬가 그려진, 불에 탄 납작한 질그릇 조각 하나를 발견하고 가져와 씻어서 보여주었다. 나는 즉각 그것을 구입했다. 손바닥보다 작은 그것은 커다란 사발의 일부분인 것 같다. 희생물을 바치는 어떤 제단에 두 마리의 그라이프*가 서 있다. 무척 아름다운 작품이라 바라보는 마음이 기쁘기 그지없다. 돌판에 조각되어 있다면 인장으로 쓰기에 안성맞춤일 텐데!

나는 주위의 많은 물건들을 수집하는데 쓸데없거나 무가치한 것은 하나도 없다. 여기에서는 무엇이나 허튼 물건은 없으며 저마다 교육적이고 중요한 것들이다. 그래도 내 영혼에 담겨 점점 커지고 불어날 수 있는 것이 가장 소중하다.

2월 15일

나폴리로 떠나기 전에 또 한 번 『이피게니아』 원고를 낭독하지 않을 수 없었다. 앙겔리카 부인과 궁정 고문관 라이펜슈타인이 청중이었다. 추키 씨도 자기 부인의 소망이라며 간절히 부탁했다. 그러는 동안에 장식적인 것에 대단히 뛰어난 능력을

---

* 그리스 신화에서 독수리의 머리와 날개에다 사자의 몸을 한 괴수.

보이는 그는 건축술과 관련된 대형 스케치를 그렸다. 추키 씨는 달마티아에서 클레리소와 함께 지내며 좋은 관계를 맺었다. 클레리소는 추키 씨가 스케치한 건축물과 폐허의 인물상들을 책으로 펴내 주었다. 그는 이런 작업을 하면서 원근법과 색채 효과에서 많은 것을 배워 만년에도 종이에 품위 있게 그림을 그리면서 즐거움을 누릴 수 있었다.

심성이 섬세한 앙겔리카 부인은 나의 작품에 한없이 내적인 애착을 보였다. 그녀는 내가 기념으로 삼을 수 있게 그 작품을 스케치로 그려주겠다고 약속했다. 로마를 떠나려고 하는 지금 나는 이런 호의적인 사람들과 진심에서 우러나온 관계를 맺게 된다. 이들이 분명 나를 떠나보내기 싫어할 것이기에 내 마음은 기쁘면서도 고통에 사로잡힌다.

1787년 2월 16일

놀랍고 반갑게도 『이피게니아』 원고가 무사히 도착했다는 전갈을 받았다. 오페라 구경을 가는 길에 친숙한 필체의 편지가 전해졌다. 이번 편지는 조그만 사자 머리로 봉인되어 있어서 더 기뻤다. 소포가 무사히 도착했다는 잠정적인 신호였기 때문이었다. 인파를 헤치고 오페라하우스에 들어가서 대형 샹들리에 아래 낯선 사람들 가운데 자리를 잡았다. 이곳에 앉으니 바로 친구들 옆에 있는 것 같은 느낌이 들어 껑충 뛰어올라 이들을 와락 껴안고 싶은 심정이 들었다. 소포가 무사히 도착했다는 연락을 받아서 정말 고마운 심정이다. 다음번 편지에는 그 작품에 갈채를 보내는 글이 담겨 있으면 좋겠다.

이제 출판업자 괴셴에게 받기로 되어 있는 책들을 친구들에게 나누어주기 위한 목록을 작성한다. 대중이 내 작품을 어떻게 생각하는가는 전혀 상관없지만 아무쪼록 친구들이 이 책으로 즐거움을 얻었으면 하는 바람이다.

나는 지금 너무 많은 일을 벌여놓고 있다. 앞으로 나오게 될 네 권의 책을 생각하면 머리가 어지러울 지경이다. 하나씩 손을 대다 보면 상황이 나아질 것이다.

처음에 결정한 대로 미완성 상태로나마 세상에 내보내고, 더 큰 관심이 가는 새로운 대상들에 신선한 용기를 갖고 힘차게 착수하는 것이 낫지 않았을까? 『타소』 때문에 골머리를 앓느니 『델피의 이피게니아』를 쓰는 게 더 좋지 않을까? 그래도 아무런 결실 없이 포기하기에는 그 작품에 이미 에너지를 너무 많이 쏟아 부었다.

나는 지금 현관에 딸린 방의 벽난로 옆에 앉아 있다. 계속 잘 타들어 가는 불의 열기가 새로 글을 시작하도록 용기를 북돋운다. 자신의 가장 새로운 생각으로 그렇게 먼 곳까지 다다를 수 있다는 것, 그러니까 자신의 주변 상황을 말로써 그곳까지 옮길 수 있다는 사실이 너무나 멋지기 때문이다. 날씨는 말할 수 없이 좋다. 낮은 하루가 다르게 길어지고, 월계수와 회양목, 아몬드 나무도 꽃을 피우고 있다. 아침에는 기묘한 광경에 깜짝 놀랐다. 장대처럼 생긴 키 큰 나무들이 아름답기 그지없는 보랏빛을 띠며 저 멀리에 보였다. 자세히 살펴보니 우리 독일의 온실에서는 유다 나무*로 불리고, 식물학자에게는 '체르치스 실리콰스트룸(cercis siliquastrum)'으로 알려진 나무였다. 나비 모양의 보랏빛 꽃이 줄기에서 바로 돋아나 있다. 내가 아까 본

---

*가룟 유다가 이 나무에 목을 매달아 죽었다고 함.

장대 모양의 줄기들은 지난겨울에 가지를 쳐버렸기 때문에 그 껍질에서 빛깔 곱게 잘 피어난 꽃들이 무수히 돋아 있었다. 데이지 꽃은 개미 떼처럼 땅에서 솟아 나와 있고, 크로커스와 아도니스는 좀 드문드문 보이지만 그런 만큼 한층 우아하고 화사하다.

좀 더 남쪽으로 내려가면 새로운 성과들을 안겨줄 즐거움과 지식들이 얼마나 많을까. 자연 사물을 접할 때나 예술을 대할 때나 자세는 매한가지이다. 이런 것들에 대해 쓴 글은 무수히 많다. 그래도 이를 바라보는 사람마다 각기 다시 새로운 조합으로 바꿀 수 있다.

나폴리를 떠올리고, 더욱이 시칠리아에 생각이 미치면 이야기에서뿐만 아니라 그림에서 본 장면이 눈에 선하다. 이 지상 낙원에 지옥 같은 화산활동이 횡포를 부리면서 수천 년 동안이나 주민들과 여행객들을 소스라치게 놀라게 하고 혼란에 빠뜨린다.

하지만 저 장관을 보려는 마음을 애써 떨쳐버리고 떠나기 전에 세계의 수도를 제대로 관찰하기로 마음먹는다.

2주일 전부터 나는 아침부터 밤까지 부지런히 돌아다니고 있다. 아직 보지 못한 것을 찾아 나서기 위해서이다. 아주 훌륭한 유적은 두세 번은 보아야 어느 정도 가닥이 잡힌다. 주된 대상들이 제대로 자리를 잡아야 그보다 못한 많은 것들이 그 사이에 끼어들 수 있기 때문이다. 내가 사랑하는 대상이 분명히 드러나고 가닥이 잡혀야 더 위대하고 진정한 예술품에 대해 비로소 냉정하게 반응할 수 있는 것이다.

이때 모사와 모방을 통해 온갖 방식으로 저 위대한 의도에 더욱 가까이 다가가서, 단순히 구경하고 생각만 하는 것이 아니라 그 뜻을 보다 잘 파악하는 예술가는 참으로 부러워할 만하다. 하지만 결국에는 각자 자신이 할 수 있는 일을 해야 한다. 그래서 나는 이 예술의 해안을 돌며 항행(航行)하기 위하여 정신의 돛을 활짝 펴는 것이다.

지금은 벽난로가 상당히 훈훈하게 데워졌고 가장 질 좋은 석탄이 잔뜩 쌓여 있다. 우리 독일에서는 드문 일이다. 누구도 몇 시간이나 난롯불에 주의를 기울일 생각을 하거나 시간을 내는 것이 쉽지 않기 때문이다. 내 수첩에서 이미 반쯤 지워져버린 몇 가지 메모를 살려내기 위해 따스한 온기를 이용하려 한다.

2월 2일에 우리는 촛불 봉헌 행사를 보기 위해 시스티나 성당에 갔다. 하지만 금방 기분이 상해서 친구들과 함께 빠져나왔다. 삼백 년 전부터 이 훌륭한 그림들을 희미하게 만드는 것이 바로 그 촛불이며, 뻔뻔스럽게도 유일한 태양과 같은 예술을 뒤덮을 뿐만 아니라 해가 갈수록 더욱 흐릿하게 만들어 종국에는 암흑에 잠기게 하는 것이 바로 그 향연(香煙)이라고 생각했기 때문이었다.

야외로 나온 우리는 그 한쪽 구석에 타소가 묻혀 있는 산 오노프리오 수도원으로 조금 멀리 산보를 했다. 수도원 도서관에는 그의 흉상이 세워져 있다. 밀랍으로 된 얼굴은 시신을 본떠 만든 것 같다. 윤곽이 선명치 않고 군데군데 망가져 있지만 대체적으로 그의 다른 초상보다 재능이 넘치고 섬세하며 우아하고 자체적으로 완결된 남자의 모습을 잘 보여주고 있다.

오늘은 이 정도에서 끝내도록 하겠다. 지금은 성실한 폴크만의 책에서 제2부 로마 편을 읽어보려고 한다. 아직 내가 구경하지 못한 것을 뽑아내기 위해서다. 나폴리로 여행하기 전에 수확물은 다 거두어야 하겠다. 이것을 다발로 묶어 정리할 좋은 날도 올 것이다.

2월 17일

믿을 수 없고 말할 수 없을 만치 날씨가 좋다. 나흘간 비 온 날을 제외하곤 2월 내내 구름 한 점 없이 하늘이 맑았다. 정오 무렵에는 너무 덥다 할 정도이다. 이제 사람들은 야외로 나간다. 지금까지는 신이나 영웅들하고만 관계를 맺었지만 느닷없이 자연 풍경이 다시 이들의 마음을 사로잡는다. 그리고 좋은 날씨에 생기를 띠는 주변 환경에 관심을 기울인다. 북쪽의 예술가가 초가지붕이나 허물어진 성곽에서 무언가를 얻어내려고 애쓰거나, 회화적 효과를 포착하기 위해 시냇가나 덤불이나 부서진 암석 사이를 돌아다니는 모습이 가끔 생각난다. 그런데 그런 사물들이 오랜 습관에 따라 아직 사람들 마음에 달라붙어 있다는 사실이 더욱 놀랍다. 나는 2주 전부터 용기를 내어 작은 종이를 들고 밖으로 나가 골짜기나 언덕 위의 별장들을 돌아다녔다. 그러면서 별 생각 없이 눈에 띄는 진정 남방적인 로마의 조그마한 대상물들을 스케치해 왔다. 이제 행운의 도움으로 이들에게 빛과 그림자를 부여하려고 한다. 무엇이 좋고 나은지 뚜렷이 보고 알 수 있다는 것이 너무 신기하다. 하지만 우리 것으로 만들려고 하면 흡사 손아귀에서 사라져버리는 듯하다. 우리는 올바른 것을 잡으려고 하지 않고 잡는 데 익숙한 것을 잡으려고 손을 내민다. 규율 있는 연습을 통해서만 앞으로 나아갈 수 있을 텐데, 언제 시간을 내고 정신 집중을 한단 말인가! 그래도 2주 동안 열정적으로 노력을 해서인지 많은 점에서 나아졌음을 느낀다.

나는 이해 속도가 빠르기 때문에 예술가들은 나에게 가르침을 주는 것을 좋아한다. 그러나 이해했다고 즉각 실행하는 것은 아니다. 무언가를 빨리 파악한다는 것은 정신의 특성이지만 올바로 실행하기 위해서는 평생에 걸친 연습이 필요한 것이다.

본받으려는 노력이 아무리 미약하더라도 애호가는 겁을 먹어서는 안 된다. 종종 지나치게 서둘러 제대로 하는 경우가 드물지만 내가 종이에 긋는 몇 개의 선은 감각적인 사물에 대한 생각을 수월하게 해준다. 대상을 더 정확하고 날카롭게 관찰할 때 비로소 보편성에 도달할 수 있기 때문이다.

그러나 자신을 예술가와 비교할 필요는 없으며 오히려 나름의 고유한 방식대로 처신해야 한다. 자연은 자신의 자식들을 돌보기 때문이다. 아무리 보잘것없는 자 앞에 가장 걸출한 존재가 있다 해도 자신의 존재를 방해받지 않는 법이다. "작은 남자도 남자인 것이다." 이 문제에 대해서는 이 정도로 해두고 넘어가기로 하자.

나는 바다를 두 번 보았다. 처음에는 아드리아 해를 보았고 그다음에는 지중해를 보았다. 그저 지나가는 길에 들른 것에 불과하므로 나폴리에서는 좀 더 친하게 지내려고 한다. 문득 마음속에 온갖 생각이 떠오른다. 왜 더 일찍, 보다 쉽게 그런 일이 일어나지 않았던가! 여러분에게 전해 줘야 할 이야기가 얼마나 많은지 모르겠다! 일부는 아주 새로운 내용이고 일부는 처음부터 다시 이야기해야 할 내용이다.

1787년 2월 17일, 광란의 사육제 소동이 멎은 저녁

떠나오면서 모리츠를 홀로 남겨둔 것이 못내 아쉽다. 그는

전도유망한 사람이지만 혼자 일을 할 때는 금세 은신처로 몸을 숨겨버린다. 나는 그를 격려하여 헤르더에게 편지를 쓰게 했다. 이 편지를 동봉한다. 유용하고 도움이 될 만한 내용을 담은 답장이 왔으면 좋겠다. 그는 이상할 정도로 선량한 사람이다. 그는 자신의 상태에 대해 눈뜨게 해줄 수 있는 유능하고 친절한 사람을 가끔 만났더라면 훨씬 나았을 것이다. 현재로서는 헤르더가 가끔 그에게 편지를 보내는 것보다 더 축복스러운 관계를 맺을 수 없을 것이다. 요즘 그는 칭찬할 만한 고대의 작업에 몰두하고 있다. 어쩌면 장려해 줄 가치가 있을지도 모른다. 나의 벗 헤르더가 이보다 더 심혈을 기울이기도, 이보다 더 비옥한 토양에다 좋은 가르침을 주기도 쉽지 않을 것이다.

티슈바인이 그리고 있는 나의 대형 초상화는 벌써 캔버스에서 벗어나려 한다. 그는 숙련된 조각가에게 아주 우아하게 코트를 걸친 조그만 점토 모형을 만들도록 했다. 이 모형을 보고 그는 열심히 그림을 그린다. 우리가 나폴리로 떠나기 전까지는 어느 정도 진척돼야 하기 때문이다. 그런데 커다란 화폭에 색칠만 하는 데도 꽤나 시간이 걸릴 것 같다.

2월 19일
뭐라고 표현할 수 없을 멋진 날씨가 계속된다. 오늘은 바보들 사이에서 고통스럽게 하루를 보냈다. 밤이 찾아들자 나는 메디치 별장으로 가서 휴식을 취했다. 초승달이 막 지나간 상태다. 그래서 낫 모양의 가냘픈 달 옆으로 원반 같은 어두운 달 표면을 육안으로도 어렴풋이 보였고 망원경으로는 아주 또렷하게 관찰할 수 있었다. 땅 위에는 클로드의 그림과 스케치에서나 볼 수 있는 낮의 아지랑이가 아른거린다. 자연현상이 여기만큼 아름다운 곳을 찾기도 쉽지 않다. 내가 아직 모르는 꽃들이 땅에서 막 솟아나고, 나무에서는 새로 꽃들이 피어난다. 아몬드 나무도 꽃을 피워 암록색의 참나무 사이에서 새로운 재미있는 현상이 일어난다. 하늘은 햇빛을 받아 담청색의 태피터처럼 보인다. 나폴리의 하늘은 어떤 모습일까! 대부분의 초목이 벌써 푸른색을 띠고 있다. 이 모든 현상으로 식물학에 대한 나의 상념이 한층 고취된다. 아무것도 아닌 듯 보이지만 이렇게 어마어마한 자연이 간단한 것에서 시작해 아주 다양한 것으로 발전해 가듯, 나 역시 새롭고 아름다운 관계를 만들어가는 도정에 있다.

베수비오 화산이 돌덩이와 화산재를 내뿜고 있어서 밤에는 산봉우리가 빨갛게 달아오르는 게 보인다. 활동 중인 자연이 용암 흐르는 모습을 보여줬으면 좋겠다. 이 위대한 대상도 내 것으로 하기까지 이제 거의 기다릴 수 없을 지경이다.

2월 20일, 성회(聖灰) 수요일

이제 그 어리석은 짓이 끝났다. 어제 저녁의 무수한 촛불은 또 하나의 기막힌 장관이었다. 로마를 다시 보겠다는 소망을 완전히 떨쳐 버리려면 이 도시의 사육제를 꼭 보아야 한다. 말로 이야기하면 어쨌든 재미있을지 모르지만 글로 남길 만한 것은 전혀 없다. 사육제 축제에서 조금 마음에 걸리는 점은 사람들에게 내면에서 우러나오는 즐거움이 결여되어 있다는 것이며, 이들에게 아직 남아 있을지 모르는 약간의 욕구나마 발산할 돈이 부족하다는 것이다. 귀족들은 경제적이어서 돈 쓰기를 꺼리며, 중간 계층은 넉넉지 않고, 민중은 한 푼도 없다. 지난 며칠 동안 몹시 소란스러웠지만 마음에서 우러나오는 기쁨은 없었다. 그지없이 맑고 아름다운 하늘이 고상하고 순진무구하게 이런 익살극을 내려다보고 있었다.

그래도 사육제 장면은 빠뜨릴 수 없어서 아이들에게 즐거움을 주기 위해서라도 사육제의 가면과 로마 특유의 의상을 스케치하고서 색칠해 두었다. 그래서 아이들이 사랑스러운 꼬마들을 위해 '오르비스 픽투스'*에서 부족한 장(章)을 보충해 주면 좋겠다.

1787년 2월 21일

짐을 꾸리는 사이의 짧은 순간을 활용하여 몇 마디를 보충하려고 한다. 내일이면 우리는 나폴리로 간다. 새로운 풍물이 더없이 아름다울 거라는 기대에 부풀어 있다. 그리고 저 낙원 같은 자연에서 새로운 자유와 기쁨을 얻고, 여기 진지한 로마에서 다시 예술 연구에 매진하게 되기를 기대한다.

이제 짐 꾸리는 일은 어렵지 않다. 사랑스럽고 소중했던 모든 것을 뿌리쳐야만 했던 반년 전보다 훨씬 홀가분한 심정이다. 정말이지, 어느새 반년이 후딱 지나가 버렸다. 그런데 로마에서 보낸 넉 달 동안 한순간도 그냥 흘려보내지 않았다. 너무 허풍을 떠는 것 같지만 과장된 이야기가 아니다.

『이피게니아』가 독일에 도착했다는 것을 알고 있다. 베수비오 화산 기슭에서 여러분 손에 잘 들어갔다는 소식을 들었으면

---

* 체코의 교육가 코메니우스(1592~1670)가 만든 세계 그림 지도.

좋겠다.

예술만큼이나 자연에도 뛰어난 안목을 지닌 티슈바인과 같이 여행한다는 사실이 나에게는 대단히 중요하다. 진짜배기 독일인인 우리는 일에 대한 결의를 다지고 전망을 내다보지 않을 수 없다. 가장 질 좋은 종이를 사다가 그 위에 스케치할 계획을 세운다. 비록 대상들의 규모, 아름다움 및 광채가 분명 우리의 좋은 의도를 제한하겠지만 말이다.

나의 시문학 작품 가운데서 가장 기대를 하고 있는 『타소』 이외는 아무것도 가져가지 않겠다는 단호한 결정을 내렸다. 내가 『이피게니아』에 대한 여러분의 견해를 알게 된다면 지침으로 삼을 수 있겠다. 왜냐하면 『타소』가 『이피게니아』와 유사한 성격의 작품이면서도 그 대상이 『이피게니아』보다 제한되어 있으며, 세부적으로 더욱 가다듬을 필요가 있기 때문이다. 하지만 나는 그것이 어떻게 될지 아직 알지 못한다. 지금까지 써 둔 것을 깡그리 폐기할까 보다. 너무 오래 묵혀두는 바람에 인물이나 구상 및 어조 면에서 지금의 내 견해와 유사한 구석이 조금도 없다.

짐을 정리하다가 여러분이 보낸 사랑스러운 몇 통의 편지를 발견했다. 죽 읽어보니 나의 편지에 모순되는 점이 있다고 질책하는 구절이 눈에 띈다. 하지만 어떤 부분을 두고 그러는지 알 수가 없다. 나는 편지를 쓰고 나면 곧장 부쳐버리기 때문이다. 그러나 다시 생각해 보니 그럴 법도 하다. 나는 거대한 힘에 이리저리 내몰리기 때문이다. 그러므로 당연히 내가 어디에 서 있는지 항상 알고 있는 것은 아니기 때문이다.

바다에서 밤에 폭풍우를 만나 무진 애를 쓰며 집으로 돌아가려고 하는 선원 이야기가 있다. 어둠 속에서 아버지 옆에 꼭 달라붙어 있던 어린 아들이 이렇게 물었다. "아빠, 어떨 때는 우리 위에서 보이다가, 또 어떨 때는 우리 아래에서 보이는 저기 바보 같은 조그만 불빛이 대체 뭔가요?" 아버지는 다음 날 설명해 주겠다고 약속했다. 날이 밝자 그게 등대 불빛이었음이 드러났다. 사나운 파도 때문에 위아래로 흔들리던 눈에는 그 불빛이 때로는 위에서 때로는 아래에서 나타나는 식으로 보였던 것이다.

나 역시 격렬하게 요동치는 바다에서 항구를 향해 나아가고 있다. 내 눈에도 그 불빛이 위치를 바꾸는 것처럼 보일지라도 날카롭게 주시하기만 한다면 결국에는 해안에 도달할 것이다.

여행을 떠날 때는 언제나 예전의 모든 이별이나 앞으로의 마지막 이별도 부지불식간에 뇌리에 떠오르는 법이다. 우리가 살아가기 위해서 지나치게 준비를 한다는 지적이 평소보다 더 절실하게 내 마음에 와 닿는다. 그래서 우리, 티슈바인과 나도 그토록 많은 훌륭한 대상들, 심지어 우리가 직접 가득 장만한 우리 자신의 미술관에도 등을 돌리고 돌아선다. 저기 세 개의 주노 신상이 나란히 서서 자기들을 비교해 달라고 하고 있다. 하지만 우리는 마치 눈에 보이지 않는 것처럼 이들을 두고 떠난다.

제2부

나폴리와 시칠리아

1787년 2월~1787년 6월

나폴리

1787년 2월 22일, 벨레트리

마침 좋은 때에 이곳에 당도했다. 그저께부터 날씨가 흐릿해지더니 흐린 날이 찾아들었다. 하지만 우리의 예상이 그대로 적중하기라도 하듯이 다시 날씨가 좋아질 징조가 보였다. 구름이 하나둘 흩어지면서 여기저기 푸른 하늘이 빠끔 모습을 드러냈다. 그러더니 결국 햇빛이 우리의 길을 비춰주었다. 젠차노에 들어가기 전에 어떤 공원 입구에 잠시 멈추었다가 알바노를 통과해 왔다. 주인인 키지 공이 이상한 방식으로 관리하는 그 공원은 전혀 손질이 되어 있지 않다. 그래서 둘러보려는 사람이 아무도 없다. 공원에는 진짜 황무지가 형성되어 있다. 나무와 덤불, 풀과 덩굴이 아무렇게나 자라면서 말라죽거나 쓰러져서 썩어가고 있다. 이 모든 것은 당연한 일이지만 그럴수록 운치를 더해 줄 뿐이다. 공원 입구 앞의 광장은 너무나 아름답다. 높다란 벽이 골짜기를 막고 있고, 격자 문틈으로 공원 안이 들여다보인다. 그리고 경사진 언덕 저 위에는 성이 자리 잡고 있다. 재능 있는 예술가가 그림을 그린다면 아주 대단한 작품이

나올 것 같다.

　더 이상 묘사하기보다는 다만 이렇게 말할 수 있을 따름이다. 우리는 언덕 위에 올라가 세체 산맥, 폰티나 소택지, 바다와 섬을 바라보았다. 그 순간 한줄기 세찬 비가 소택지를 지나 바다 쪽으로 이동하고 있었고, 빛과 그림자가 번갈아 가며 감동적인 장면을 연출하면서 황량한 평야에 다양하게 생기를 불어넣어 주었다. 여기저기 흩어져 있어 거의 눈에 띄지 않는 오두막에서 피어오르는 몇 개의 연기 기둥이 햇빛에 빛나며 무척 아름다운 효과를 냈다.

　벨레트리는 화산 언덕 위에 아주 아늑하게 자리 잡고 있다. 이 언덕은 북쪽으로만 다른 언덕과 이어져 있고 나머지 세 방향으로는 시야가 툭 트여 있다.

　그런 다음 카발리에레 보르지아의 진열실을 보았다. 추기경이나 포교 성성과 인척 관계라 우대를 받았던 그는 여기에 뛰어난 고대 유물과 그 밖의 색다른 것들을 나란히 진열해 놓을 수 있었다. 아주 단단한 돌로 만든 이집트의 우상(偶像), 초기와 후기의 자그마한 청동상, 이 지역에서 발굴한 납작하게 솟아 있는 점토로 구운 조형 미술품들이 진열되어 있다. 이 미술품을 근거로 고대 볼스키족에게 독자적인 양식이 존재했다고 말하는 사람들이 있다.

　이 박물관은 온갖 희귀한 유물을 소장하고 있다. 중국의 벼루 상자 두 개가 눈에 띄었다. 한쪽에는 누에 키우는 모습이, 다른 쪽에는 벼농사 장면이 그려져 있다. 둘 다 아주 순박하고도 세밀하게 묘사되어 있다. 작은 상자와 포장까지 무척 아름다운데, 어쩌면 내가 이미 칭찬한 책과 함께 포교 성성의 도서관에서 볼 수 있을지도 모른다.

이런 보물이 이렇게 로마 가까이에 있는데 사람들이 자주 구경하러 오지 않는다는 것은 물론 불명예스러운 일이다. 하지만 이곳으로 오는 길이 내내 불편하고, 로마가 그들을 끌어당기는 마법 같은 힘이 너무 강력하다는 것이 핑계가 될지도 모르겠다. 숙소 쪽으로 가자 문 앞에 앉아 있던 몇몇 아낙네들이 우리를 향해 뭐라고 소리쳤다. 고대 유물을 살 의향이 있는지 물어 보는 것이었다. 우리가 큰 관심을 보이자 그들은 낡은 솥이랑 불집게와 그 밖의 형편없는 가재도구를 가지고 왔다. 우리를 놀리는 데 성공한 그들은 배를 잡고 웃었다. 우리가 벌컥 화를 내자 안내자가 사태를 수습했다. 이런 장난은 오래전부터 내려오는 일이며, 이곳에 오는 외국인은 다 겪어야 한다고 장담하는 것이었다.

형편없는 숙소에서 이 글을 쓰는 탓에 마음속으로 계속할 힘도 쾌적함도 느끼지 못한다. 그러므로 벗들이여, 잘 주무시게나!

1787년 2월 23일, 폰디

새벽 3시에 벌써 길을 떠났다. 날이 밝아 밖을 보니 폰티나 소택지였다. 직접 와보니 로마에서 다들 말하는 것만큼 그렇게 흉한 모습은 아니다. 소택지의 물을 인공적으로 빼는 방대한 사업에 대해 여행 중에 지나가면서 뭐라고 평가할 수는 없겠다. 하지만 교황이 지시한 사업이니 적어도 소기의 목적은 대강 성취할 수 있을 것으로 보인다. 북쪽에서 남쪽으로 약간 경사지게 뻗어 있고, 동쪽으로는 산맥을 향해 깊은 골짜기를 이루지만, 서쪽으로는 바다를 향해 높은 언덕을 이루는 넓은 골짜기를 떠올려 보기 바란다.

옛날의 아피아 가도가 일직선으로 연장되어 복원되었다. 그 오른쪽에는 주 운하가 뚫려 있어 물이 잔잔하게 흘러 내려간다. 이로써 바다를 향해 있는 오른편의 토지는 너무 건조해져서 농경에 부담을 준다. 너무 낮은 곳에 위치한 몇몇 지대를 제외하고는 소작인이 있다면 멀리 시선이 미치는 곳까지 경작되고 있을지도 모른다.

산이 있는 왼쪽은 이미 다루기가 더 힘들어졌다. 대로(大路) 아래의 교차 운하들은 주 운하와 연결된다. 하지만 산 쪽의 땅이 너무 경사가 심해서 이런 식으로는 수해로부터 벗어날 수 없겠다. 산 쪽에 두 번째 운하를 만든다고 한다. 특히 테라치나로 향하는 큰길에는 버드나무와 포플러 나무를 심어놓았다.

어떤 우편 역은 하나의 길쭉한 초가집으로 이루어져 있다. 티슈바인은 그 전경을 스케치해서 그만이 완전히 누릴 수 있는 즐거움을 보답으로 얻었다. 바짝 마른 땅에는 흰말 한 마리가 풀려나 자유를 누리며 한줄기 빛처럼 누런 땅 위를 이리저리 내닫고 있었다. 정말 근사한 광경이었다. 티슈바인이 넋을 잃고 바라보자 비로소 그 가치가 제대로 인정받게 되었다.

교황은 전에 큰 장이 서던 곳을 평야의 중심지라 칭하며 그 위에 크고 아름다운 건물을 짓게 했다. 건물의 위용은 전체 사업에 대한 희망과 신뢰를 드높여준다. 우리는 이 길에서는 잠들면 안 된다는 경고를 잘 명심하고 활기차게 환담을 나누며 계속 이동해 갔다. 이 계절에 벌써 땅 위의 일정한 높이에서 아른거리는 푸른 안개가 대기층이 불안정함을 일깨워 주었다. 테라치나의 암석층은 바라던 바대로 우리를 더욱 즐겁게 했다. 바로 눈앞의 바다를 바라보았을 때는 별로 흡족하지 않았다.

얼마 지나지 않아 시내에 있는 산의 다른 쪽이 새로운 식생(植生)의 구경거리를 우리에게 보여주었다. 인디언 무화과가 황록색 석류나무와 담록색 올리브 가지 아래 나지막한 녹회색의 미르테 나무 사이에서 크고 통통한 잎사귀들을 나부끼고 있었다. 길가에서 아직 접한 적이 없는 새로운 꽃과 관목 들을 보았다. 나르시스와 아도니스가 초원에 피어 있었다. 한동안 우리는 바다를 오른쪽에 두고 달린다. 석회질 암석은 왼쪽 가까이에 그대로 이어진다. 티볼리에서 시작하여 바다로 이어지는 아펜니노 지방과 흡사한 모습이다. 여기서부터 이런 지대는 처음에 로마 교외의 캄파니아 대평원을 통해, 그다음 프라스카티, 알바노, 벨레트리 화산 그리고 마지막으로는 폰티나 소택지를 통해 분리된다. 거기서 폰티나 소택지가 끝나는, 테라치나 맞은편의 야산 지대에 위치한 키르켈로 산도 역시 쭉 이어진 석회질 암석으로 이루어졌을지 모른다.

우리는 바다를 멀리 두고 곧 폰디의 매력적인 평원으로 들어왔다. 그리 거칠지 않은 산으로 둘러싸이고 비옥한 경작지인 이 조그만 공간은 누구에게나 미소 짓는 것 같다. 아직 대부분의 오렌지가 나무에 달려 있고, 파종한 씨가 푸르게 자라고 있는데 전부 밀이다. 경작지엔 올리브 나무가 자라고 있다. 이곳은 말하자면 자그마한 도시이다. 야자나무 한 그루가 눈길을 끄면서 우리의 환영을 받았다. 오늘 저녁은 이만 쓰기로 하자. 앞길을 재촉하는 펜에게 미안한 마음이다. 그냥 쓰기만 하려면 생각하지 말고 써야 한다. 써야 할 소재는 너무 많고 머물기에는 너무 바쁘지만, 그래도 몇 가지 사실을 종이에 기록하고 싶은 욕구가 너무 강렬하다. 밤이 접어들 무렵에 도착했다. 이제 잠을 청할 시간이다.

1787년 2월 24일, 산 아가타

차가운 방에서 좋은 날씨에 대한 보고를 해야 한다. 폰디를 나올 때는 날이 밝아졌고, 우리는 곧 길 양편의 담벼락에 드리워진 등자나무의 환영을 받았다. 상상할 수 없을 정도로 많은 나무들이 빼곡히 들어서 있다. 위에는 갓 나온 나뭇잎이 노르스름하지만 아래와 가운데는 싱싱한 초록색을 띠고 있다. 미뇽이 그리워할 만한 곳이다.

그리고 경작이 잘된 밀밭을 지나갔다. 적당한 자리에 올리브 나무가 심겨 있었다. 바람이 불어 나뭇잎 뒷면이 은빛을 띠며 드러났다. 가지들이 가볍고도 귀엽게 살랑거리고 있었다. 아침 하늘은 잿빛을 띠고 있었다. 세찬 북풍이 구름을 모두 날려 보낼 것을 약속해 주었다.

그 뒤로는 돌이 많지만 잘 가꿔진 밭 사이로 길이 골짜기까지 죽 이어져 있었다. 막 싹이 튼 작물은 아주 아름다운 녹색을 띠고 있었다. 몇몇 군데에서 나지막한 담벼락에 둘러싸이고 포장된 널찍하고 둥근 광장이 보였다. 여기서는 곡물을 다발로 묶어 집에 가져가지 않고 그 자리에서 도리깨로 두드린다. 골짜기는 더 좁아지고 길은 오르막이었다. 길 양쪽엔 석회질 암석이 드러나 있었다. 우리 뒤에서 세차게 폭풍우가 불어댔다. 싸락눈이 떨어져 아주 서서히 녹았다.

고대 건축물의 그물 모양 담벼락 몇 개는 우리를 깜짝 놀라게 하였다. 언덕 위의 광장에는 바위가 많았지만 조금이라도 공간이 있는 곳에는 올리브 나무가 심겨 있었다. 올리브 나무 평원을 지나 조그만 도시를 통과해 갔다. 성벽으로 둘러싸인 시내에서 제단, 고대의 묘석을, 정원 담장에서는 각종 흉상들을 발견했다. 훌륭한 솜씨로 벽돌을 쌓아 올렸지만 지금은 흙으로 메워진 고대 별장의 지하층도 찾아냈다. 앞으로는 올리브 나무숲을 이룰 것 같다. 그런 다음 우리는 정수리에 연기구름이 피어 있는 베수비오 화산을 바라보았다.

몰라 디 가에타가 아주 풍부한 등자나무로 다시 한 번 우리를 환영했다. 이곳에서 몇 시간을 머물렀다. 조그만 도시의 만(灣)에서 보이는 전망이 무척 아름답다. 여기까지 파도가 몰아친다. 오른쪽 해안으로 시선을 돌려 반달 모양으로 굽은 만의 끝에 이르면 어느 정도 거리의 한쪽 암벽에 가에타 요새가 보인다. 안쪽의 만은 훨씬 멀리 뻗어 있다. 먼저 일련의 산들이 보이고, 그다음 베수비오 화산과 섬들이 시야에 들어온다. 이스키아는 맞은편 중간쯤에 위치해 있다.

여기 해안에서 처음으로 파도에 밀려온 불가사리와 성게를 발견했다. 아름답고 푸른 어떤 잎사귀는 최고급 양피지처럼 무척 곱고, 색다르게 생긴 표석(漂石)도 보인다. 평범한 석회암은 지천에 깔려 있고, 사문석, 벽옥, 석영, 각력암, 화강암, 반암, 대리석 종류, 녹색과 푸른색을 띤 유리 모양의 암석이 보인다. 마지막으로 언급한 암석 종류는 이 지역에서 잘 생산되지 않는 것으로 고대 건축물의 잔해가 분명하다. 이처럼 우리는 눈앞의 파도가 태고 시대의 영화(榮華)를 가지고 노는 모양을 지켜본다. 기꺼이 이곳에 머무르며 거의 미개인처럼 행동하는 사람들의 자연스러움에 즐거움을 느꼈다. 몰라에서 멀어져 바다가 보이지 않을지라도 멋진 전망은 한결같다. 마지막으로 보이는 사랑스러운 만의 풍경은 스케치로 그려놓았다. 이제 알로에로 울타리를 친 훌륭한 과수원이 나타난다. 산에서부터 식별하기 어려울 정도로 혼란스러운 폐허로 이어져 있는 수도관을 바라보았다.

그러고 나서 가릴리아노 강을 배로 건넜다. 그런 다음 꽤 비옥한 지대를 지나 산으로 산보를 떠났다. 이렇다 할 만하게 눈에 띄는 것이 없었다. 이윽고 화산재로 형성된 첫 번째 언덕에 도착했다. 여기서 산과 골짜기로 이루어진 크고 근사한 지대가 시작되고, 이곳을 지나면 드디어 눈 덮인 정상이 우뚝 솟아 있다. 비교적 가까운 언덕에 한눈에 들어오는 길쭉한 도시가 보인다. 산 아가타는 골짜기에 자리 잡고 있다. 위풍당당한 모양의 여관에는 장식장으로 설치된 벽난로에서 불이 활활 타오르고 있다. 그 반면에 우리 방은 창문이 없고 덧문만 있어서 춥다. 그래서 서둘러 글을 끝맺는다.

1787년 2월 25일, 나폴리
이곳에도 좋은 전조를 느끼며 행복하게 도착했다. 낮의 여행에 대해서는 이 정도만 쓰기로 하겠다. 해가 뜰 때 우리는 산 아가타를 떠났고, 뒤에서 바람이 세차게 불었다. 이런 북동풍은 하루 종일 계속되었다. 오후가 되어서야 구름이 개었다. 우리는 내내 추위에 시달렸다.

화산 언덕이 몇 번이고 나타났다가 사라졌다. 거기서는 아직 몇몇의 석회암밖에 눈에 띄지 않았다. 이윽고 카푸아의 평원에 도달했고 곧이어 카푸아 시에 도착해 점심을 먹었다. 오후에는 아름답고 평평한 들판이 눈앞에 펼쳐졌다. 푸른 밀밭 사이로 큰길이 뻥 뚫려 있고, 양탄자 같은 밀은 한 뼘 정도 돼 보인다. 포플러가 들판에 높게 가지를 뻗은 채 줄지어 있고 포도나무도 죽 이어졌다. 나폴리까지 계속 이런 광경이 펼쳐진다. 곱고 아주 바슬바슬한 토양은 잘 경작되어 있다. 포도 줄기들은 몹시 굵고 높이 뻗쳤으며, 포플러 사이사이에는 덩굴이 그물처럼 엮어져 있다.

계속해서 우리 왼쪽으로 보이는 베수비오 화산은 엄청난 중기를 내뿜고 있다. 이런 색다른 대상을 두 눈으로 목도한 사실에 혼자서 조용히 즐거움을 만끽했다. 하늘은 점점 맑아져 갔고, 굴러가는 우리의 좁은 마차에도 꽤 뜨겁게 해가 내리쬐었다. 대단히 맑은 날씨 속에 나폴리에 가까이 다가갔다. 비로소 다른 세계에 온 느낌을 받았다. 지붕이 납작한 건물들이 기후가 다르다는 것을 보여주는데, 안에서 살기가 그리 편할 것 같지는 않다. 사람들은 모두 거리에 나와 해가 비치는 동안 볕을 받으며 앉아 있다. 나폴리인은 자신들이 낙원을 소유하고 있다고 생각한다. 반면 북쪽 나라에 대해서는 무척 우울한 개념을 가지고 있다. "셈프레 네베, 카세 디 레뇨, 그란 이그노란자, 마 다나리 아사이.(Sempre neve, case di legno, gran ignoranza, ma danari assai.)" 이들은 우리의 상태에 대해 이런 이미지를 가지고 있다. 독일 민족 전체를 감화시키기 위해 그 묘사를 번역하면 이런 뜻이 된다. "항상 눈이 오고, 집들은 나무로 지어졌고, 무지가 만연하지만, 돈은 충분히 있다."

나폴리 자신은 기쁘고 자유로우며 생기발랄해 보인다. 수많은 사람들이 분주히 거리를 오가고 있다. 국왕*은 사냥을 떠났고 왕비는 임신 중이다. 이보다 더 나은 상태는 없을 것이다.

---

* 사냥을 좋아한 페르디난드 1세를 가리킴.

2월 26일, 월요일, 나폴리

 앞으로 세계의 도처에서 우리에게 오는 편지는 낭랑하고도 화사하게 들리는 "카스텔로 광장 모리코니 씨 여관 전교(Alla Locanda del Sgr. Moriconi al Largo del Castello)"라는 주소로 도착할 것이다. 바닷가의 커다란 성채 주위로 광활한 지대가 펼쳐져 있다. 이곳은 사방이 집들로 둘러싸여 있음에도 광장이 아닌 '광활(Largo)'이라는 이름이 붙었다. 아마 끝없이 평야가 이어져 있기 때문에 태곳적부터 그렇게 불렸음이 분명하다. 이곳의 한쪽 귀퉁이에 자리한 커다란 집에 들어선다. 그리고 널찍한 한 구석방에 여장을 푼다. 언제 보아도 감동적인 평야가 한눈에 들어오는 기분 좋은 방이다. 바로 그 주위로 몇 개의 창가 바깥에 철제 난간이 세워져 있다. 매서운 바람을 도저히 견딜 수 없는 때가 아니라면 그곳을 벗어나지 못할 것이다.

 방은 화려하게 장식되어 있고, 특히 수백 개로 나누어진 천장의 아라베스크는 우리가 폼페이와 헤르쿨라네움 근처에 와 있음을 예고해 준다. 모든 것이 아름답고 좋기는 한데 화덕이나 벽난로가 눈에 띄지 않는다. 여기서도 2월은 나름대로 매서운 맛을 보여주고 있다. 몸을 좀 따뜻하게 덥혔으면 하는 생각이 간절하다.

 편하게 손을 불에 쬘 수 있을 정도로 높은 삼발이를 건네받았다. 삼발이 위에 고정된 납작한 세례반 안에서 아주 약하게 목탄이 이글거리고 있었다. 재로 뒤덮인 세례반은 아주 반들반들했다. 이미 로마에서 배웠듯이 여기서는 알뜰하게 살림을 하는 게 중요하다. 가끔 열쇠의 귀로 표면의 재를 조심스럽게 치워줘야 목탄이 다시 공기와 접촉하게 된다. 추위를 참지 못하고 이글거리는 불덩어리를 헤집으면 당장은 더 따뜻해질지 몰라도 금방 열기가 소진된다. 그러면 돈을 더 지불해서 세례반에 다시 목탄을 채워 넣어야 한다.

내 몸 상태가 썩 좋지 않으니 더욱 편안함을 갈구했을지도 모른다. 갈대 돗자리가 봉당(封堂) 역할을 대신했다. 이곳에서는 보통 모피 옷을 입지 않는다. 그래서 장난삼아 함께 가져온 선원복을 입기로 마음먹었다. 옷을 입고 노끈으로 몸통을 단단히 붙잡아매고 나니 무척 요긴했다. 선원도 아니고 카푸친 교단의 수사도 아닌 어중간한 내 모습이 무척이나 우스꽝스러웠음에 틀림없다. 친구들을 만나고 돌아온 티슈바인은 나를 보고 터져 나오는 웃음을 참지 못했다.

1787년 2월 27일, 나폴리

어제는 불편한 몸을 추스리기 위해 종일 쉬었다. 그래서 오늘은 먹고 싶은 것을 즐기고 그지없이 훌륭한 대상들을 감상하며 시간을 보냈다. 누구나 마음대로 말하고, 이야기하고, 그림을 그리지만 여기서는 그 모든 것이 이상적이다. 해안, 바다의 품과 같은 만, 베수비오 화산, 도시, 교외, 성채, 유원지, 이 전체가 그러하다! 저녁에는 마침 지는 해가 다른 편을 비춰주고 있어 포실리포 동굴을 찾아갔다. 이제는 나폴리에서 넋을 잃어버리는 모든 사람들을 관대히 봐주어야겠다. 그리고 내가 오늘 처음 본 대상들로부터 잊을 수 없는 인상을 받았을 과거 아버지의 감동적인 모습이 눈에 선했다. 유령을 한번 본 사람은 결코 다시는 즐거움이 무언지 모른다는 말이 있지만, 아버지는 늘 나폴리를 꿈꿨기 때문에 절대 불행해질 수는 없었을 것이다. 나는 완전한 마음의 평정을 되찾았으므로 아주 기막힌 광경을 볼 때만 눈을 동그랗게 뜬다.

1787년 2월 28일, 나폴리

 유명한 풍경 화가인 필립 하케르트를 찾아갔다. 그는 왕과 왕비의 각별한 신임과 특별한 은총을 누리고 있다. 그는 프란카빌라 궁의 한쪽을 하사받아서 예술가적 취향을 살려 가구를 배치하고 흡족해하며 살고 있다. 그는 부단히 노력하면서 인생을 즐길 줄 아는 단호하고도 현명한 사람이다.
 그런 다음 바닷가로 가서 각종 물고기와 이상한 모양의 수생 동물들이 파도에 밀려오는 것을 보았다. 날은 근사했고 트라몬타나*는 그럭저럭 참을 만하다.

3월 1일, 나폴리

 로마에서 사람들은 내 고집스러운 은둔자적 성향에서 바람직한 정도를 넘은 사교적인 측면을 찾아냈다. 물론 혼자 있기 위해 세상 속으로 들어간다는 것은 이상한 시작인 것 같다. 그래서 아주 정중히 나를 초대하고 자신의 지위와 영향력으로 여러 좋은 일에 참여할 수 있게 해준 발데크 후작의 호의를 거절할 수 없었다. 그는 한동안 머무르고 있던 나폴리에 우리가 도착하자마자 포주올리와 인근 지역으로 같이 여행을 가자고 초청했다. 나는 베수비오 화산에 오를 생각을 하고 있었지만 티슈바인은 더없이 멋진 날씨에 완벽하고 학식이 있는 후작과 어

---

* 북 이탈리아 알프스 산에서 내리부는 북풍.

울리는 것이 많은 즐거움과 유익함을 안겨줄 거라면서 동행할 것을 재촉한다. 로마에서도 도무지 후작과 떨어지려 하지 않은 어떤 아름다운 부인과 그녀의 남편을 본 적이 있다. 이번에도 마찬가지로 함께 참석해야 한다. 모든 게 즐겁기를 기대한다.

  나도 예전의 즐거운 회합 덕분에 이런 고상한 모임에 꽤 상세히 알려져 있다. 후작은 처음 만나는 자리에서 지금 무슨 작품을 쓰고 있는지 물어왔다. 마침 『이피게니아』를 쓰고 있던 중이라 어느 날 저녁 그것에 대해 꽤 소상하게 들려줄 수 있었다. 사람들은 그 작품에 관심을 기울이기는 했지만 눈치로 보아 나에게서 보다 활기차고 야성적인 것을 기대하는 것 같았다.

  저녁에

  오늘 일어난 일에 대해서는 뭐라고 설명하기가 어려울 것 같다. 마음이 완전히 사로잡히고 일평생 가장 큰 영향을 받은, 벌써 그 영향력이 선명하게 드러난 어떤 책을 건성으로 다시 읽고서는 이제 더는 진지하게 고찰할 필요가 없음을 경험하지 않은 사람이 누가 있겠는가? 내게는 한때 『사쿤달라』가 그러했다. 그런데 중요한 사람들과 함께 시간을 보내는 우리도 이와 같은 경우가 아닐까? 포주올리까지의 배 여행, 홀가분한 도보 여행, 세계에서 가장 이상야릇한 지역을 명랑한 마음으로 거니는 산책, 이 모든 것이 그러하다. 구름 한 점 없이 맑은 하늘 아래 가장 불안정한 지반이 있다. 이들이 얼마나 잘살았는지 알 수 있는 잔해들을 보니 마음이 무겁고 착잡하다. 부글거리는 물, 유황을 내뿜는 뻥 뚫린 구멍, 식물 생장을 막는 화산재로 이루어진 산, 보기 싫은 헐벗은 공간이 그것이다. 그래도 결국에는 늘 무성하게 식물이 자라난다. 모든 것이 죽어 있는 가운데서도 식물은 자랄 수 있는 곳이라면 어디서나 효과적으로 제 모습을 드러낸다. 호수와 시냇물 주위, 그러니까 오래된 분화구의 벽면에는 참나무가 보란 듯이 우거져 있다.

그래서 사람들은 자연이나 인간사에서 일어난 사건을 두고 이리저리 생각에 잠긴다. 그리고 무언가를 사색해 보려고 하지만 그러기에는 자신이 너무 부족함을 느낀다. 그래도 살아 있는 사람은 계속 즐겁게 살아간다. 하지만 세계와 그 존재물에 불가분의 관계를 맺고 있는 교양 있는 사람들은 심각한 운명으로 경고를 받거나 반성해야 하는 부담을 안고 있기도 하다. 육지, 바다, 하늘을 향해 한없는 시선을 보내면서도, 받들어 모셔지는 것에 익숙해진 젊고 사랑스러운 한 부인으로부터 가까이 오라고 부르는 소리를 듣는다.

이 모든 도취 상태에서도 몇 가지 기록하는 것을 놓치지 않는다. 앞으로 책을 편집하는 데 현장에서 이용된 지도와 티슈바인의 간단한 스케치가 커다란 도움이 될 것이다. 오늘은 조금도 덧붙일 수 없는 상태이다.

3월 2일

날씨가 흐리고 봉우리가 구름에 뒤덮여 있었지만 베수비오 화산에 올랐다. 레시나까지 마차로 간 다음 노새를 타고 포도밭 사이로 산을 올라갔다. 1771년에 형성된 용암지대는 걸어서 갔다. 용암에는 벌써 이끼가 부드럽지만 단단히 달라붙어 있었다. 용암지대를 옆에 두고 걸어가니 언덕의 왼쪽에 은둔자의 움막이 나타났다. 화산재로 이루어진 정상에 오르는 것은 더욱

힘겨운 일이었다. 이 봉우리의 3분의 2는 구름으로 덮여 있었다. 드디어 우리는 예전에 형성되었지만 이제 다 메워진 분화구에 도달했다. 그곳에서 생긴 지 두 달 반밖에 안 된 새로운 용암을 발견했다. 심지어 생긴 지 닷새밖에 안 된 무른 용암도 있었는데 그것도 벌써 싸늘하게 식어 있었다. 이 지대를 지나 얼마 전에 생성된 화산 언덕으로 올라갔다. 언덕에서는 조그만 봉우리마다 증기를 내뿜고 있었다. 우리가 있는 곳에서 연기가 피어올라 분화구 쪽으로 다가가려고 했다. 증기 속으로 오십 걸음쯤 걸어가자 김이 너무 자욱해서 신발도 보이지 않을 정도였다. 손수건으로 입을 막아봤자 아무 소용이 없었고 안내자마저 시야에서 사라져버렸다. 뿜어져 나와 여기저기 흩어져 있는 용암 덩어리들을 밟고 다니는 게 불안했다. 이만 발길을 돌리고 날이 개고 연기가 잦아들면 다시 오는 게 좋겠다는 생각이 들었다. 이런 대기 속에서 숨을 쉬는 것이 대단히 해로움을 아는 터였다.

이것 말고는 산은 무척 고요했다. 불꽃도 없고 웅웅거리며 끓어오르는 소리도 들리지 않았다. 언제나 그렇듯이 돌멩이가 날지도 않았다. 날씨가 좋아지면 산을 정식으로 공략하기 위해 다시 정찰하러 와야겠다.

내가 발견한 용암은 대체로 잘 아는 것들이었다. 그래도 아주 색다르게 보여 전문가나 채집가에게 물어보고 자세히 연구하고 싶은 것을 하나 발견했다. 그것은 화산 분연구의 종유석 모양으로 생긴 막이다. 예전에 막혀 있던 불룩한 표면이 이제는 뚫려 있는 이 분연구에 우뚝 솟아 있다. 내가 보기에 종유석 모양의 단단하고 희끄무레한 이 암석은 습기의 영향을 받지 않아 융해되지 않은 채 아주 미세한 화산 수증기가 증발하면서 생긴 것 같다. 이에 대해서는 더 생각해 볼 기회가 있을 것이다.

3월 3일

오늘은 하늘에 구름이 잔뜩 끼고 시로코가 불고 있다. 편지 쓰기에 좋은 날씨이다.

어쨌거나 이곳에서 여러 사람들과 멋진 말이며 기이한 물고기들을 이미 실컷 보았다.

이 도시의 지형과 수려한 경관에 대해서는 너무 자주 묘사되고 칭송되었기 때문에 더는 아무 말이 필요 없겠다. 여기 사람들은 이렇게 말한다. "나폴리를 보고 죽어라!"

3월 3일, 나폴리

인근에 베수비오 화산이 서너 개가 더 있다 하더라도, 나폴리인이 자기 도시를 떠나려 하지 않고, 도시의 시인들이 이곳의 지형을 축복하고 몹시 과장해서 노래해도 이들을 나쁘게 보아서는 안 된다. 여기서는 누구도 로마를 뇌리에 떠올리지 않을지도 모른다. 이곳의 자유로운 지형에 비하면 테베레 강바닥에 위치한 세계의 수도는 나쁜 곳에 자리 잡은 오래된 수도원 같은 생각이 든다.

해상 운송과 배편은 생각지도 않은 새로운 상황을 허락해 주기도 한다. 팔레르모로 가는 프리깃함이 세찬 트라몬타나 바람을 받으며 어제 출발했다. 이번에는 분명 가는 데에 서른여섯 시간 이상 걸리지 않을 것이다. 카프리와 미네르바 곶 사이를 지나서 이윽고 배가 사라지자 나는 그리움에 잠겨 활짝 펴진 돛을 바라보았다. 사랑하는 사람이 그렇게 떠나가는 모습을 본다면 누구나 그리움에 죽어버릴지도 모르겠다! 이제 시로코*가 분다. 바람이 더 세차게 불면 방파제 주변의 파도가 더 거세질 것이다.

금요일에 귀족들의 대대적인 마차 행렬이 있었다. 각자 자기의 의장 마차, 특히 말을 대동하고 나섰다. 이보다 더 사랑스러운 피조물은 볼 수 없을 것이다. 지금까지 살면서 처음으로 이런 사람들에게 마음이 열린다.

3월 3일, 나폴리

여기서 내가 연 축하 파티를 보고하면서 몇 마디 간결한 글을 적은 종이를 보낸다. 지난번에 보낸 편지의 봉투 귀퉁이가 연기에 그을린 것은 베수비오 화산에 다녀왔다는 증거이기도 하다. 그렇지만 꿈에서나 생시에나 내가 위험에 둘러싸인 모습을 여러분에게 보일 필요는 없겠다. 확실히 말하지만 지금까지 벨베데레로 향하는 길에서만큼 위험한 적이 없었다. 어딜 가나 땅이 주인임을 이 기회에 말할 수 있겠다. 주제넘게 모험을 추구하거나 색다른 일을 찾는 것은 아니다. 나는 대체로 명석한 편이라 대상에서 곧 그 특색을 찾아내기 때문에 다른 사람보다 섣부른 행동을 하지는 않는다. 시칠리아로 가는 길은 결코 위험하지 않다. 며칠 전에 팔레르모행 프리깃함이 순풍인 북동풍을 받으며 출발했다. 카프리를 오른쪽에 두고서, 틀림없이 서른여섯 시간 이내에 도착했을 것이다. 저 건너편도 멀리서 생

---
* 동남풍.

각하는 것만큼 그렇게 위험해 보이지 않는다.

요즘 이탈리아 남부에서는 지진이 전혀 감지되지 않지만 북부에서는 최근에 리미니와 인근 지역이 손상을 입었다. 지진이 얼마나 유별나고 변덕스러운지 이곳에서는 바람이나 날씨와 같다고 하고, 튀링겐에서는 큰 화재와 다름없다고 말한다.

여러분이 『이피게니아』의 수정본에 익숙해졌다니 반갑다. 다들 그 차이를 좀 더 느낄 수 있었더라면 더 좋았을지 모른다. 나는 어떤 곳이 고쳐졌는지 알고 있고, 앞으로 더 다듬을 것이므로 이에 대해 말할 수 있다. 좋은 것을 즐기는 것이 하나의 기쁨이라면 더 좋은 것을 느끼는 것은 더 큰 기쁨이리라. 그리고 예술에서는 최상의 것이라야 정말 좋은 것이다.

3월 5일, 나폴리

사순절 중의 두 번째 일요일을 이용하여 우리는 성당 순례에 나선다. 로마에서는 모든 것이 극히 심각하나 여기서는 만사가 흥겹고 쾌활하다. 나폴리의 화가 학교도 여기에 와보아야 이해가 된다. 여기서는 성당의 앞면이 아래에서 위까지 전부 그림이 그려진 것이 놀랍다. 문 위에는 물건을 사고파는 사람들을 성전에서 내쫓는 예수가 있다. 양편에는 활발하고 사랑스러운 사람들이 소스라치게 놀라 계단에서 굴러 떨어지고 있다. 다른 성당 내부의 현관 위 공간은 헬리오도로스의 추방을 묘사하는 프레스코화로 빼곡하게 장식되어 있다. 물론 루카 조르다노는 이런 공간을 채우기 위해 서둘러야 했음이 분명하다. 강론대도 다른 곳처럼 개인을 위한 연단이나 강단이 아니라 하나의 회랑이다. 이곳에서 어떤 카푸친 교단 수도사가 이리저리 걸어 다니면서 때로는 한쪽 끝에서 때로는 다른 쪽 끝에서 민중의 죄업을 꾸짖는 모습을 보았다. 이런 걸 시시콜콜하게 다 이야기할 수는 없으리라!

광장을 지나 거리를 돌아다니면서 우리가 만끽한 것처럼 보름달 밤의 수려한 장관은 이야기할 수도 묘사할 수도 없다. 키아야에서 너무나 즐겁게 산보를 한 다음 바닷가를 여기저기 돌아다녔다. 그러다 보면 그야말로 공간이 광대무변하다는 감정에 사로잡히게 된다. 이런 꿈을 꾸는 수고라면 할 만하다.

1787년 3월 5일, 나폴리

최근에 알게 된 어느 뛰어난 남자에 대해 간단하게 가장 일반적인 이야기를 해야겠다. 그는 입법에 관한 저작으로 잘 알려진 기사 필란지에리이다. 그는 인간의 행복과 고귀한 자유에 대해 계속 관심을 갖고 있는 존중할 만한 젊은이들 부류에 속한다. 그의 태도에서 군인이자 기사 그리고 사교적인 인간의 면모가 드러난다. 그의 인품에는 예의범절이 배어 있고, 그 예의범절은 말씨와 거동에서 기품 있게 빛을 발하는 섬세한 도덕적 감정이 표출됨으로써 부드러워져 있다. 그는 벌어지는 모든 일에 동의하는 것은 아니지만 그의 왕과 왕국에 심정적으로 유대감을 느끼고 있다. 하지만 그도 요제프 2세에 대해서는 두려움으로 억눌려 있다. 비록 허상에 불과할지라도 전제 군주의 상은 귀족에게 두려움을 안겨주기에 충분하다. 그는 나폴리 사람들이 그 왕에 대해 지니고 있는 두려움을 아주 솔직히 털어놓았다. 몽테스키외나 베카리아, 그리고 그들의 저작에 관한 이야기도 즐거운 마음으로 들려준다. 이 모든 것은 최상의 의

욕과 선을 행하려는 진심이 담긴, 젊은이다운 기분과 정신에서 우러나온다. 그는 아직 삼십 대로 보인다.

만난 지 얼마 안 되어 그는 나이가 지긋한 문필가를 소개해 주었다. 이탈리아의 신예 법률가들은 그의 무궁무진하고 심오한 학식에서 새 힘을 얻고 감화를 받는다고 한다. 그의 이름은 잠바티스타 비코*이다. 여기서는 몽테스키외보다 이 사람을 더 높이 평가하고 있다. 이들이 귀중한 보물이라며 건네준 책을 슬쩍 훑어보니, 전승되어 온 것과 삶에 대한 진지한 고찰을 토대로 언젠가는 와야 하고 올지도 모를 선과 정의에 관한 불가사의한 예언서라는 생각이 들었다. 한 민족에게 이런 조상이 있다는 것은 정말 좋은 일이다. 독일인에게는 언젠가 하만**이 이와 유사한 경전의 역할을 할 것이다.

1787년 3월 6일, 나폴리

오늘 티슈바인은 썩 내키는 기분은 아니지만 그래도 변함없는 사교성을 발휘하여 나의 베수비오 화산 등정에 따라나섰다. 아름답기 그지없는 인간과 동물 형상에 늘 관심을 기울이고 바위나 풍경 같은 비조형물을 감각과 취향으로 의인화해 온 조형 예술가인 그에게, 끝없이 자신을 소모시키고 모든 미적 감각에 선전포고하는, 끔찍하고 형태가 불분명한 그런 화산 더미는 더없이 혐오스러웠을 것이다.

우리는 시내의 혼잡한 길을 안내자 없이 헤쳐 나갈 엄두가 나지 않아서 두 대의 경쾌한 사륜마차를 타고 갔다. 마부는 "비

---

* 조반니 바티스타 비코(1668~1774). 나폴리 태생의 철학자이자 역사가.
** 요한 게오르크 하만(1730~1788). 독일의 사상가.

켜요, 비켜!" 하면서 끊임없이 소리친다. 목재나 쓰레기를 싣고 가는 당나귀들, 맞은편에서 달려오는 사륜마차, 짐을 끌고 가거나 한가롭게 거리를 어슬렁거리는 사람들, 어린이와 노인 들의 주의를 끌고 피하게 해서 우리의 말이 거침없고 쏜살같이 달리게 하기 위해서이다.

도시의 가장 외곽 지역과 공원을 뚫고 지나는 길은 벌써 심성암 지대임을 암시해 주었다. 오랫동안 비가 내리지 않아서 상록수 잎사귀에 잿빛 먼지가 수북이 쌓여 있기 때문이었다. 곳곳의 지붕들, 벽면의 장식 돌림띠, 그리고 평평한 곳이면 어디에나 희뿌연 화산재가 덮여 있었다. 눈부시게 푸르른 하늘과 강렬하게 내리쬐는 태양만이 여기가 생물체가 사는 곳임을 증거하고 있었다.

가파른 비탈길이 시작되는 초입에서 두 명의 안내자가 우리를 맞이했다. 한 명은 좀 나이가 들었고 다른 한 명은 젊었지만 둘 다 유능한 사람들이었다. 나이가 많은 사람이 나를, 나이가 어린 사람이 티슈바인을 끌고 산을 올라갔다. 이들이 끌었다는 표현이 정확하다. 우리는 허리춤에 가죽띠를 두른 이들을 붙잡고 올랐기 때문이었다. 막대기로 짚으며 두 다리를 도우니 한결 수월했다.

이렇게 해서 원뿔형 봉우리가 우뚝 솟아 있는 평지에 도달했다. 북쪽으로는 폐허로 변한 솜마 산이 보였다.

서쪽 지역을 굽어보니 힘을 샘솟게 하는 온천 목욕을 한 것처럼 그동안의 온갖 고통과 피로가 씻은 듯이 달아났다. 그런 뒤에 끊임없이 자욱한 연기를 내뿜으며 돌덩이와 재를 분출하는 원뿔형 봉우리 주위를 한 바퀴 돌았다. 적당한 거리를 유지하며 볼 수 있는 공간이 있다면 대단하고 장엄한 구경거리였다. 처음에는 깊디깊은 분화구 속에서 우르릉 꽝꽝 하며 어마어마한 천둥소리가 울리더니, 곧이어 크고 작은 수천 개의 돌덩이가 공중으로 솟아올랐다가 화산재의 구름에 휩싸이며 시야에서 사라졌다. 대부분의 돌덩이는 분화구 속으로 도로 떨어졌다. 옆쪽으로 튕겨난 다른 파편들은 원뿔형 봉우리 주변으로 떨어지면서 귀를 멀게 할 만큼 엄청난 굉음을 냈다. 먼저 비교적 무거운 돌덩이들이 쿵 하고 둔탁한 소리를 내며 산비탈에 떨어졌고, 좀 가벼운 돌멩이들은 타다닥 하는 소리를 내고 떨어졌으며, 마지막으로 화산재가 살포시 내려앉았다. 차분히 헤아리면 그 횟수를 정확히 맞힐 수 있을 정도로 일정한 간격을 두고 일어났다.

 그런데 솜마와 원뿔형 봉우리 사이의 공간이 그리 넓지 않아서 우리 주변에도 벌써 몇 개의 돌덩이가 떨어졌기 때문에 마음 편히 돌아다니기가 어려워졌다. 티슈바인은 만족스럽지 않은 정도를 넘어 보기 싫은 괴물 같은 화산이 위험스럽기까지 하니 더욱 짜증이 나는 모양이었다.

 하지만 눈앞의 위험스러운 상황은 그 속에 무언가 매력적인 요소가 있고 그 위험을 무릅쓰도록 인간의 반항심을 부추기는 법이다. 나는 화산이 두 번 분출하는 사이에 산에 올라가 분화구에 접근했다가 다시 무사히 돌아오는 것도 가능할 거라고 생각했다. 그래서 안전한 곳에 자리한 솜마의 툭 튀어나온 바위 밑에 들어가 준비해 온 음식을 나누어 먹으면서 안내자들과 상의했다. 그러자 젊은 안내자가 이런 대단한 모험에 감히 도전해 보겠다고 나섰다. 우리는 모자 꼭대기에 아마포와 비단 천을 집어넣고, 손에는 막대기를 들고 내가 그의 허리띠를 꽉 붙잡으면서 출동 준비를 했다.

아직도 작은 돌덩이들이 우리 주위에 타닥거리며 떨어지고 화산재도 살며시 내려앉고 있었다. 이런 가운데 무쇠 체력을 자랑하는 젊은이는 벌써 나를 이끌고 뜨겁게 이글거리는 파편들 사이를 헤집고 비탈길을 오르기 시작했다. 이윽고 우리는 아가리를 딱 벌리고 있는 분화구 입구에 도달했다. 거기서 뿜어져 나오는 연기는 우리에게 한 줌의 신선한 공기마저 허락하지 않았지만 주위에 빙 둘러싼 수많은 틈새 사이로 증기를 내뿜는 분화구의 내부를 가려주었다. 자욱한 연기 사이사이로 여기저기 갈라진 암벽들이 보였다. 이런 광경은 교육적이지도 즐겁지도 않았다. 하지만 사실 아무것도 보이지 않기 때문에 사람들은 기어이 무언가를 보고야 말겠다는 심정으로 이곳에 머무르는 것이겠다. 조용히 숫자를 헤아리는 것도 접어두고 나는 어마어마한 심연 앞의 어떤 가파른 벼랑 끝에 서 있었다. 이때 느닷없이 우르릉 꽝꽝 하는 천둥소리가 들리는가 싶더니 무시무시한 돌덩이가 우리 곁을 스치며 날아다녔다. 우리는 마치 그렇게 하면 떨어지는 파편을 안 맞을 것처럼 자신도 모르게 몸을 납작 웅크렸다. 비교적 작은 돌덩이들이 벌써 떨어지기 시작했다. 그래서 우리는 또 한 번 휴지기가 있다는 것을 생각할 겨를도 없이 위험한 순간을 넘겼다고 기뻐하면서 아직 날리고 있는 재를 맞으며 산기슭에 도착했다. 모자와 어깨에는 희뿌연 화산재가 잔뜩 쌓여 있었다.

   아주 반갑게 우리를 맞아준 티슈바인의 질책을 들으며 기력을 회복하자 좀 오래된 용암과 비교적 최근의 용암을 자세히 관찰할 수 있었다. 나이 많은 안내자는 용암들의 생성 연도를 정확히 지적할 줄 알았다. 좀 오래된 용암은 진작 화산재로 덮여 버려 특별한 게 없었고, 좀 새로운 것, 특히 천천히 흘러내린 것은 모양이 특이했다. 이것들은 느릿느릿 움직이며 표면에 응고된 덩어리들을 한동안 끌고 다니면서 때때로 굳어버리기도 하지만 유사한 경우로 서로 뒤섞여 떠밀려 다니는 얼음 조각보다 더 이상하게, 이글거리며 흘러내리는 용암에 밀리고 섞이며 톱니 모양의 놀라운 모습으로 응고되기 때문이다. 이러한 형체도 없이 녹아 버린 존재물 아래에 큰 덩어리들도 발견된다. 부딪혀 깨진 이 덩어리들은 갓 응고된 원암석류 위에서 완전히 비슷해 보인다. 안내자들은 이것이 화산에서 내뿜어져 나올 때 가장 깊은 곳에 있는 오래된 용암이라고 주장했다.

나폴리로 돌아오는 길에 창문이 없고 특이하게 지어진 조그만 단층집들이 색다른 인상을 풍겼다. 거리를 향해 나 있는 문을 통해서만 방으로 빛이 들어온다. 이 집에 사는 사람들은 동이 틀 때부터 밤중까지 집 앞에 나와 앉아 있다가 결국 밤늦게야 동굴 같은 집으로 철수한다.

좀 다른 방식이긴 하지만 저녁때에 떠들썩한 이 도시의 생동적인 모습을 힘닿는 데까지 스케치하기 위해 한동안 체류했으면 하는 소망을 가졌다. 그런데 그리 잘 되지는 않을 것이다.

1787년 3월 7일, 수요일, 나폴리

이번 주에 티슈바인은 나폴리의 보물 예술품 대부분을 보여주고 친절하게 설명해 주었다. 뛰어난 동물 전문가이자 소묘가인 그는 진작부터 콜롬브라노 궁의 청동 마두상(馬頭像)에 주목하게 만들었다. 오늘 그곳에 다녀왔다. 이 예술품은 놀랍게도 성문 입구 바로 맞은편에 위치한 뜰 안에 있는 우물 위의 오목한 구석에 있다. 머리가 나머지 사지와 완전한 모습으로 결합되어 있다면 어떤 효과를 내었을까! 전체적으로 그 말은 산 마르코 성당의 그것보다 훨씬 컸다. 또한 머리를 보다 자세히 세부적으로 관찰하면 그 특성과 힘을 한층 더 뚜렷하게 인식하고 경탄하게 된다. 훌륭한 이마 뼈, 킁킁거리며 숨 쉬는 코, 쫑긋 기울이는 귀, 뻣뻣한 갈기로 보아 무척 흥분해 있는 힘찬 피조물이다.

우리는 성문으로 통하는 길의 오목한 구석에 서 있는 어떤 여인상을 보고 발걸음을 돌렸다. 빙켈만은 이 여인을 가리켜 어떤 무용수를 모사한 작품이라고 했다. 조형 예술의 거장들이 보여주는 딱딱하게 굳어 있는 요정이나 여신과는 달리 이 무용수들은 극히 다양하게 살아 있는 동작으로 표현되고 있다. 그녀는 무척 날렵하고 아름답다. 머리는 부서져버렸지만 다시 잘 붙여놓았다. 게다가 흠이 난 흔적이 하나도 안 보인다. 그래서 좀 더 나은 자리에 서 있을 만도 했다.

3월 9일, 나폴리

오늘 나는 2월 16일자의 너무나 반가운 편지들을 받았다. 여러분은 계속 편지를 쓰기만 하면 된다. 간이 우편 마차를 이용하길 잘했다. 앞으로 여행하면서도 계속 그럴 것이다. 친구들과 함께할 수 없는 이렇게 멀리 떨어진 곳에서 편지를 읽으니 새삼 묘한 기분이 든다. 하지만 그렇게 가까이 있으면서 같이 모이지 못하는 것도 가끔은 아주 자연스럽다는 생각이 든다.

날이 어둑어둑해졌다. 날씨가 변하는 시점이고, 이제 봄에 접어들면서 비 오는 날이 계속될 것이다. 내가 베수비오 화산 정상에 올라간 이후 그곳이 쾌청한 적이 없었다. 지난 며칠 밤

가끔 빨갛게 타오르는 모습이 보였다. 지금은 활동을 쉬고 있지만 보다 강력한 분출이 있을 것으로 예상된다.

최근의 폭풍우로 바다가 근사한 장면을 선사해 주었다. 파도가 위엄 있는 모습과 형태를 보이면서 자신을 연구하도록 부추겼다. 자연은 온갖 종류의 종이에 방대한 내용을 제공하는 유일무이한 책인 것이다. 반면에 연극은 더 이상 기쁨을 안겨주지 못한다. 이곳 사람들은 막간에 무용이 삽입되지 않는 것 말고는 세속적인 오페라와 전혀 구분이 안 되는 종교 오페라를 사순절 기간에 공연한다. 게다가 되도록 다채로운 요소를 쉬는다. 산 카를로 극장에서 이들은 「느부갓네살의 예수살렘 파괴」를 무대에 올린다. 내 눈에는 대형 파노라마처럼 보인다. 그러한 작품으로 기분을 망친 것 같다.

발데크 후작과 함께 그림이나 동전 같은 것을 수집해 둔 커다란 전시실이 있는 카포디몬테에 갔다 왔다. 전시한 모양이 마음에 들지는 않았지만 소중한 유물들이다. 나는 앞으로 이런 전통적인 개념의 영향을 받을 것이고, 그러한 사실이 입증될 것이다. 동전, 조각한 보석, 꽃병들이 가지를 짧게 친 레몬 나무처럼 몇 개씩만 북쪽으로 오는 반면 보물들의 본고장인 이곳에서는 넘쳐 나는지라 완전히 달라 보인다. 예술 작품이 드문 곳이라면 희소성에도 가치를 부여하지만, 여기서는 진짜 가치가 있는 것만 평가하는 법을 배운다.

지금 이들은 에트루리아 꽃병들에 거금을 치르고 있다. 그중에는 분명 아름답고 우수한 작품들도 발견될 것이다. 그걸 갖고 싶지 않은 여행자는 아무도 없을 것이다. 누구나 자기 집에는 그렇게 많은 돈을 들이게 마련이므로 나는 또 유혹당할세라 자못 겁이 난다.

1787년 3월 9일, 금요일, 나폴리

  평범한 일도 새로움과 놀라움을 통해 모험적인 성격을 띠는 것이 여행의 즐거움이다. 카포디몬테에서 돌아온 후 필란지에리 댁을 저녁에 또 찾아갔다. 안주인 옆의 안락의자에 어떤 여자가 앉아 있었다. 그녀의 외모는 자유분방하고 스스럼없는 친밀한 태도와 어울리지 않는 것 같았다. 체크무늬의 가벼운 실크 원피스를 입고 이상하게 머리를 치장한 아담하고 귀여운 그녀는 다른 사람들의 치장에는 신경 쓰면서 정작 자신의 외모에는 별로 관심이 없는 모자 제조공과 닮아 보였다. 이들은 돈을 받고 일하는 데 익숙해져서 돈도 받지 않는데 어떻게 자신을 위해 일해야 하는지를 이해하지 못하는 부류였다. 내가 집 안에 들어서도 그녀는 계속 수다를 떨면서 최근에 겪은 일이나 덤벙대는 성격으로 빚어진 익살스러운 이야기를 잔뜩 늘어놓았다.

  주인 여자는 나에게도 말할 기회를 주려고 했고, 카포디몬테의 훌륭한 지형이며 그곳의 보물들에 대해 이야기해 주었다. 그러자 그 쾌활한 여자가 자리에서 벌떡 일어났다. 두 발로 서 있는 모습이 아까 앉아 있을 때보다 얌전해 보였다. 그녀는 작별 인사를 하고, 문 쪽으로 총총 달려가더니 나에게 지나가는 말투로 말했다. "며칠 후 필란지에리 가족이 우리 집에 와서 식사를 할 건데, 선생님도 와 주셨으면 좋겠어요!" 그녀는 내가 뭐라고 답변하기도 전에 가버렸다. 그제야 나는 그녀가 이 집과 가까운 친척인 백작의 딸임을 알게 되었다. 필란지에리 가족은 그리 부유한 편이 아니라 상당히 근검절약하며 살아갔다. 백작의 딸 정도 되는 신분은 나폴리에서 드물지 않았기에 그녀의 생활수준도 비슷할 거라고 생각했다. 이름, 날짜, 시간을 알아둔 나는 적당한 시간에 정확한 장소로 찾아가는 것을 의심치 않았다.

1787년 3월 11일, 일요일, 나폴리

나폴리에 그리 오래 머무르지 않을 것이므로 조금 먼 곳을 먼저 찾아가고 가까운 곳은 차차 들르기로 한다. 좌우에 훌륭한 풍경이 펼쳐져 있어 티슈바인과 함께 폼페이로 갔다. 몇몇 풍경 스케치로 잘 알려져 있는 이곳이 주변의 현란한 장관과 함께 우리 앞에 모습을 드러냈다. 폼페이는 좁고 협소한 것으로 뭇사람들을 놀라게 한다. 길이 반듯하고 길가에 보도가 있음에도 불구하고 거리가 협소하다. 작은 집에는 창문이 없고, 안뜰과 개방된 복도로 난 문을 통해서만 빛이 들어온다. 공공건축물, 성문 옆의 은행, 신전 그리고 가까이에 있는 별장도 건물이라기보다는 모형이나 장난감 장롱 같다. 하지만 이런 방, 복도, 회랑에는 아주 화사하게 색깔이 칠해져 있고, 벽면은 단조롭지만 가운데는 세밀한 그림이 그려져 있는데 지금은 대체로 떨어져 나가고 없다. 모서리와 끝에는 경쾌하고 품위가 있는 아라베스크 무늬가 있다. 강렬한 꽃 장식 무늬로 된 다른 부분에서 야생 동물과 온순한 동물들이 갑자기 튀어나온다면, 이 무늬가 발전해서 어쩌면 귀여운 어린이나 요정 형상이 생길지도 모르겠다. 처음에는 비 오듯 쏟아진 돌덩이나 화산재로 덮였다가 나중에는 도굴범에 의해 유린당한 이 도시의 오늘날 아주 황폐한 상태는 전 주민의 예술과 그림에 대한 의식을 보여주고 있다. 그래서 지금 이곳의 가장 열렬한 애호가조차 예술과 그림에 대한 어떠한 개념도 감정도 욕구도 없는 것이다.

베수비오 화산에서 멀리 떨어진 것을 생각하면 여기를 뒤덮고 있는 화산 물질이 분화구에서 내동댕이쳐진 것도 아닐 테고, 돌풍에 날려 오지도 못했을 것이다. 오히려 돌덩이와 화산재가 한동안 구름처럼 공중을 떠돌다가 마침내 이 불운한 장소에 내려앉은 것으로 생각해야 한다.

이 사건을 좀 더 구체적으로 살펴보려면 어쨌든 눈에 갇힌 산간 마을을 생각하면 된다. 건물들, 그러니까 처참하게 찌그러진 건물들 사이의 공간은 눈으로 메워졌고, 언덕이 포도밭이나 과수원으로 이용될 때 담벼락만이 여기저기에 튀어나와 있을 것이다. 그래서 일부 주인은 자신의 경작지에 엎드려 중요한 첫물을 수확할 것이다. 몇몇 방들은 텅 비었고, 어떤 방의 구석에는 재가 한 무더기 쌓여 여러 종류의 자그마한 가재도구나 세공품을 가려버렸다.

우선 바닷가 정자의 시원찮은 음식점에 앉아 검소한 식사를 하고, 푸른 하늘이며 바다의 빛과 광채에 흥겨워하는 동안 미라가 된 이 도시에서 받은 이상하고 반쯤은 언짢은 인상이 씻은 듯이 사라졌다. 이 지역이 포도 잎사귀로 덮인다면 여기서 다시 만나 같이 즐거움을 맛보리라는 희망도 품었다.

도시에 더 가까이 다가가자 조그만 집들이 다시 눈에 들어왔다. 폼페이에서 보았던 광경과 거의 흡사하다. 허락을 구하고 어떤 집에 들어가 보니 가구가 아주 말끔히 갖추어져 있었다. 귀엽게 엮은 등나무 의자들에다, 장롱은 완전히 금박이 입혀져 다채로운 꽃으로 장식되고 유약 칠이 되어 있었다. 수백 년이 지나 무수한 변화를 겪은 후에는 주민들에게 유사한 생활방식과 풍속, 애착심과 애호감을 심어줄 것이다.

3월 12일, 월요일, 나폴리

오늘은 시내를 느릿느릿 돌아다니며 내 방식대로 관찰하면서, 유감스럽게도 지금은 전달할 수 없지만 나중에 기술하기 위해 중요한 많은 것들을 적어두었다. 이곳의 모든 사정으로 보아 절실히 필요한 것들을 충분히 제공하는 복 받은 땅은 인간에게도 행복한 천성을 부여하는 것을 알 수 있다. 이들은 오늘이 가져온 것을 내일도 가져다줄 거라며 걱정 없이 기다릴 줄 안다. 이런 행복한 천성 때문에 아무런 걱정 없이 살아가는 것이다. 현재 순간에 대한 만족, 분수에 맞게 즐기는 것, 일시적인 고통을 명랑하게 참고 견디는 것! 후자에 대해서는 기분 좋은 하나의 예가 있다.

아침에는 춥고 축축했지만 비는 거의 내리지 않았다. 나는 포장도로의 커다란 각석(角石)이 깨끗이 쓸려 있는 한 광장에 도달했다. 대단히 놀랍게도 완전히 평평하고 고른 땅 위에서 누더기를 걸친 한 무리의 소년들이 빙 둘러 모여 머리를 맞대고 손을 땅 쪽에 대고 있는 것을 보았다. 이들은 마치 서로 몸을 녹이려는 듯 보였다. 처음에는 장난처럼 보였다. 하지만 욕구가 충족되었을 때처럼 이들의 표정이 매우 진지하고 침착한 것을 보고 나는 머리를 한껏 짜내어 생각해 보았다. 하지만 도저히 감이 잡히지 않았다. 그래서 이 장난꾸러기들이 왜 이상한 자세를 취하며 이렇게 빙 둘러서서 모여 있는지 물어보지 않을 수 없었다.

그리하여 이곳에 사는 대장장이가 다음과 같은 방식으로 바퀴의 살을 뜨겁게 했음을 알게 되었다. 쇠 바퀴를 땅에 놓고 이것을 적당히 부드럽게 만들 수 있을 만큼 그 위에 둥그렇게 참나무 지저깨비를 잔뜩 쌓아놓는다. 그리고 참나무에 불을 붙여 태운다. 그 다음 바퀴에 살을 두르고 조심스럽게 재를 털어 낸다. 그 즉시 꼬마들은 포도(鋪道)에 전달된 열을 쬐며 마지막 남은 온기까지 사그라들었다고 생각이 들 때까지 그 자리에서 꼼짝도 하지 않는 것이다. 여기에는 이처럼 분수를 아는 태도와 그렇지 않으면 사라질지도 모르는 것을 세심하게 이용하는 예들이 일일이 거론할 수 없을 정도로 많다. 나는 이 민족에게서 가장 생생하고도 재기 넘치는 산업을 발견한다. 부자가 되기 위해서가 아니라 걱정 없이 살기 위한 산업이다.

저녁에

오늘 지정한 시간에 그 유난스러운 소공녀 댁에 도착하려고 집을 못 찾아 헤매지 않게 일당을 주고 고용인을 한 명 썼다. 그는 커다란 궁의 뜰로 통하는 대문 앞에 나를 데려다주었다. 그런데 이렇게 으리으리한 집에 산다는 게 믿기지 않아서 그에게 다시 한 번 이름을 또박또박 불러주었다. 그는 내가 집을 제대로 찾은 거라고 자신 있게 말했다. 본채와 별채로 둘러싸인 널찍한 뜰은 쥐 죽은 듯이 고요하고 깨끗하게 청소되어 있었다. 건축 양식은 잘 알려진 밝은 나폴리 풍이었고 색깔도 마찬가지였다. 내 맞은편에 커다란 정면 현관과 넓고 완만한 계단이 보였다. 계단 위 양쪽에는 값비싼 제복을 입은 하인들이 죽 늘어서 있다가 내가 옆으로 올라가자 허리를 굽혀 인사를 했다. 나는 빌란트의 요정 동화에 나오는 술탄이라도 된 듯 그의 예에 따라 마음을 다잡았다. 이제 보다 지위가 높은 하인들이 나를 맞이하더니 이윽고 그중에 가장 예의 바르게 보이는 사람이 커다란 홀의 문을 열어주었다. 그러자 역시 환하기는 했지만 다른 방과 마찬가지로 텅 비어 있는 공간이 나왔다. 이곳을 이리저리 지나가다가 측면에 있는 커다란 방에 약 마흔 명이 함께 앉을 수 있는 식탁과 그 위에 먹음직스러운 음식이 차려져 있는 것을 보았다. 곧이어 교구 성직자 한 명이 들어왔다. 그는 내가 누구인지 어디 출신인지도 묻지 않고 마치 구면이라도 되는 양 아주 일상적인 이야기를 꺼냈다.

양 날개 문이 열리더니 초로의 신사가 들어오고 나서 다시 닫혔다. 성직자가 그에게 다가가자 나도 따라가서 몇 마디 공손한·말을 나누며 인사했다. 그가 개 짖는 듯한 소리로 더듬더듬 말해서 호텐토트 족의 언어 같은 사투리를 하나도 알아들을 수 없었다. 그가 벽난로 가에 자리를 잡자 우리도 각자 자기 자리로 되돌아왔다. 당당한 체구의 베네딕트 교단 수도사가 약간 젊은 동행과 함께 안으로 들어왔다. 그도 주인에게 인사하면서 개 짖는 소리를 냈다. 그런 다음 우리가 있는 창가 자리로 왔다. 수도회 사제들, 특히 옷차림이 우아한 성직자들은 모임에서 최고의 이점을 갖는다. 그 복장은 대단한 위엄을 부여해 주면서 동시에 겸손과 삼감을 암시해 준다. 이들은 품위를 잃지 않으면서 자신을 낮추며 행동할 줄 안다. 그러다가 허리를 곧추세울 때는 다른 신분의 사람들에게서는 엿볼 수 없는 어떤 자부심이 드러나기도 한다. 이 남자가 바로 그런 사람이었다. 내가 몬테 카시노에 대해 묻자 그는 그곳으로 나를 초대하여 최고로 접대하겠다고 약속했다. 그동안에 홀은 사람들로 가득 찼다. 장교들, 궁의 관리들, 교구 성직자들, 심지어 카푸친 교단 수도사도 몇 명 참석했다. 내가 찾는 여자는 보이지 않았다. 그녀가 없을 리가 없다고 생각하는데 다시 양 날개 문이 열리면서 닫혔다. 어떤 노부인이 들어왔는데 어쩌면 주인보다 더 늙은 듯했다. 안주인이 등장하자 내가 낯선 궁에 와 있으며 이 곳에서 나를 아는 사람은 아무도 없다는 사실이 새삼 확실하게 느껴졌다. 식탁에는 이미 진수성찬이 차려져 있었고, 나는 성직자들과 함께 연회장의 천국으로 들어가기 위해 이들 가까이에 자리를 잡았다. 그때 갑자기 필란지에리가 늦은 것을 사과하면서 부인과 함께 들어왔다. 그런 직후에 그 공녀도 홀로 뛰어 들어왔다. 그녀는 무릎을 굽히고 허리와 머리를 숙여 인사하면서 내가 있는 곳으로 다가오며 이렇게 소리쳤다.

"약속을 지켜주셔서 정말 반가워요! 제 옆자리에 앉아주세요. 선생님께 최고로 맛있는 음식을 대접해 드릴게요. 잠깐만 기다려주세요! 먼저 제가 적당한 자리를 잡은 다음에, 곁에 와서 앉아주세요."

이런 요청을 받은 나는 그녀가 대는 다양한 핑계에 따라 이리저리 움직인 후 마침내 그녀 옆자리에 앉게 되었다. 베네딕트 교단 수도사들이 바로 우리 맞은편에 앉았고, 필란지에리는 나의 다른 쪽 옆에 앉게 되었다. 그녀는 이렇게 말했다.

"음식이 정말 훌륭해요. 모두가 사순절 요리지만 엄선된 것이에요. 그 가운데 최고 맛있는 걸 알려드릴게요. 하지만 먼저 저 예수쟁이들부터 해결해야겠어요. 저자들한테는 두 손 들었어요. 날이면 날마다 아예 우리 집에 죽치고 살다시피 해요. 우리가 가진 것을 친구들과 나누어 먹어야 한다나요!" 수프가 들어오자 베네딕트 교단 수도사들은 예의 바르게 먹기 시작했다. "사양 말고 마음껏 드세요, 손님 여러분들." 하고 그녀가 외쳤다. "수저가 너무 작은가요? 더 큰 걸 가져오라고 할게요. 댁들은 한입 가득 넣는 데 익숙해져 있나 봐요." 한 신부가 영주의 궁에는 모든 것이 훌륭하게 차려져 있기 때문에 자기 말고도 모든 손님들이 충분히 만족감을 느낄 거라고 대답했다.

그 신부는 파이 한 조각만을 집어 들었다. 그러자 공녀는 신부에게 반 다스라도 좀 드시라고 소리쳤다. 퍼프 페이스트*는 소화가 잘 된다는 것을 신부도 알지 않느냐는 것이다. 사리 분별이 있는 신부는 신을 모독하는 농담을 못 들은 척하고, 파이 한 개를 집어먹으며 자비롭게 관심을 가져준 것에 고마움을 표시했다. 이렇게 그녀는 그저 파이 하나로도 악담을 늘어놓을 기회를 잡았음이 분명했다. 신부가 한 조각을 찔러서 접시에 담기가 무섭게 두 번째 파이가 그의 접시로 굴러 들어갔기 때문이었다. "하나 더 드세요, 신부님. 기초 공사를 아주 튼튼히 하시려나 봐요!" 공녀의 말에 신부가 이렇게 대꾸했다. "이렇게 재료가 훌륭하다면 건축가가 일하기 쉽겠어요." 나에게 성심 성의껏 최고의 요리를 대접한다며 잠깐씩 말을 중단할 때 말고는 줄곧 이런 식의 대화가 계속되었다.

그동안에 나는 옆자리에 앉은 필란지에리와 아주 진지한 이야기를 나누었다. 필란지에리는 결코 아무렇게나 말하는 법이 없는 인물이었다. 그런 점에서 우리의 친구 게오르크 슐로서와 비슷한 구석이 많다. 다른 것이 있다면 나폴리인이자 사교가인 그가 천성이 더 부드럽고 교제를 보다 편안하게 한다는 것이다.

식사 시간 내내 성직자들은 내 옆에 앉은 공녀의 방자한 말버릇에 계속 시달렸다. 특히 사순절 기간에 육류 모양으로 바꾼 생선이 나오자 그녀는 이를 빌미로 신을 모독하고 미풍양속을 해치는 말을 끊임없이 늘어놓았다. 특히 육욕을 찬양하고

---

* 버터와 밀가루를 반씩 섞어 반죽한 것.

인정하면서, 고기 자체는 금지되어 있다 하더라도 적어도 형태로나마 즐기는 것은 찬성한다고 말했다.

이것 외에도 나는 이런 종류의 농담들을 더 많이 알아챘지만 차마 여러분에게 전할 엄두가 나지 않는다. 살다 보면 아리따운 여자의 입에서 이런 말을 듣는 것은 참을 수 있다 해도, 이것을 글로 옮기는 일은 전혀 달갑지 않다. 그런 낯 뜨겁고 대담한 이야기는 사람들을 화들짝 놀라게 하는 속성이 있어서, 현장에서 들을 때는 즐겁지만 남에게 이야기할 때는 모욕적이고 불쾌한 감정이 들게 하는 법이다.

후식이 들어왔다. 나는 또 그런 이야기가 계속될까 우려했다. 그러나 뜻밖에도 공녀는 내 쪽으로 돌아앉아 차분하게 이렇게 말했다. "사제들이 저 시라쿠사 와인을 태연히 꿀꺽 삼켜버려야 하는데 말이에요. 저들의 식욕이 달아날 정도는 안 되더라도 그중 한 명을 실컷 골려주면 좋겠지만 아직 그러질 못했어요. 이젠 이치에 맞는 이야기를 나누기로 해요! 다시 필란지에리와 대화를 해봐야 무슨 소용이 있겠어요! 그는 훌륭한 분이지요! 그는 할 일이 많은 사람이에요. 저는 벌써 그분께 이런 말을 자주 했답니다. '여러분이 새로 법률을 만들면 우리는 이것도 마찬가지로 어길 방도를 짜내기 위해 새로 골머리를 싸매야 해요. 옛날 법은 벌써 해치웠기 때문이지요.' 나폴리가 얼마나 아름다운지 한번 보세요. 사람들은 오래전부터 걱정 없이 흡족하게 살고 있어요. 가끔 가다 교수형을 당하는 사람이 있기는 해도 다른 일은 다 훌륭하게 굴러가지요."

이 말에 이어서 그녀는 자기의 큰 농장이 있는 소렌토로 가보라고 권유했다. 그녀의 농장 관리인이 최고의 생선 요리와 귀한 어린 송아지 고기 요리(뭉가나)를 대접할 거라고 한다. 산 공기와 하늘의 전망으로 내가 온갖 철학으로부터 치유되면 자기도 따라올 거란다. 그렇지 않아도 내 얼굴에 너무 일찍 파인 온갖 주름살이 흔적도 없이 사라지도록 우리 함께 흥겹게 살아보는 게 어떻겠냐고 했다.

1787년 3월 13일, 나폴리

편지가 다른 사람들에게 전달되도록 오늘도 몇 자 적는다. 몸 상태가 좋았지만 생각보다 많이 다니며 보지는 못했다. 이 땅은 나태하고 유유자적하며 생활하게 만드는 반면 나에게는 도시의 상이 점점 더 완성되어 간다.

일요일에 폼페이에 다녀왔다. 세상에 많은 재앙이 있었지만 후손에게 이처럼 큰 즐거움을 준 일은 별로 일어나지 않았다. 나는 이보다 더 흥미 있는 것을 잘 알지 못한다. 집들은 작고 좁지만 내부에 있는 모든 것들은 아주 예쁘게 채색되어 있다. 색다르게 생긴 도시의 성문은 묘지 옆에 바로 붙어 있다. 어떤 여사제의 무덤은 반원형의 벤치처럼 생겼고 팔걸이가 돌로 되어 있다. 그 옆의 비명은 대문자로 새겨져 있다. 의자 저 위로는 바다와 지는 해가 보인다. 멋진 생각을 떠올릴 수 있을 만한 훌륭한 장소이다.

우리는 그곳에서 나폴리의 훌륭하고 명랑한 사교계 사람들을 만났다. 사람들의 성향은 아주 자연스럽고 가볍다. 우리는 바로 바다 옆의 토레 델란눈치아타에서 식사를 했다. 날은 아주 좋았고 카스텔아마레와 소렌토 쪽의 전망도 가깝고 매우 훌륭했다. 사람들은 자기들이 사는 곳에 만족해했다. 바다 풍경이 보이지 않으면 도저히 살 수 없다고 말하는 이들도 몇몇 있었다. 나로서는 이런 풍경을 마음에 지니고 있는 것으로 이미 충분하다. 그리고 기회를 봐서 산악 지대로 되돌아갈지도 모른다.

다행히도 여기에 자유롭고 풍요로운 주위 환경의 감정을 화폭에 옮기는 성실한 풍경 화가가 있다. 그는 벌써 나를 위해 몇 장의 그림을 그렸다.

베수비오 화산에서 나온 물질들을 자세히 살펴보았다. 이를 연관 지어보면 모든 것이 달라진다. 누가 뭐래도 관찰하는 데 인생의 나머지 시간을 들여 인간의 지식을 늘릴 수 있는 많은 사실을 찾아낼 것이다. 나의 식물학 연구가 계속 진척되고 있음을 헤르더에게 알릴 것이다. 이것은 한결같은 원칙이다. 이를 실행하기 위해서는 일평생이 필요했다. 어쩌면 나는 기본선을 그을 수 있는 상태에 있는지도 모른다.

포르티치 박물관 구경을 손꼽아 기다리고 있다. 보통 사람들은 이곳을 제일 먼저 들르는데 우리는 가장 나중에 본다. 아직 여행 일정이 어떻게 될지 알지 못한다. 부활절에 로마로 돌아가야 할 처지가 될지도 모른다. 그저 상황에 맡길 생각이다. 앙겔리카는 『이피게니아』에 나오는 한 장면을 그림으로 그리려고 했다. 그런 생각을 하기 아주 잘했다. 그녀는 아주 훌륭하게 해낼 것이다. 그녀는 오레스트가 누이와 친구 곁에서 자신을 재발견하는 순간을 그리려고 한다. 차례로 나오는 세 인물을 동시에 등장시켜서 이들의 말을 행동으로 변화시킬 것이다. 여기서도 그녀의 섬세한 감각과, 전문 분야에 속하는 사항을 자기 것으로 소화하는 능력을 알아차릴 수 있다. 이것이야말로 그 작품의 축인 것이다.

여러분이 잘 지내기를 바라고 나를 어여쁘게 생각해 주길 바란다! 여기 사람들은 어떻게 나를 대해야 할지 잘 모르기는 하지만 다들 잘해 준다. 티슈바인은 오히려 이들을 더 흡족하게 해준다. 저녁이면 그는 이들의 얼굴을 실물 크기로 금방 몇 장씩 그려준다. 그러면 이들은 뉴질랜드인이 전함을 보고 놀라는 것 같은 표정을 짓는다. 이에 대한 재미있는 이야기가 불현듯 생각난다.

말하자면 티슈바인은 신과 영웅의 형상을 실물 크기로 펜을 써서 윤곽을 그려내는 뛰어난 재주가 있다. 그는 그림에 선영(線影)을 별로 넣지 않고 넓은 붓으로 음영을 잘 살려서 머리가 둥글고 고상하게 보이게 한다. 현장에서 지켜보던 사람들은 그가 너무 간단히 해치우는 바람에 놀라움을 금치 못하고 진심으로 즐거워했다. 이제 자기들도 그렇게 그려보겠다고 나섰다. 이들은 붓을 잡고 교대로 수염을 그리며 얼굴을 엉망으로 만들어버렸다. 인간이란 각자 타고난 능력이 다른 것이 아닌가? 이것은 제법 스케치하고 그릴 줄 아는 한 남자의 집에서 있었던 교양 있는 모임이었다. 만나보지 않으면 이들이 어떤 사람들인지 도저히 갈피를 잡을 수 없을 것이다.

3월 14일, 수요일, 카세르타

하케르트 댁에 다녀왔다. 그는 고성(古城)에서 마련해 준 아늑한 집에서 살고 있다. 새롭고도 거대한 궁은 에스코리알식의 사각형 모양으로 지어졌고 안뜰이 몇 개 있다. 생각보다 훨씬 대단한 위용이라 아니할 수 없다. 세상에서 가장 비옥한 평야에 위치한 지형이 더없이 아름답고, 정원 시설은 산에까지 이어져 있다. 성과 이 지역에 물을 대기 위한 송수로가 강물처럼 흐르는데, 이 정도의 물이 인공적으로 설치한 암벽에 부딪친다면 절경의 폭포를 이룰 수 있겠다. 이 아름다운 곳은 정원으로 이루어진 지역 전체의 일부이다.

그야말로 궁궐 같은 성은 그다지 활기차 보이지 않았다. 우리 같은 사람에게는 한없이 넓은 공간이 텅 비어 있으면 아늑한 느낌이 들지 않는다. 국왕의 생각도 비슷할지 모른다. 인간에게 좀 더 친밀한 느낌을 주며 사냥을 하거나 거주하면서 즐기기에 알맞은 시설물이 산에 조성되어 있기 때문이다.

3월 15일, 목요일, 카세르타

하케르트는 고성에서 아주 안락하게 살아가고 있다. 그가 살면서 손님을 맞기에는 충분한 공간이다. 그는 끈질기게 스케치나 그림에 몰두하면서도 사람 사귀기를 좋아하고, 누구나 자기 제자로 삼으면서 사람들을 끌어당길 줄 안다. 그는 내 약점을 참아주었고, 무엇보다 단호하게 스케치하라고 주문한 다음 자신 있고 분명한 태도를 취할 것을 요구하면서 내 마음도 완전히 사로잡았다. 그가 수채화를 그릴 때는 늘 잉크 세 병이 준비되어 있다. 그가 먼 쪽부터 작업하며 잉크를 한 병씩 사용하면 그림이 하나 생겨나는데, 사람들은 어떻게 그럴 수 있는지 알지 못한다. 겉으로 보이는 것처럼 수월하게 그림이 완성될 수 있다면 얼마나 좋겠는가. 으레 그렇듯이 그는 명료하고도 솔직하게 나에게 이렇게 말했다. "선생은 자질이 있지만 아무것도 할 수 없습니다. 열여덟 달 동안 제 곁에 계십시오. 그렇게 하여 자신과 친구들에게 기쁨을 주는 무언가를 만들어내야 합니다." 이는 모든 애호가들에게 영원한 설교가 되는 말이 아닌가? 이 말이 나에게 피와 살이 되는 것을 체험해 보기로 하자.

그는 공주들에게 실용적인 교육을 시킬 뿐만 아니라 주로 예술이나 그 관련한 것에 대해 교육적인 담소를 나누도록 간혹 저녁에 초빙받는다는 사실로 보아 왕비가 그를 각별히 신뢰하고 있음을 알 수 있다. 이때 그는 줄처의 사전을 바닥에 놓고 거기에서 그의 마음과 신념에 따라 이런저런 항목을 선정한다.

나는 이런 방식에 동의했고, 그러면서 나 자신에 대해 웃음이 나지 않을 수 없었다. 자신을 내부로부터 교화하려고 하는 사람과 세상에 영향을 미치려고 하고 이를 가정에서 사용하도록 가르치려는 사람 사이에 무슨 차이가 있단 말인가! 줄처의 『이론』은 기본 원칙이 잘못되었기 때문에 나에게 늘 증오의 대상이었다. 그런데 이제 이 저서가 사람들이 필요로 하는 것보다 훨씬 많은 내용을 담고 있음을 알게 되었다. 여기서 전달되는 많은 지식들, 줄처보다 더 의연하고 침착해지는 사고방식이 세상 사람들에게 충분하게 있어야 하는 게 아닐까?

우리는 복원 기술자 안드레스의 집에서 흡족하고도 의미 있는 시간을 가졌다. 로마로부터 초빙받은 그는 여기서도 고성에 살며 국왕이 관심을 기울이는 작품 활동을 부지런히 계속하고 있다. 그에 관해서는 그의 독자적인 손 기술과 관련되는 힘든 과제와 성공적인 해결을 동시에 서술해야 하기 때문에 고미술 복원에 대한 그의 뛰어난 능력부터 이야기해서는 안 된다.

1787년 3월 16일, 카세르타

2월 19일에 보낸 반가운 편지를 오늘 받고서 당장 답신을 써야겠다. 친구들을 생각하면서 제정신으로 돌아오는 것이 얼마나 좋은 일인지 모르겠다.

나폴리는 낙원과 같은 곳이다. 누구나 마치 취한 것 같은 자기 망각 속에 살고 있다. 나 역시 마찬가지이다. 스스로를 거의 인식할 수 없고 영 딴 사람이 된 것 같다. 어젠 이런 생각이 들기도 했다. '너는 옛날부터 미쳐 있었거나, 아니면 지금 미쳐 있는 것이다.'

이제 인근 지역도 둘러보기 시작하여 고대 카푸아의 잔해와 그와 관련된 곳을 찾아갔다.

이 지역에서 비로소 식물이 성장한다는 것이 무엇이며, 왜 논밭을 경작하는지 이해하게 된다. 아마(亞麻)는 벌써 꽃을 피우려 하고 밀은 높이가 한 뼘 반 정도로 자랐다. 카세르타 주변의 땅은 아주 평평하고 경작지는 화단처럼 고르고 정갈하게 가꾸어져 있다. 덩굴 식물이 휘감고 올라간 포플러 나무들이 줄지어 심겨 있고, 그 그늘에도 아랑곳하지 않고 땅은 더없이 완벽한 결실을 맺고 있다. 이제라도 새봄이 힘차게 약동하며 찾아들면 좋으련만! 지금까지 햇볕은 좋았지만 산속의 눈 때문에 아주 매서운 바람이 불었다.

이제 보름 이내에 시칠리아에 갈 것인지를 결정해야 한다. 행선지를 정하는 문제에서 이처럼 망설인 적이 없었다. 오늘은 가야겠다는 생각이 들다가, 내일은 가지 말아야겠지 싶다. 내 마음을 사로잡으려고 두 영혼이 싸움을 벌이고 있는 것이다.

그 작품은 남자 친구들이 읽으라고 쓴 글이 아니라 오로지 여자 친구들을 신뢰하며 쓴 글이다! 사람들이 나의 『이피게니아』를 이상하게 생각하고 있음을 간파했다. 사람들은 최초의 형식에 너무 익숙해져 있고, 자주 듣고 읽어서 자기 것으로 소화한 표현들과 친숙해져 있었다. 이제 이 모든 것이 다르게 생각된다. 결국은 내가 무한히 노력한 것에 누구도 고마워하지 않는다는 사실을 잘 알게 된다. 이 같은 작업은 원래 끝이 없는 법이며 시간과 정황에 따라 최선을 다했으면 그것으로 끝났다고 봐야 한다.

하지만 그렇다고 해서 『타소』도 이와 유사하게 과감히 손대는 것을 겁내서는 안 된다. 차라리 그것을 불 속에 던져버리고 싶기도 하지만 나의 결단을 고수하려고 한다. 사정이 다르지 않으니 이를 놀라운 작품으로 만들어보기로 하자. 이 때문에 내 저서들이 천천히 인쇄된다면 더할 나위 없이 반가운 일인 셈이다. 그리고 어느 정도 먼 거리에서 식자공으로부터 위협당한다고 생각하니 이 또한 다행스럽다. 가장 자유로운 행위에 얼마간의 강제를 예상하고, 또 이를 요구한다는 것은 정말 이상한 일이다.

1787년 3월 16일, 카세르타

사람들이 로마에서는 연구를 하고 싶어 한다면 이곳에서는 다만 살기를 원한다. 이곳에서는 자신과 세상을 잊게 된다. 나로서는 인생을 즐기는 사람들과만 교제하는 것이 기묘한 느낌이다. 지금도 영국 사절로서 이곳에 살고 있는 기사 해밀턴은 아주 오랫동안 예술을 사랑하고 자연 연구를 한 연후에, 자연과 예술에서 얻는 기쁨의 모든 정점을 아름다운 소녀에게서 발견했다. 그는 스무 살쯤 되는 영국 여성을 자기 곁에 두고 있다. 그녀는 미모가 출중하고 몸매가 뛰어나다. 그는 그녀에게 잘 어울리는 그리스 의상을 만들게 했다. 그녀는 그걸 입은 채 머리는 풀어헤치고 몇 개의 숄을 집어 들고 자세, 거동, 표정

등을 바꾼다. 그래서 보는 사람으로 하여금 꿈을 꾸고 있다고 생각하게 만든다. 수많은 예술가들이 즐겨 행했을지도 모르는 것이 여기서는 동적으로, 놀랍도록 변화무쌍하게 완성되어 있음을 본다. 서 있고, 무릎을 꿇고 있고, 앉아 있고, 누워 있고, 진지하고, 슬픈 표정으로, 놀리는 표정으로, 방자하게, 참회하며, 유혹하며, 협박하며, 불안한 표정 등으로 표현되어 있다. 어떤 한 가지에 다른 것이 계속 이어진다. 그는 모든 표현에 베일의 주름을 선택하고 바꿀 줄 안다. 그리고 같은 천으로 수백 종류의 머리 장식을 한다. 노 기사는 등불을 들고 이런 대상에 전심전력을 다한다. 그는 그녀에게서 온갖 고대, 시칠리아 동전의 다양한 특색, 벨베데레의 아폴로 상 자체를 발견한다. 그 정도로 많은 것이 확실하고, 보는 재미는 유일무이하다! 우리는 벌써 이틀 밤이나 재미를 만끽했다! 오늘 아침에는 티슈바인이 그녀를 그렸다.

　궁신들과 여러 상황을 통해 내가 경험하고 조합한 것을 먼저 심사받고 정리해야 한다. 오늘은 왕이 늑대 사냥을 나가서, 적어도 다섯 마리는 잡을 것으로 사람들은 기대한다.

3월 17일, 나폴리
　글을 쓰려고 할 때마다 비옥한 땅, 망망대해, 안개 낀 섬, 연기 피어오르는 산의 모습이 눈앞에 아른거린다. 그런데 나에게는 이 모든 것을 서술할 감각기관이 부족하다.

　이 지역에 와보면 어떻게 인간에게 논밭을 경작할 생각이 떠올랐는지 비로소 파악하게 된다. 경작지에서 온갖 작물이 나고, 일 년에 세 번에서 다섯 번까지 수확을 기대할 수 있다. 가장 좋았던 시절에는 같은 밭에서 옥수수를 세 번이나 재배했다고 한다.

나는 많은 것을 보았고, 더 많은 것을 생각했다. 세상이 점점 더 활짝 열리기 시작한다. 이미 알고 있던 모든 것도 이제야 비로소 내 것이 된다. 참으로 인간이란 일찍 알면서도 늦게야 실행하는 피조물인 것이다!

매 순간 관찰한 바를 전할 수 없는 게 애석할 따름이다. 티슈바인이 나와 같이 있기는 하지만 인간이나 예술가로서 그는 수많은 생각으로 이리저리 흔들리고 있고, 수많은 사람들한테서 요구를 받는다. 그는 독특하고 놀라운 상황에 처해 있다. 그는 자신의 노력이 너무 미흡하다고 느끼기 때문에 다른 사람의 존재에 마음껏 관여할 수 없는 형편이다.

그렇지만 세계는 주위의 모든 것이 한데 어울려 돌아가는 하나의 바퀴에 불과하다. 그런데 우리 자신이 함께 돌아가고 있기 때문에 이상하게 생각되는 법이다.

자연의 여러 현상들과 복잡한 견해들을 이 나라에 와서야 비로소 이해하고 발전시키는 법을 배울 거라고 늘 자신에게 말하던 것이 그대로 실현되었다. 나는 온갖 방면에서 한데 통합하고, 많은 것을 원래 위치에 갖다 둔다. 또한 조국애도 많이 느끼고 있으며 얼마 안 되는 친구를 통해 살아가는 즐거움도 느낀다.

나의 시칠리아 여행에 대해 신들이 아직 저울질을 하고 있다. 저울의 지침이 멈추지 않고 이리저리 움직이고 있다.

사람들이 나에게 아주 은밀하게 알려주는 그 친구가 누구일까? 헤매고 방황하는 바람에 그를 놓쳐버려서는 안 될 텐데!

팔레르모의 프리깃함이 돌아와서 일주일 후에 다시 이곳을 떠나간다. 그 배를 타고 부활절 전주에 로마로 되돌아갈지 모른다. 나는 아직 마음을 정하지 못했다. 어떤 사소한 일을 계기로 결심할 순간이 올지 모른다.

사람들과의 관계도 벌써 더 좋아지고 있다. 이들을 일반 저울로 재야지 황금 저울에 달 필요는 없다. 그런데 유감스럽게도 친구들까지 이따금은 우울한 상념과 이상한 요구로 서로 이런 일을 하곤 한다.

여기 사람들은 서로에 대해 아무것도 알지 못한다. 남들이야 어떻게 살아가든 거의 신경 쓰지 않는다. 자기 주위는 둘러보지 않고 하루 종일 천국을 이리저리 뛰어다닌다. 옆에 있는 지옥의 심연이 미쳐 날뛰기 시작하면, 다른 나라 사람들이 죽음과 악마를 막는 데 피를 사용하고 또 그러고 싶어 하듯이, 성 야누아리우스의 피를 사용해 재앙을 막는다.

이처럼 쉼 없이 움직이는 수많은 사람들 사이를 돌아다니는 일은 아주 색다르고 힘이 된다. 모든 게 뒤섞여 흘러가지만 각자 자신의 길과 목적지를 발견한다. 이렇게 커다란 사회와 움직임 속에서 비로소 꽤 평온하고 외로운 느낌이 든다. 길이 시끄러울수록 내 마음은 더욱 차분해지는 것이다.

가끔 루소와 그의 우울한 탄식을 생각하곤 한다. 그렇게 섬세한 유기적 정신이 어떻게 그리 됐는지 이해가 된다. 나는 자연의 사항에 이러쿵저러쿵 관여할 기분이 아니고, 측량기사가 많은 것을 하나하나 측량하는 대신 한 번 선을 죽 그어 시험해 보듯이, 겉보기에 혼란스러워 보이는 상황에서 아무리 많이 관찰해 봤자 일을 해결하고 정리할 수 있다고 생각하지 않는다. 나는 종종 제정신이 아니라고 생각할 때가 있다.

1787년 3월 18일, 나폴리

더 이상 차일피일 미루지 말고 포르티치에 가서 헤르쿨라네움과 발굴된 유물을 모아놓은 박물관을 방문해야겠다. 베수비오 산기슭에 자리 잡고 있는 저 고도(古都)는 용암으로 완전히 뒤덮여 있었다. 여러 번 계속된 폭발로 땅이 높아져서 건물들은 땅 밑 육십 피트 되는 곳에 파묻혀 있다. 그 위에서 우물을 파다가 널빤지가 붙은 대리석 바닥을 보고 이 도시를 발견했다. 독일 광부들이 계획에 따라 발굴을 했어야 하는데 그렇지 않아 참으로 애석한 일이다. 약탈자처럼 마구 파 뒤집는 바람에 고상한 고대 유물이 일부 훼손되었음이 분명하다. 계단을 예순 개 아래로 내려가면 지하 동굴이 나오는데, 한때는 지상에 서 있었을 극장을 횃불에 비춰보고 사람들은 놀라움에 입을 다물지 못하고 거기서 발견되었고 세워져 있던 모든 것에 대해 서로 이야기를 나눈다.

박물관에 들어가니 설명을 잘 해주고 친절하게 대해 준다. 그런데 무언가를 기록하는 것은 허용되지 않았다. 어쩌면 더 주의 깊게 살펴보면서 사라진 과거 시대에 들어가 보다 생생한 상념에 잠겼을지도 모른다. 그때는 이 모든 사물들이 실제로 사용하고 누리도록 소유지 주위에 널려 있었다. 폼페이에서 본 조그만 집과 방 들이 이젠 좁게도 또는 넓게도 보였다. 방에 너무 값진 물건들이 빼곡하게 들어차 있다고 생각하니 좀 비좁아 보였고, 바로 이러한 물건들이 실제로 사용하기 위해 만들어졌을 뿐만 아니라 조형 예술을 통해 극히 재기발랄하고 품위 있게 장식되고 생기를 띠면서 그 의의를 높이고 확장시키기도 하기 때문에 비교적 넓어 보였다. 아무리 집이 넓다 해도 그런 느낌이 쉽게 드는 것은 아니다.

예를 들어 위쪽 가장자리가 아주 귀엽게 장식된 멋진 양동이가 보인다. 더 자세히 살펴보면 양쪽 가장자리가 위쪽으로 튀어나와 있어서 반원 모양으로 연결된 부분을 손잡이로 잡고 아주 편안하게 나를 수 있다. 그리고 램프는 심지의 수에 따라 가면이나 당초(唐草) 무늬로 장식되어 있어서 불꽃마다 진정한 예술 작품을 밝게 비추고 있다. 높고 가느다란 놋쇠 버팀대로 등을 운반하게 되어 있다. 반면에 걸려 있는 등들은 재기 발랄한 온갖 형상으로 매달려 있다. 이것들은 이리저리 움직이고 흔들리며 보는 사람의 마음을 끌고 흥겹게 만들려는 의도를 유감없이 드러내 보인다.

다시 찾아오겠다는 희망을 품고 안내자들을 따라 방마다 둘러보며 매 순간 상황이 허락하는 대로 흥겨움과 가르침을 얻었다.

1787년 3월 19일, 월요일, 나폴리

최근 들어 새로운 관계를 보다 밀접하게 맺었다. 여기서 보낸 사 주 동안 티슈바인은 자연물과 예술품에 대해 성실한 안내를 해줌으로써 도움을 주었으며, 어제도 같이 포르티치에 다녀왔다. 그 결과 서로의 관찰을 통해 그의 예술적 목표뿐 아니라, 앞으로 그가 나폴리에서 자리 얻기를 희망하는 까닭에 시와 궁에서 예정된 일들이 내 의도, 소망, 애호와 연결될 수 없음이 밝혀졌다. 이 때문에 그는 나를 위한 배려로서 나와 계속 여행을 다닐 길동무로 한 젊은이를 추천해 주었다. 나는 처음 만난 후 여러 번 보았던 터라 그 젊은이에게 관심과 애착이 없는 것은 아니었다. 그의 이름은 크니프*이다. 그는 한동안 로마에 체류한 다음 풍경 화가에게 가장 원초적인 장소인 나폴리로 갔다. 나는 로마에서 벌써 그가 솜씨 좋은 소묘가라는 칭찬을 들었다. 그런데 사람들이 그의 행실에는 그런 칭찬을 하려고 하지 않았다. 나는 그를 제법 알기에 이렇게 비난받는 결함이 한동안 같이 지내다 보면 분명 극복될 수 있는 우유부단이라고 말하고 싶다. 시작이 좋은 걸로 보아 이런 희망이 실현될 것 같다. 그리고 일이 잘 풀린다면 우리는 상당 기간 동안 좋은 동료로 남아 있을 것이다.

3월 19일, 나폴리

거리를 돌아다니다 보면 도저히 흉내 낼 수 없는 광경들이 금방 눈에 띈다. 어제는 시내에서 가장 소란스러운 구석인 몰

---

* 크리스토프 하인리히 크니프(1748~1825). '나폴리 미술 아카데미' 교수가 된 독일 화가.

로에 나갔다가 풀치넬라*가 나무 발판 위에서 조그만 원숭이 한 마리와 다투는 모습을 보았다. 건너편 발코니에서는 꽤 아리따운 소녀가 자신의 매력을 과시하고 있었다. 나무 발판 옆에서는 엉터리 약장수가 몰려든 군중들에게 만병통치약이라며 선전하고 있었다. 만일 게르하르트 도우가 이 광경을 그림으로 그렸다면 동시대와 후세 사람들에게 흥겨움을 안겨줄 만했을 텐데.

그러니까 오늘은 성 요셉의 축일이기도 했다. 그는 넓은 의미에서 구운 과자류를 만드는 사람들을 포함한 모든 제빵업자들의 보호자이다. 거무스름하게 끓어오르는 기름 아래서 강한 불꽃이 끊임없이 불타오르기 때문에 화염으로 인한 모든 고통도 이들의 소관 사항에 속한다. 그런 까닭에 제빵업자들은 어젯밤에 집 앞을 그림으로 정성껏 치장했다. 그림에서는 연옥의 영혼과 최후의 심판자 들이 이글거리며 주위에서 불타오르고 있었다. 문 앞에 임시로 설치한 화덕 위에는 커다란 가마솥들이 걸려 있었다. 제빵 도제 한 사람이 반죽을 빚으면 다른 도제는 그것을 롤빵 모양으로 만들어 끓어오르는 기름 속에 던져 넣었다. 가마솥 옆에는 고기 굽는 작은 쇠꼬챙이를 들고 세 번째 도제가 대기하고 있다가 롤빵이 익자마자 끄집어낸 다음 다른 쇠꼬챙이로 네 번째 도제에게 밀어주었다. 그러면 그가 주위에 둘러선 사람들에게 빵을 나누어주었다. 세 번째와 네 번째 도제는 금빛 곱슬머리 가발을 쓴 젊은이였다. 이런 가발은 천사를 의미한다. 이 무리에는 몇 사람이 더 있어서, 일에 열중하는 사람들에게 포도주를 따라주고 함께 마시면서 술맛이 좋

---

* 남부 이탈리아의 즉흥 희극에 등장하는, 매부리코에다 검은색의 반 가면을 쓰고 있는 익살꾼.

다고 칭찬하며 떠들고 있었다. 천사와 요리사 들도 모두 소리를 질러댔다. 이날 밤에는 모든 빵이 싸게 제공되고, 게다가 수입의 일부를 가난한 사람들에게 나누어주기 때문에 많은 사람들이 몰려들었다.

이와 같은 이야기는 끝도 없이 할 수 있으리라. 거리에서 만나는 다양한 복장 하며, 톨레도 거리에서만 볼 수 있는 사람들의 엄청난 무리, 늘 새롭고 기막힌 일들이 날마다 벌어진다!

이런 사람들과 함께 살면 진정한 즐거움을 누릴 수 있다. 이들이 너무 자연스러우므로 함께 어울리면 누구나 자연스럽게 될 수 있을 것이다. 예를 들어 민중 가면극에 나오는 풀치넬라, 베르가모의 익살 광대, 티롤 태생의 어릿광대가 이들이다. 풀치넬라는 그야말로 태연하고 침착하며 어느 정도는 무심하고 게으르다 할 수 있지만 그래도 유머가 있는 하인이다. 이런 모습의 종업원이나 하인은 어디서나 볼 수 있다. 오늘은 우리 하인과 특별히 즐거운 시간을 가지려고 했지만 그에게 펜과 종이를 가져오게 한 것 말고는 아무런 다른 일이 없었다. 절반의 오해와 망설임, 선의와 장난기를 결합하면 어떤 무대에서도 성공을 거둘 수 있는 아주 매력적인 장면이 만들어질 텐데.

1787년 3월 20일, 화요일, 나폴리

나폴리에서는 보이지 않았지만 용암이 막 분출해 오타야노 쪽으로 흘러내린다는 소식을 듣고 세 번째로 베수비오 화산을 등정하겠다는 생각이 간절해졌다. 한 마리 말이 끄는 이륜마차를 타고 지체 없이 베수비오 산기슭에 이르니 전에 우리를 안내한 두 명의 안내자가 벌써 모습을 보였다. 한 사람은 친숙한 점과 고마움 때문에, 다른 사람은 신뢰감 때문에 두 명 다 놓치고 싶지 않았다. 이 두 사람도 여러 가지 편리한 면 때문에 나와 동행하기를 원했다.

언덕에 오른 뒤 나이 많은 안내자는 외투와 먹을 것 옆에 남고, 젊은 안내자가 나를 따랐다. 원뿔형 분화구 아래 산에서 뿜어져 나오는 어마어마한 증기를 향해 용감하게 발걸음을 옮겼다. 얼마 뒤 옆으로 난 완만한 경사면을 내려가자 마침내 맑은 하늘 아래 거친 증기 구름 사이로 용암이 분출하는 모습이 보였다.

백문이 불여일견이라는 말이 있듯이 대상물의 특유한 성격을 알려면 직접 보는 수밖에 없다. 용암은 십 피트를 넘지 못할 정도로 폭이 좁았다. 하지만 완만하고 꽤 평탄한 지면으로 흘러내리는 모습은 눈길을 끌기에 충분했다. 용암이 흘러내리는 동안 측면과 표면이 식으면서 녹은 물질도 열류 아래에서 굳어지므로, 점점 솟아오르는 운하 같은 모양이 형성되기 때문이다. 표면을 흐르는 분석(噴石) 덩어리들은 좌우에 똑같은 모양으로 쌓여 점차로 둑처럼 높아진다. 그 둑 위로 물레방아가 있는 시냇물처럼 용암이 이글거리며 조용히 흘러간다. 상당히 높아진 둑 옆으로 다가가 보니 분석 덩어리들이 규칙적으로 양 측면으로 굴러와 우리 발밑에까지 쌓이는 것이었다. 운하에 틈이 몇 개 있어 우리는 이글거리며 흘러가는 용암을 아래쪽에서 볼 수 있었고, 계속 그것이 흘러내리는 광경을 위쪽에서도 관찰할 수 있었다.

햇빛이 너무 강렬해 이글거리는 불덩어리가 흐릿해 보였고 약간의 연기만이 맑은 공기 속으로 피어올랐다. 이 용암이 분출하는 곳에 가까이 가보고 싶은 욕구가 생겼다. 안내인이 자신 있게 들려주는 말에 의하면 그곳에는 둥근 천장과 지붕 모양이 곧장 형성되는데 자기도 그 위에 몇 번 서 보았다고 한다. 이것도 구경하고 체험할 겸 그 지점을 뒤쪽에서 접근해 보기 위해 다시 산을 올랐다. 다행히도 그곳은 활발한 기류 때문에 노출되어 있었지만 주위의 수천 군데 틈새에서 자욱하게 피어 오르는 증기 탓에 물론 전체가 다 보이지는 않았다. 마침내 우리는 둥그렇게 굽은 채 죽처럼 굳은 표층 위에 섰다. 하지만 그 표층이 하도 넓게 앞쪽으로 펼쳐져 있는 바람에 용암이 분출하는 모습은 끝내 볼 수 없었다.

몇 걸음이라도 더 나가보려고 애썼지만 땅바닥이 점점 더 뜨거워지고 자욱한 연기가 소용돌이치면서 태양을 가리고 숨 막히게 했기 때문에 도저히 견딜 수 없었다. 앞서 가던 안내자가 곧장 몸을 돌리더니 내 손을 붙잡았다. 그리고 이런 지옥 같은 분화구에서 간신히 빠져나왔다.

우리는 전망을 즐기고 포도주로 목구멍과 위를 달랜 다음 낙원의 한가운데 이처럼 우뚝 솟은 지옥의 봉우리를 또 어떻게 관찰할 수 없을까 하고 이리저리 돌아다녔다. 화산의 굴뚝이면서 연기는 내뿜지 않고 끊임없이 뜨거운 공기를 힘차게 발산하고 있는 몇몇 분화구 속을 다시 세밀히 관찰했다. 깊숙한 심연 속에는 위쪽에까지 젖꼭지나 고드름같이 생긴 종유석 모양의 물질로 온통 뒤덮여 있는 게 보였다. 굴뚝 표면이 울퉁불퉁했고 증기에 의해 형성되어 이렇게 매달려 있는 물질들 중에 어떤 것은 손에 닿을락 말락 한 깊이에 있어서 지팡이나 갈고리 모양의 연장으로 충분히 따낼 수 있을 정도였다. 일전에 용암 가게에서 진짜 용암의 일종이라고 하는 이런 것들을 본 적이 있었다. 그런데 그 안에 들어 있다가 증발해 버린 광물질의 일부를 드러내면서 뜨거운 증기에서 방출된 것이 화산재 그을음이라는 것을 알고 기뻤다.

　돌아오는 길에 일몰의 장관과 밤하늘이 기분을 상쾌하게 해주었다. 그렇지만 이렇게 엄청난 대조를 보이는 자연 앞에서 내 감각이 혼란에 빠져 있음을 느낄 수 있었다. 아름다운 광경에다 무시무시한 것, 무시무시한 광경에다 아름다운 것, 이 양자가 서로를 지양하며 아무래도 상관없다는 감정을 불러일으킨다. 만일 나폴리인이 신과 악마 사이에 끼어 있다고 느끼지 않는다면 그는 확실히 다른 인간일지도 모른다.

1787년 3월 22일, 나폴리

　즐기기보다는 더 많이 배우고 행동하려는 독일적인 기질과 욕구가 나를 재촉하지 않는다면 이런 가볍고 흥거운 삶의 학교에 한동안 더 머물며 보다 많은 이득을 취하려고 할지도 모른다. 무척 적은 수입으로나마 그럭저럭 꾸려갈 수 있다면 나폴리는 아주 살기 편한 곳이다. 도시의 지형과 온화한 기후는 칭찬받아 마땅하지만, 외국인들은 거의 오로지 이 점만을 칭찬하고 있다.

　물론 시간이 많고 솜씨와 능력이 있는 사람이라면 느긋한 마음으로 정착해서 살아도 되겠다. 해밀턴이 이렇게 멋지게 안착해서 인생의 황혼을 즐기고 있다. 그가 영국식으로 꾸민 방들은 사랑스럽기 그지없다. 구석방에서 바라보는 전망은 아마 어느 곳에도 견줄 수 없을 것이다. 우리 밑에는 바다가 있고, 카프리 섬이 마주 보이며, 오른쪽에는 포실리포가 있다. 근처에는 빌라 레알레의 산책길이 나오고, 왼쪽에는 오래된 예수회 건물이 있으며, 멀리로는 소렌토 해안에서부터 미네르바 곶까지 한눈에 들어온다. 유럽에서 이런 전망을 갖춘 곳은 인구가 조밀한 대도시 한가운데서는 아마 둘도 없을 것이다.

해밀턴은 광범위한 취향을 지닌 사람이다. 그는 창조의 세계를 두루 돌아다닌 후 아름다운 여인, 위대한 예술가의 걸작에 도달했다.

이 모든 것을 속속들이 즐길 만큼 즐긴 후에 바다 저편의 세이렌*이 나를 유혹하고 있다. 날씨가 좋다면 나는 이 편지와 함께 동시에 길을 떠난다. 편지는 북쪽으로 가고 나는 남쪽으로 길을 떠난다. 인간의 마음이란 제어할 수 없는 것이라서, 특히 나 같은 사람은 광대무변한 것이 절대 필요하다. 이제 참고 견디는 것뿐만 아니라 신속한 파악에도 관심을 기울여야 한다. 내가 사물에서 손가락의 끝만 얻었다면, 앞으로는 듣고 생각하여 손가락 전부를 내 것으로 만들 수 있을지도 모른다.

요즈음 이상하게도 한 친구가 『빌헬름 마이스터』를 떠올리게 하면서 그것을 계속 쓰라고 요구한다. 이런 하늘 아래서는 아마 불가능할지도 모르나, 어쩌면 이런 공기로부터 최근의 책들에 무언가가 전해질 수 있겠다. 줄기가 더욱 뻗어나가고 꽃들이 점점 풍성하고 아름답게 피어오르면 나의 존재도 그럴 정도로 충분히 발전될지도 모른다. 정말이지, 내가 다시 태어나서 되돌아올 수 있다면, 다시 돌아오지 않는 것이 나을지도 모른다.

---

* 그리스 신화에서 아름다운 노랫소리로 뱃사람을 유혹했다는 반인반조(半人半鳥)의 요정.

3월 22일, 나폴리

오늘은 팔릴 수 있는 코레조의 그림을 한 점 보았다. 보존 상태가 완벽한 것은 아니지만 매력의 핵심은 지워지지 않고 남아 있다. 성모마리아와 아기 예수를 나타내는 그림이다. 아이는 어머니의 젖가슴과 어린 천사가 건네주는 배 사이에서 어느 것을 취할지 갈피를 못 잡고 있다. 그러니까 '예수의 젖 떼기'이다. 내가 보기에 착상이 극히 섬세하고 구성은 감동적이고 자연스러우며 성공적이고 아주 매력적으로 완성되어 있다. 이것을 보고 즉각 「성 카타리나의 약혼」이 생각났는데, 의심의 여지없이 코레조의 손길 덕택인 것 같다.

1787년 3월 23일, 금요일, 나폴리

크니프와의 관계가 꽤 실제적으로 형성되고 공고해졌다. 우리는 파에스툼에 함께 다녀왔는데, 이리저리 동행하면서 보니 그는 무척 활발하게 스케치를 하는 사람이었다. 윤곽만을 나타낸 아주 훌륭한 스케치들이 그려졌다. 이렇게 활발하고 부지런하게 생활하면서 자신도 거의 확신하지 못했던 재능이 살아나자 그는 기뻐하고 있다. 이제 중요한 것은 결단력인데, 바로 여기서 그의 정확하고 깔끔하고 숙련된 솜씨가 드러난다. 그는 스케치를 할 때 직각 사각형으로 선을 긋는 것을 결코 소홀히 하지 않는다. 그리고 최고급 영국제 연필을 깎고 또 깎는 것이 그에게 스케치를 하는 것만큼이나 큰 즐거움을 안겨준다. 이 덕분에 그의 윤곽선은 우리의 소망을 잘 충족해 주고 있다.

우리는 오늘부터 같이 생활하고 여행하면서 최근에 그랬던 것처럼 스케치 말고는 다른 데 신경을 쓰지 않기로 약속했다.

그가 그린 모든 스케치는 내가 갖기로 했다. 하지만 여행에서 돌아온 후에 그것들이 앞으로 그의 작업을 위한 기초가 될 수 있도록 일정한 액수에 이를 때까지 그는 엄선한 많은 대상물들을 나를 위해 완성해야 한다. 그의 솜씨가 발휘된 그림이거나 전망이나 여타의 것이 중요한 그림의 경우 어쩌면 추가로 사들일 수 있기 때문이다. 나는 이러한 조정안이 대단히 만족스러웠다. 이제야 우리가 같이 여행 다니는 것에 대해 간단하나마 설명을 해줄 수 있겠다.

우리는 이륜 경마차에 올라타 착하고 순박하게 생긴 소년을 뒤에 태운 채 교대로 고삐를 잡으면서 경치가 뛰어난 지역을 통과해 갔다. 크니프는 화가다운 안목으로 경치에 감탄을 표시했다. 협곡에 다다른 뒤로 아주 매끈하게 닦인 도로를 빠른 속도로 달리면서 더없이 아름다운 숲과 암석 지대를 지나친다. 라 카바 지역에서 우뚝 솟은 수려한 산을 보고 크니프는 이를 스케치하고 싶은 마음을 억누를 수 없었다. 그래서 그는 산기슭뿐만 아니라 산의 측면들도 깔끔하고도 특색 있는 솜씨로 화폭에 담았다. 우리 둘은 이것이 우리를 결합시켜 주는 첫 선물이라며 즐거워했다.

저녁에 살레르노의 숙소 창가에서 같은 스케치가 그려졌다. 그 어디에서도 볼 수 없는 사랑스럽고 비옥한 지역을 묘사한 이 그림은 말의 표현을 넘어설 만큼 뛰어나다. 대학이 번성하던 황금 시절에 누군들 이곳에서 공부하고 싶지 않았겠는가? 다음 날 꼭두새벽부터 마차가 다닐 수 없이 끊긴 길이나 때로는 진흙탕 길을 따라서 아름답게 짝을 이룬 산을 향해 갔다. 시냇물과 하천을 통과할 때는 하마처럼 생긴 물소들의 핏발 선 눈동자가 보이기도 했다.

주변의 땅이 점점 더 평평하고 황폐해지고 집이 몇 채 없는 것으로 보아 농사가 변변치 못함을 알 수 있었다. 암석 지대를 통과한 것인지 폐허 지대를 통과한 것인지는 확실치 않았지만 멀리서부터 시야에 들어온 몇몇 커다랗고 길쭉한 사각형 물체들이 한때 번영했던 도시의 신전 잔해와 기념물임을 식별할 수 있었다. 그동안 벌써 두 개의 석회 산을 스케치해 놓은 크니프는 전혀 그림처럼 아름답지 않은 이 지역의 특색을 어느 지점에서 포착해 나타내야 할지 궁리하며 재빨리 장소를 물색하고 있었다.

   그동안 한 시골 남자가 건물들을 돌며 나를 안내해 주었다. 처음 받은 인상은 그저 놀라움뿐이었다. 나는 완전히 낯선 세상에 와 있음을 발견했다. 수세기가 흐르는 동안 진지한 것에서 호감이 가는 것으로 변모하듯이, 인간도 함께 변화되고 만들어지기 때문이다. 이제 우리의 눈과, 이를 통한 우리의 전체적인 내적 본질은 더 날렵한 건축술에 자극받고 결정적으로 규정되어서 비좁게 들어찬 원뿔형의 이 뭉툭한 기둥들이 우리에게 성가시게, 그러니까 끔찍하게 생각된다. 하지만 나는 정신을 가다듬고 예술사를 기억에 떠올렸다. 그리고 이러한 건축술을 합당하다고 생각한 시대정신을 생각해 보고 엄밀한 조형 양식을 눈앞에 그려보았다. 그러자 한 시간도 못 되어 친숙해진 느낌을 받고, 이렇게 잘 보존된 유물들을 직접 눈으로 볼 수 있게 해준 수호신에게 감사하게 생각했다. 그림으로 보아서는 전혀 이해할 수 없을 것이기 때문이다. 건축 설계도로 보면 실제보다 좀 더 우아하게 보이겠지만, 원근법에 입각한 그림으로 보면 실제보다 못해 보일 것이다. 유적들을 두루 돌아보고 이를 통해 두루 감동을 느꼈을 때만 이것들에 실제적인 삶의 모습을 전달할 수 있고, 다시 이것들에서 건축가가 애당초 의도하고 창조한 것을 감지해 낼 수 있게 된다. 내가 이렇게 하루를 보내는 동안 크니프는 가장 정밀한 윤곽을 포착하는 일을 게을리 하지 않았다. 내가 이런 문제에 전혀 신경을 쓰지 않아도 되고, 이처럼 확실한 추억의 징표를 얻게 되어 무척 기뻤다. 유감스럽게도 여기서 묵을 형편이 못되어 우리는 살레르노로 되돌아갔다. 그리고 다음 날 아침 일찍 나폴리로 향했다. 베수비오 화산을 뒤쪽에서 바라보니 무척 비옥한 지대에 자리하고 있었다. 전방의 큰길에는 피라미드 같은 거대한 포플러 나무들이 심겨 있었다. 잠깐 길을 멈춰서 바라보니 이것도 즐거운 광경이었다.

언덕에 올라서자 눈앞에 확 트인 전망이 펼쳐졌다. 장관을 이루는 나폴리, 만의 평탄한 해안을 따라 수마일이나 줄지어 늘어선 가옥들, 산지 전면의 야산 지대, 지협, 암벽, 그리고 섬들, 그 뒤로 바다가 한눈에 들어왔다. 무아경에 빠지게 하는 광경이었다.

혐오스러운 노랫소리, 아니 장난으로 뭐라고 놀려대는 소리가 나를 방해해서 깜짝 놀라 뒤돌아보니 웬 소년이 서 있었다. 나는 막 야단을 쳤지만 너무 착하게 생긴 아이라서 악담은 퍼붓지 않았다.

한동안 그는 꼼짝 않고 있다가 내 어깨를 가볍게 톡톡 치면서 집게손가락을 치켜올리고 오른팔을 우리 사이로 내뻗으며 말했다. "시뇨르, 페르도나테! 퀘스타 에 라 미아 파트리아!(Signor, perdonate! Questa è la mia patria!)" 이 말을 우리말로 옮기면 이러하다. "아저씨, 용서해 주세요. 여긴 우리나라니까요!" 이 말을 듣고 나는 두 번째로 깜짝 놀랐다. 북쪽에서 온 가엾은 여행자인 내 눈에 이슬 같은 게 맺혔던 것이다!

1787년 3월 25일, 성모마리아 수태고지 축일, 나폴리

크니프가 나와 함께 시칠리아로 가고 싶다는 것은 느꼈지만 무언가 남겨두고 가는 것을 꺼려함을 눈치 챌 수 있었다. 곧 그는 애인과 진심으로 긴밀한 관계임을 솔직하게 털어놓았다. 그녀의 존재가 함께 알려졌다는 사실이 충분히 기분 좋게 들렸고, 그 소녀의 지금까지의 태도가 호감을 갖게 했다. 그는 이제 그녀가 얼마나 예쁜지 나도 만나봐 달라고 했다. 나폴리의 가장 좋은 전망 중 하나를 즐길 수 있을 만한 장소에 도착했다. 그는 나를 어떤 집의 평평한 지붕으로 데리고 올라갔다. 거기서는 특히 시내의 아랫부분, 몰로 방면, 만, 소렌토의 해안을 완전히 굽어볼 수 있었다. 오른편에 펼쳐진 모든 것들은 이 지점에서가 아니면 쉽게 보이지 않을 것같이 아주 특이한 방식으로 휘어져 있었다. 나폴리는 가는 곳마다 아름답고 훌륭하다.

우리가 경치에 감탄하고 있을 때 예상은 했지만 그래도 의식하지 못하는 사이에 작고 귀여운 머리 하나가 불쑥 바닥에서 솟아 나왔다. 봉당에 뚜껑으로 덮을 수 있는 길쭉한 사각형 구멍이 현관을 그런 발코니로 만들었기 때문이다. 작은 천사가 완전히 모습을 드러낸 것을 보니 옛날 예술가들이 마리아의 수태고지를 나타낼 때 천사가 계단으로 올라오는 모습을 그렸음이 떠올랐다. 그런데 이 천사는 정말 용모가 아름답고 얼굴이 작고 귀여우며 자태가 훌륭하고 자연스럽다. 멋진 하늘 아래 세상에서 가장 아름다운 지역을 눈앞에 두고 새로운 친구를 이렇게 보니 행복하고 기쁘기 그지없다. 그녀가 다시 멀어졌을

때 그는 그녀의 사랑에 기뻐하고 그녀의 분수에 맞는 생활을 존중하는 법을 배우기 위해 자발적으로 가난한 삶을 살아왔다고 고백했다. 이젠 더 나은 전망과 넉넉한 형편을 소망하는데, 주로 그녀의 더 나은 삶을 준비하기 위해서라고 했다.

3월 25일, 나폴리

이런 모험을 즐긴 다음 해변으로 산보를 갔다. 기분이 차분했고 마음이 흡족했다. 그때 나는 식물학적 대상에 대한 큰 깨우침을 얻게 되었다. 원형 식물*에 관한 문제를 곧 해결할 수 있을 것 같다고 헤르더에게 말해야겠다. 다른 사람들이 그 안에 다른 식물 세계가 있는 것을 인식하지 않으려 할까 봐 우려될 뿐이다. 배종(胚種)에 관한 나의 멋진 이론이 너무 세련되어서 앞으로 더 나아가기가 어려울 것이다.

1787년 3월 26일, 나폴리

내일 이 편지를 여러분에게 보낸다. 3월 29일 목요일 나는 코르베트함을 타고 드디어 팔레르모로 간다. 해상 운송에 대한 지식이 없어서 지난번 편지에서는 이를 프리깃함 등급으로 승격시켰었다. 떠나야 할지 머물러야 할지 몰라 망설이는 바람에 이곳에 체류하는 동안 이따금 불안했다. 결단을 내리니 마음이 홀가분하다. 나의 기질을 위해 이번 여행은 유익하고 꼭 필요하다. 내가 볼 때 시칠리아는 아시아와 아프리카로 향하는 출

---

* 괴테가 현실의 배후에 설정한 하나의 전형으로서의 식물.

발점을 의미한다. 세계사의 주된 활동 무대였던 그 경이로운 땅을 직접 밟아본다는 것은 대단히 중요한 일이다.

나는 나폴리를 그 도시의 고유한 특성에 따라 다루었다. 부지런히 돌아다니지는 않았지만 많은 것을 보았고, 땅, 주민, 여러 가지 상황에 대해 일반적인 개념을 형성했다. 돌아갈 때 미처 보지 못한 몇 가지를 더 살펴보아야겠다. 물론 몇 가지만 살펴보면 된다. 6월 29일 전에 로마에 다시 가 있어야 하기 때문이다. 부활절 전의 수난 주간은 놓치더라도 성 베드로 축일은 구경하고 싶다. 시칠리아 여행은 처음의 의도에서 너무 빗나가서는 안 된다.

그저께는 천둥과 번개가 치고 폭우가 쏟아지는 험악한 날씨였다. 지금은 다시 날이 개서 상쾌한 트라몬타나가 불어온다. 이 북풍이 계속 불어준다면 배가 무척 빠른 속도로 달릴 것이다.

어제 나의 길벗과 함께 배를 둘러보고 우리가 타고 갈 조그만 선실을 찾아가 보았다. 배 여행에 대해서는 전혀 생각해 보지 않았다. 어쩌면 해안을 따라 도는 것일지도 모르는 이 짧은 배 여행이 상상력을 키워주고 세상을 보는 안목을 넓혀줄 것이다. 선장은 젊고 활발한 남자이고, 미국에서 건조된 선박은 아주 우아하고 산뜻한 훌륭한 범선이다.

이제 이곳은 온갖 초목이 푸른색으로 변하기 시작한다. 시칠리아에서는 한층 더할 것이다. 여러분이 이 편지를 받을 때면 나는 트리나크리아*를 뒤에 두고 돌아오는 중일 것이다. 사람이란 늘 생각이 앞뒤로 오락가락하는가 보다. 아직 그곳에 가

---

* 시칠리아를 가리키는 이름. 세 개의 갑 때문에 붙여짐.

지도 않았는데 벌써 생각은 여러분 곁에 있다. 하지만 마음이 이처럼 갈팡질팡 하는 것은 내 탓이 아니다. 글을 쓸 때마다 방해를 받아 중단되곤 했지만 이번만큼은 꼭 끝까지 쓰고 싶다.

베리오 후작이라는 박식해 보이는 젊은이가 방금 찾아왔다 갔다. 『젊은 베르테르의 슬픔』의 작가를 꼭 만나보고 싶었던 모양이다. 어쨌거나 교양과 지식을 얻으려는 이곳 사람들의 욕구와 열의는 대단하다. 올바른 길에 접어들기에 이들의 삶이 너무 행복할 따름이다. 시간이 좀 더 있다면 그들에게 더 많은 시간을 할애할 텐데. 엄청난 삶을 즐긴 것에 비해 사 주라는 시간이 얼마나 짧았던가! 아무튼 잘 지내길 바란다! 이 여행으로 아마 여행하는 법은 배울 테지만 사는 법을 배울지는 모르겠다. 인생을 이해할 것 같은 사람들은 기질과 성향 면에서 나와 너무 판이해서 내가 이런 재능을 달라고 요구할 수는 없을 것 같다.

여러분이 잘 지내길 바라고, 내가 진심으로 생각하듯이 여러분도 나를 사랑해 주길 바란다.

1787년 3월 28일, 나폴리

요즈음은 짐을 꾸리고 작별 인사를 하고 물건을 구입하고 돈을 치르고 보충하고 준비하느라 정말 정신이 없다.

발데크 후작은 작별 인사를 하면서 나를 다소 불안하게 만들었다. 시칠리아에서 돌아올 때 자기와 함께 그리스와 달마티아로 가자는 말밖에 하지 않았기 때문이었다. 일단 세상에 나와서 사람들과 관계를 맺을 때는 정신을 잃거나 미쳐버리지 않게 조심해야 할지도 모른다. 나로서는 더 이상 뭐라고 말할 능력이 없다.

1787년 3월 29일, 나폴리

며칠 전부터 날씨가 불안정하다가 출발하기로 한 오늘은 그럭저럭 괜찮은 편이다. 사람들은 순풍인 트라몬타나를 받으며 맑은 하늘 아래서 드넓은 세상으로 들어가기를 바란다. 이제 또 바이마르와 고타의 모든 친구들에게 진심으로 작별 인사를 한다! 늘 여러분의 사랑이 나와 함께하고 있고, 어쩌면 언제까지나 여러분의 사랑이 필요할지도 모르기 때문이다. 오늘 밤에 또다시 내 일들에 대한 꿈을 꾸었다. 내 꿩잡이 배의 짐을 여러분 곁 말고는 어디에도 부릴 수 없을 것 같은 기분이다. 그저 보란 듯이 짐을 부릴 수 있기만을 바랄 뿐이다!

시칠리아

3월 29일, 목요일, 해상 여행

지난번 우편 여객선을 탔을 때처럼 상쾌한 순풍인 북동풍이 부는 게 아니라 약하지만 유감스럽게도 역풍인 남서풍이 불었다. 배가 나아가는 데 가장 방해되는 바람이 이 남서풍이다. 뱃사람들이 변덕스러운 날씨와 바람에 꼼짝 못한다는 사실을 알게 되었다. 그래서 아침나절을 초조한 마음으로 때로는 해안에서 보내기도 하고, 때로는 커피숍에 머물기도 했다. 점심때가 되어서야 마침내 승선해서 더없이 좋은 날씨와 절경을 즐겼다. 몰로에서 멀지 않은 곳에 코르베트함이 정박하고 있었다. 하늘은 맑았지만 대기에는 안개가 자욱하다. 그래서 그림자가 진 소렌토의 암벽은 지극히 아름다운 푸른색을 띠고 있다. 밝게 빛나며 생기 넘치는 나폴리는 온갖 색깔로 반짝이고 있었다. 해가 지면서 비로소 출항했지만 배는 그 자리에서 서서히 움직일 뿐이었다. 역풍에 포실리포 방향으로 움직여 그곳의 뾰족하게 튀어나온 곳으로 밀려갔다. 밤새도록 배는 느릿느릿 나아갔다. 미국에서 건조된 쾌속 범선인 이 배에는 우아한 작은 선실

안에 몇 개의 침대가 구비되어 있었다. 오페라 가수와 무용수인 단정하고 명랑한 손님들은 팔레르모로 향하고 있었다.

3월 30일, 금요일

　동이 틀 무렵에 우리는 이스키아와 카프리 섬 사이에 있었다. 카프리 섬으로부터 일 마일쯤 떨어진 곳이다. 카프리 섬과 미네르바 곶의 산 뒤에서 태양이 떠오르는 모습이 장관이었다. 크니프는 해안의 윤곽과 섬들, 그 다양한 광경을 부지런히 스케치했다. 배가 천천히 가는 게 그의 작업에 도움이 되었다. 차마 바람이라고 할 수 없는 미풍을 받으며 계속 나아갔다. 네 시경에 베수비오 화산이 시야에서 사라졌을 때도 미네르바 곶과 카프리 섬은 아직 보이고 있다. 그러다가 저녁 무렵엔 이것들도 보이지 않았다. 태양마저 바다 속으로 들어가자 우리는 구름들과 죄다 보랏빛으로 반짝이는 수마일의 띠를 벗 삼아 항해했다. 크니프는 이러한 현상도 화폭에 담았다. 더 이상 육지가 보이지 않았다. 수평선 주위에는 물밖에 없었고 아름다운 달빛에 밤바다가 환히 빛났다.
　하지만 나는 이런 훌륭한 광경을 잠시밖에 즐길 수 없었다. 얼마 못 가서 그만 뱃멀미가 났기 때문이었다. 나는 선실로 들어가 수평 자세를 취했다. 흰 빵과 적포도주 외에는 어떤 음식이나 음료수도 삼가니 상태가 훨씬 호전되는 것이 느껴졌다. 나는 외부 세계로부터 격리된 채 내부 세계를 다스렸다. 배가 천천히 갈 것 같았으므로 중요한 환담을 나누기 위해 마음을 짓누르던 어떤 과제를 즉시 포기했다. 나는 모든 원고들 중에서 시적 산문으로 된 『타소』의 첫 두 막만을 가지고 바다로 나왔다. 이 두 막은 구상이나 줄거리 면에서 대략 지금의 것과 같지만 써놓은 지 벌써 십 년이나 되는 것이라 무언가 유약하고 모호한 점이 있었다. 그래서 새로운 의도로 형식을 정비하고 운율을 넣어서 곧장 그런 것을 없앴다.

3월 31일, 토요일

태양이 바다에서 맑게 솟아올랐다. 7시에 우리보다 이틀 먼저 출발한 프랑스 배를 따라잡았다. 그만큼 우리가 빠른 속도로 항해했던 것이다. 그래도 배 여행이 언제 끝날지는 아직 알 수 없었다. 우스티카 섬이 다소나마 위로를 주었지만 카프리 섬과 마찬가지로 그 섬은 우리 오른쪽에 있어야 했는데 유감스럽게도 왼편에 위치해 있었다. 점심때가 되니 바람이 완전히 역풍으로 바뀌어서 좀처럼 앞으로 나아가지 못했다. 파도가 더 높게 일기 시작했고, 배 안에서는 거의 모든 사람이 멀미에 시달렸다.

작품 전체를 장면 하나하나 완전하게 샅샅이 생각하면서 나는 익숙한 자세를 유지했다. 나도 모르는 사이에 시간이 한참 흘러갔다. 파도에도 불구하고 식욕에 아무런 영향을 받지 않은 크니프는 간혹 나에게 포도주와 빵을 가져다주면서 장난기를 발동했다. 그는 훌륭한 점심상과 젊고 유능한 선장의 명랑함과 예의바름을 칭찬하면서 내가 제대로 먹지 못하자 애석해하면서도 고소해했다. 배에 탄 손님들 각각이 농담하면서 재미있어 하다가도 뱃멀미로 언짢아하는 모습이 그가 장난삼아 묘사할 풍부한 소재를 제공해 주었다.

오후 4시에 선장은 배의 방향을 다른 곳으로 틀었다. 커다란 돛이 다시 팽팽하게 퍼졌고, 우리는 바로 우스티카 섬을 향해 나아가게 되었다. 대단히 기쁘게도 그 뒤에는 시칠리아의 산들이 바라보였다. 바람이 점차 도와줘서 더 빠른 속도로 시칠리아를 향해 나아갔다. 몇 개의 섬들이 눈에 띄기도 했다. 일몰 시각이라 날이 흐릿했고 안개에 가려 햇빛이 보이지 않았다. 저녁 내내 바람은 꽤 순풍이었다. 자정 무렵이 되니까 바다가 마구 요동치기 시작했다.

4월 1일, 일요일

새벽 3시에 세찬 폭풍우가 몰아쳤다. 잠결에 반쯤은 꿈을 꾸면서 연극 작품의 구상을 계속하는 동안 갑판은 파도에 마구 요동치고 있었다. 돛을 거둬들이지 않을 수 없었고, 배는 높은 파고에 나부끼고 있었다. 날이 밝을 무렵에 폭풍우가 잦아들고 날씨는 맑아졌다. 이제 우스티카 섬은 완전히 왼쪽에 자리하고 있었다. 망원경으로 보니 살아 있는 점같이 생각되는 커다란 바다거북이 저 멀리 헤엄쳐 가는 모습이 보였다. 정오 무렵에는 시칠리아 해안을 그 갑과 만으로 아주 또렷이 분간할 수 있었다. 그러다가 바람 속으로 들어갔고, 이럭저럭 간신히 빠져나왔다. 오후가 되자 해안에 더 접근했다. 날씨가 맑고 햇살이 밝게 비치는 가운데 릴리베오 곶에서 갈로 곶까지 서쪽 해안이 아주 뚜렷이 보였다.

돌고래 무리가 뱃머리 양쪽에서 따라오며 계속 앞으로 내달렸다. 때로는 맑고 반투명한 파도에 뒤덮인 채 헤엄치기도 하고, 때로는 등지느러미와 옆지느러미로 푸른색과 금색으로 변화하는 물살을 가로지르며 움직이는 모습이 재미있어 보였다.

우리가 바람의 한가운데 있었기 때문에 선장은 갈로 곶의 뒤쪽에 있는 만을 향해 배를 몰았다. 크니프는 이런 좋은 기회를 놓치지 않고 다양한 광경을 꽤 상세히 스케치했다. 해가 지자 선장은 배를 다시 먼 바다로 몰아 팔레르모 언덕에 도달하기 위해 북동쪽으로 향했다. 가끔 용기를 내어 갑판 위로 올라가 보았지만 나의 작가적 의도를 잊지 않으면서 작품 전체를 어느 정도 지배할 수 있게 되었다. 날은 흐릿했지만 달이 밝아서 바다에 반사된 빛이 눈부시게 아름다웠다. 화가들은 강한 효과를 내기 위해 달빛이 물에 반사될 때 보는 사람에게 가장 가까운 곳의 에너지가 가장 크고 폭도 가장 넓어지는 것처럼 믿게 하는 기술을 지니고 있다. 하지만 뾰족한 피라미드처럼 우선 뱃전의 번쩍이는 파도 속에서 끝나는 반사광이 저 멀리 수평선에 가장 넓게 퍼진 것이 보였다. 선장은 밤에 또 몇 번 방향을 바꾸었다.

4월 2일, 월요일, 아침 8시

우리는 팔레르모 맞은편에 와 있었다. 아침에 무척 기분이 좋았다. 요즈음 내 작품 구상이 고래 뱃속에서 상당히 무르익었다. 기분이 좋아진 덕분에 갑판에 나가 시칠리아 해안을 주의 깊게 관찰할 수 있었다. 크니프는 계속해서 부지런히 스케치했으며 그의 정확하고 기민한 솜씨로 그린 띠 모양의 종이 몇 장이 이처럼 상륙이 늦어진 것을 보상해 주는 귀중한 기념품이 되었다.

1787년 4월 2일, 월요일, 팔레르모

오후 3시에 마침내 천신만고 끝에 항구에 도착했다. 매우 만족스러운 광경이 펼쳐졌다. 완전히 몸이 회복된 나는 말할 수 없는 기쁨을 느꼈다. 북쪽을 향한 도시는 높은 산의 기슭에 자리하고 있었다. 하루의 시각에 따라 도시 위에 태양이 내리쬐고 있었다. 반사된 빛에 비쳐 모든 건물의 그늘 쪽이 선명히 드러나 보였다. 오른쪽의 펠레그리노 산은 아주 환하게 빛을 받아 우아한 형태를 드러내고 있었고, 왼쪽에는 만, 지협, 갑이 있는 해안이 넓게 죽 뻗어 있었다. 가장 사랑스러운 작용을 한 것은 푸른색을 띤 귀여운 나무들이었다. 뒤에서 빛을 받은 나무 우듬지들은 큰 무리를 이룬 초식성의 개똥벌레처럼 어두운 건물들 앞에서 이리저리 나부끼고 있었다. 맑은 향기에 모든 그림자가 짙푸른색을 띠었다.

우리는 급히 해안으로 달려가는 대신에 사람들이 내려가라고 할 때까지 갑판에 머물러 있었다. 어디서 우리가 이 같은 위치에서 이렇게 행복한 순간을 다시 누릴 수 있겠는가!

탑처럼 높은 성 로살리아의 마차가 유명한 축일에 돌아다닐 수 있게 두 개의 거대한 기둥으로만 이뤄진 놀랄 만한 문을 지나서 시내로 들어선 후 우리는 바로 왼쪽에 있는 여관으로 들어갔다. 각 나라의 외국인을 보는 데 익숙해진 인상이 푸근한 늙은 남자 주인이 큰방으로 안내했다. 그 발코니에서 바다와 정박지, 로살리아 산 및 해안을 굽어보았고, 타고 온 배도 바라보면서 처음 닿은 위치를 가늠할 수 있었다. 방의 위치에 몹시 흡족한 나머지 커튼 뒤 구석에 작은 방이 숨어 있는 걸 눈치 채지 못했다. 거기에는 비단 옥좌의 천개(天蓋)가 달린 큰 침대가 놓여 있었다. 침대는 낡았지만 으리으리한 다른 가구와 완벽한 조화를 이루고 있었다. 방이 이처럼 너무 호사스러운 게 좀 당황이 되어, 우리는 평소에 하던 대로 약정을 맺자고 요구했다. 반면에 노인은 아무런 약정도 필요 없다고 말했다. 그는 자기 집에서 지내는 게 마음에 들기를 바란다고 했다. 우리는 시원하고 통풍이 잘 되는 현관에 딸린 방도 이용할 수 있었다. 그 방은 몇 개의 발코니를 지나면 기분 좋게 곧장 우리 방과 맞닿아 있었다.

우리는 무한히 다양한 전망에 흡족했고 이를 하나하나 스케치나 그림으로 발전시키려고 했다. 여기서는 예술가가 한없이 수확을 거둘 수 있었기 때문이었다.

또 저녁이면 밝은 달빛에 이끌려서 정박장에 나갔다 돌아온 후에도 오랫동안 발코니에 자리를 지키고 있었다. 빛이 비치는 모양이 색다르며 무척 고요하고 우아하다.

1787년 4월 3일, 화요일, 팔레르모

우리가 제일 먼저 할 일은 굽어보기는 쉽지만 알기는 어려운 도시를 더 자세히 관찰하는 것이다. 아래쪽 성문에서 위쪽 성문까지, 바다에서 산까지 수마일에 달하는 거리가 도시를 가로지르며, 대략 이 거리의 중간 지점에 또 다른 거리가 뻗어 있기 때문에 굽어보기는 쉽다. 이 선상에 위치하고 있는 것은 찾기가 편하다. 반면에 시내의 중심은 외지인을 혼란스럽게 만든다. 안내자의 도움을 받아야만 이 미로에서 빠져 나올 수 있다.

저녁 무렵에 우리는 더 고상한 사람들의 잘 알려진 마차 행차를 관심 있게 지켜보았다. 이들은 시내 바깥으로 나가 정박장으로 가서 신선한 공기를 마시고 담소를 나누며 기사다운 태도를 보이는 것이다.

밤이 되기 두 시간 전에 보름달이 떠올라서 저녁 시간을 한없이 멋들어지게 만들었다. 팔레르모의 지형은 북쪽으로 도시와 해안이 하늘의 빛에 비쳐서 아주 이상한 모습으로 나타나게 한다. 파도 속에서는 그런 반사광을 결코 보지 못한다. 그 때문에 오늘도 밝은 대낮에 암록색의 바다가 심각하고 고집 세게 보였다. 나폴리에서는 이와 달리 점심때부터 바다가 점점 밝게 조금씩 트이면서 더 멀리서 반짝인다.

크니프는 세상에서 가장 아름다운 펠레그리노 산의 곶을 정밀하게 스케치하느라 정신이 없었기 때문에 나는 오늘 수차례 혼자 돌아다니며 이것저것을 둘러보았다.

1787년 4월 3일, 팔레르모
여기에 또 몇 가지를 요약해서 추가로 자세한 사항을 알려주겠다.

3월 29일 목요일, 날이 지면서 출발해 나폴리를 떠난 지 나흘째 되는 날 3시에 팔레르모 항구에 도착했다. 내가 갖고 다니는 조그만 메모장에 우리의 운명이 대체로 기록되어 있다. 이번처럼 조용히 여행을 시작한 적이 없었고, 계속 역풍이 불어 일정이 지연되기는 했지만 그 어느 때보다 더 조용한 시간을 가져본 적이 없었다. 심한 뱃멀미로 처음 며칠 동안 좁은 선실의 침대에 누워 있을 때조차도 그러했다. 나는 조용히 저 멀리 떨어져 있는 여러분을 생각하고 있다. 나에게 무언가 결정적인 것이 있었다면 이번 여행이 바로 그것이다.

주위가 온통 바다에 둘러싸인 광경을 보지 않은 사람이라면 자신의 세계와 세상의 관계를 이해할 수 없다. 풍경 소묘가인 나에게 이런 거대하고 단순한 선은 아주 새로운 생각을 부여해 주었다.

메모장에 적은 대로 이 짧은 항해에서 여러 가지 변화를 맛보았고, 흡사 뱃사람의 운명을 속속들이 맛본 것 같았다. 게다가 우편 여객선의 안전성과 편안함은 충분히 칭찬할 만했다. 선장은 아주 용감하고 꽤 품위 있는 남자이다. 선실의 동료는 전부 예의 바르고, 그럭저럭 참을 만하고, 유쾌한 관객 같다. 길동무인 크니프는 대상을 대단히 정확히 스케치하는 화가로 명랑하고 진실하고 선량한 사람이다. 그는 섬과 해안선을 보는 족족 스케치했다. 내가 이 모든 것을 가지고 간다면 여러분은 커다란 기쁨을 맛볼 것이다. 게다가 그는 항해의 지루함을 덜어주기 위해 지금 이탈리아에서 한창 유행하고 있는 수채화 기법을 적어주었다. 특정한 색조를 내기 위해 특정한 색깔을 사용하는 게 이제 이해가 된다. 이런 비밀을 알지 못하면 신물이 나도록 색깔을 섞기만 할 것이다. 로마에서 비슷한 이야기를 일부 들었을 테지만 결코 이런 맥락에서 파악하지는 못했다. 이처럼 예술가들은 이탈리아 같은 나라에 오면 공부를 확실히 끝마치게 된다. 무척 아름다운 오후에 팔레르모 방면으로 갔을 때 해안선에 아롱거리던 증기로 자욱한(했던) 광채는 어떤 말로도 표현할 수가 없다. 윤곽의 순수함, 전체적인 부드러움, 색조의 교차, 하늘의 조화, 바다와 땅, 이런 것의 어울림이 말로는 표현할 수 없을 정도였다. 이런 광경을 본 사람은 아마 평생토록 잊지 못할 것이다. 이제야 클로드 로랭의 그림이 이해가 된다. 그리고 언젠가 북쪽에 가서도 이런 행복한 지역의 실루엣을 마음속에 불러일으키겠다는 희망을 품어본다. 초가지붕의 사소함처럼 내 스케치 개념에서 사소한 것들 모두가 이로써 말끔히 씻겨 내려가 버렸으면 좋으련만. 가히 섬의 여왕이라 할 이 섬이 무슨 일을 할 수 있을지 지켜보기로 하자.

이제 막 푸른색을 띠는 뽕나무, 늘 푸른 협죽도, 레몬 나무 울타리 등과 함께 섬의 여왕이 우리를 어떻게 맞이했는지는 어떤 말로도 표현이 불가능하다. 공원에는 미나리아재비와 아네모네 꽃밭이 넓게 조성되어 있다. 부드럽고 따뜻한 공기에는 향기로운 냄새가 실려 오고, 바람은 잔잔하다. 게다가 어느 갑 뒤쪽에서 보름달이 떠올라 바다를 비춰주었다. 나흘 동안 낮과 밤을 파도에 시달린 뒤에 이런 즐거움을 누리다니! 나의 길동무가 물감으로 덧대서 그린 그림을 나의 무딘 펜으로 망쳐버린다면 용서해 주길 바란다. 나를 사랑하는 모든 이들을 위해 이 행복한 순간의 다른 기념물을 내가 준비하는 동안 이것이 여러분에게 어떤 속삭임처럼 전해질 것이다. 그것이 어떤 모습이 될지는 말하지 않겠으며, 여러분이 언제 그것을 받아보게 될지도 말할 수 없다.

1787년 4월 3일, 화요일, 팔레르모

사랑하는 여러분, 동봉한 이 한 장의 종이로 최고의 즐거움을 누리게 되길 바란다. 이 종이는 그 무엇과도 비교할 수 없이 광대한 물을 담고 있는 만(灣)을 그린 것이다. 바다 쪽으로 돌출한 비교적 평탄한 육지가 있는 동쪽에서부터, 험준하나 잘 형성되어 숲으로 뒤덮인 수많은 바위와 교외에 있는 어부들의 집까지, 아울러 우리의 집과 우리가 통과해 온 성문에 이르기까지 겉으로 보이는 도시의 집들이 모두 항구를 바라보고 있다.

그리고 서쪽으로는 비교적 작은 배들이 머무르는 평범한 선착장과 몰로 부근에 대체로 큰 배들이 정박하는 사실상의 항구가 있다. 서쪽에는 실제적인 본토 사이에 저편 바다에까지 뻗어 있는 비옥하고 귀여운 골짜기를 두고 있는 펠레그리노 산이 아름다운 자태로 우뚝 솟아 모든 선박들을 지켜주고 있다.

크니프는 스케치하고 나는 도식화를 그리면서 우리 둘은 커다란 즐거움을 느꼈다. 흐뭇한 마음으로 집에 돌아온 뒤로는 이 그림을 마무리할 힘도 용기도 느끼지 못하고 있다. 그러므로 우리의 구상은 미래의 시간을 위해 접어두어야 한다. 그래서 이 종이는 우리가 이런 대상들을 충분히 파악할 능력이 없음을, 또는 주제넘게도 단기간에 이를 정복하여 지배하려고 한 것을 여러분에게 보여줄 뿐이다.

1787년 4월 4일, 수요일, 팔레르모

오후에 남쪽의 산들 아래로 팔레르모를 지나 오레토 강이 굽이쳐 흐르는, 과실이 풍부하고 쾌적한 골짜기를 찾아갔다. 여기서도 하나의 상을 발견하려면 회화적인 안목과 솜씨 있는 손이 요구된다. 크니프는 반쯤 파괴된 방벽으로 물 흐름이 방해를 받는 지점을 재빨리 찾아냈다. 무성한 나무들로 그림자가 진 그곳 뒤에 있는 계곡을 오르면 전망이 탁 트여 있어 몇 개의 농가가 눈에 들어온다.

그지없이 아름다운 봄 날씨와 초목이 돋아나는 비옥한 땅이 골짜기 전체에 생기 넘치는 평화의 기운이 감돌게 했다. 요령부득인 안내자는 예전에 한니발이 여기서 전투를 벌였으며 대단한 공적을 올렸음을 장황하게 이야기하며 자신의 박식함을 과시함으로써 이 골짜기의 가치를 떨어뜨렸다. 상황에 걸맞지 않게 고인이 된 그런 영혼들을 불러낸 데 대해 나는 언짢은 반응을 보였다. 씨앗들이 늘 코끼리한테 짓밟히는 것은 아니라 해도 말이나 사람에 의해 종종 짓밟히는 것은 과히 좋지 않은 일이라고 말했다. 적어도 그렇게 야단법석을 떨어 조용히 꿈꾸는 상상력을 놀라게 해서 잠에서 깨워서는 안 된다고 말이다.

그러한 장소에서 고전이 된 과거의 기억을 내가 경멸하듯 물리치자 그는 적이 놀라워하였다. 물론 과거와 현재를 그런 식으로 뒤섞었을 때 기분이 어떠한가에 대해서는 분명하게 밝힐 수 없었다.

내가 강물이 얕아 말라 있는 곳이라면 어디서나 돌을 찾으며 다양한 종류의 돌멩이들을 계속 날라 들이자 이 동반자는 더욱 나를 이상하게 생각하는 것 같았다. 산악 지대에 대해서라면 시냇물에 떠밀려 내려온 암석을 조사하는 것보다 더 빨리 이해할 수 있는 방법은 없으며, 여기에서도 그 잔해를 통해 고대 토양의 영원히 표준적인 높이에 관해 어떤 개념을 얻는 것이 과제임을 그에게 다시 설명할 수가 없었다.

이 강에서 얻은 전리품도 쏠쏠했다. 거의 마흔여 점을 수집하고 물론 이것들을 몇 개의 부류로 나누었다. 이것들의 대부분은 벽옥 또는 각옥, 아니면 점판암이라 부를 수 있는 암석 종류였다. 그중에는 표석(漂石)들도 있었는데, 온전한 형태를 갖춘 것과 기형의 것, 여러 색깔을 띤 마름모꼴도 있었다. 좀 오래된 석회암의 변종도 많이 나왔다. 각력암도 적지 않았으며 그것의 접합제는 석회였다. 결합되어 있는 암석은 벽옥이거나 석회암이었다. 패각 석회암의 표석(漂石)도 없지 않았다.

여기에서는 말의 사료로 보리, 여물 및 겨를 준다. 봄에는 힘을 북돋워주기 위해 싹이 튼 녹색 보리를 준다. 초지가 없기 때문에 건초가 부족하다. 산에 몇 군데 목초지가 있고, 경작지의 3분의 1이 휴경지이기 때문에 경작지에도 목초지가 있다. 양은 바르바리*에서 온 것이기 때문에 별로 키우지 않으며, 생계 수단으로 더 나은 노새를 말보다 더 많이 키운다.

팔레르모가 자리하고 있는 평원, 도시 외곽의 아이 콜리 지역뿐만 아니라 바게리아의 일부도 대체로 패각 석회암 층으로 이루어져 있다. 도시가 이런 암석으로 건설되었기 때문에 이 지형에서 커다란 채석장도 많이 눈에 띈다. 펠레그리노 산 부근의 어떤 채석장은 높이가 오십 피트 넘는 것도 있다. 아래쪽의 광상(鑛床)은 더 흰색을 띠고 있다. 그 안에서는 석화된 산호와 조개류가 많이 발견되는데 커다란 조가비가 대부분이다. 위쪽 광상에는 붉은색 점토가 섞여 있는데 조개가 전혀 함유되지 않거나 미미한 정도다. 아주 위쪽은 붉은 점토로 이루어져 있어서 지형은 튼튼하지 못하다.

펠레그리노 산은 이 모든 점에서 단연 두드러진다. 오래된 석회암 층으로 이루어져 있으며 구멍과 갈라진 틈이 많다. 자세히 관찰하면 아주 고르지는 않지만 층들의 질서에 따르고 있다. 암석은 단단하고 두드리면 소리가 잘 울린다.

---

* 북아프리카 해안 지역을 말함.

1787년 4월 5일, 목요일, 팔레르모

우리는 특히 도시를 돌아다녔다. 건축 양식은 대체로 나폴리와 유사하지만, 예를 들어 분수와 같은 공공 기념물들은 미적 감각이 그리 뛰어나지 않다. 이곳의 예술 정신은 로마와 다르다. 예술 작품이 형상과 현실감을 얻는 것은 단지 우연을 통해서이다. 만약 시칠리아에 아름답고 알록달록한 대리석이 없었고, 동물 형상을 만드는 데 익숙한 어떤 조각가가 당시에 총애를 받지 못했다면 전체 섬주민이 놀란 눈으로 바라보는 분수가 존재하지 않았을지도 모른다. 이 분수는 묘사하기 힘들다. 적당한 크기의 광장에 받침대, 벽 및 빛깔이 있는 대리석으로 된 돌림띠로 이루어진 그리 높지 않은 둥근 건축학적 작품이 서 있다. 벽에는 열을 지어 몇 개의 벽감(壁龕)이 설치되어 있고, 흰 대리석으로 만들어진 각종 동물 머리들이 목을 뻗어 바깥을 내다보고 있다. 말, 사자, 낙타, 코끼리가 교대로 나타난다. 이런 동물 전시장의 배후에 분수가 있을 줄은 거의 예상하지 못한다. 풍부하게 제공된 분수의 물을 긷기 위해서는 사방에 난 빈틈을 통해 대리석 계단으로 올라가면 된다.

화려한 것을 좋아하는 예수회의 취향이 잘 드러난 성당마다 유사한 점이 있지만, 이는 원칙이 있어서 그렇거나 의도적인 것이 아니라 우연에 의한 것이다. 당대의 수공업자, 형상 조각가, 잎 무늬 장식 조각가, 도금사, 칠장이, 대리석 연마공은 미적 감각이나 감독 없이 자기가 할 줄 아는 것을 어떤 장소에 설치하려고 했다.

여기서 사람들은, 예를 들어 동물 머리가 잘 조각된 것에서 볼 수 있듯이 자연적 사물을 모방하는 능력을 발견한다. 물론 이를 통해서 놀라운 감정에 사로잡히는 사람들의 예술적 즐거움이란 모방된 것을 원래의 형상과 비교해 보는 데 있을 뿐이다.

저녁 무렵에 여러 가지 사소한 물건들을 구입하기 위해 기다란 거리에 있는 조그만 가게에 들어가서 유쾌한 만남을 갖게 되었다. 물건을 구경하려고 가게 앞에 서 있을 때 그리 세지 않은 돌풍이 불었다. 거리를 따라 바람이 회오리치면서 모든 가게와 창문에 자욱하게 먼지가 나부꼈다. 그래서 나는 이렇게 소리쳤다.

"도대체 말해 보시오! 도대체 여러분 도시의 더러운 먼지가 어디서 오는 것이며, 이것을 제거할 수는 없는 겁니까? 이 거리는 길이와 아름다움에서 로마의 코르소 가와 비견될 만합니다. 가게와 공장 주인들이 전부 길 양쪽의 보석(步石)은 계속 쓸어 모든 것을 가운데에 모으면서 깨끗하게 유지하고 있습니다. 하지만 이 때문에 가운데는 늘 지저분하고 조금만 바람이 불어도 쓰레기들이 흩날려 큰길을 더럽힙니다. 나폴리에서는 부지런한 나귀들이 매일 쓰레기를 뜰과 들판에 나르는데, 여기서도 그처럼 쓰레기를 처리해야 하는 것 아닙니까?"

가게 남자는 이렇게 대꾸했다. "여기 사정은 이렇습니다. 우리가 집 밖으로 던지는 것이 곧장 문 앞에 쌓여서 썩어버립니다. 보시다시피 이렇게 짚과 갈대, 음식물 쓰레기와 각종 오물이 쌓여 있습니다. 이것들이 바짝 말라붙은 후 먼지가 되서 다시 우리에게 되돌아옵니다. 이에 맞서 우리는 온종일 저항합니다. 하지만 아름답고 부지런하고 귀여운 우리의 빗자루는 마침내 뭉툭해져서 집 앞에 오물을 증가시킬 뿐입니다."

우스운 일이긴 하지만 사실이 그러했다. 이들은 조금만 변화시키면 부채로 사용할 수도 있을 대추야자 나무로 만든 귀엽고 조그만 비를 갖고 있다. 닳아서 금방 뭉툭해진 몽당비들이 거리에 수도 없이 널려 있다. 어떤 대비책이 없느냐고 거듭 묻자 그는 이렇게 대답했다. 청결에 신경 써야 할 사람들이 자기들의 막강한 영향력을 내세워 의무적인 비용 지출을 원치 않는다는 말이 시중에 떠돈다고 한다. 더구나 쓰레기가 된 짚더미를 치우고 나면 열악한 도로 사정이 또렷이 드러날까 봐 우려하는 이상한 상황이 있다는 것이다. 그렇게 되면 다른 사람들이 부당하게 돈을 관리한 사실까지 드러날지도 모른다고 한다. 하지만 이 모든 이야기는 나쁘게 생각하는 쪽의 해석일 뿐이라고 그는 익살맞은 표현을 써서 덧붙였다. 그는 다음같이 주장하는 사람들의 견해와 같다고 한다. 귀족들이 보통 저녁때마다 마차 유람에 나서는데, 편안한 관람을 위해서는 탄력 있는 바닥이 필요하므로 이런 부드러운 깔개를 보존한다고 했다. 어쩔 수 없는 일을 웃음거리로 삼는 유머가 그들에게 여전함을 증명하듯 그는 일단 말문을 열자 다시 경찰의 몇 가지 악습들을 조롱했다.

1787년 4월 6일, 팔레르모

팔레르모의 수호성인인 성 로살리아에 대해서는 브라이던이 그녀의 축일을 묘사한 글이 일반적으로 잘 알려져 있으므로, 그녀가 특히 추앙받는 장소와 지점에 관해 읽어보는 것도 분명 벗들을 즐겁게 해줄 것이다.

높다기보다는 넓다고 할 수 있는 커다란 바윗덩어리인 펠레그리노 산은 팔레르모 만의 북서쪽 끝에 위치하고 있다. 그 아름다운 모습은 뭐라고 말로 표현할 수 없을 정도이다.『그림처럼 아름다운 시칠리아 여행기』에서 불완전하나마 묘사한 것이 발견된다. 이전 시대의 회색 석회암으로 이루어진 이 산은 나무 한 그루 없이 온통 바위투성이이고, 관목도 자라지 않으며 평평한 곳에도 잔디나 이끼 같은 것이 거의 보이지 않는다.

17세기 초에 사람들이 펠레그리노 산의 한 동굴에서 로살리아 성인의 유골을 발견해 팔레르모로 가져오자 도시에 창궐하던 페스트가 사라져버렸다. 로살리아는 이때부터 민중의 수호성인이 되었다. 사람들은 그녀의 성당을 건립하고 그녀를 기려 화려한 축제를 거행하게 되었다.

참배자들이 부지런히 산을 오르며 순례를 했고, 막대한 돈을 들여 마치 수로처럼 기둥과 아치로 지탱되고 양쪽의 낭떠러지 사이에 지그재그 모양으로 나 있는 길을 닦았다.

성인을 공경하는 데는 속세를 완전히 떠난 것을 기념해 거행하는 호사스러운 축일보다 이들이 몸을 피해 있던 참배 장소가 더 적당하다. 어쩌면 최초의 기부자들과 열성적인 신봉자들의 곤궁한 삶을 토대로 1800년 동안 자신들의 재산, 호사스러운 의식, 장엄한 축연을 쌓아온 전체 기독교계는 이처럼 참으로 순수하고 정감이 넘치는 방식으로 장식되고 경배될 만한 성스러운 장소를 갖고 있지 않다.

산을 오르다가 어느 바위 모서리를 돌게 되면 성당과 수도원이 흡사 거기에 단단히 고정되어서 지어진 듯한 가파른 암벽과 마주치게 된다.

성당의 외벽에는 초대의 글이나 약속의 구절이 전혀 없지만 무심코 문을 열고 안으로 들어서면 굉장한 모습에 놀라움을 금치 못하게 된다. 사람들은 성당의 가로 방향으로 만들어져 본당 쪽으로 툭 트여 있는 넓은 홀 아래에 있게 된다. 홀 안에는 평범한 성수반과 몇 개의 고해석이 보인다. 본당은 천장이 없는 뜰로, 그 오른쪽에는 험준한 바위가 있고 왼쪽은 죽 이어지는 홀로 차단되어 있다. 뜰에는 빗물이 빠져나가게 석판을 약간 비스듬히 깔아놓았다. 가운데쯤에는 조그만 분수가 마련되어 있다.

동굴 자체는 자연 그대로의 형태를 훼손하지 않고 성가대석으로 만들어놓았다. 몇 계단을 오르면 성가집이 놓인 큰 탁자가 있고, 그 양쪽에는 성가대 의자들이 놓여 있다. 이 모든 것들은 뜰이나 본당에서 들어오는 햇빛으로 환하게 밝혀진다. 어두컴컴한 동굴 안쪽 깊숙한 곳의 가운데에 본 제단이 자리하고 있다.

이미 말했듯이 동굴에는 사람의 손에 의해 변한 곳은 없지만 바위에 계속 물이 떨어지므로 건조하게 유지할 필요가 있었다. 그래서 납으로 홈통을 만들어 바위 모서리에 대고 다양한 모양으로 서로 연결해 놓았다. 홈통은 위쪽은 넓고 아래쪽은 뾰족하게 생기고 녹색으로 얼룩덜룩하게 칠해져 있어서 흡사 동굴 안에 커다란 선인장들이 무성하게 자라고 있는 듯이 보인다. 물은 일부는 옆쪽으로 흘러가고 일부는 뒤쪽의 깨끗한 그릇으로 흘러드는데, 신자들은 이 물을 떠서 각종 질병을 퇴치하는 데 사용한다.

이런 것들을 자세히 관찰하고 있으니 한 성직자가 내게 다가와 혹시 제노바 사람이 아닌지, 미사를 드리려는 것은 아닌지 물었다. 그래서 나는 제노바 사람과 함께 팔레르모로 왔으며, 그 사람은 축일인 내일 올라올 거라고 대답했다. 우리 둘 중 한 사람은 집에 머물러 있어야 하므로 오늘은 내가 이곳에 와서 둘러보는 것이라고 덧붙였다. 그러자 그는 모든 것을 자유롭게 이용하고 이것저것 다 구경하고 미사를 드려도 좋다고 했다. 그리고 동굴 왼쪽에 위치한 제단을 가리키며 특별히 성스러운 장소라고 일러주고는 내 곁을 떠났다.

나는 잎사귀 모양의 황동 장식에 난 틈으로 제단 아래의 등이 깜박이며 빛을 내는 것을 보고 바짝 다가가서 무릎을 꿇고는 그 틈으로 내부를 들여다보았다. 안에는 구리 철사로 섬세하게 엮은 격자 구조물이 또 쳐져 있어 마치 베일 너머의 사물을 보는 것 같았다.

몇 개 등의 은은한 불빛을 받고 내 눈에 들어온 대상은 아름다운 여인의 모습이었다.

그녀는 마치 황홀경에 빠진 듯 눈은 반쯤 감고, 여러 개의 반지로 치장한 오른손으로 아무렇게나 머리를 받친 채 누워 있었다. 그 그림을 제대로 관찰할 수 없었지만 아주 특별한 매력을 지닌 것 같았다. 그녀의 의상은 도금한 양철로 만들어졌지만 진짜 금으로 만든 것 같은 효과를 내고 있다. 흰 대리석으로 된 머리와 손은, 과장은 삼가야겠지만 너무나도 자연스럽고 호감이 가게 만들어져 마치 숨을 쉬고 움직일 것 같다는 착각이 들 정도이다.

그녀 옆에는 작은 천사가 서서 백합 줄기로 시원한 바람을 불어넣어 주고 있는 것 같다.

그러는 동안 성직자들이 동굴 안으로 들어와 자리에 앉고는 저녁 예배를 드렸다.

제단 맞은편의 의자에 앉아서 잠시 그들의 예배 소리에 귀를 기울였다. 그런 다음 다시 제단으로 가서 무릎을 꿇고 성인의 아름다운 그림을 좀 더 자세히 관찰하려고 했다. 그 자태와 장소의 매력적인 환영(幻影)에 빠져 완전히 넋을 잃고 말았다.

이제 성직자들의 찬송이 동굴에 울려 퍼졌고, 제단 바로 옆의 그릇으로 물이 졸졸 흘러 들어갔으며, 실제적인 본당인 앞뜰에 튀어나온 암석들도 이런 정경의 일부를 이루었다. 이는 흡사 다시 인적이 끊긴 것 같은 사막의 위대한 정적이자, 자연 그대로인 동굴 속의 위대한 순수였다. 가톨릭, 특히 시칠리아의 예배용 장식품은 여기에서도 무엇보다 자연적인 단순성이 잘 드러나 있으며, 잠자는 미녀의 자태가 불러일으키는 환영은 단련된 눈에도 가히 매력적이었다. 정말이지 이곳에서 발길을 돌리기가 무척 아쉬웠지만 밤늦게야 팔레르모에 도착했다.

1787년 4월 7일, 토요일, 팔레르모

선착장 바로 옆에 있는 공원에서 혼자 아주 즐거운 시간을 보냈다. 이곳은 세상에서 가장 놀랄 만한 장소이다. 한결같이 잘 꾸며진 이 공원은 우리 눈에 마치 요정처럼 고혹적으로 보인다. 나무가 심긴 지 그리 오래되어 보이지 않는데도 공원에는 고풍스러운 맛이 감돌고 있다. 녹색을 띤 화단의 가장자리에는 이름 모를 수목들이 에워싸고, 레몬 나무 울타리는 아치형으로 귀엽게 나뭇잎 그늘을 만들고 있다. 패랭이꽃 같은 수천 송이 붉은 꽃들로 장식된 높은 협죽도 담벼락이 이목을 끈다. 더 따뜻한 지역에서 온 듯 이파리도 없는, 내가 전혀 알지 못하는 낯선 나무들이 희한하게 생긴 가지들을 내뻗고 있다. 평평한 공간 뒤편으로 솟아오른 암석층에 올라서니 아주 이상하게 서로 뒤엉켜 자라는 수목들이 눈에 들어오고, 금붕어와 잉어들이 무척 사랑스럽게 움직이고 있는 커다란 연못이 눈길을 끈다. 이 물고기들은 이끼가 낀 갈대 속에 몸을 숨기기도 하고 빵 조각을 물려고 떼를 지어 모여들기도 한다. 식물들은 우리에게 익숙지 않은 푸른색을 띠고 있는데, 우리나라에서보다 노르스름하게, 때로는 푸르스름하게 보이기도 한다. 한결같이 퍼져 있는 어떤 진한 안개가 이 모든 것에 더없이 기묘한 매력을 부여해 주었다. 안개가 너무 두드러지는 작용을 해서 몇 걸음만 뒤로 물러나 있어도 이 대상들은 보다 분명히 담청색으로 서로 구별이 되어서 마침내 그 본래의 색깔이 사라져버리거나 아주 짙은 푸른색으로 드러난다.

이러한 안개가 보다 멀리 떨어져 있는 선박이나 곶과 같은 대상들에 얼마나 진기한 광경을 부여해 주는가는 화가로서 주목할 만한 가치가 있다. 그것으로 원근을 정확하게 구별하거나 거리까지 측정할 수 있다. 이 때문에 언덕으로 산책을 나가는 일도 아주 매력적인 일이 되었다. 눈에 보이는 것은 더 이상 자연이 아니라 화가가 몹시 인위적으로 바탕칠을 하여 여러 등급으로 나눈 것 같은 그림들일 뿐이었다.

하지만 이 불가사의한 공원이 준 인상은 마음속에 너무 깊게 아로새겨졌다. 북쪽 수평선에 보이는 거무스름한 파도, 굽어져 있는 만에 끊임없이 부딪쳐오는 파도, 그리고 안개 낀 바다에서 나는 바다 특유의 냄새조차도 이 모든 것이 축복받은 페아케 사람*들의 섬 이야기를 나의 기억과 마음속에 불러일으켰다. 서둘러 호메로스의 책을 한 권 사서는 대단히 경건한 마음으로 그 속에 나오는 노래를 읽고, 즉석에서 크니프에게 이를 번역하여 낭송해 주었다. 오늘 힘든 하루를 보낸 그에게는 질 좋은 포도주를 한 잔 마시면서 느긋하게 푹 쉴 만한 자격이 있

---

* 그리스 신화에서 오디세우스가 표류하다 도착한 페아케 섬의 주민으로 아무 근심 없이 향락에 젖어 사는 사람을 일컬음.

는지도 몰랐다.

1787년 4월 8일, 부활절, 팔레르모

날이 밝아오면서 주님의 부활을 축하하는 행사들이 소란스럽게 벌어졌다. 폭죽, 도화선 폭음탄, 딱총과 같은 불꽃놀이가 성당 문 앞에서 벌어지는 사이 신도들이 열려진 성당 정문으로 몰려들었다. 종과 오르간 소리, 축제 행렬의 합창과 이들에 맞서 부르는 성직자들의 노랫소리는 이렇게 소란스레 신을 섬기는 행사에 익숙하지 않은 사람들의 귀를 혼란스럽게 했다.

새벽 미사가 채 끝나기도 전에 옷을 잘 차려입은 총독의 시종 둘이 여관을 찾아왔다. 이들은 두 가지 목적을 갖고 왔는데, 한편으로는 축제를 맞아 외국인들에게 축하 인사를 하면서 팁을 받으려는 의도였고, 다른 한편은 나를 연회에 초대해 내 기부금을 다소 높여보려는 속셈이 있었다. 나는 아침나절 여러 성당을 찾아다니고 사람들의 얼굴이며 행색을 구경하며 보낸 다음, 마차를 타고 도시의 위쪽에 자리한 총독의 궁으로 갔다. 좀 일찍 도착해 보니 널따란 홀이 아직 텅 비어 있었고 작고 쾌활한 남자가 다가왔다. 몰타 기사단 소속임을 금방 알 수 있었다.

그는 내가 독일인이라는 것을 알고 자기도 얼마 동안 에르푸르트에서 아주 즐거운 시간을 보냈다면서 그곳 소식을 아는 게 있는지 물었다. 다헤뢰덴 가며, 달베르크의 보좌 신부에 관해 묻는 말에 자세한 소식을 알려주자 그는 아주 흡족해하면서 다시 튀링겐에 대해 물었다. 또한 예사롭지 않은 관심을 보이며 바이마르에 대해서도 이것저것 물어왔다. "내가 한창 젊었을 때 활기에 넘쳐서 사람들을 쥐락펴락하던 그 젊은 남자는 대체 어떻게 지내죠? 그 사람 이름은 잊어버렸지만 『베르테르』의 작가 말이죠."

생각에 잠긴 듯 잠시 뜸을 들인 후 나는 이렇게 대꾸했다. "여러분이 알고 싶어 하는 그 사람이 바로 접니다!" 그러자 그는 너무나 놀란 표정을 띠고 뒤로 흠칫 물러나며 이렇게 소리쳤다. "이런 많이 변하셨군요!" 그래서 나는 이렇게 대꾸했다. "네, 그래요, 바이마르에서 팔레르모까지 오는 동안 꽤나 변해 버렸지요."

그 순간 총독이 시종을 거느리고 안으로 들어왔다. 그의 거동은 신분에 걸맞게 품위 있으면서도 거침없었다. 그는 여기서 나를 본 것에 계속 놀라워하는 몰타 기사단 기사를 보고 미소를 감추지 못했다. 총독은 연회 때 내 옆자리에 앉아 여행 목적에 대해 물어보고는 팔레르모에서 뭐든 볼 수 있게끔, 그리고 시칠리아를 여행하는 동안 온갖 편의를 제공받도록 명령을 내리겠다고 단단히 약속해 주었다.

1787년 4월 9일, 월요일, 팔레르모
팔라고니아 공의 터무니없는 행동에 하루 종일 시달렸다. 이런 어리석은 행동은 우리가 읽고 들으면서 상상했던 것과는 완전히 딴판이었다. 상식 밖의 일을 변명하려 드는 사람은 아무리 진리에 대한 사랑이 크다 해도 늘 궁지에 빠지게 마련이다. 그런 사람은 상식 밖의 일에 어떤 개념을 부여하려고 하지만, 사실은 아무런 의미가 없는 것을 대단한 것으로 보이기 위해 억지로 꿰어맞추는 것에 불과하다. 여기서 나는 또 하나의 일반적인 성찰을 미리 말하지 않을 수 없다. 즉 취향은 아무리 저속하든 훌륭하든 '한' 인간이나 '한' 시대로부터 직접 나오는 것이 아니며, 주의를 기울여 관찰하면 양자가 유래하는 하나의 계보도를 지적할 수 있는 것이다.

팔레르모의 저 분수는 팔라고니아식 광포한 행위의 선조 축에 속한다. 다만 이곳에서는 독자적인 기반과 토대 위에서 크나큰 자유와 폭을 지니고 두각을 드러내는 점이 다를 뿐이다. 나는 사건의 전말을 하나하나 풀어가려고 한다.

이 지역에서 군주의 별장이 전체 소유지의 중간쯤 어디에 있고, 그래서 군주의 거주지에 도달하기 위해서는 경작지, 채소밭 및 유용한 농지를 지나야 한다. 이들은 열매를 맺지 않는 관목으로 눈을 즐겁게 하기 위해 때로 좋은 땅의 상당 부분을 공원으로 활용하는 북쪽 사람들보다 절약 정신이 더 투철한 것으로 증명된다. 남쪽 사람들은 두 개의 담벼락을 세워 좌우에 무슨 일이 벌어지는지 알지 못한 채 그 사이에 난 길을 따라 성에 도달한다. 이런 길은 보통 커다란 정문이나 아치형 홀에서 시작되어 성의 뜰에서 끝난다. 이런 담벼락들은 그 사이에서 통행자의 눈이 불만을 갖지 않도록 위쪽이 휘어지고 소용돌이 꼴무늬나 받침대로 장식되어 있으며, 그 위 여기저기에 꽃병이 놓여 있다. 벽면은 구획이 나누어져 채색되어 있다. 성의 뜰에는 하인과 일꾼 들이 거주하는 일 층짜리 집들로 원을 이루고 사각형 모양의 성이 그 모든 것 위로 우뚝 높이 솟아 있다.

이는 공자의 아버지가 최상은 아니지만 그래도 그럭저럭 참을 만한 미적 감각을 갖고 성을 건설하기 전부터 존재했을지 모르는, 미리 주어진 것과 같은 설계의 종류이다. 하지만 현재의 소유자는 일반적인 원칙은 버리지 않은 채 보기 흉하고 저

속한 취향의 구조물에 대한 욕구와 열정을 마음껏 발휘하고 있다. 그에게 조금이라도 상상력이 있다고 인정해 준다면 지나친 찬사일 것이다.

소유지 자체의 경계선을 이루는 커다란 홀에 들어서자 아주 높은 팔각형 건물을 발견한다. 근대식 각반에 단추를 채운 네 명의 거인이 돌림띠를 떠받치고 있고, 그 위 현관 바로 맞은편에는 삼위일체가 둥실 떠 있다.

성으로 통하는 길은 일반 도로보다 폭이 넓으며, 죽 이어진 담벼락은 높은 받침대로 바뀌어 있다. 받침대 위에는 탁월한 토대가 이상한 그룹들을 공중에 떠받치고 있으며 여기저기 몇 개의 꽃병이 놓여 있다. 형편없는 석수(石手)가 서투른 솜씨로 보기 흉하게 망쳐놓은 데 대한 혐오감은 이것들이 푸석푸석한 패각 응회암으로 만들어졌기에 더욱 증폭된다. 하지만 더 나은 재료를 썼다면 형태의 무가치함이 한층 눈에 거슬리게 되었을 지도 모른다. 아까 '그룹'이라고 말하면서 이러한 자리에 걸맞지 않은 부적절한 표현을 사용했다. 그 이유는 이런 배열이 일종의 성찰을 통해서나 의도적으로 생겨난 것이 아니라 아무렇게나 뒤섞어 놓은 것이기 때문이다. 매번 세 개의 상이 그런 사각형 받침의 장식을 이루는데, 이들은 각기 다양한 위치에서 서로 합쳐져 사각형 공간을 메우고 있을 따름이다. 가장 탁월한 부분은 보통 두 개의 형상으로 구성되고, 그것의 토대는 받침의 가장 큰 앞부분을 차지한다. 대체로 동물과 인간의 형상을 한 괴물들이다. 받침면의 뒤편을 채우기 위해서는 두 가지 작품이 더 필요하다. 중간 크기의 작품은 보통 양치기나 여자 양치기, 기사나 숙녀, 춤추는 원숭이나 개를 나타낸다. 받침 위에는 또 하나의 틈이 있고 대체로 한 명의 난쟁이로 채워져 있는데, 시시껄렁한 농담을 할 때면 어디서나 큰 역할을 하는 인물이다.

팔라고니아 공의 어리석은 짓거리를 완전히 전달하기 위해 다음의 목록을 제공한다.

사람들: 남자 거지와 여자 거지, 스페인 남녀, 무어인, 터키인, 곱사등이, 각종 불구자들, 난쟁이, 악사, 어릿광대, 고대 복장을 한 병사, 신들, 여신들, 고대 프랑스 의상을 입은 자, 탄약주머니와 각반을 찬 병사, 신화 속의 인물을 희화화해 표현한 어릿광대와 함께 있는 아킬레우스와 키론.

동물들: 동물들은 신체의 일부만 등장한다. 사람 손을 한 말, 사람의 몸에 말 머리, 일그러진 원숭이, 많은 용과 뱀들, 각종 형상물의 각종의 앞발, 두 개 달린 머리와 뒤바뀐 머리.

꽃병들: 각종의 괴물들과 아래쪽으로 꽃병의 배 부분과 받침에서 끝나는 소용돌이무늬.

이 같은 형상들이 대량으로 제조되고, 아무 의미 없이 맹목적으로 만들어지고, 또한 생각 없이 아무렇게나 배열되어 있으며, 이런 받침대, 주춧돌과 볼품없는 형상들이 예상치 못한 순서로 늘어서 있다고 생각한다면 언짢은 감정을 함께 느낄 것이다. 망상이라는 뾰족한 나뭇가지에 휘둘릴 때 누구나 이런 언짢은 감정에 사로잡히게 될 것임에 틀림없다.

성에 가까이 접근하니 팔 모양으로 생긴 반원형의 앞뜰이 우리를 맞아준다. 성문과 연결되는 맞은편 주벽은 성벽처럼 축조

되어 있다. 이곳에서 어떤 이집트적인 형상이 벽에 설치된 것을 발견한다. 물 없는 분수, 어떤 기념물, 주위에 흩어진 꽃병들, 입상들이 의도적으로 코 모양의 돌출부에 배치되어 있는 것도 눈에 띈다. 성의 뜰에 들어가니 작은 건물들로 둘러싸인 관례적인 구형이 다양성이 결여되지 않게 더 작은 반원 모양으로 잘려 있다.

땅에는 대부분 풀이 무성하게 자라고 있다. 여기서는 무너져 내린 성당 앞마당처럼 신부들이 쓰던 이상한 나선무늬의 대리석 꽃병들과 난쟁이들, 근대에서 유래하는 그 밖의 보기 흉한 형상들이 마구 뒤섞여서 지금까지 제자리를 찾지 못하고 있다. 심지어 어떤 정자 앞에 가보면 오래된 꽃병들과 나선무늬로 장식된 다른 암석이 가득 쑤셔 넣어져 있다.

작은 집들의 돌림띠가 이쪽저쪽으로 완전히 기울어져 걸려 있는 데서 이런 저속한 취향이 빚어낸 사고방식의 불합리성이 단적으로 드러난다. 그리하여 우리를 사람답게 만들어주며 온갖 율동적인 조화의 근거가 되는 수평과 수직의 감감이 내적으로 분열되고 고통을 겪고 있다. 그런데 이런 일련의 지붕들에도 히드라와 조그만 흉상, 음악 연주를 하는 원숭이 합창단이나 그 비슷한 어처구니없는 형상들이 가장자리를 장식하고 있다. 신들과 교대로 나타나는 용들, 천구 대신에 포도주 통을 떠받치고 있는 아틀라스가 그러한 예이다.

이 모든 것에서 벗어날 생각으로, 신부에 의해 건립되고 비교적 합리적인 외관을 한 성으로 가보면 정문과 멀지 않은 곳에 돌고래 위에 앉은 난쟁이 형상에 월계수 화환을 쓴 로마 황제의 머리를 발견하게 된다.

겉모습으로 보아 어느 정도 내부를 기대하게 만들지만 성 안에서는 공자의 열기가 벌써 광분하기 시작한다. 걸상 다리는 고르지 않게 톱질되어서 아무도 자리에 앉을 수 없다. 성 관리인은 벨벳 쿠션 아래에 가시들이 숨겨져 있으니 걸상에는 앉지 말라고 주의를 준다. 구석에는 팔이 여러 개 달린 중국산 자기 촛대들이 서 있다. 그런데 자세히 보면 개개의 사발, 찻잔과 찻잔 받침대 등을 서로 붙여 만든 것이다. 무엇 하나 조금이라도 생각해서 만든 흔적은 눈을 씻고 봐도 없다. 심지어 아주 경치가 뛰어난 곶 너머 바다 쪽을 바라보려고 해도 유리창에 색이 칠해져 있어 방해를 받는다. 유리창의 거짓 색조로 인해 이 지역은 차갑게 식기도 하고 뜨겁게 불타오르기도 한다. 또 금박을 입히고 서로 짜 맞춘 낡은 틀에다 널빤지를 잇대어서 만든 장롱 이야기를 안 할 수 없다. 이 모든 훌륭한 조각의 모범들, 오래된 것이든 최근의 것이든 다소 먼지가 끼고 훼손된 도금의 다양한 음영들이 전부 조야하게 뒤엉킨 채 전체 벽면을 덮은 탓에 토막 난 잡동사니 같은 인상을 주고 있다.

  이 성당을 묘사하려면 공책 한 권이 필요할지도 모른다. 맹신에 빠진 사람만이 치달을 수 있는 정도의 광적인 망상이 여기서 발현됨을 발견할 수 있다. 잘못된 열정이 얼마나 우스운 결과를 초래하는가를 나는 여기서 보여주려고 한다. 그렇다고 해서 최상의 것을 유보하려는 것은 아니다. 말하자면 상당한 크기의 십자가 조각이 자연스레 색칠되고 도금을 곁들인 유약칠이 된 채 천장에 납작하게 부착되어 있다. 십자가에 못 박힌 자의 배꼽에는 갈고리가 하나 박혀 있고, 거기서 내려뜨려진 쇠사슬이 공중에 떠서 무릎을 꿇고 기도하는 남자의 머리에 박혀 있다. 성당의 다른 그림들과 마찬가지로 색칠이 되고 유약이 발려 있는 이 남자는 아마 소유자의 끊임없는 기도를 상징

하는 모양이다.

게다가 성은 완공된 게 아니다. 신부에 의해 화려하고 풍성하게 구상되었지만 눈에 거슬리지 않게 장식된 커다란 홀이 미완성인 채로 남아 있다. 아무래도 끝없는 망상을 품은 소유자가 자신의 어리석은 생각을 뜻대로 펼칠 수 없었던 모양이다.

이런 정신병원 같은 곳에 들어온 바람에 예술가적인 감각이 자포자기 상태에 빠진 크니프는 처음으로 도저히 참지 못하겠다는 태도를 보였다. 내가 이런 비창조의 요소들을 하나하나 머리에 떠올리고 도식화를 그리려고 하자 그가 말렸다. 선량하게도 그는 배열된 그림들 중 적어도 그림의 속성을 지닌 유일한 것을 기어코 스케치했다. 안락의자에 앉아 있는 말 여인의 그림으로, 그녀의 맞은편 아래쪽으로는 구식 옷을 입고 독수리 머리, 왕관, 커다란 가발로 장식한 기사가 카드놀이를 하고 있다. 온갖 어리석은 행위를 저지른 후에도 여전히 말할 수 없이 색다른 팔라고니아 가문의 문장(紋章)을 생각나게 한다. 거기에는 반인반수(半人半獸)의 신인 사티로스가 말 머리를 한 여인에게 거울을 갖다 대준다.

1787년 4월 10일, 화요일, 팔레르모

오늘 우리는 마차를 타고 몬레알레를 향해 오르막길을 올라갔다. 그 수도원이 엄청난 부를 누릴 당시 원장이 건설한 훌륭한 길이다. 넓고 편리한 오르막길엔 군데군데 나무들이 보인다. 특히 널찍한 분수와 굴착 펌프식 우물들은 거의 팔라고니아식 나선무늬나 소용돌이무늬로 장식되어 있지만 사람과 동물은 이것을 보고 새 힘을 얻는다.

언덕에 위치한 산 마르티노 수도원은 존중해야 할 건축물이다. 하지만 팔라고니아 공에게서 보았듯이 골수 독신주의자가 무언가 합리적인 것을 산출해 내는 경우는 드물다. 다만 성당이나 수도원이 늘 보여주었듯이 몇몇은 극히 위대한 작품이었다. 성직자 사회가 그토록 많은 영향을 미친 것은 분명 이들이 무한대로 후손을 거느리는 가장 이상의 존재였기 때문일지도 모른다.

수도사들은 수집품들을 보여주었다. 이들은 고대 유물이나 자연의 산물 중에서 일부 아름다운 것을 소장하고 있다. 특히 젊은 여신의 그림이 담긴 어떤 메달이 넋을 잃게 할 만큼 이목을 끌었다. 선량한 남자들은 인쇄물을 주고 싶어 했지만 어떤 쓸모라도 있을 만한 것은 손에 쥐어지지 않았다.

과거와 현재의 상태에 대한 슬픈 비교가 없었던 것은 아니지만 이들은 모든 것을 보여준 후 아기자기한 전망을 즐길 수 있는 쾌적한 작은 방으로 안내했다. 우리 둘을 위해 아주 훌륭한 점심 식사가 준비되어 있었다. 후식이 나온 뒤에 수도원장이 최고 연장자인 수도사와 함께 들어와서 옆자리에 앉아 약 반 시간 정도 머물렀다. 그동안 우리는 몇몇 질문에 대답을 해야 했다. 그러고는 더없이 친절한 분위기에서 헤어졌다. 젊은 수도사들은 우리가 다시 전시실로 돌아가는 길에 동행했고 마지막으로 마차가 있는 곳까지 따라왔다.

우리는 어제와는 전혀 다른 마음으로 집으로 왔다. 지금은 영락한 상태에 있지만 다른 한편으로 황당무계한 계획을 세워 새롭게 부흥을 도모하는 큰 수도원을 생각하니 가슴 아프지 않을 수 없었다.

산 마르티노 수도원으로 올라가는 길은 비교적 오래된 석회질 산악 지대이다. 사람들은 암석을 깨뜨려 부수고 거기에서 나오는 희디흰 석회를 태운다. 이를 위해서는 바짝 말려서 다발로 묶은 억세고 긴 풀이 필요하다. 여기에서 칼카라(석회석)가 생겨난다. 아주 가파른 언덕에 이르기까지 부식토를 이루는 붉은 점토가 떠밀려 와 있다. 높은 곳일수록 식물군의 영향으로 검게 변하지 않고 한층 붉은색을 띠고 있다. 멀리에 황화수은 동굴 같은 것이 보였다.

수도원은 샘이 아주 많은 석회질 산악 지대의 한가운데에 위치하고 있다. 산 주위에는 경작지가 잘 조성되어 있다.

1787년 4월 11일, 수요일, 팔레르모

도시 외곽에서 중요한 두 지점을 관찰한 후 궁으로 들어갔다. 부지런한 시종이 방들과 그 안의 내용물을 보여주었다. 대단히 놀랍게도 건축학적 요소가 새로 가미되었기 때문에 평소에 고대 예술품이 진열돼 있던 그 방이 사실 무질서하기 짝이 없었다. 입상들은 원래의 자리에서 치워진 채 천으로 덮고 뼈대로 막아놓아서 안내자의 호의와 수공업자들의 이런저런 노고에도 불완전한 개념밖에 얻을 수 없었다. 이런 상황에서 볼 때 예술에 관한 이해를 한껏 제고시켜 준 청동 숫양 두 마리가 가장 큰 관심의 대상이었다. 양들은 앞발을 앞으로 내민 채 누워 있었고, 서로 짝을 이루는 머리는 각기 다른 방향으로 돌리고 있었다. 신화적 가문에서 유래하는 강력한 형상물로, 프릭수스와 헬레를 감당하고도 남아 보인다. 양털은 짧거나 곱슬곱슬하지 않고 길게 물결 모양으로 드리워졌으며, 그리스 황금시대의 작품에 걸맞게 대단히 사실적이고 우아하게 형상화되어 있다. 이것들은 원래 시라쿠사 항구에 서 있었다고 한다.

그러고 나서 시종은 우리를 도시 바깥의 카타콤(지하 묘지)으로 데리고 갔다. 건축학적 감각으로 조성된 이곳은 결코 채석장을 묘지 터로 이용한 것이 아니다. 상당히 딱딱하게 굳은 응회암과 수직으로 깎아지른 암석의 벽면에는 둥근 구멍이 있고, 이 관들의 내부는 파여 있다. 몇몇 관들은 서로 포개진 채로 모든 것이 벽돌 공사의 이런저런 지원을 받지 못한 채 덩어리를 이루고 있다. 위쪽의 관은 더 작고, 기둥들 위의 공간에는 어린이 묘지가 마련돼 있다.

1787년 4월 12일, 목요일, 팔레르모

토레무차 공의 기념물 전시실을 보았다. 썩 내키지는 않았다. 이런 방면에는 아는 게 너무 없었고, 진짜 전문가와 애호가라면 그저 호기심에 둘러보는 여행객을 싫어하기 때문이다. 그래도 무슨 일이든 일단 시작은 해야겠기에 마지못해 따라가기로 했는데 의외로 많은 즐거움과 이득을 얻었다. 일련의 예술사를 남겨준 것은 아니라 하더라도, 아무리 작은 도시일망정 적어도 몇몇 시기를 희귀한 동전의 형태로나마 남겨진 도시들로 구세계가 뒤덮여 있었다는 것을 잠시나마 조망하는 것은 얼마나 큰 수확인가. 이런 서랍에서 무한히 꽃 피고 열매 맺는 예술의 봄, 보다 고상한 의미에서 영위되는 생업의 봄이 우리를 보고 웃고 있다. 지금은 사그라진 시칠리아 도시의 영화(榮華)가 이처럼 형식을 갖춘 금속에서 다시금 새로이 빛을 발하고 있다.

유감스럽게도 우리의 젊은 시절에는 아무것도 말해 주지 않는 가문의 기념주화나 똑같은 옆얼굴을 싫증나도록 되풀이하는 황제 주화만 있었다. 이런 통치자들의 형상이 인류의 모범적인 형상으로 간주될 수는 없다. 우리의 젊은 시절이 무형의 팔레스티나와 형태가 혼란스러운 로마에 국한되었다는 것은 얼마나 슬픈 일인가. 시칠리아와 근대 그리스는 이제 다시 나에게 활기찬 삶을 희망하게 해준다.

이런 대상들을 관찰하고 일반적인 이야기를 늘어놓는 것은 아직 이 분야를 제대로 이해하는 법을 배우지 못했다는 반증이다. 그렇지만 다른 대상에 대해서도 차츰 언급할 것이다.

1787년 4월 12일, 목요일, 팔레르모

오늘 저녁 아주 특별한 방식으로 또 소망을 성취했다. 나는 큰 거리의 보석(步石)에서 상점 주인과 농담을 하며 서 있었다. 옷을 잘 차려입은 키가 큰 시종이 느닷없이 다가오더니 급히 내 앞에 은 접시를 내밀었다. 그 안에는 서너 개의 동전과 은화 몇 닢이 들어 있었다. 나는 무슨 의미인지 몰라서 머리를 숙이고, 제안이나 질문을 이해 못하거나 관심이 없을 때 으레 그러듯 어깨를 으쓱해 보였다. 그러자 그는 올 때처럼 재빠르게 가버렸다. 그런데 맞은편 거리에서 그의 동료가 똑같은 일을 하고 있었다.

이게 무슨 의미인가요? 나는 상점 주인에게 물어보았다. 그는 걱정하는 눈치를 보이면서 혹시라도 누가 볼세라 조심스레 키가 크고 야윈 남자를 가리켰다. 우아하게 차려입은 그는 품위 있고 의젓하게 거리 중앙에서 오물들 사이로 걸어오고 있었다. 머리를 잘 손질하고 분을 바른 채 모자를 팔에 끼고, 실크 옷을 입고, 단도를 옆에 차고, 귀여운 발은 석제 버클로 장식했다. 이렇게 그 늙은 신사는 진중하고 차분히 다가오고 있었다. 사람들이 모두 그를 주시하고 있었다.

"저분이 팔라고니아 공입니다." 상인이 말했다. "그는 가끔 도시를 돌아다니며 바르바리에서 사로잡힌 노예들을 위해 몸값을 거둬들이고 있습니다. 이렇게 거둔 액수가 그리 많지는 않지만 그 일은 기억 속에 간직됩니다. 가끔은 살아생전에 주저하던 사람들이 막대한 금액을 유산으로 남기기도 하지요. 벌써 몇 년 동안이나 공은 이런 일을 해오면서 수많은 선행을 베풀었지요!"

"별장에 어리석은 짓을 저지르는 대신에 이곳에 많은 돈을 들여야 했을지도 모르겠어요. 세상의 어떤 영주도 더 많은 일을 행하지는 못했을 겁니다." 하고 내가 소리쳤다.

그러자 상인은 이렇게 말했다. "우리 모두가 그래요! 우리가 저지른 어리석은 짓에 대해서는 기꺼이 돈을 치르지만, 우리가 베푼 덕에 대해서는 다른 사람들이 돈을 내야 합니다."

1787년 4월 13일, 금요일, 팔레르모

시칠리아의 광물계에서는 보르흐 백작*이 우리를 위해 미리 부지런히 작업을 해두었다. 같은 생각을 품고 섬을 방문하는 자는 그에게 기꺼이 감사를 표할 것이다. 어떤 선구자가 행한 일을 기억하고 축하하는 것을 의무이자 기쁨이라 생각한다. 하지만 내가 여행에서뿐만 아니라 인생에서도 먼 훗날 다른 사람

---

* 자연과학자로 1782년 『시칠리아와 말타에 관한 1777년의 통신』을 출간했다.

들의 선구자가 될 수 있을까!

　게다가 나에게는 백작이 행한 일이 그의 지식보다 더 위대하게 생각된다. 그는 중요한 대상들을 다룰 때 그래야 하듯 겸손하고 진지한 자세가 아니라 확실히 스스로 즐거운 마음으로 일을 처리한다. 그러는 동안 전적으로 시칠리아의 광물계에 바쳐진 그의 사절판 책자로 커다란 이득을 받았다. 그리고 이를 통해 준비를 단단히 한 다음 보석 연마공들을 찾아가 많은 도움을 받았다. 성당과 제단을 대리석이나 마노*로 덮어야 했을 때 더 바빴 건 사실이지만 이들은 지금도 손 기술을 한층 연마하고 있다. 이들에게 부드러운 돌과 단단한 돌 들의 견본을 주문했다. 대리석과 마노를 구별하는 주된 이유는 이런 차이에 따라 가격이 달리 정해지기 때문이다. 하지만 이들은 두 가지 광물 외에 석회 굽는 가마의 불에서 나오는 생산물로 또한 많은 것을 알고 있다. 이 가마에서 구워진 후 담청색에서 암청색으로, 그러니까 아주 거무스름한 색으로 옮아가는 일종의 유리 용괴(溶塊)가 발견된다. 이러한 덩어리들은 다른 암석처럼 얇은 판으로 쪼개져서 색상과 순도에 따라 평가되며, 청금석(靑金石) 대신에 제단, 묘석 및 다른 성당 장식물을 꾸밀 때 훌륭하게 사용된다.

　원하는 것을 완전히 수집하지는 못했지만 일단 나폴리의 숙소로 그것들을 보낼 것이다. 마노는 비할 데 없이 아름다운데, 특히 고르지 않은 노란색이나 붉은색 벽옥 반점이 흡사 얼어붙은 듯한흰 석영과 교대로 나타나고, 그럼으로써 극히 아름다운 효과를 불러일으킨다.

---

* 최초의 산지인 이탈리아 아하테스 강의 이름에서 유래함.

얇은 유리창의 뒷면에 유약 칠을 해서 만든 마노의 모방품은 일전에 팔라고니아의 터무니없는 짓거리에서 발견해 낸 것 중에 유일하게 분별력이 있는 것이다. 그런 판들은 수많은 작은 조각으로 짜 맞추어져야 하는 진짜 마노보다 장식적인 면에서 더 아름답게 탁월한 효과를 낸다. 이때 판의 크기는 건축가의 손에 달려 있다. 이러한 예술품은 모방할 만한 충분한 가치가 있다.

1787년 4월 13일, 팔레르모

시칠리아가 없는 이탈리아는 마음속에 아무런 영상을 남기지 못한다. 여기에 모든 것에 대한 열쇠가 있다.

기후에 관해서는 별로 좋게 말할 게 없다. 지금 이곳은 우기지만 계속 비가 왔다 그쳤다를 반복한다. 오늘은 천둥 번개가 친다. 만물이 힘껏 푸르름을 더해 간다. 일부는 이미 마디가 생겼고, 다른 것들은 꽃이 피어 있다. 녹청색 아마 밭이 낮은 지대에 있어서 조그만 연못처럼 보인다. 매력적인 대상들이 헤아릴 수 없이 많다! 나의 동료는 탁월한 사람이고, 내가 성실하게 트로이프로인트 역할을 하는 한 그는 진정한 호페구트*일 것이다. 그는 이미 꽤 멋진 스케치를 했고, 최상의 것을 함께 가지고 갈 것이다. 언젠가 보물들을 갖고 행복하게 집에 돌아갈 생각을 하니 얼마나 기쁜지 모르겠다!

아직 이 나라의 먹을 것과 마실 것에 대해서는 아무 말도 하지 않았다. 이는 간단히 말할 수 있는 항목이 아니다. 정원의

---

* 트로이프로인트와 마찬가지로 「새들」에 나오는 인물.

채소들은 훌륭한데, 특히 상추는 부드러움과 맛이 우유와 같다. 옛날 사람들이 왜 그것을 락투카라고 불렀는지 알 것 같다. 기름이며 포도주며 모든 것이 말할 수 없이 훌륭하다. 준비하는 데 정성을 더 들인다면 훨씬 나을 수도 있겠다. 생선은 맛이 그만이고 무척 연하다. 평소에는 그렇게 칭찬할 수 없을지도 모르지만 지금은 쇠고기 맛도 무척 좋다.

이제 점심을 마치고 나서 창가로, 거리로 나간다! 어떤 범죄자가 사면을 받았는데, 축복을 가져다주는 부활절 주간을 기려 이런 일이 다반사로 행해진다. 교단 사람 하나가 죄수를 거짓으로 꾸민 교수대로 데려가면 그는 사다리 앞에서 기도를 드리고 그것에 입맞춤을 해야 한다. 그런 다음 다시 다른 곳으로 끌려간다. 중간 계층 출신의 귀여운 남자로, 머리를 잘 손질하고 흰 프록코트에다 흰 모자까지 죄다 흰색 일색이었다. 그는 손에 모자를 들고 있었다. 그의 몸 군데군데에 알록달록한 리본을 달기만 해도 목동이 되어 무도회장에 갈 수 있을지도 모른다.

1787년 4월 13일과 14일, 팔레르모

글을 끝마치기 직전에 뜻하지 않게 색다른 모험을 겪게 된 전말에 대해 즉각 상세한 보고를 하겠다.

이곳에 체재하는 내내 우리의 공용 탁자에서 칼리오스트로의 출신과 운명에 대해 말하는 것을 들었다. 팔레르모 사람들은 이구동성으로 자기네 도시에서 태어난 주세페 발사모라는 자가 갖가지 나쁜 짓을 저지르는 바람에 평판이 좋지 않아 화형을 당했다고 했다. 하지만 이자가 칼리오스트로와 같은 인물인지에 대해서는 의견이 분분했다. 예전에 그를 보았던 몇몇 사람들은 우리한테 익히 잘 알려져 있고 또한 팔레르모에도 왔던 동판화로 된 그의 형상을 다시 찾아내려고 했다.

그런 대화를 하는 가운데 손님들 중 한 사람이 팔레르모의 어떤 법학자가 이 사건을 명백히 밝히기 위해 노력했다는 이야기를 꺼냈다. 그는 프랑스 정부의 위촉을 받아 어떤 남자의 신원을 조사했는데, 그 남자는 중요하고 위험한 어떤 소송에서 프랑스의 면전에, 말하자면 세계의 면전에다 후안무치하게도 황당무계한 거짓 진술을 했다는 것이다.

사람들의 말에 의하면 이 법학자는 주세페 발사모의 족보를 작성하여 공증된 동봉물과 상세한 비망록을 함께 프랑스로 발송해 공적으로 사용할 수 있게 했다고 한다.

내가 매우 평판이 좋은 이 법학자를 보고 싶다는 소망을 피력하자 이야기하던 사람은 만남을 추진하고 그에게 데려가 주겠다고 자청하고 나섰다.

며칠 후에 우리는 그가 있는 곳으로 갔다. 그는 고객과 상담하고 있는 중이었다. 일을 마치고 함께 아침을 들고 난 후 그는 칼리오스트로의 족보와 증거 서류 사본 및 프랑스로 보낸 비망록의 초안을 담은 원고를 끄집어냈다.

그는 족보를 내놓고는 이 사건을 수월하게 이해하는 데 도움이 되도록 내가 여기서 길게 인용하는 것에 필요한 설명을 해주었다.

주세페 발사모의 증조 외할아버지 이름은 마테오 마르텔로였고, 증조 외할머니의 처녀 때 성은 알려져 있지 않다. 이 둘 사이에서 마리아와 빈첸차라는 두 딸이 태어났다. 주세페 브라코네리와 결혼한 마리아는 주세페 발사모의 할머니가 되었다.

빈첸차는 메시나에서 팔 마일 떨어진 작은 마을 노아라 태생의 주세페 칼리오스트로와 결혼했다. 메시나에 같은 이름을 가진 종 주조공이 아직 살고 있음을 이 자리에서 덧붙인다. 이 종조모(從祖母)가 앞으로 주세페 발사모한테는 대모가 된다. 그는 종조모 남편의 세례명을 얻었고 결국 대외적으로는 종조부로부터 칼리오스트로라는 별명도 얻었다.

브라코네리 부부한테는 펠리치타스, 마테오, 안토니오라는 자식이 세 명 있었다.

펠리치타스는 유태계로 추정되는 팔레르모의 리본 상인인 안토니오 발사모의 아들 피에트로 발사모와 결혼했다. 악명 높은 주세페의 아버지인 피에트로 발사모는 파산해서 마흔다섯의 나이로 사망했다. 아직도 살아 있는 그의 부인은 앞에서 말한 주세페 말고도 남편과의 사이에서 조반니 밥티스타 카피투미노와 결혼해 세 아이를 낳고 죽은 조반나 주세파 마리아라는 딸도 낳았다.

호감이 가는 작성자가 우리에게 낭독해 주고, 나의 간청으로 며칠 동안 빌린 그 비망록은 세례 증서, 혼인 계약서 및 주도면밀하게 수집한 다른 문서를 토대로 작성돼 있었다. 거기에는 금후에 로마의 소송 기록으로부터 우리에게 알려진 제반 상황이(내가 당시에 발췌한 것에서 미루어 알고 있듯이) 담겨 있었다. 이에 따르면 1743년 6월 초에 태어난 주세페 발사모가 세례받을 때, 혼인으로 칼리오스트로라는 성을 갖게 된 빈첸차 마르텔로가 입회했다. 주세페 발사모는 젊은 시절 병자들을 돌봐주던 교단 소속의 간호 수사들로부터 옷을 얻어 입었다. 이내 그는 의학에 관심과 재능을 보였지만 행실이 좋지 않아 팔레르모로 보내졌고 나중에는 마술을 부리고 보물을 찾는 사람이 되었다.

그는 남의 필적을 모방하는 뛰어난 재주를 썩히지 않았다.(비망록은 이렇게 계속되고 있다.) 그는 고문서를 위조하거나 작성했고, 이로 인해 몇몇 재산의 소유 문제가 말썽을 빚게 되었다.

그는 조사를 받고 감옥에 갇혔지만 도망쳤다. 그는 칼라브리아를 지나 로마로 가서 혁대 제조인의 딸과 결혼했다. 그는 펠레그리니 후작이라는 이름으로 로마에서 나폴리로 되돌아갔다. 그러다 위험을 무릅쓰고 다시 팔레르모로 갔다가 신분이 드러나 또 감옥에 갇혔다. 그런 뒤에 그는 다시 자유의 몸이 되었는데, 그 시련은 상세히 이야기해 볼 만하다.

시칠리아의 첫째 공자이자 대토지 소유자이며 나폴리 궁정에서 상당한 지위를 차지한 한 남자의 아들이 있었다. 그는 부자와 대토지 소유자는 교양이 없어도 특권을 지닐 자격이 있다고 여기는 온갖 오만불손함과 튼튼한 신체, 흉폭한 기질을 갖추고 있었다.

도나 로렌차 칼리오스트로는 이 아들의 마음을 사로잡을 줄 알았고, 펠레그리니 후작으로 위장한 발사모는 그의 의지에 따라 자신의 안전을 확보했다. 공자는 도착한 이 부부를 자신이 보호하고 있음을 공공연히 밝혔다. 하지만 주세페 발사모가 그의 사기로 손해를 본 파당의 부름으로 또 한 번 감옥에 들어가자 공자는 극도의 분노에 휩싸였다! 그는 발사모를 석방시키려고 다양한 수단을 동원했다. 이런 수단이 성공하지 못할 것 같자 그는 발사모를 당장 풀어주지 않으면 상대편 변호인을 잔혹하게 학대하겠다고 총독의 대기실에서 위협했다. 상대편 변호인이 거부하자 공자는 그를 붙잡아 때리고 땅바닥에 내던지고 발로 밟았다. 총독이 직접 소동의 현장에 달려와서 뜯어말리지 않았더라면 그의 가혹 행위가 쉽사리 끝나지 않았을지도 모른다.

마음이 약하고 패기가 없는 이 남자는 모욕을 준 사람을 감히 처벌하지 못했다. 상대편과 그 변호인은 기가 꺾였고, 재판부가 서면으로 석방을 결정하지도 않았는데 누가 마음대로 결정을 내렸는지 어떻게 그런 일이 일어났는지 모르는 가운데 발사모는 풀려나게 되었다.

풀려나자마자 그는 팔레르모를 벗어나 이곳저곳을 여행 다녔다. 그 여행에 관해 각서의 작성자는 불완전한 보고만을 할 수밖에 없었다.

그 각서는 칼리오스트로와 발사모가 동일 인물이라는 설득력 있는 증거를 내세우며 끝났다. 지금이야 이야기의 전말이 완전히 파악되었지만 당시에는 하기 힘든 주장이었다.

프랑스에서 그 조서를 공식적으로 사용할 것이고, 내가 돌아갈 즈음이면 인쇄될지도 모른다고 추측하지 않았더라면 사본을 하나 만들어 몇몇 재미있는 정황에 대해 미리 친구들과 일반 사람들에게 알려줘도 됐을지 모른다.

그런 동안에 우리는 보통 때는 잔뜩 실수만 저지르던 쪽으로부터 저 각서에 담겨 있는 내용보다 더 많은 사실을 알게 되었다. 소송 서류의 발췌록을 발행했을 때만큼 로마가 언젠가 세계의 계몽에, 어떤 사기꾼의 완전한 폭로에 지대한 기여를 하리라고 누가 생각했겠는가! 이 사본이 훨씬 재미있을 수 있고 재미있어야 함에도 불구하고 이것은 모든 분별력 있는 사람의 수중에서 이대로도 훌륭한 증거 서류로 남기 때문이다. 사기당한 자, 반쯤 사기당한 자, 사기꾼 들이 이 사람과 그의 익살극을 몇 년 동안이나 숭배하고, 그와 관계 맺는 것으로 다른 사람들보다 고양된 기분을 느끼고, 자기들의 경건한 자만의 높이에서는 얕볼 수 없었던 건전한 인간 오성을 유감스럽게 생각하는 것을 분별력 있는 사람이라면 언짢은 마음으로 지켜보지 않을 수 없었다.

이 기간 동안 기꺼이 침묵하지 않은 자는 누구였던가? 모든 사건이 종결되고 논란이 종식된 지금 나는 그 서류를 보충하기 위해 알고 있는 사실을 감히 공개할 수 있다.

족보에 나오는 몇몇 사람들, 특히 어머니와 누이가 아직 살아 있는 것을 알고서 나는 그 각서를 작성한 사람에게 그렇게 특이한 사람의 친척들을 만나고 싶은 소망을 피력했다. 그는 가난하지만 정직한 이 사람들이 칩거해서 살고 있고, 외지인을 만나는 데 익숙하지 않으며, 그런 데서 의심이 많은 민족성이 갖가지 형태로 나타날 것이기 때문에 만나보기가 쉽지 않을 거라고 대답했다. 그렇지만 그는 가족에게 접근해서 그 족보가 만들어진 경위와 증거 서류를 확보한 자기의 서기를 나에게 보내려겠다고 했다.

다음 날 모습을 드러낸 서기는 그 일을 할 때 몇 가지 우려할 만한 점이 있다고 얘기했다. "나는 지금까지 늘 이 사람들 앞에 떳떳이 나타나기를 꺼려했습니다. 그들의 혼인 계약서, 세례 증서 및 다른 서류를 입수해서 사본을 만들기 위해서는 나름대로 술수를 쓰지 않을 수 없었습니다. 나는 아직 받을 여지가 있는 가문 장학금에 관해 이야기할 기회를 얻어, 어린 카피투미노에게 그럴 자격이 있으며, 그러기 위해서는 무엇보다도 족보를 작성해야 함을 그럴듯하게 설득했습니다. 어느 정도나 장학금을 청구할 수 있는가 보기 위해서라고 했습니다. 물론 나중에는 나의 교섭에 달려 있는데, 수령하는 금액 중 적당한 액수를 사례금으로 준다고 약속한다면 내가 대신 일을 맡겠다고 제안했습니다. 그 선량한 사람들은 이 모든 것에 기꺼이 동의했습니다. 나는 필요한 서류들을 얻었고, 사본이 만들어졌으며, 족보가 완성되었습니다. 그때부터 이들 앞에 나타나는 일을 삼가고 있습니다. 몇 주 전에만 해도 카피투미노 부인이 나를 알아보았습니다. 그래서 그 일이 천천히 진행된다고 하고 용서를 구했습니다."

하지만 나는 결심을 포기하지 않았다. 우리는 약간 궁리한 후에 내가 영국인 행세를 하고, 막 바스티유 감옥에서 나와 영국으로 간 칼리오스트로의 소식을 가족에게 알려주는 것으로 하자는 데 의견이 일치했다.

약속한 오후 3시쯤에 길을 떠났다. 그 집은 일 카사로라고 불리는 큰길에서 멀지 않은 어떤 골목의 모퉁이에 있었다. 우리는 볼품없는 계단을 올라가서 곧장 부엌으로 들어갔다. 몸이 튼튼하고 넓적하면서도 살은 찌지 않은 중키의 여자가 설거지를 하고 있었다. 깔끔한 옷을 입은 그녀는 우리가 안으로 들어갔을 때 앞치마의 더러운 곳을 보이지 않으려고 그것의 한쪽 끝을 들어 올렸다. 그녀는 내 안내자를 반갑게 맞이하면서 말했다. "조반니 씨, 무슨 좋은 소식이라도 가지고 오셨어요? 무언가를 해냈습니까?"

그는 이렇게 대꾸했다. "우리 일이 아직 제대로 되지 않았어요. 하지만 당신 오빠의 안부를 전하러 어느 외국인이 왔어요. 당신 오빠가 요즘 어떻게 지내는지 이야기해 줄 수 있을 겁니다."

내가 전해 주기로 한 그의 안부에 대해서는 전혀 협의한 바

없었다. 그렇지만 일이 그만 터져버렸다. "우리 오빠를 아십니까?" 그녀가 물었다. "유럽에서 그를 모르는 사람이 없지요." 라고 내가 대꾸했다. "그리고 그가 안전하게 잘 있다는 것을 알면 댁의 기분이 좋아질 거라 생각됩니다. 분명 지금껏 오빠의 운명 때문에 걱정을 많이 하셨을 테니까요." "이리 들어오세요, 곧 따라가지요." 그녀의 말에 나는 서기와 함께 방으로 들어갔다.

그 방은 무척 넓고 천장이 높아서 우리가 보기에는 홀이라도 해도 무방할 정도였다. 가족 모두가 거주하는 공간인 것 같기도 했다. 한때는 색깔이 칠해져 있던 커다란 벽에는 창문이 하나밖에 없었다. 벽에는 금색 액자에 든 검은색 성자의 그림들이 걸려 있었다. 한쪽 벽에는 커튼이 없이 커다란 침대 두 개가 놓여 있었고, 다른 쪽 벽에는 서재 모양을 한 갈색의 작은 장롱이 서 있었다. 한때는 팔걸이에 금박이 입혀져 있던, 갈대로 엮은 낡은 걸상들이 그 옆에 서 있었다. 바닥의 벽돌들은 여러 군데 움푹 떨어져 나가 있었다. 그렇지만 모든 게 깨끗했다. 우리는 방의 다른 쪽 끝에 있는 하나밖에 없는 창가에 모여 있는 가족에게 다가갔다.

내 안내인이 구석에 앉아 있던 발사모 노인에게 방문 이유를 설명하고, 이 귀가 어두운 선량한 할머니에게 여러 번 큰 소리로 되풀이해 말하는 동안 나는 방 안과 다른 식구들을 살펴볼 수 있었다. 대략 열여섯 살쯤 돼 보이는 아리따운 자태의 소녀가 창가에 서 있었다. 얼굴에 부스럼이 있어서 표정이 또렷이 드러나지는 않았다. 그 옆에 역시 부스럼 때문에 불쾌한 표정을 짓고 있는 젊은이도 눈에 띄었다. 창 맞은편의 안락의자에는 일종의 병적인 수면중에 걸린 것 같은 흉한 몰골의 환자가 반쯤 누운 채로 앉아 있었다.

나의 안내인이 신원을 밝히자 사람들이 앉으라고 권했다. 할머니가 나에게 몇 가지 질문을 했지만 나는 시칠리아 방언에 익숙하지 않아서 통역을 통해 답변을 할 수 있었다.

그러는 동안에 나는 할머니를 흡족한 마음으로 바라보았다. 그녀는 중간 크기의 몸집이었지만 용모가 단정했다. 고령에도 불구하고 반듯한 얼굴에는 보통 귀먹은 사람이 누리는 평화로움이 퍼져 있었다. 음성은 부드럽고 유쾌했다.

나는 할머니의 질문에 대답했고, 나의 답변도 그녀에게 통역을 해주어야 했다.

대화를 천천히 나눔으로써 나는 말에 신중을 기할 수 있었다. 나는 할머니의 아들이 프랑스에서 석방되어 지금 영국에서 잘 지내고 있다고 말해 주었다. 할머니가 이 말을 듣고 기쁜 마음을 표시할 때 깊은 신앙심이 드러났다. 할머니가 더 크게, 천천히 말하자 알아듣기가 보다 쉬웠다.

그러는 사이에 할머니의 딸이 방 안으로 들어와 내 안내자 옆에 와서 앉았다. 그는 내가 이야기한 것을 그녀에게 충실히 되풀이했다. 그녀는 깨끗한 앞치마를 두르고 머리카락을 헤어네트 속에 단정히 감아 넣고 있었다. 내가 그녀를 바라보고 어머니와 비교할수록 둘의 생김새에 차이가 두드러졌다. 딸의 외모에서는 활기차고 건강한 관능성이 드러났다. 그녀는 마흔쯤 되어 보였다. 생기 넘치는 푸른 눈으로 주위를 신중하게 둘러보는 그녀의 시선에서 어떤 의심의 흔적도 감지할 수 없었다. 그녀는 앉으니까 일어섰을 때보다 몸이 더 길어 보였다. 단호한 자세로 고개는 숙인 채 두 손을 무릎에 얹고 있었다. 게다가 날카롭다기보다는 무딘 얼굴 생김새가, 우리가 동판화로 알고 있는 그녀 오빠의 모습을 생각나게 해주었다. 그녀는 나의 여행과 시칠리아에서 무엇을 보려고 하는지 이것저것 물어보고는 내가 돌아와서 성 로살리아 축일을 자기들과 함께 보낼 것을 확신했다.

할머니가 다시 나에게 몇 가지를 물어 와서 대답하느라 바쁜 사이에 딸은 조용조용한 목소리로 나의 길벗과 대화를 나누었다. 그래도 나는 둘 사이의 화제가 무엇인지 물어볼 기회를 잡을 수 있었다. 그러자 그는 카피투미노 부인의 말로는 오빠가 그녀에게 아직 십사 온스의 빚이 있다고 한다고 대답했다. 그녀는 오빠가 팔레르모를 급히 떠나면서 저당 잡힌 물건들을 이제야 되찾았다고 한다. 그에게 많은 재산이 있어서 돈을 물 쓰듯이 한다고 들은 적이 있지만 그 이후로 오빠로부터 아무런 소식도 듣지 못했고, 돈도 아무런 도움도 받지 못했다고 한다. 내가 돌아간 후에 좋은 말로 그에게 빚을 환기시키고 자기들을 지원해 주도록 해달라고 부탁했다. 편지를 전해주든 해서 말이다. 나는 이 일을 하겠다고 자청하고 나섰다. 그녀는 내가 어디 사는지를 물었고, 어디로 편지를 보내면 되겠느냐고 물었다. 나는 숙소를 알려주지 않고서 다음 날 저녁 무렵에 직접 편지를 받으러 오겠다고 했다.

그러자 그녀는 자신의 곤란한 상황을 들려주었다. 그녀는 아이 셋을 둔 과부고, 그중에 한 여자아이는 수도원에서 길러지고 있다는 것이다. 다른 여자아이는 현재 집에 있고, 아들은 공부하러 갔다고 한다. 세 아이 말고도 그녀는 어머니를 모시고 사는데, 그 부양비가 걱정이라고 한다. 게다가 기독교적 사랑의 정신으로 불운한 환자를 데리고 사는 것이 그녀의 짐을 무겁게 한다고 한다. 아무리 열심히 일해도 자신과 딸린 식솔을 위한 생필품을 마련하기가 쉽지 않다는 것이다. 하느님이 이 착한 사람들을 그냥 방치하시진 않을 것임을 알지만 그래도 너무나 오랫동안 감당해 온 부담 때문에 한숨이 나온다는 것이다.

젊은 사람들도 끼어들어서 이야기가 더욱 활기를 띠게 되었다. 나는 다른 사람들과 대화를 나누면서 할머니가 나도 어쩌면 그 신성한 종교에 끌리고 있는 것은 아닌지 딸에게 묻는 소리를 들었다. 나는 딸이 현명한 방식으로 답변을 피하려는 것을 눈치챌 수 있었다. 내가 이해하는 한 그녀는 이 외국인이 자기들에게 호감을 품고 있는 것 같은데, 누군가에게 즉각 그런 것을 질문하는 것은 적절한 경우가 아닐지도 모른다고 어머니에게 타이르는 것 같았다.

내가 곧 팔레르모를 떠나려고 한다는 이야기를 들었기 때문에 이들은 더욱 절박한 심정이 되어 곧 다시 와주었으면 좋겠다고 간청했다. 특히 이들은 로살리아 축일의 천국 같은 날들을 자랑했다. 전 세계에서 이와 같은 일은 볼 수도 즐길 수도 없다는 것이다.

진작부터 떠날 생각을 하고 있던 나의 동행인은 드디어 대화를 끝내자는 몸짓을 했다. 그래서 나는 다음 날 저녁쯤에 다시 들러서 편지를 받아가겠다고 약속했다. 나의 동행인은 모든 일이 성공적으로 이루어지자 기뻐했다. 그래서 우리는 흡족한 마음으로 헤어졌다.

이 가난하고 신심이 깊으며 마음씨 착한 가족이 어떤 인상을 남겼을지 상상할 수 있으리라. 호기심은 충족되었지만 이들의 자연스럽고 착한 태도는 동정심을 불러일으켰고, 곰곰 생각할수록 그런 마음이 커졌다.

하지만 즉각 다음 날 때문에 걱정이 피어올랐다. 내가 앞에 나타남으로써 첫눈에 깜짝 놀란 이들은 나와 헤어진 후에 이런저런 생각을 했을 것임이 분명했다. 족보를 통해서 나는 가족들 중의 몇몇이 아직 살아 있음을 알고 있었다. 내 말을 듣고 놀라움을 금치 못했던 내용을 친척들 앞에서 되풀이하기 위해 그들을 불러 모았을 것이 분명했다. 나는 목적을 달성했다. 이제 이 모험을 슬기로운 방식으로 끝내는 일이 남아 있었다. 그래서 다음 날 식사를 한 직후에 혼자 이들의 집으로 갔다. 내가 들어서니까 다들 놀라워했다. 편지가 아직 완성되지 않았다고 했다. 몇 명의 친척들도 저녁 무렵에 와서 나를 한번 만나보고 싶어 한다고 했다.

나는 내일 새벽이면 떠나야 하고, 잠깐 들를 곳도 있고 짐도 꾸려야 해서, 오지 못하느니 차라리 이른 시각에 왔다고 둘러댔다.

그러는 사이 전날에 보지 못한 아들이 들어왔다. 그는 체격과 모습이 누나와 닮았다. 그는 사람들이 나에게 주려고 한 편지를 갖고 왔다. 이 지역에서 으레 그렇듯 그는 집 밖에 있는 어떤 공증인한테 편지를 쓰게 했다. 조용하고 우울하고 겸손한 성격의 그 젊은이는 숙부에 대해 문의하고 그의 재산이며 지출에 대해 묻고는, 그런데 숙부가 왜 그의 가족을 그토록 깡그리 잊고 싶어 하는지 슬픈 목소리로 덧붙여 물었다. "언젠가 숙부가 이곳에 와서 우리를 받아들인다면 그것이 가장 큰 행복이겠지요. 그런데 팔레르모에 친척이 있다는 걸 어떻게 그가 당신에게 털어놓았나요? 사람들이 말하기를 가는 곳마다 그는 우리의 존재를 부인하고, 위대한 가문 태생인 한 남자를 위해 돈을 쓴다고 하던데요."라고 그가 말을 계속했다. 내 안내인의 부주의로 이 집에 처음 들어설 때 생겨난 질문에 대답해야 했다. 숙부가 일반 대중에게 자신의 출신을 은폐해야 할 이유가 있겠지만, 친구나 친지들에게는 비밀로 하지 않았음을 설득력 있게 설명했다.

우리가 대화하는 동안 방에 들어와, 동생이 있고 또 어제의 그 동행인이 없다는 사실에 더욱 용기를 얻은 누나가 역시 아주 정중하고 활기차게 말하기 시작했다. 내가 그들의 숙부에게 편지를 쓰게 되면 자기네 안부를 전해 달라고 간곡히 부탁했다. 그리고 내가 이 섬 여행을 끝내고 다시 오면 로살리오 축일에 같이 가자고 신신당부했다.

어머니는 자식들의 말에 동조했다. "선생님, 과년한 딸이 있어서 낯선 남자들을 집에서 보는 게 적절치 않고, 위험할 뿐만 아니라 구설수에 오르는 것도 피해야겠지만 그래도 선생님이 이 도시에 되돌아올 땐 언제라도 우리 집에 오는 것을 환영합니다." 하고 그녀가 말했다.

"아, 그래요." 자식들이 대꾸했다. "우린 축일 때 선생님을 모시고 다니면서 이것저것 다 보여드릴 겁니다. 우리는 축제를 가장 잘 볼 수 있는 비계 위에 가서 앉을 생각입니다. 선생님께서도 대형 마차와 화려한 조명 장식을 보시면 무척 기뻐하실 겁니다!"

그러는 사이 할머니는 편지를 읽고 또 읽었다. 내가 떠나려고 한다는 이야기를 듣자 그녀는 일어서서 접은 종이를 나에게 건네주었다. "우리 아들에게 말해 주세요." 그녀는 마치 감동이라도 한 듯 고상하고 활기차게 말을 시작했다. "선생님이 전해 준 이 소식을 듣고 얼마나 반가워했는지 우리 아들에게 말해 주세요! 내가 아들을 가슴에 담고 있다고 말해 주세요." 이 말을 하면서 그녀는 두 팔을 쭉 내뻗더니 다시 자신의 가슴을

눌렀다. "날마다 하느님과 성모마리아께 간절히 애원하며 기도하고, 아들과 며느리에게 축복을 빈다고 전해 주세요. 그리고 죽기 전에 다시, 아들 때문에 그 많은 눈물을 흘린 두 눈으로 직접 보는 게 소원이라고 전해 주세요."

이탈리아어 특유의 우아함이 생생한 몸짓까지 곁들인 이 단어들의 선택과 고상한 배열을 돋보이게 했다. 이렇게 함으로써 이 나라 국민은 으레 말을 할 때 믿기지 않는 매력을 내뿜는 것이었다.

이들과 헤어지는 장면은 자못 감동적이었다. 모두 나에게 손을 내밀었고, 자식들은 밖까지 따라 나왔다. 내가 계단을 내려가는 동안 부엌에서 거리 쪽으로 돌출된 창 발코니에 뛰어나와 소리를 지르고 손을 흔들어 인사했으며 잊지 말고 꼭 다시 오란 말을 되풀이했다. 모퉁이를 돌아갈 때까지 이들이 발코니에 서 있는 모습이 보였다.

이 가족에 대한 동정심이 이들에게 도움이 되고 이들의 욕구를 충족시켜 주고 싶은 생생한 소망을 마음속에 불러일으켰음은 말할 필요가 없다. 이제 이들은 나로 인해 또 속임을 당했다. 그리고 예기치 않은 도움에 대한 희망 역시 북독일 유럽의 호기심에 의해 두 번째로 속임을 당하려는 것이다.

나의 첫 번째 결심은 출발하기 전에 그 도망자가 빚진 십사 온스를 가족에게 전달하겠다는 것 그리고 이 액수를 그에게서 다시 받아내겠다는 희망 섞인 추측으로 내 선물을 상쇄하자는 것이었다. 하지만 집에 와서 계산을 하고 현금과 장부를 따져 보았더니, 의사소통의 부족으로 흡사 거리감이 무한대로 커지는 것 같은 나라에서 주제넘게 내가 마음에서 우러난 선한 행위라며 어떤 뻔뻔스러운 인간의 부당한 처사를 개선해 준다면 나 자신이 곤경에 빠질지도 모른다는 사실을 알게 되었다.

저녁 무렵에 그 상인에게 가서 시내에 큰 행렬이 지나가고 부왕이 몸소 걸어서 그 성스러운 자리에 동행한다는데 내일 축제가 어떻게 진행되느냐고 물어보았다. 조금만 바람이 불어도 신과 인간이 자욱한 먼지 구름에 뒤덮일 것이 분명하지 않느냐고 말이다.

그 명랑한 남자는 팔레르모 사람들은 기적을 잘 믿는다고 대꾸했다. 벌써 여러 번이나 유사한 경우에 엄청난 폭우가 쏟아져서, 부분적으로나마 대체로 경사진 길을 말끔히 쓸어버려 행렬에 깨끗한 길을 터주었다는 것이다. 하늘이 구름으로 뒤덮여 저녁에 비를 뿌릴지도 모르기 때문에 이번에도 같은 희망을 품는 게 근거가 없는 것은 아니란다.

1787년 4월 15일, 토요일, 팔레르모

또 이런 일이 일어났다! 간밤에 엄청난 폭우가 쏟아졌다. 나는 기적의 증인이 되기 위해서 아침에 득달같이 거리로 나갔다. 정말 진기한 현상이 일어났다. 양편의 보석(步石) 사이에서 차단된 빗물이 경사진 거리를 따라 가벼운 쓰레기를 저 밑으로, 때로는 바다 쪽으로 때로는 막히지 않은 배수구 쪽으로 쓸어가 버렸다. 조금 큰 짚더미는 한 장소에서 다른 장소로 떠밀린 까닭에 도로에 말끔하게 이상야릇한 사행천(蛇行川)을 만들어놓았다. 그러자 수많은 사람들이 삽이며 빗자루와 쇠스랑을 들고 거리에 나와 아직 남아 있는 쓰레기들을 이쪽저쪽에 쌓아놓으면서 깨끗한 부분을 넓히고 길을 연결시켰다. 그리하여 행렬은 진창을 헤치고 꼬불꼬불한 길을 만들며 나아갔고, 상쾌한 발걸음으로 걷는 귀족뿐만 아니라 긴 옷을 입은 성직자도 부왕을 앞세우고 아무 방해도 받지 않고 몸도 더럽히지 않은 채 앞으로 나아갈 수 있었다. 천사의 손으로 습지와 진창길이 말라버린 길을 가는 이스라엘 아이들을 보는 것 같았다. 나는 이런 비유로써, 경건하고 품위 있는 수많은 사람들이 축축한 오물 더미의 가로수 길을 기도하며 당당히 지나가는 참기 힘든 광경을 고상하게 만들었다.

보석에서는 사람들이 예나 다름없이 편히 걸어 다니고 있었지만, 지금까지 여러 가지 소홀히 취급된 것을 보려고 가본 도심은 걸어 다니는 게 거의 불가능했다. 그렇지만 그곳도 쓰레기를 쓸어서 쌓아놓는 일을 소홀히 한 것은 아니었다.

이런 축일을 계기로 삼아 우리는 주교좌성당을 찾아가 색다른 점을 관찰했고, 일단 나온 김에 다른 건물들도 둘러보았다. 지금까지 잘 보존된 무어 양식의 건물이 흥겹게 해주었다. 건물이 크지는 않았지만 방들이 아름답고 널찍했으며 균형이 잘 잡혀 조화로웠다. 북쪽과 같은 기후에서라면 사실 살기가 어렵겠지만, 남쪽 기후에서는 지내기가 그만이다. 건축 전문가들이 해당 약도와 평면도를 우리에게 건네줄지도 모른다.

또한 어떤 탐탁지 않은 장소에서 고대 대리석 조상(彫像)의 다양한 잔해를 보았지만 무엇인지 알아낼 참을성이 없었다.

1787년 4월 16일, 월요일, 팔레르모
이 낙원을 떠나야 할 시일이 가까이 다가왔기 때문에 오늘 또 공원에 가서 새로운 활력을 얻기를 희망한다. 그리고 나의 과제인 『오디세이아』를 읽고, 계곡과 로살리아 산기슭으로 산보하고, 『나우시카*』의 구상을 계속하고, 이 대상에서 극적인 면을 얻어낼 수 있는지 시험해 보기를 희망한다. 이 모든 일이 아주 성공적이지는 못하지만, 그래도 상당히 흡족한 편이다. 나는 그에 대한 복안을 기록했으며, 특히 나의 마음을 끈 몇몇 구절을 구상하고 완성하는 일을 중단할 수 없었다.

1787년 4월 17일, 화요일, 팔레르모

온갖 종류의 유령들에 쫓기며 시련을 당한다면 사실 대단히 불행한 일이리라! 새벽에 나의 문학적인 꿈을 계속 꾸겠다는 확고하고도 차분한 결심을 하고 공원으로 갔다. 하지만 채 각오를 다지기도 전에 요즈음 내 뒤를 밟고 있던 다른 유령이 나를 낚아채 버렸다. 보통 때는 단지 화분 속에서만, 그러니까 일 년 중 대부분의 시간을 유리창 뒤에서 보는 데 익숙해 있던 많은 식물들이 여기서는 탁 트인 하늘 아래 즐겁고도 싱싱하게 서 있다. 그리고 이것들은 자신에 대한 규정을 완전히 이행하면서 우리에게 보다 분명해진다. 갖가지 종류의 새로운, 새로워진 모양을 보자 다시 엉뚱한 옛 생각이 떠올랐다. 이런 무리 속에서 원형 식물을 발견할 수 있지 않을까? 그런 식물이 분명 존재함에 틀림없다! 이것들이 죄다 하나의 모범에 따라 만들어진 것이 아니라면 이런저런 모양이 같은 식물임을 무엇으로 인식한단 말인가?

나는 수많은 다른 형상들이 무엇으로 구별되는지 조사하려고 노력했다. 그리고 이것들이 서로 다른 점보다는 유사한 점

---

* 『오디세이아』에 나오는 인물로 전설적인 왕 알키노오스의 딸임.

이 더 많다고 생각했다. 하지만 나의 식물학적 전문 용어를 섞어서 말하려고 한다면, 어쩌면 가능할지도 모르지만, 별 소용이 없고 도움이 되기는커녕 불안하게 할 뿐이다. 나의 훌륭한 시적인 의도가 방해를 받았고, 알키노오스의 정원이 사라졌고, 세계 정원이 열렸다. 하지만 왜 우리는 보다 새로운 것에 이토록 심란해지고, 우리가 도달할 수도 성취할 수 없는 요구에 자극을 받는 걸까?

1787년 4월 18일, 수요일, 알카모

우리는 늦지 않게 마차를 타고 팔레르모를 빠져나갔다. 크니프와 마부는 짐을 꾸리고 싣는 데 탁월한 솜씨를 보였다. 우리는 산 마르티노를 방문할 때 알게 된 훌륭한 길을 따라 느릿느릿 올라갔다. 이 지방 사람들의 분수를 지키는 풍습에 익숙해져 있는 우리는 길가의 호사스러운 분수들 중 하나를 보고 다시금 찬사를 보냈다. 우리 마부는 우리의 영내 매점 여주인들이 그러곤 하는 것처럼 작은 포도주 통에 띠를 둘렀다. 그래서 통이 며칠 동안은 충분히 포도주를 담고 있을 것 같았다. 그 때문에 그가 많은 분수의 관 하나에 올라가 마개를 열고 물이 쏟아져 나오게 하자 우리는 의아하게 생각했다. 우리는 진정 독일인의 놀라워하는 마음으로, 그가 무슨 일을 하는지, 통에 포도주가 가득 차 있지 않은가? 라고 묻는다. 이에 대해 그는 태연자약하게 대꾸하면서 통의 3분의 1을 비웠다고 한다. 아무도 물을 섞지 않은 포도주를 마시지 않으므로 대체로 물에다 포도주를 섞는데, 액체들이 서로 잘 혼합된다는 것이다. 게다가 사람들은 어디서나 물을 발견할 수 있다고 자신하지 않는다고 한다. 그러는 사이에 통이 가득 채워졌다. 우리는 이런 고대 오리엔트 지방의 결혼식 관습을 감수하는 수밖에 없었다.

몬레알레를 지나 언덕에 당도하니 경제적이라기보다는 역사적인 양식을 하고 있는 아름다운 지대가 보였다. 이상야릇하게 생긴 곶 사이 나무가 무성한 해안과 나무가 없는 해안 너머로 반듯하게 수평선이 그어져 있어서, 거친 석회질 암석과 훌륭한 대조를 이루고 있는 오른쪽의 조용한 바다를 바라보았다. 이 모습을 보고 참지 못한 크니프는 조그만 크기로 스케치를 몇 개 했다.

조용하고 깨끗한 소도시인 알카모에 당도한다. 좀 떨어진 곳에 외롭게 자리 잡고 있는 세제스타의 신전을 편하게 찾아갈 수 있기 때문에 이 도시의 여관은 시설이 좋고 아름답기로 칭찬이 자자하다.

1787년 4월 19일, 목요일, 알카모

조용한 산악 도시에 위치한 마음에 드는 집이 관심을 끈다. 그래서 하루 종일 이곳에서 보내기로 작정한다. 뭐니 뭐니 해도 어제 일어난 사건을 이야기하는 게 좋겠다. 진작에 나는 팔라고니아 공의 독창성을 부정했다. 그에게는 모범으로 삼은 선배가 있었다. 몬레알레로 가는 길의 어떤 분수 가에 두 괴물이 서 있고, 난간에 몇 개의 꽃병이 놓여 있다. 마치 그 영주가 이것들을 갖다놓은 것 같다.

몬레알레를 벗어나서 아름다운 길을 지나고 돌투성이의 산악지대에 들어서면 위쪽 산등성이에 돌들이 가로막고 있다. 무게나 모양새로 보아 철광석이라고 생각했다. 가는 곳마다 평지는 경작되어 있고, 열매는 잘 열리기도 하고 그렇지 않기도 하다. 석회암은 붉은색을 보이고 있었고, 현장의 풍화된 토양도 같은 색을 띠고 있었다. 이런 점토 석회질의 붉은 토양이 광범위하게 분포되어 있고, 모래가 섞이지 않은 점토질 토양에는 밀이 아주 잘 자라고 있다. 아주 튼튼하지만 잘려나간 오래된 올리브 나무를 발견했다.

형편없는 여관에 붙어 있는, 돌출되어 있어 통풍이 잘 되는 홀에서 가벼운 식사를 하고 원기를 회복했다. 우리가 먹다가 던져버린 소시지 그릇을 개들이 게걸스럽게 핥아먹었고, 어떤 거지 소년이 개들을 쫓아버리고 버려진 사과 껍질을 맛있게 먹었다. 하지만 이 아이도 늙은 거지에 의해 쫓겨났다. 어디를 가나 같은 업종에 종사하는 사람들끼리 서로를 질시하는 현상이 만연해 있다. 너덜너덜해진 토가를 입은 늙은 거지는 하인이나 종업원처럼 이리저리 돌아다녔다. 누군가 집에 없는 것을 주인에게 요구하자 주인이 거지를 소매상으로 보내 가져오게 하는 것을 나는 진작에 보았다.

우리는 보통 서비스에 그리 불쾌해하지는 않았다. 우리의 마부가 마부 역할뿐만 아니라 여행 가이드, 호위병, 물건 구매자, 요리사의 역할을 훌륭하게 해주기 때문이다.

산 위로 좀 더 높이 올라가도 여전히 올리브나무, 캐러브, 물푸레나무가 발견된다. 경작도 삼 년으로 나누어져, 땅콩, 곡물, 휴경, 이런 식으로 돌아간다. 이들은 "분뇨가 성자보다 더 많은 기적을 가져다준다."고 말한다. 포도나무는 키가 아주 낮게 관리되고 있다.

만에서 약간 떨어진 언덕에 위치한 알카모의 지형은 훌륭하고, 이 지역의 위대함이 이목을 끌었다. 높은 바위와 동시에 낮은 계곡이 있지만 폭이 넓고 다양하다. 몬레알레를 뒤로하고 아름다운 이중 계곡으로 들어가니, 그 가운데에 암석으로 된 산등성이가 죽 이어진다. 비옥한 들판은 푸르고 조용한 반면 넓은 길의 덤불과 관목 숲에는 엄청난 꽃들이 만발해 있다. 완두콩 밭은 나비 모양의 꽃으로 녹색은 보이지 않고 온통 노란색으로 뒤덮여 있고, 서양 산사나무, 죽 이어진 관목 숲, 언덕으로 나 있는 알로에는 꽃이 필 조짐이다. 짙은 자홍색 양탄자 같은 무성한 클로버, 알프스 들장미, 꽃받침이 달혀 있는 히아신스, 보리지, 산마늘, 수선화가 이어진다.

세제스타로부터 내려오는 물은 석회질 암석 말고도 많은 각암 표석을 날라 온다. 이것들은 무척 단단하고, 다양하기 그지없는 색조인 검푸른색, 붉은색, 노란색, 푸른색을 띠고 있다. 암맥으로 노출되어 있기도 해서 석회질 암석에 각암과 부싯돌이 있는 것을 발견했다. 알카모로 닿기 전에 언덕 전체가 표석으로 이루어져 있음을 알게 된다.

1787년 4월 20일, 세제스타

세제스타의 신전은 완공되지 않았다. 신전 주변의 광장은 평평하게 고르지 않았고, 기둥을 세워야 할 주변 지역만 평평하게 했다. 왜냐하면 지금도 땅에서 9에서 10피트 높이로 여러 지점에 계단이 있기 때문이다. 부근에는 돌과 토양이 흘러내려 왔을지도 모르는 언덕이 없다. 돌멩이들도 대체로 자연스러운 모습으로 놓여 있고, 그중에 폐허의 잔해는 발견되지 않는다.

기둥은 모두 서 있다. 무너진 두 개는 최근에 복구되었다. 기둥에 어느 정도 받침돌이 있어야 하는지는 규정하기 어렵고 스케치를 해야 명확히 할 수 있다. 하지만 때로는 신전의 내부로 가려면 한 계단 밑으로 내려가야 하기 때문에 기둥이 네 번째 계단에 서 있는 것처럼 보이기도 하고, 가끔은 최상층 계단이 교차되어 있어서 기둥에 주춧돌이 있는 것처럼 보이기도 하며, 때로는 이것들 사이의 공간이 채워져 있기도 하다. 그러면 다시 첫 번째 경우와 대면하게 된다. 건축가는 이를 좀 더 정확히 규정할지도 모른다.

옆면에는 모서리 기둥 없이 열두 개의 기둥이 있고, 앞면과 후면에는 모서리 기둥과 아울러 여섯 개의 기둥이 있다. 돌을 운반하는 굴대가 신전 계단 주변에 나뒹굴고 있지 않은 걸로 보아 신전이 완공되지 않았음을 알 수 있다. 바닥이 이 점을 가장 잘 보여주고 있다. 바닥에는 측면의 몇몇 지점에 석판이 깔려 있지만, 가운데는 원석 석회암이 바닥보다 더 높이 자리하고 있다. 그러므로 석회암에는 석판을 깔 수 없었을 것이다. 내부에 홀이 있던 흔적도 없다. 신전에 장식용 석고가 별로 깔려 있지 않은 것으로 보아, 기둥머리의 석판에 돌출한 부분이 있는데 어쩌면 여기서 석고와 연결되었을지도 모른다는 추측을 하게 한다. 이 모든 것은 석회화와 유사한 석회암으로 지어졌는데 지금은 많이 침식되어 있다. 1781년에 보수를 하여 건물에 많은 도움이 되었다. 각 부분을 접합하는 조각 기술은 단순하지만 훌륭하다. 리데젤이 언급한 특별히 큰 돌을 발견하지는 못했는데, 아마 기둥을 보수하는 데 사용되었을지도 모른다.

신전은 특이한 지형인 넓고 긴 계곡의 가장 높은 끝, 고립된 언덕에 자리하고 있다. 하지만 낭떠러지에 둘러싸여 멀리 여러 지역을 굽어보고 있으며, 바다는 한 귀퉁이만 보인다. 땅은 별로 비옥하지 않지만 모두 경작되어 있고 집들은 거의 보이지 않는다. 엉겅퀴 꽃에는 수많은 나비들이 떼로 몰려 있었다. 전년부터 말라죽은 팔구 피트 높이의 야생 회향(茴香)이 너무나 풍부하고 얼핏 보아도 무척 질서정연하게 서 있어서, 이를 수목원의 시설로 간주할 수 있을 정도였다. 바람이 숲에서처럼 기둥 사이를 솨솨 하고 불었고, 맹금이 시끄러운 소리를 내며 들보 위를 맴돌고 있었다.

어떤 극장의 초라한 잔해로 들어가는 것이 힘들어서 도시의 유적을 둘러보는 재미가 반감되었다. 신전의 발치에는 커다란 각암 조각이 발견되고, 알카모로 가는 길에는 각암 표석이 엄청나게 많이 섞여 있다. 이런 지대를 지나면 규조토가 섞인 토양이 나오는데, 이로 인해 땅이 좀 더 푸석푸석해진다. 싱싱한 회향을 보면서 아래 잎사귀와 위 잎사귀의 차이점을 깨달았다. 하지만 이는 단순성에서 다양성으로 발전해 가는 동일한 조직일 뿐이다. 이곳 사람들은 무척 부지런히 잡초를 뽑고, 남자들은 몰이 사냥꾼처럼 들판을 누비며 돌아다닌다. 곤충들도 눈에 띈다. 팔레르모에서는 날아다니는 벌레만 목격했는데, 이곳에서는 도마뱀과 거머리도 보였고, 우리나라보다 색깔이 아름답지 않은 뱀들은 회색만 띠고 있었다.

1787년 4월 21일, 토요일, 베트라노 성채

석회암 산을 따라 자갈 언덕을 지나 알카모에서 베트라노 성채로 간다. 험준하고 황량한 석회암 산들 사이로 넓고 구릉이 많은 골짜기들이 있지만 나무는 거의 없다. 커다란 표석으로 가득 찬 자갈 언덕은 옛날의 조류(潮流)를 암시해 준다. 여러 종류가 아름답게 혼합된 토양은 모래가 들어 있는 까닭에 지금까지보다 더 가볍다. 오른쪽으로 저 멀리 한 시간 동안은 가야 닿을 거리에 살레미 시가 보였고, 여기서 석회암 층 앞에 있는 석고질 암석을 지나쳤다. 토양은 여러 가지 종류가 뒤섞여 점점 더 훌륭한 모습이다. 멀리 서쪽 바다가 시야에 들어온다. 앞쪽은 온통 구릉투성이다. 가지가 잘린 무화과나무를 발견하고는 호기심과 놀라움이 일었다. 넓디넓은 길에는 무수히 많은 꽃들이 떼 지어 피어 있었고, 연이어 있는 대평원에 이런 알록달록한 풍경이 계속되었다. 아름답기 그지없는 메꽃, 부용과 아욱, 여러 종류의 클로버가 교대로 나타났다. 그리고 알록달록한 융단 같은 꽃길을 지나 꼬불꼬불 마차를 달리다 보면 서로 교차하는 무수히 많은 오솔길들이 나타난다. 그 사이에서 적갈색의 멋진 동물이 풀을 뜯고 있다. 그리 크지 않고 체격이 날렵한 동물은 특히 조그만 뿔의 모양이 귀엽다.

　북동쪽의 산들은 모두 줄지어 서 있고, 유일한 봉우리인 쿠니글리오네가 가운데에 우뚝 솟아 있다. 자갈 언덕에는 물이 별로 없으며, 이곳에는 강우량도 얼마 되지 않는 것이 분명하다. 강이 범람했을 때 휩쓸고 간 흔적도 발견되지 않는다.

　밤에는 특유의 모험적인 일을 겪었다. 그리 우아하지 않은 여관에 들어가 너무 지친 나머지 침대에 몸을 던졌다. 한밤중에 잠에서 깨어나 내 위에서 일어난 아주 기분 좋은 현상을 바라보았다. 전에 결코 본 적이 없는 것 같은 아름다운 별이 떠 있던 것이다. 좋은 일을 예견해 주는 사랑스러운 광경에 새로운 힘이 났다. 하지만 곧 사랑스러운 빛이 사라지며, 나를 홀로 어둠 속에 방치해 버린다. 동이 틀 무렵에야 비로소 이런 기적이 생긴 이유를 깨달았다. 지붕에 틈이 있었던 것이다. 그리고 하늘의 가장 아름다운 별 하나가 그 순간 내 머리 위를 지나간 것이었다. 이런 자연현상을 여행객이라면 말할 것도 없이 자신에게 유리하게만 해석하는 법이다.

1787년 4월 22일, 시아카

광물학적으로는 흥미가 없는 길이지만 오는 동안 줄곧 자갈 언덕이 나타난다. 해안에 당도하니 이따금 석회 암석이 우뚝 솟아 있다. 평평한 땅은 어디나 너무나 비옥하고, 보리와 귀리는 품질이 대단히 우수하다. 살솔라 칼리가 심어져 있다. 알로에는 어제나 그제보다 더 높게 잎을 뻗고 있었다. 여러 종류의 클로버가 우리 곁을 떠나지 않았다. 마침내 덤불숲에 도착했다. 키가 더 큰 나무들은 드문드문 보였을 뿐이다. 마침내 코르크나무도 보게 되었다!

4월 23일, 저녁, 지르젠티

시아카에서 오는 데는 꼬박 하루가 걸린다. 앞서 말한 장소에 오기 바로 전에 온천을 목격했다. 심한 유황 냄새가 나는 뜨거운 물이 바위에서 흘러나온다. 물에서는 소금 맛이 나지만 썩은 것은 아니다. 물이 분출되는 순간에 유황 증기가 나와야 하는 게 아닌가? 어떤 광천수는 질이 좋고 시원하며 냄새가 없다. 아주 위쪽에는 한증탕이 있는 수도원이 자리하고 있다. 그곳에서 자욱한 증기가 맑은 하늘로 피어오르고 있다.

이곳에서는 석회암 표석만 바다로 굴러가고 석영과 각암은 차단된다. 나는 작은 강들을 관찰했다. 칼라타 벨로타 강과 마카솔리 강은 석회암 표석만을 나르고, 플라타니 강바닥에는 비교적 고급스러운 석회암의 영원한 동반자인 노란색 대리석과 부싯돌이 쌓여 있다. 몇 조각의 용암이 눈길을 끌었지만, 이 지역에 화산활동이 있다고 보이지 않는다. 맷돌의 부서진 조각이거나 또는 맷돌에 사용할 목적으로 멀리서 가져온 조각일 것이다. 알레그로 산 부근은 온통 촘촘한 석고, 설화 석고와 같은 석고투성이고, 바위들은 모두 석회암 층 앞이나 사이에 위치한다. 칼라타 벨로타의 암석층은 경이 그 자체이다!

1787년 4월 24일, 화요일, 지르젠티

오늘 같은 봄날의 장엄한 일출 광경은 전 생애를 통틀어 지금껏 본 적이 없었다. 새로 건설된 지르젠티는 태곳적의 높은 성채에 자리 잡고 있다. 주민들이 안에서 살아가기에 충분히 넓고 크다. 창밖으로 예전에 도시였던 주변 일대의 완만한 경사면을 바라본다. 온통 녹색의 과수원과 포도원으로 뒤덮여 있어 옛날에는 많은 사람이 살았던 도시 구역이었다고 추측할 만한 흔적이 거의 없다. 꽃이 피어 있는 푸른 평야의 남쪽 끝에 콘코르디아 신전이 솟아 있는 모습이 보일 뿐이고, 동쪽에는 주노 신전의 몇몇 잔해들이 보인다. 앞서 말한 잔해와 함께 직선상에 위치한 다른 성전들의 여타의 잔해들을 위에서부터 훑어보는 대신, 바다까지 가려면 족히 반 시간은 걸리게 뻗어 있는 남쪽의 해안 평야로 계속 시선을 옮긴다. 하지만 저토록 근사하게 푸르름을 더해 가며 꽃 피어나고 열매를 약속하는 가지와 덩굴 사이로 내려갈 수 없었다. 우리의 안내자인 자그맣고 선량한 교구 사제가 오늘은 무엇보다도 도시를 구경하는 데 힘을 쏟자고 정중하게 부탁했기 때문이었다.

먼저 그는 잘 닦인 도로를 구경시켜 준 다음 주변 일대의 탁월한 전망이 내려다보이는 더 높은 곳으로 데리고 갔다. 그런 다음 예술품을 감상하기 위해 주교좌성당으로 갔다. 이곳에는 잘 보존된 석관(石棺)이 제단으로 사용되고 있다. 사냥 동료와 말을 대동한 히폴리투스를 계모 페드라가 받침이 되어 떠받치고 있다. 여기서 주된 목적은 멋진 젊은이들을 묘사하는 것이었다. 이 때문에 난쟁이처럼 아주 조그만 노파도 방해되지 않는 부수적 작품으로 그 사이에 만들어져 있다. 내 생각에 반 부조(半浮彫) 작품 중 이보다 더 근사한 것을 본 적이 없는 듯하고, 동시에 이것은 완벽하게 보존되어있다. 당분간 그리스 예술의 가장 우아한 시대의 예로 간주될 만하다.

상당히 크고 완벽하게 보존된 귀중한 꽃병을 관찰하면서 이전 시대로 되돌아갔다. 건축술의 몇몇 다른 유물들이 새로운 성당의 여기저기에 숨어 있는 것 같았다.

이곳에는 여관이 없었으므로 어느 친절한 가족이 자리를 마련해 주었다. 큰 방의 벽에 붙어 설치된 높은 공간이었다. 녹색 커튼이 우리와 짐들로부터, 큰 방에서 희고 가는 아주 질 좋은 국수를 만드는 식솔과 분리시켰다. 가장 비싼 값을 받는 국수였다. 먼저 긴 막대기 모양으로 만든 다음 소녀가 가는 손가락을 이용해 뱀 같은 모양으로 만다. 귀여운 아이들 옆에 앉아 국수 만드는 법을 설명해 달라고 하자, 그라노 포르테라고 불리는 가장 무겁고 질이 좋은 밀을 쓴다고 했다. 기계나 주물로 만드는 것보다 손으로 만들면 훨씬 더 많이 나온다고도 했다. 이들은 우리에게 최상의 국수 요리를 해주었으면서도 지르젠티에서 말고는, 그러니까 자기 집 외에서는 만들 수 없는 최고 완벽한 것들 중에서 요리가 하나도 남아 있지 않다며 애석해했다. 흰 빛깔이나 부드러움에서 이것들과 견줄 만한 것이 없을 듯했다.

우리의 안내자는 저녁 내내 저 밑으로 내려가고 싶은 우리의 성급함을 달래는 방법을 터득하고 있었다. 그는 다시 한 번 전망 좋은 언덕으로 데리고 갔고, 우리는 내일 부근에서 보게 될 색다른 광경을 모두 내려다볼 수 있었다.

1787년 4월 25일, 수요일, 지르젠티

해가 떠오르자 우리는 저 밑으로 천천히 내려갔다. 한 발짝 옮길 때마다 주변 경관이 더욱 그림 같은 모습을 띠었다. 최상의 광경을 보여주겠다는 생각으로 그 조그만 남자는 발길을 멈추지 않고 초목이 무성한 지대를 가로질러 저마다 목가적으로 보이는 수많은 경치를 하나씩 지나갔다. 숨겨진 폐허 위에서 물결 모양으로 넘실거리듯 울퉁불퉁한 지면으로 경치가 더욱 다채롭게 보인다. 예전의 건물들이 가벼운 패각 응회암으로 이루어진 만큼 폐허는 신속하게 비옥한 토양으로 덮일 수 있었다. 푸석푸석한 돌들이 공기와 날씨로 인해 떨어져 나가기 때문에 해마다 주노 신전의 잔해가 점점 늘어만 가는 도시의 동쪽 끝에 도달했다. 오늘은 대충 수박 겉 핥기 식으로 구경할 수밖에 없었지만, 크니프는 벌써 내일 스케치할 장소를 물색해 두었다.

신전은 현재 풍화한 암석 위에 서 있다. 이곳에서부터 도시 성벽이 바로 동쪽의 석회암 층으로 뻗어 있다. 이 석회암 층은 바닷물이 암석들의 모양을 빚고 그 발치를 씻어 내린 후 이내 평평한 해안으로 밀려가자 그 위에 깎아지른 듯 형성되어 있었다. 성벽은 일부는 이 암석을 잘라서, 일부는 바로 그 암석으로 지어졌다. 성벽 뒤에는 신전의 열이 우뚝 솟아 있었다. 그렇게 지르젠티의 낮은 부분과 오르막 부분 및 최고 높은 부분이 함께 어우러지므로 바다에서 볼 때 장관을 이루는 것이 조금도 이상한 일이 아니었다.

콘코르디아 신전은 이처럼 수백 년 동안이나 의연히 버텨왔다. 그 신전의 날렵한 건축술은 벌써 미와 호감에 대한 오늘날의 표준에 근접해 있다. 이 신전과 파에스툼의 신전들의 관계는 신상과 거인상의 관계와 같다. 나는 틈에 번쩍거리는 흰 석고를 발라 수리하면서 이 기념물을 보존하려는 최근의 가상한 계획이 저속한 취향으로 행해졌다고 하소연하려는 것은 아니다. 이로 인해서 이 기념물도 어떻게 보면 붕괴된 상태로 눈앞에 서 있는 셈이다. 석고에 풍화된 돌의 색을 입히는 것이 그리 어렵지 않았을 텐데 말이다. 물론 쉽게 바스러지는 기둥과 장벽의 패각 석회를 보면 그렇게 오래 보존된 것이 의아스러울 지경이다. 하지만 이 때문에 건립자는 자기와 유사한 후손을 희망하면서 예방 조치를 강구했다. 기둥에 섬세하게 회칠된 흔적이 아직 발견된다. 이런 회칠은 눈을 즐겁게 하고 오래 보존하도록 돕는 것이어야 한다.

다음에 머문 지점은 주피터 신전의 폐허였다. 이 신전은 크고 작은 식물들이 무성하게 자라고 울타리들이 교차하고 있는 몇 개의 작은 소유지 내부와 하부에 거대한 골조의 뼈대처럼 넓게 뻗어 있다. 모든 형상물은 거대한 세 줄의 홈 장식과 균형이 잡힌 반 기둥 조각 말고는 이 흙더미에서 사라져버렸다. 팔을 뻗어서 홈 장식을 재보았는데 두 팔로는 모자랐다. 반면에 홈이 새겨진 도리스 식 기둥에 관해 어느 정도 이해할 수 있게 되자 그 안에 서서 조그만 벽감이 되어 양어깨를 부딪치며 공간을 메워보았다. 약 스물두 명의 남자들이 바짝 붙어 원을 만들어야 이 기둥의 원주와 같을 것이다. 여기서는 화가가 전혀 할 일이 없다는 언짢은 감정으로 발길을 돌렸다.

반면에 헤라클레스 신전은 예전 대칭의 흔적을 발견하게 해 주었다. 여기저기에서 신전을 따라 다니는 두 열의 기둥이 갑자기 쓰러진 것처럼 북쪽에서 남쪽으로 같은 방향으로 누워 있었다. 하나는 언덕 위쪽으로, 다른 하나는 아래쪽으로 쓰러져 있었다. 언덕이 무너져 생겼을지도 모른다. 횡재(橫材)로 한데 접합되어 있었던 게 분명한 기둥들은 갑자기 무너졌는데, 어쩌면 맹위를 떨친 폭풍우로 쓰러졌을지도 모른다. 이것들은 쓰러진 채 원래 서로 짜 맞추어져 있던 여러 조각들이 되어 가지런히 누워 있다. 이런 색다른 현상을 정확히 그리기 위해 크니프는 벌써 마음속으로 석필을 뾰족하게 갈았다.

아름답기 그지없는 구주콩나무*의 그늘이 드리워져 있고, 조그만 농가에 둘러싸여 있다시피 한 아스클레피오스 신전은 친근한 인상을 준다.

우리는 테론의 묘비로 내려가서 모조품으로 뻔질나게 보았던 이 기념물을 대면하고 즐거워했다. 특히 이것은 기이한 경치에 일조를 했다. 왜냐하면 서쪽에서 동쪽으로 암석층이 보였는데, 도시의 성벽을 통해, 그리고 성벽 위에서 신전의 잔해가 보였을 뿐만 아니라 그 암석층 위에서 틈이 벌어진 도시의 성벽이 보였기 때문이다. 하케르트의 예술적인 손으로 이 광경이 즐거운 그림이 되었다. 크니프는 여기서도 스케치하는 것을 잊

---

* 세례 요한이 황야에서 먹었다고 함.

지 않을 것이다.

1787년 4월 26일, 목요일, 지르젠티

잠에서 깨어나 보니 크니프는 자신에게 길을 가리켜주고 화판을 들어줄 소년과 함께 이미 스케치 여행을 떠날 채비를 하고 있었다. 나는 은밀하고 조용하지만 아주 말이 없지는 않은 친구를 옆에 두고 창가에서 눈부신 아침을 즐겼다. 경외심 때문에 지금까지 이따금 바라보며 귀 기울이는 스승의 이름을 말하지 않았다. 그는 폰 리데젤*이라는 훌륭하신 분인데, 나는 그의 책자를 성무 일과서나 부적처럼 가슴에 품고 다닌다. 늘 나에게 부족한 점을 갖추고 있는 사람들에게 자신의 모습을 비춰 보기를 즐긴다. 바로 이런 것들이다. 차분한 결심, 목적의 안정성, 깔끔하고 알맞은 수단, 준비와 지식, 대가다운 훈육자인 빙켈만에 대한 내적인 관계, 이 모든 것과 그로부터 생겨나는 다른 모든 것이 나에게 결여되어 있다. 하지만 일상적인 방법으로는 살아 있는 동안 얻을 수 없는 것을 슬쩍 손에 넣고, 습격하여 획득하고, 술수로 얻는 것을 마다할 수 없는 입장이다. 그 훌륭한 남자는 이 순간 번잡한 세상사의 와중에도 고독한 장소에서 고독하게 자신의 공로를 찬양하는 어떤 고마운 후손이 있음을 느낄지도 모른다. 그 역시 이곳에 무척 매력을 느껴서 가족으로부터 잊히고 자신도 그들을 잊은 채 이곳에서 혼자만의 나날을 보내기 원할지 모른다.

사제인 키 작은 안내자와 함께 여러 대상들을 관찰하고 이따

---

* 요한 헤르만 폰 리데젤(1740~1785). 비엔나 궁으로 파견됐던 프러시아 대사. 『시칠리아와 대 그리스 여행기』의 저자.

금씩 부지런한 친구를 찾아가면서 어제 지나친 길들을 지나 갔다.

안내자는 고대에 융성했던 도시의 어떤 아름다운 시설물에 주목하게 했다. 지르젠티의 보루로 쓰인 암석과 방벽 속에서 필경 용감하고 훌륭한 고인들의 안식처임이 분명한 무덤들이 발견된다. 자신의 영광과 영원히 살아 본받으려는 노력을 위해 어디서 이보다 더 멋지게 묻힐 수 있었겠는가!

벽과 바다 사이의 널찍한 공간에 기독교 예배당으로 보존된 작은 신전의 잔해가 또 발견된다. 여기서도 반기둥들이 벽의 마름돌 조각과 더없이 아름답게 결합되어 양자가 서로 얽혀 있다. 이를 보고 있노라면 말할 수 없이 즐겁다. 도리스식 기둥 양식이 완벽한 절도를 지킨 지점을 정확히 느낄 수 있다.

구경하는 김에 고대의 일부 볼품없는 기념물을 보았고, 안쪽이 벽으로 둘러싸인 커다란 궁륭 천장 아래 땅속에 밀을 보관하는 지금의 시설을 좀 더 주도면밀하게 살펴보았다. 시민과 교회의 상태에 대해 그 선량한 노인이 몇 가지 들려주었다. 알고 있던 내용은 하나도 없었다. 끊임없이 풍화해 가는 잔해들에 관해 대화가 꽤 잘 진행되었다.

패각 석회암 층은 모두 바닷물과 부딪히고 있다. 아래쪽과 뒤쪽부터 이상하게 침식된 암석층의 상부와 앞면은 부분적으로 보존되어 있어서 마치 드리워진 술 장식처럼 보인다. 바르바리인과 강화를 맺어 기독교인을 비신자에게 팔아넘긴 죄과가 있는 프랑스인은 미움을 받고 있다.

고대의 성문을 바닷물이 할퀴고 있다. 아직 남아 있는 벽은 계단식으로 암석 위에 자리하고 있다. 우리의 관광 안내자는 돈 미카엘 벨라라는 이름의 골동품상으로, 산타 마리아 근처에 있는 거장 제리오네 집에 거주하고 있다.

이들은 다음과 같은 방식으로 잠두(蠶豆)를 심는다. 적당한 간격으로 땅에 구멍을 파서 한 움큼의 거름을 집어넣고 비가 오기를 기다린다. 그런 다음 콩을 집어넣는다. 콩 줄기를 태워서 생기는 재로 아마포를 씻는다. 비누는 사용하지 않는다. 아몬드 겉껍질도 태워서 소다 대용으로 쓴다. 먼저 물빨래를 한 다음 양잿물을 사용하는 것이다.

이들이 농사를 짓는 순서는 콩, 밀, 투메니아이고, 네 번째 해에는 휴경하여 초지로 놓아둔다. 여기서는 콩을 잠두라 일컫는다. 이들의 밀은 정말 아름답다. '비메니아'나 '트리메니아'에서 유래한다는 투메니아는 케레스*의 근사한 선물이다. 석 달이면 익는 여름 곡물의 일종이다. 1월 1일부터 6월까지 씨를 뿌리면 언제나 특정 시점에 익는다. 많은 비는 필요 없지만 강렬한 햇빛이 요구된다. 처음에는 잎이 무척 부드럽지만 밀처럼 자라다가 마지막에는 잎이 무척 튼튼해진다. 11월과 12월에 씨를 뿌리면 6월에 익는다. 11월에 씨를 뿌린 보리는 6월 1일에 익는데, 해안에서는 이르고 산간 지방에서는 늦다.

아마(亞麻)는 이미 익어 있다. 아칸서스는 화려한 잎사귀를 펼쳤고, 살솔라 프루티코사도 무성하게 자라고 있다.

개간이 안 된 언덕에는 잠두가 풍성하게 자라고 있다. 부분적으로 소작되는 것들을 다발로 묶어서 도시로 나른다. 밀에서 뽑아내는 귀리도 역시 다발로 판다.

---

* 곡물의 여신.

이들은 배추를 심으려는 땅에는 물을 댈 목적으로 조그맣게 테두리를 만들어 적당히 구획을 해둔다.

무화과는 잎사귀가 다 나왔고 열매도 붙어 있었다. 성 요한절*이면 다 익는데, 그다음에 또 한 번 열매를 맺는다. 아몬드가 가득 달려 있었다. 가지를 친 캐러브 나무에는 엄청나게 많은 깍지가 달려 있었다. 탐스러운 포도가 높다란 기둥으로 지지되어 정자 곁에서 재배되고 있다. 3월에 멜론 씨를 뿌리면 6월에 익는다. 주피터 신전의 폐허에서 멜론은 습기가 없는데도 왕성하게 자라고 있다.

마부는 거친 엉겅퀴와 알뿌리 양배추를 대단히 맛있게 먹었다. 우리나라 것보다 훨씬 더 부드럽고 즙액이 많음을 인정하지 않을 수 없다. 밭을 돌아다니면 농부들이 잠두를 먹고 싶은 대로 먹게 한다.

용암과 유사한 검고 단단한 돌을 눈여겨보고 있으니 골동품상이 말하기를 에트나 화산에서 나온 것이라면서 항구나 선착장에도 있다고 한다.

이 지방에는 메추라기가 많지 않다. 철새는 나이팅게일, 리니네, 리데네이다. 레반트에서 오는 작고 검은 새인 리니네는 시칠리아에서 새끼를 낳고는 계속 가거나 되돌아온다. 리데네는 12월과 1월에 아프리카에서 와서 아크라가스에 내려앉은 다음 산으로 이동해 간다.

성당의 꽃병에 관해 또 한마디 하겠다. 왕관과 왕홀로 보아 왕으로 짐작되는 앉아 있는 노인 앞에 흡사 신참처럼 한 영웅

---

* 6월 24일.

이 꽃병 위에 완전무장을 하고 서 있다. 왕 뒤에 어떤 여인이 머리를 숙이고 왼손에 턱을 괸 채 곰곰 생각에 잠긴 자세로 서 있다. 영웅의 뒤편 맞은쪽에 어떤 노인이 마찬가지로 왕관을 쓴 채 서 있다. 그는 친위대로 보이는 창 든 남자와 이야기를 나누고 있다. 노인이 영웅을 새로운 자리에 앉히고 친위대에게 이렇게 말하는 것 같다. "그가 왕하고만 대화하게 하라. 그는 용감한 남자이다."

붉은색은 이 꽃병의 배경색인 것 같고, 그 위로는 검은색이다. 여성의 의상에서만 붉은색이 검은색 위에 있다.

1787년 4월 27일, 금요일, 지르젠티

크니프는 계획한 것을 다 실행하려면 내가 키 작고 나이 든 안내자와 돌아다니는 동안 끊임없이 스케치를 해야 한다. 우리는 바다 쪽으로 산보를 갔다. 노인들이 장담하기를 거기서부터 지르젠티의 경치가 아주 좋다고 한다. 멀리 파도가 시야에 들어왔다. 안내자는 산등성이처럼 남쪽으로 지평선에 걸려 있는 것 같은 기다란 구름 띠에 주목하라고 했다. 이것이 아프리카의 해안임을 알려준다고 했다. 그러나 내 눈에는 다른 현상이 진기하게 보였다. 가벼운 구름에서 생긴 가느다란 무지개였다. 무지개는 시칠리아에 한 발을 디딘 채 푸르고 맑디맑은 하늘에 높이 둥글게 걸려 있었고, 다른 끝은 남쪽 바다를 딛고 있는 것 같았다. 석양에 아름답게 물든 채 거의 움직이지 않는 모습이 흥겹고도 진기하게 보였다. 이 무지개가 말타 방향으로 나 있으며, 어쩌면 이 섬에 다른 발을 딛고 있을지도 모른다고 사람들은 자신 있게 말했다. 이따금 그런 현상이 생긴다고 한다. 두 섬의 인력이 대기에서 상호간에 이런 식으로 전달된다면 색다른 일일지도 모른다.

이런 대화를 통해서 말타로 가려는 결심을 포기해야 하는지 문제가 다시 떠올랐다. 하지만 진작부터 곰곰 생각한 어려움과 위험은 여전히 남아 있었다. 그래서 마부를 메시나까지 고용하기로 마음먹었다.

하지만 다시 이리저리 변덕스럽게 생각한 끝에 행동에 옮겨야 했다. 지금까지 이곳으로 오면서 곡창 지대는 별로 보지 못했다. 그리고 가까이나 멀리 있는 산으로 지평선이 막혀 있는 탓에 섬에 평야가 없는 것 같아서, 케레스가 왜 이 지역을 그다지도 선호했는지 알다가도 모를 일이었다. 그 이유를 궁금해하자 사람들은 그것을 깨닫기 위해서는 시라쿠스를 지나가는 대신에 땅을 가로질러 가야 한다고 대답했다. 그러면 밀 재배지를 만날 거라고 한다. 사실 이 훌륭한 도시에 대해서는 화려한 명성 말고는 별것없다는 사실을 모르는 바가 아니어서, 시라쿠스를 포기하라는 유혹의 말에 따르기로 했다. 어쨌든 그곳은 카타니아에서 들어가기가 수월했다.

1787년 4월 28일, 토요일, 칼타니세타

시칠리아가 이탈리아의 곡창이란 명예를 얻을 수 있다는 것이 하나의 구체적 개념이 되었음을 드디어 말할 수 있다. 지르젠티를 떠난 후 비옥한 땅이 시작되었다. 큰 평야는 아니지만, 야트막한 산과 언덕이 죽 이어지고, 대체로 밀과 보리가 심겨 있어 끊임없이 비옥한 땅이 이어진다는 인상을 준다. 이러한 곡식에 적합한 땅은 잘 이용되고 손질되어서 어디에서도 나무가 보이지 않는다. 그러니까 모든 마을과 가옥은 언덕의 등성이에 자리하고, 거기서는 죽 뻗어 있는 석회암이 그러잖아도 땅을 사용할 수 없게 만든다. 거기서 여자들은 실을 잣고 베 짜는 일을 하며 일 년 내내 일하는 반면에, 남자들은 본격적으로 들일을 하는 시기에는 토요일과 일요일에만 자기 집에 묵고, 나머지 날에는 아래에서 머무르다 밤이 되면 갈대 집으로 되돌아간다. 이렇게 해서 우리의 소망은 싫증 날 정도로 충족되었다. 이런 단조로움에서 탈출하기 위해 우리는 트리프톨레무스의 날개 차를 원했을지도 모른다.

마차를 타고 뜨거운 햇살을 받으며 적막한 곡창 지대를 통과해 갔고, 마침내 좋은 지형에 자리 잡아 잘 건설된 칼타니세타에 도착한 것을 기뻐했다. 그런데 그런대로 괜찮은 숙소를 찾아보았지만 역시 허사였다. 버새들은 화려한 둥근 천장의 마구간에 서 있고, 마부들은 동물들 먹이인 클로버 위에서 잠자고 있지만, 외지인은 집안일을 처음부터 시작해야 한다. 어쨌든 묵을 방이 먼저 깨끗이 정리되어야 한다. 걸상이나 벤치가 없어 튼튼한 나무로 만든 낮은 판때기 위에 앉아야 하며 책상도 보이지 않는다.

이 판때기를 침대로 변화시키려면 가구장이한테 가서 일종의 방세를 내고 필요한 만큼 널빤지를 빌리면 된다. 하케르트가 우리에게 빌려준 큰 러시아 가죽 부대가 아주 유용하게 쓰였고, 그 안에 임시방편으로 여물을 채워 넣었다.

하지만 무엇보다도 식사 준비를 해야 했다. 우리는 가는 도중에 암탉 한 마리를 샀고, 마부는 쌀, 소금 및 향료를 구입하러 갔다. 하지만 여기에 와본 적이 없었기 때문에 도대체 어디서 요리를 해야 할지 한참 헤매야 했다. 숙소에는 요리를 할 만한 시설이 갖추어져 있지 않았다. 마침내 나이가 지긋한 한 주민이 편의를 봐줘 아궁이와 땔감, 부엌 용구와 식기를 싼값에 제공해 주었다. 음식이 요리되는 동안 그는 시내 구경을 시켜주었고, 명망이 높은 주민들이 고풍스러운 방식으로 둘러앉아 서로 담소를 나누고 우리의 말을 재미있게 들어준 시장에도 데리고 갔다.

우리는 프리드리히 2세에 대해 이야기해 주어야 했는데, 이들이 이 위대한 왕에 대해 너무나 관심이 많았기 때문에 좋지 않은 소식을 전해서 우리 주인들에게 미움을 받을까 봐 그가 사망한 사실을 숨겼다.

1787년 4월 28일, 토요일, 칼타니세타

지질학에 관련된 사항을 추가로 이야기하겠다. 지르젠티의 패각 석회암에서는 나중에 설명할 희끄무레한 토양이 나타난다. 다시 좀 오래된 석회가 보이고, 바로 그 옆에 석고가 있다. 넓고 평평한 계곡들, 산 정상까지 이어지는 경작지, 때때로 그 산 너머까지 계속되는 경작지. 좀 오래된 석회에는 풍화된 석고가 섞여 있다. 이제 더 푸석푸석하고 노르스름하고 약간 풍화되고 있는 새로운 석회암이 보인다. 곡식이 경작되는 들판에서 종종 더 짙은 자주색으로 변하는 것을 또렷이 인지할 수 있다. 반쯤 길을 가다보면 다시 석고가 나타난다. 그 석고 위에는 짙은 보라색과 장밋빛을 띤 꿩의비름이 자라고, 석회암에는 샛노란 이끼가 끼어 있다.

풍화하기 쉬운 석회암이 다시 자주 보이는데, 간간이 패각을 함유한 층상에 위치해 있는 칼타니세타 쪽으로 갈수록 무척 단단해 보인다. 위쪽 산 마르티노 근방에서 목격했던 것처럼 자줏빛은 별로 띠지 않고 거의 연단(鉛丹)처럼 불그스름하다.

석영 표석은 대략 중간쯤 되는 길의 작은 골짜기에서 발견될 뿐이다. 골짜기는 삼면이 막혀 있고 동쪽으로, 그러니까 바다 쪽으로 트여 있다.

멀리 왼쪽으로는 카메라타 근방의 높은 산이 색달랐고, 다른 산은 원뿔을 잘 다듬은 것처럼 보였다. 가는 길의 거의 절반은 나무가 보이지 않았다. 지르젠티 해안에서처럼 그리 높게는 아니지만 깨끗하고 먹음직스럽게 열매가 달려 있었다. 광대한 밀밭에는 잡초가 보이지 않았다. 처음에는 파래지는 들판밖에 보이지 않았고, 그런 다음 경작된 들판이 나오고 축축한 장소에는 약간의 초지가 형성되어 있었다. 여기에는 포플러 나무도 심겨 있었다. 지르젠티를 지나자마자 사과나무와 배나무도 마주쳤고, 언덕이나 몇몇 마을 근처에서는 무화과나무도 발견했다.

좌우에서 인식할 수 있는 모든 것을 포함해서 30미리요* 사이는 좀 오래되거나 새로운 석회로 되어 있고, 그 안에는 석고도 섞여 있다. 토양이 이처럼 비옥한 이유는 이 세 가지가 풍화하고 상호 작용한 덕택이다. 모래는 별로 함유되지 않은 것 같고, 씹어보면 뿌드득거리는 소리가 거의 나지 않는다. 아하테스 강 때문에 그런 것이 아닌가 하고 추측하지만 내일이면 진상이 밝혀질 것이다.

골짜기의 형태는 아름답다. 아주 평평한 골짜기는 아니지만 큰비가 내린 흔적은 목격되지 않고 다만 거의 눈에 띄지 않는

---

* 1미리요는 1.48킬로미터.

조그마한 개천만 졸졸 흘러갈 뿐이다. 왜냐하면 모든 것이 곧장 바다로 흘러가기 때문이다. 붉은 클로버는 눈에 보이지 않고, 모든 꽃들과 남서쪽 방면의 관목들처럼 나지막한 야자수도 사라진다. 길을 차지하고 있는 것은 엉겅퀴뿐이고, 다른 모든 것은 케레스에 소속된다. 이 지역은 예를 들어 독일의 에르푸르트와 고타 사이 구릉지고 비옥한 지역과 비슷한 점이 많다. 시칠리아를 세계에서 가장 비옥한 지역 중의 하나로 만들기 위해서는 수많은 요소가 결합되어야 했다.

지금까지 오는 도정에서 말은 거의 보이지 않았다. 이들은 황소를 이용해 밭을 간다. 암소나 송아지를 도살하지 못하게 하는 금지령이 있다. 염소, 나귀, 버새는 많이 보았다. 말들은 대개 검은색 발굽과 갈기를 지닌 백마들이다. 바닥에 돌이 깔려 있는 마구간은 대단히 훌륭하다. 콩과 완두콩이 심긴 땅에는 거름을 주고, 다른 모든 농작물은 햇볕을 받고 자란다. 지나가는 사람에게 팔려고 이삭이 돋아난, 아직은 푸른 보리와 붉은 클로버가 다발로 내놓아져 있다.

칼타니세타 위의 산에는 화석물과 함께 단단한 석회암이 발견된다. 커다란 패각은 아래에, 작은 패각은 위쪽에 자리 잡고 있다. 도시의 포도(鋪道)에서는 석회암이 펙티니텐과 함께 보인다.

1787년, 4월 28일

칼타니세타를 지나면 물을 살소 강으로 보내는 언덕들이 갑자기 나지막해진다. 토양은 불그스름하고 점토가 많으며, 경작되지 않은 곳이 다수였다. 열매들이 꽤 괜찮았지만 이전 지역에는 못 미쳤다.

1787년 4월 29일, 일요일, 카스트로 조반니

오늘 우리는 땅은 보다 비옥하지만 인적은 드문 지역을 목격해야 했다. 우기가 시작되어 물이 불은 하천을 몇 군데 통과해야 했기 때문에 여행길이 자못 불편해졌다. 주위를 둘러봐도 다리가 보이지 않는 살소 강에서 이상한 채비를 하던 사람들이 우리를 놀라게 했다. 건장한 남자들이 항상 둘씩, 짐을 싣고 사람을 태운 버새를 붙잡고 깊은 강물을 건너 넓은 자갈길까지 갈 준비를 하고 있었다. 일행이 모두 모이자 그들은 이런 식으로 강의 두 번째 지류를 통과해 갔다. 거기서 남자들은 또 한번 버팀목과 서로에게 의존하여 물의 흐름을 견디며 동물이 바른 길을 가도록 했다. 여기 물가에는 잡목이 무성하게 자라고 있지만 내륙 쪽으로 가면 점점 희박해진다. 살소 강에는 편마암으로 넘어가는 화강암이, 그리고 각력암으로 변해 가는 단색의 대리석이 산출된다.

이윽고 홀로 서 있는 산등성이가 눈앞에 나타났다. 그 위에 카스트로 조반니가 자리하고 있어 이 지역에 아주 장중하고 색다른 성격을 부여해 준다. 옆으로 죽 이어진 기다란 길을 달리고 있을 때 패각 석회로 이루어진 산이 있는 것을 발견했다. 우리는 석회화(石灰化)한 큰 껍질만 짐에 챙겼다. 위쪽의 산등성이에 도달할 때까지는 카스트로 조반니가 눈에 잘 들어오지 않는다. 북쪽 낭떠러지에 위치해 있기 때문이다. 그 이상한 소도시 자체와 탑, 왼쪽으로 좀 떨어져서는 칼타시베타 마을이 아주 엄숙하게 마주하여 서 있다. 평원에 콩 꽃이 활짝 피어 있는 광경을 보고 기뻐하지 않을 사람이 누가 있겠는가! 하지만 도로 사정이 대단히 좋지 않았고, 이전에 포장이 된 길이었기 때문에 더욱 끔찍했다. 게다가 줄곧 비가 내리고 있었다. 오래된 엔나* 시는 우리를 무척 불친절하게 맞이했다. 덧문이 있는 다락방에는 창문이 없어서 어둠 속에 앉아 있거나 금방 피해 온 이슬비를 다시 맞으며 버텨야 했다. 여행을 위해 준비한 물품이 다 떨어지자 밤에는 비참한 시간을 보냈다. 다시는 신화적인 이름에 따라 여행 목적지를 정하지 말자는 굳은 맹세를 했다.

1787년 4월 30일, 월요일

카스트로 조반니부터는 거칠고 불편한 내리막길에서 말을 이용해야 했다. 저 아래에는 구름으로 덮여 있고, 그래서 가장 높은 언덕에는 이상한 대기 현상이 보였다. 흰색과 회색 모양의 띠가 마치 어떤 물체처럼 보였다. 하지만 하늘에 무슨 물체가 있겠는가! 안내자는 우리가 놀라는 까닭이 갈라진 구름 사이로 보이는 에트나의 한쪽 면에 관련된다고 일러주었다. 눈과 산등성이가 교대로 띠를 이루고 있었는데, 이것이 가장 높은 정상은 아니라고 한다.

오래된 엔나의 가파른 암석을 뒤로하고 길고 긴 외로운 골짜기를 통과해 갔다. 풀을 뜯는 짐승만 있을 뿐 밭도 없고 사람도 살지 않았다. 짙은 밤색의 짐승은 몸집이 크지 않고 뿔은 작으며, 아주 귀엽고 날씬해 사슴처럼 쾌활하다. 이런 좋은 짐승이

---

* 시칠리아의 도시로, 1927년까지 '카스트로 조반니'로 불렸다.

풀을 뜯을 방목장은 충분하지만 엄청난 엉겅퀴 덤불에 가로막혀 점점 축소되고 있다. 이 식물은 여기 군집하며 번식할 최적의 기회를 잡았다. 몇몇 개의 큰 농장으로부터 방목지에 이르는 믿기지 않을 만큼 넓은 공간을 차지하고 있었다. 다년생이 아니므로 꽃이 피기 전에 베어지면 몽땅 사라질지도 모른다.

엉겅퀴에 맞선 이러한 농경의 전쟁 계획을 진지하게 생각하자니, 부끄럽게도 그것이 전혀 무용지물은 아님을 언급하지 않을 수 없다. 우리가 음식을 먹기 위해 들른 외롭게 서 있는 여관에 시칠리아의 귀족 몇 명이 도착했다. 이들은 어떤 소송 때문에 섬을 가로질러 팔레르모로 가는 길이었다. 우리는 진지한 두 남자가 엉겅퀴 덤불 앞에 날카로운 주머니칼을 쥐고 서서, 솟아 나오려는 이 식물의 가장 윗부분을 자르는 것을 지켜보고 놀라움을 감추지 못했다. 그런 다음 이들은 뾰족한 손가락으로 이 가시투성이의 수확물을 잡고 줄기의 껍질을 벗긴 후 안에 든 것을 맛있게 먹어치웠다. 우리가 이번에는 물을 섞지 않은 포도주에 좋은 빵을 먹으며 원기를 회복하는 동안 이들은 한참을 그 일에 몰두하고 있었다. 마부는 우리에게도 마찬가지의 줄기 내용물을 준비해 주면서 건강에 좋고 기분을 상쾌하게 하는 음식이라고 자신 있게 말했다. 하지만 세제스타의 거친 알뿌리 양배추와 마찬가지로 맛은 별로 없었다.

4월 30일, 도중에

산 파올로 강이 굽이쳐 흐르는 골짜기에 도달하니 토양이 검붉은색을 띠고 있었고, 풍화되기 쉬운 석회가 보였다. 많은 휴경지, 넓디넓은 들판, 아름다운 골짜기가 나왔고, 시냇물을 통과하는 게 무척 기분이 좋았다. 여러 가지가 섞인 질 좋은 점토질 토양은 때로 깊이가 이십 피트가 되고 대체로 균질하다. 알로에가 무성하게 자라고 있었다. 열매가 탐스럽게 달렸지만 가끔 깨끗하지 못했고, 남쪽 지방과 비교해 볼 때 훨씬 떨어졌다. 군데군데 작은 가옥이 보였고, 카스트로 조반니에서처럼 나무가 보이지 않았다. 강가의 많은 방목장은 엄청난 엉경퀴 덤불에 가로막혀 있었다. 강의 표석에는 역시 석영이 보였는데, 단일한 종류이거나 각력암 종류였다.

새로운 마을인 몰리멘티는 매우 현명하게도 산 파올로 강가의 아름다운 들판 가운데에 건설되어 있다. 밀은 부근에서 그 어디와 비교할 수 없는 모습으로 자라고 있었고, 5월 20일이면 추수할 예정이었다. 전 지역에 화산의 흔적이 아직 보이지 않고, 강물도 그와 같은 표석을 나르지 않는다. 토양은 여러 종류가 잘 섞여 있어 가볍다기보다 무거우며, 대체로 짙은 밤색이나 자주색이다. 강을 에워싼 왼쪽의 모든 산들은 석회암과 사암인데, 이런 변화를 일찍이 본 적이 없다. 이런 암석이 풍화하면서 역시나 아래쪽 골짜기를 대단히 비옥하게 만들어주었다.

1787년 5월 1일, 화요일

본래 비옥함을 널리 선사받았지만 고르지 않게 경작된 골짜기를 내려오면서 좀 싫증이 났다. 볼품없는 지역을 그렇게 많이 지나왔는데도 우리가 바라는 그림 같은 풍경은 도무지 나타나지 않았기 때문이었다. 크니프는 전경과 중간 경치는 너무 끔찍해서 제법 중요한 원경만을 스케치했다. 그는 운치 있게 장난을 쳐서 푸생*적인 전경을 거기에 덧붙였다. 이런 일은 그에게 아무런 수고가 들지 않았고, 종이를 아주 아름다운 그림으로 만들어 주었다. 화가의 여행에는 이 같은 절반의 진실이 수없이 포함되어 있을지도 모른다.

마부는 우리의 뚱한 기분을 달래주기 위해 저녁에 좋은 숙소에 들겠다고 약속했으며, 정말로 지어진 지 몇 년 되지 않는 여관으로 데려다 주었다. 그 여관은 이런 도정에서 카타니아로부터 적당한 거리에 있어서 여행자에게 환영받을 것임에 분명했다. 그런대로 시설이 좋아서 우리는 열이틀 만에 다시 어느 정도 편안한 생활을 할 수 있었다. 그런데 벽에 연필로 아름답게 쓰인 영어 글씨가 우리의 주목을 끌었다. 그 내용은 이러했다.

"여행자들이여, 여러분이 누구이든 간에 카타니아에서 '황금 사자' 여관을 조심하라. 그곳은 여러분이 키클롭스, 세이렌, 스킬라의 발톱에 동시에 할퀼 때보다도 더 좋지 않다."

우리는 그 경고자가 위험을 다소 신화적으로 확대했을 거라고 여기면서 그렇게 잔혹한 짐승으로 알려진 그 '황금 사자'는 피해야겠다고 단단히 마음먹었다. 그래서 카타니아에서 어디서 묵겠느냐는 버새 마부의 질문에 우리는 이렇게 대꾸했다. "'황금 사자' 말고는 어디라도 괜찮소!" 그러자 그는 자신의 버새를 세워둘 수 있는 곳이라면 괜찮겠다면서, 지금까지 그래왔듯이 식사도 제공받아야 한다고 덧붙였다. 우리의 유일한 소망은 그 '사자'의 아가리에서 벗어나는 일이었기에 모두 만족해했다.

이블라 마요르 근방에서 물이 북쪽으로부터 날아 오는 용암

---

* 니콜라 푸생(1594~1665). 고전적인 스타일의 프랑스 화가.

표석이 모습을 드러낸다. 나룻배 위에서 각종의 표석, 각암, 용암 및 석회가 결합된 석회암을 발견하고, 그 다음에는 석회질 응회암으로 뒤덮여 딱딱해진 화산재가 나온다. 여러 종류가 섞인 자갈 언덕은 카타니아 근방까지, 언덕과 그 위에서 에트나의 용암류가 발견될 때까지 계속된다. 진짜 분화구처럼 보이는 것이 왼쪽에서 발견된다.(바로 몰리멘티 아래에서 농부들이 아마를 잡아 뜯고 있었다.) 다채로움을 좋아하는 자연이 검푸른 회색 용암을 흥겨워한다는 것을 여기에서 알 수 있다. 샛노란 이끼가 자연을 뒤덮으며, 새빨간 꿩의비름이 그 위에 무성하고, 다른 아름다운 보랏빛 꽃들도 자라고 있다. 선인장과 포도 덩굴을 보면 얼마나 세심하게 재배하는지 알 수 있다. 이제 어마어마한 용암류가 밀려든다. 모타는 아름답고 중요한 암석이다. 이곳에는 콩이 아주 키 큰 관목이다. 경작지는 토양의 변화가 심해 자갈투성이이거나 여러 종류가 다양하게 섞여 있다.

남동쪽에서 자라는 이런 봄 식물을 오랫동안 보지 못했는지 마부는 멋진 열매를 보고 큰 소리로 탄성을 지르며 자아도취에 빠진 애국심으로 독일에도 이런 게 있느냐고 물었다. 이곳에는 모든 게 자연의 희생물이 되어 나무가 보이지 않는다. 화사하고 날씬한 어떤 소녀가 이 모든 것 중에서 제일 사랑스럽다. 마부가 비교적 오랫동안 아는 사이라는 그녀는 마부의 버새와 같이 움직였고, 수다를 떨면서 아주 귀여운 모습으로 실을 자았다. 이제 온통 노란 꽃으로 뒤덮이기 시작했다. 미스테르비안코 근방에는 벌써 선인장이 울타리 속에 서 있었다. 이상하게 생긴 이런 식물 덕에 울타리들은 카타니아 부근에서 더욱 한결같은 모습으로 점점 더 아름다워진다.

1787년 5월 2일, 수요일, 카타니아

숙소에서 역시나 상황이 무척 좋지 않았다. 버새 마부가 준비한 음식물은 최상이 아니었다. 쌀을 넣어 삶은 암탉은 그럭저럭 괜찮았을지도 모르는데, 사프란을 지나치게 많이 넣은 탓에 먹을 수 없을 만치 노랗게 만들었다. 임시 침상이 너무 불편해서 하마터면 하케르트의 러시아 가죽 부대를 다시 꺼낼 뻔했다. 아침이 되자 친절한 주인에게 이야기를 했다. 그는 우리를 더 잘 대접하지 못한 것을 미안해했다. "저 건너편에 외지인이 묵기에 좋고, 만족스러운 조건을 다 갖춘 집이 하나 있습니다." 그는 길모퉁이의 커다란 집을 가리켰다. 이쪽에서 보니 그 집은 많은 좋은 것을 약속하는 듯했다. 우리는 당장 서둘러 그리로 가서 임시 고용인이라고 자기를 소개한 활발한 남자를 만났다. 주인이 없지만 그는 홀 옆의 멋진 방에 묵으라고 하면서, 가장 저렴하게 접대하겠다고 자신 있게 말했다. 우리는 흔히 하던 대로 주저하지 않고 숙박, 식사, 포도주, 아침 식사 및 그 밖의 특정한 비용에 대해 물어보았다. 모든 것이 저렴했다. 그래서 우리는 서둘러 자질구레한 물건들을 금박이 된 널찍한 장롱 속에 가지런히 집어넣었다. 크니프는 처음으로 그의 화판을 펼칠 기회를 잡았다. 그는 스케치들을, 나는 보고 깨달은 것을 정리했다. 그런 다음 멋진 숙소에 흡족해진 우리는 전망을 즐기기 위해 홀의 발코니로 올라갔다. 경치를 충분히 감상한 뒤 하던 일로 돌아가려고 몸을 돌렸다. 그런데 보라! 저기 우리 머리 위에서 커다란 황금 사자가 위협하고 있었다. 우리는 서로를 걱정스럽게 바라보며 미소 지었다. 그러고는 어딘가 호메로스적인 소름 끼치는 광경이 보이지 않을까 해서 주위를 둘러보았다.

그런 모습은 아무것도 보이지 않았다. 대신 홀에서 두 살 정도 되는 아이와 장난을 치고 있던 아리따운 젊은 여자를 발견했다. 그녀는 곧장 주인을 대리하는 그 활발한 남자로부터 호되게 꾸지람을 들었다. 여기서 할 일이 없으니 당장 꺼지라는 소리였다. "그래도 나를 쫓아내다니 너무 가혹해요." 그녀가 말했다. "당신이 없으면 집에서 아이를 달랠 수 없어요. 이분들은 여기서 아이 돌보는 것을 분명 허락하실 거예요." 남편은 이 말에는 아랑곳하지 않고 아내를 내쫓으려고 했다. 아이는 문에서 애처롭게 소리쳤다. 우리는 결국 어여쁜 새댁을 여기에 있게 해달라고 진지하게 요구하지 않을 수 없었다.

그 영국인의 경고를 새기며 이 코미디를 통찰하는 것은 어려운 일이 아니었다. 우리는 아무것도 모르는 새내기처럼 굴었고 그도 자비로운 아버지의 모습을 아주 잘 보여주었다. 사실 아이는 아버지와 가장 정답게 놀았다. 필경 어머니라는 그 여자가 문 아래에서 아이를 꼬집었을지도 모른다.

그런데 그 남자가 비스카리스 대공의 재속 사제한테 추천장을 갖다주기 위해 나가자 그녀는 무척 천진난만해졌다. 남자가 돌아와서 우리에게 재속 성직자가 몸소 찾아와 자세한 이야기를 해줄지 모른다고 알릴 때까지 여자는 계속 아이와 놀았다.

1787년 5월 3일, 목요일, 카타니아

어젯밤에 이미 우리와 인사한 그 재속 성직자가 오늘 제시간에 나타나서 높은 지대에 단층으로 지어진 궁으로 안내해 주었다. 먼저 대리석 상, 청동 상, 꽃병 및 각종 고대 유물이 함께 전시되어 있는 박물관을 구경했다. 우리는 또 한 번 견문을 넓힐 기회를 가졌다. 특히 티슈바인의 작업장에서 모조품을 접한 바 있는 주피터의 흉상이 마음을 사로잡았다. 그것은 우리가 평가할 수 있는 이상의 큰 장점을 지니고 있다. 어떤 주민에게서 긴요한 역사적인 정보를 들은 다음 커다란 높은 홀에 도달했다. 사방 벽에 걸상이 많은 것으로 보아 사람들이 때때로 여기 모인다는 것을 알 수 있었다. 우리는 후한 대접을 기대하며 자리에 앉았다. 이때 두 귀부인이 안으로 들어오더니 앞뒤로 이리저리 왔다 갔다 하면서 열심히 대화를 나누었다. 그녀들이 우리를 발견하자 성직자와 나는 일어서서 인사를 했다. 나는 이들이 누군지 물어보았다. 더 젊은 여자는 공녀*이고, 좀 나이든 여자는 카타니아의 귀족이었다. 우리는 다시 자리에 앉았고 이들은 광장을 거닐듯이 왔다 갔다 했다.

우리는 대공에게 안내되었다. 사람들이 귀띔해 준 것처럼 그는 우리를 각별히 신뢰하고 자신이 수집한 동전을 보여주었다. 예전에 그의 선친 대와 그 후에 그것들을 공개하다가 몇 개가 사라진 일이 있어서 남에게 보여주는 것을 다소 꺼려하게 됐다고 한다. 나는 토레무차 공의 수집품을 관찰하면서 식견을 넓힌 게 있어서 이젠 제법 전문가 행세를 할 수 있었다. 나는 다시 배움을 얻었고, 다양한 예술 시대를 거쳐 우리를 이끌어 가는 빙켈만식의 지속적인 방식이 꽤 도움이 되었다. 우리가 전문가는 아니지만 지대한 관심을 가진 애호가임을 알자 이런 분야에 완전히 정통한 대공은 우리가 알고 싶어 하는 것이면 모두 기꺼이 가르쳐주었다.

아직 흡족하지는 않지만 상당히 오랫동안 관찰한 후 잠시 쉬

---

* 비스카리스 대공의 누이.

려는데 대공이 자기 어머니한테 데려가서 여타의 더 작은 예술품들을 보여주었다.

우아한 용모의 귀부인은 우리를 맞이하면서 이렇게 말했다. "신사 분들, 우리 집을 둘러보세요. 고인이 된 제 남편이 수집하고 정리한 것이 죄다 여기 있습니다. 나는 아들의 깊은 믿음에 고마워하고 있어요. 아들은 나를 가장 좋은 방에서 살게 할 뿐만 아니라 그의 아버지가 구입하고 정돈한 것은 아무리 사소한 것이라도 없애거나 치우지 못하게 해요. 그 덕분에 오랜 세월 익숙해진 방식으로 살 수 있을 뿐만 아니라 옛날부터 그랬듯이 멀리서 우리의 보물을 보러 오는 훌륭한 외지인을 만나고 더 친하게 지낼 수 있어 이중으로 이득을 보고 있지요."

그런 다음 그녀는 호박(琥珀) 세공품이 보관되어 있는 유리 진열장을 열어주었다. 시칠리아 호박은 투명하고 불투명한 밀랍 색과 벌꿀 색에서 시작해 지나칠 정도로 노란색의 온갖 음영을 거쳐서 극히 아름다운 붉은 히아신스 색으로까지 치닫는다는 점에서 북쪽의 호박과 구별된다. 항아리, 컵 및 다른 물건들이 호박으로 만들어져 있었다. 그러기 위해서는 때때로 놀랄 만치 큰 재료가 들어가지 않을 수 없었다. 트라파니에서 만들어진 것 같은 패각 조각뿐만 아니라 이러한 대상들에, 더욱이 정선된 상아 세공품에 그 부인은 각별한 즐거움을 지니고 있었고, 몇 가지 재미난 이야기도 들려주었다. 대공은 좀 더 진지한 대상에 우리가 주목하게 했다. 그러는 동안 흡족하고도 교육적인 몇 시간이 훌쩍 지나가 버렸다.

부인은 우리가 독일인이라는 말을 듣고 폰 리데젤, 바르텔스, 뮌터에 대해 물어보았다. 그녀는 이들을 모두 알고 있었고, 이들의 성격이며 태도를 아주 잘 구별하면서 평가할 줄 알았다. 우리는 그녀와 헤어지는 게 내키지 않았다. 그녀도 우리를 떠나보내는 게 아쉬운 것 같았다. 이런 섬 생활이 늘 고독하고, 잠시 이런 모임에 참여함으로써만이 새로운 힘을 얻고 살아가는 듯했다.

그런 다음 그 성직자는 베네딕트 수도원으로 데리고 가서 어떤 수도사의 방으로 안내했다. 중년인 그의 슬프고도 내면으로 침잠한 듯한 인상으로 보아 별로 즐거운 대화를 나눌 수 있을 것 같지 않았다. 하지만 그는 예술적 감수성이 풍부한 남자로, 이 성당의 거대한 오르간을 혼자 다룰 줄 알았다. 그는 우리의 소망을 듣는다기보다 오히려 짐작으로 알아맞히면서 말없이 그것을 들어주었다. 우리는 아주 널찍한 성당으로 가서 그의 훌륭한 악기 연주를 들었다. 그는 아주 나지막한 음을 은은하게 울리다가도 아주 엄청난 음으로 성당의 구석구석까지 소리가 퍼지게 했다.

이 남자를 전에 보지 못한 사람은 그가 엄청난 괴력을 부리는 거인이라고 믿어야 할지도 모른다. 하지만 그의 인간 됨됨이를 이미 알고 있는 우리로서는 그가 이러한 싸움을 하느라 벌써 오래전에 힘을 다 소모하지 않았다는 사실에만 놀라워했을 뿐이었다.

1787년 5월 4일, 금요일, 카타니아

식사를 끝낸 직후에 도시의 멀리 떨어진 곳을 보여주겠다며 재속 성직자가 마차를 타고 왔다. 마차에 올라타면서 이상한 서열 다툼이 일어났다. 내가 먼저 올라타서 그의 왼쪽에 앉을 참이었다. 그런데 그는 나더러 자기 오른쪽에 앉으라고 단호하게 요구했다. 나는 이런 예의를 차리지 않아도 된다고 그에게 부탁했다. "이렇게 앉아 가는 것을 양해해 주십시오." 그가 말했다 "제가 선생님의 오른쪽에 앉게 되면 제가 주인이라고 누구나 생각하기 때문입니다. 하지만 제가 왼쪽에 앉으면 여러분을 모시고 간다고 생각합니다. 말하자면 제가 대공의 명으로 여러분에게 시내를 안내해 드린다고 말입니다." 뭐라고 이의를 제기할 수 없어서 그의 말대로 했다.

우리는 길을 따라 오르막길을 올라갔다. 거기에는 1669년 이 도시의 대부분을 파괴시킨 용암이 지금까지 눈에 띄었다. 굳어진 용암류가 다른 암석처럼 변해 있었고, 바로 그 위에 길이 닦이고 일부에는 건물이 지어져 있었다. 여행을 떠나 오기 전 독일에서 현무암이 화산 작용으로 생겼는가에 대한 논란이 일었음을 상기하면서, 녹아 흘러내렸던 것이 분명한 조각을 하나 집어 들고 땅에 떨어뜨려 보았다. 여러 가지 변화를 살펴보기 위해 몇몇 군데에서 이런 실험을 해보았다.

토착민이 자신이 사는 지역을 사랑하지 않는다면, 이득 때문이건 학문 때문이건 자신이 사는 지역의 색다른 것을 정리하고 편찬하는 노력을 기울이지 않는다면, 여행자는 오랫동안 헛되이 고생해야 할지도 모른다. 나폴리에서는 용암 상인이 많이 지원해 주었고, 여기서는 좀 더 고차원적인 의미에서 기사 지오에니가 도와주었다. 나는 그의 풍부하고 매우 우아하게 진열된 수집품에서 에트나의 용암, 그 화산의 기슭에서 나오는 현무암, 다소간 원형을 알아볼 수 있는 변화된 암석을 발견했다. 그는 이 모든 것을 너무도 친절하게 보여주었다. 야치 아래의 바다 속 가파른 암석에서 나온 비석(沸石)이 가장 놀라웠다.

에트나 화산에 올라가기 위해 어떻게 해야 하는지 묻자 그 기사는 지금과 같은 계절에는 정상에 오르는 것이 무모한 행위라며 들은 척도 하지 않으려고 했다. 그는 우리에게 용서를 구한 후에 이렇게 말했다. "대개 여기 오는 외지인들은 그 일을 너무 가볍게 생각합니다. 산 옆에 사는 우리들은 일생에 몇 번 최상의 기회를 잡아서 정상에 오르면 그걸로 만족해합니다. 자신의 글로 맨 먼저 이 화산 정상에 오르는 기쁨을 불 지핀 브라이던도 결코 정상에 오르지 못했습니다. 보르흐 백작은 독자에게 진상을 밝히지 않습니다. 하지만 그도 어떤 언덕까지만 올라간 것에 불과했습니다. 이런 이야기는 얼마든지 더 할 수 있습니다. 아직 눈이 너무 광범위한 지역에 덮여 있어서 극복할 수 없는 장애물이 되고 있습니다. 선생님이 저의 충고를 따르겠다면 내일 좋은 시간에 로소 산기슭까지 가서 그 언덕을 오르십시오. 거기서 아주 근사한 광경을 즐길 수 있을 것이고, 동시에 1669년 불행히도 도시 쪽으로 굴러온 오래된 용암을 볼 수 있을 겁니다. 전망은 훌륭하고 또렷합니다. 다른 것들은 이야기로 듣는 편이 나을 겁니다."

1787년 5월 5일, 토요일, 카타니아

좋은 충고를 따라 제때에 길을 떠나 버새 등에 탄 채 계속 뒤쪽을 바라보면서 세월이 지나도 아직 길이 들지 않은 용암 지대에 이르렀다. 들쭉날쭉한 덩어리와 표지판 들이 우리를 응시하고 있었고, 이것들을 지나며 우리를 태운 짐승은 되는대로 좁은 길을 찾아갈 뿐이었다. 최초의 중요한 언덕에서 발길을 멈추었다. 크니프는 우리 위쪽에 자리하고 있는 것을 아주 정밀하게 스케치했다. 앞에는 용암 덩어리가 있었고, 왼편에는 로소 산의 이중 정상이 보였으며, 바로 위에는 니콜로시의 숲이 자리 잡았다. 그 숲 속으로부터 거의 연기가 피어오르지 않는 눈 덮인 봉우리가 우뚝 솟아 있었다. 붉은 산을 향해 좀 더 다가간 다음 산 위로 올라갔다. 산은 온통 붉은 자갈, 재 및 돌들로 이루어졌다. 맹렬하게 불어오는 동풍이 발걸음을 위태롭게 하지 않았더라면 입구를 돌아 편히 올라갔을지도 모른다. 약간의 거리만 전진하려고 해도 외투가 벗겨지고 모자도 당장 분화구 속으로 날아갈 위험이 있었고, 뒤이어 내 몸도 날려갈 것만 같았다. 마음을 가다듬고 지역을 굽어보기 위해 자리에 앉았다. 하지만 이러한 자세도 아무런 소용이 없었다. 돌풍이 바로 동쪽으로부터 가까이 그리고 저 멀리 내 발밑의 바다에까지 펼쳐져 있는 근사한 지역을 지나 불어닥쳤다. 메시나에서 시라쿠스까지 이르는 구불구불한 해안이 눈앞에 보였다. 해안은 확 트여 있거나 암석들로 약간 가려져 있었다. 내가 완전히 넋이 **빠진** 채 밑으로 내려가자 크니프는 돌풍 속에서 시간을 썩 잘 활용하여, 사나운 폭풍우로 내가 제대로 보지 못하고 미처 포착하지 못한 것을 섬세한 선으로 화폭에 담아놓았다.

다시 '황금 사자'의 아가리에 당도했을 때 우리와 동행하겠다는 것을 간신히 막는 데 성공한 그 임시 고용인을 발견했다. 그는 우리가 정상에 오르기를 포기한 것을 칭찬했지만, 내일 바다와 야치의 암석으로 나들이 가자고 간곡히 제안했다. 그것이야말로 카타니아에서 할 수 있는 최상의 피크닉이라는 것이다! 음료수를 준비하고 음식을 데울 장비도 가져가는 게 좋다며, 자기 아내가 이 일을 맡겠다고 했다. 그는 영국인들이 반주 음악이 있는 나룻배를 이용했을 때의 환호성을 기억에 떠올리며 상상을 뛰어넘는 즐거운 일이라고 했다.

야치의 암석은 내 마음을 완전히 사로잡았다. 지오에니 집에서 봤던 것과 같은 멋진 비석(沸石)을 손에 넣고 싶은 생각이 간절했다. 물론 일을 간단히 처리하고 그의 아내의 동행을 거절할 수도 있었다. 하지만 그 영국인의 경고가 우세하게 되어 우리는 비석을 손에 넣는 일을 포기했다. 이처럼 단념하고 나니 적지 않게 자부심을 느꼈다.

1787년 5월 6일, 일요일, 카타니아

우리를 안내한 성직자는 자신이 해야 일을 소홀히 하지 않았다. 그는 우리를 데리고 다니며 고대 건축술의 잔해를 보여주었다. 그러기 위해서는 물론 구경꾼이 탁월한 복원의 재능을 지녀야 한다. 수조나 나우마키아*의 잔해 및 이런 종류의 다른 폐허를 보았다. 이런 것들은 용암, 지진 및 전쟁으로 여러 번 파괴되는 바람에 고대 건축술에 정통한 전문가만이 기쁨과 교훈을 얻을 수 있을 만치 흙에 덮여 있거나 파묻혀 있다.

다시 한 번 대공을 찾아가는 것을 신부가 만류했기에, 우리는 서로 활기차게 감사와 호의의 말을 나누며 헤어졌다.

1787년 5월 7일, 월요일, 타오르미나

다행히도 오늘 본 것을 충분할 정도로 기록해 두었고, 더욱이 크니프는 내일 산에 올라가 하루 종일 스케치를 할 작정이다. 해변에서 멀지 않은 곳에 우뚝 솟아 있는 암벽의 꼭대기에

---

* 로마 황제 시대에 해전(海戰) 연극을 상연한 극장.

오르면 반원 모양으로 두 개의 봉우리가 연결된 모습이 보인다. 이것이 원래 어떤 형태였는지 간에 예술의 도움으로 관객을 위한 반원 꼴의 원형극장이 만들어진 것이다. 벽과 벽돌로 이루어진 다른 증축 부분이 서로 이어져 통로와 홀을 대신하고 있었다. 계단식으로 된 반원의 아랫부분에는 비스듬히 무대가 설치되어 있었고, 이로 인해 두 암석이 연결되어 어마어마하기 그지없는 자연물과 예술품이 완성되었다.

예전에 최상류층 관객이 앉았던 자리에 이제 앉아보면 아마 극장의 어떤 관객도 이런 경관을 눈앞에서 누리지 못했을 것임을 인정하지 않을 수 없다. 오른쪽으로 더 높은 언덕에는 성채가 솟아 있고, 멀리 저 아래에 도시가 자리하고 있다. 이 건축물은 최근에 생긴 것임에도 불구하고 옛날부터 같은 모습으로 바로 그 자리에 서 있었던 것처럼 보였다. 이제 에트나의 긴 산등성이가 죄다 보이고, 왼쪽으로는 카타니아까지의 해안선이, 그러니까 시라쿠스가 보인다. 증기를 뿜어내는 어마어마한 화산 탓에 더 이상의 광경은 보이지 않지만, 보기 싫은 모습은 아니다. 대기가 온화한 까닭에 산이 실제보다 더 멀고 부드러워 보이기 때문이다.

이러한 광경에서 눈을 돌려 관객들의 뒤쪽에 마련된 통로를 바라보면 왼쪽으로 온통 암벽이 나타나며, 그 암벽과 바다 사이에는 메시나로 향하는 길이 꼬불꼬불 나 있다. 바다에 흩어져 있는 암초와 암반 들, 아득히 멀리 보이는 칼라브리아의 해안은 주의 깊게 살펴보아야만 부드럽게 날아오르는 구름과 구별할 수 있다. 극장 쪽으로 내려가다가 그 폐허에서 발길을 멈추었다. 재능 있는 건축가라면 이 폐허를 보고 종이 위에서나마 자신의 복원 능력을 시험해 봐야 할 것이다. 그런 다음 정원들을 가로질러 도시로 가는 길을 트려고 시도했다. 하지만 잇달아 심긴 용설란 울타리가 뚫고 지나갈 수 없는 하나의 보루라는 것을 알게 되었다. 앞을 가로막고 있는 잎사귀들 사이로 들여다보니 뚫고 지나갈 수 있을 것도 같다. 하지만 잎사귀 가장자리에 나 있는 억센 가시들이 커다란 장애물이다. 저 거대한 잎사귀가 우리를 날라다 주지 않을까 희망하고 타고 넘어간다면 곧장 부러질 것이다. 그러면 저 너머로 건너가는 대신 옆에 있는 식물 위로 떨어질 것이다. 결국 이 미로에서 빠져 나와 시내에서 요기를 하고 허기를 달랬지만, 일몰 전에 이 지역에서 나갈 수 없었다. 모든 면에서 중요한 이곳이 점점 어둠 속에 빠져드는 모습은 이루 말할 수 없이 아름다웠다.

1787년 5월 8일, 화요일, 타오르미나 아래 해변에서

행운으로 만나게 된 크니프는 아무리 칭찬해도 지나치지 않다. 그는 내가 참을 수 없을지도 모르는 짐을 면하게 해주고 나 자신의 본성을 재현해 주기 때문이다. 그는 우리가 피상적으로 관찰하는 것을 하나하나 스케치하기 위해 위로 올라갔다. 그는 연필을 여러 번 깎을 것이지만, 어떻게 완성하려고 하는지 알 수 없다. 이 모든 것을 나도 다시 볼 수 있겠지 할 뿐이었다! 처음에는 같이 올라가려고 했지만 여기에 남고 싶은 생각이 유혹한다. 나는 둥지를 짓고 싶어 하는 새처럼 좁은 곳을 찾았다. 형편없고 황폐한 어떤 농가의 정원에서 오렌지 나무의 가지 위에 앉아 상념에 잠겼다. 오렌지 가지에 앉는다니 다소 이상하게 들리겠지만, 오렌지 나무가 본성상 곧장 뿌리에서 잔가지로 갈라져서 점차 분명한 큰 가지로 자란다는 것을 안다면 아주

자연스러워운 일이 된다.

거기 앉아서 『오디세이아』를 강도 높게 극화한 『나우시카』 구상을 계속 생각했다. 나는 이것이 불가능하다고 생각하지 않는다. 다만 드라마와 영웅 서사시의 근본적인 차이점을 제대로 직시해야 할 것이다.

크니프가 두 장의 커다란 종이에 아주 깨끗하게 스케치한 것을 만족스럽고 흡족한 마음으로 가지고 내려왔다. 그는 이 멋진 날을 영원히 기억할 요량으로 나를 위해 두 점의 그림을 완성할 것이다.

아주 맑은 하늘 아래 작은 발코니에서 아름다운 해안을 내려다보고, 장미를 구경하며 나이팅게일 소리를 들은 것을 잊을 수 없다. 사람들이 장담하듯 이 새들은 여기서 여섯 달 동안 내내 노래하고 있다.

회상에서

재능 있는 한 예술가의 존재와 활동을 통하여, 개별적이고 비교적 미약한 노력일망정 노력을 통하여 나에게 가장 흥미로운 지역과 그 일부에서, 대강 임의로 행해지기도 했지만 확고하고 잘 선택된 그림들이 남을 거라고 확신했다면 나는 그만큼 더 점차 되살아나는 충동에 굴복한 셈이었다. 현재의 훌륭한 환경, 바다, 섬, 항구 등 시적이고 가치 있는 형상을 통해 활기를 띠는 곳에서, 이러한 장소를 출발점으로 삼아 내가 아직 만들어내지 못한 의미와 색조로 하나의 작품을 구성해 보고 싶은 충동이 더 커져갔다. 하늘의 맑음, 바다의 입김, 향기들, 이런 것으로 하늘과 바다와 함께 산들이 흡사 '하나'의 요소로 용해

된 것 같았고, 이 모든 것이 내 계획에 자양분을 제공했다. 꽃이 피어나는 울타리와 협죽도 사이의 저 아름다운 공원에서 열매를 맺는 오렌지 나무와 레몬 나무의 정자를 지나며 산책을 하고, 알지 못하는 나무와 관목들 사이에 머물면서 느끼는 이국적인 영향이 말할 수 없이 기분 좋았다.

바로 이런 살아 있는 환경보다 『오디세이아』에 대한 더 나은 논평이 있을 수 없다고 확신하고 책을 한 부 구입해서 최대의 관심을 갖고 내 방식대로 읽었다. 첫눈에는 아주 이상해 보였지만 점점 사랑스럽게 되어, 급기야는 전적으로 몰두하게 된 나 자신의 생산물로 이내 생각이 옮아갔다. 말하자면 『나우시카』의 내용을 비극으로 처리하기로 마음먹게 되었다.

어떻게 될지는 알 수 없지만 그 구상에 대해 곧 나 자신과 의견일치가 되었다. 주된 생각은 나우시카를 많은 사람들의 구애를 받는 훌륭한 처녀로 묘사하는 것이었다. 그녀는 누구에게도 애착을 못 느끼고 지금까지 모든 구혼자들을 냉정하게 대했지만, 자기와 신분이 같은 이상한 외지인에 마음이 움직이고 자신의 애정을 너무 빨리 표현함으로써 명예를 실추시키고 상황을 완전히 비극적으로 만든다. 이런 간단한 줄거리는 하위에 놓이는 모티프를 풍부하게 설정하고, 특히 완성된 작품과 독특한 어조에 바다와 섬 같은 요소를 첨가함으로써 즐거움을 주어야 한다.

제1막은 공놀이로 시작된다. 예기치 않게 사람을 사귀게 되고, 낯선 사람을 시내로 데려오는 것을 주저함이 벌써 애정의 전조가 된다.

제2막은 알치노우스의 집과 구혼자들의 성격을 보여주고 오디세우스의 등장으로 끝난다.

제3막은 전적으로 모험의 중요성에 바쳐지고, 관객들 각자가 아주 다르게 받아들이는 그의 모험들을 들려주는 대화체 이야기에 무언가 인위적인 재미있는 요소를 가미하기를 바란다. 이야기를 들려주는 도중에 열정이 고조되고, 외지인에 대한 나우시카의 비상한 관심이 작용과 반작용으로 인해 급기야 겉으로 드러난다.

제4막에서 오디세우스가 무대 밖에서 자신의 용감성을 증명하는 반면 여자들은 뒤처져서 애정, 희망 및 모든 섬세한 감정에 자신을 내맡긴다. 그 외지인이 가진 커다란 장점들에 비해 훨씬 부족한 나우시카는 돌이킬 수 없이 동향인들의 명예를 손상시킨다. 이 모든 것에 절반의 책임이 있는 오디세우스는 결국 자신이 떠날 것임을 밝히지 않을 수 없다. 그래서 제5막에 가면 그 착한 소녀는 죽음을 택할 수밖에 달리 도리가 없다.

이런 구성에서 내 체험을 있는 그대로 자세히 묘사할 수 없었던 것은 하나도 없다. 여행 중에도, 위험에 처해서도, 애착을 느끼게 될 때도. 그것이 비극적으로 끝나지 않는다 해도 충분히 고통스럽고 위험하며 해로울 수 있다. 고향에서 이렇게 멀리 떨어진 대상물들, 여행의 모험, 이런저런 사건들을 사람들에게 들려주기 위해 생생한 색채로 선명하게 묘사하는 것, 젊은이가 반신(半神)이라고 간주하는 것, 분별 있는 사람들이 허풍선이라고 여기는 것, 분에 넘치는 몇몇 총애, 예기치 않은 몇 가지 장애를 체험하는 것, 이 모든 것은 나의 구상이나 계획에 그토록 애착을 주어서 팔레르모에 머물 때, 그러니까 시칠리아의 여러 곳을 여행할 때 대부분의 시간을 이러한 것을 꿈꾸면서 보내게 했다. 나는 초고전적인 땅에서 시적인 분위기를 감지했기 때문에 불편을 별로 느끼지 못했다. 내가 체험하고 보고 언급하고 받아들인 것을 모두 이런 분위기에서 파악하고 즐거운 용기에 담아 보관할 수 있었다.

칭찬할 만하기도 하고 아니기도 한 습관에 따라 나는 이런 것에 관해 거의 아무것도 기록하지 않았다. 하지만 대부분을 아주 상세한 내용에 이르기까지 마음속에 모조리 담아놓았다. 그러다가 긴장이 풀리면 어딘가에 억눌려 있던 것이 얼핏 기억이 떠오름에 따라 다시 되살아나는 것이다.

5월 8일, 메시나로 가는 도정에서

왼쪽에 높은 석회암이 있다. 그것들이 보다 다채로운 색채를 띠면서 아름다운 만을 이루고 있다. 그런 다음 점판암이나 경사암이라고 부르고 싶은 암석 종류가 뒤따른다. 시냇물에서는 벌써 화강암 표석이 발견된다. 노란 사과들, 협죽도의 붉은 꽃들이 경치를 흥겹게 만든다. 니시 강은 잇따르는 시냇물과 마찬가지로 운모 편암을 실어다준다.

1787년 5월 9일, 수요일

동풍을 받으며 오른쪽으로 물결치는 바다와 그저께 위에서 내려다보았던 암벽 사이를 달렸다. 암벽은 끊임없이 바닷물에 시달리고 있었다. 우리는 수많은 시냇물을 지나갔다. 그중에서 좀 큰 니시는 강이라는 명예로운 이름을 얻고 있다. 하지만 시냇물이 실어다주는 자갈뿐만 아니라 이런 하천은, 격렬하게 날뛰고 여러 곳에서 길을 넘어와 암석에까지 부딪치며 나그네에게 물을 튀기는 바다보다 견디기가 더 쉬웠다. 이는 근사한 광경이었고, 그 진기한 모습은 불편을 감수하게 해주었다.

이와 동시에 광물학적인 관찰을 빼놓을 수 없다. 엄청난 석회암이 풍화하면서 아래로 떨어진다. 암석의 부드러운 부분이 파도의 작용으로 부서져 떨어지고, 더 견고한 부분은 남아 있다. 그리하여 해안 전체가 각암 모양의 가지각색의 부싯돌로 뒤덮여 있다. 그중에서 몇몇 개는 표본으로 꾸러미에 챙겨 넣었다.

1787년 5월 10일, 목요일, 메시나

이렇게 하여 메시나에 당도했다. 묵을 장소를 알지 못해서 다음 날 아침에 좀 더 나은 숙소를 알아보기로 하고 첫날은 마부의 숙소에서 머물기로 했다. 이런 결정을 하고 시내에 들어서자 즉각 파괴된 도시라는 끔찍한 인상을 받았다. 숙소에 도착하기 전 십오 분 동안 폐허와 폐허를 지나며 달렸다. 이 근방에서 유일하게 재건된 건물인 숙소의 2층 창밖으로 내다보이는 것도 들쭉날쭉한 폐허뿐이었다. 이런 농가 구역을 벗어나면 사람이나 동물의 그림자도 보이지 않았고, 밤에는 으스스한 정적이 감돌았다. 문은 자물쇠로 잠글 수도 빗장을 지를 수도 없었으며, 마구간과 마찬가지로 사람을 위한 시설이 되어 있지 않았다. 그렇지만 직분에 충실한 마부가 주인집에서 슬쩍 가져온 매트리스 위에서 조용히 잠을 청했다.

1787년 5월 11일, 금요일

오늘 그 용감한 안내자와 헤어졌다. 주도면밀하게 직분을 다한 대가로 넉넉하게 사례를 했다. 그는 우리에게 새 안내자를 한 명 소개해 준 후에 석별의 정을 나누었다. 새 안내자는 곧 가장 좋은 숙소를 안내하고 메시나의 모든 명소를 보여줄 것이다. 주인은 우리를 되도록 빨리 떠나보내고 싶은지 아주 신속히 트렁크와 모든 짐을 도시의 번화한 지역에서 비교적 가까이 있는 쾌적한 숙소로 옮기는 일을 도와주었다. 숙소는 도시의 바깥에 있었다. 그 사정은 다음과 같다. 메시나에 엄청난 재앙이 닥쳐서 만이천 명의 주민이 목숨을 잃었고 나머지 삼만 명은 들어가 살 집을 잃은 뒤였다. 대부분의 건물은 무너져 내렸고, 남아 있는 벽에는 온통 금이 가 있어서 안전을 장담할 수 없었다. 이 때문에 사람들은 메시나 북쪽의 넓은 초지에 급히 판자촌을 세웠다. 그래서 언뜻 보면 대목장날에 프랑크푸르트의 뢰머베르크나 라이프치히의 시장을 돌아다니는 것 같은 느낌을 불러일으킨다. 모든 소매점과 작업장이 거리 쪽으로 열려 있고, 많은 일이 밖에서 일어나기 때문이다. 좀 더 큰 건물들은 몇 채 되지도 않을뿐더러 주민들이 대부분의 시간을 야외에서 보내기 때문에, 일반 대중이 접근하지 못하도록 이것들이 막혀 있는 것도 별로 이상하지 않다. 이들이 이곳에서 보낸 지 어언 삼 년이 다 되어간다. 그리고 이러한 노점 생활, 오두막 및 천막살이가 주민들의 성격에 결정적인 영향을 미쳤다. 저 무시무시한 사건에 대한 경악, 다시 비슷한 일이 벌어질지도 모른다는 공포가 이들로 하여금 선량하고 명랑한 심정으로 찰나적인 쾌락에 탐닉하게 만들고 있다. 4월 21일, 그러니까 약 이십 일 전에 또다시 지축을 흔드는 진동이 있어 사람들은 또 재앙이 닥치지 않을까 걱정하게 되었다. 사람들은 우리에게 바로 그 순간 많은 사람들이 몰려들어 이러한 진동을 느꼈던 작은 성당을 보여주었다. 그곳에 있던 몇몇 주민들은 아직도 그때의 공포로부터 회복되지 않은 것 같았다.

이런 곳을 찾아다니며 구경할 적에 친절한 영사가 안내해 주었다. 우리를 몹시 염려하며 안내를 자청한 그의 호의는 다른 어디에서보다 이런 폐허에서 무척 고마운 일이었다. 아울러 그는 우리가 곧 떠나려 한다는 이야기를 듣고 바야흐로 나폴리로 떠난다는 프랑스인 선장을 소개해 주었다. 해적에 대비하여 백기를 달고 있는 게 한결 마음이 놓였다.

우리는 선량한 안내자에게 단층이라 해도 제법 커다란 오두막 내부의 가구며 임시로 쓰는 살림살이를 보고 싶다는 언질을 주었다. 그때 대뜸 자신을 프랑스어 선생이라고 소개한 친절한 남자가 합류했다. 산책을 마친 영사가 그런 집을 보고 싶다는 우리의 바람을 그에게 이야기하고 그의 집에 데려가서 식구들을 소개해 달라고 간청했다.

우리는 벽과 천장이 판자로 된 오두막으로 들어갔다. 그 집 안은 돈을 받고 맹수나 그 밖의 진기한 것을 보여주는 대목장의 노점 같은 인상을 물씬 풍겼다. 천장과 벽의 목공 수준이 드러났으며, 마루청을 깔지 않아 맨땅처럼 보이는 앞쪽 공간은 푸른색 커튼으로 분리되어 있었다. 가구라고는 걸상과 책상 이외에 더는 보이지 않았다. 지붕의 널빤지에 나 있는 틈으로 빛이 새어들었다. 우리는 한동안 이야기를 주고받았다. 그리고 녹색 융단과 그 위로 보이는 집 안의 지붕 마룻대를 관찰했다. 그때 갑자기 커튼 여기저기서 무척 귀여운 소녀들이 호기심이 어린 눈으로 안을 들여다보았다. 눈동자는 검었고 검은 머리카락은 곱슬이었다. 이들은 들켰다는 것을 알아채자 번개처럼 사라졌다. 하지만 옷을 갈아입을 정도로 시간이 제법 지난 후에 영사의 간청으로 잘 차려입은 귀여운 소녀들이 다시 모습을 드러냈다. 녹색 융단과 알록달록한 옷이 어울려 무척 이채를 띠었다. 소녀들의 질문으로 미뤄 볼 때 우리를 별세계에서 온 우화에나 나올 법한 사람들로 생각했음을 알 수 있었다. 이들의 사랑스러운 오해로 우리의 답변이 한층 더 효력을 발휘했음이 분명했다. 영사는 명랑한 어조로 동화 같은 우리의 출현에 대해 상세히 설명해 주었다. 대화를 나누는 것이 너무 즐거워서 차마 발길을 돌릴 수가 없었다. 문밖에 나와서야 비로소 내부 공간을 제대로 구경하지 못했고, 소녀들에게 정신이 팔려 집 구조를 관찰하는 것을 잊어버렸다는 생각이 떠올랐다.

1787년 5월 12일, 토요일, 메시나

영사는 꼭 그럴 필요는 없지만 그래도 총독을 예방하는 것이 좋겠다고 했다. 그는 기분과 선입견에 따라 해가 될 수도 있고 유익할 수도 있는 유별난 늙은이라고 한다. 막 도착한 여행객에게 총독이 어떤 식으로 도움이 될지 알 수 없지만 영사는 저명한 외국인을 소개하면 자기에게 유익할 걸로 생각한다는 것이다. 나는 영사에게 도움이 되게 하려고 함께 갔다.

현관에 들어서는데 안에서 아주 끔찍한 고함 소리가 들려왔다. 어떤 하인이 어릿광대 같은 몸짓을 하면서 영사의 귀에 대고 속삭였다. "일진이 좋지 않아요! 위험한 순간입니다!" 하지만 우리는 안으로 들어가서 고령의 총독을 보았다. 그는 우리를 등진 채 창가의 책상에 앉아 있었다. 그의 앞에는 누렇게 바랜 낡은 서류 뭉치가 잔뜩 쌓여 있었다. 그중에서 아무 글씨도 쓰여 있지 않은 종이들을 대단히 침착하게 자르는 그의 모습에서 절약하는 성격이 드러났다. 태연자약하게 이 일을 하면서 그는 점잖아 보이는 남자를 야단치며 무자비하게 욕을 퍼부어 댔다. 옷차림으로 봐서 몰타 기사단과 유사한 소속으로 보이는 그 남자는 침착하고 조리 있게 자신을 변호했지만 별 효과가 없었다. 야단맞고 호통을 듣는 그 남자는 차분하게 자신의 혐의를 부인하려고 했다. 총독은 그가 아무런 권한도 없이 여러 번이나 들락날락하며 여행했다고 꾸짖는 것 같았다. 그 남자는 여권과 나폴리에서 알려진 상황을 증거로 끌어들였지만 아무 소용이 없었다. 총독은 낡은 서류들을 자르고 정성스럽게 흰 종이를 분류하면서 계속해서 욕설을 퍼부었다.

우리 둘 외에도 약 열두 사람이 넓게 빙 둘러서서 이런 동물적 언쟁의 증인이 되고 있었다. 이들은 격분한 총독이 어쩌다가 T자형 지팡이를 집어 들어 던질지도 몰랐기 때문에 문가의 좋은 위치에 있는 우리들을 부러워하는 눈치가 역력했다. 이 장면을 보고 영사는 눈에 띄게 언짢은 얼굴이었다. 하인이 옆에서 익살스러운 표정을 지어 나는 다소 위안이 되었다. 그는 내 뒤의 문지방 바깥에서 내가 가끔 뒤를 돌아볼 때마다 안심시키기 위해 저런 일쯤은 아무것도 아니라는 듯 온갖 익살스러운 표정을 지었다.

이런 소름끼치는 언쟁도 아주 원만히 해결되었다. 총독은 다음과 같이 결론을 내렸다. 피의자를 구금해서 감옥에 처넣을 수밖에 달리 방도가 없지만 이번에는 봐주겠으니 며칠 동안은 메시나에 머물러도 좋지만 그다음에는 짐을 꾸려 이곳을 떠나 다시는 돌아와서는 안 된다는 것이다. 그 남자는 얼굴 표정 하나 바꾸지 않고 아주 차분하게 작별을 고하고 주위에 있는 사람들에게 정중히 인사를 했다. 문밖으로 나가기 위해서는 우리

사이를 지나가야 하기 때문에 특히 우리에게 예의를 갖춰 인사했다. 총독이 그의 등 뒤에다 대고 뭐라고 호통 치기 위해 분노한 표정으로 몸을 돌렸다가 우리를 목격하고는 금방 감정을 추스르고 영사에게 손짓을 했다. 그래서 우리는 그에게 다가갔다.

아주 고령의 남자가 머리를 숙이고 더부룩한 회색 눈썹 아래 움푹 들어간 검은 눈으로 바라보고 있었다. 조금 전과는 전혀 다른 모습이었다. 그는 나에게 앉으라고 권하고는 하던 일을 계속하면서 이것저것을 물어보았다. 내가 질문에 답변하자 그는 마지막으로 내가 여기에 머무는 동안 식사에 초대하겠다고 덧붙였다. 나처럼 만족한 영사는 우리가 위험한 상황에서 빠져나왔다는 것을 더 잘 알고 있었기 때문에 더욱 흡족해하면서 계단을 날듯이 뛰어 내려갔다. 이 사자 소굴 근처에 다시는 얼씬도 하고 싶지 않았다.

1787년 5월 13일, 일요일, 메시나

눈부신 햇살을 받으며 안락한 숙소에서 눈을 떴지만 우리는 여전히 불운한 메시나에 있음을 깨달았다. 진짜 궁전들이 초승달 모양으로 열 지어 있는 소위 팔라차타 광장의 경관은 정말 흥하다. 걸어서 십오 분쯤 걸려 보이는 길게 늘어선 궁전들은 선창을 에워싸며 자신의 모습을 드러내고 있다. 죄다 4층짜리 석조 건물들이었다. 그중에서 몇 개의 전면은 주 돌림띠까지 온전히 서 있지만, 다른 건물들은 3층, 2층, 1층에 이르기까지 무너져 내려 있었다. 그래서 한때 찬란했던 건물의 열이 아주 흉측하게도 이빨 빠진 것처럼 보이고 또한 온통 구멍이 숭숭 뚫려 있다. 거의 모든 창문으로 푸른 하늘이 보이기 때문이다. 건물의 내부는 온통 주저앉아 있었다.

　이처럼 기이한 모습으로 남게 된 이유는 부자들이 건축학적으로 화려한 궁전을 짓기 시작하자, 외관에 대한 경쟁심이 발동한 보다 못사는 이웃들이 네모진 마름돌로 세운 새로운 전면의 뒤에다 강가의 크고 작은 표석과 다량의 석회를 반죽해서 만든 낡은 집들을 숨겼기 때문이다. 처음부터 안전하지 못했던 이 구조물은 엄청난 진동이 일어나자 산산이 부서지며 붕괴하고 말았다. 이런 대 재앙이 발생했을 때 놀라운 구조 행위도 일어났는데 그중 이런 이야기도 있었다. 위와 같은 건물에 살던 주민이 위급한 순간에 바로 창가 벽의 오목한 부분으로 피해 들어가자, 그의 뒤에서 집이 폭삭 무너져 내렸다. 그래서 공중에 매달려 살아남은 그는 마음을 가라앉히고 이 공중 감옥에서 구출될 순간을 기다렸다고 한다. 견고한 건물들은 계속 버티고 있는 것을 보면 인근에 막돌이 부족해서 생긴 이런 흉측한 건축 양식이 도시의 완전한 폐허에 책임이 있어 보인다. 튼실한 마름돌로 지은 예수회 교단 신학교와 성당은 처음 지었을 때의 모습 그대로 아직 온전히 서 있다. 하지만 이것과 상관없이 메시나의 광경은 극도로 보기 흉해서, 시카니인과 시쿨리인이 이런 불안정한 땅을 떠나서 시칠리아의 서쪽 해안에 터를 잡은 태곳적 시절을 생각나게 해준다.

　아침나절을 보낸 후 소박한 식사를 하기 위해 여관으로 갔다. 우리가 아주 흡족한 마음으로 함께 앉아 있는데 영사의 하인이 헐레벌떡 달려 들어오더니 이렇게 알렸다. 총독이 온 시내를 뒤져서라도 나를 찾아오라고 했다고 한다. 식사에 초대했는데 내가 보이지 않는다는 것이었다. 식사를 했든 안 했든, 깜

빡했든 또는 고의로 시간을 놓쳤든지 간에 내가 참석하기를 영사가 간절히 부탁한다고도 했다. 그제야 나는 저 키클롭스의 초대를 잊어버리고 그곳에 가지 않게 된 것을 기뻐한 일이 얼마나 경솔했는지 깨달았다. 하인은 나에게 망설일 시간을 주지 않았고, 그의 부탁은 너무나 간절하고 설득력이 있었다. 영사는 저 광포한 폭군이 자기와 이곳 사람 모두를 뒤엎어 버릴까 우려한다고 했다.

나는 머리와 옷매무새를 단정히 매만지면서 마음을 가다듬고 명랑한 기분으로 안내인을 따라나섰다. 나는 수호신인 오디세우스한테 도움을 구하면서 나를 위해 팔라스 아테네한테 미리 말해 달라고 간청했다.

사자 굴에 도착하자 익살스럽게 생긴 하인이 커다란 식당으로 안내했다. 그곳에는 길고 둥근 식탁에 약 마흔 명의 사람들이 잠자코 앉아 있었다. 하인은 총독의 오른쪽 빈자리로 나를 데리고 갔다.

나는 주인과 손님들에게 허리 굽혀 인사하고 그의 옆자리에 앉은 다음 시내를 이리저리 쏘다닌 것과, 시간 계산이 익숙하지 않아 여러 번 잘못을 저질러 늦게 도착한 것을 사과했다. 그러자 총독은 이글거리는 눈초리로 쏘아보더니 누구든 외국에 오면 그곳의 관습을 살피고 따라야 한다고 말했다. 나는 항상 그러려고 노력한다고 대답했다. 그렇지만 아무리 각오를 단단히 해도 보통 처음 며칠 동안은 지역이 생소하고 현지 사정에 어두워서 아직 이런저런 실수를 저지르게 된다고 했다. 그리고 여행의 피로, 여러 대상들을 접하느라 산만해진 마음, 그런대로 괜찮은 숙소에 대한 걱정과 심지어 앞으로의 여행에 대한 걱정까지 들먹이며 사과해도 양해받지 못한다면 잘못을 용서

받을 수 없을 것 같다고 말했다.

그는 이곳에 얼마나 오래 머물 생각이냐고 물었다. 나는 그의 명령과 지시를 충실히 따름으로써 그가 나에게 보여준 호의에 감사하는 마음을 전달할 수 있도록 꽤 오랫동안 머무르고 싶다고 대답했다. 약간의 침묵이 흐른 후 그는 메시나에서 무엇을 구경했는지 물었다. 나는 몇 가지를 지적하고 아침에 본 것들을 간단히 이야기한 다음, 파괴된 이 도시의 거리가 깨끗하고 정돈되어 있는 것에 가장 놀랐다고 덧붙여 말했다. 그런데 모든 거리에서 폐허의 잔해들이 깨끗이 치워져 있는 것은 정말 놀랄 만했다. 부서진 잔해를 허물어진 성벽 터에 옮겨놓고 돌들은 집 옆에 가지런히 치워둠으로써 거리의 중앙이 비게 되어 다시 상행위를 할 수 있었다. 나는 이런 업적이 총독의 세심한 배려 덕택임을 알고 모든 메시나 사람들이 고마워한다고 확언하면서 총독에게 아첨을 하려고 애썼다. 그러자 그는 이렇게 불평을 늘어놓았다. "그들이 고마움은 알고 있지만, 전에는 분명 자기들에게 이득이 되는 가혹한 처사에 이러쿵저러쿵 말들이 많았소." 나는 정부의 현명한 의도와 보다 높은 목적은 나중에 가서야 인식이 되고 제대로 평가된다는 등등의 말을 해주었다. 그는 내가 예수회 교단 성당을 보았는지 물었다. 아니라고 하니까 자기가 구경시켜 주겠다고 약속했다. 그것도 모든 부속 시설까지 함께 보여주겠다고 했다.

몇 번의 침묵은 있었지만 이렇게 대화가 이어지는 동안 나는 다른 사람들이 꿀 먹은 벙어리처럼 입을 다물고 있는 모습을 보았다. 이들은 음식물을 입으로 가져가는 데 필요한 동작 말고는 아무것도 하지 않았다. 그리고 음식이 치워지고 커피가 나오자 이들은 밀랍 인형처럼 벽을 따라 빙 둘러섰다. 나는 성당을 구경시켜 줄 고용 성직자에게 다가가서 미리 그의 노고에 대해 감사의 말을 전했다. 그러자 그는 옆으로 비켜서면서 자신은 각하의 명령을 충실하게 따를 뿐이라고 겸손하게 말했다. 그런 다음 나는 곁에 서 있는 어떤 젊은 외국 청년에게 말을 걸었다. 프랑스인인 그도 자기가 처한 상황이 전혀 달갑지 않은 모양이었다. 다른 모든 사람들처럼 멍하니 얼어붙은 듯한 표정을 하고 있었다. 그중에는 어제 몰타 교단 기사가 호되게 당할 때 걱정스러운 표정으로 함께 서 있던 얼굴들도 보였다.

총독이 물러가고 잠시 뒤에 성직자는 갈 시간이 되었다고 일러주었다. 내가 그의 뒤를 따라가자, 다른 사람들은 조용히 모습을 감추었다. 그는 나를 예수회 교단 성당의 정문으로 데려갔다. 이 교단 신부들의 잘 알려진 건축술에 따라 지어진 이 정문은 화려하고 위풍당당하게 공중에 치솟아 있다. 어느새 성당지기가 우리를 맞아들이며 안으로 들어가자고 했다. 하지만 그 성직자는 그 전에 총독이 오는 것을 기다려야 한다고 말하며 만류했다. 이내 총독도 도착해서 성당에서 멀지 않은 광장에 마차를 세우고는 우리에게 손짓을 했다. 그래서 우리 셋은 마차의 문 옆에 바짝 다가섰다. 그는 성당지기에게 성당을 구석구석 보여줄 뿐만 아니라 제단이나 다른 부대시설들에 얽힌 내력도 소상하게 들려주라고 분부를 내렸다. 더욱이 성구실(聖具室)로 열어주어서 그 안에 들어 있는 모든 진기한 물건을 내가 볼 수 있게 해주라고 말했다. 나를 가리켜 자기가 존경하는 사람이며, 내가 고국에 돌아가면 메시나에 대해 칭찬할 만한 그럴듯한 이유가 있어야 한다는 것이다. "놓치지 마십시오." 그런 다음 그는 나를 향해 애써 미소를 지으며 말했다. "여기 계시는 동안 제시간에 식사하러 오는 것을 놓치지 마십시오. 언제나 잘 대접하도록 하겠습니다." 내가 미처 뭐라고 정중하게 대답하기도 전에 그가 탄 마차는 떠나버렸다.

이 순간부터 성직자의 표정이 한결 밝아졌고, 우리는 성당으로 들어갔다. 하느님을 섬기는 장소답지 않은 이 마법의 궁전에서 청지기라고 불리는 게 적합해 보이는 사내가 엄하게 분부받은 의무를 막 이행하려고 하는데 때마침 영사와 크니프가 텅 빈 성전 안으로 부리나케 달려 들어왔다. 둘은 나를 얼싸안고는 감옥에 들어가 있는 줄 알았는데 다시 보게 되어 반갑다며 열렬한 기쁨을 표현했다. 영사한테서 두둑하게 사례를 받았음이 분명한 그 기민한 하인이 온갖 익살을 부리면서 모험이 행복하게 끝났음을 들려줄 때까지 둘은 지옥 같은 공포에 시달리며 좌불안석의 상태에 있었다. 총독이 나를 위해 성당 구경을 시켜주었다는 소식을 듣자마자 나를 찾아 나선 두 사람의 얼굴이 활짝 펴지게 되었다.

그러는 동안 우리는 높은 제단 앞에 서서 고대의 소중한 유물에 대한 이야기를 들었다. 도금한 청동 막대기에 흡사 홈을 판 것 같은 청금석의 기둥들과 피렌체 양식으로 상감 세공한 벽기둥과 판벽에 끼우는 널빤지에 관한 설명이었다. 화려한 시칠리아산 마노가 넘쳐났으며, 청동과 도금이 반복되면서 모든 것을 결합시키고 있었다.

크니프와 영사가 나의 모험적인 행동에 당혹해하는 반면 안내자는 잘 보존된 화려하고 소중한 유물을 팔짱을 낀 채 설명하는 모습이 마치 진기한 대위법의 푸가 같았다. 양쪽 다 자신의 대상에 사로잡혀 있었다. 나는 행복한 도주의 진가를 만끽함과 동시에 예전에 여러 번 입수하려고 애를 쓴 시칠리아산 암석이 건축재에 사용된 것을 보는 이중의 즐거움을 누렸다.

이렇듯 화려한 전체를 이루는 개별적인 부분들을 자세히 알게 됨으로써 나는 저 기둥들의 이른바 청금석이 엄밀히 말하면 칼카라에 불과하다는 사실을 알아낼 수 있었다. 물론 그것은 내가 지금껏 보지 못했을 정도로 색깔이 아름다웠고 훌륭하게 짜 맞추어져 있었다. 하지만 그 자체로도 이 기둥들은 감탄을 자아내기에 충분했다. 그토록 아름답고 똑같은 색깔을 지닌 조각들을 골라낼 수 있기 위해서는 엄청난 양의 원재료가 필요했을 것이기 때문이다. 그런 다음 자르고 갈고 윤을 내는 노력 역시 말할 수 없이 중요하기 때문이다. 하지만 저 선조들에게 극복할 수 없는 일이 뭐가 있었겠는가?

그러는 동안 영사는 내가 처한 위험한 운명에 대해 쉬지 않고 자세히 설명해 주었다. 말하자면 총독은 자신이 사이비 몰타 교단 신부를 상대로 강압적인 모습을 보일 때 내가 마침 들어가 증인이 된 것 자체를 껄끄러워 했기에 나를 특별히 모실 생각을 하고 계획을 세워놓았다고 한다. 그런데 내가 바깥을 돌아다니는 바람에 초장부터 계획이 어긋나 버렸다는 것이다. 오랫동안 기다린 후에 내가 식탁에 앉았을 때 성미가 불같은 그 폭군은 언짢은 기분을 숨길 수 없었다고 한다. 그래서 초대된 사람들은 내가 도착했을 때나 식사가 끝난 후 무슨 봉변을 당할까 공포에 떨었다고 한다.

그러는 동안 성당 관리인은 여러 번 말하는 틈을 노려서 밀실 문을 열어 보였다. 멋진 비례로 지어진 그 밀실은 단아하면서도 화려하게 꾸며져 있었다. 그 안에도 전체적으로 모양이나 장식이 유사한, 감동을 자아내게 하는 성물이 아직 몇 점 남아 있었다. 귀금속은 하나도 없었고, 좀 오래되거나 최근의 진정한 예술품도 마찬가지로 보이지 않았다.

신부와 성당지기가 읊조리는 이탈리아어와 크니프와 영사가 읊조리는 독일어의 푸가는 내가 식탁에서 보았던 어떤 관리가 우리와 합류함으로써 끝이 나버렸다. 그는 총독의 시종 가운데 하나였다. 우리가 다시 경계해야 할 자였다. 특히 항구로 안내해서 보통 외국인은 접근할 수 없는 곳으로 데려다주겠다고 자청했기 때문이었다. 친구들은 서로 얼굴을 쳐다보았지만 나는 혼자 그와 가기로 마음먹었다. 별 대수롭지 않은 대화를 나눈 후에 나는 그에게 친밀하게 말을 걸기 시작했다. 총독의 초대를 받아 식사를 할 때 같이 참석한 몇몇 사람들이 말없이 다정한 신호를 보내 자기들이 나를 낯선 외국인이 아니라 친구나 형제처럼 대하니 아무 걱정할 필요가 없다는 뜻을 전해 주려고 한 것을 충분히 알아챌 수 있었다고 털어놓았다. 그래서 그에게 고마움을 전하고 다른 친구들에게도 똑같은 감사의 말을 전하는 것을 도리로 생각한다고 말했다. 이 말에 그는 자기들은 상관의 기질을 잘 아니까 사실 전혀 걱정하지 않았던 만큼 나를 한층 더 안심시켜 주려고 했다고 대답했다. 몰타 교단 기사에게 터뜨린 것과 같은 분노는 극히 드문 일이라고 한다. 그리고 바로 그러한 까닭에 그 위엄 있는 노인은 스스로를 질책하면서 오랫동안 조심할 것이며 느긋하게 자신의 임무를 수행하면서 살아갈 거라고 한다. 그러다가 예상치 않은 돌발 사건에 놀라면 다시 격렬한 반응을 일으킬지도 모른다고도 한다. 이 씩씩한 친구는 자기와 동료들이 나와 좀 더 밀접한 관계를 맺기를 학수고대한다고 덧붙였다. 그 때문에 나 자신에 대해 좀 더 자세히 말해 주면 호감을 얻을 것이며 오늘 밤 그럴 수 있는 절호의 기회가 있을 거라고 한다. 나는 이러한 요구를 정중히 물리치면서 나의 변덕스러운 마음을 용서해 달라며 이렇게 부탁했다. 말하자면 나는 여행 중에는 평범한 인간으로 여겨지길 바라고, 그런 인간으로서 신뢰감을 자아내고 공감을 얻는다면 그것이 기분 좋고 소망스러운 일이며, 여러 가지 이유 때문에 다른 상황에 처하는 것을 받아들일 수 없다고 했다.

진짜 이유가 무엇인지 말해서는 안 되었기 때문에 그를 설득하려고 들지 않았다. 하지만 전제 군주의 통치를 받으면서도 사려 깊은 남자들이 자신과 낯선 외지인을 보호하기 위해 일심동체가 된 것이 어찌나 아름답고 순수한지 퍽이나 인상적이었다. 나는 다른 독일 여행자들과 이들의 관계를 비교적 잘 알고 있음을 숨기지 않았으며, 그들이 달성해야 할 칭찬할 만한 목적에 대해 장황하게 이야기했다. 그리고 나의 허물없으면서도 고집스러운 행동으로 그를 점점 더 놀라게 만들었다. 그는 나의 신분을 알아내려고 갖은 노력을 다했으나 성공하지 못했다. 그 이유는 한편으로는 위험에서 빠져나온 내가 공연히 또 다른 위험을 무릎쓸 리가 없었기 때문이었고, 다른 한편으로는 이 용감한 섬사람들의 견해가 나와는 너무 달라서 좀 더 친밀하게 교제해 봤자 그들에게 기쁨도 위안도 안겨주지 못할 것임을 알아차렸기 때문이었다.

그 반면에 관심이 많고 활동적인 영사와 저녁에 몇 시간을 함께 보내며 몰타 교단 기사에 관련된 상세한 이야기도 들었다. 그의 말에 의하면 이 기사는 사실 본격적인 모험가는 아니며 정처 없이 이곳저곳 옮겨 다니는 떠돌이라는 것이다. 어느 명문가 출신인 총독은 진지함과 유능함, 뛰어난 업무 능력으로 공경을 받고 있지만 독단과 폭악한 성격, 완고한 고집의 소유자라는 평판을 받고 있다고 한다. 노인이자 폭군인 그는 남을 믿지 못하고, 궁정에 적이 있다는 확신에서 그런다기보다는 우려하는 마음에서 이리저리 떠돌아다니는 사람들을 모두 첩자로 간주하며 싫어한다고 한다. 한동안 조용히 지내다가 쌓인 감정을 터뜨리기 위해 또다시 화풀이 대상을 찾고 있던 차에 이번에는 붉은 상의를 입은 자가 그의 길을 가로막았다는 것이다.

1787년 5월 13일, 월요일, 메시나와 해상에서

우리 둘은 똑같은 기분을 느끼며 깨어났다. 메시나의 황량한 첫 인상에 참지 못하고 서둘러 프랑스 상선을 타고 귀로에 오르기로 결심한 것이 못내 마음에 걸렸다. 총독과의 모험이 다행스럽게 끝난 후 나에 대해 보다 자세하게 알려주어도 되었을 그 용감한 남자들과의 관계로 보거나 시골의 아주 쾌적한 지역에 살고 있는 나의 회계 담당자를 방문한 것에서 미루어 보건대 메시나에 좀 더 체류했더라면 아주 만족스러운 결과를 기대할 수 있었을 것이다. 몇 명의 귀여운 아이들한테서 환대를 받은 크니프는 평소에는 지긋지긋하게 여겼을 역풍이 불어서 이곳에 좀 더 오래 머물렀으면 하는 생각밖에 없었다. 그러는 동안 상황이 좋지 않아져서 짐을 꾸린 채 대기하며 당장이라도 떠날 채비를 하고 있었다.

그러다가 정오 무렵에 배를 타라는 소리가 들려 우리는 서둘러 뱃전으로 갔다. 부두에 모인 인파 가운데 선량한 영사의 모습도 보여서 고마운 마음으로 그에게 작별을 고했다. 자신이 익살을 부린 대가를 받으려는 듯 노란 옷을 걸친 하인도 군중을 밀치며 다가왔다. 나는 그에게 사례를 하며 우리가 떠난 사실을 그의 주인에게 전해 주고 내가 식사에 참석하지 못하는 것에 용서를 빌어 달라고 부탁했다. "배를 타고 떠난 사람은 용서를 받은 셈이죠!" 그는 이렇게 소리친 다음 이상한 동작으로 풀쩍 뛰어오르며 방향을 돌리더니 그대로 사라져버리는 것이었다.

뱃전에서 바라보는 경치는 나폴리의 프리깃함에서 보던 경치와는 사뭇 달랐다. 우리는 해안에서 점점 멀어지면서 궁전 일대, 성채, 도시의 배후에 우뚝 솟아 있는 산의 훌륭한 경치를 감상했다. 이제 북쪽과 남쪽의 해협을 바라보던 툭 트인 시선은 양쪽 해안을 따라 펼쳐진 아름다운 들판을 향하고 있었다. 이러한 광경을 멍하니 바라보고 있는데 누군가가 왼쪽으로 꽤 먼 곳의 물속에 어떤 움직임이 있다고 알려주었고, 오른쪽으로는 좀 가까운 곳에 해안으로부터 우뚝 솟아 있는 암벽을 보라고 했다. 왼쪽의 그것은 카리브디스*고, 오른쪽의 암벽은 스킬라**라는 것이었다. 실제로는 이처럼 멀리 떨어져 있지만 시인에 의해 아주 가까이 있는 것으로 그려진 진기한 자연현상을 보면서 사람들은 시인이 허구로 꾸며낸 이야기에 대해 불평을 털어놓았다. 하지만 그들은 인간의 상상력이 대상을 중요하게 생각하려고 할 때는 폭보다 높이를 상상해서, 이로써 형상에 실제 이상의 특성, 진지함 및 가치를 부여한다는 사실을 생각지 못했던 것이다. 이야기로 잘 알려진 어떤 대상이 실제로 보니 보잘것없더라는 불평을 나는 수없이 들어왔다. 그 이유는 한결같다. 상상과 현실의 관계는 시와 산문의 관계와 같다. 시가 대상을 굉장하고 근사하게 생각한다면 산문은 언제나 표면

---

* 메시나 해협의 위험한 소용돌이의 이름으로 이를 의인화한 여자 괴물을 일컬음.
** 메시나 해협의 해안 절벽으로 호메로스의 『오디세이아』에 나오는 바다 괴물을 일컬음.

으로 퍼지는 것이다. 우리 시대의 화가들과는 대조적인 모습을 보인 16세기의 풍경 화가들이 단적인 예이다. 크니프의 스케치의 옆에 요도쿠스 몸퍼의 사생화를 두고 보면 전체적인 대비가 눈에 드러날지도 모른다.

우리가 이런저런 이야기를 나누는 동안에 크니프는 그에게도 그렇게 매력적이지는 않았지만 이미 해안을 스케치할 준비를 하고 있었다.

하지만 또다시 나는 뱃멀미가 나서 언짢은 기분에 시달렸다. 그런데 이번에는 지난 항해에서처럼 선실에서 편안히 휴식을 취하는 것으로 가라앉지 않았다. 선실은 몇 사람을 더 수용할 만큼 충분히 넓었고 좋은 매트리스도 부족하지 않았다. 나는 수평 자세를 유지하며 다시 드러누웠고, 크니프는 적포도주와 질 좋은 빵으로 아주 정성스럽게 간호해 주었다. 이런 자세로 돌이켜보니 우리의 시칠리아 여행이 즐겁게 생각되지 않았다. 우리가 본 것이라곤 자연의 폭력, 시대의 음험한 술책, 자신들의 적대적인 분열이 낳은 원한에 맞서 스스로를 지키려는 인류의 부질없는 노력밖에 없었다. 카르타고인, 그리스인 및 로마인과 이들의 수많은 후손은 건설과 파괴를 일삼아왔다. 셀리눈테는 완전히 황폐화되어 있고, 지르젠티의 사원들을 허물어뜨리는 데는 이천 년 세월도 충분치 않았다. 카타니아와 메시나를 황폐화하는 데는 눈 깜짝할 사이는 아니더라도 몇 시간이면 충분했다. 삶의 파고(波高)에서 이리저리 흔들리는 사람의 정녕 뱃멀미 같은 이러한 상념을 나는 떨쳐버리지 않을 수 없었다.

1787년 5월 13일, 화요일, 해상에서

이번에는 좀 더 빨리 나폴리에 당도하거나 보다 신속하게 뱃멀미에서 해방되었으면 하는 바람이 이루어지지 않았다. 크니프의 제안으로 갑판 위에 여러 차례 올라가 보았지만 다채로운 경치를 제대로 즐길 수 없었고, 몇몇 사건들만이 현기증을 잠시 잊게 해줄 뿐이었다. 하늘은 온통 희끄무레한 구름으로 뒤덮여 있었고, 태양은 눈에 보이지는 않았지만 구름 사이로 그지없이 아름다운 하늘색을 띠고 있는 바다를 비추어주고 있었다. 한 무리의 돌고래가 헤엄치고 뛰어오르기도 하면서 일정한 거리를 유지하며 배를 따라왔다. 내 생각으로 이들은 깊은 곳이나 먼 곳에서 검은 점으로 보였을 움직이는 배를 먹잇감으로 여겼을 것 같다. 그렇지만 뱃사람들은 이들을 동반자가 아니라 적처럼 대했다. 누군가 작살을 던져 맞혔으나 뱃전으로 끌어올리지는 못했다.

바람이 고르지 않아 배는 사방으로 요동치면서 겨우 나아갈 수 있었다. 선장도 조타수도 이러한 난관을 헤쳐 갈 만큼 기량이 뛰어나지 않다는 몇몇 경험 많은 여행자의 이야기를 듣고 나니 조바심이 더해졌다. 어쩌면 선장은 상인으로, 조타수는 선원으로 간주하는 게 나을지도 모르며, 이렇게 소중한 수많은 인명과 재산을 책임지기에 적당하지 않다는 것이다.

나는 이처럼 솔직하게 말하는 승객들에게 자신들의 불안한 심정을 입 밖에 내지 말라고 간청했다. 승객의 수가 많았고, 그중에는 다양한 연령의 부녀자와 아이들도 있었다. 해적에 대비한 안전장치라고는 백기 말고 다른 것은 생각하지 못한 이 프랑스 선박에 모두들 몰려들었기 때문이었다. 지금까지 색깔도 문장(紋章)도 없는 아마포에 자신의 운명을 내맡기고 있는 이들이 불신과 불안에 사로잡히면 모두 걷잡을 수 없는 고통스러운 상태에 빠질 거라고 생각했다.

그런데 실제로 하늘과 바다 사이에서 이 하얀 천 조각이 부적처럼 신통한 효력을 발휘하기는 한다. 떠나는 사람과 뒤에 남는 사람이 하얀 손수건을 흔들며 작별 인사를 하고, 그럼으로써 평소에는 서로 느끼지 못한 우정과 애틋한 연정을 불러일으키듯이 여기서는 이 단순한 깃발에 그런 깊은 생각이 담겨 있다. 이는 마치 어떤 친구가 바다 저 멀리서 온다는 사실을 온 세상에 알리기 위해 자신의 손수건을 장대 끝에 매달아두는 것과 같은 이치이다.

돈을 내고 식사를 하라는 선장의 말을 일부러 무시하고 때때로 포도주와 빵으로 원기를 회복한 나는 갑판에 앉아 몇몇 사람들과 담소를 나누기도 했다. 크니프는 훌륭한 음식에 의기양양해하던 지난번 범선 여행 때처럼 나의 질투심을 자극하지 않고 이번에는 내가 식욕이 없는 게 차라리 다행이라고 달래주면서 나를 기분 좋게 해주었다.

1787년 5월 14일, 수요일

우리의 소망대로 나폴리 만에 들어가기 전에 이렇게 오후 시간이 훌쩍 흘러가 버렸다. 오히려 배는 자꾸만 서쪽으로 이동하여, 배가 카프리 섬에 가까워지면서 미네르바 곶과는 점점 멀어져갔다. 모두들 언짢아하고 마음 졸이는 기색이 역력했지만 화가다운 안목으로 세상을 바라보는 우리 두 사람은 이러한 상황에 아주 흡족해했다. 왜냐하면 해가 질 무렵 여행하는 내내 우리가 보았던 것 중에서 가장 훌륭한 광경을 보며 기쁨에 흠뻑 잠겼기 때문이다. 그지없이 찬란한 색깔에 물든 미네르바 곶이 인접한 산맥과 함께 눈앞에 나타났다. 남쪽으로 뻗어 있는 암벽에는 이미 푸르스름한 빛이 감돌고 있었다. 곶에서부터 소렌토까지 이어지는 해안은 불이 환하게 밝혀져 있었다. 베수비오 화산이 눈에 들어왔고, 산 위에는 어마어마한 증기 구름이 피어오르고 있었다. 동쪽으로 이어진 기다란 구름 띠로 보아 대단히 강력한 폭발이 있었음을 짐작할 수 있었다. 왼쪽으로는 카프리 섬이 험준하게 솟아 있었다. 푸르스름하게 비치는 증기 사이로 암벽의 형태를 완전히 분간할 수 있었다. 맑디맑고 구름 한 조각 없는 하늘 아래에 거의 미동도 없는 잔잔한 바다가 반짝이고 있었다. 바다는 바람 한 점 없을 때면 마치 맑은 연못처럼 우리 눈앞에 펼쳐져 있었다.

우리는 이 광경을 넋을 잃고 바라보았다. 크니프는 가장 숙련된 화가가 아무리 정교한 영국제 연필을 사용한다 해도 이러한 선을 그리지 못하며 어떤 색을 배합해도 이처럼 절묘한 조화를 재현하기에는 역부족일 거라며 탄식했다. 하지만 나는 이 재주 있는 예술가가 품을 수 있는 착상에 훨씬 못 미친다 해도 앞으로 지극히 바람직한 결과가 나올 것임을 확신했다. 나는 손과 눈으로 마지막 전력을 다하라고 그를 격려했다. 그는 내 말을 듣고 극히 정교한 스케치들 중의 하나를 내놓고 나중에 여기에 색을 칠했다. 그리고 그림으로 묘사하는 데는 불가능한 것이 없다는 실례를 남겼다. 저녁에서 밤으로 넘어가는 과정을 우리는 넋을 잃고 바라보았다. 카프리는 이제 완전히 어둠 속에 잠겨들었고, 구름 띠뿐만 아니라 베수비오의 구름도 오래 바라볼수록 더 붉게 타올랐다. 그리고 결국 대기의 상당 부분이 우리 그림의 밑바탕에서 환하게, 그러니까 번갯불처럼 빛나는 것을 보았다.

이처럼 멋진 광경에 시선을 빼앗기고 있는 바람에 커다란 재앙이 닥쳐오는 것을 알아차리지 못하고 있었다. 얼마 안 가 승객들의 움직임이 마음을 졸이게 했다. 바다에서 벌어지는 사건에 우리보다 정통한 이들은 선장과 조타수에게 신랄한 비난을 퍼부었다. 이들의 미숙함 때문에 해협 통과가 불가능해졌을 뿐만 아니라 믿고 맡긴 인명, 재산 및 모든 것을 송두리째 잃어버릴 위험에 처하게 되었다는 것이다. 이렇게 바다가 바람 한 점 없이 고요한데 무슨 재앙이 일어난다는 건지 영문을 몰라 그처럼 동요하는 이유를 물어보았다. 하지만 이렇게 바람 한 점 없는 것이 바로 그들을 절망하게 만들었다. 그들은 이렇게 말했다.

"우리는 이미 섬 주위를 돌고 있는 조류에 휘말려들었어요. 그래서 이상야릇한 파도가 칠 때마다 불가항력적으로 서서히 험준한 암초에 다가가는 것입니다. 암초에는 뛰어 올라설 곳이 한 발짝도 안 되고, 여기에는 우리를 구해 줄 만(灣)도 없단 말입니다."

이 이야기를 듣고 바짝 정신을 차린 뒤 이제 우리가 처한 운명에 전율을 느꼈다. 어두운 밤이라 시시각각 커져가는 위험을 분간할 수는 없었지만, 배가 몹시 흔들리고 기우뚱거리면서 점점 더 시커먼 형체를 드러내는 암벽을 향하여 다가가고 있음을 직감적으로 알아차렸다. 바다 위에는 아직 저녁놀이 엷게 퍼져 있었다. 공기 중에는 바람 한 점 느껴지지 않았다. 모두들 손수건과 가벼운 띠를 꺼내 하늘 높이 들어보았지만 바라 마지않는 미풍의 기미조차 없었다. 사람들은 점점 더 시끄럽게 떠들며 거칠어졌다. 여인네들은 아이들과 함께 갑판 위에서 무릎을 꿇고 기도를 하기보다는 움직일 공간이 너무 협소했기 때문에 서로 다닥다닥 붙은 채 엎드려 있었다. 남자들은 생각에 잠겨 구조를 받을 생각을 하는 반면 여인네들은 선장한테 욕하며 사납게 대들었다. 이참에 여행 내내 참고 넘겼던 문제를 죄다 들먹이며 그를 비난했다. 비싼 운임에 비해 선실이 형편없고 음식이 보잘것없으며, 불친절하다고는 할 수 없어도 말없는 태도가 불만스러웠다는 것이다. 선장은 자신의 행위에 대해 아무에게도 변명하지 않았고, 마지막 날 밤에도 완강한 침묵으로 일관했다. 사람들은 선장과 조타수가 떠돌이 잡상인에 불과하다고 말했다. 항해 기술도 없으면서 그저 사욕에 사로잡혀 배를 수중에 넣기는 했지만 능력도 없고 미숙한 나머지 자기들을 믿고 맡긴 모든 승객들을 파멸의 구렁텅이에 몰아넣었다는 것이다. 선장은 여전히 아무 말 없이 구조 방안만 궁리하는 듯했다. 하지만 어려서부터 죽음 자체보다 혼란스러운 상태를 더욱 견딜 수 없었던 나는 더 이상 침묵할 수 없었다. 이들 앞으로 나아가서 말체시네의 새들에게 보여주었던 것과 같은 침착한 자세로 설득했다. 이런 절체절명의 순간에 떠들고 소동을 피우면 우리를 구해 줄 가망이 있는 사람들의 귀와 머리를 혼란스럽게 만들어 생각을 할 수도, 서로 의사소통도 할 수 없게 될지 모른다고 간곡하게 타이르며 이렇게 소리쳤다.

"여러분은 본연의 자세로 돌아가 성모마리아께 열심히 기도를 드리십시오. 그분의 아드님께서 제자들을 위해 했던 일을 여러분에게 베푸시도록 부탁할 수 있는 분은 성모마리아밖에 없기 때문이지요. 폭풍우가 휘몰아치는 티베리아스 호수에서 물결이 배를 덮쳤을 때 절망에 빠져 어찌할 바 모르던 제자들이 주무시던 예수를 깨우자 즉각 바람이 멎도록 하셨지요. 지금이야 상황이 다르지만 그 거룩한 뜻이 있다면 바람이 일도록 분부를 내리실 수 있을 겁니다."

이 말이 최고의 효과를 거두었다. 일전에 윤리적이고 정신적인 문제에 관해 나와 대화를 나누었던 부인들 중에 한 명이 "오! 바를라메! 바를라메에게 축복을!" 하면서 소리쳤다. 그러자 정말로 그러지 않아도 이미 무릎을 꿇고 있던 부인들은 관례적인 열정 이상으로 열렬히 연도(連禱)*를 드리기 시작하는 것이었다. 적어도 그들의 눈앞에서나마 선원들이 구조 수단을 강구하자 더욱 안심하고 기도를 올릴 수 있었다. 이들은 여섯 명에서 여덟 명까지 태울 수 있는 보트를 끌어내리고 기다란 밧줄로 배에 단단히 묶었다. 선원들은 노를 저으며 배를 자기 쪽으로 끌어당기려 안간힘을 쓰고 있었다. 한순간 이들은 조류 속에서 배를 움직이게 했다고 느꼈고 그러자 곧 거기서 벗어나기를 희망했다. 하지만 오히려 이러한 노력으로 조류의 대응력이 커져서인지 어쨌는지는 몰라도, 마부가 마차를 움직이기 위해 말에 채찍질할 때처럼 갑자기 기다란 밧줄에 매달린 보트와 선원들이 기우뚱하며 배가 있는 뒤쪽으로 휙 쏠렸다. 그들의 희망도 물거품이 되고 말았던 것이다! 기도 소리와 탄식 소리가 교대로 들렸고, 상황은 더욱 소름끼치는 방향으로 치달아갔다. 암석 위쪽에서 진작부터 불을 밝히고 있던 염소치기들이 "저 아래서 배가 좌초하고 있다!"라고 공허하게 외치는 소리가 들려왔기 때문이었다. 이들은 서로 무슨 뜻인지 알아들을 수 없는 말을 하고 있었다. 그중에서 분간이 가는 몇 마디 말도 있었는데, 다음 날 아침에 고기를 많이 잡을 수 있을 듯하니 자못

---

* 신부와 신자들이 번갈아 가며 드리는 기도.

기대가 된다는 것 같았다. 배가 정말 암초에 그토록 위험하게 접근하고 있는지 의심이 들면 위로라도 될 텐데 그마저도 유감스럽게도 금방 사라지고 말았다. 배가 암벽 쪽으로 가는 최악의 상황을 막기 위해 선원들이 기다란 장대들을 잡고 버텨보았지만 급기야 이것도 부러지고 죄다 수포로 돌아가고 말았다. 배는 점점 더 격렬하게 요동쳤고, 암벽에 부딪쳐 부서지는 포말이 더욱 거세지는 것 같았다. 이 모든 사태로 재발한 뱃멀미 때문에 나는 다시 선실로 내려갈 수밖에 없었다. 나는 거의 파김치가 되어 매트리스 위에 몸을 뉘었다. 하지만 티베리아스 호수에서 유래한 것 같은 이야기가 떠올라 기분이 좀 나아졌다. 메리안의 동판 성서에 실린 그림이 눈앞에 너무나 또렷하게 아른거렸기 때문이었다. 이로써 인간이 자신의 본연의 상태로 되돌아가 있을 때에는 감각적이고 윤리적인 인상이 주는 힘이 가장 강력하다는 사실이 입증된 셈이다. 얼마나 오랫동안 비몽사몽간에 있었는지 알 수 없지만 위에서 울리는 시끄러운 소리에 잠을 깼다. 갑판 위에서 커다란 밧줄을 이리저리 끌고 가는 소리를 또렷이 들을 수 있었다. 사람들이 돛을 사용하려는 게 아닌가 희망적인 생각이 들었다. 잠시 후에 크니프가 득달같이 달려 내려와서는 이제는 살았다고 알렸다. 아주 약하지만 바람이 일기 시작한다는 것이었다. 지금 모두들 돛을 펴느라 정신없으며 자기도 거들다가 왔다는 것이었다. 배가 이미 암초로부터 눈에 띄게 멀어지고 있다고 한다. 아직 완전히 조류에서 벗어난 것은 아니지만 이젠 헤쳐 나갈 수 있을 것으로 본다고 한다. 갑판 위에는 정적이 감돌았다. 잠시 후 몇 명의 승객이 다가와서 행복한 결말을 전하고는 자리에 드러누워 버렸다.

항해가 시작된 지 나흘째 아침에 눈을 뜨니 바로 얼마 전에 바다를 건널 때처럼 몸이 가뿐하고 상태가 좋았다. 필경 사흘 동안의 고생으로 비교적 긴 바다 여행에 대한 공물을 바친 것 같았다.

나는 갑판에서 카프리 섬이 옆쪽으로 점점 멀어져 가는 것을 흡족한 기분으로 바라보았고, 우리가 바라는 나폴리 만 방향으로 배가 나아가고 있는 것을 보았다. 곧 바라던 대로 이루어졌다. 간밤의 가혹한 시련을 이겨내고서 전날 저녁에 우리를 황홀하게 만들었던 대상들이 맞은편에서 불빛을 받으며 반짝이는 모습에 감탄하는 즐거움을 누렸다. 이내 저 위험한 바위섬이 뒤편 저 멀리로 처졌다. 어제는 멀리서 만의 오른쪽을 보고 감탄했다면 이젠 성채와 도시도 바로 눈앞에 모습을 드러냈다. 그리고 왼쪽으로는 포실리포하고 프로치다와 이스키아 방면까지 뻗어 있는 지협이 자리하고 있었다. 모두들 갑판에 나와 있었고, 맨 앞에는 동양에 무척 심취해 있는 그리스의 성직자가 서 있었다. 자신들의 훌륭한 조국을 황홀한 심정으로 맞이하는 지역 주민들이 나폴리를 콘스탄티노플과 비교하면 어떠한가라고 묻자 그는 아주 비장한 어조로 이렇게 대답했다. "그것도 하나의 도시지요!" 우리는 제시간에 항구에 당도했다. 하루 중에 가장 활기찬 때여서 사람들로 붐비고 있었다. 트렁크와 그 밖의 짐이 배에서 내려 부두에 옮겨지자마자 곧장 두 명의 짐꾼이 그것들을 낚아채 버렸다. 우리가 모리코니 여관에 묵을 거라고 말하기가 무섭게 이들은 먹이를 낚아채듯 짐을 가지고 달아나 버렸던 것이다. 우리는 인파로 뒤덮인 거리를 통과하고 혼잡한 광장을 지나 이들을 쫓아갔지만 시야에서 놓치고 말았다. 크니프는 서류 가방을 팔 밑에 끼고 있었다. 그러니 나폴리의 가련한 악당들보다 더 파렴치한 짐꾼들이 풍랑에서도 견디고 살아남은 짐을 가지고 달아났다 하더라도 적어도 스케치한 것들은 구한 셈이었다.

나폴리
— 헤르더에게

1787년 5월 17일

그리운 벗들이여, 나는 다시 이곳에 와서 원기를 회복하고 건강하게 지내고 있습니다. 시칠리아를 돌아보는 여행은 가벼운 마음으로 신속하게 마쳤습니다. 여러분 곁으로 돌아가면 '어떻게' 보았는지 여러분에게 평가를 받을 겁니다. 평소에 내가 그토록 대상들에 집착하고 천착한 결과, 마치 악보를 보지 않고도 척척 연주할 수 있게 된 것처럼 이제 난 믿을 수 없을 정도로 숙련된 경지에 도달하게 되었습니다. 시칠리아에 대한 위대하고 아름답고 비할 데 없는 생각을 이토록 명료하고 완전하고 순수하게 가슴속에 간직하고 가니 정말로 행복한 마음 금할 길 없습니다. 어제 파에스툼을 둘러보고 왔으니 이제 남국에 더 이상 그리워할 대상이 남아 있지 않습니다. 바다와 섬 들은 즐거움과 고통을 안겨주었고, 나는 흡족한 마음으로 돌아갈 겁니다. 모든 자세한 이야기는 돌아갈 때까지 남겨두겠습니다. 이곳 나폴리는 곰곰 생각에 잠길 수 없는 곳이기도 합니다. 그래도 첫 편지에서보다는 이곳을 좀 더 잘 묘사할 수 있을 겁니다. 불가항력적인 신의 섭리가 막지 않는다면 6월 1일 로마로 갈 겁니다. 그리고 7월 초에 그곳을 다시 떠날 생각입니다. 되도록 빨리 여러분을 뵙도록 하겠습니다. 즐거운 날들이 되겠지요. 이루 말할 수 없이 많은 짐을 싣고 왔으니 소재로 사용하려면 조용한 시간이 필요할 겁니다.

자상하고 친절한 그대가 원고를 손보아준 모든 정성에 수천 번 감사를 드립니다. 언제나 그대에게 더 좋은 일이 생겨 기쁜 날이 오기를 바랐습니다. 그대에 관해 무슨 일이 어디서 일어나도 언제나 환영입니다. 우리의 사고방식은 완전히 일치하지는 않지만 거의 같다고 할 만큼 유사합니다. 그리고 중요한 문제에 있어서는 가장 비슷했습니다. 이 기간 동안 그대가 자신의 내부에서 많은 것을 길어냈다면 나 역시 많은 것을 얻었으니, 서로 나누어 도움이 될 수 있기를 바랍니다.

그대가 말했다시피 나의 생각은 현재적인 것에 무척 집착하는 경향이 있습니다. 그래서 세상을 보면 볼수록 인류가 지혜롭고 현명하고 행복한 '하나의' 집단을 이룰 수 있으리라는 희망이 더 작아집니다. 이러한 덕목을 칭찬할 수 있는 세상이 올 가능성은 아마 수백만분의 일밖에 되지 않을 겁니다. 우리나 시칠리아인의 기질로 볼 때 둘 다 그럴 가망은 없어 보입니다.

동봉하여 보내는 편지에서는 살레르노로 가는 길과 파에스툼 자체에 대해 쓰겠습니다. 이는 내가 북쪽으로 돌아갈 때 온전하게 지니고 있을 궁극적인, 감히 말하자면 가장 훌륭한 이상입니다. 나의 견해로는 중간 정도의 평범한 사원도 시칠리아에서 본 그 어떤 것보다 낫다고 생각됩니다.

호메로스로 말할 것 같으면 이제 눈가리개를 떼어낸 기분이 듭니다. 묘사나 비유 등은 시적으로 느껴지면서도 말할 수 없이 자연스럽습니다. 순수성이나 내면성 면에서 놀라운 점이 있습니다. 기기묘묘하게 꾸며낸 사건에도 묘사된 대상을 가까이서 접해야만 느낄 수 있는 자연스러운 면이 있습니다. 나의 생각을 짧게 피력하도록 하겠습니다. 호메로스가 현존재를 서술했다면 우리는 보통 그 효과를 서술합니다. 호메로스가 끔찍한 것을 묘사했다면 우리는 끔찍하게 묘사합니다. 호메로스가 즐거운 것을 묘사했다면 우리는 즐겁게 묘사합니다. 이 때문에 모든 것이 과장되고 부자연스러우며 그릇되게 우아하고 지나치게 장식적으로 되는 것입니다. 효과를 노리고 글을 쓰는 사람에게는 그것이 눈에 띌 만큼 충분하지 않다고 생각되게 마련입니다. 만약 내가 말하는 것이 새로운 내용이 아니라면 새로운 계기로 이를 제법 생생하게 느꼈을 겁니다. 이 모든 해안과 산맥, 만과 내해, 섬과 지협, 암석과 모래사장, 숲이 무성한 언덕, 부드러운 목초지, 비옥한 들판, 잘 꾸며진 정원, 잘 손질된 나무, 드리워진 포도덩굴, 구름이 걸린 산정, 언제나 청명한 평야, 낭떠러지와 제방 그리고 이 모든 것을 에워싸며 그토록 다양한 모습으로 변화하는 바다가 마음속에 생생하게 간직되어 있는 지금에야 비로소 『오디세이아』가 나에게 생생하게 살아 있는 단어가 됩니다.

식물 발생과 식물 조직의 비밀에 아주 가까이 다가갔으며, 그것이 우리가 생각할 수 있는 가장 단순한 형태임을 털어놓지 않을 수 없습니다. 이러한 하늘 아래서는 최상의 관찰을 할 수 있습니다. 싹이 숨어 있는 중요한 부분을 의심의 여지없이 아주 분명하게 발견했습니다. 여타의 모든 것도 대체로나마 알고 있습니다. 원형 식물이라는 개념은 자연마저도 나를 부러워할 정도로 세상에서 가장 놀라운 착상입니다. 이러한 모범과 그

열쇠로 논리적으로 아무런 문제가 없음이 분명한 식물들을 무한히 생각해 낼 수 있습니다. 즉 그것이 존재하지 않는다 하더라도 존재할 수 있을지 모른다는 말입니다. 그것은 가령 그림이나 문학작품에 나오는 환영이나 가상이 아니라 내적인 진실성과 필연성을 지니게 됩니다. 우리는 이와 같은 법칙을 살아 있는 다른 모든 것에 적용할 수 있을 겁니다.

1787년 5월 18일, 나폴리
로마로 되돌아간 티슈바인은 우리가 알고 있듯이 그사이에 우리를 위해 얼마나 세심하게 손을 써두었는지 그가 없다는 사실을 새삼 느끼지 못할 정도입니다. 그는 이곳에 있는 모든 친구들에게 우리에 대한 신뢰감을 얼마나 단단히 심어놓았는지 모두 솔직하고 다정하며 활발한 모습을 보여줍니다. 특히 지금 내 처지에서는 이러한 것이 말할 수 없이 중요합니다. 날마다 누군가의 호의와 도움이 절실하기 때문입니다. 앞으로 보고 싶은 것의 간략한 목록을 작성하려는 중입니다. 시간이 부족해서 여러모로 아쉬운 점이 많았는데 이제 만회할 수 있어 정말 다행스럽습니다.

1787년 5월 22일, 나폴리
곰곰 생각을 곱씹게 만들고 또 이야기할 만한 가치가 있는 어떤 유쾌하고 모험적인 일을 겪게 되었습니다.
여기 온 첫날부터 여러모로 도와주던 어떤 부인이 저녁 5시 정각에 자기 집에 와달라고 간청했습니다. 나의 『젊은 베르테르의 슬픔』에 대해 할 말이 있다는 어떤 영국인이 이야기를 나누고 싶다고 합니다.

반년 전이라면 그녀가 나에게 두 배나 소중한 존재였다 하더라도 확실히 거절하는 답변을 받았을지 모릅니다. 하지만 자신 있게 말하건대 시칠리아 여행이 나에게 좋은 영향을 끼쳤음을 깨달을 수 있었습니다. 그래서 나는 가겠다고 약속했습니다.

하지만 유감스럽게도 도시가 너무 크고 대상들이 너무 많은 관계로 십오 분 늦게 계단을 올라가서 초인종을 누르기 위해 바로 닫힌 문 옆의 갈대 돗자리 위에 서 있었습니다. 그때 문이 열리면서 멋진 중년 남자가 밖으로 나왔습니다. 나는 즉각 그 영국인임을 알아챌 수 있었습니다. 그는 나를 자세히 보지도 않고 이렇게 말했습니다. "선생님이 『베르테르』의 작가시지요!" 나는 그렇다고 고백하고 늦어서 미안하다고 말했습니다.

"저는 잠시도 더 기다릴 수 없었습니다." 그가 대꾸했습니다. "선생님께 드리고 싶은 말은 아주 짧습니다. 여기 돗자리 위에서도 말씀드릴 수 있습니다. 저는 선생님이 수많은 사람들한테 들었을 이야기를 되풀이하고 싶지는 않습니다. 그 작품이 다른 사람들에게만큼 저에게 강렬한 영향을 미친 것도 아니었습니다. 하지만 그 작품의 소재가 된 이야기를 생각할 때마다 새로운 놀라움에 사로잡히지 않을 수 없습니다."

그래서 무언가 감사의 말을 전하려고 하는데 그가 나의 말을 막고 이렇게 외치는 것이었습니다. "저는 한시도 더 지체할 수 없습니다. 선생님께 바로 이 말을 하려던 바람이 이루어졌습니다. 부디 행복하시고, 안녕히 가십시오!" 그러고는 부리나케 계단을 뛰어 내려갔습니다. 나는 이 명예로운 말을 곰곰 생각하며 한동안 서 있었습니다. 그런 다음 초인종을 울렸습니다. 그 부인은 우리가 만난 이야기를 듣고 흡족한 표정을 지으며 이 특이하고 기묘한 남자의 장점 몇 가지를 들려주었습니다.

1787년 5월 25일, 금요일, 나폴리

방자한 공녀님을 어쩌면 다시 만나지 않을 겁니다. 그녀는 정말로 소렌토로 갔는데, 영광스럽게도 출발을 앞두고 내가 돌투성이의 황폐한 시칠리아로 가기 전에 자기를 먼저 찾아오지 않았다고 책망했다고 합니다. 몇몇 친구들이 들려주어서 이러한 특이한 일에 대해 알게 되었습니다. 유서 깊지만 넉넉지 않은 가문에서 태어나 수도원에서 교육을 받은 그녀는 늙고 부유한 영주와 결혼하기로 결심했습니다. 자연이 그녀를 착하지만 사랑에 완전히 무능력한 존재로 만들어버리기 전에 사람들은 그녀를 설득할 수 있었습니다. 돈은 많지만 가정 사정상 극히 제약을 받는 상황에서 그녀는 정신적인 문제에 도움을 얻고자 했습니다. 행동거지에 제약이 많았기 때문에 최소한 말에서나마 자유를 만끽하고자 했던 모양입니다. 사람들은 그녀의 본령인 방랑벽을 그렇게 비난할 게 못된다고 말했습니다. 하지만 거침없는 말로 모든 상황을 정면으로 타개해 나가려고 단단히 마음먹은 것 같다고 합니다. 몇몇이 농담 삼아 말하기를 그녀의 말은 글로 써놓아도 검열에 걸리지 않는답니다. 종교나 국가나 도덕에 위배되는 것은 하나도 없으니까 말입니다.

그녀에 관한 아주 유별나고도 재미있는 이야기가 많은데, 그리 점잖은 것은 아니지만 여기서 그중에 하나를 소개할까 합니다.

칼라브리아에서 지진이 일어나기 직전에 그녀는 그곳에 있는 남편의 영지에 가 있었습니다. 성의 부근에 임시 건물이 세워져 있었습니다. 땅 위에 바로 세워 올린 일 층짜리 목조 건물이라고 합니다. 게다가 양탄자가 깔리고 가구를 갖추었으며 실내 장식이 잘 되어 있었습니다. 지진이 일어날 최초의 기미가 보이자 그녀는 그곳으로 피신했더랬습니다. 그녀는 바느질 대 앞의 소파에 앉아 매듭을 만들고 있었습니다. 그녀의 맞은편에는 나이가 많은 고용 성직자가 있었습니다. 그때 느닷없이 땅이 진동하며 그녀가 앉은 쪽의 건물이 내려앉았습니다. 이와 동시에 맞은편에 있던 성직자가 높이 솟구쳤고, 그러자 바느질 대도 공중으로 치솟았습니다. 무너지는 벽에 머리를 기대며 그녀는 "에그머니나!" 하고 소리쳤습니다. "점잖은 분이 이게 뭐예요? 마치 나를 덮치려는 듯한 자세잖아요. 이는 도덕과 예의에 어긋나는 짓이에요."

그러는 사이에 다시 집이 허물어져 내렸습니다. 그녀는 그 선량한 성직자가 취해야 했던 우스꽝스럽고 음탕한 자세를 생각하고 터져 나오는 웃음을 참을 수 없었습니다. 그녀는 이러한 농담 때문에 그녀의 가족과 수많은 사람들이 당한 모든 재앙, 즉 막대한 손실에 대해서는 조금도 느끼지 못하는 것 같았습니다. 그녀는 땅덩어리가 집어삼키려고 하는 순간에도 익살을 잊지 않는 놀랍도록 행복한 성격의 소유자인 모양입니다.

1787년 5월 26일, 토요일, 나폴리

자세히 살펴보면 세상에는 성인이 많다는 것을 인정하지 않을 수 없습니다. 신자라면 누구나 자신의 성인을 선택할 수 있고, 자신의 마음에 드는 성인에게 전폭적으로 신뢰를 보내며 도움을 청하고 의지할 수 있습니다. 오늘은 나의 성인의 날이었습니다. 그래서 그분의 방식과 가르침에 따라 경건하고 즐거운 마음으로 그를 기렸습니다.

필리포 네리는 명성이 자자한 동시에 즐거운 기억을 떠올려 주는 분입니다. 그분에 관한 일화와 하느님을 공경하는 그분의 숭고한 마음에 관해 들을 때면 감화를 받고 기쁨을 얻게 됩니다. 그분의 명랑한 성격에 관해서도 많은 이야기가 인구에 회자됩니다. 아주 어릴 때부터 그는 이루 말할 수 없이 강렬한 종교적인 열정을 느꼈고, 세월이 흐름에 따라 그의 내부에서는 종교적인 열광이라는 고결한 재능이 무르익어 갔습니다. 이는 무의식적인 기도의 재능이고, 깊은 곳에서 우러나오는 심원한 숭배의 재능이며, 눈물짓고 환희에 떠는 재능입니다. 그리고 결국에는 지면에서 솟아오르는 재능이고, 모든 사람들 앞에서 지고함이라고 여겨지는 것 위로 부상(浮上)하는 재능입니다.

이렇게 수많은 비밀스럽고 이상한 내면성에 그는 지극히 명료한 인간의 오성, 지상적인 것에 대한 지극히 순수한 가치 부여 또는 가치 저하를 덧붙였고, 그의 이웃을 위해 헌신하며 육체적이고정신적인 고통 속에서 적극적인 조력을 아끼지 않았습니다. 또한 축일과 예배 참석, 기도, 금식 및 그 밖에 믿음이 깊은 성직자에게 요구되는 모든 의무들을 엄격하게 지켰습니다. 아울러 종교적일 뿐만 아니라 재기 발랄한 주제를 제시하여 열띤 대화와 토론을 독려하면서 청소년의 교육 및 음악이나 연설 훈련에 몰두했습니다. 이 모든 일을 자신의 의욕과 권한으로 행하고 추구하며, 어떤 교단이나 수도원 연합회에 소속되지 않고, 그러니까 성직자의 서품을 받지 않고 오랜 세월 동안 꾸준히 자기 길을 갔다는 점이 어쩌면 아주 색다르게 여겨질지도 모릅니다.

하지만 더욱 중요하게 눈에 띄는 점은 바로 이러한 일이 루터 시대에 일어났다는 사실입니다. 그리고 로마의 한복판에서 유능하고 신을 공경하며 정력적이고 활동적인 한 남자가 또한 종교적인 것, 즉 성스러운 것을 속세적인 것과 결합하고, 천상적인 것을 속세에 끌어들여 이로써 개혁을 일으켜보자는 생각을 가졌다는 사실입니다. 교황청의 감옥 문을 열고 자유로운 세상에 이들의 하느님이 다시 나타나게 하는 해결의 실마리가 오로지 여기에 있기 때문입니다.

하지만 이처럼 중요한 사람을 가까이 로마의 구역에서 감독하고 있던 교황청은 성직자의 길을 걸으며 남을 가르치고 격려하며 살아갔을 이 남자가 수도원에 자신의 거처를 마련할 때까지 그냥 놓아주지 않았습니다. 교단이 아니라 자유로운 모임을 만들고자 한 그는 결국 서품을 받고 이로써 자신의 생애에서 그때까지 자신에게 결여된 모든 이익을 취하도록 종용받았습니다.

그의 몸이 땅에서 솟구친다는 놀라운 현상은 진부한 이야기로 치부하며 의심한다 하더라도 정신적인 면에서 그는 이 속세적인 것을 훨씬 뛰어넘어 있었습니다. 그 때문에 그는 허영심, 위선, 자만심을 신에 귀의하는 참다운 신앙생활의 가장 커다란 장애물로 여기고 제일 싫어하며 이에 커다란 영향을 미쳤습니다. 그러면서도 여러 가지 일화에서 보듯이 늘 명랑한 유머를 잊지 않았습니다.

예를 들면 그가 교황 곁에 있을 때 로마 근교의 한 수녀원에 온갖 놀라운 종교적인 재능을 지닌 수녀가 나타났다는 보고가 들어왔습니다. 네리는 이 이야기가 참말인지 여부를 알아오라는 지시를 받았습니다. 즉각 그는 노새에 올라타고 날씨가 나빠 엉망인 길을 지나 수녀원에 당도했습니다. 수도원으로 들어간 그는 수녀원장과 환담을 나누었습니다. 수녀원장은 전적으로 동감을 표시하며 온갖 은총의 징후에 대해 자세히 알려주었습니다. 그 수녀가 불려오자 그는 인사도 나누지 않고 진흙투성이의 장화를 그녀 앞에 내밀며 벗겨달라고 요구했습니다. 성스럽고 순결한 이 처녀는 깜짝 놀라 뒤로 물러나면서 격렬한 말로 무례한 요구에 대해 분노감을 표시했습니다. 네리는 아주 태연한 표정으로 일어나서는 노새를 타고 돌아와 무슨 영문인지 몰라 얼떨떨해하는 교황 앞으로 다시 나아갔습니다. 그러한 천부의 재능을 시험하기 위해 가톨릭 고해신부들에게 중요한 주의 사항들이 아주 자세하게 규정되어 있기 때문입니다. 교회는 천상의 은총이 내려질 수 있는 가능성을 인정하기는 하지만 아주 자세한 시험을 거쳐서야 그와 같은 현실을 승인합니다. 놀라 어안이 벙벙한 교황에게 네리는 짧게 결과를 이렇게 보고했습니다. "그녀는 성자가 아닙니다!" 그는 외쳤습니다. "그녀는 기적을 행하지 않습니다! 그녀에게는 중요한 특성인 겸손함이 결여되어 있기 때문입니다!"

이러한 원리는 그의 평생을 관통하는 주도적인 원칙으로 간주될 수 있습니다. 또 한 가지 일화를 이야기하도록 하겠습니다. 그가 파드리 델 오라토리오라는 수도원 연합회를 설립하고 곧 명성이 자자해지자 수많은 사람들이 회원이 되겠다고 몰려들었습니다. 그때 로마의 한 젊은 귀족이 회원으로 받아들여달라고 왔습니다. 그에게도 수련을 받을 권리와 그러한 자격을 부여하는 의복이 주어졌습니다. 하지만 그가 얼마 후에 정식 가입을 요구하자 네리는 그 전에 몇 가지 시험을 통과해야 한다고 말하면서 받아들일 용의도 있음을 밝혔습니다. 그러고는 기다란 여우 꼬리를 꺼내더니 이것을 상의의 뒤에 달고 아주 진지한 표정으로 로마의 온갖 거리를 돌아다녀야 한다고 했습니다. 그러자 젊은 귀족은 앞서 말한 수녀처럼 깜짝 놀라면서 자기는 명예를 얻으러 온 것이지 모욕을 당하러 온 것이 아니라고 거부의 뜻을 밝혔습니다. 그러자 네리 신부는 절대적인 포기를 최고의 원칙으로 삼는 자신의 단체에서 이는 용납할 수 없는 일이라고 했습니다. 이 말을 들은 젊은이는 신부와 작별을 고하고 말았습니다.

네리는 짤막한 표어로 자신의 주된 가르침을 요약했습니다. "세상을 멸시하고 너 자신을 멸시하고 멸시받는 것을 멸시하라." 이 말에 모든 가르침이 담겨 있었습니다. 앞의 두 가지 사항은 어쩌면 우울증 환자도 가끔은 해낼 수 있다고 생각할지도 모르겠습니다만, 세 번째 사항을 따르기 위해서는 성자로 가는 길 위에 있어야 할 것입니다.

1787년 5월 27일, 나폴리

지난달 말의 모든 그리운 편지들을 어제 한꺼번에 로마로부터 프리스 백작을 통해 받고 읽고 또 읽으면서 즐거움을 만끽했습니다. 그중에는 학수고대하던 작은 상자도 있어서 이 모든 것에 대해 말할 수 없는 감사를 드립니다.

얼마 안 있으면 이곳을 떠날 시간이 됩니다. 나폴리와 그 주변 일대를 이윽고 그럭저럭 마음속에 생생하게 떠올릴 수 있게 되고, 그 인상을 새롭게 하며, 여러 가지 사항에 대해 마무리할 수 있게 되면서 하루가 물살처럼 흘러가기 때문입니다. 이젠 전부터 아는 사람들과 새로 알게 된 사람들, 함부로 물리칠 수 없는 우수한 사람들도 합류합니다. 지난 여름 카를스바트에서 무척 즐거운 시간을 보낸 어떤 사랑스러운 부인을 만났습니다. 우리는 현재를 잊고 마치 몇 시간 전의 이야기처럼 더없이 즐거운 마음으로 그 일을 추억했습니다. 사랑스럽고 소중한 모든 일들이 잇달아 기억에 떠올랐고, 무엇보다도 우리의 충실한 영주의 명랑한 유머가 뇌리에 남았습니다. 그녀가 아직 가슴에 담고 있는 시로, 천사의 집의 소녀들이 마차를 타고 길을 떠나는 영주를 깜짝 놀라게 해준다는 이야기입니다. 그 시는 위트 있는 놀림과 신비화, 재기 발랄한 시도, 보복의 권리를 서로 행사하는 즐거운 장면을 죄다 기억에 되살려 주었습니다. 언뜻 우리는 암벽에 에워싸인 이상한 장소로 인해 단단히 결속되어, 더욱이 존경, 우정 및 애착으로 하나가 된 채 최상의 독일 사람들과 함께 독일 땅에 있다는 느낌을 받았습니다. 하지만 우리가 창가에 다가가자마자 나폴리의 물결이 다시 엄청난 소리를 내며 우리 곁을 흘러 지나가서 저 평화스러운 추억을 단단히 붙잡을 수 없을 지경이었습니다.

또한 나는 폰 우어젤 대공이나 대공 부인과 친교를 맺지 않을 수 없었습니다. 고결한 도덕의식을 지닌 이들은 자연과 인간에 대한 순수한 마음을 간직한 훌륭한 사람들로 예술에 대한 결연한 사랑과 만나는 사람에 대한 호감을 갖고 있었습니다. 이어지고 거듭되는 담소는 말할 수 없이 매력적이었습니다. 해밀턴과 그의 아름다운 애인은 변함없는 우정을 보여주었습니다. 그들 집에서 식사를 했으며, 저녁 무렵에 하르트 양은 자신의 음악적, 서정적 재능도 선보였습니다.

나에게 점점 더 호감을 가지며 온갖 색다른 것을 일러주고 싶어 하는 친구 하케르트의 재촉으로 해밀턴은 나를 자신의 비밀 예술품과 골동품 창고로 데려갔습니다. 그곳은 온통 뒤죽박죽으로 보입니다. 모든 시대의 예술품들이 아무렇게나 놓여 있었습니다. 흉상, 토르소, 꽃병, 청동상, 시칠리아산 마노로 만든 각종 가정용 장식품, 심지어 미니어처 예배당, 조각품과 미술품까지 되는대로 사 모았던 것입니다. 바닥에 놓인 기다란 상자의 뜯어진 뚜껑을 호기심 어린 눈으로 밀어젖히고 보니 팔이 여럿 달린 아주 훌륭한 두 개의 청동 촛대가 놓여 있었습니다. 나는 눈짓을 해서 하케르트의 주의를 끌고는 귓속말로 이것들이 포르티치의 소장품들과 유사한 것이 아닌지 물어보았습니다. 그러자 그는 비밀을 지켜줄 것을 다짐하는 눈짓을 보냈습니다. 폼페이의 지하 무덤에서 나온 유물들이 이곳으로 반입되어 사라졌다는 것이었습니다. 이런저런 유사한 유물들을 요행으로 입수했기 때문에 그 기사는 숨겨놓은 보물들을 가장 친한 친구들에게만 공개할지도 모릅니다.

앞쪽에 반듯하게 서서 열려 있는 상자가 눈길을 끌었습니다. 화려하기 짝이 없는 황금테를 두르고 안에는 검게 칠한 상자였습니다. 사람이 들어갈 만큼 공간이 넓었기에 우리는 그 의도도 알게 되었습니다. 아름다운 여성을 움직이는 입상으로 보는 데 만족하지 못하는 그 예술과 여성 애호가는 또한 알록달록하고 모방할 수 없는 그림을 보는 것처럼 여성을 보고 즐기려고 했습니다. 그래서 여성은 폼페이의 고대 미술품과 심지어 최근의 걸작품을 모방하여 이처럼 가끔씩 황금테 안에서 검은 배경 앞에서 다양한 색상의 의상을 입고 서 있었던 것입니다. 이제 이러한 시기는 지나간 것 같았고, 그 예술품은 수송하기도 힘들고 올바로 해석하기도 어려웠습니다. 그래서 그러한 구경거리를 우리는 볼 수 없었던 것입니다.

나폴리인의 또 다른 결정적인 취미를 생각하게 해주는 것이 있습니다. 성탄절이면 어느 교회에서나 볼 수 있는 말구유(프레세페)입니다. 목자, 천사, 왕들이 경배하는 모습이 나타나 있고, 많은 귀중한 것들이 온전하게 무리를 지어 모여 있었습니다. 명랑한 나폴리에서는 납작한 지붕까지 이러한 모습을 하고 있습니다. 거기에는 오두막 모양의 가벼운 뼈대가 세워져 있고, 늘푸른나무와 관목으로 꾸며져 있습니다. 성모마리아, 아기 및 주위에 서 있거나 떠 있는 모든 것들이 소중하게 꾸며져 있고, 이들은 의상에도 막대한 비용을 들이고 있습니다. 하지만 전체를 모방할 수 없게 훌륭하게 만들어주는 것은 주변 일대와 함께 베수비오 화산을 담고 있는 배경입니다.

가끔씩 인형들 사이에 살아 있는 형상도 같이 섞어두었을지도 모릅니다. 그러다가 점차 고상하고 부유한 가문의 가장 중요한 대화들 중의 하나가 되었을 겁니다. 세속적인 그림들도 이들의 저녁 오락거리가 되었을 겁니다. 이것들은 이제 궁전에서 공연하는 연극이나 시문학에 속할지도 모릅니다.

대접받는 손님의 입장으로 감히 지적을 하나 하자면 우리의 아름다운 대화 상대자가 엄밀히 말해 지적 능력이 부족하다고 생각된다는 점을 고백해야겠습니다. 자신의 자태로 가치를 주장할 수 있겠지만 목소리나 언어의 혼이 담긴 표현으로는 그럴 수 없습니다. 그녀의 노래만 해도 구미에 맞지 않습니다.

그래서 결국은 저 뻣뻣한 그림들과 같은 태도를 취할지도 모릅니다. 아름다운 사람들은 사방에 널려 있지만, 깊이 느끼는 동시에 좋은 음성 기관을 지닌 사람들은 드뭅니다. 그리고 이 모든 것에 매력적인 자태를 갖춘 사람들은 가장 희귀합니다.

헤르더의 제3부를 손꼽아 기다리고 있습니다. 어디서 그것을 받아 볼 수 있을지 알려드릴 때까지 잘 간직해 주십시오. 그것은 확실히 언젠가 더 나은 상태가 되어야 할 인류의 아름다운 꿈 같은 소망을 훌륭하게 이룩해 낼 겁니다. 나 자신도 말하자면 인도주의가 결국 승리할 거라고 생각합니다. 다만 동시에 세계가 커다란 병원이자 모두가 서로를 위한 인간적인 간호사가 되지나 않을까 우려될 뿐입니다.

1787년 5월 28일, 나폴리

폴크만의 기행문은 훌륭하고 무척 유용하지만 간혹 나의 견해와 다를 때가 있습니다. 예를 들어 그는 나폴리에 쓸데없이 빈둥거리는 사람이 삼사만은 족히 될 거라고 말합니다. 그러니 누가 그의 말을 따라 하지 않겠습니까! 하지만 남쪽의 실상을 어느 정도 알고 나서는 곧 이러한 생각이 종일 안달하며 애쓰지 않는 자는 모두 게으름뱅이라고 단정하는 북쪽의 견해일지도 모른다고 추측했습니다. 그래서 나는 이리저리 움직이거나 한곳에 가만히 있는 이 나라 사람들에 특별히 관심을 기울였습니다. 그 결과 옷을 제대로 차려입지 못한 사람들은 많아도 아무 일도 안 하는 사람은 없음을 알게 되었습니다.

그래서 나는 몇몇 친구들에게 이렇게 수많은 빈둥거리는 사람들이 어디에 있는지 묻고 이들과 사귀어보고 싶다고 말했습니다. 하지만 그들도 그런 사람들을 보여주지 못했습니다. 그래서 시내를 구경 다니다 보면 만날 수 있을 것 같아서 직접 쫓아다니기로 했습니다.

나는 다양한 유형의 사람들이 북적대는 곳에 가서 신원을 밝힌 뒤, 이들의 용모, 복장, 거동, 직업에 따라 판단하고 분류하기 시작했습니다. 이곳이 이런 작업을 하기가 다른 지역에 비해 훨씬 수월하다고 생각했습니다. 이곳 사람들은 자신에게 태연하고 외부적으로도 신분을 드러내기 때문입니다.

아침 일찍부터 사람들을 관찰하기 시작했습니다. 여기저기에 가만히 서 있거나 쉬고 있는 사람들은 전부 첫눈에 직업을 알아낼 수 있었습니다.

여러 군데에 면허를 받은 대기소를 가지고 있는 짐꾼들은 자신들의 서비스를 받을 손님이 나타날 때까지 기다리고 있을 뿐입니다. 마부들은 조수나 소년들과 함께 커다란 광장에서 한 필의 말이 끄는 경마차 옆에 서서 말들을 돌보며 필요한 사람들에게 마차를 태워줍니다. 선원들은 부두에서 파이프를 피워 물고 있습니다. 바다로 나가기에 좋지 않은 바람이 불기 때문인지 어부들은 볕을 쬐며 드러누워 있습니다. 또한 몇몇 사람들이 이리저리 지나가는 것을 보았습니다. 대부분 자신이 하는 일이 무엇인지 알 수 있게 해주는 사람들이었습니다. 아주 늙거나 완전히 무능력하고 신체 장애가 있는 사람들은 거지란 것을 누구나 알 수 있었습니다. 더 많이 둘러볼수록 더 자세히 관찰할 수 있었고, 미천한 계급이나 중간 계급 중에서든, 아침이든 대부분의 낮 시간이든, 나이나 성별을 막론하고 빈둥거리는 자는 찾을 수 없었습니다.

내가 주장하는 바를 신빙성 있고 구체적으로 만들기 위해 좀 더 자세한 이야기를 하겠습니다. 아주 어린아이들도 여러 가지 일을 하며 바쁘게 움직이고 있습니다. 대부분의 아이들은 산타 루치아 바닷가에서 물고기를 잡아 시내에 내다 팔고 있습니다. 다른 아이들은 병기창 부근이나 그 밖에 목재를 가공하느라 나뭇조각이 생기는 곳에서 자주 눈에 띕니다. 이들은 나뭇가지나 조그만 목재가 밀려와 있는 바닷가에서 아주 자잘한 나뭇개비도 조그만 바구니로 주워 모으는 일을 합니다. 겨우 기어 다닐 정도밖에 안 되는 꼬마들도 대여섯 살 정도 되는 소년들 틈에 끼어 소소한 돈벌이에 종사합니다. 이들은 그런 후에 바구니를 들고 시내 깊숙이 들어가서 각자 주워 모은 목재들을 가지고 일종의 시장을 차립니다. 수공업자나 도시의 영세민이 그것을 사서 방을 덥히기 위해 삼발이에 놓고 구워 숯으로 만들거나 검소한 부엌에서 써버리기도 합니다.

어떤 아이들은 특히 봄에 사람들이 많이 마시는 유황천의 물을 팔러 돌아다닙니다. 또 다른 녀석들은 꼬마 상인이 되어 과일, 실오라기처럼 흘러내리는 벌꿀, 과자, 사탕을 사서는 다시 아이들에게 되팔아 약간의 이윤을 얻기도 합니다. 그래 봤자 겨우 본전도 건질까 말까 한데도 말입니다. 물건과 장비라곤 판때기 한 장과 칼밖에 없는 소년이 수박이나 반쯤 삶은 호박을 들고 다니다가 한 무리의 아이들이 모여들면 판을 내려놓고 과일을 잘게 썰기 시작하는 모습을 보노라면 정말 기특하다는 생각이 들 정도입니다. 사는 아이들은 딸랑 동전 한 닢을 내고도 많이 받으려고 자못 긴장하는 반면에, 물건을 파는 꼬마 상인은 침을 흘리는 손님 사정은 아랑곳하지 않고 조금이라도 덜 주기 위해 요리조리 궁리를 합니다. 이곳에 좀 더 오래 머무르면 아이들이 이처럼 생업에 종사하는 예를 몇 가지 더 모을 수 있다고 확신합니다.

대부분 남루한 옷차림을 한, 일부는 중년이고 일부는 소년인 아주 많은 사람들이 쓰레기를 당나귀에 싣고 시내 바깥으로 실어 나르는 모습도 보입니다. 나폴리 부근에는 채소밭이 한 군데밖에 없습니다. 엄청난 양의 채소가 장날마다 나폴리로 쏟아져 들어오고, 식물 성장의 순환을 촉진하기 위해 팔다 남은 것이나 요리하다 내버린 것을 다시 들판으로 가져가는 모습을 지켜보는 일은 재미있습니다. 믿을 수 없을 정도로 많은 양의 채소가 소비되는 가운데 꽃양배추의 줄기와 잎사귀, 브로콜리, 엉겅퀴, 양배추, 샐러드, 마늘에서 나오는 찌꺼기가 나폴리 쓰레기의 대부분을 차지합니다. 이것들을 실어 나르는 방법도 특이합니다. 커다랗고 유연한 바구니 두 개가 나귀의 등에 실려 있는데, 그 안에 쓰레기가 가득 담겨 있을 뿐만 아니라 바구니 위에도 특별한 기술로 한 무더기가 더 쌓아올려져 있습니다. 당나귀가 없으면 어떤 농원도 존속할 수 없습니다. 마부나 소년, 주인도 어느 때고 풍성한 보물 창고인 시내를 뻔질나게 드나듭니다. 이러한 수거자들이 말과 노새의 분뇨에 얼마나 관심을 기울이는지 생각해 볼 수 있습니다. 어둠이 깃들면 이들은 마지못해 거리를 떠납니다. 자정이 지난 후 오페라 구경을 마치고 집으로 돌아가는 부자들은 이미 동이 트기도 전에 어떤 부지런한 사람이 열심히 말들의 흔적을 찾아 나서리라고는 아마 생각지 못할 겁니다. 사람들이 자신 있게 들려주는 이야기에 따르면 그런 일을 하는 몇몇 사람이 서로 힘을 합쳐 당나귀 한 마리를 사서 대지주한테서 채소밭 한 떼기를 빌려서는 부지런히 채소를 길렀다고 합니다. 다행히도 날씨가 좋아 채소가 무럭무럭 자란 덕에 이들은 얼마 안 가서 상당한 정도로 채소밭 규모를 넓힐 수 있었다고 합니다.

다른 대도시와 마찬가지로 나폴리에서도 흔쾌히 목격되는 다양한 소매상 이야기를 한다면 나의 길에서 너무 벗어난 셈일지도 모르겠습니다. 하지만 나는 여기서 특히 사회의 최하층 계층에 속하는 떠돌이 행상 이야기를 하지 않을 수 없습니다. 아무리 미천한 사람이라도 한 모금 사 마실 수밖에 없는 레몬수를 어디서나 당장 만들 수 있도록 몇몇 사람들은 얼음물 통, 유리잔, 레몬을 갖고 돌아다닙니다. 어떤 사람들은 안에 담은 갖가지 종류의 술병과 끝이 뾰족한 유리잔들이 떨어지지 않도록 나무 고리를 두른 서비스 쟁반들을 들고 서 있습니다. 또 다른 사람들은 갖가지 제과류, 과자, 레몬 및 다른 과일이 든 바구니를 들고 돌아다닙니다. 모두들 나폴리에서 날마다 벌어지는 먹고 마시는 대축제에 참가하여 즐거움을 배가하려는 듯 보입니다.

이러한 떠돌이 행상들처럼 살아가는 많은 소규모 소매상들이 있습니다. 이들은 번거로운 격식을 차리지 않고 판때기 위나 상자 안에 자질구레한 물건들을 담고 돌아다니거나 광장에서, 그러니까 평평한 맨땅에서 잡화를 늘어놓고 팔고 있습니다. 커다란 상점에서 볼 수 있는 그런 상품들을 말하는 게 아닙니다. 그것은 엄밀히 말하자면 잡동사니에 불과합니다. 철, 가죽, 천 아마포, 펠트 제품은 하나도 없고, 시장에 중고품으로 다시 나올 수도 누구에게 되팔 수도 없는 물건들뿐입니다. 또한 상인이나 수공업자에게 고용되어 심부름꾼이나 막일꾼으로 일하는 하층 계층의 사람들이 많습니다.

몇 발짝 뗄 때마다 아주 허름한 옷차림이거나 심지어 넝마를 걸친 사람을 마주치는 것이 사실입니다. 하지만 그렇다고 해서 이들이 건달이거나 백수인 것은 아닙니다! 그렇습니다. 역설적으로 들릴지도 모르겠지만 나폴리에서는 대부분의 산업에서 최하층 사람들이 발견됩니다. 물론 이것을 매일은 물론이고 화창하고 맑은 날에는 궂고 흐린 날을, 여름에는 겨울을 걱정해야 하는 북쪽의 산업과 비교해서는 안 됩니다. 북쪽 사람은 자연의 특성상 대비하고 절약하지 않을 수 없습니다. 주부는 일 년 내내 먹을거리를 마련하기 위해 소금에 절이고 훈제해야 합니다. 남자는 땔감과 곡물을 비축하고 가축이 먹을 사료를 마련하는 일을 소홀히 해서는 안 됩니다. 그러므로 아무리 좋은 날과 시간에도 향락을 멀리하고 노동에 헌신합니다. 이들은 몇 달 동안이나 기꺼이 자유로운 공기를 멀리하고 집 안에서 폭풍우, 비, 눈 및 추위로부터 자신의 몸을 지킵니다. 시시각각 그러한 계절이 찾아오는 것을 막을 수 없습니다. 그러니 파멸하지 않으려면 절약가가 되지 않을 수 없습니다. 왜냐하면 거기서는 없이 지내려고 한다는 것이 전혀 말이 되지 않기 때문입니다. 그는 없이 지내려고 해서는 안 되고, 없이 지낼 수도 없습니다. 어차피 없이 지낼 수 없기 때문입니다. 자연이 그로 하여금 미리 일해 두도록 강요합니다. 확실히 수천 년 동안 한결같은 자연의 영향으로 여러 가지 면에서 존경할 만한 북방 민족들의 성격이 정해진 것이 분명합니다. 우리는 온화한 기후의 혜택을 받아온 남쪽 사람들을 우리의 관점에서 너무 엄하게 평가하고 있습니다. 폰 포 경이 자신의 저서 『그리스인 연구』에서 견유학파 철학자를 언급하면서 피력한 내용은 여기서도 딱 들어맞습니다. 그의 생각으로는 사람들이 남국인들의 비참한 상태에 대해 제대로 파악하지 못하고 있다는 것입니다. 아무것도 없이 지내는 이들의 원칙은 온갖 것을 베풀어주는 기후의 혜택을 절대적으로 받고 있다는 점입니다. 우리가 볼 때 비참해 보이는 가난한 사람도 최소한의 욕구는 충족시킬 수 있을 뿐만 아니라 세상을 아주 멋지게 즐길 수도 있다고 합니다. 그리고 이와 마찬가지로 나폴리의 거지는 노르웨이 부왕의 지위쯤은 가볍게 물리치고, 러시아의 여황제가 그에게 시베리아의 총독 자리를 넘겨준다 해도 그 명예를 거절할지 모릅니다.

확실히 우리 독일 지역에서는 견유학파 철학자가 버텨내기가 쉽지 않은 반면 남쪽 나라들에서는 자연이 흡사 그곳으로 초대하는 격입니다. 누더기를 걸친 사람일지라도 그곳에서는 아직 벌거벗은 것은 아닙니다. 자신의 집도 없고 셋집에도 살지 못해서 여름이면 남의 집 처마 밑에서, 궁전이나 성당의 문지방에서, 공회당에 들어가 밤을 지새고, 궂은 날이면 몇 푼의 숙박료를 내고 어딘가로 피하는 사람도 그렇다고 해서 법을 위반하거나 비참한 것은 아닙니다. 다음 날에 대해 신경을 쓰지 않았으므로 어느 누구도 아직 비참한 것은 아닙니다. 일주일에 며칠은 생선을 먹으며 살아야 하는 그 사람들에게 물고기가 풍부한 바다가 얼마나 많은 식량을 제공해 주는가 생각하면 얼마나 살기 좋은 곳인지 알 수 있을 겁니다. 사시사철 남아도는 갖가지 과일과 채소들, 나폴리가 자리하고 있는 지역이 '노동의 땅'이 아니라 '경작의 땅'이라는 이름을 들을 만하고, 이 지역 전체가 이미 수백 년 동안 '행복의 땅'이라는 명예로운 이름으로 불려온 것을 기억하면 또한 얼마나 살기 좋은 곳인지 알 수 있을 겁니다.

어쨌거나 누가 나폴리를 생동감 있게 상세히 묘사하려고 한다면 내가 앞서 감히 말한 역설이 여러 가지 고찰을 하는 데 계기를 마련해 줄지도 모릅니다. 물론 그러기 위해서는 적지 않은 재능과 다년간의 관찰이 요구될 것입니다. 그렇게 되면 대체로 나폴리의 빈민인 라차로네가 여타의 모든 계층 사람들과 비교해 비활동적인 것이 아님을 깨달을지도 모릅니다. 또한 동시에 이들 모두는 나름대로 단순히 살기 위해서 일하는 것이 아니라 즐기기 위해서 일하는 것임을 알게 될 것입니다. 그리고 심지어 일을 하면서도 삶을 즐기려고 한다는 사실을 깨닫게 될 것입니다. 이러한 사실에서 여기 수공업자들이 거의 전적으로 북쪽 나라들에 비해 훨씬 뒤떨어져 있고 공장도 서지 않는 이유가 설명됩니다. 변호사나 의사 말고는 그 많은 인구에 비해 지식인의 수효가 얼마 되지 않는데다, 그런 부류의 사람들도 개별적인 이익을 위해 노력을 하는 이유, 나폴리 파의 어떤 화가도 일찍이 철저하지 못했고 위대하게 되지 못한 이유, 성직자들이 빈둥거릴 때 가장 안락함을 느끼는 이유, 위인들도 대부분 감각적인 쾌락과 화려함 및 오락을 추구하려고 자신들의 재산들을 허비하는 이유도 설명이 됩니다.

이 설명이 너무 일반적인 이야기이며, 모든 계층의 특성은 좀 더 긴밀하게 사귀고 관찰한 연후에야 비로소 온전히 파악될 수 있음을 나는 잘 알고 있습니다. 그래도 대체적으로는 이러한 결론을 내릴 수 있지 않을까 합니다.

다시 나폴리의 하층민 이야기로 돌아가겠습니다. 이들은 무슨 일거리를 맡은 아이들처럼 마냥 즐거운 표정을 하고 있습니다. 이들은 사실 생업을 영위해 가면서도 동시에 거기에서 해학을 만들어낼 줄 압니다. 대체로 이 계층의 사람들은 매우 활기찬 정신의 소유자들이고, 자유롭고 올바른 시선을 보여줍니다. 이들이 쓰는 언어는 구체적이고 이들의 위트는 매우 생생하고 신랄합니다. 고대 아텔라는 나폴리 지방에 있었고, 이곳에서 인기 있는 어릿광대 극이 아직도 공연되고 있는 데서 알 수 있듯이 이 천민 계층의 사람들은 오늘날에도 이러한 분위기에 일조를 하고 있습니다.

플리니우스*는 자신의 『자연사』 제3권 제5장에서 캄파니아에 관해 상세한 묘사를 할 가치가 있다고 말합니다. "이 지역은 너무 행복하고 우아하고 축복을 받아서, 자연이 자신의 작품에 대해 기뻐하고 있다고 사람들은 인식합니다. 이러한 생명에 필요한 공기, 건강에 좋은 늘 온화한 기후, 비옥한 평야, 양지바른 언덕, 해가 없는 넓은 숲 지대, 그늘진 작은 숲, 유익한 숲, 높이 솟은 산, 넓게 퍼진 씨앗, 무척 풍부한 포도 덩굴과 올리브 나무, 고급 양모, 황소의 기름진 목덜미, 많은 호수들, 물을 대주는 수많은 강과 샘물들, 수많은 바다와 항구들! 사방 도처와 거래를 트고 있는 이 지역은 흡사 사람들을 도와주려고 안달하면서 팔을 바다 속으로 내뻗고 있는 것 같습니다.

나는 사람들의 능력, 이들의 관습과 힘을 언급하는 것이 아니라, 이들이 언어와 손을 통해 얼마나 많은 민족들을 이겨냈는지를 말하는 것입니다.

자기 자신을 지나치게 찬미하곤 하는 민족인 그리스인은 이곳을 대 그리스의 일부라 칭하면서 이 땅에 관해 가장 명예로운 판결을 내렸습니다."

1787년 5월 29일, 나폴리

어딜 가나 사람들이 무척 즐거워하는 모습을 보노라면 이에 공감하며 말할 수 없이 커다란 만족감을 느끼게 됩니다. 자연이 자신을 멋지게 장식하는 알록달록한 꽃과 과일 들은 사람들 자신과 이들의 소유품 일체를 되도록 이처럼 화려한 색깔로 치

---

* 가이우스 플리니우스 세쿤두스(23~79). 고대 로마의 정치가, 군인, 학자.

장하라고 유혹하는 것 같습니다. 어느 정도 능력이 있는 사람이라면 누구나 비단 스카프와 리본을 두르고 모자는 꽃으로 치장합니다. 보잘것없는 집들의 의자와 가구 들은 도금된 바탕 위에 알록달록한 꽃으로 장식되어 있습니다. 심지어 한 필의 말이 끄는 경마차에도 새빨갛게 칠을 해놓았습니다. 조각품에는 도금이 되어 있으며, 그 앞의 말에는 조화, 새빨간 꽃술 및 금박으로 치장해 놓았습니다. 어떤 말들은 깃털 장식을 하고 있고, 또 어떤 말들은 심지어 머리에 작은 깃발을 꽂고 있어 움직일 때마다 깃발이 빙그르르 돌곤 합니다. 우리는 보통 알록달록한 색을 좋아하는 속성을 야만적이고 상스럽다고 치부하곤 합니다. 일리가 있는 말이기도 하지만 맑고 푸른 하늘 아래에서는 사실 아무것도 알록달록하지 않습니다. 왜냐하면 태양의 광채와 바다에 반사된 햇빛을 무색케 할 더 강렬한 것은 없기 때문이지요. 아무리 선명한 색이라도 강렬한 햇빛 아래서는 바래게 됩니다. 초목의 녹색이나 토양의 노란색, 갈색, 붉은색이 눈에 강력한 효과를 내기 때문에 이로 인해서 다채로운 꽃이나 의복도 일반적으로 조화를 이루게 되는 것입니다. 널따랗게 금박과 은박을 입힌 네투노 여인네들의 주홍색 조끼와 치마들, 그 밖의 울긋불긋한 민속 의상들, 채색한 배들, 이 모든 것이 하늘과 바다의 광채 아래에서 자기 색깔을 드러내려고 안간힘을 쓰고 있는 것 같습니다.

  이들은 살아가면서 죽은 자를 땅에 묻기도 합니다. 그렇다고 해서 느릿느릿한 검은 행렬이 흥겨운 세상의 조화를 깨뜨리지는 않습니다.

  나는 어린아이를 묘지에 묻으러 가는 장면을 목격했습니다. 붉은 우단으로 된, 금으로 넓게 수놓아진 커다란 융단이 넓은 관대(棺臺)를 덮고 있었고, 그 위에는 금과 은을 두껍게 입힌 조각된 관이 놓여 있었습니다. 관 속에는 흰옷을 입은 시신이 온통 장밋빛 리본으로 덮인 채 누워 있었습니다. 관의 네 귀퉁이에는 각기 약 2피트 높이의 네 명의 천사상이 달려 있었습니다. 천사들은 누워 있는 아이 위로 커다란 꽃다발을 받쳐 들고 있었습니다. 꽃다발은 아랫부분만 철사로 고정되어 있었기 때문에 관이 움직일 때마다 흔들리면서 부드럽게 생기를 불어넣어 주는 꽃향기를 내뿜는 것 같았습니다. 상여 행렬이 서둘러 거리들을 통과하고, 앞에서 가는 성직자들과 촛불을 든 아이들이 걷는다기보다 뛰다시피 하자 천사들이 그만큼 더 심하게 흔들거렸습니다.

어딜 가나 먹을거리가 풍족하지 않은 계절은 없습니다. 나폴리 사람들은 먹는 것을 즐길 뿐만 아니라 팔려고 내놓은 물건을 곱게 단장하는 일도 즐깁니다.

산타 루치아에서 물고기들은 대체로 종류별로 깨끗하고 귀여운 광주리에 담겨 있었고, 게, 굴, 대합, 작은 조개들은 각기 푸른 잎사귀에 싸인 채 좌판 위에 올려져 있었습니다. 말린 과일과 콩과 식물을 파는 가게들은 유난히 요란하게 꾸며져 있습니다. 사이사이에 푸른 잎사귀가 달려 있는 온갖 종류의 오렌지와 레몬이 진열된 모습을 보니 무척 기분이 좋습니다. 하지만 뭐니 뭐니 해도 푸줏간만큼 요란하게 치장한 곳은 없습니다. 주기적으로 고기를 먹지 못해 식욕이 동하기 때문에 사람들은 특히 그것을 탐욕스럽게 바라봅니다.

판매대에 황소 고기, 송아지 고기, 양고기가 내걸려 있을 때는 언제나 비곗살 말고도 갈빗살이나 뒷다리도 요란하게 꾸며져 있습니다. 이곳에는 일 년 중 다양한 날들이 있는데, 특히 크리스마스는 성찬을 즐기는 축제로 유명합니다. 그런 다음 오십만 명의 사람들이 참가해 서로 덕담을 주고받는 대대적인 코카냐 축제가 벌어집니다. 이때는 톨레도 거리뿐 아니라 몇몇 거리와 광장도 무척 식욕이 동하게 꾸며집니다. 건포도, 멜론, 무화과 같은 청과물을 파는 가게들은 사람들의 눈을 그지없이 즐겁게 해줍니다. 거리 위의 꽃 장식엔 먹을거리가 걸려 있고, 붉은 띠로 묶고 금칠을 한 소시지로 만든 묵주가 있고, 꽁무니에 붉은 깃발을 꽂은 장닭들이 있습니다. 사람들이 장담하기를 각 가정에서 사육한 닭을 빼고도 삼만 두는 팔렸다고 하더군요. 이것 말고도 청과물이며 거세한 수탉과 어린양을 실은 수많은 당나귀들이 거리와 시장을 돌아다닙니다. 여기저기에 보이는 달걀 꾸러미들도 그렇게 많이 한데 쌓아올릴 수는 없다고 생각할 정도로 그득합니다. 그런데 이 모든 것이 다 소비되고도 모자란다고 합니다. 해마다 순경이 나팔수를 대동하고 말을 타고 시내를 돌아다니며, 곳곳의 광장과 네거리에서 나폴리 사람들이 황소, 송아지, 양, 돼지고기 등을 얼마나 소비했는지를 알려줍니다. 시민들은 이 소리에 귀를 기울이고, 그 엄청난 숫자에 말할 수 없는 기쁨을 표시하며, 각자 이러한 즐거운 일에 참가한 자신을 흡족한 기분으로 돌아봅니다.

우리 독일의 여자 요리사들이 밀가루와 우유로 그토록 다양한 음식을 만들어낼 줄 아는 데 비해, 무엇이든 간단하게 처리하기를 좋아하고 시설이 좋은 부엌도 없는 이 지방 사람들은 음식을 만드는 데 두 배로 신경 쓰고 있습니다. 고운 밀가루를 일정한 형태로 반죽하고 삶아서 정성 들여 완성한 부드러운 마카로니는 어딜 가나 갖가지 종류마다 값싸게 사 먹을 수 있습니다. 이것들을 물에 푹 삶고 치즈를 비벼 바른 뒤 향료를 칩니다. 큰 거리의 모퉁이마다 과자 장수들이 있는데, 특히 축제 때는 손님의 요구에 따라 부글부글 기름이 끓는 프라이팬으로 생선과 과자를 즉각 튀겨내느라 분주합니다. 이 사람들은 엄청 수지가 좋습니다. 거기서 수천 명의 사람들이 점심과 저녁을 한 봉지씩 싸들고 가니까요.

1787년 5월 30일, 나폴리

밤에 시내를 산책하면서 부둣가에 다다랐습니다. 한눈에 달을 보았고, 구름의 가장자리를 비추는 달빛, 바다에 반사되어 부드럽게 일렁이는 반사광이 뒤따르는 파도의 가장자리를 비추며 점점 더 밝고 화사하게 빛나는 장면을 감상했습니다. 그리고 하늘의 별들, 등대의 등불, 베수비오 화산의 불꽃, 그것이 물에 반사된 빛, 그리고 군데군데 흩어져 있는 배들에서 나오는 수많은 불빛들을 보았습니다. 그토록 다양한 과제를 반 데어 네르*가 해결해 주었으면 하고 생각합니다.

1787년 5월 31일, 목요일, 나폴리

로마의 성체 축일과 특히 라파엘로의 밑그림에 따라 짠 융단을 마음속에 단단히 새기고 있어서 세상에서 둘도 없는 이러한 모든 자연현상들에 결코 방해를 받지 않고 고집스럽게 여행 준비를 계속했습니다. 여권이 마련되었고, 한 마부가 나에게 몇

---

* 달밤, 구름, 나무 등을 그려 빛의 효과를 드러낸 네덜란드의 화가(1603~1677).

푼의 임대료를 주었습니다. 그곳에서는 여행객들의 안전을 위해 우리 독일과는 반대로 일이 진행됩니다. 크니프는 공간이나 상황이 이전보다 훨씬 나은 새로운 숙소로 이사하느라 분주했습니다.

이러한 일이 있기 전에 그 친구는 나에게 몇 번 생각할 거리를 주었습니다. 어떤 집에 이사해 들어가면서 아무것도 들고 가지 않으면 언짢을 뿐 아니라 다소간 예의 없는 일이라는 것입니다. 침대의 틀만 있어도 주인 부부로 하여금 벌써 어느 정도 존경심을 느끼게 한다고 합니다. 우리는 오늘 넓은 성채의 무한한 잡동사니 사이를 걸어 다니면서 청동처럼 칠해진 몇 개의 쇠틀을 보았습니다. 즉각 헐값에 사서는 앞으로의 조용하고 견실한 잠자리를 위한 토대로 나의 친구에게 선물했습니다. 늘 대기하고 있는 짐꾼이 필요한 판때기와 함께 그것을 새로운 숙소로 가져갔습니다. 이 선물을 보고 너무 기뻐한 크니프는 당장 나를 떠나 이곳으로 들어가기로 마음먹고, 대형 제도판, 종이 및 모든 필요한 것을 서둘러 마련해야겠다고 생각했습니다. 나는 시칠리아에서 가져온 스케치의 일부를 약속대로 그에게 넘겨주었습니다.

1787년 6월 1일, 나폴리

루케시니 후작이 도착함으로써 나는 출발을 며칠 더 연기했습니다. 그를 알게 되어 무척 기뻤습니다. 내가 볼 때 그는 커다란 속세의 식탁에서 늘 즐기도록 튼튼한 도덕적인 위를 가지고 있는 사람들 중의 한 명인 것 같습니다. 반면에 되새김동물이 그렇듯이 우리 같은 사람들은 때때로 과식한 다음에는 거듭

씹어서 소화를 끝낼 때까지는 아무것도 섭취할 수 없습니다. 내 마음에 썩 드는 그는 정직한 독일적인 인물입니다.

이제 기꺼이 나폴리를 떠납니다. 아니, 떠나야 합니다. 마지막 며칠 동안 친구들을 만나는 즐거움을 누렸습니다. 대체로 재미있는 사람들을 사귀었고, 그들과 보낸 시간에 무척 만족합니다. 하지만 보름 동안은 나의 목표로부터 계속 벗어났을지도 모르겠습니다. 그런 다음에는 점점 더 비활동적으로 됩니다. 파에스툼에서 돌아온 이래로 포르티치의 보물들 말고는 별로 본 것이 없었습니다. 못다 한 일이 있어서 발을 떼기가 어려운지도 모르겠습니다. 그 박물관은 모든 골동품 수집실들의 알파와 오메가이기도 합니다. 비록 꼼꼼한 수공업적 숙련도에서는 우리보다 훨씬 뒤처져 있지만 예술품을 즐겁게 이해한다는 점에서 고대 세계가 앞서 있음을 잘 알 수 있습니다.

1787년 6월 1일

나에게 발급된 여권을 전달해 준 임시 고용인은 출발에 곤란한 문제가 생겼다고 이야기했습니다. 베수비오 화산에서 엄청난 용암이 분출해서 바다 쪽으로 흘러가고 있다는 것이었습니다. 좀 더 비탈진 산 경사면에서는 용암이 벌써 아래에 내려와 며칠 지나면 해안에 도달할지도 모른다는 것입니다. 나는 최대의 딜레마에 처하게 되었습니다. 오늘은 호의적이고 도움을 주던 많은 사람들에게 작별 인사를 하러 다녔습니다. 내일 어떤 일이 벌어지리라는 것을 나는 벌써 알고 있습니다. 하지만 사실 여행자들은 도움을 주고 즐거움도 누리게 해준 사람들에게서 완전히 벗어날 수는 없습니다. 그들을 돕지 못할 뿐 아니라 결국 그들에 의해 진지한 목적도 달성하지 못하게 됩니다. 말할 수 없이 기분이 좋지 않습니다.

저녁에

감사의 마음을 전하려고 인사 다니면서 즐거움과 깨달음이 없었던 것도 아니었습니다. 사람들은 다정한 모습을 보여주었습니다. 지금까지는 이런 모습을 보이는 것을 미루거나 소홀히 해왔습니다. 기사 베누티는 심지어 아직 숨기고 있던 보물들을 보여주기도 했습니다. 다시 한 번 대단히 경건한 자세로 비록 훼손되기는 했지만 대단히 귀중한 오디세우스 상을 관찰했습니다. 그는 작별에 앞서 도자기 공장으로 안내했습니다. 거기서 나는 헤라클레스를 마음 깊이 새겨두었고, 캄파니아의 그릇을 보고 또 한 번 눈을 둥그렇게 떴습니다.

진정으로 감동을 받고 우호적으로 작별을 고하면서 마지막으로 그는 속마음을 털어놓았습니다. 그의 바람이라곤 내가 한 동안 같이 있어주는 것밖에 없다고 했습니다. 식사할 무렵에 들른 나의 재무 담당자는 나를 떠나지 못하게 했습니다. 만약 용암에 상상력이 자극되지 않았더라면 만사가 잘 되었을지도 모릅니다. 바쁘게 여러 가지 일을 하고 돈을 치르고 짐을 꾸리는 가운데 밤이 다가왔습니다. 나는 서둘러 부둣가로 향했습니다.

여기서 나는 모든 불꽃, 등불 및 그 반사광 들을 보았습니다. 바다가 일렁거릴 때마다 이것들이 더욱 흔들거렸습니다. 화산에서 불꽃을 내뿜는 가운데 보름달이 말할 수 없이 장려한 모습을 보여주었습니다. 최근에 뜸했던 용암이 지금 이글거리며 위협적으로 흘러내리고 있었습니다. 출항해야 했지만 준비할 게 너무 많고 복잡했습니다. 아침에야 겨우 그곳에 도착할지도 모르겠습니다. 바라보며 즐거움을 누리는 광경을 조바심을 내다가 망쳐버리고 싶지 않았습니다. 나는 붐비는 사람들이 오고 가면서 용암이 어디로 흘러갈지, 그리고 이러한 자연의 행패가 앞으로 또 있을지 해석하고 이야기하고 비교하고 다투는 데는 아랑곳하지 않고, 두 눈이 저절로 감길 때까지 부둣가에 그대로 앉아 있었습니다.

1787년 6월 2일, 토요일, 나폴리

이 좋은 날을 훌륭한 사람들과 흡족한 마음으로 유익하게 보냈지만 의도와 달리 무거운 마음이기도 했습니다. 서서히 산을 내려와 바다 쪽으로 이동하며, 매 시간마다 용암이 흘러갈 길을 가리키던 증기를 그리움에 가득 찬 마음으로 바라보았습니다. 저녁에도 자유로운 시간을 가질 수 없었습니다. 나는 성에 사는 조바네 대공 부인을 찾아가기로 약속했었습니다. 거기까지 가려면 여러 개의 복도를 지나 수많은 계단을 올라가야 했습니다. 상자, 장롱 및 궁전 의상실에서 나온 마음에 들지 않는 온갖 물건들 때문에 가장 높은 곳의 복도는 좁아져 있었습니다. 전망이 별로인 크고 높은 방에서 자태가 아름답고 무척 다정다감하며 예의바른 젊은 부인을 만났습니다. 독일 태생인 그녀는 우리의 독일 문학이 좀 더 자유롭고, 주위를 널리 둘러보는 인도주의 문학으로 형성되어 갔음을 알고 있었습니다. 헤르더의 노력이나 그 비슷한 것을 특히 높게 평가했습니다. 가르베의 순수한 오성도 무척 마음에 들어 했습니다. 그녀는 독일의 여류 문필가들과 똑같은 보조를 맞추려고 했습니다. 그리고 숙련된 펜으로 칭찬받는 게 자신의 바람이라고 밝혔습니다. 그런 방향으로 옮아간 그녀의 이야기는 또한 최상류 계층의 여성들에게 영향을 미치려는 의도를 드러내 보이기도 했습니다. 그러한 대화는 시작하면 끝이 없습니다. 벌써 날이 저물기 시작했습니다. 그런데 아직 초를 가지고 오지 않았습니다. 우리는 방 안을 이리저리 거닐었고, 그녀는 덧문으로 닫혀 있는 창가에 다가가 밀쳐 열었습니다. 그러자 평생 두 번 다시 볼 수 없는 광경이 펼쳐졌습니다. 나를 놀라게 하려고 고의로 그런 것이라면 그녀는 목적을 완전히 달성한 셈이었습니다. 우리는 위층의 어떤 창가에 서 있었습니다. 베수비오 화산이 바로 눈앞에 보였습니다. 흘러내리는 용암에서 나오는 불꽃이 어둠 속에 이미 선명히 이글거리고 있었고, 거기에서 나오는 연기가 벌써 금빛으로 물들기 시작했습니다. 산은 사납게 미쳐 날뛰고 있었고, 그 위에는 어마어마한 증기 구름이 피어올랐습니다. 용암이 분출할 때마다 증기 구름이 번개처럼 갈라지며 물체처럼 번쩍거렸습니다. 거기서부터 바다까지는 불덩이와 이글거리는 증기가 띠를 이루고 있었습니다. 게다가 바다와 땅, 암석과 작물이 저녁노을을 받으며 뚜렷하고 분명하게 모습을 드러냈고, 마법에 걸린 듯 고요하고 평화로웠습니다. 이 모든 것을 한눈에 굽어보며, 산등성이 뒤에서 모습을 드러내는 보름달이 환상적인 그림을 완성하는 장면은 놀라움을 불러일으키기에 충분했습니다.

이러한 관점에서 눈은 모든 것을 단번에 파악할 수 있었습니다. 비록 개별적인 대상들을 자세히 관찰할 수 없었다 하더라도 전체적인 인상은 결코 놓치지 않았습니다. 이러한 구경거리로 우리의 대화가 중단되었다면 그것이 더욱 다정다감한 쪽으로 방향 전환을 한 셈이었습니다. 이제 우리 앞에는 수천 년 세월로도 제대로 논평하지 못한 텍스트가 하나 있었습니다. 밤이 깊어질수록 이 지역이 더 밝아지는 것 같았습니다. 달은 제2의 태양처럼 빛나고 있었습니다. 구름 기둥들, 구름의 띠와 덩어리에 자세하고도 또렷하게 빛이 가득 찹니다. 그래서 어느 정도 장비를 갖추고 보면 원뿔형 산에서 야밤에 이글거리며 뿜어져 나오는 암석 덩어리들을 식별할 수 있다고 합니다. 훌륭한 저녁 성찬이 금방 준비되지 않아서 나의 여주인은——나는 그녀를 이렇게 부르고자 합니다——촛불을 방의 맞은편에 세우게 했습니다. 달빛을 받으며 환상적인 그림의 배경을 이루고 있는 이 아름다운 부인은 점점 더 아름다워져 가는 것 같았습니다. 이 남쪽의 천국에서 무척 편안한 독일 방언을 듣자 그녀의 사랑스러움이 특히 더해졌습니다. 몇 시나 되었는지 몰랐는데 그녀는 이제 내키지는 않지만 나를 떠나보낼 수밖에 없다고 주의를 환기시켰습니다. 벌써 헤어질 시간이 다가왔습니다. 이곳의 회랑은 수도원처럼 닫혀있을지도 모릅니다. 멀리서 그리고 가까이서 머뭇거리며 헤어지면서 나의 운명을 축복했습니다. 낮에는 마지못해 예의를 보이던 나의 운명은 저녁에 멋지게 보답했습니다. 자유로운 하늘 아래에 도달하자 이 큰 용암 가까이에서 본 것은 저 작은 것의 반복일지 모른다고 스스로에게 말했습니다. 그리고 이러한 조망, 나폴리에서의 작별이 이런 식으로밖에는 될 수 없었을 거라고 말했습니다. 집으로 가는 대신에 다른 배경으로 위대한 구경거리를 보기 위해 부둣가로 발걸음을 옮겼습니다. 이렇게 풍성한 하루를 보낸 피곤이, 또는 더할 나위 없는 아름다운 그림을 지워버려서는 안 된다는 감정이 다시 모리코니로 돌아가게 했는지 모르겠습니다. 거기서 크니프를 발견했습니다. 그는 새로 이사한 숙소에서 나와 맞이해 주었습니다. 함께 포도주 한 병을 마시며 앞으로 우리의 관계를 협의했습니다. 그의 작품을 몇 점 독일에서 선보이면 이내 확실히 훌륭한 대공인 에른스트 폰 고타의 추천으로 주문을 받을 수 있을 거라고 자신 있게 말할 수 있었습니다. 이렇게 우리는 진심으로 즐거운 마음으로, 앞으로 서로의 활동에 대해 확실한 전망을 나누며 헤어졌습니다.

1787년 6월 3일, 일요일, 삼위일체 축일, 나폴리

아마 다시는 보지 못할, 비길 데 없는 이 도시의 무한히 생기 넘치는 거리를 통과하여 반쯤은 몽롱한 기분으로 빠져나왔습니다. 하지만 후회되거나 고통스러운 마음이 뒤에 남지 않아서 홀가분한 기분이었습니다. 좋은 친구 크니프가 생각나서 멀리 떨어져 있어도 그를 위해 최선을 다할 것을 굳게 다짐했습니다.

도시 외곽의 맨 바깥쪽의 검문소를 통과하려는데 어떤 사환 한 명이 불쑥 나타나서는 내 얼굴을 다정하게 쳐다보더니 다시 저쪽으로 쏜살같이 달려갔습니다. 세관원들은 아직 우리 마부와 일을 끝내지 않았습니다. 그때 찻집 문이 열리더니 쟁반을 받친 가장 큰 중국제 찻잔에 검은 커피를 가득 담아 크니프가 나타났습니다. 그는 마음에서 우러나오는, 그에게 썩 잘 어울리는 진지한 표정으로 마차의 문을 향해 천천히 다가왔습니다. 이렇게 고마움을 표시하는 친절한 행위는 전에 없는 일이기에 나는 깜짝 놀라고 감동을 받았습니다. 그는 이렇게 말했습니

다. "당신은 나에게 크나큰 사랑과 선행을 베푸셨고, 나의 평생에 지대한 영향을 미쳤습니다. 내가 입은 은덕에 대한 사례의 표시로 이 선물을 드리고 싶습니다."

나는 이런 경우에 어떻게 말해야 할지 몰라서, 그의 행위로 나는 이미 채무자가 되었으며, 우리 공동의 보물을 이용하고 처분함으로써 점점 더 굳건한 관계를 맺게 될 거라고 그저 짧게 대답했을 뿐입니다.

우연히 잠깐 만나 관계를 맺었던 사람들이 떨어지기가 무척 힘들 듯이 우리는 아쉬워하며 헤어졌습니다. 서로에게 기대하는 것을 교대로 털어놓는다면 어쩌면 삶으로부터 훨씬 많은 고마움을 느끼고 이득을 얻을지도 모릅니다. 그렇게 된다면 둘 다 만족하게 되고, 모든 것의 시작이자 끝인 정감을 순수한 덤으로 얻게 됩니다.

6월 4, 5, 6일, 길 위에서

이번에는 혼자서 여행하기 때문에 지난 여러 달 느낀 인상을 다시 불러일으킬 시간이 충분합니다. 이 일은 대단히 기분이 좋습니다. 하지만 기록한 내용에 불비(不備)한 점이 자주 나타납니다. 여행을 완수한 사람에게는 그것이 하나의 흐름 속에 지나가며 상상 속에서 하나의 계속적인 결과로 나타난다 하더라도 이를 본격적으로는 전달할 수 없음을 느낍니다. 이야기하는 자는 모든 것을 개별적으로 평가해야 합니다. 그것으로 제3자의 마음속에 어떻게 전체적인 모습이 형성되어야 하는가를 말입니다.

이 때문에 최근에 여러분이 편지에서 밝힌 내용이 무엇보다도 더 큰 위로와 즐거움을 주었습니다. 여러분은 이탈리아와 시칠리아에 지대한 관심을 갖고, 여행기를 읽으며 동판화를 관찰한다지요. 이를 통해서 내 편지들이 행하는 증언이 스스로에게 최고의 위로가 됩니다. 여러분이 예전에 그런 증언을 했거나 이를 표명했다면 나는 과거보다 더욱 열성적이었을지도 모릅니다. 내가 모든 노력을 불충분하다고 간주하지 않을 수 없었을 때, 가장 내면적인 것만을 눈에 담았던 나보다 확실히 외적인 목적을 더 철두철미하게 추구한 바르텔스나 뮌터 같은 뛰어난 사람들과 여러 나라의 건축가들이 나보다 먼저 이곳에 왔다는 사실이 종종 나를 안심시켰습니다.

어쨌든 모든 사람이 다른 이들을 보충하는 역할로 이해되고, 누구나 가장 쓸모 있고 사랑스럽게 여겨진다면, 그리고 그가 자신을 그런 사람으로 내세운다면 이것은 탁월한 여행기가 되어 여행객들에게 유용하게 쓰일 것이 분명합니다. 인격, 목적, 시대 상황, 우연의 호의와 비호의, 이 모든 것이 각자에게 다르게 나타납니다. 내가 선구자들을 알고 있다면 그에게서 기쁨을 맛볼 것이고, 그와 함께 그럭저럭 일을 꾸려갈 것이고, 그의 후계자를 기다릴 것입니다. 그러는 사이에 그 지역을 직접 찾아가는 행운이 주어졌더라면 마찬가지로 후계자를 정답게 만날 것입니다.

(2권으로 이어집니다.)